海潮

乔洪明 ● 著

长江出版传媒

长江文艺出版社

图书在版编目（CIP）数据

海潮 / 乔洪明著. -- 武汉：长江文艺出版社，2021.12
　　ISBN 978-7-5702-2384-8

Ⅰ. ①海… Ⅱ. ①乔… Ⅲ. ①长篇小说－中国－当代 Ⅳ. ①I247.5

中国版本图书馆 CIP 数据核字(2021)第 182561 号

海潮
HAICHAO

责任编辑：黄海阔　施柳柳	责任校对：毛　娟
封面设计：周　佳	责任印制：邱　莉　杨　帆

出版：长江出版传媒　长江文艺出版社
地址：武汉市雄楚大街 268 号　　邮编：430070
发行：长江文艺出版社
http://www.cjlap.com
印刷：武汉市首壹印务有限公司

开本：720 毫米×1010 毫米　　1/16　　印张：24.75　　插页：2 页
版次：2021 年 12 月第 1 版　　2021 年 12 月第 1 次印刷
字数：475 千字

定价：52.00 元

版权所有，盗版必究（举报电话：027—87679308　　87679310）
（图书出现印装问题，本社负责调换）

序　言

　　我生活的小城美丽如画，幸福宜居，在全国首获"世界人居奖"。然而七十多年前的这里，却是烽火不息，战乱连年。小到海盗袭掠，大到历史战争，百姓饱受兵燹之苦。追根溯源，方知始末。威海，这座始建于明朝的六百多年历史的小城，从建城那天起，即担负着守家卫国之重任，与中国反侵略的历史一路同行。

　　中华民族历经秦之统、唐之盛，及至宋元，内忧外患频仍，倭寇海盗趁乱而侵，犯我江山祸我百姓，东部沿海民不安枕。为守国护民，明朝政府于洪武三十一年，在山东东部沿海征民四万余，组成"捕倭屯田军"，在登州府文登县辛汪都三里设立威海卫，这就是威海最早的建制。卫是明朝的军事单位，是在屯田军的基础上建立起来的，故而威海卫之设立，是"捕倭屯田军"的升级，其主要职责就是防剿倭寇海盗。据史料记载，自明朝威海卫设立至清朝中日甲午战争爆发，威海曾三番五次遭受倭寇侵扰，而甲午战争则为中华遭受外辱之极。中日甲午战后，日寇侵占威海卫长达三年之久，直到清政府借款付清了所谓"战争赔款"，方才撤退。其后威海卫又被英国强租三十二年，成为闻一多笔下《七子之歌》中的七子之一。

　　可以说，威海卫伴随着中华民族反抗侵略一路走来，饱受了战乱与屈辱，直到有了中国共产党，威海人民才有了主心骨，有了指路灯，团结起来投入到伟大的反帝反侵略斗争中，投入到艰苦卓绝的抗日战争中。我创作的这部长篇小说《海潮》，就是以威海人民乃至胶东人民抗日大潮为背景，真实描绘抗日英雄们的英勇事迹和人民抗战的恢宏画卷。

该书中的主要人物杨子千、王冰、毕云、梁大胆、林福、岳东、王斋、刘青山、宋干卿、王殿元、徐杰、于森、丁香、叶子、曹芳春、宫大师、井掌柜、扈破浪、小耗子、马春子……他们大多是普普通通的本土百姓，他们血液里携带着"捕倭屯田军"卫国保家的基因，即便赤手空拳也不惧敌人的刀枪，为正义而不惜生命，他们的气概感天动地。而主角杨子千，其原型乃威震白山黑土、名扬大江南北的著名侦察英雄杨子荣，他十四五岁时为生计闯关东，在鸭绿江背过纤，在矿山挖过煤，干过各种苦力。日本侵占东北霸占煤矿，杨子千失手打死一名欺辱中国矿工的日本监工，跑回胶东，在石岛码头干装卸工。后到威海卫，在城南一带渔码头做工。此时日军侵入威海卫，欺压百姓，民不聊生，他结识了共产党人王冰、岳东、王斋以及被日寇欺辱的"小老道"毕云等，大家团结一心，明里暗里与日伪军斗争，谱写了一曲曲动人的抗日战歌。

本书故事时间跨度不长，自1938年至1945年，共计7年时间，这7年正是威海抗战的峥嵘岁月。1938年3月日本侵略军的铁蹄又一次践踏了这片土地，制造了营南、马石山、荣成崂山等数起惨绝人寰的血案，无数平民百姓惨遭荼毒。英雄的威海人民没有被侵略者的残暴统治和血腥镇压所吓倒，在中共胶东特委的领导下，先后发动了天福山起义、威海起义、埠柳乡校起义等抗日武装起义，建立了山东人民抗日救国军第三军，在胶东树起了武装抗日的大旗。大军西上抗日，地方党组织发动群众，组成各种抗日团体，明里暗里与日伪作斗争，书写了可歌可泣的英雄壮歌。本书中的王冰、岳东、王斋等人都是威海早期党组织的重要成员，和其他大部分书中人物一样，为抗战献出了年轻的生命……

《海潮》不是杜撰出来的感动，是历史的陈述和鸣咽。就像著名作家张炜先生评述的那样：这是胶东抗战历史的另一种书写，新角度新故事，扣人心弦，是令人感动的热血画卷！

而中央文史研究馆馆员、著名作家梁晓声先生更是对本书动人的故事和感人的人物予以肯定和呼喊：小说《海潮》以山东威海为地理背景，浓墨重彩书写了中国共产党领导之下的人民和游击队、军队当年所进行的英勇顽强之抗日战争；该书是作家深入民间采访，根据诸多真人真事完成的，既有文学意义，亦有史料价值，是中国伟大的抗日战争之纪念作品，是抗日文学之组成部分——诚挚推荐，倡导以阅读方式缅怀英烈。抗日英烈永垂不朽！

是的，《海潮》是我用心用力写出来的，倾注了心血与情感。亲历过抗战、给我讲抗战故事、追着看我书稿的老父亲没能等我把书写完，先一年遗憾离世。《海潮》付梓之际，缅怀八十多年前的抗战英烈，致敬伟大的抗战英雄，以及千千万万的抗战百姓！

乔洪明

2021 年 7 月 7 日

目 录

一　出手凤林集 …………………………………… 1
二　小老道与大武师 ……………………………… 11
三　火种 …………………………………………… 19
四　追踪老坟崮 …………………………………… 29
五　血战日寇 ……………………………………… 39
六　头颅奇事 ……………………………………… 48
七　威海卫城寻人 ………………………………… 59
八　十三门楼风月泪 ……………………………… 68
九　神秘高人 ……………………………………… 77
十　刺仇敌 ………………………………………… 86
十一　桥头羊汤 …………………………………… 96
十二　沟于家遇匪 ………………………………… 105
十三　抓捕 ………………………………………… 115
十四　小耗子 ……………………………………… 124
十五　孤胆黑石山 ………………………………… 134
十六　环翠楼斗恶 ………………………………… 145
十七　戚公子 ……………………………………… 156
十八　甲午故地 …………………………………… 164
十九　行凶 ………………………………………… 170
二十　陷囹圄 ……………………………………… 179

— 1 —

二十一	刑场	188
二十二	孟家庄梁氏救难	197
二十三	烂木沟锄奸	207
二十四	八路军勇战昆嵛山	216
二十五	盘川夼血债	225
二十六	菩萨弯月	234
二十七	顽军亲日	244
二十八	渔家宴	252
二十九	报恩解危	261
三十	美人杀	272
三十一	夜袭刘公岛	283
三十二	壮烈三姐妹	294
三十三	营南惨案	304
三十四	剿灭大刀会	313
三十五	擂台侠影	324
三十六	血书	334
三十七	大扫荡	345
三十八	火烧据点	356
三十九	伪海军起义	367
四十	征程	377

| 后记 | | 386 |

一

出手凤林集

已是晚秋季节，天空旷远寂寥。洋槐树的枯叶随风飘零，蜿蜒的土路落叶斑驳。土路尽处的凤林村，这天正是集日，人头攒动，却还热闹。凤林集乃威海卫城南一等的大集，如今虽受日寇侵扰，没了往日"商贾云集"盛景，但依然不失大集风采：粮市、布市、菜市、腥市、肉市、鸡蛋市、饮食市、牲口市、柴草市、破烂市……门类齐全，无所不有。

但说那腥市里，刚下船的海鲜一溜儿摆开，腥货贩子扯嗓门唱着鱼虾蟹贝之鲜美，勾得人们纷纷购买。又一车腥货推来，巴掌宽的鲜亮大带鱼立即招引一圈主顾。贩子喜得合不拢嘴，摸出一块银元，啪地拍在推车汉子手中："好嘞兄弟，我这车子推着有点儿沉，辛苦了，歇去吧！"

汉子接过银元，两指捏了，噗地吹口气，耳边听那嗡嗡余音，美滋滋地回声客套，又把独轮车挪放稳当，起身告辞，往集外走。适才推车来时，看到集口有馋嘴的东西，唾沫便咽下两口，惦记着要买了吃。这时日头半天高，肚里咕咕响，抬起衣袖拭去额上的汗珠，那模样儿便也清楚：浓眉大眼连鬓胡，拢长脸儿蒜头鼻，嘴唇偏厚牙整齐。这汉子身材中等，却结实健敏，举手投足内含劲道。

说话间来到集口，人渐稀朗，只那油炸糕摊子前围了食客。汉子径直过去，瞧见人多，站在圈外等候。闲眼四下看了，便见邻近的摊子有趣。那是个剃头摊，剃头匠三十来岁年纪，中上身高，身膀偏瘦，俯首给跟前坐着的主顾剃头。旁边摆放的火炉、脸盆、工具箱都很平常，倒是挑起的幌子引人眼目。幌子中间书"理发"二字，上下横书"朝阳抠耳，灯下剃头"小字排句，两侧另有竖排大字对联："不读诗书朝天子，全凭手艺见君王。"幌子下沿还拴了三绺青丝。

剃头匠手灵刀利，唰唰唰快捷如风，没多会儿工夫剃出个锃亮的葫芦瓢。收起刀来仍不作罢，又在那主顾的头部、颈部推拿叩压，挤捏弹揉，口里哼着调儿念念有词："理发摊儿，罗祖流，三绺青丝挂门头；男剃前，女剃后，僧道两门剃左右；有分头，有背头，女子烫的飞机头；剃完头，不算完，还要打套'五花拳'。"那主顾微闭着眼，哀声道："孙师傅罢了罢了，剃剃头就是，'五花拳'

免了吧。"剃头匠手劲稍懈，不解地问："剃完头来一套'五花拳'，舒筋活血，醒脑提神，有益身心，有啥不好？"那人叹口气说："不怕师傅见笑，我身上的钱紧巴着呢，你来一套'五花拳'费了心神气力，不格外赏钱我心里不过意，赏钱吧油饼怕就欠缺，要不是明儿得去喝喜酒，这头剃不剃的……唉——"剃头匠一听笑了："咳，你又不是头一遭在我这儿剃头，我多会儿收你'五花拳'钱啦？放心吧！"话锋一转又问，"你说的油饼欠缺了是咋回事？"那人道："'油饼队'昨日又上俺南乡去挨家挨户发派油饼任务，今儿过晌就得交，我这借钱来赶集，称几斤麦子面。"

这是1938年，原来3月7日凌晨，在四架飞机掩护下，日伪军五百多人乘坐十余艘舰船，从烟台开往威海港。国民党威海卫管理公署代理专员郑维屏，带领公署全体官员及警员五百余众，仓皇逃往羊亭、温泉汤等地，把威海卫拱手让给了日寇。日军侵占初期，郑维屏的国民党威海卫保安队还曾进行过一些抗日活动，后来执行蒋介石"攘外必先安内"的反动政策，与人民抗日武装搞摩擦，消极抗日积极反共，经常明击暗袭共产党领导的抗日武装，敲诈勒索百姓，成了抗日军民的对头。其时该部自称"游击队"，由于派饭总要油饼吃，老百姓称之"油饼队"。

剃头匠愤愤不平道："连小孩子都嚷嚷'油饼队，吃饱睡，见了鬼子向后退。今日捐，明日税，祸害百姓罪累累。'哼！这些个混蛋，哪配吃油饼！"说到气处，手上猛地添力，"五花拳"变成"铁棍指"，痛得那人叫起来："哎哟孙师傅，我、我不是油饼啊！"

"哪里的油饼？油饼的好吃！"突然传来日本人说话声，剃头的两人吓一跳。转头看时，身旁不远处站着个日本军人，四十岁左右年纪，中等个头，细眯眼，戴眼镜，唇上一撮仁丹胡，身穿日本军装，腰挂日军战刀。身后跟几个日本兵，还有一帮伪警察。伪警察身穿黑警服，头戴大檐帽，个个提枪挎刀，斜肩拉腿。带头的伪警官，一对金鱼眼耷拉眼角，两道八字眉挤成山包，伸手轻扯一下那日本军人，满脸的谄笑："嗨，太君，别听这小子发癔症，说梦话，就我这鼻子，二里地也能闻着油饼味儿！这边油炸糕的太君，大大的好吃，米西米西的。"把他引到油炸糕摊前。

等着买油炸糕的人纷纷后退，有个交了钱没拿到油炸糕的女人，把四五岁的小孩护在身前，怯怯地看一眼伪警官。伪警官瞪她一眼："咋啦？想进油锅炸炸？"伸手一指小孩，"这小玩意葱嫩的，吱一下炸得香酥。"女人吓一哆嗦，捂一捂孩子，颤声说："长、长官，俺拿、拿了油炸糕就走……"摊主忙把油炸糕塞给女人。女人一手拿油炸糕一手要抱孩子，伪警官嫌她慢了，伸手一扒拉："快滚啊！"正中女人胳膊，一包油炸糕飞落一边，撒了一地。女人拉着孩子过去捡拾。人群中有人不平道："欺负人啊！""就是，人家女人孩子惹你啦！""忘了是中国人吧……"

伪警官要发怒，身后一个年纪稍长的伪警察捅捅他的腰，低声说："警长压压火。"伪警官咬咬牙，朝众人挥挥手："都、都给我滚开，今天这油炸糕老子包了，孝敬太君，谁也捞不着！"回头又对摊主说，"油糕子，今儿个你可受抬举了！知道谁来吃你的油炸糕吗？"侧抬手示意身旁的日本军人，提高了声调，"这位，大日本帝国石川太君，威海卫公署顾问，权力至高无上，连公署专员都得听太君的！怎么样，够分量吧！今儿个石川太君带你十斤八斤油炸糕，是你祖坟冒烟，天大的荣耀啊！是不是啊？哈哈！"

摊主包上一斤油炸糕递给伪警官，哭丧着脸低声哀求："行行好吧章警官，上一集你拿我五六斤油炸糕，我赔个老、老腚朝天，心想这一集好生干，补补亏……这位什么长官想吃油饼，你快带他找油饼吃去，啊？行行好吧章警官！"伪警官见揭了疮疤，眉一皱，嘴一撇："咋的啦？老子日夜守护着这一方百姓平安，这凤林大集没有老子维持秩序，早他妈乱了套！吃你几个油炸糕心疼啦？啊？你他妈唧唧歪歪，跟老子别扭，不会是共产党吧！啊？想到局子里坐坐？"

石川迈前一步，摆手示意伪警官停话，抿嘴一笑，作出斯文之态，说："老乡的别怕，大日本皇军的来威海卫，是要建立大东亚共荣，不会欺负老百姓。你的油炸糕大大的好吃，我的会付给你钱。"说着从兜里掏出几张崭新的纸币，用两个手指捏着，朝摊主晃晃，"金票大大的！"原来日寇侵占威海卫，开设"中国联合准备银行"，推行"金票"，强行规定区内所有银元均应向该行兑换"金票"，封了中国银行、交通银行的库房，清点库存银元，全部兑换成"金票"，以伪纸币攫取中国大量银元运回日本。而用惯银元铜钱的本土百姓，把这伪币"金票"视作废纸，没人愿意收用。

摊主看一眼"金票"，知道再争执也是徒劳，便示意身旁的帮工，动手收摊。石川尴尬地收回纸币，脸色变得铁青。伪警官看一眼石川，转过头去恶狠狠地瞪着摊主："反啦油糕子？敢跟大日本皇军作对！"摊主作出无奈状："哪敢哪敢，我今天有些不舒服，不能干了。这肚子……哎哟……"左手捂肚子，右手收拾摊子。石川满脸带怒，"哼！"一声转身离去。伪警官见惹恼了主子，两眼瞪得鸡蛋大，骂道："妈个巴子！等老子跟你算账！"抬脚蹬翻炸油糕的油锅，转身去追石川。伪警察呼啦啦小跑跟随。那个年长些的伪警察转头朝摊主说一句："还不快走！"跟着跑去。

春三月日寇侵占威海卫，四月成立伪政权"烟台市威海卫第二行政区专员公署"。公署下设警察局，内有特务课、侦缉队等，又设分驻所，城南重镇蒿泊即设之，管辖着周边村庄集市。伪警倚势于日本宪兵队，疯狂破坏抗日，骚扰、抓捕、杀害抗日军民及普通百姓，犯下累累罪行。

且说这送货汉子油炸糕没吃上，又见伪警察欺人，踢了油锅，骂一句"奶奶的"，握拳就要冲上去，却被人拽住后襟，回头看是剃头匠。剃头匠朝他摆摆手："兄弟忍忍吧，别硬来，要出气以后有工夫。看看油糕子兄弟怎样。"大伙儿赶紧上前，好在摊主两人躲得快，油锅翻倒没烫到人。众人一边帮着收拾摊子，一边骂日本鬼子伪警察。有人说："那个伪警官叫章卓玉，无恶不作，坏得很，都叫他'章不管'。那个岁数大点儿的伪警察还凑合。"有人回道："他是俺凤林村的，叫邹化汀，人不错，他当这伪警察是无奈。"大家一起收拾好摊子，劝摊主赶紧走，别等章不管回来使坏。

油炸糕摊子收拾走了，人们也都散开。那汉子正要离去，被剃头匠喊住："这位兄弟请留步。看得出你是个义气之人，听你口音不像当地，请问是哪里人，叫么名字？"汉子看剃头匠一眼，说："师傅也是个好心人，说也无妨。俺是西边武宁（牟平一带）人，姓杨，叫杨子千。"剃头匠又问："武宁的，一百多里远，过来赶集？"杨子千道："哪里，不是专门赶集。说来话长，俺原本在石岛码头干搬运，看不惯渔霸欺人，出手重了点儿打伤渔霸，听说威海卫有缫丝厂，俺会缫丝手艺，就过来了，在南曲阜村干缫丝。谁知刚干半年，日本鬼子来了，缫丝厂倒闭，因工钱没发到手，东家应允三个月内结清，安排俺到沟北村刘玉岫船上干活，空闲时就在沟北、城子、海埠一带海口干些搬运杂活儿。今儿早晨帮一卖海货的老板推一车新鲜鱼赶集，刚刚送到了，想过来买口吃的，不想被狗日的搅得油炸糕也没吃上。哎，请问师傅，这附近再有啥好吃的？俺这肚里咕咕叫呢！"

剃头匠打量他一眼，微微一笑，抬手朝旁边一指，说："往那边不远有家桥头羊汤馆，口味纯正鲜美，不知兄弟爱不爱吃这口！"杨子千一抹嘴巴，笑道："不瞒师傅，杨某最爱喝羊汤吃大饼，这就过去了，多谢！"双手抱拳作礼，转身走去。

按剃头匠所指走去不远，便闻到羊汤香气。拐过墙角，便见朝南一座门头，门上横着一块木匾，上书"梁氏桥头羊汤馆"大字。虽说时间尚早，可已有食客进进出出，来品一口膻香，饱一饱口福。迈进门里，见厅堂间摆十几张四人方桌，已有半数坐了食客。杨子千拣一张靠墙边空桌坐了，招手喊一嗓子："伙计，上羊汤大饼。""好嘞——"随着一声应和，柜台里快步走出一位年轻汉子，来到桌前，满脸带笑说道，"师傅好啊！伙计在后厨忙活，一会儿就过来。我是这儿掌柜，姓梁，请问您喝碗羊肉汤、羊杂汤还是肉杂混合？吃油饼、单饼还是发面饼？"杨子千朝他点点头，说："一大碗肉杂汤，四张单饼。""好嘞——一大碗肉杂汤四张单饼——"梁掌柜朝后间吆喝一声，又对杨子千道，"师傅稍等，一会儿就上。"转身回柜台去。

一会儿工夫，小伙计手端托盘，送上一大碗热腾腾的肉杂汤，四张单饼，麻利地放在桌上，道："一碗肉杂汤四张单饼，白醋胡椒粉自己调加，客官请慢用！"退身下去。

杨子千看着一大碗肉杂汤，肉红汁白，配以葱花、芫荽，一股鲜香气扑鼻，肚子愈发咕咕响起。他撒上胡椒粉，淋了白醋，拿羹匙调了调，舀起一匙正欲品用，忽闻身后一声怪号："掌柜的！停了营生，伺候太君。二十大碗纯肉羊汤，先切五斤好肉，各式饼尽管上！"扭头一看，又是刚才踢油炸糕摊子的伪警官，陪着石川，身后跟着日本兵和那帮伪警察。

梁掌柜急忙迎出来，强笑着说："章警长大驾光临有失远迎！只是一下来这么多贵客，小店招待不及，又没有多少座位，要不然看看别家……""屁话！要是别的馆子做的羊汤赶得上你梁掌柜，我还不稀罕来呢！今天石川太君赏脸下你这个小馆子，还不赶紧颠儿颠儿伺候着！"扫了眼其他食客，"识相点儿的赶紧都给老子滚，给太君腾场地，别等爷动手！"

这个章警长名叫章卓玉，掌管蒿泊警务所，倚仗他干爹伪军中队长梁筠懿的势力，专横跋扈，欺男霸女，为所欲为，似乎没人管得了他，人称"章不管"，周边老百姓对他恨之入骨，却又无可奈何。店里喝羊汤的客人大多是南庄北疃的百姓，早就领教过章不管的歹毒，今天又见这么多挎刀携枪的日本鬼子伪警察，哪个不打怵，纷纷放下吃喝溜出门去。有人贪着猛喝几口汤，烫了口舌喷吐出来，章不管上前踹一脚骂道："妈个巴子几辈子没捞着羊汤喝，怎不烫死你个馋鬼！"那人撒腿跑出店门。

章不管嘴一歪嘿嘿干笑，得意地扫一眼空出来的店堂，叫道："店小二还不赶紧拾掇碗筷抹桌上茶，伺候太君大爷们落座吃喝！"话音刚落，却听身后有喽啰呵斥声，转身看时，不禁一愣，靠墙桌旁坐着个青年男子，不紧不慢若无其事地喝着羊汤，对两个呵斥的伪警察置之不理。这人正是杨子千。章不管愣了片刻腾地冒起火来，快步过去，往杨子千桌前一站，拍拍腰间的匣子枪，恶狠狠地说："你他妈的非得做个饱死鬼不成？快滚！"杨子千瞥他一眼说："看你还是个头头，连句人话都不会说！俺喝俺的汤，你吃你的肉，井水不犯河水，凭啥赶俺出去？"

先前呵斥杨子千的伪警察一瞪眼："嘿！还跟爷讲上理了！此山是我开，此树是我栽……"章不管瞪他一眼："胡说八道，闭上你的嘴！"转眼盯着杨子千，"怪不得你他妈的这么大的狗胆，原来是个西部莱子，不懂凤林集的规矩不知章大爷的威风！"唰地拔出匣子枪，伸过去挑飞杨子千的汤碗。

杨子千急忙闪身，汤碗飞向身后，一大碗热羊汤不偏不倚泼在一个日本兵小腹下部，烫得那厮抖着裤裆哇啦哇啦怪叫。一个伪警察抡起大盖枪朝杨子千头顶砸来，另一个用枪管戳向杨子千胸口。杨子千眼疾手快，一个闪电出手，左右同时攥住两条枪管，运足气力一拉一推，两个伪警察噔噔噔后退，一个被人扶住，另一个跌了个仰八叉，半躺于地。章不管一看手下丢丑，恼羞成怒，抬起手枪指向杨子千："妈的老子崩了你！"杨子千正欲闪身，那个挨了烫的日本兵疯狗般蹿上来，扬手拨开章不管的匣子枪，骂道："一群废物！我的收拾！"唰地拔出腰间长刀，朝着杨子千劈头砍来。

说时迟那时快，杨子千噌地跃身近前，出手攥住日本兵挥刀的手腕，长刀停在了半空。别看杨子千身材长得不是很高大，可十几岁就因生计闯荡江湖，多年在大连和石岛码头干装卸搬运活儿，空闲时坚持练拳习武，体格甚是强健，身手敏捷力大超人，这整日花天酒地的小鬼子岂是对手？日本兵用力拽胳膊，却丝毫动弹不得，枯枝般竖在半空，急得连声叫骂："八嘎吖噜！八嘎吖噜！"另一个日本兵见状，"呀——"的一声从侧后方挥刀朝杨子千砍来。

　　杨子千眼观六路耳听八方，眼角余光早把那厮看得清楚，情急之下猛地矮身蹲步，左手拽着眼前日兵手臂下拉，右手用力托起他腰腹翻上半空，把他整个身子挡在自己头上方。身后的日兵用尽全力挥刀劈向杨子千后脑，万没料到情形突变，眼看劈到自己人头上，慌忙偏移刀锋收回臂力，可是为时已晚，刀刃蹭着头皮飞过，嚓的一下削掉了耳朵，刹断了肩章。

　　适才第一个日兵拨开章不管手枪时，用力过大撩飞其警帽掉落地上。章不管弯腰拾起警帽，扑打沾上的尘土，正要往头上戴，突然一只血糊糊的耳朵落进帽里，不禁打个寒战，"呀！"的一声惊叫，猛抖警帽，血耳朵从警帽里飞出，落到伪警察群里，就好似热油里落进水滴，一下炸开了锅，伪警察惊呼怪叫躲躲撞撞，混乱不堪。杨子千见机扔下擎着的日兵，一猫腰钻到桌下，猫儿似的连钻几张桌子，蹿到门口夺门而去。

　　却说杨子千逃离羊汤馆，听见身后章不管带着伪警察紧追而出，心想集上人多混乱易脱身，便原路跑回。可是拐过墙角一看傻了眼，由于章不管踢了油炸糕摊子，赶集的人害怕被伪警欺扰，已散去大半，市面上冷冷清清，想混进人群实在不易。身后追赶的伪警察越来越近，喊叫声夹杂着枪声嘈杂传来。杨子千正不知如何是好，忽地有人猛拽他胳膊叫道："你跑不过鬼子枪子，快过来！"他扭头一看是剃头匠，犹豫之际被拽到剃头摊前。剃头匠一把将他按躺在剃头椅上，扯过剃头布蒙住他脖子以下几乎全身，一块温湿的大毛巾搭在脑门以上，软毛刷子蘸肥皂水抹了满脸，白糊糊分不出个模样，锋利的剃刀唰唰地刮上脸皮。这一套活计做得迅捷至极，待伪警察拐过墙角跑过来时，剃刀已在脸上剃了三五刀。

　　"剃头的！刚、刚才那人跑哪了？"章不管匣子枪指着剃头匠，气喘吁吁，恶声恶气问道。剃头匠装出害怕的样子，怯声怯气地说："长官，是跑过去一个人，那、那边，那边……"抬起剃刀指着集市方向。"你老小子要是瞎说，回头崩了你！"章不管把枪顶到剃头匠脑门上，恶狠狠地说。"不敢不敢！小民不、不敢！"剃头匠胆战心惊的样子。"快追！抓住了太君有赏！"章不管一挥枪，伪警察一窝蜂朝集市追去。

　　伪警察刚刚跑远，猛地从对面墙头上跳下个人来，几步蹿到剃头摊前，扯掉杨子千身上的剃头布和大毛巾，拽起他来，推到对面墙根，急急地说声："快翻进院里！"说着托起杨子千腰身。杨子千也顾不得多想，就势一跃，爬上墙头翻进院中。院里早有两人等在那儿，扯起他转几个弯跑进一间屋内。墙外边，从院里出来那人，对剃头匠嘀咕几句，围上剃头布，斜躺在剃头椅上。剃头匠为他搭上毛巾，抹上肥皂水，刮起脸来。

不一会儿，章不管带着伪警察呼啦啦跑回，几条大盖枪指向剃头摊。章不管瞪剃头匠一眼，匣子枪指向剃头椅上那人，吼道："给爷滚起来！"剃头匠慌忙给章不管抱拳道："长官大人，俺是个老实巴交的手艺人，人家这位兄弟也是个来剃头刮脸的平常百姓，没得罪官府也没冲撞过长官，求您高抬贵手，别踢俺这摊子……"章不管紧盯着剃头椅上的人，说道："少废话！大爷我差点儿被你老小子糊弄过去，刚才跑过来那人，脚前脚后的，到你这儿就没了影，集上做买卖的也没看到有人跑过去，这一个保准就是那小子，错不了！滚起来！"

剃头椅上那人睁开眼，坐起身，对章不管说道："章警长，我刚才本想跟你打声招呼，可你急匆匆跑了，对不住，对不住啦！"起身给章不管抱拳。章不管后退一步，满脸的疑问，上下打量着对方："你、你是谁？怎么说话有点儿耳熟？"那人用毛巾抹净脸面，朝章不管一笑。章不管惊奇道："哦？你小子不是小梁子，梁春万？"那人应道："怎么不是啊！章警长还记得我？"章不管说："记得啊，虽然没在一起共事，可我们打过几次交道，你小子枪法好，连我章某人都甘拜下风。怎么后来不干了？在哪儿高就？"那人说："梁某哪敢跟章警长相比！俺离开警局后，在桥头一带干教师，今天过来赶个集，顺便刮刮脸。"

原来这位称作梁春万的青年人，幼读私塾，1934年考入威海中学，1936年辍学后，到国民党威海卫行政管理公署警察局鹿道口派出所当警察，与章不管打过交道。1937年"七七事变"后，他怀着抗日救国思想，弃警回乡，到文登找到共产党地下工作领导者，受其教诲后，他便以教学为掩护，在本村秘密开展革命活动。为了摆脱家庭羁绊，与父兄分家，将所得家产献给革命事业，他的家也成为中共威海卫党组织秘密活动的主要地点。为便于工作，化名王冰。

章不管与王冰寒暄几句，因有抓捕大事，带着伪警察又到集市去了。王冰赶紧和剃头匠收拾摊子，一肩挑起，二人沿街巷拐几个弯，一扭身进了一个不起眼的废弃小院，从一堵断墙的豁口过去，穿过一片小树林，来到一个深墙大院的小后门。王冰当当当轻声敲门，不一会儿小门打开，闪身进到院中，原来就是杨子千刚才翻墙进的那个院子。开门的是个二十出头的年轻女子，三人不言不语走到一间房门口，女子朝屋里指了指。王冰点点头，又对女子轻声说："你在外边听听动静，有事赶紧告诉我。"女子"嗯"一声点点头。王冰和剃头匠进屋去。

进了屋，里面有杨子千、梁掌柜和另外两人。四个人围过来打听情况。王冰帮剃头匠放下担子，说了刚才的事情，叫大家放下心来，一般不会有什么事，便询问杨子千的情况。杨子千说："俺姓杨名子千，西边武宁人，家住牟平城南十里嵎峡河村。"梁掌柜佩服地说："杨兄弟真有两下子，功夫好，胆子也大，一个人对付一群鬼子伪警察！"杨子千道："不值一提。俺练过武，功夫还不到家，在东北打死一个欺负工友的日本监工，差点儿被抓。刚才要不是这两位兄长相救，恐怕就死在鬼子汉奸手里了。请问二位救命恩人尊姓大名，哪里人氏？"

王冰说道："别客气，我叫王冰，南面桥头镇墩前村人，离这里也有十来里路。"又指着剃头匠说，"他叫林福，南面草庙子蒋家庄人，离我们村不远。"

　　杨子千不解道："怎么姓林？刚才剃头的时候俺听人喊孙师傅。"林福笑笑说："其实我既不姓孙又不姓林，而是姓张。"又指着王冰说，"他也不姓王，而是姓梁。"杨子千甚感疑惑，看看林福，看看王冰。王冰笑着拍拍他肩头："兄弟不用多想，以后或许你会明白。"环视一下屋里人，"我们这些人都是痛恨日本鬼子狗汉奸的，看得出杨兄弟也是这样的人。"指着一位大脸盘儿厚嘴唇体格健壮的二十四五岁男子说，"这位算你半个老乡。"

　　那人刚才在院墙里接了杨子千，他抿嘴一笑道："连城，荣成县朱口人，现在烟台做事。"他身边一位三十岁上下的男子，身材瘦削挺直，小圆脸，双眼皮大眼睛，显得很有精神，对杨子千点头说道："鄙人丛树生，文登县米山人。"连城接过话说："丛兄年少有志，投身海军，还是个军官呢。"丛树生笑道："见笑见笑，现在已是商人了。"

　　原来丛树生十六岁参加国民党沈鸿烈部海军，在军舰上当炮手，后任班长，升任少尉副队长，抗战开始后回到威海经商，现在凤林邻近的老集村与人合开了"永记工厂"，经营刺绣生意，因业务关系常跑烟台，与连城结交。而丛树生与这个羊汤馆掌柜梁国为是至交朋友，常来吃饭说话。这次连城从烟台过来找工作，丛树生就把他领到这里来。不过丛树生与梁老板尽管是至交朋友，知道他是抗日人士，但还不知道梁国为是中共党员，妻子是共产党联络员。

　　大家说一会儿话，门外的女子和小伙计端着羊汤大饼进来，放在炕桌上，叫大家趁热吃喝。王冰又介绍这女子叫徐杰，是梁国为梁掌柜的妻子；小伙计也是抗日志士，东边泊于镇屯钟家村人，姓钟，平日大伙儿都叫他小钟子。小钟子进屋看到杨子千，顿生敬慕之情，朝杨子千连连点头微笑。几人就着羊汤吃过大饼，王冰把林福和梁掌柜叫到里间小屋，说起事来，隐约可听到什么"特区委""区队""郑维屏"等话语。出来后大家又谈起日寇侵占烟台、威海卫，残害平民百姓的见闻，个个义愤填膺，大家要团结起来共同抗敌，等等。

　　到下午时分，杨子千说要回沟北，怕刘船主有事找不到他。王冰让梁掌柜找来衣服给他换过，又亲自到外面大街上查探了情况，方才让杨子千离去。出羊汤馆后院，他小心看看街面，没发现疑杂人等，便顺着街巷走向村外。出了村东口，又四下望一眼，仍未见可疑之处，扯开腿脚朝东北方的沟北村奔去。

　　行不到半里，路边并排四五个一人来高青草垛，当是凤林村哪家堆放于此。经过草垛前，杨子千多些小心，侧脸看着草垛，加快了脚步。此时前边迎面过来个小老道，头绾着发髻，一袭灰色道袍，腿脚极是轻捷。转眼走到跟前，小老道朝杨子千作一礼，问道："这位老兄是从凤林集过来的吧？集市散尽了没有？"杨子千朝他点点头，微笑道："该是散了，我不是打集上来的。"

　　小老道又要说话，张张嘴，突然神色大变，眼神惊讶地盯着杨子千身后上方。杨子千也听到了身后上方轻微的风声,急忙回头看,只见半空中一张渔网漫天撒下,赶紧腾身躲闪,不想跟小老道撞个正着。小老道借力侧身腾跃出两丈开外,他却只躲开一两步,大网唰地从头罩下,将他网在里头。他急忙两手扒拉渔网,要脱身出来,却有四五个伪警察叫喊着打草垛后面跑出,四下踩住渔网,端枪指着他。

一个身材粗壮三十来岁的伪警察哈哈笑着说:"妈个皮你能逃出如来佛的手掌心儿?尽等着皇军来收拾你吧!我兄弟几个有钱喝酒逛窑子喽!哈哈哈哈!"说着扔下手里的网绳,草垛上抽一把草,划着火柴点着了,朝着西南方挥舞,高声喊道,"章警长——章警长——那小子逮住啦——那小子逮住啦——"一股青烟弯曲着飘向空中。便见凤林村南和村北方向跑来两股日兵伪警,哇哇喊着飞快跑来。

不一会儿日兵伪警跑到跟前,为首的章不管喘息着走近渔网,抬脚踢杨子千一脚,骂道:"你他妈的还想在爷的地盘蹦跶,管你是大豆蝈还是三草驴(两种蚂蚱),爷都烧了吃!"杨子千气得要挥拳打他,怎奈渔网缠身,施展不开拳脚,只能横眉冷对。章不管转身对点烟火报信的伪警笑着说:"好你个丁德鬼,没白叫'丁二娘'外号,果然跟水浒里孙二娘有一比!嘻嘻,得了赏钱抽空儿去城里找地场逛逛?"丁二娘朝他眨眨眼:"少不了你章警长。"章不管一笑:"你可别忘了啊。"见几个日军过来,忙迎上两步,对走在前头的日军点头哈腰道,"大寺队长,多亏您计谋大大的高明,我们守住出村路口,逮住了这野小子,请您亲手的处置!"

被称作大寺队长的日军正是在羊汤馆里背后挥刀砍杀杨子千的那个,名叫大寺一郎,是入侵威海卫的日本海军陆战队海老原部队中尉队长。而那个被削掉耳朵的日军,名叫铃木崎,是大寺一郎手下士兵。大寺中队是登陆威海卫日本海军陆战队中实力最强的部队,身为伪威海卫公署顾问而实际掌控威海卫的石川,将该中队作为自己的治安别动队,大寺一郎带队随时听从石川调遣。

大寺一郎身材虽瘦,却精通刀术,略会武功,而且诡计多端心狠手辣,双手沾满中国人的鲜血。此时他两眼放着凶光,紧盯着渔网里的杨子千,步步逼近。距离两步远时,他唰地抽出挂在腰间的军刀,双手举过头顶,龇牙瞪眼,狂叫道:"八嘎!你的可恶的干活!死啦死啦的!"用力砍向杨子千。

"日你个小鬼子!"突然半空中一声叫骂,一道灰影从草垛顶上飞向大寺一郎。大寺一郎一惊,扭身转刀劈向半空扑来之人。那人空中侧转身体避过刀锋,迅即出手捏住大寺一郎手腕,用力一扭。大寺一郎"呀"一声,军刀脱手坠落,身体跟跄后退跌坐地上。那人落下地来,看时正是小老道。小老道抓起地上的军刀,唰唰舞向近处的伪警察,吓得伪警察鸟散鼠逃。

杨子千见景迅速扯开渔网,伸手从怀中掏出个圆溜溜的东西,朝章不管、丁二娘那帮伪警叫道:"尝尝老子的手榴弹!"挥手扔过去。别看章不管平日张牙舞爪，其实是个贪生怕死的胆小鬼，见杨子千喊的手榴弹朝自己飞来，吓得"哎妈呀"一声怪叫，转身抱头鼠窜。其他兵警见状也都呼啦啦乱窜乱跑，各自逃命。杨子千伸手扯一把小老道的胳膊，低声说："快跑！"两人一猫腰跑到草垛后边，顺着一条半人深的地堰沟渠，飞快跑向前边的小树林。快跑到树林时，兵警在身后开起枪来，两人俯身冲进树林，子弹打得树干嘣嘣响。跑出小树林，眼前一片稀朗朗的荒山峦，山峦东南方是杂密的山林。两人心意相通，猛劲儿朝山林跑去。

跑进山林，后面兵警的追喊声也紧随而至。跑到林中一个地场，小老道拉一把杨子千，停下来说道："这一带我熟悉，一直往前跑，不一会儿就出了树林，又是一大片平地，鬼子兵追过去我们就不好藏身了。跟我来！"说着把手中的日本军刀扔到前边，扯杨子千钻进旁边一片密密的荆棘丛中。荆棘的针刺扎得两人生痛，也无从顾及，钻进去几丈远，听见兵警追过来，赶忙趴在一个低洼处，一动不动。很快兵警追到眼前林中，中国话日本话唧唧哇哇叫骂着。忽听丁二娘叫："大寺队长的军刀！"章不管紧跟着喊道："赶紧往前追，前边是空白地，看到那两个乱匪乱枪打死！"兵警乱糟糟地跑去。

两人听到兵警远去，小心爬起身，继续向灌木丛深处慢慢前行。刚走二三十步，听到林中日兵伪警又跑回来，两人赶紧趴下。只听大寺一郎说："章警长的喊话，让他们出来投降的！"章不管便扯着嗓子喊道："你们两个小子听着！爷知道你们藏在这里，快快出来认罪，爷可饶你不死！"丁二娘跟着喊："赶紧滚出来！爷都看见你们了！"喊几遍没有动静，章不管气急败坏，吼道："不出来是吧？老子打死你！"砰砰开了两枪。日兵伪警也都朝着灌木丛胡乱放起枪来。子弹在杨子千和小老道身旁飞过，有两颗差点儿打中二人。杨子千歪头四下看看，发现旁边不远处有一个黑乎乎的洞穴，扯扯小老道，趁枪响时撑起身爬进洞穴。子弹打在洞穴外边，但伤不到两人了。侧耳细听敌人的枪弹是朝四下里乱打，知道并没有被发现，两人相视一笑。日兵伪警折腾一阵，骂骂咧咧撤退了。

二

小老道与大武师

　　天光暗下，树林里除晚归的鸟叫声，再就是沙沙的风吹松叶的声响。由于担心中敌人圈套，两人悄悄商量等天黑下来再行动。时间逐渐过去，两人心里渐渐平复，小声交谈起来。杨子千说："今天多亏师傅救了我，请问师傅名号？"小老道说："俺叫毕云，喊兄弟就行，不用称师傅，俺已经离开道观归凡入俗了。"稍顿又说，"是俺跟你打听事，你才不小心被二鬼子网住，救你是应该的。你叫什么名字？"杨子千道："我叫杨子千，西边牟平城南人。看不出毕兄弟一身好武艺啊！打退一群鬼子伪警。"毕云道："还是杨兄本事大，要不是你喊叫投出手榴弹，日兵伪警也不会吓退那么远！哎？你扔的啥东西？没爆炸肯定不是手榴弹。"杨子千笑笑说："哪来的手榴弹，我在羊汤馆吃饭，老板娘好心肠，卷几张单饼包了非让我带上，没想到还派上用场！"小老道嘿嘿笑道："多亏老板娘热心肠，一包单饼，救了咱两条命，日后要去谢谢人家。"杨子千道："你这一说还真是啊。"

　　两人说一阵，天尽黑，月亮从树梢照下，四下一片朦胧。

　　杨子千抻着脖子听听外面的动静，小声说："我出去看看。"毕云拽住他，说："等会儿，探探情况。"抻着胳膊朝脚下摸去，"我脚底下踩个圆咕隆咚的石头，扔出去试试。"收回手，攥了个灰白色的东西，上边有几个黑窟窿。又自语道，"不是石头，像是个烂树根。"杨子千接过一看，瞪毕云一眼："什么烂树根，是个死人骷髅头。"毕云轻声"啊"了一下，抢过骷髅头扔出去，"砰"地砸在树干上，夜鸟扑啦啦惊飞。声响渐渐平息，又复静谧。

　　毕云爬出洞穴，探身四下瞅瞅，回身对杨子千说："看不大清，好像一片坟地。"杨子千爬出来，打趣道："那几个真鬼子二鬼子要是在这儿，咱俩从坟里爬出来，吓也把鬼子吓死，变成真鬼。"两人低声笑过。毕云站起身，四下看看说："下午本打算去凤林集弄点儿吃的，让鬼子搅了，你身上的单饼也扔了，俺这肚子里饿得咕咕叫。咱们往南走吧，离这帮鬼子汉奸远点儿，南面宋家洼村有我个远房亲戚，咱去垫垫肚子。"两人借着月光，扒拉着枝杈，一步步朝树林南面走去。

出了树林，两人就像出笼子的鸟儿，借着皎洁的月光，身轻脚快，大步朝宋家洼走去。不到两袋烟工夫，到了宋家洼，毕云领着路，径直来到村里的关帝庙。杨子千不解地问："来这里干么？"毕云回道："一会儿就知道。"

这是一座不大的庙宇。拾级而上，进了庙门，里面晦暝不清，关公塑像和另外几个塑像昏暗里愈发显得高大逼人，令人胆怯。两人拜过关公，毕云上前两步，来到供案前，对关公塑像再番施礼，口中说道："关老爷在上，小的毕云、杨子千，因被小日本鬼子追赶，到现在没吃上饭，知道关大老爷向来以义为重，特来讨口供食，聊且果腹，无礼之处还望老爷海涵！"说罢伸手取了供桌上的饽饽供饼，叫上杨子千到塑像身后吃。

杨子千问："你不是说村里有个远房亲戚，过来弄点儿吃的垫垫肚子吗？怎么来偷食供品？"毕云轻声一笑道："关帝庙就是道观的远房亲戚，关老爷是俺的远房尊长。"杨子千扑哧一笑："是这么个远房亲戚。"又问，"你怎么知道今天你这远房亲戚家中就有吃的？"

毕云吞下一口饽饽，说："你不是亲戚自然就不了解。关公受历代帝王尊崇，地位显赫，受到官民普遍祭祀，被称为'武王''武圣人'，与'文王''文圣人'孔子并肩而立，他的祠庙香火十分旺盛。他是忠义的化身，危难之时忠贞不渝，与朋友同甘共苦，不畏险难，敢当风险，故而被许多行业奉为'祖师'，除了武行，还有香烛业、绸缎业、成衣业、豆腐业、屠宰业、理发业、典当业、酱园业等五花八门，难以尽说。你想，本来就香火旺盛，再加上十个二十个行业的祖师爷，前来供奉的还能少了？近些日子我没少来找关老爷讨吃的，一般都是现成的。"

杨子千道："还真有你的，佩服。"吃几口饽饽又问，"毕兄好端端的道长不当，还得来找关老爷讨吃的，这是为么？"

毕云叹口气，说道："提起这话我就恨死了日本鬼子。杨兄问到了，我便详细说说。我出生的时候家境贫困，加之身体虚弱，爹妈害怕养不活，在我刚生下来尚未满月就送到威海天后宫，爹妈去了东北。道观住持姓顾，一副好心肠，收下生命垂危的我，拿出本事给我治病。一来道长医术高，二来也算我命大，不多久病就好了，道长把我托付给文登天福山沟于家村一位孤寡老婆婆抚养，费用由顾道长负担。一晃到了1922年，我七岁时，顾道长把我接回天后宫当道士，由于太小，人们都叫我'小老道'。道长请老师教了我三四年文化，然后学经文，学笙管，还拜师习武，这几项学得还都不错。1931年顾道长去世，十六岁的我当上了天后宫住持，收下一名徒弟。今年春季日本鬼子侵占威海卫，一帮鬼子兵跑到天后宫捣乱，发现道观里有练武用的刀枪剑戟等兵器，就把我捆绑到大树上拷打。多亏徒弟偷偷跑出去托人求情，才保住了我的性命。没过几天，徒弟买菜回来告诉我，因为给站岗的日本兵鞠躬晚了挨一顿毒打，我气得提篮子又出去，走到日本鬼子岗哨跟前不但不鞠躬行礼，还故意挺胸腆肚，结果又挨了鬼子的打。我越想越恼火，一气之下离开天后宫，决心寻找打日本鬼子的部队，参军打鬼子。这些日子我大多住在北面老虎山的老虎洞里，有时也到附近的寺庙小住。今天刚从老虎山下来，打算去凤林集市弄点儿吃的，就遇上了你。我的事就这些，说说你吧，一个外地人怎么跑到威海卫招惹日本鬼子？"

杨子千叹口粗气，说道："咱俩还真是投缘，年纪相仿，遭遇也相似。俺家在牟平城南，叫嵎峡河，家里穷，俺爹很早就闯关东出苦力养家糊口。俺妈咬着牙供我念几年书，十四岁时为谋生我也闯了关东。在关外当过童工，干过搬运工，在鸭绿江拉过纤，在矿山挖过煤。日本鬼子占领东北，霸占工厂煤矿，我们转眼成了日本人的劳工，经常受日本兵欺辱。一次日本监工殴打我的工友，我实在忍不住出手教训那家伙，没想到几拳打死了他，跑了回来。听说我打死的那个监工很有点儿来头，日本鬼子到处抓我，还派汉奸到我老家打探我，为了不给家人添麻烦，我干脆不回家，跑到石岛码头干装卸搬运活儿。没想到一个渔霸欺人太甚，我忍不住又跟他动手，把那家伙伤得不轻，又不能在石岛干了。我在东北干过几年缫丝，会这手艺，朋友介绍来威海卫，在南曲阜村缫丝厂刚干半年，日本鬼子侵占威海卫，厂子倒了，我又失业……"

杨子千把他的故事又讲一遍，毕云听罢气愤道："日本鬼子作恶多端，你遇到的才多大点儿事，光我们威海卫，小鬼子欠下多少血债！鬼子3月7日侵占了威海卫，二十天后，开着十辆大卡车，拉着二百多个鬼子，蹿到西南乡柳林村，以搜查游击队为名，挨家挨户踢门抓人。有个乡亲往桥洞下藏东西，他们逮住不容分说一刀捅死，还有几个人吓得往村外跑，鬼子开枪就打，就像打死几只麻雀，眼都不眨！有人因为穿着卫生衣出来，鬼子就说他是游击队，当众挥刀砍死，脑袋开了瓢，有人吓得当场晕倒在地……二百多个男人被赶到大街上，严刑拷打，逐个审问，差不多个个头破血流，伤痕累累。而被逼在家中的妇女，更是遭了殃，好几十人被奸污，更有不从者拼死抗争，被小鬼子一刀捅穿肚子……不几天小鬼子又去柳林村两次，烧杀抢掠，奸淫妇女，扬言非得彻底征服中国人……"

毕云黑暗中牙齿咬得格格响，顿一会儿又说："有个跟咱年纪相仿的青年，是葫芦山下李家疃的，他性情耿直，喜好拳脚，常到道观跟我练武，被我收下为徒。几天前，占领葫芦山的日伪军蹿到李家疃，挨家挨户把男人赶到村头集合，连十岁的孩子也不放过，侮辱拷打，乱施淫威。我徒弟和他两个同伴从村外回来，见此情形愤恨无比，上前与日伪军讲理，日伪军哪讲什么理，骂骂咧咧，挥拳就打。我徒弟乃练武之人，三两个日伪军哪是他的对手，鬼子就朝他开了枪。我徒弟身受重伤倒在地上，村人怒斥敌寇，鬼子们把他们赶进水沟，架起机枪扫射，二十七人当场死去，有两三人重伤未死……鬼子仍不罢休，对全村施行劫抢，奸淫妇女，最后一把火烧了全村，这个二十户的小村，直接绝户……"

杨子千恨恨骂道:"这群狗杂种!天打五雷轰!"毕云一时无语,四下一片死寂。稍后又说,"所以我坚决要参加部队打鬼子,在战场上多杀鬼子,为我徒弟、为李家疃、为柳林、为威海卫的老百姓报仇!"

两人吃了些上供饽饽,就在关帝庙歇息。地上散着些干草,毕云前几天还在此过夜,他铺匀草,叫杨子千躺下,两人接着拉起话来。杨子千问毕云想投哪支部队。毕云说想投郑维屏的部队。杨子千说:"我听了不少话,郑维屏可不怎么样,你投他?"

毕云轻叹一声:"唉——我也听说了,可目前……"顿了顿又说,"郑维屏是正经的军人出身,曾在韩复榘手下干过少校团副,1936年来威海出任警察局长。去年12月,共产党领导的天福山抗日武装起义,震动了威海卫管理公署专员孙玺凤,今年一月份孙专员把兵器库里的枪支弹药交给共产党,挂印离去,共产党又发动了威海起义。两支起义队伍合编为山东人民抗日救国军第三军第一大队,西去攻克了牟平城,进行了雷神庙战斗,打死打伤五十多日本鬼子,打响胶东抗战第一枪。3月7日,日本鬼子占领威海卫,代理专员郑维屏提前带领公署官员和警察局官警五百多人撤退到温泉汤和羊亭等地。后来不几天,郑维屏联合文登保安大队丛镜月部,偷袭威海城里鬼子,打出点儿声名。那一段时间郑维屏、丛镜月的保安队与共产党的队伍联合抗日,组成抗日联军,共同对付日本鬼子。六七月份共产党的队伍奉命西上,这一带只有郑维屏的部队,虽说郑维屏的部队饱受诟病,可眼下也只有他可投奔了。"杨子千听他这般说,也无言反驳,深深叹气。

两人扯到深更半夜方才睡下,一觉睡过了头,被一阵嘈杂声惊醒。睁眼看时天光大亮,一大群村里百姓惊慌慌地跑进来,嚷嚷说鬼子进村了,大家跑进来躲鬼子。杨子千和毕云心下一惊,心想,是不是昨日那事,鬼子来搜捕我俩?未容多想,外面传来日军的哇啦哇啦声,不一会儿,一队日军进了庙门。百姓吓得躲在关帝塑像身后,杨子千和毕云混身其间,做好与日军拼命的准备。可是日军接下来的举动却令人惊诧,十几个日兵整齐排成两队,一个小官模样的叫喊:"关大将军的,鞠躬!"鬼子兵齐刷刷鞠躬。小军官又喊:"关大将军的,行礼!"鬼子兵又咔地行军礼。小军官又哇啦哇啦喊了句日本话,日兵转身列队走出庙去,没在意塑像后面躲避的百姓。

日军走后百姓嚷嚷开了,这个说:"妈个巴子!这小鬼子也欺软怕硬,祸害咱老百姓瞪起眼珠子,五月份那回扫荡,光咱宋家洼就烧了四百多间房,杀了三个人,可见了关老爷也乖乖鞠躬行礼。"那个说:"可不是,还把关老爷封啥大将军,关老爷在世非杀光日本鬼子不可!"大家气愤地说着,陆陆续续走出去。

杨子千和毕云走到正面,看关羽等人的塑像,只见关羽戎服正坐,怒色威严,逼视姚斌。姚斌袒臂赤足,头发系于柱上,但双目圆睁,威武不屈,侍将七人均虎视眈眈,赤兔马仰首长嘶。姚斌原本是黄巾军将领,相貌跟关公相似,他母亲得病，想吃良马肉。姚斌知道关羽的赤兔马堪称良马，于是投奔麾下，伺机盗马。后来得机会偷得良马，假装关羽出城，守门官吏听其口音不对，就拿住送往关羽处。姚斌慷慨请死，临刑时大哭其母。关公问明始末很受感动，就释放了他。

毕云对关羽行礼道："关老爷在上，小鬼子可不是姚斌，坏得很，杀害了多少中国人。离您远地场的不说，就说近处的，祸害宋家洼的事您刚才听说了，北面的长峰村，更是深受其害。四月份，日本鬼子先是烧毁长峰小学，杀害一人，后来又在长峰南北公路上杀害二十多名群众，把人头挂在路边树上；前些日子长峰村的丛善亭、孙德永被日本鬼子毒打后捆绑了扔到海里淹死。您听听，光长峰这一个村，就叫鬼子杀害了多少人！鬼子假惺惺地给您鞠躬敬礼，那是他们作恶多端心中胆怯，怕您找他们算账！求关老爷保佑毕云，早日上战场，杀鬼子！"

杨子千听他这般说，问道："这么说你很快就要参军打鬼子了？"毕云回道："嗯，参军是铁定的，不过参军之前我还要去拜访一位奇人。"杨子千问："什么奇人？"毕云道："八卦拳第二代传人宫宝田大师。"杨子千追问："宫宝田？是不是清廷大内总管董海川的那位高足，侍卫光绪皇帝的宫宝田？"毕云道："你还挺清楚。正是啊。"杨子千瞪大眼："真的啊！？他在哪？"毕云道："屯钟家村。你去不去？"杨子千一扬手："走啊！"两人出关帝庙望东边屯钟家村奔去。

路上杨子千说，他在东北闯荡时，江湖上就盛传大侠宫宝田干过张作霖的保镖，武艺高得不得了，这么个名震关外的大人物怎么会在威海卫附近的小村子里？毕云讲起内中渊源。原来正如杨子千所说，生于威海卫南面百里之外牟海县（后改乳山县）的宫宝田，十三岁时到北京元亨利米行学生意，常给王府送米，在五王府遇见护院总管尹福。尹武师是大内总管董海川的大徒弟，董海川独创八卦拳，又称八卦游身连环掌，被誉为武林一绝。尹武师见宫宝田瘦小机灵，骨骼清奇，是个练拳的好苗子，就引荐给师傅董海川。董大师见了也连连称赞，决意收他为徒，宫宝田由此得到八卦拳真传，并最终被董海川授予八卦拳拳谱。1897年，八卦拳已练到炉火纯青的宫宝田被召入皇宫，诰封五品警侍卫，专门侍护光绪皇帝。庚子年间，八国联军入侵北京，宫宝田护驾慈禧太后和光绪皇帝逃亡西安，一路几化凶险，保驾平安，光绪皇帝赏赐黄马褂一领。1905年宫宝田抱病归乡休养，隐居乡间一十七载。1922年，东北军阀张作霖派一名道士登门恭请宫宝田出任东北军武术教官，兼张作霖贴身保镖。1928年6月，张作霖留下宫宝田在北京保护少帅张学良，自己乘专车回沈阳，途经皇姑屯被日本人炸死。宫宝田闻讯甚哀，辞别少帅二次回乡隐居，再未复出。在老家闲居时，有人找上门，来者是威海卫近乡屯钟家村的钟寿海，两人相见甚为欢喜。钟寿海在葫芦岛民国海军任少校教官，宫宝田护卫张作霖在葫芦岛消暑期间二人相遇，脾性相投，相见恨晚，又是胶东老乡，遂结为忘年之交。钟寿海亦是抱病回乡休养，得知宫宝田憩居老家马石店，便登门拜访。自此两人时有走动，或马石店，或屯钟家，几乎形影不离。今年春天,马石店南乡的丁字庭筹枪支拉队伍,力邀宫宝田出山教练武术,宫宝田避而远之,长住屯钟家,与钟寿海品茶博弈,消磨时日。

两人说着话,不觉到了屯钟家村。进村不远,便见前面围一群人。走近看去,原来是两个二十岁左右的青年男子在家庙门前争吵,争得面红耳赤,吵得不可开交,争吵的内容直截了当,一个说共产党好共产党抗日,一个说国民党好国民党抗日。杨子千和毕云觉得有趣,近前几步去看。杨子千一看那年纪小些的十七八岁男子,竟然是昨日在羊汤馆见到的伙计"小钟子",争说着共产党的好处;而年纪大些的男子穿一身国民党部队军装,斜挎匣子枪,在争讲国民党的好处。两人各不示弱,互不相让,言辞越来越激烈。穿军装的男子长得比小钟子高大粗壮,穿着气派,又挎着匣子枪,气势愈发嚣张,话理上处于下风,就有些强词夺理,出手指点小钟子的额头。小钟子年纪虽小,却理直气壮,呵斥对方,不许指指点点。军装男子恼羞成怒,突然举拳要砸向小钟子。看热闹的人群一片哗然。

杨子千见状顾不得多想,迅即出手攥住军装男子举在半空的手臂,两只手臂塑在了半空。军装男子先是一愣,用力拽拽胳膊,纹丝不动,急得朝杨子千一瞪眼:"好大胆!哪来的野小子管我们家里的闲事,给我松手!"杨子千道:"不管家里家外,有理好生讲理,恃强欺弱那可不行!"军装男子本就在气头上,听杨子千这般说,怒火中烧,咬牙切齿,抡起另一只拳头击向杨子千。杨子千并不慌张,另一只手疾出,攥住来拳。军装男子用力拽扯双臂,却怎么也拽不开,顿时气急败坏,突然抬脚踢向杨子千小腹。情急之下,杨子千双臂运力推出,军装男子踉跄几步跌坐于地,这家伙坐地的同时唰地掏出匣子枪,骂一声娘指向杨子千。围观的人吓得一哄而散。

小钟子一个箭步跳上来,挡在杨子千身前,对地上军装男子说道:"你不要胡来!我们兄弟斗嘴不能连累外人,更不能动家伙!这位大哥我认得,是个了不起的人物,昨天在凤林集赤手空拳打倒好几个日本鬼子!"军装男子爬起身,朝杨子千恶狠狠地"哼"了一声,转身灰溜溜地走了。小钟子转身朝杨子千一笑,说:"多谢相帮!"稍顿又道,"昨天你走后,村东传来枪声,连城、王冰、梁掌柜他们都替你担心,到村外探过你的信儿。哎?你来俺村弄么?"杨子千说:"多谢大家了!我今天跟毕兄来拜访一位叫作钟、钟……"毕云插嘴道:"钟寿海前辈。"小钟子说:"寿海叔啊,我看到他跟宫老先生在家喝茶,我领你们去。"说完带二人走去。

三拐两拐,来到村后一座青石海草房前。院外大门两旁有几棵粗壮的无花果树,叶子已掉落大半,三五只鸡在树下刨食,院内两株老柿树高过院墙恣意扭捏,高枝上挂着小灯笼般的红柿远远的诱人。

走近院门,便听到院里传出谈笑声。小钟子走在前头,推开虚掩的门,叫声:"寿海叔,来客了。"院里人答道:"哪里的客?快请。"

杨子千和毕云打眼看时，但见铺了青砖的院子里，靠着老柿树摆了茶桌，一个年近六旬的老者和一个不到四十岁的男子对桌而坐，品茗笑谈，一个十几岁的童仆侍立一旁。毕云跨前两步，对品茶的二位行礼，道："宫大师、钟长官好！小子毕云打扰了。"老者嘿嘿一笑道："这不是顾道长的小徒弟么？"对坐男子道："就是啊，现在也是道长了。"这老者正是宫宝田，对坐的便是钟寿海。原来钟寿海身体不好，回乡养病期间请毕云的师傅顾道长治过病，相交甚好。宫宝田被钟寿海引见，也跟道长切磋过医学，并传授武功给道长，毕云武功的长进与此不无关联。

　　毕云说了天后宫的情况和自己还俗抗日的志向，介绍了杨子千。小钟子也将杨子千昨日在羊汤馆收拾日伪军的事说了。宫宝田和钟寿海颇感惊奇，宫宝田笑眯眯地对杨子千说："好小子，有胆量，有气魄。露两手看看。"杨子千犹豫一下。毕云伸手捅捅他的腰，说："还不快点儿，叫大师指点指点。"杨子千一抱拳："大师不嫌，小辈出丑了。"后退几步，唰地一招"大鹏展翅"亮相，紧接着一趟漂亮的"五禽拳"，三十六招式顿挫灵捷，一气呵成，最后收势直立，气息平稳。宫宝田赞道："好武艺！外家拳法源自少林，根基深厚招式流畅，后生可畏。"杨子千回道："不敢不敢，花拳绣腿而已。在大师面前班门弄斧了，请多指教！"宫宝田面带笑意问："你想如何指教？"杨子千看毕云一眼，回道："不敢过多奢望，若能亲睹大师身手风采，便万分荣幸。"宫宝田呵呵笑道："不就是想叫老叟露两手给你看吗？来，先坐下喝杯茶，歇歇再说。"

　　话音刚落，忽听院外吵嚷嚷地过来一些人，转眼进了院门，为首的正是刚才差点儿跟小钟子动手的军装男子，身后跟了五六个同样穿军装的喽啰。军装男子朝钟寿海敬个军礼，道："寿海叔见谅，侄儿打扰了。"转身一指杨子千叫，"就是这小子！竟敢对抗日英雄动手，给我绑了军法处置！"几个喽啰呼啦围上来。

　　钟寿海一拍桌子喝道："你小子大胆！竟敢来我家闹事！看我不拿枪崩了你们！"那些人惊得停住手脚。军装男子回身对钟寿海低声说道："寿海叔，你护着个外乡人干么？"钟寿海瞪着他说："你小子想欺负外乡人啊？你叔我在东北军干这么多年，还从来没有欺负我这个外乡人的！你跟着郑维屏混了几年，当个小官，听说最近负责屯钟家周围几个村的民团训练，有点儿小权，就想显摆显摆？你说人家对抗日英雄动手，是哪个抗日英雄？"军装男子指着自己的脸："你侄儿我呀，我就是抗日英雄。"钟寿海忍不住笑意："大侄子说反了吧？你是抗日英雄？怎么从来没听说？"一指杨子千说，"人家才是抗日英雄，去年打死过日本鬼子，昨天又教训了日本鬼子，你呢？"军装男子用疑惑的眼光看一眼杨子千，说："他能比得上我抗日？今年三月份，郑司令率我们保安大队袭击威海卫北大营日军司令部，打死日军一百多人……"

　　小钟子接过话说："是毙伤日军七十余人，怎么变成打死一百多人？那是共产党八路军干的吧！哎？再说保安队袭击北大营那回，你不是肚子痛没跟上队伍吗？打死多少日本鬼子跟你有什么关系？"军装男子瞪他一眼，又说："五月份，我们在虎豹山阻击日军，又毙伤几十人。"小钟子道："虎豹山阻击战你不是到文登城送信去了吗？"军装男子又要动怒，钟寿海提高嗓门说道："好了好了！你两个小子瞎争个啥？这个国民党，那个共产党，管他哪个党哪个军，真正抗日就是好的！你们两个是一个钟家祖先，现在身处两个阵营，一定不准窝里斗！都是抗日，各走各的路，看谁干得好！"转眼看着军装男子，"行了，看你是晚辈年轻人，我不追究你，想喝茶你坐下喝杯茶，不想喝赶紧带你的人回去，干点儿正经抗日的事。我这儿还要陪宫大师品茶聊天呢。"

军装男子一听，正好找个台阶，看一眼宫宝田，对钟寿海说："早就听说叔这儿有位宫大师，名声倒是挺响，可谁也没见识过大师的本领。我们郑司令手下有位大刀营长名叫商立旦，是位武功高手，上次他请我们吃狗肉，人家一不用枪二不用刀，赤手空拳把一只五六十斤的大黑狗给掐死了，没伤着皮毛。嘿，那功夫了得！要不哪天约一约商营长，跟宫大师比试比试？"

钟寿海一愣，看宫宝田一眼，正要对军装男子发怒，宫宝田哈哈一笑，轻轻放下茶杯，起身朝院子一角走去。大家不明其意，一齐拿眼去看。只见他走过去的地方，院子一角放了个竹笾，里面晾晒着薄薄一层绿豆，两只麻雀在竹笾沿上跳来跳去。宫宝田脚步快捷了无声响，眨眼靠近竹笾。两只麻雀惊飞而起。宫宝田一步蹿上竹笾沿，顺着竹笾沿跑一圈追逐麻雀，轻轻的竹笾竟未翻倾。最后麻雀上飞，宫宝田纵身一跃右手抓住一只麻雀，双脚稳稳落在竹笾沿上，边走边弯腰伸出左手从竹笾里抓一把绿豆，轻轻跃下地来。大家都被这一幕看花了眼，简直不敢相信。

宫宝田神清气闲，走到军装男子跟前，微微一笑说："年轻人，伸出手来。"军装男子不知所然，怯怯地伸出左手。宫宝田将右手的麻雀放到他手里，说："拿好，老叟无能，不能掐死大狗请你吃狗肉，只能逮只小雀给你拿着玩玩。再伸手。"军装男子不由得又伸出右手。宫宝田说："顺便给你一把雀食。"把左手抓的绿豆放到他右手中。军装男子一看大惊失色，绿豆已被搓成粉渣，就跟石碾轧过的一般。在场之人无不震惊。军装男子两腿打着哆嗦，边往后退边说："小辈无、无理，请多包涵，多包涵……"一撒手麻雀飞走，他也带着喽啰落荒而去。

钟寿海急忙给宫宝田抱拳行礼，说道："大师别跟这小子一般见识，消消气，落座品茶。"宫宝田呵呵一笑："丁点小事，何气之有。"转身对杨子千道，"你练一套五禽拳，我要一把逮雀功，也算回礼了，如何？"杨子千急忙深深行礼，说道："宫大师内功洪厚轻功超群，世间难得一见，小辈能够亲眼见识，实在荣幸！"宫宝田笑道："言重了，浅技薄艺不足挂齿。两位小侄赶快坐下喝茶，拉拉闲话。"童仆搬来椅凳，四位坐了喝茶叙谈。

三

火 种

  杨子千和毕云屯钟家一行，不仅亲眼见到宫宝田大师的神功，还恳请大师指点一二，颇有收获。晚上两人回到老虎山，住进老虎洞。上山的时候还有一丝月光，进到老虎洞，里面漆黑一片，伸手不见五指。毕云走在前面，让杨子千跟紧他，不时地提醒别碰头别绊脚。往里走了几丈深，毕云叫杨子千停下，他在旁边石壁上摸索着，从石缝里掏出火刀火石火捻，火刀火石嚓嚓地击打着，迸出的火星引燃了火捻，口吹火捻点着地上的干草，洞里顿时明亮起来。原来这老虎洞洞口小，里边大，大致像个葫芦形。杨子千看清地上堆着柴草，知道毕云就住在此处。

  毕云在点燃的一小堆干草上架起干柴，火势更大起来，洞里愈发明亮，原本凉飕飕，顿时变得温暖。他叫杨子千在火堆旁边石头上坐下，自己噌噌几下顺着石壁爬到洞顶，从斜向大石缝里拽出个鼓囊囊的布袋，回到地上，打开布袋，原来是半袋地瓜和土豆。毕云笑笑说："这是我的口粮，前几天从山下北虎口村买的，烤着吃可算是美味。洞口外边还有一个小泉眼，那水甜着呢。"拣出四五个地瓜土豆，埋到火堆下的炭灰里，便坐下来跟杨子千扯话。

  杨子千问："这老虎洞住过老虎吗？"毕云道："不知是哪辈子的事了。传说古时候东海魔王时常出来骚扰百姓，玉帝派虎王下凡，结果只与魔王打个平手；又派狮王下凡，狮虎联手打败东海魔王，再也不敢出来作恶，这一方山水这才太平。狡猾的狐狸看到狮虎威猛，自己在这片山上落了下风，便使出诡计，挑拨狮虎相斗，最终老虎赶跑狮子。从此狐狸成天跟老虎在一起，充起二大王，坑蒙拐骗，欺压生灵，后来多亏猴子看穿了狐狸的诡计，忠告老虎，老虎才把狐狸赶下山。据说'狐假虎威'这句话就是从这儿来的。"毕云又往火堆上添几根柴，猛地转了口气，气愤地说，"狐假虎威，一提起这句话，我就想起日本鬼子狗汉奸，真是狼狈为奸狐假虎威！"

  杨子千道："毕兄是把日本鬼子看成老虎了？"毕云握紧拳头说："是又怎么样，我们中国有武松，专打老虎！"杨子千连声叫好："说得好！我们就是武松，老虎来了也能打死它！""对！打死它！"毕云正用柴棍从炭灰中拨出一个烤熟的土豆，一棍子打在土豆上，把土豆打成两半儿，递一块给杨子千，说，"我明天就去找郑维屏，要参军打鬼子！杨兄跟我一起去吧！"杨子千接过冒着热气的土豆，吹吹，咬一小口，边嚼边说："鬼子是必定要打，可非得参加郑维屏的队伍吗？我怎么对这支队伍越来越没好感，你看今天屯钟家村那个郑维屏部队的小军官，多么张狂无理！这样的队伍值得参加？"

毕云沉默一会儿，轻轻叹息道："你说的也对，可是眼下威海卫一带能跟日本鬼子抗衡的，只有郑维屏了。前天我刚打听到消息，国民党山东省政府主席沈鸿烈委任郑维屏为山东第七区行政督察专员兼任保安司令，管辖着文登、荣成、威海、海阳、牟平、福山、烟台一带，这一下他的势力更大，打鬼子更靠谱。我参加他的部队是为打日本鬼子，不是冲着他这个人。"

杨子千微微点头："你说得在理，不过我还是不想参加他的部队。毕兄真要参加的话，我倒有个线索，我在沟北村干活的船东刘玉岫，他的叔伯兄弟叫刘玉栓，人长得又大又胖，外号栓大胖子，就在郑维屏部队里，听说还是个什么队长副官，你可以去找他。"毕云说："我要去找，就直接找郑维屏，让他知道我的能耐。"

两人你一言我一语，谈了好一会儿，吃了烤得香甜的地瓜土豆，铺好干草睡下。

第二天一早起来，杨子千对毕云说："咱俩兄弟一场，我不能让你独自一人去找郑维屏。这样，你跟我去一趟凤林集，吃一顿羊汤大饼。我也顺便回沟北村一趟，跟刘船东打声招呼，顺便问问栓大胖子的事，你去找郑维屏也好有个照应。另外，前天救我的那个王冰，很了不起，把你的事跟他说说，听听他的意见。"毕云想了想，说："你说的也有道理，就这样吧。"两人拾掇拾掇，下山去往凤林。

两人小心翼翼进了凤林村，来到羊汤馆，却见门板紧闭。杨子千上前拍了拍，里面也没有声音，说道："坏了，会不会让日本鬼子封了门。"想想又说，"走，到老集村，那里还有个朋友，打听打听。"两人快步往老集赶去。到了老集村，打听到永记工厂，进去说明来意。一个小伙计进去报信，片刻出来三个人，杨子千一看，有连城、丛树生，还有一个不认识。连城拍一下杨子千肩头说："你这小子，可让我们担心了！那天你走后，村东传来枪声，我们几个吓坏了，以为你被日本鬼子打死了。后来出去找你，也没见着尸首血迹，觉得应该没事，可心里还是担心。"

杨子千简略说了那天的事，并把毕云介绍给各位。连城、丛树生忙把两人迎进屋里。杨子千得知那位不认识的人是丛树生的朋友，永记工厂合伙人，也姓丛，于是放下心来，说了毕云要参加郑维屏部队的事，以及羊汤馆关门的事。连城听了说："参加郑维屏的部队，倒也没啥，毕竟眼下他的势力最大，只要是打日本鬼子，参加谁的部队都行。"丛树生也是这么个意思，同时又说："王冰那天傍晚就和林福走了，应该是回桥头墩前村。羊汤馆梁掌柜和他老婆昨天也去了桥头，好像到雅格庄有什么紧要的事。"几人又交谈一会儿，杨子千和毕云吃了点儿东西，杨子千便去沟北村，毕云留在这里等候。

也就半拉时辰，杨子千赶回来，说日本鬼子开始封锁海面，不让渔船随便出海，附近村的渔船都停歇了，刘玉岫也去大连有事，一段时间回不来。丛树生跟那位合伙的丛老板商量一下，说是工厂正好需要跑业务的人手，若杨子千愿意，邀其加入永记工厂，帮连城负责荣成、石岛方向的业务往来。原来自打日军侵占烟台，生意场日益萧条，连城就职的那家店铺关了门，他也失去记账的工作，丛树生便邀他来永记工厂做事，协助丛老板跑烟台方面的业务，同时开辟老家荣成和石岛方面的业务。这样的话，丛老板为主，负责烟台方面的业务，连城一边帮着跑烟台，一边和杨子千跑荣成、石岛，丛树生负责文登方面，如此这般，四下里跟永记工厂的业务都有人负责。

杨子千了解过此事，便说："多谢丛兄关照。最近几日要陪同毕兄去找郑维屏，等毕兄安顿好了，若有空闲，可随连城兄试试看。不过说到石岛方面，有一人倒是很合适做此事，我可引见相识。"连城道："我老家就在石岛附近，到烟台做事之前，也在石岛混过几日，知道些人事，不知杨老弟所说何人？"杨子千回道："天德堂三少东家于永合，与我有过交结，其人能文能武，且又与人为善，石岛地界多有相识。"

连城一听笑道："天德堂，那可是大名鼎鼎的商号，我还曾在那学徒做工呢。"丛树生忙说："石岛天德堂大名我也知晓，可连兄在天德堂学徒做工，可是头一遭听说。"连城略显不好意思地说："在荣成南部，天德堂可谓是无人不知的大商号，平民子弟皆以能在天德堂做事为荣，我老父托人将我送去学徒，我年少无知好高骛远，觉得天德堂就在家门口，只想远走高飞去大城市工作，于老掌柜便介绍我去了烟台做事。于老掌柜六旬上下，乃清末武秀才，耍得百斤大刀，又通医道。其父年有八十，天德堂掌门人，为人极是和善，我做工尚不足月，老人家吩咐于老掌柜一定要给足月酬，让我甚感惭愧。"稍顿又说，"至于少东家于元敏、三少东家于永合，我自是熟识，于元敏承祖父真传，其时已在天德堂主事；三少东家于永合，主要在老家滕家集小落村掌管农事，每每也到天德堂帮忙。"

杨子千接口说："三少东家于永合虽不在天德堂主事，但天德堂凡有大事小情，少不了他跑前跑后张罗。我在石岛码头做工，三少东家常去购买海货，我帮着搬运到天德堂，一来二去就熟识了。那回渔霸强收码头费，对我们做苦力的拳打脚踢，我忍无可忍还手，不想打伤了渔霸，被抓到警察局。多亏去购买海货的三少东家遇见，赶紧回去禀报其父于老掌柜，于老掌柜出面将我解脱，我才跑来威海卫。"丛老板听罢，对丛树生说："多亏杨兄弟提及此事，既然有天德堂这层关系，哪天连兄或杨兄弟带咱俩前去拜访，结上交情，合作互利，将来荣成至石岛地域的业务，岂不是顺风顺水。"丛树生笑道："那是，能交结得上天德堂，对咱的生意那可是大有裨益。"

丛老板甚是高兴，拉开抽屉，取出一包香烟，分给大家吸，除毕云外，每人吸一支。杨子千看看香烟，说道："还是美丽牌的，上海的大牌子。"丛老板说："杨兄不愧是走南闯北，见多识广。这美丽牌香烟，是上海兄弟烟草公司生产的，也是唯一能跟英美烟厂相抗衡的国产货。当年还有个小笑话，烟厂做广告，把'美丽香烟'错印成'美丽烟香'，没想歪打正着，让香烟销量大增，成了国产货的硬牌子。"

丛树生打趣说："我跟丛老板在一起有段时间，这美丽牌香烟也没抽过几支，都是用来招待重要客户，没想今天一下分了好几支。"丛老板笑道："重要客户要照应好，抗日英雄更不能怠慢。"深吸一口烟又说，"自从日本鬼子侵略中国，特别是侵占烟台和威海卫，我这工厂可大受影响，以前光烟台一家客户的花边加工活就够我忙乎，现在倒好，要四下跑活路，货款回收也不及时，唉——都是日本鬼子搅闹的，要是能把日本鬼子打跑那就好了！"

杨子千和毕云说想要参观工厂，丛老板欣然带路。这永记工厂前后三进大房，第一进房屋是管理人员和业务人员的办公场所以及库房，后两进房屋则是绣工厂房。走到二进院，便听到屋里传出女工叽叽喳喳的说笑声。走进门去，只见四间通敞的房屋内，三四十名女工坐着矮凳，伏在绣花撑子上飞针走线，绣花针在密匝匝的网格中上下穿行，扬起的手臂画出一道美丽的弧线。女工们见丛老板带人来，顿时没了声响，边做活儿边偷偷拿眼打量来人。丛老板告诉杨子千和毕云，工厂的业务主要是丝织花边加工，女工大都是本村人，也有个别是邻村的，她们的薪水是计件发放，前几年生意好时，来做活儿的女工有近百人，后边这两进房屋坐得满满的，现在只剩下这些人了。

几人正交谈着，忽然有个女工停住手头活儿，坐直身子对丛老板说："老板我有意见。"几个人一愣，所有女工也都停下活儿看过去。只见那女工很年轻，也就十六七岁的样子，瓜子脸儿丹凤眼，白白的皮肤漆黑的发丝，模样儿生得俊气，而看那半身坐姿即可感觉到是个细挑身材。丛老板脸上闪过一丝笑意，问道："小叶子，看来夜校没白上，识字多了，道理懂得多了，意见也越来越多，说说看，又有什么意见？"

没想小叶子一听这话，呼地站起，果然是直苗苗高挑挑的身材，左手撩了撩垂散在耳前的短发，说道："听老板这话音儿，是俺多嘴多舌了？那俺就不说了呗！"丛老板嘿嘿一笑道："小叶子你可别吓唬我，谁不知道你是个心直口快心眼儿好的小姑娘，肚里有话不说出来，会憋得肚子疼，是吧？快说吧。"小叶子扑哧一笑，说："那你说说俺以前提的意见对不对？"丛老板忙说："对，对，小叶子提的意见都对。"小叶子这才一本正经地说："那好，俺说。丛老板你给俺们这些女工开会说，绣工车间不让抽烟，谁家男人来有事，先在门外磕干净烟袋锅子再进来，是不是？可转过脸，老板带人吸着烟卷进来。烟卷跟烟袋锅子不一样？烟卷冒的不是烟？"

杨子千刚吸一口烟，听这一说，心里咯噔一下，赶忙偷偷用手指把烟捻灭，睁大眼看这小叶子，见她虽然话不饶人，可面带笑意，一副淘气小妹的样子。连城、丛树生也都显出尴尬之态，捻灭手中的香烟，丛老板抬起鞋底拧灭香烟，略带尴尬地笑着说："好，小叶子这意见提得好！我奖励你半条花边手工钱，以后这样的意见多提。"小叶子稍显羞涩抿嘴一笑："俺不要你奖励，别冤枉好心就行。"轻盈地坐下身，捏起绣花针，抬眼瞅一眼丛老板，又扑哧一笑，低头麻利地干起活来。小叶子旁边一个三十来岁的女工，笑着说："老板哪，别看叶子年纪小，懂的道理可不少，有她帮俺们说话，谁也别想抓羊（欺负人的意思）！"女工们咯咯笑起来。

出了工厂门，杨子千说："这小姑娘了不得，我见过东北娘们泼辣，小叶子虽然不是那么泼辣，可她那么小年纪，就敢理直气壮讲道理，不简单。"连城接道："丛老板跟树生兄偷着欢喜吧，别看这小叶子能说爱道，可看得出她是个性子直心眼儿好的好姑娘，永记工厂能摊上这样的工人是好事。你看，刚才她一句话，省了丛老板半支烟。"丛老板哈哈一笑说："我早就看出来，小叶子是个好姑娘，我一直把她当外甥女看待。"杨子千、连城、毕云几乎同时"哦"一声。丛树生说道："我替丛兄说了吧，小叶子大名叫于友仁，小名叫茯叶，人们都爱叫她小叶子，今年十七岁，是这南面温泉双寺奇村的，打小在东面的大邓格村姥姥家长大。她舅舅给共产党做事，跟我们丛兄又是至交朋友，几年前就把她送到永记工厂来学手艺，晚上则让她参加'识字班'，几年来学了不少知识，懂了许多道理，这里面当然有丛兄的不少功劳。因为和叶子舅舅的关系，所以丛兄真把叶子当外甥女看待。"丛老板点头道："真是这样啊。小叶子聪明伶俐，心地善良，心直口快，人长得又当意（可爱的意思），我要是没有女儿，就认她做干闺女。"

几人闲谈一会儿，杨子千、毕云跟连城、丛树生还有丛老板告别。丛老板找一身俗家衣裤给毕云换上，毕云就近到老集村理发馆剃了头，真正还了俗。两人商量还是去一趟雅格庄村，找王冰出出主意。打听准方向，迈步上路，他们朝东南方向快步奔去。

不到一个钟头，来到桥头镇东边不远的雅格庄村。两人在村里打听一番，并没有人知道王冰下落。正有些灰心，杨子千忽然一拉毕云胳膊，指着前边说："找着知情人了。"毕云朝他手指方向看去，只见前边胡同口有棵几抱粗的老槐树，树下有个摆摊的女货郎，正弯着腰给两位挑选针线的大嫂指指点点。毕云问："她是谁？"杨子千说："羊汤馆老板娘，她熟悉王冰。"毕云不解道："一面之交，这么远你能认准是老板娘？再说羊汤馆老板娘，怎么干起了货郎？"杨子千脸上露一丝笑意,道:"兄弟我是有名的千里眼顺风耳,看人错不了,何况她给的单饼还救了咱俩性命,怎能忘了?不过也是,她怎么跑这村里干起了货郎?走,过去看看!"两人快步过去。

那边树下摆摊的女货郎,正跟两位大嫂讲着货物,猛然警觉地直起身,看着走过来的两人。待看清其中一人是杨子千时,方才回头打发走两位大嫂。两人来到跟前,女货郎朝杨子千笑笑,她正是凤林羊汤馆老板娘徐杰。杨子千见徐杰朝他俩走过来的身后方向张望,微微一笑说:"徐大姐放心吧,后面没跟着小鬼子。"看她打量毕云,又说,"他是我的朋友毕云,也是个抗日好汉,要不是他出手相救,我就死在鬼子刀下了。"徐杰点点头,低声说:"没事就好。你们来这村干么?"杨子千道:"我正要问你呢,你怎么好端端的羊汤馆营生不做,干起走村串巷的货郎?再说女人干货郎实在少见。"徐杰轻声叹口气道:"鬼子伪军能让羊汤馆安生?那章不管老去找麻烦,白吃白喝不说,动辄要十斤二十斤熟羊肉,说是给那掉耳朵的鬼子补养长耳朵,稍有怠慢就亮刀亮枪要抓人。唉——好在俺当家的以前做过小买卖,干过货郎,没办法又拾掇起来,干一阵儿避避风头。"

杨子千气得握紧了拳头,骂一声:"这帮狗东西,早晚得收拾他们!"话题一转又问,"你刚才说给那小鬼子长耳朵,那鬼子难道真是鬼,耳朵还能长出来?"徐杰扑哧一笑:"叫你说得瘆人!章不管说当天找了个神医,把鬼子耳朵缝上了,多吃点儿羊肉伤口能长得好。其实哪是什么神医,蒿泊村骗猪骗狗的'二骗子',打了个神医招牌,号称包治千伤百病,说是祖上曾在京城当过御医,给慈禧太后开过刀。嗨,瞎吹呗!那耳朵能长上才怪!听说那天二骗子给鬼子缝完耳朵,衣裳都叫汗湿透了,鬼子一走他就躺在炕上,直躺了一天一宿。哎,扯远了,你们来雅格庄干么?"杨子千道:"就为参军打鬼子的事,想找王冰兄弟拿个主意。永记工厂的丛树生说王冰可能到雅格庄来了。"徐杰一愣,随即笑笑说:"别听他乱说,王冰那么个大活人,哪里不兴去,来雅格庄弄么?不过参军打鬼子是好事,你们俩要没别的事,先到村西头那棵老柳树下等一会儿,我这边再卖一会儿货,就过去找你们。"

这时又来两个六十来岁的老婆婆,挑拣碎布头。杨子千和毕云便告辞去了。拐过胡同,杨子千扯一把毕云,停下来,小声说:"我觉出来了,徐大姐肯定知道王冰。走,回去打个埋伏。"领毕云转到另一条街,绕个圈子,绕到徐杰背后大槐树下。几抱粗的树干把两人挡得严实,加上两个老婆婆说说道道,徐杰哪里注意到他两人,杨子千踩着毕云肩头爬上树杈,又伸手拽上毕云,两人悄悄爬上大槐树最浓密的大杈子,隐下身来,朝下观看。

两个老婆婆挑了几块布头走了。徐杰拿起拨浪鼓,卜嘟嘟卜嘟嘟,有模有样地摇起来。没摇几下,斜对过一个破旧院落的院门"吱呀"开启,闪身出来个头戴塌沿草帽的男子,四下扫视一眼,径直走到大槐树下货摊前。树上的杨子千伏到毕云耳边小声说:"是梁掌柜。"这人正是梁掌柜梁国为。

只见梁国为接过徐杰手中的拨浪鼓,卜啷啷卜啷啷摇几下,转头四下里观看,喊道:"针线布头胭脂盒儿,木梳头绳小百货儿——"喊过两遍,扭头对徐杰低声说,"今天会开得很好,中共威海卫特区支部重新建立起来,韩力同志担任书记,民先队的主要成员殷少欣、岳东、王斋、王冰、林乔、钟毓祝都参加了会议。下一步要在这附近村庄秘密发动群众,成立抗日组织,建立抗日武装。"徐杰听着握握拳头,兴奋地说:"太好了!我们又有了自己的组织,可以跟日本鬼子和章不管他们干!"忽又扭头问梁国为,"我入党的事呢?"梁国为又四下看一眼,小声说:"今天正式发展王冰同志成为中共党员,你和小钟子还得再考验一阵儿。"徐杰不大高兴地噘嘴"哼"一声。梁国为笑笑说:"我帮你争取了,大家也觉得你很优秀,只是正式参加革命还不到一年,嫩了点儿。"稍顿又说,"放心吧,我媳妇这么能干,用不了几天。哎,跟你说,我这回是中共文荣威地区的地下交通员,担子更重了,媳妇想入党,可得帮着挑啊!"徐杰捅他一把,嗔怪道:"美得你!"

两人正说着,斜对面的院门又开了,陆续出来六七个男子,有几个拐进胡同,有几个走向村外,最后出来的三人朝树下走来。杨子千定睛一看,三人中一人正是王冰,另两人不认识。王冰走到货郎摊前,对徐杰说:"嫂子辛苦了。"徐杰笑笑,学一句戏中货郎的道白:"莫道辛苦双肩重,乾坤尽在一担中。"稍顿又道,"祝贺你啊王冰!"王冰会意地一笑,说:"过不了几天就该给嫂子祝贺了。"转头对梁国为说,"怎么样梁掌柜,收了摊儿吧,到墩前村去,我请你喝两盅。"梁国为嘿嘿一笑:"是该喝两盅祝贺祝贺,可我走不了,韩书记要我过一会儿去他那里有事。"王冰道:"好吧,那咱们以后再聚,俺三个先回了。"转身同另两人走开了。

徐杰忽然想起杨子千的事,急忙招呼道:"哎王冰,等等。"王冰三个停步回过身来,王冰一眼看到隐藏在树顶枝叶中的杨子千和毕云。徐杰说,"刚才那个杨子千和一人来找你,我打发他们到村西老柳树下等候着。"王冰一笑:"杨子千?他还活着啊?你打发去村西老柳树下的恐怕是他的魂儿吧,真人早跑到老槐树上了。"

杨子千一听王冰发现了他俩,哈哈笑起,跟毕云飞快下树,对徐杰和梁国为赔了不是,才对王冰说道:"找到你可真不容易,我和毕兄下了多大功夫。"把毕云介绍给大家,杨子千又简单讲了那天跟鬼子伪警打斗脱险的事。王冰听了对二人夸赞一番,又问:"杨兄毕兄费心费力找我,有何贵干?"杨子千道:"毕兄要参军打鬼子,我就想找你听听主意。"王冰一听满脸笑意看了毕云一眼,用力一点头,说道:"走,志同道合,到我家去商谈。"转身带几人去往墩前村。

一路上,杨子千和毕云知道另两位同行者一个叫王斋,一个叫岳东。王斋年龄二十九岁,长王冰八岁,两人同村;岳东年方二十,是与王冰、王斋村子相距不远的柴里村人，在外村教书。王冰说："今天大家凑在一起，是商量如何对付日本鬼子。"杨子千笑笑，说："对付日本鬼子好啊，得算俺一个。"杨子千又说了老集村丛老板和丛树生邀请他帮连城跑荣成及石岛业务的事。王冰说："这也不错啊，两位丛兄是怕你生活无着，给你个挣钱吃饭的机会。"杨子千笑道："这俺知道。咱别的没有，力气有的是，出苦力挣钱填饱肚子不成问题。不过石岛方面我还算熟悉，能找人帮他们做点事也好。"王冰又说："就凭杨兄在凤林村干日本鬼子，别的不敢说，吃吃喝喝包我身上。"杨子千一笑："莫非王兄是个财主？"王斋插话道："杨老弟说的真对，王冰可是俺村数一数二的大财主户呢。"王冰微微一笑说："谈不上大财主，倒是有几栋房子几亩地，吃吃喝喝不愁。我心里有个谱，我这点儿家底，都准备用在打鬼子方面的开销上。能打跑鬼子，就是变成穷要饭的也干。"

几人说说笑笑，不多会儿来到桥头集。正赶上集日，王冰顺便买些荤腥菜蔬，又一路向西直奔墩前村。

行了三五里路，来到一个小村口，王冰对杨子千说："这就是俺村，墩前。"王斋指着村后一个凸起的小山包说："那是一座古烟墩，也就是烽火台，大概是明朝以后修建的，主要是防御倭寇，俺村就是由此得名。"岳东笑着对杨子千说："几百年前防倭抗倭的地方，如今又成为抗日根据地，出了王斋王冰等抗日志士，看来是风水宝地啊！"王冰笑道："嗯，这话还真有道理，据说俺村最早的时候正是守护烟墩的兵士逐步繁衍而成的。"拍拍王斋的肩膀又说，"我们骨子里流淌着抗日的热血。"大家都笑起来。

王冰把大家领到他家中。这是一处三进院的大宅院，前中后共十八间房，他的家人住在中排屋。前排原本住着伙计，现在农活已完结，伙计大都打发回家，留下五十来岁的驼背老汉等三两人帮着理家护院。几个人跟着王冰走到后院，进屋上炕坐下，驼背老汉端来热茶给大家喝上。王冰告诉杨子千和毕云，他的确出身于地主家庭，不过他小时候家境就日渐衰落，八岁开始读私塾，十八岁考入威海中学，两年后辍学到鹿道口派出所当了警察，干了一年多，今年春天日寇侵占威海卫，他弃警回家，以教书为掩护在本村及邻村秘密开展抗日救国活动。他的做法受到父母兄长反对，无奈之下，与父母兄长分了家，得到这十八间房子和几十亩田地。他便以这些财产为资本，积极开展抗日救亡活动，他的家也成为抗日人士时常聚集之处。杨子千和毕云对他的所作所为很是赞赏。

晚饭颇为丰盛，王冰吩咐驼背老汉宰只大公鸡炖了，又将桥头集上购来的猪肉鲜鱼蛤蜊之类照法烹调，炒了时令菜蔬，八道菜皆是美味佳肴。又有自家酿制的地瓜干烧酒，个个喝得畅快淋漓。岳东在席间端起酒杯对王冰说："今天是你人生的新起点，敬你一杯。"王斋也端起杯来说："是啊，欢迎你正式成为我们的同志，干！""干！"三人碰杯，一饮而尽。杨子千和毕云也给王冰敬酒，敬其竭尽身家之力做抗日之事。王冰端起杯，同二人碰过，说道："我威海卫几百年前就跟日寇强盗结了仇。从明朝起,倭寇三番五次进犯威海卫,烧杀抢掠无恶不作,威海军民奋起抗倭。特别是四十多年前,日本军国主义分子抓住清政府腐败无能之机,挑起震惊中外的中日甲午战争,直叫大清国一败涂地,威海卫、刘公岛落入魔掌,威海人民自发组织起来,与日寇浴血奋战,献出无数生命。如今,日寇再次践踏中华大地,进犯我威海卫,杀我兄弟,侮我姐妹,我想,凡是有点儿血性的中华儿女,哪个不怀着满腔热血投身抗日?就像二位仁兄,也是了不起的抗日志士。来,为了我们共同的抗日志向,干了这杯酒!"

岳东与王斋也端起酒杯,岳东说道:"王冰同志说的好,为了我们共同的志向,打败日本鬼子,赶跑侵略者,干!"五个人碰杯一齐干了杯中酒。

王冰又给杨子千和毕云掌满酒,自己也倒满一杯,端起杯来说:"杨兄了不起,好胆量,好身手,必将成为抗日英豪!"杨子千笑道:"哪里哪里,比起毕云兄,我的身手差得远。"王冰又对毕云道:"毕兄的大名其实我早有耳闻,在威海滩武功也是数得着的,只是没想到毕兄会退出道场投身抗日,实在敬佩!不过我要奉劝毕兄,要参加队伍抗日是大好事,但不要参加郑维屏的队伍……"毕云不解道:"为什么?他也是抗日的呀。"王冰道:"我在警所干过,那时郑维屏就是警察局长,对于他的为人,我比在座各位了解得更多。总之一句话,不要跟他干,我们很快就会拉起自己的队伍,要参加队伍抗日,就参加我们自己的队伍。"说罢举杯而饮。杨子千也一饮而尽。

毕云端起杯犹豫一下,抿一小口放下了,说道:"不好意思,毕某酒量不济,已有醉意,实在喝不下了。"王冰要劝他喝下,岳东摆手止道:"喝酒尽兴,莫要硬劝。初次聚饮也不知毕兄酒量,就随意吧。"王斋也说:"是啊,喝酒尽兴就行,多吃菜,多吃菜。"几人举筷吃菜,谈笑风生。

晚上杨子千和毕云就安排在吃酒的炕上睡觉,驼背老汉抱来柴草烧了热炕,两人暖暖地睡下。王斋的家就在后街,几步就回了家。岳东的村子离得也不远,就着月亮地儿赶回了。

第二天一早,王冰过来看望杨子千和毕云,见炕上只有杨子千一人,问道:"毕兄上哪了?"杨子千笑笑说:"叫你吓跑了。"王冰一愣:"咋的了?"杨子千说:"昨晚我一觉醒来,毕兄就不见了,我原以为他出去解手,可后来一直未回来,我就知道他偷偷走了。"王冰皱眉道:"偷偷走了?为么?"杨子千道:"你想,他一心要参加郑维屏的队伍抗日杀鬼子,你却要拉住他,他无奈之下只得偷偷告辞。"王冰轻摇着头,叹息一声说:"唉,这个小老道,越墙过院毫无声息,可惜一身的好武艺,头脑简单了点儿,认准的事儿不转弯,有他后悔的时候!"话锋一转又笑着问杨子千,"杨兄不会也去参加郑维屏的队伍吧?"杨子千嘿嘿一笑说:"参加队伍打鬼子,也是我的一个理想,但我不会参加郑维屏的队伍,关于他这个人我知道的也不少,反正我是觉得不可靠。具体参加哪个队伍,我还要端量端量。"王冰一拍巴掌:"好!有这句话,我敢保证你这条好汉会加入我们的队伍。"杨子千笑道："王兄这么有把握？哈哈，也许咱们有缘吧，你救了我的命，我欠着你的情。"

两人你一言我一语谈了好一会儿，话语投机，志趣相合，英雄惜英雄，大有相见恨晚之意，况且二人名字尾字万千顺合，实乃缘分，当下言定结拜为兄弟。两人梳洗干净，来到中排房的一间屋室，里面墙壁上挂着一幅与真人大小相仿的关公画像，像前摆有香案香炉。王冰点起三炷香，与杨子千跪在香案前，叩拜关公，言明结拜兄弟之志。杨子千长王冰一岁，为兄，王冰为弟，自此两人义结金兰，情同手足。王冰叫杨子千随时过来吃住，并根据自己的真名"梁春万"给杨子千起了别名"杨千秋"，对村人就说是远方的兄长，做一点小生意。杨子千一一应诺，甚为感激。

四

追踪老坟窟

　　杨子千吃过饭，要去找毕云，毕竟是患难知己，放心不下。王冰便吩咐家人准备了干粮，给他带上，再三叮嘱有事办事无事早回。杨子千答应过，别了王冰，径往老虎山而去。

　　到了老虎山，找到老虎洞，杨子千在洞口喊了两声："毕云兄！毕云兄！"洞内传出两声回音，再无动静。杨子千小心地往昏暗的洞里走，刚走三五步，突然里面窜出一物，朝洞外奔逃。杨子千先是一惊，顿即定了心神，迅疾弯腰出手，将脚边窜逃那物逮个正着。抓起来看时，是一只野兔。杨子千嘿嘿一笑道："好啊，送上门的美味，我和毕兄有好吃的喽。"提到眼前端详，野兔睁着大眼惊恐地望着他，鼻嘴黑乎乎的沾了灰垢。"你这小家伙，肚子饿了找不到吃的，来洞里吃烤地瓜皮，唉，为了活命，也不容易。"杨子千心下一动，微笑着摇摇头，"我和毕兄少吃一口肉吧，留你一条命，走你的去！"一扬手放了野兔。野兔惊逃而去，杨子千嘿嘿笑着，直看着野兔消失在洞口，转回头又进洞里。

　　洞里空空无人。地上铺的干草，堆放的柴棒，烧过的灰烬，和几天前大致无异，看不出昨晚是否有人住过。杨子千四下观察一番，也没有毕云的踪迹。想起储藏的地瓜，费一番气力，顺着石缝爬到洞顶，见装地瓜的袋子尚在，知道毕云仍在此居住，并未搬走，放下心来。解下身上包大饼的包袱，放在地瓜袋上，又回到地面。走出山洞，四下转着观山望景，不禁抬脚走进林间。走去三五十步，一段小腿粗的枯枝横在眼前。伸手搬开枯枝，要走过去，想到山洞里需要干柴烧火，何不捡拾回去，可作烧用。于是就地将枯枝折断成三尺左右长短柴棒，一段段堆放起来，近处拽来一根葛条，捆了柴棒扛回山洞。想想这一捆干柴足够烧上两天，闲着没事出去多捡些回来，以备来日之用岂不更好。便紧紧腰带，走进山林，捡拾起干柴来。

　　他小半天工夫扛回五六捆，堆放在山洞最里边的角落，天色也暗下了。本想生火烧几个地瓜，等毕云回来吃，可火刀火石不知毕云藏到了何处，好一会儿也未找到，只得作罢。又爬到洞顶的石缝里，靠着地瓜袋子躺下，把包饼的包袱捧到眼前闻闻香气，肚里便咕咕响起，却不忍吃上一口，心想等毕兄回来两人一起享用。捡了小半天的柴有些疲累，他闭上眼不一会儿竟然睡着了。

也不知睡了多久，隐隐地听到有异样的微弱声响。一激灵醒来，睁开眼，黑暗中似乎看到一个张开的爪子朝他抓来，不由得喊一声："呔！什么玩意儿！"这一喊那爪子倏地不见了，随即地面传来脚步声，朝洞外跑去。

杨子千跳下地，追至洞口，外面月光正亮，看到前面跑进树丛的身影分明就是毕云，便喊道："毕兄！毕兄！是我。"那人没听见似的仍朝前跑。杨子千追着喊："我是你杨兄弟啊毕兄，别跑啦！"那人既不停步也不回声，只是急急地往前跑。杨子千心下突然一颤，暗想：莫非是个歹人，害了毕云兄，穿着他的衣服回来翻找东西？不然的话怎么知道是我反而逃跑？凭他的武功，即便这里不是我，也绝不会如此落荒而逃。对，我一定要抓住他，弄个明白！于是腿脚发力，两眼死盯着前面跑去的身影，紧追不舍。

两人一个跑一个追，下了老虎山，朝西南方跑去。多亏今晚月光好，前面那人跑得快，后面追赶的杨子千也没落下。一直追了三四里路，追到一片荒坟冈，但见月光下，一座座坟丘比连而卧，枯草掩映，令人心瘆。杨子千扫视一眼坟冈，转瞬间不见了前面那人，小心追过去，整个坟冈寻个遍，也没见踪影，心下稍稍一震，暗想莫非遇上鬼了？又一想，听说鬼走路无声，光下无影，追的这个既有声又有影，应当不是鬼，还是他藏身在了何处。于是下决心要逮住这人，看他到底是毕兄不是，便在坟地里细细寻找。

当寻找到一座高大的坟墓旁时，发现一个缸口粗的洞穴，隐在一蓬茅草荆棘丛中。杨子千蹲下身慢慢靠近洞口，凝神静气听一会儿，果然听到里面传出一声极低的咳嗽，断定那人就藏身洞里。他想了想，便朝洞里喊道："里面是不是毕兄，出来吧。"连喊三遍，里面毫无声息。又说："看来不是毕兄了。那你是人是鬼出来一下，跟俺说清楚刚才去老虎洞干么。"说过几遍仍无反响。杨子千便装出生气的腔调朝洞里喊："你不出来是吧，那就别怪俺。我这就弄来柴草，点火烧洞，不把你烧死也把你呛死！"

话音刚落，里面传出一声咳嗽，紧接着出来一人，在洞口说道："你个杨兄，算是让你缠上了。"正是毕云。原来毕云参军打鬼子心切，昨天听王冰说要拉起队伍，挽留他参加，心想你们这么几个人势单力薄，能打得了鬼子？我还是参加大部队吧。又碍于面子不便明说，便趁夜深人静之时越墙而去。今天到威海卫西南一带寻找郑维屏的部队未果，回来时路过家里村这片老坟地，无意中发现这个早年盗墓留下的坟洞，适合隐藏暂居，心想杨兄一准会找他，劝说他参加王冰的队伍，不答应会伤了和气，不如在这坟洞里暂且留身，等参加了郑维屏部队，木已成舟，再告诉杨兄不迟。于是他便趁月夜回到老虎山，打算取一些地瓜聊且充饥，没想把杨子千直接给引来。

杨子千进到坟洞里，里面漆黑一片，跟随毕云用手四下摸了摸，觉得比老虎洞并不小，而且很暖和，比老虎洞要舒适很多。两人商定搬到这里来住住看，去老虎洞把地瓜和火镰火石取过来。

　　回到老虎洞，毕云从一个石缝深处掏出火镰火石，燃起柴火，烧起地瓜来。杨子千把从王冰家带来的大饼在火上烤热，两人吃着大饼，拉扯起来。毕云嚼着香喷喷的大饼，说道："好久没吃到这么香甜好吃的大饼了。"杨子千趁机劝说："那还不容易，王冰兄……"毕云一笑，打断他的话："杨兄不用多说，我知道你的心意。说实话，我也觉得王冰是个好人，跟着他干也错不了，起码吃喝不成问题。可关键是，我急着打日本鬼子，一天也等不及，王冰说要拉队伍打鬼子，即使很快拉起来，能拉几个人，能有多大的队伍？郑维屏且不管他人怎么样，毕竟也是正儿八经打鬼子，有这个现成的大部队，参加了就能打鬼子，那多好！跟你说杨兄，今天我去西南乡一带找郑维屏的部队，没想到前几天他的部队刚刚跟鬼子干了一仗，只可惜这小鬼子太凶，郑维屏的虎豹山防线被攻破，队伍往西南方向撤退，不然的话我可能直接就参了军，你找不到我。"杨子千笑了笑，说："看来毕兄是铁了心要参加郑维屏的部队。"毕云吃完手中大饼，又从炭火中掏出个烧地瓜，道："嗯，也是吧。就是急着打鬼子！"一扬手把剥下的烫手的地瓜皮狠狠抛向洞壁。杨子千无语。

　　洞里一阵寂静，只听到篝火呼呼的燃烧声。过一会儿，杨子千才说："毕兄既然铁了心，我也就不多说。这样吧，明天咱俩一起去找郑维屏的队伍。"毕云一喜："真的？杨兄要跟我一起参军？"杨子千道："主要是为你，我的事我自有打算。"

　　两人又吃了地瓜土豆，肚子饱饱的。到洞口洗了手，回来拾掇躺下休息，明早再把东西搬到坟窟去。

　　第二天早早起来，两人带着半袋子地瓜、土豆和火刀火石，踏着暗淡晨曦，来到坟窟。杨子千说："这就叫作狡兔三窟。"毕云笑笑："嗯，有这么个意思。"两人放好东西，轻装快步直朝西南方向奔去，找寻郑维屏的队伍。

　　两人打听来打听去，曲曲折折也不知行了几十里路，来到一个叫作武林的地方。杨子千悄悄对毕云说："十有八九，他们就在这里。"毕云不解道："你怎么能肯定？"杨子千朝前边努努嘴，只见前边路旁田地里有两三个村人在用镢头刨地。毕云更加不解："村里人干活，跟郑维屏有什么关系？"杨子千低声说："你看他们像是干活的村人吗？这个季节哪是刨地的时候，咱们这一路看到有人刨地吗？再看这几人镢头挥得叮叮当当，四下里转头转脑，分明就是军队的暗哨。"毕云仔细打量一下这几人，点头说道："你这么一说，还真是那么回事。那我们怎么办呢？"杨子千抿嘴一笑："怎么办，他刨他的地，咱走咱的路，咱是来参军的，管他呢！"说着两人继续往前走。刚走过去，两人用眼睛的余光看到刨地的人把镢头高高直竖起来，明白是在报信。果然，前行了几十步，便发现路北不远处的山包上，灌木丛里有几人端着枪瞄向他俩。

四　追踪老坟窟

又行一会儿,到了村头,路旁一座塌顶的破房子里突然蹿出四五人来,有的端枪,有的挥刀,把两人团团围住。一个穿黑衣的小头目问旁边持砍刀的青年:"看清了不是你们武林村的?"青年回道:"不是。""是不是邻村的?""好像不是。邻村人大都认识,即使叫不准名字起码脸熟。"小头目转向杨子千和毕云,冷冰冰地问道:"哪里人?来这村干么?"另一个端枪的恶狠狠地说:"少他妈编瞎话,看着就不像种庄稼的,是不是日本鬼子的探子?说!"毕云说:"我们是来找打鬼子的队伍的。"杨子千轻轻碰了碰毕云,微微一笑,接过话说:"劳烦哪位兄弟通报一下刘玉栓刘副官,我是他家里人,找他有点儿事。"小头目一愣,上下打量杨子千:"你是刘队长的家人?家里什么人?找队长什么事?"杨子千道:"俺是他家的伙计,来告诉他一声,他家里……哎?队长的家事也得告诉你们?你们要是不怕队长生气发火我就说了啊,队长家里那个女……"小头目赶忙摆手:"停,停!别说了别说了……小马子快去通报刘队长。"一个瘦小的年轻人答应一下跑向村里。

不一会儿工夫,打村里出来几个人,前头的那个一看就是栓大胖子,人高马大,腰肥体壮,估摸不低于二百斤的样子。到跟前,小头目打个敬礼:"报告刘队长,这人说是你家的伙计,有事告诉你。"栓大胖子转眼看杨子千,觉得面熟。杨子千忙说:"刘队长,我姓杨,在你哥船上干活,咱俩见过面。"栓大胖子板着脸,点点头,嗯了一声说:"想起来了,小杨儿。找我有什么事?"杨子千扫视众人一眼,对栓大胖子道:"咱们借一步说话吧。"栓大胖子朝小头目一摆手说:"你们都回岗位去。"小头目又一个敬礼:"是!队长。"一挥手带众人跑回那塌顶屋里。只剩栓大胖子带来的一个随从,在三步开外站着。

栓大胖子皱着眉问杨子千:"我家发生了什么事?"杨子千道:"队长别太担心,家人都安好。只是日本鬼子封锁了海面,不让渔船出海,家里的渔船停歇了,玉岫大哥去了大连,看看能不能做点儿什么事。"栓大胖子一听是这事,暗暗松口气,又握了拳头说:"这日本鬼子真是可恶,非把他们打跑不可!"杨子千接话道:"就是。杨某还有个打鬼子的事要求队长。"指一指毕云说,"毕云兄也是深受日本鬼子欺害,一心要参加咱们的队伍打鬼子,特来找队长帮忙。"栓大胖子道:"这个好说,只要是知根知底的,要参军打鬼子,我跟郑司令递句话就行。"

杨子千高兴道:"那太好了。"转着头嗅嗅又说,"好像有酒菜的香味,这附近有饭馆吧?天快晌午,我们兄弟俩请队长喝上一杯,以表谢意。"

栓大胖子顿时眉开眼笑,对杨子千竖起大拇指说:"好鼻子,够机灵,那边儿还真有个小饭馆儿。不过二位就……就别破费吧。"杨子千一笑说:"别呀!你帮这么大的忙要答谢,毕云兄能参军也得庆贺,我的东家你哥对我也不薄,走,我请客!"栓大胖子哈哈一笑,转头对随从说:"那你回去吧。我家里来人,一起找个地方说个话儿。"回身带杨子千、毕云朝北走去。

走过去百十来步，村头有个两进院的农家院落，没挂幌子，但里面飘出炒菜的香味，传出勺子、铲子的叮当声响。三人走进去，客人很少，栓大胖子要个后院单间，杨子千点了焖鱼、蒸蛤、炒鸡蛋、拌猪头肉几道硬菜，毕云沽了二斤烧酒，稍稍寒暄吃喝起来。

栓大胖子能吃能喝，大块的肥肉在口中翻嚼，大口的烧酒仰脖而下，不多会儿工夫便稍现醉意，侃侃而谈。毕云敬过一盅酒，说："刘队长，感谢你能帮我参加部队，可我还有个要求，想见一见郑司令。"栓大胖子一愣："你一个小卒子，要见司令？"毕云道："要论身份，我确实是个小卒子，可我相信我的能耐会让司令刮目相看。"杨子千把毕云的情况说过，栓大胖子瞪眼打量毕云一会儿说道："要是真像小杨子说的那么有本事，郑司令倒是喜欢这样的人才，我们有个商营长，就是因为会拳脚善刀枪，有勇有谋，被司令直接提拔起来。不过近阶段司令是不会见你的。"毕云问道："为么？"栓大胖子又喝一盅酒，往窗外望了望，回头压低声音说："你们两个不是外人，不要外传啊！近几天司令组织部队要跟鬼子打一大仗，即使不能把鬼子赶出威海卫，也要狠狠灭一灭他们的嚣张气焰！为此还专门调来善于打仗的海阳大队参加战斗……"说着又朝窗外望望。

原来，一贯坚持反共立场的郑维屏，在共产党联合抗日的主张和人民群众奋起抗日的气势推动下，迫于形势摆出了守土抗战的架势，他把原威海卫四个公安分局近二百干警组成保安大队，一面阻挡城里日军南进，一面大量招募新兵扩充部队，形成八个大队、一个卫队、两个别动队共两千四百多人的规模，遂经国民政府政务院电准，正式成立了威海卫行政区保安司令部，郑维屏任司令。其间侵威日伪军频频向南进逼，身为保安司令的郑维屏不得不正儿八经地跟日军干仗，可他心里清楚自己的实力，虽说部队号称两千多人，但绝大多数未经正规训练，更甭提打仗了，况且近半人手中连一条破烂枪都没有，怎么跟日军干？想来想去，他想到海阳的地方军警部队。海阳县保安大队下属八个常备队，从武器装备到人员素质，在第七行政区里是最好的。郑维屏便以其山东省第七行政区代理督察专员的身份，调令海阳部队前来参战。海阳方面积极响应，将八个常备队合编为三个大队，成立了海阳县"军警前敌指挥部"，公推第五常备队队长姜彻九为总指挥，带部队奔赴威海战场。

三人喝了酒吃了饭说了话，栓大胖子叫两人先回去，等几天听到保安部队打败日本鬼子的消息再来找他。

毕云和杨子千离开武林村，毕云说："我们回哪去呀？与其回那坟窟里憋着干着急，还不如在这附近等候消息。"事已至此，杨子千也无良策，两人便找了一间村头闲房栖身。傍晚时分，杨子千到屋外小解，远远望见一个挑担的小炉匠走来，心想这小炉匠竟日里走村串户，想必知道些部队的消息，便热情地招呼那人过来歇脚。那小炉匠也是个自来熟的人物，欣然放了担子，和两人攀扯起来，什么日伪军烧杀抢掠，什么民间好汉杀鬼子，什么郑维屏的部队不敌日寇正规军，等等，甚至连郑维屏司令部的情况都很是了解。原来他曾去司令部修过水桶、铁锅，就连郑维屏一只军用水壶破了芝麻大一个细眼儿也修补了，据说那是前山东省主席韩复榘送给他的。他曾保护过韩复榘，八年前韩复榘把他从河北带来山东，在二十九师八十七旅一团任少校团副，两年前来威海任警察局长，虽说韩复榘因临阵脱逃等罪名被处决，但对郑维屏来说有知遇之恩，这只水壶是韩主席留给他的唯一念想。

　　三人拉扯一阵儿，小炉匠见天色晚了，还要赶四五里路回家，便起身告辞，挑了小炉匠担儿快步往东而去。毕云说："多亏碰上这小炉匠，才知道郑维屏的司令部搬到南面卧龙村，这里看来主要剩下栓大胖子的别动队了。这栓大胖子，看着人高马大，还挺会藏心眼儿！"杨子千一笑道："没点儿道道，还能当上别动队长？我听村里人说，他在他们家里算是个文武双全的人物。哎，刚才小炉匠说，卧龙村离这儿也就六七里路，明天赶过去看看吧。"毕云道："那是，说不定还能碰上郑维屏呢！"两人回屋草草躺下歇息。

　　翌日起来，两人拾掇赶路，一口气行了六七里，遇上一帮村里模样的人，大多四五十岁，也有六十多岁的，有推车，有挑担，也有空手的，一路嚷嚷着往前走。一个说："听说这海阳部队厉害，打鬼子不含糊！"另一个说："肯定比郑维屏的人强，听说不光会打枪，很多人还会功夫。"杨子千听这话里有话，小声问走在最后一个看样儿六十多岁的老汉："大叔，你们这是去干么？"老汉看他一眼说："去卧龙村支前打鬼子啊！你们不也是去那吗？"杨子千一愣，又赶忙说道："是呀！我们也是去支前，同路了。"老汉又说："只要是打鬼子，支前支后都愿意。"杨子千跟他轻声搭着话，朝前面村子走去。

　　到了村头，有五六个军人站岗盘查过往行人，这帮人领头的一个说是北面小黄村过来支前的，岗哨就放他们过去。杨子千和毕云随着人群混过去了。

　　进了村，两人跟随着大伙儿朝一个蒸腾着烟汽的大院走。进了大院门，院里煞是热闹。只见大院里四周靠墙垒了五六个锅灶，每个锅灶前有两三个妇女在忙活，有灶下拉着风箱烧火的，有灶上捆着围裙做饭的，还有跑来跑去打杂的。院子中间两排放了十几个柳编大笸箩箱，里面放着蒸熟的窝窝头，腾腾地冒着热气；挨着笸箩箱放着五六口大缸，里面盛着熬好的大米地瓜丝粥；大缸旁边又放了盛满咸菜的大瓷盆。七八个人忙活着分发窝头、稀饭、咸菜。杨子千、毕云跟随着过来的那一帮人，与一个负责人模样的接上头，被安排去村外给部队送饭。毕云和杨子千原本打算过来打探郑维屏下落，没想到碰上支援部队打鬼子的事，早把别的事抛在了脑后，加入送饭队伍。

　　杨子千用担杖挑两篓子窝头，外加一盆咸菜，毕云挑了两桶稀饭，胳膊还拐一篓子碗，跟随着引路人往村外去。到了村东北方一片树林外，树林里传出刀枪碰击的操练声。一会儿听到有人喊："集合——！"便听到众人排队的杂沓脚步声。

脚步声止，有人喊话："各位兄弟们，今天，或是我等休整的最后一天，明天，小鬼子可能就会扑来。据情报，自从前天我们在豹虎山与敌遭遇，重挫了小鬼子，小鬼子便从青岛、烟台调来援军一千五百多人，正向我们扑来，我们怕不怕？""不怕！不怕！不怕！"众人齐声高呼。那人又喊："我们青年军的口号是什么？"这时杨子千他们已经过了岗哨，进到树林里，看到一片开阔地上整齐地站着数百人的队伍，其中一个方队振臂高呼："一寸河山一寸血，十万青年十万兵！"队伍对面一块大石头上站着一位军官，又喊："我们的农民军口号是什么？"又一个方队振臂高呼："走出家园田庄，奔向抗战前方，拿起棍棒刀枪，打倒小东洋！"军官再喊："我们武林军的口号是什么？"一个方队兵士哗啦啦拔出身后背着的大刀，刺向天空高喊："练武健身！消灭倭寇！"

　　送饭的十几人都被这阵势感染，带队送饭的人说："有这样勇敢的部队，还怕什么小日本！"另一年长者说："把口粮捐给这样的官兵吃，饿着肚子也高兴！"毕云指着喊话的军官问："那人该当是姜总指挥吧？"带队人说："是啊，他就是姜总指挥姜仞九，了不起的抗日英雄！昨天俺来送饭，姜总指挥还跟武林军官兵一起练大刀呢，那刀耍得，嘿，唰唰地翻着花儿！"几人说着话，就听姜仞九高声喊："好！这就是我们海阳军！牺牲个人一切，拼命杀敌！弟兄们，国家存亡，匹夫有责；誓死杀敌，保我山河；倭敌不除，吾目难瞑；为驱日寇，赴汤蹈火，粉身碎骨，在所不辞！消灭凶暴日寇，光复大好山河！"众官兵振臂高呼："消灭凶暴日寇，光复大好山河！"姜仞九看到送饭队伍，说道："弟兄们，威海父老乡亲送饭来了，我们抓紧吃饭，以备来敌！"队列有序散开，按队组就地用餐。送饭带队人吩咐大家把粥饭分发给各队组。

　　杨子千和毕云送饭这个队组，正好姜仞九也在吃饭。两人仔细打量这位总指挥，只见他三十岁出头，大高个，长脸，高鼻梁，器宇轩昂，颇有将帅风范，心里不由得对他生出敬佩。原来姜仞九出生在海阳县姜家秋口村，少年贫寒，辍学经商，民国二十七年，当地匪寇猖獗，二十三岁的他辅助商会会长募款购枪，组建武装，维持地方治安。其后地方武装归入国民党军，他随军至安徽，升任少校团长，后返乡营商。"七七事变"后，各县区成立保安大队，姜仞九为五区队长，该队在全县各区为最强。此次全县抽调各区队精锐武装组建抗日前敌大队，他被公推为总指挥，带队来威抗敌。

　　眼下姜仞九与士兵一起吃窝头，就咸菜，喝稀粥，蓄足体力以备与来犯之敌拼战。刚吃几口，有郑维屏手下警卫官骑马赶来，说郑司令请姜总指挥前去用餐。姜仞九喝一口稀饭，咽下口中的窝头，说："大敌当前，哪还有心思顾及吃喝之事。回去禀报司令，姜某多谢司令美意，饭就不过去吃了，我在这里与弟兄们一起吃过，抓紧备战。"警卫官敬礼告辞。说起备战抗日，姜仞九心里有些不爽，昨日郑维屏召集海阳军姜仞九、盐警王兴仁、海军教导队安廷赓等各部将领商讨作战事宜，孰知安廷赓拒不参战，郑维屏无奈把更多防区安排给姜仞九的海阳大队，七百海阳军分驻马家口、郝家山、杨家卧龙等村，使得兵力分散，先前姜仞九计划以海阳精兵合力打击日寇的战术受到影响。然事已如此，姜总指挥已顾不了许多，只是一心备战，以待来犯之敌。

官兵吃过饭，送饭的人收拾剩饭吃了，拾掇了餐具挑回村里。杨子千和毕云完全融入了支前队伍当中，在村中大院里刷碗净盘，洗菜劈柴，忙忙活活干个不停。

中午二人又随队给海阳军送饭。不过这回部队已上山修筑工事，送饭队伍爬山越岭送到黑石硼高地。海阳军一名军官安顿下送饭担子，到北侧的佛顶——也就是临时指挥部请姜总指挥等人过来吃饭。不一会儿姜总指挥一行人赶来，命令官兵抓紧用饭，饭后继续加固工事。杨子千打量着有些疲惫的官兵，以及官兵们修筑的简易掩体，悄声对毕云说道："我们下午干脆在山上帮着修工事吧。"毕云一笑说："巧了，我也这么想，正打算跟你商量呢。我还想啦，要是你不愿意，你就下山，我自己在山上干。"杨子千瞅他一眼道："打鬼子谁都有份儿，就你能啊！"两人相视一笑。

不到半个钟头，官兵们吃了饭，送饭队伍拾掇下山。杨子千和毕云把空饭挑子交给别人带下山，两人留在了山上，搬石头，垒掩体，帮海阳军修筑工事。两人体力好，干得有劲头，官兵很喜欢，听说毕云想参加部队，就撺掇他找姜总指挥说说。

干到傍晚，姜总指挥过来查看工事。毕云便跑到他跟前，要求参军打仗。姜总指挥没有答应，说是海阳军训练有素，这七百人更是挑选来的精兵，你一个未经训练的人要临阵入伍，门儿都没有，等打完仗我会帮你跟郑司令说话，参加威海这边的队伍。他命令二人赶紧下山，等鬼子来了就走不了了。两人没办法，只好下山回村。

回到村里，天已黑下。到大院里吃些剩饭，填饱肚子。大院北头有八间房屋，其中两间腾出来作为外来支前人员的宿舍。杨子千和毕云来到宿舍，只见两间屋通开着，地上铺了干草，劳累一天的几十号支前人员拥挤着躺了一地。杨子千低声对毕云说："咱俩出去转转吧，随便找个草垛拱里边睡就是。"毕云道："对呀，在这儿挤啥，走。"

两人出了大院，来到街上，村里大多家户没有点灯，黑乎乎一片。走了一会儿，毕云忽地悄声说："咱们干脆去找郑维屏的司令部，我白天都打听好了。"杨子千嘿嘿一笑："我看你想当兵都快入魔了，黑灯瞎火去找他当兵？"毕云道："不是那个意思，先找准地方，偷偷看看郑维屏长什么样儿，心里有个数。"杨子千没有争辩，随他走去。

来到村头，没费劲就找到一处大院，院里灯光明亮，门口还有两个背枪的岗哨。杨子千靠近毕云耳边说："应该就是这儿。"毕云点点头。两人看到院墙拐角处有棵大树，蹑手蹑脚靠过去。毕云怕弄出声响，示意杨子千搭个肩，踩着杨子千肩膀，抻着胳膊够一个大树杈子，哪里想到手刚摸到树杈，忽然树上伸出一只手，一把抓住毕云的手。毕云万没料到，不禁"哎妈呀"惊叫一声，往下挣拽。门口两个哨兵听到声响，喊了声"谁"，哗啦啦拉动枪栓，端枪跑过来。毕云挣开手跳到地上，两个哨兵端着两支枪对着他俩。树上也伸下一支枪，有人说："想上来摸岗哨怎么的？老实点儿！别等枪走火！押进去给队长审一审，是不是日本鬼子的奸细！"两个岗哨齐声喊道："走！"端枪押着二人进了院子。

院子里的人也听到动静，一个当官模样的人提着手枪带着四五个兵跑出屋，喊道："怎么回事？"来到院子，院子里一人高的枣树杈上挂了马灯，照得院里亮堂。两个哨兵把两人押到院子中间，一个哨兵说："报告队长！这两人偷偷爬树，应该是日本鬼子的奸细，刺探司令部情况！"杨子千听那当官的声音耳熟，细看了原来是栓大胖子，叫了声："刘队长，是我，小杨啊！"栓大胖子一个愣怔，走前几步，押着脖子看看，说："是你们两个？这是怎么回事？黑灯瞎火上树爬墙，莫非真是当了日本间谍？"

杨子千忙说："误会，误会了刘队长！还是为参加部队那事。昨天咱们分手后，俺哥俩就在邻村村头破屋里住了一宿，打听到郑司令搬到了卧龙村，今天一早赶来，正赶上好多人为抗日队伍支前，俺俩就参加了支前，为海阳军送饭，还帮着修了半天工事，要不是姜总指挥撵我们下山，我们这会儿还在山上阵地里呢！从山上下来，俺俩商量来司令部看看，能不能遇上郑司令，或许赶巧火线入伍呢！"毕云也说："真的是这样，刘队长，不信你派人到前面大院打听一下。"

栓大胖子轻轻叹口气，说道："这黑灯瞎火的在司令部墙外转悠有多危险！哨兵开枪打死也是白死！"对哨兵挥挥手说，"这两人算是我的朋友，没事了，你们站岗去吧。今天表现不错，先口头表扬！"两个哨兵打个敬礼："是！队长！"转身去门外站岗。栓大胖子又对其他人挥挥手："你们也都各就各位吧！没事了。"官兵们应声散去。杨子千回头看一眼院墙外黑乎乎的大树，对栓大胖子说："刘队长，你们这岗哨布得真够了得，连这树上……"栓大胖子哈哈一笑："行吧小杨儿，这叫地兵天将。最近小日本挺猖狂，郑司令特意把我的别动队调来警卫司令部，我当然要费一番脑筋。走吧，进屋去。"领两人进了西厢房。

屋里迎门靠墙放一张小八仙桌，桌上点着罩子灯，放着水杯等几样物件，旁边一把椅子。最里边西南角放一张单人床，床的斜对面用门板搭了地铺，旁边站着个二十来岁的背枪士兵。栓大胖子对士兵说："小丛，我这两个朋友昨天你都见过，今天过来支前，晚上跑来找我想见郑司令，参加咱的部队。东厢房弟兄们今晚站岗巡逻的多，有闲铺位，你搬两个过来，他们支前一天也挺累，就在这边躺了歇息，等司令回来。"小丛答应一声，去了东厢房。杨子千认出是昨天跟随栓大胖子的随从，说道："这兄弟看样儿挺不错，是队长的勤务兵？"栓大胖子"嗯"一声，说："他叫丛宪滋，桥头于家夼村的，人挺好，我就留在了身边。"话头一转又说，"你们昨天请我喝了酒，我是个讲信用的人，记着你们求我办的事,本想等这场大仗打完再说,今天既然过来了,就在这儿等着吧,司令出去有事,回来了我引见一下。"杨子千道:"刘队长真是个讲义气的人。"栓大胖子拨了拨灯芯,屋里又亮些,说:"乡里乡亲的,你又在俺哥船上干,家里人也都说你的好,这位毕道长也是威海滩上有声名的人,我怎能不当回事。"

说着话,丛宪滋搬来一个门板搭的床铺,杨子千和毕云帮着把床铺安放在墙边地上。不多会儿又搬来一个,挨着放好。栓大胖子说:"你们躺着歇歇吧,我也累了,躺会儿,估计司令得一会儿才能回来。"说着走到里边的床前,和衣趄在床上休息。

五

血战日寇

　　杨子千和毕云这一天累得不轻，躺在床板上不多会儿就睡着了。半夜里屋外有人喊："刘队长，刘队长！"两人一激灵醒来。栓大胖子忽地起身下床，奔到屋外。只听屋外栓大胖子问："赵副官，什么事？"赵副官着急地说："郑司令还没回来，有急事要向他报告，这可怎么办？"栓大胖子道："那没办法啊。司令天傍黑出的门，也没说去哪儿，光叫我在家守着。这半夜三更的么事这么急啊？"赵副官"哎呀哎呀"地着急，忽地压低声儿说："军情紧急！接到威海城里谍报，日军已出动，前来攻打我军阵地！"栓大胖子吃惊地"啊"一声："这、这、这可怎么办？这可怎么办？我、我们能不能通知各营做战斗准备？"赵副官想想说："要是司令在，肯定会传令各营进入作战状态。可眼前，我们怎么能……"两人在院中急得来回踱步。

　　忽然栓大胖子在院中站定，喊道："全体武装集合！"听到队长命令，丛宪滋呼地爬起身，背起枪就往外跑。东厢房里稀里哗啦一阵响，几十个官兵背着枪跑到院中，极快地站成两排。毕云爬起身也要出来，杨子千伸手拽他一把，两人坐在铺板上，侧耳听外面说话。只听栓大胖子低沉有力地说："弟兄们，我们跟日本鬼子的战斗可能很快就会打响！我命令，全体人员进入临战状态！回屋做好准备，等待战斗命令！"官兵们呼啦啦跑回屋去。栓大胖子又喊："丛宪滋！"丛宪滋回声："到！"跑到他跟前。"马上到旁边我们第二别动队驻地，传达我的命令，做好战斗准备！"丛宪滋应声"是"，跑出院去。

　　栓大胖子随赵副官进了北屋正房，那里是郑维屏办公和休息的地方，也点了罩子灯。两人在里面嘀咕一会儿，出来站在院门口向黑夜里张望，然后又回到北屋。如此反复十几回。凌晨时分，北面向阳山方向响起枪声。栓大胖子和赵副官更急得像热锅上的蚂蚁，不停地转来转去。

　　直到天刚亮，郑维屏才略显疲惫地回来，听了赵副官汇报，大吃一惊，骂道："奶奶的小鬼子真够鬼的！这么大的战斗，大白天不来进攻，半夜三更的来偷袭！"他赶紧命令部队抢占双角山、磨山两个重要阵地，并召集身边几位营长、别动队队长以及赵副官在正屋墙上挂的地图前分析战斗形势。刚过一会儿，忽然哨兵来报，双角山、磨山高地已被日军占领，大队日军正向我军驻地逼近。郑维屏一听又是一惊，骂道："奶奶的小鬼子真够快！"赵副官在旁边说："司令，小鬼子行动这么快，势头凶猛，我们是不是……"郑维屏听着愈来愈密的枪声，气急败坏地骂着："奶奶的小鬼子！日你八辈祖宗！命令海阳大队和我一、二营坚守向阳山一带高地，全力阻击日军！三、四营和别动队迅速南撤，保存实力，待机行事！"哨兵应道："是！"一个敬礼，转身跑去传令。

郑维屏从屋里跨到院子里，西厢房里的毕云看得真切，快步从屋里出来。杨子千一把没拽住，他已站到郑维屏跟前，说道："郑司令好！在下毕云请求参军入伍打鬼子！"郑维屏吓一跳，不由得拔出手枪。身后的栓大胖子见状赶紧上前拨开毕云，勉强地笑着对郑维屏说："司令，这是我、我的乡亲，我的朋友，仰慕司令大名，特来投奔，想参加我们的部队。这位毕云道长……"郑维屏不耐烦地瞪栓大胖子一眼，斥道："什么乱七八糟的！连道长都搬出来了，一边去！等打完仗再论计！"说完转身向几位营长下达口令。

司令部以及附近三营四营官兵很快集合起来，在朦胧月光下，大队人马向西南方的道头村一带撤离。行了五六里路，到了道头村南山。栓大胖子对郑维屏说："司令，再往南就到姑娘坟了，是盐警一部的防地，王兴仁队长会不会有想法？"郑维屏想想说："安廷赓的海军教导队有些别扭，王兴仁的盐警倒还顺服，但尽量不要节外生枝，传令我部人马在此休整待命，派人去跟王兴仁联系，言明当前境况，必要时我部会穿越他的防地向昆嵛山方向转移！"栓大胖子说："司令，此事重大，单派联络员过去恐怕王兴仁会挑理，我亲自去一趟吧。"郑维屏稍一想，说："也好，你快去快回，这边也随时会有事，我觉得小鬼子这回来者不善！"栓大胖子答应着，带贴身警卫员丛宪滋向南奔去。

这事被郑维屏说中了。日军这回的计划就是剿灭此时还算抗日的郑维屏保安大队。原来11月26日，也就是大前天，姜彻九带部分海阳军前往虎豹山察看地形，不料与日军遭遇，双方激战一个多钟头。小鬼子原本没太把郑维屏的保安队当回事，有些轻敌，没想到这回遇到的是赫赫有名的海阳抗日部队，结果惨遭溃败，伤亡三四十人，而海阳军仅伤一人亡一人。遭到重创的日军恼羞成怒，决心剿灭郑维屏的保安大队，他们从青岛、烟台调来大队援军，纠集一千五百多人，于28日夜，兵分东西两路围剿保安大队。

眼下，受到阻击的日伪军正集中兵力，向海阳军为主的向阳山阻击部队发起猛攻，远远可见向阳山方向夜幕中闪耀着密集的枪弹火焰，传来此起彼伏的枪炮声。想着白天还在一起修筑战壕的海阳军将士，现在已和日伪军进行拼杀，甚至有的还丢了性命，而郑维屏的大队人马却躲在数里外的道头南山观望，杨子千和毕云心头火急。栓大胖子带丛宪滋去了姑娘坟找王兴仁，再没有人可商量，两人一合计，趁着天色晦暗，偷偷离开郑维屏的部队，向东北方的向阳山战场奔去。

离向阳山越近,枪炮声越密集,两人行进速度越慢,等到了向阳山下,天已大亮。两人顺着送饭的路线躲闪着前行,到半山腰,爬过一个石梁,看到另一侧山坡上,密密麻麻的日伪军端着枪朝山顶进攻。

两人刚一露头,被日伪军发现,砰砰几枪打过来,吓得两人趴在石头下不敢抬头。停了一会儿,杨子千听着不远处密集的枪声,对毕云说道:"毕兄,看来我们无法沿着这条路上到海阳军的阵地了,改变一下路线吧,顺着旁边这条沟壑绕上去,看方向也能到达山顶黑石硼阵地。"毕云觉得有道理。两人便改变线路,顺着这条三四尺深的沟壑往上攀爬。

爬到山顶,两人才发现判断出了差错。原来这条沟壑虽然是通到山顶的,可此山顶与黑石硼之间竟然有条很深的沟壑,两面虽然相距不远,但想过去却很难,尤其眼下山上山下枪弹纷飞,甭说是人,就是雀鸟想飞过去也非易事。回头看山下,又一路日军正沿着他们刚才上山的沟壑冲上来,退路也被堵上。两人无奈,只得继续往上爬,爬了十几丈远,到了顶端,也到了绝境,孤零零一块巨石立在眼前,再无路可走。两人看看下边逐渐爬近的日军,再看看头顶的巨石,不知如何是好。

正着急时,一只受惊的山雀从巨石半腰的石缝间扑棱棱飞出,杨子千心一动,指着上边的石缝对毕云说:"毕兄,上边那个石缝,看起来能藏进人去,你搭个肩,我上去看看。"毕云嗯了一声,蹲下身让杨子千踏上肩头,一起身,将杨子千托高。杨子千一伸手,够到石缝边缘,用力一攀,双脚踏着石壁便到了石缝边,一缩身进了石缝。片刻他又露出头来,高兴地朝毕云打手势,然后解下腰带捆着胳膊放下。毕云知其意,伸手抓住腰带,一发力顺着石壁登上去,轻松地进了石缝。两人进了石缝相视一笑,原来这里边还挺宽敞,能装下三四个人,而且除刚才进来的石缝外,朝东还开着一个石缝,正对着黑石硼阵地,海阳军的情形尽收眼底。眼下两人虽无法像原先计划的那样为参战的抗日队伍做点儿事,但能真实看到抗日军队打鬼子,心里也稍踏实。

枪炮交织,战火硝烟四起,随着时间的过去,战斗越来越激烈。日伪军部队随着山势地形,从不同方向分几路纵队向山顶进攻。海阳抗日官兵,坚守在向阳山阵地,英勇阻击敌人,战斗激烈异常。向阳山主峰黑石硼高地海拔近百丈,低者也六七十丈,山头阵地东西展延二里,向北连绵四五里,海阳军的战地指挥所设在黑石硼北侧之佛顶。敌人的几次进攻都被打退,便集中兵力,从东西两翼朝向阳山阵地发起更为猛烈的攻击。

海阳军总指挥姜仞九从北线迂回到向阳山阵地后,亲自指挥山头部队反击敌人,骁勇异常。他身披一件军大衣,手握一支驳壳枪,往返东西山头,督战指挥,不时喊道:"弟兄们!我们是中华儿女,为了救国救民,要英勇杀敌,决不当孬种!"身边官兵则高唱着《大刀进行曲》——"大刀向鬼子们的头上砍去……"等杀敌战歌。全体官兵斗志昂扬,同仇敌忾,奋力抗敌。敌人用的是钢炮、掷弹筒和轻重机枪等近代火器向山头阵地轰击，时而还有飞机在上空轮番扫射；而坚守山头阵地的将士们用的却是大刀、火铳、"土压五"步枪、抬杆炮和牛腿炮等老式武器还击敌人。郑维屏部支援海阳军前线的唯一一门小钢炮，几发炮弹打出去就卡了壳，还有一门牛腿炮没发几炮就爆炸了，炸死炸伤十几个自己兄弟。虽然武器装备远不如敌人，但将士们毫无畏惧，越战越勇。

　　一上午的时间，敌人在猛烈炮火的压制下，连续向山头阵地发起四五次冲锋，都被反击下去。在白刃格斗中，海阳军中三四十名谙练武术的战士，挥舞着大刀，杀死杀伤众多日军。有一个会武术的战士，挥舞着大刀，在砍死多名敌人后，自己也身中枪弹，肚肠被射穿。战友们劝他下去，他执意不肯，说："多年宿仇，欲杀倭寇，今日得手，焉甘罢休！"继续拼杀，终因失血过多而阵亡。在反复冲杀中，敌军官今村、小官四郎被我击毙，敌官兵死伤惨重。战斗处在胶着状态，石洞里的杨子千、毕云也为海阳军担忧着急，两人攥紧了拳头。

　　突然，在阵地东侧翼的山坡上，敌人一挺机枪疯狂地向山头部队扫射，对坚守山头阵地的官兵构成严重威胁。为抢夺这挺机枪，消除威胁，姜仞九迅速组织特务排的勇士，亲自带领冲杀过去。就在这挺机枪触手可及的一瞬，姜仞九被另一方向敌人射来的枪弹击倒，为国壮烈捐躯。

　　杨子千和毕云看得真切，心痛不已，毕云甚至流下眼泪。杨子千感觉到击中姜总指挥的子弹就来自身下的位置，便小心翼翼探出头去，一探究竟。这一看顿时心惊，原来巨石下边的狭窄阵地上，正有一挺敌机枪疯狂地朝对面我方阵地扫射，姜总指挥就是被其击中牺牲，而其他海阳军将士也深受其害，不是被击伤，就是被压制得抬不起头来。杨子千见身下这个山头的敌军已经退下山去，另辟蹊径迂回朝向阳山主阵地进攻，留下一个机枪手和一个负责枪弹的助手，正全神贯注朝对面阵地射击。他便招手示意毕云过来，两人一起朝下看，在毕云耳边悄声说出计划，毕云点头答应。

　　两人小心爬出石缝，每人看准一个敌兵，同时跳下。杨子千落下时已将内力发至两脚，端量准了蹬在敌机枪手后心和后腰位置，那厮一声闷叫，耷拉脑袋死去，机枪随即停下；毕云下落稍缓，杨子千踏在机枪手后背时，旁边的枪弹助手大惊，正要起身，毕云两脚也蹬踏下来，蹬在他左肩膀和侧肋部位，痛得他怪叫一声，却没毙命，抡起一个空子弹箱砸向毕云。杨子千见状飞起一脚踢飞子弹箱，又顺手一拳击中他的太阳穴，那家伙也闷叫一声倒地。

　　把两个昏死的鬼子兵抛到了陡峭的深壑，两人还如前般回到石洞里，只是这回毕云怀抱了那挺伤害了不少海阳军将士的机关枪。两人你一把我一把摸着黝黑锃亮的机关枪，爱不释手。杨子千边触摸机枪边说："步枪、手枪都玩过，这机关枪还是头一回摸。"毕云说："啥枪俺也没摸过，只是看到鬼子身上背着挂着的。不过看来这机关枪挺厉害，哒哒哒哒，扫出一排子弹，真够……"话音未落，哒哒哒一阵响，枪身猛抖，枪口喷出火星，几颗子弹射在洞壁上，石渣迸溅。原来两人不小心触动了扳机。

吃这一惊，两人相视一笑。杨子千说："这就能开机关枪啦？"毕云笑："对呀！能开啦。"杨子千道："小鬼子送咱一挺机关枪，还给咱练枪的机会，可不能废了，对面山坡有的是小鬼子……"毕云道："对呀，还说啥，打呗！一人一枪。"杨子千道："行，我先来！"把机关枪架在朝东的洞口，瞄了瞄对面山坡的日军，扣动扳机，哒哒哒射出一排子弹。杨子千本来瞄的是冲在最前面的一个日军，没想到却打在他身后日军的钢盔上，钢盔顿时飞落砸中旁边日军，两个日军大惊，飞了钢盔的日军两手抱住光头，弯腰跑到一块大石后。其他日军吃惊地端着枪朝身后看。毕云"嘿"地拍一下大腿，说道："该我了！"接过机枪朝着敌人瞄了瞄，扣动扳机，哒哒哒一排子弹射出，一个日军小腿中弹，抱着腿跌坐地上。毕云见状还想补上一枪，杨子千一把按下他的头，嗖嗖几颗子弹打过来，从两人头顶飞过，砰砰击中身后的洞壁。毕云转脸看一眼杨子千："这小鬼子还挺准。多亏了兄弟！"这时对面阵地上枪声大作，原来没有了敌人机枪的威胁，海阳军将士又进入前沿阵地，猛烈打击已经冲近的敌人，打退了日伪军又一次进攻。杨子千接过机枪朝溃退的日军射击，没打几枪便没了子弹，两人捶胸顿足直喊可惜。

下午五时许，天已黄昏，遭到重创的日伪军不敢恋战，慌忙撤回威海。

当晚，杨子千和毕云把机枪藏入草垛中，到村民家中讨口吃喝，恰巧那人也参加过支前，彼此面熟，便留下两人歇息。第二天一早，两人带了机枪，来到司令部门口，说要找刘队长。哨兵认识他俩，告诉说刘队长被郑司令派去执行要务，一两天恐怕回不来。毕云一听发起愁来。哨兵也是本地人，城南蒿泊村的，对毕云也早有耳闻，想帮毕云一把，便对毕云悄声耳语一番。毕云笑脸称谢。

屋内，郑维屏正在召开战事会议，除外出执行任务的栓大胖子，其他几位营长及别的军官都在。副官面向郑维屏站立，手捧文书念道："此役我阵亡八十三人，伤七十六人。据我之密探以及截获敌之情报，敌之伤亡加倍于我，击毙其今村大佐等两名军官。我方，姜总指挥仞九英勇抗敌不幸遇难，为国捐躯，勤务兵冷强甲藏其遗体，后与班长王富峰一起以大衣裹其遗体得还；部属孙文华，文登营乡营南陈家人，海阳县保安大队少尉分队长，姜总指挥牺牲后，文华挺身出，代理指挥，为救被困士兵毙敌数名后阵亡……"郑维屏轻拍一下桌子，叹一口气："向阳山之战，乃胶东抗战迄今最为激烈之战役，姜总指挥英勇抗敌，以身殉国，我将据实呈请上宪批准追赠高誉，以慰众心。所有阵亡将士，备棺装殓，送归原籍。"①

郑维屏与众将又议了议其他事项，心中沉闷，精气欠佳，宣布散会，独自一

---

① 向阳山之战次年，国民政府追授姜仞九为少将；海阳县政府在发城西廊建烈士祠，悬额"壮烈可风"，并将向阳山抗日烈士牌位供奉于城里忠孝祠，国民党山东省政府挽词为"碧血丹心"。1985年，山东省人民政府追认姜仞九为革命烈士。

人闭目休歇。此时哨兵进来报告："报告司令，外面有毕杨二人，是刘队长的朋友，司令见过，他们请求面见司令，要参军入伍。"郑维屏微闭着眼，缓声轻语："不见。"哨兵又说："他们两个扛了一挺机关枪，说是从鬼子手里夺来的……"郑维屏一下睁开眼："啥？"稍一顿，"让他们进来。"杨子千、毕云抬着机枪进来。

郑维屏一见机枪，呼地要起身，起到一半又坐下，让二人说说机枪的来历。两个人你一言我一语，把如何夺枪、如何用机枪打鬼子的事说了。郑维屏笑眯眯地听着，说道："说啊，怎么不说了？"毕云说："报告司令，都说了，没有了。"郑维屏道："编啊，接着编啊，真是好听，就跟说书似的。"杨子千听出他话中有话，一本正经道："怎么的郑司令，怀疑我们兄弟？"郑维屏看毕云一眼说："小老道，听说小鬼子欺负过你，你要当兵打鬼子，此心情我能理解，可也用不着费心编这样的故事啊！你就是在阵地上捡来一挺机枪送交我抗日部队，我也会高看你一眼。"

毕云激动起来："郑司令，我、我毕云要是说了谎，你一枪崩了我！"杨子千不平道："毕兄，既然郑司令不信任咱们，咱们就带枪走吧，抗日队伍又不止这一家。"郑维屏敛起笑容，叫一声："缴枪！"旁边上来四个端枪的卫士，缴了两人的机枪。郑维屏又道："这是我郑某战场上的战利品，岂能随意带走？小老道，不管怎么说，今天先记你一功，至于当兵的事，我再考虑考虑，一个讲求仁善的行道之人，进入我的部队，会不会对部队……"毕云明白他的意思，说道："郑司令，我明白了，等我提着小鬼子人头来见你，你就相信我彻底退出道场、步入红尘是吧？"郑维屏一瞪眼："你真能这样，我立马收你！"毕云一握拳："好！一言为定！"扯一把杨子千转身离去。

一路上两人争执不断，杨子千劝毕云不要加入郑维屏的部队了。毕云则更铁了心要加入，说郑维屏越是怀疑他，他越要拿出本事来证明自己，若是知难而退，那岂不是更让郑维屏瞧不起。争来争去，毕云一赌气，趁杨子千方便之时独自走了。杨子千也不知他去哪儿，四下里找一阵儿没找见，便往家里坟窟而去。

杨子千一路上边寻找毕云边行走，自然耗时不少，等到了坟窟，已近黄昏。他看看四下无人，一猫腰咪溜一下进了坟窟。外面尚且有些暮色，坟窟里已是黑咕隆咚，空气中夹杂着一股青草和什么腥腥的怪味儿。他摸索着找到火镰火绳，引着火，点亮蜡烛，见对面墓壁上挂了个柳条篓子，里面盛着泛黄的青草。顿时感到奇怪：此前从未见过这个柳条篓子，毕云也未提及，是谁把它挂在这里？找不到什么理由说明是毕云挂在这里，可是若非毕云挂的，就另有人来过，篓子里盛着青草，说明或许是放羊或放牛之人所为。然而除了这篓子青草，再无生人的迹象，到底是谁来过这里？端起蜡烛近前细看，伸手碰碰篓子，觉得这篓子重重的，不像装的青草。他心下生疑，抬手去扒拉篓子里的青草，果然下面有硬邦邦的东西，还带着一些黏稠液体。高举起蜡烛照了一看，吓得他"啊"一声大叫，猛地缩手后躲，惊慌中扯断了系绳，篓子跌翻地上，里面滚出两颗血淋淋的人头来！杨子千惊恐躲闪，脚下绊了坟砖，扑通跌坐地上，摔灭了蜡烛，顿时一片黑暗。

此时传来一阵窸窣的声音，杨子千屏住呼吸，听到声音从洞口传来。声音在洞口处停止了，静了一会儿，一道黑影进到坟窟。杨子千知道是来了人，但不知是不是毕云，只得凝神静气盯着黑影。黑影摸索到放蜡烛的地方，摸到火镰，打火点着火绳，却找不见蜡烛。杨子千一看是毕云，"唉——"一声粗叹一口气。对面毕云吓得一哆嗦："谁！？"杨子千低声说："毕兄，蜡烛在这呢。"毕云定了定神，伸过火绳照看杨子千："你吓我一跳！"

杨子千起身，递过蜡烛点着，指着地上的人头惊恐道："你还说我，这咋回事？"毕云扯杨子千到一边坐下，说："他郑维屏不是怀疑我心怀慈善，不敢杀人吗？我倒要提两个鬼子头给他看看！好人不杀，恶人有啥不敢杀？"杨子千瞪着眼："这么快就杀了两个鬼子？"毕云故作轻松地说："这有啥。离开郑维屏那里，我一路快行赶到威海城南，想找机会割鬼子头。说来也巧，也就一袋烟工夫，我听到有女子叫喊声，一看有个年轻女子在不远处的小巷奔跑，后面两个喝醉酒的鬼子兵摇摇晃晃地追，我立马赶过去。女子惊慌之下被石头绊倒，两个鬼子兵扑上去抓住女子，拖至旁边一处废屋欲行不轨。我冲上去没费多少劲打昏两个野兽，用他们身上的刀取下首级，正好女子跑掉，扔下了装青草的篓子，我就……"

杨子千一拍他的肩膀："有你的啊毕兄！也是老天帮你大忙！"毕云道："是老天让我除恶，这就叫替天行道吧。"杨子千："嗯，一切作恶的人，老天也不会放过他。不是不报，时候不到！"毕云说："一点儿不假。就说今天吧，我把两个鬼子头装进篓里，上面盖了青草，拐着篓子跑了不远，迎面过来一队鬼子，正好旁边有条胡同，我就拐进胡同，没想到引起了鬼子的怀疑，哇啦哇啦怪叫着追过来。我跑进一个没人的院子，躲到茅厕里，心想要是鬼子追进院，搜到茅厕来，我就把两个鬼子头扔出去，趁鬼子混乱时翻过茅厕院墙跳到邻院，再跳过几个院落，小鬼子肯定追不上我。不一会儿鬼子进了院儿，我端起篓子，做准备连篓子带头扔出去，忽然不远处传来汪汪汪的狗叫，而且叫得很急，就好似咬人一样。一个鬼子头头喊了声'那边的，追'，进院的鬼子就呼啦啦跑出去了，朝狗叫的方向追，我这才得以脱身。你说，狗子早不叫晚不叫，就在我最危险的时候叫，这不是老天在帮我吗？"杨子千瞪眼听着，连连点头。

毕云忽地话题一转："哎，今天事情办得顺利，明天我去郑维屏那里献鬼子首级，估计他会收下我的。刚才我去凤林买了熟肉，打了烧酒，我们兄弟喝一顿吧。"杨子千点点头："嗯。"毕云用脚把两个鬼子头拨到篓子里，仍然盖上青草，放到一边。又去坟口处取来一个包袱，打开了，里面一坛酒，一纸包猪头肉，还有四个杠子头火烧。两人都是饥肠辘辘，顾不得过多寒暄，喝酒嚼肉吃火烧，不多会儿工夫便风卷残云，扫进肚里。酒足饭饱，两人皆有困意。杨子千说守着两个鬼子头睡觉有些别扭。毕云便把篓子放到坟窟口下面。两人拾掇睡觉。

　　第二天早上起来，毕云过去查看篓子，顿时大吃一惊：篓子和青草都在，两个鬼子头却不翼而飞！四下查看了，也没见什么野兽的痕迹，况且，篓子所处坟窟口的位置，离地面也有四尺多高，一般的犬猫之类无法将鬼子头叼上地面；可是若非猫狗野兽，那只能是人了，什么样的人会对两个鬼子头感兴趣？两人思来想去也弄不明白。

　　两人爬出坟窟，在周边细细查看。突然杨子千叫了声"快来看！"毕云跑过来，杨子千蹲在地上，指着几朵白色野秋菊，说："你看，这上边是不是有血迹？"毕云蹲下身看，白菊花上横着一棵青草，青草上沾着暗红色血迹，说道："没错。这就是篓子里的青草。"杨子千问："会不会是你来的时候掉在这里的？"毕云道："那不可能。我是从西北方向过来的，这里是坟洞的东偏南方向，离坟洞有十来丈远近，昨晚至今没有一丝风，这根草肯定是盗贼从坟洞粘带过来的。"杨子千点点头："嗯，说得对。看来这贼是朝东南方向走的，我们顺着这方向找找，看还能找到什么蛛丝马迹。"毕云答应："好。"

　　朝东南方向找了四五里路，却再未发现什么线索。毕云有些沉不住气了，说："算啦，不费那劲了，我再去弄一个鬼子头吧，直接提着去见郑维屏。"杨子千道："你以为鬼子头真那么好弄？你昨天是碰了运气，今天鬼子兵肯定是全城搜捕嫌犯，你能去了，却不知能不能回得来！再说，这两个鬼子头丢得也太蹊跷，要是弄不清根由，你我这心里么时候能放得下？"毕云点头："嗯，倒也是，这可不比丢了西瓜冬瓜啥的，找不着这鬼子头，心里会七上八下。"杨子千："那就接着找呗！"毕云："嗯，找。"两人又细细寻找起来。

　　又找了一袋烟工夫，毕云突然说："杨兄过来看！"杨子千靠过去。毕云指着一块大石头的边角："这是不是血迹？"杨子千趴下身细看，这石头的边角沾有淡淡的血色，石头旁边的地面上，秋野菜被压坏的叶子上也略有血红。杨子千把石头前后左右细看一遍，肯定地说："贼人在此歇过脚，鬼子头应该装在一个布袋里，靠着这石头边放在地上。你看——"他指着石头前的一小块较松软沙土，"贼人坐在石头上歇息，这是他的脚印。"毕云细看地上确有一对外八字大脚印，点头道："对劲儿。"杨子千又说："看这脚印大小，这贼应该是个高个儿，比咱俩能高不少。"毕云惊奇道："这你也能看得出？"杨子千自信地一笑："不信你就等着瞧！走，这下又多了脚印，跑不了他。"两人循着各种踪迹，向前找去。

　　又行半个时辰，遇到一路边小店，门旁墙上书有"面馆"二字。两个人肚子早就咕咕叫，毕云说："吃碗面吧。"杨子千应和："好，吃碗面。"两人走进店里，内有四五位食客，面条挑得鼻子高，噗噗吹着热气吃面。二人找一空座坐下，朝老板叫了两碗面。

杨子千眼睛四下扫了扫，突然盯在一处不动了。毕云循他目光看去，对面靠墙一张小单桌旁趴着个人，像是睡着了，桌下面放着个灰黑色布袋，圆鼓鼓的，微微透着血迹！杨子千、毕云不由得对望一眼，起身过去。杨子千蹲下身，偷偷去扯那袋子。没想到那睡觉人好个机灵，一下醒过来，看到两个人要动他袋子，忽地起身拎起袋子就走。这一下看得清楚，袋子里装的东西分明就是脑瓜形状！杨子千一把抓住袋子，瞪着那人说："识相点儿，把东西还给我们！"

　　那人瘦高个，黑瘦脸，厚嘴唇、橘瓣儿眼，看模样也就二十岁出头，却显得很老到，他瞅瞅杨子千，说："你先放开手，有话好商量。"毕云一把抓住布袋："不能放！把东西还我们！"这边一嚷嚷，几个食面客起身围拢来，要看个究竟。店老板也端两碗面过来，叫道："筋道手擀面来啦——"黑瘦小子见人围拢，着起急来，生拽硬扯，要抢走布袋。杨子千和毕云紧紧薅住，哪肯撒手。双方你拽我夺，又不肯说出是什么东西。围观者便上前劝解，让双方坐下说话。人多手杂，布袋被撕开一道缝，骨碌碌滚出个鬼子头来，吓得众人大惊失色，呼爹喊娘，乱躲乱逃。有人碰翻老板端着的两碗打卤面，正扣在了鬼子头上，老板扔下托盘就跑。黑瘦小子趁机抱着布袋里剩下的一个鬼子头，夺门而去。杨子千和毕云拔腿便追。

六

头颅奇事

  黑瘦小子蹿出面馆,撒开腿来跑,杨子千和毕云甩开脚去追,没想那小子身高腿长,跑得真够快,若不是抱着个鬼子头,恐怕早跑得没影了。
  前边有条深沟,顺着地势拐几道弯。杨子千见黑瘦小子跑进深沟里,忙对毕云说了句"你接着追",自己则抄近路,直接跑向深沟的拐弯处。正好黑瘦小子跑到跟前,杨子千啥也不顾,一个蹿跃扑向沟里的黑瘦小子,两手抱住他的肩部,一下把他压倒在沟底,鬼子头也摔出老远。黑瘦小子还要挣扎,毕云也赶上来,两个人制住黑瘦小子,解下他的腰带,捆了胳膊。
  杨子千两手叉腰,问黑瘦小子:"你偷点儿啥不好,偷鬼子头弄么?"黑瘦小子坐在沟底喘息,抬眼斜瞅杨子千,说:"那鬼子头本该是我的,怎么算我偷?"毕云一瞪眼:"什么?你的?你这人彪啊傻呀,争个鬼子头?再说怎么本该是你的?你赶紧说清楚!"
  黑瘦小子瞅一眼毕云:"你不认识我,我认识你,你是天后宫的小老道,毕……"毕云忙说:"好了好了,认识我的人多了。你先说鬼子头的事,怎么本该是你的?"黑瘦小子道:"好,那我问你,这两个鬼子头,是不是在南大门外,路西村的破院子里割下来的?是两个喝醉的鬼子兵。"毕云一愣:"你、你……"黑瘦小子接着说:"你割了两个鬼子头,装进草篓子里,走不多会儿,碰到一队鬼子,鬼子追你,你跑到一个院子里……"杨子千转眼看毕云,毕云张了张嘴,说不出话来,惊诧地看着黑瘦小子。黑瘦小子又说:"眼看要被鬼子发现,外头传来狗叫,鬼子调头追去,你这才脱身跑了。"毕云倏地蹲下身,直瞪着黑瘦小子:"你、你、你也在那?你……你都看见了?"黑瘦小子看毕云吃惊的样子,微微一笑,突然"汪汪汪汪……"学起狗叫。
  毕云惊得差一点儿跌坐地上,两眼瞪得圆圆的盯着黑瘦小子:"是、是你学的狗叫?!"黑瘦小子哈哈笑起来。毕云追问:"你、你是谁?为什么要救我?你要鬼子头干什么?"黑瘦小子微笑着说:"不管你是谁,不管我是谁,有一点儿我们都是一致的,那就是我们都是中国人,都痛恨日本鬼子,都想割下鬼子头……嘿嘿，可惜我慢一步，叫你抢了先，要不那两个鬼子头就是我的了。"毕云着急地问："你到底是谁？"黑瘦小子微微点头："好，你能割下鬼子头，肯定也不会向真鬼子、二鬼子出卖我，我就告诉你吧，我姓梁，都叫我梁大胆，是……"

"梁大胆？"毕云不由得叫出来。杨子千也说："是跟着共产党八路军做事的梁大胆？"黑瘦小子点点头："就是我。你们知道我？"杨子千道："我们听王冰他们说过，梁大胆打鬼子了不起！"说着上前给梁大胆松了绑，"不好意思啊，大水冲了龙王庙。毕道长你已经认识，我叫杨子千，和毕道长是生死与共的好友，我们都是想打鬼子的人。"

梁大胆嘿嘿一笑："你们二位兄弟还真有两下子，我梁大胆别的不敢吹，跑起来还从未叫人逮住过，今儿个是头一回。"拍拍杨子千，"这位杨兄弟，有两下子！"杨子千道："不敢，不敢，兄弟本事厉害。"梁大胆说："王冰怎么夸我啦？他的嘴可紧着呢，他是党组织的……不说他啦，说我，俺的大号叫梁学福，因为不怕事，胆子大，人送外号'梁大胆'，现今专门跟小鬼子干上了！别的不敢吹，对付小鬼子，俺还真有一套，不信你瞅着，你毕道长能砍两个小鬼子头，俺跟你不重样儿，三天之内，最少弄两杆小鬼子的枪回来！"

杨子千道："梁兄有这能耐，我信。我现在想知道你跟着去坟窟……拿、拿鬼子头干么呀？"梁大胆眨巴眨巴眼："我也想问呢，毕道长杀死两个鬼子也就罢了，为什么割了头拿回来？"杨子千道："我替毕兄说了吧，他去郑维屏那参军打鬼子，郑维屏说他是道家之人，慈悲为怀，不宜参战，不愿收他，毕兄一气之下回来杀两个小鬼子，要提鬼子头去见郑维屏……""要参加郑维屏的部队？"梁大胆朝毕云一瞪眼，"打鬼子的部队有的是，最好的就是共产党八路军的，你们既然认识王冰，跟着他干多好，为什么要去投那个见了鬼子就跑的郑维屏？"

毕云反驳说："郑维屏有势力，也抗日，刚刚在向阳山跟鬼子大部队干了一大仗。"梁大胆道："他一个堂堂的保安司令，那是让鬼子逼得没法。再说了，那仗是他打的？他征调人家海阳保安部队，让人家替他打仗，人家的总指挥都替他丢了命！"毕云顿了一下，又说："不说这事吧，你、你还说说拿这鬼子头到底为什么呢？"

梁大胆沉下脸，叹口气说："我一个老哥们，也是共产党的人，被铁杆汉奸章不管逮住，交给了日本鬼子，鬼子对他施尽酷刑，老虎凳子辣椒水，用钳子夹碎他的手指，用烙铁烫他的下体……唉，人想不出的法子小鬼子都能干出来！老哥们咬碎牙也不供出共产党的情况，最后气急败坏的小鬼子砍下了他、他的头……"杨子千毕云静静地听着，腮帮子一鼓一鼓地在咬牙。梁大胆顿了顿又说，"小鬼子把老哥们的尸体扔进河里，我趁夜把尸体捞了出来，可是没找到头，估计被河水冲走了……我安葬了老哥们的尸体，在坟前发誓，要是三七之内，不能提着鬼子头来祭祀老哥们，我梁大胆就不是人！这些日子我就常在有鬼子的地方逛荡,找机会割鬼子头,一直没能得手。昨天在城南门外跟上了两个喝醉的小鬼子,眼看就要得手,没想到出来个拐篓子的女子,后来又出来你毕道长,割了小鬼子的头,我知道你是好人,眼看你要被小鬼子追上,我就学狗叫引开了鬼子。"

毕云双手抱拳,对梁大胆说:"原来如此。在下毕云多谢相救之恩!"梁大胆回了礼:"都是打鬼子,理应相帮。"放下手又说,"今天,就是我老哥们的三七忌日,所以我无论如何要拿鬼子头去祭祀他,一时别无办法,就盯上了你那两个鬼子头,一路跟到冢里坟窟,下半夜得手……就是这样。"毕云长叹一口气说:"看来这鬼子头还真有用处。这样吧梁兄,两个鬼子头,都给你先用,我们一起去祭祀你那老哥们,祭祀完了,我再拿去见郑维屏。"梁大胆道:"那好啊!"杨子千突然说:"不好,那个鬼子头还在面馆里,我去拿来!"转身一发力,噌噌两下蹿出沟渠。梁大胆对毕云说了句"毕道长在这儿等着吧,我跟他一起去",也爬上沟帮,追杨子千而去。

不多会儿工夫,两人回来,面馆老板给了个面袋子装了鬼子头。三人带着两个鬼子头,到凤林集上又买了香纸瓜果点心,一起去往老虎山东边的一个小山坡,找到梁大胆那老哥们的坟茔,摆好供品,祭上鬼子头,点香烧纸,祭祀亡灵。梁大胆跪在坟前行祭祀礼,祷告之时泪流满面。杨子千和毕云为之动容。

祭祀毕,梁大胆对毕云说:"多谢毕道长,借我两颗鬼子头,解了我的急。"毕云道:"我也得多谢你梁兄,要不是你相帮,这两颗鬼子头还真不一定拿得回来。"杨子千说:"没想到,两颗鬼子头把二位扯上了缘。"梁大胆应道:"还别说,真是这样。毕道长,别去找那什么郑司令了,就和我一起,参加便衣队,跟着共产党打鬼子,保准没错!"

毕云沉默一小会儿,对梁大胆说:"以后就叫我毕云吧,我已不是道长了,有小鬼子横行,哪还能静心为道。我意已决,出道从戎,恨不得立刻端起枪来打鬼子!而眼下最有能力打鬼子的部队,还只有郑维屏郑司令。我不管别人怎么看他,我亲眼见他调度指挥部队打鬼子,给小鬼子以重创,就凭此,我只能先加入他的部队。望梁兄原谅!"梁大胆道:"说来说去,你还是觉得共产党八路军不如他国民党郑维屏?"毕云说:"我对共产党八路军不太了解,不能妄下结论。"梁大胆道:"那你看不起我们便衣队?"毕云说:"不是看不起,不过眼前还是郑司令的部队更有势力。"

梁大胆沉下脸来,轻轻摇摇头,低声说:"好吧,你慢慢会知道,到底谁才真正能打鬼子!我前头夸下海口,三天之内,弄到小鬼子两支枪。这样,从现在开始算,加上明天,一天半的时间,不管真鬼子二鬼子,我弄他两支枪,后天一早在这见面,让你知道知道俺便衣队的能耐,别老觉得郑维屏有多了不起!好了,告辞!"说完转身跑去。

毕云喊两声,梁大胆也没回应,一阵工夫不见了身影。杨子千嘿嘿一笑:

"这梁大胆，年龄不大，看来还真不是一般人。"毕云道："管他一般人不一般人，我可赶紧去找郑司令，晚了这鬼子头可要臭了。"说着动手拿袋子去装两颗人头。杨子千说："梁大胆说的话也有些道理，你不考虑考虑，参加便衣队怎么样？"毕云道："他一个便衣队，也就几十号人，撑死不会过百人，怎么能跟郑司令的大部队相比？再说了，这梁大胆的话我怎么听着有点儿不靠谱？一天半的时间，硬去夺鬼子两条枪，他拿鬼子二鬼子当小孩啦！"

杨子千看他一眼："话也不能这么说，你不是说去割了两颗鬼子头吗？就不兴梁大胆去夺鬼子两条枪？"毕云张了张嘴，没能说出话，把两个鬼子头装进面袋子里，扎紧袋子口，一把抓住袋子提起来，说："就算梁大胆他真有能耐，夺了鬼子的枪，我也不会参加他的便衣队。走，去找郑司令喽！"迈步向西走去。杨子千说一声："你这毕兄！真是不撞南墙不回头！"快步追随而去。

再说梁大胆，离开杨子千、毕云二人，一路向东而去。到哪儿去弄两杆枪呢？想来想去，决定先往盐滩村鬼子岗楼转转。他扯开大步，不多会儿工夫来到盐滩村，摸到鬼子岗楼附近，看见有一个当地百姓称为"二狗子"的伪军在站岗，身后背一杆长枪。梁大胆便打定主意，先拿下这杆枪！可是岗楼里时常有一队队伪军进进出出，难有下手机会，这让梁大胆犯了难。他退到远处一个小树林里，藏身枝叶当中，琢磨对策。不多会儿，听到树林外有声音，透过树隙望去，是一个邮差骑着自行车从树林外小路经过。他心头一动，计上心来，起身冲出树林，蹦到小路中间，拦住邮差去路。

邮差正悠闲自得地哼着小调蹬车前行，哪想到突然蹿出个人来拦住去路，车子一歪，连人带车翻倒地上，口中叫道："哪路好、好汉……我一个穷、穷邮差可、可没钱财……"梁大胆拉起邮差，轻声说道："别怕，我是打鬼子的好汉，不会对你怎样，只是借你一件东西用用。"邮差胆怯怯地说："好汉要借啥东西尽、尽管说。"梁大胆指着地上的自行车："借你自行车一用，你等两袋烟工夫，到那片棒子地里，靠西边第十垄去找你的自行车。"说着抬手指了指前面的玉米地，不等邮差答话，拎起自行车骑上就走。

梁大胆骑着邮差的自行车，径直朝岗楼骑过去。岗楼前站岗的换了人，是一个背着匣子枪的头头，或许是临时替岗。梁大胆已顾不了许多，学邮差哼着小调，快蹬两脚自行车，朝站岗伪军冲去。伪军喊道："你他妈的慢一点儿，有爷的信吗？"梁大胆回道："有两封啊军爷，我也不知都是谁的。"说着话车子已到跟前，车辘轳差一点儿就蹭到伪军肚皮。伪军正要发作，梁大胆已从信兜里掏出两封信递到他眼前。伪军不由得伸手来接，梁大胆另一只手飞快地抽出他腰间的匣子枪，同时抬腿踢他一脚，伪军一屁股跌坐地上。梁大胆把枪和信插进信袋，骑车飞奔而去。身后的伪军叫喊起来，即刻从岗楼里跑出一队二狗子，朝梁大胆追赶。

梁大胆把自行车骑到玉米地，放到约定的地方，猫着腰跑开。可是由于着急，竟忘了取出信袋里的匣子枪，跑几步又返回来取枪，被追赶的二狗子发现，疯狂追扑上来。梁大胆前边跑，二狗子后边追。拐过一个小山包，一个熟识的村人正在刨地，看到梁大胆气喘吁吁跑过来，就问："梁大胆，跑么呢？"梁大胆朝身后指指："二狗子抓我。"村人明白了，忙朝旁边一指："那边是一条大沟，一直能跑到前面的山峦子里！"梁大胆赶忙跑进大沟，不见了身影。村人则回身，把梁大胆跑过的脚印隔一个用耙子平两个。

一会儿一群伪军追到，不见梁大胆身影，就朝干活的村人围过来，用枪指着村人问："看没看见一个人跑过来了？"村人装出害怕的样子："看、看见了，那人跑得就跟飞一样，眨眼就、就不见啦！我还寻思遇、遇见了鬼……"说着指指地里的脚印。领头的小队长看看脚印，吃惊道："我的个天！怪不得追不上！"回头对伪军说，"拉倒吧，这小子简直不是人，一步能跨一丈远，这不是飞吗？咱们哪，越追越远，跑到天边也追不上！"说完转身打村人一枪托，"你再看见那小子赶紧给爷报信，知情不报杀你全家！"村人连连点头："是、是的军爷，我一定报信，一定报信……"二狗子们回身走了。

梁大胆得了一支枪，还需一支。第二天，他又来到孟家庄，这里有鬼子的大据点，驻着一个伪军中队，中队长梁筠懿——章不管的干爹，是日本鬼子的大走狗，他手下有个小头头跟章不管称兄道弟，经常带一帮二狗子横行乡里，鱼肉百姓，民愤极大。梁大胆那老哥们被捕，就是这小子通风报信。这天正好是邻村大集，梁大胆发现那小头头背着匣子枪，带着几个喽啰，在集上吆三喝四，大发淫威，便不动声色跟了上去，伺机下手。小头头来到一个炸油条的摊子前，强令摊主称五斤记账油条，摊主知道这二狗子要赖吃，磨磨蹭蹭不愿伺候他。小头头瞪眼骂娘。梁大胆心下腾起一股火，靠近油条摊儿，摸过舀油的大铁勺从炸锅里舀一勺滚油，连头带脸泼下去。小头头"妈呀"一声鬼嚎，抬手去护头脸。梁大胆一把卸了他腰间的匣子枪，转身钻进人群。几个随从端枪追赶，可满集拥挤的人群哪里追得到，转眼就不见了梁大胆的身影。

另说杨子千和毕云当天赶到卧龙村，打听到郑维屏带着栓大胖子外出未归，便找个地方住下。第二天上午再去司令部，得知郑维屏回来了，正跟几个军官议事。门口岗哨是栓大胖子别动队的人，认识二位，想套个近乎，看到毕云手提面袋子，悄声说："前些日子在武林村，我见过二位，是刘队长家里的亲信，自然就不是外人。想见郑司令吧？"杨子千点头："对呀。"哨兵指着毕云提着的面袋子："是捎给郑司令的吧？"毕云稍稍犹豫："嗯……是、是啊。"哨兵伸手来接面袋子，毕云不想给。哨兵就说："咱们都是刘队长的人，你还不放我的心？郑司令他……咳，我最了解，你把东西给我，保管顺顺利利就让二位进去。"说着一把拎过面袋子。毕云着急道："这、这里边是……"哨兵一笑："我都知道，放心吧，我会处理好的。"提着袋子进了院门。

屋里郑维屏正和栓大胖子等几个贴心下属闲谈，哨兵报告进来，朝郑维屏敬礼:"报告司令,门外二人求见!"郑维屏随意问:"什么人?"哨兵脑子不大记事,把两人的名姓记颠倒了,支支吾吾道:"一个叫杨……杨云,一个叫毕……毕千秋……"郑维屏皱着眉头:"杨云?毕千秋?"哨兵忙上前一步,把面袋子放到郑维屏椅子跟前,笑道:"司令,他们给您带来两个大西瓜,这可是稀罕物。"郑维屏看面袋子一眼,疑惑道:"大西瓜?这都啥季节,哪来的大西瓜?"哨兵瞪眼儿一想,又说:"记不清什么瓜,反正是两个好瓜,他们说可甜了,特地送给司令尝……尝尝,嘿,尝尝。"

栓大胖子坐不住了,起身过来,瞪哨兵一眼:"怎么搞的?这么点儿事都记不清,退一边去!"哨兵急忙后退两步。栓大胖子用刀挑断系袋口的布带,扯着袋底一提一抖,骨碌碌两颗鬼子头滚出来,其中一颗耳朵上还挂着面条,直滚到郑维屏脚边。郑维屏"哇"的一声跳起,后退几步,拔出手枪对着鬼子头。栓大胖子一把扔了手中的布袋,和另外几个军官惊骇得跑到墙边。哨兵早吓得跑到院子里。

这时杨子千和毕云走了进来,向大家说明情况,几个人的情绪才渐渐平复。栓大胖子到门口踢哨兵几脚,破口大骂,故意让郑维屏听见。屋内郑维屏则询问毕云割鬼子头的事,听后微微点头,沉吟道:"看来我是低估你这个小老道,有胆量,有身手……哎?正好,我手下的武术高手、大刀营商营长今天过来,眼下正在训练场跟兄弟们练武,毕道长随我一起过去看看如何?"毕云转头看杨子千一眼,杨子千轻轻点头。毕云道:"好吧郑司令,能见识武术高手,也是一件幸事。"几个军官簇拥着郑维屏,四个卫兵持枪殿后,毕云和杨子千夹在中间,一起走出司令部。

到了村边训练场,见有百八十人聚在那里,有练武的,有观看的。此时场子中间正有人耍大刀。栓大胖子小声告诉杨子千和毕云,这位就是大刀营商立旦营长,武功颇是了得。只见这商营长身形粗壮,体力强健,右手执一柄硕大的九环钢刀,刀光闪闪,环声叮叮,令人心寒。八位配角兵勇微微后退数步,一齐举了棍棒指向他。商立旦仰面哈哈一声大笑,探步蹲身,右手执刀挥个半圆,喀啦啦一片响,兵勇手中的棍棒尽被削得飞出去。众人一片哗然,纷纷后退。

商立旦哈哈大笑,笑过了,朝人群一扬手:"来真家伙!"随着话音,人群里跳出两个带刀汉子,中等身高,胖瘦适中,年龄二十五六岁。两人走近商立旦,拱手抱拳:"弟子献丑了!"商立旦微微一笑:"看看你俩有何长进,来吧!"两人异口同声:"不恭了,师父。"说完突地双手过肩,各自背后抽出两把快刀,唰唰抖展开来,直朝商立旦挥逼。商立旦看似不理不睬的,暗地里实则早有防备,未待四把快刀近身,手里的九环钢刀已舞了招"狂风扶柳",拨开四把利刃。两人见他身手快捷,难以直取,遂变换招法,一个在前,使出"双蛇吐信",一个绕后,使出"二龙探海",前后夹击,取他四肢。眼看商立旦难脱败局,却见他一个灵猿蹿跃,腾身而起,躲过四把快刀,随手一招"风旋叶",钢刀舞作车轮转，让那两人难以拢身。三人直斗十几个回合，也分不出胜负，但闻刀风呼呼吼，刀环叮叮鸣，一团白光纠缠在一起，令人眼花缭乱。渐渐见商立旦似有不支，落了下风，那两人四把快刀越逼越紧。商立旦猛地抽身跳开数步，拖刀奔去。二人舞刀紧追不舍。商立旦突地转回身来，抡臂挥刀，又使那招"狂风扶柳"，只是此番力度刚猛。但听"当啷啷"一阵响，四把钢刀霎时脱了二人手掌。

二人腾身后撤十步开外，抱拳道："师父宝刀不老，确实厉害，弟子佩服！"拾刀退下。商立旦得意扬扬道："这大刀是商某的强项，以强对弱，难显公平。这样吧，商某前些年在威海卫城里担任过国术馆馆长，做过拳师，拳脚功夫也略知一二，有好拳脚的行家里手，也请上来切磋！"

话音刚落，圈外跳出个二十来岁的壮实汉子，拱手对商立旦道："旦爷，请指教！"商立旦睨视一眼："二嘎子，身子倒是壮了不少。"大摇大摆来到汉子跟前，趁对方不备突然当胸一记重拳。汉子被打个措手不及，结结实实吃了这拳，身体跟跟跄跄后退数步，险些跌倒。他站稳脚步，一声大叫冲上来，双拳抡得雨点一般击向商立旦。

人群里的杨子千和毕云见了轻轻摇首，知这汉子并非武林中人，只是有一副好身膀，给商立旦捧场而已。再看商立旦，面对密拳快脚亦无破解之招，只是连连避躲。那汉子占了上风，心下自是得意，戒备之心渐渐松了，破绽连连，虚处频露。商立旦瞅准一个时机，猛地闪躲矮身疾速出脚，扫向汉子下盘。汉子冷不防吃这记扫地腿，飞身前扑，扑通一声跌趴在地。

"好好！好好！商营长果然厉害，不愧为威海卫国术馆馆长！好刀法，好拳脚！"郑维屏蹿出人群。商立旦赶忙上前行礼："司令见笑了！刀不磨刃钝，拳不练手生，跟几位弟子练练。"郑维屏笑道："呵呵，这样很好！看来我组建大刀营，提拔你担任大刀营的营长，真是用对了人才啊！"商立旦赔笑："多谢司令栽培！"郑维屏道："这回啊，我可能又要栽培一人。"回身朝毕云摆摆手，"毕道长过来。"毕云走出人群，来到二人跟前。"威海天后宫的毕道长。"郑维屏指着毕云对商立旦说，又指着商立旦对毕云说，"威海卫国术馆商立旦商馆长，著名拳师，武术家。当然，现在是我大刀营营长，抗日英雄。"毕云抱拳："早闻商馆长大名，久仰久仰！"商立旦朝他草草回了一礼："毕道长，听说了。"郑维屏又道："我等抗日英名威传八方，仁人志士纷纷投奔而来，实乃好事。毕道长抱抗日救国之愿，前来投奔我部，他也有一身好武艺，今天恰遇商馆长，何不切磋切磋，让大家一饱眼福。"围观众人喊："对啊，露两手，开开眼！"商立旦看郑维屏，郑维屏朝他使个眼色，笑了笑，退回场外。商立旦朝毕云一瞪眼："不客气了，毕道长！"后退两步，唰地拉开架势。毕云赶紧架拳迎招。

前边商立旦皆是和手下演练，打得好看，却并没有用上真功夫，这回跟毕云交手可不一样，毕云的功夫他早有耳闻，一个堂堂的国术馆馆长，对这道长也颇存忌惮,尤其今日郑司令在场,更要扬扬自己的威风。他心意已定,尽出杀招,突然间蹿上去出脚便踢毕云。毕云一骨碌滚地躲开,翻腾起身,与商立旦你一拳我一脚打斗开来。商立旦招招杀机,心怀叵测。毕云凝神聚气,卸拳迎脚。两人过了十余招,商立旦故意卖个破绽,引诱对方扑身击来,他则矮身避过拳臂,侧身蹿跃至毕云身后,双掌齐施,猛力击打他腰臀,身法甚为迅捷。

毕云击出一拳也是用了力道,倘是中的,商立旦必将倒地。不想商立旦很是刁猾,非但躲过拳力,还以"四两拨千斤"的功法背后施出劲掌。毕云哪里收得住腿脚,"噔噔噔噔"向前一个趔趄。商立旦疾步跳到毕云眼前,"呀"的一声送出快拳,直击毕云脸面。这一拳力道洪猛,内藏凶狠,倘是击中,后果不堪设想。毕云看透商立旦的杀心,暗想不叫商立旦知道点儿厉害,自己实难脱身,于是头脸后仰躲过来拳,同时出掌切向对方肋部。但听"啊"一声痛叫,商立旦后退数步,恶狠狠地看着毕云,突然从腰间拔出手枪。杨子千看得真切,大喊一声:"毕兄当心!"

郑维屏也踱出人群,出手制止:"商营长,切磋武艺,不可动气!"商立旦哼哼一笑:"司令放心,这小子虽然下暗手切穴位,我也不会跟他一般见识,只是想跟他比试比试枪法。"郑维屏勉强一笑:"那就好,那就好,眼看就是一家人,要把枪口对准小鬼子!哈哈,对准小鬼子!"转身对栓大胖子说,"刘队长,你推荐的这位小老道还真是有两下子,收下了!你负责办理相关事务。"栓大胖子上前敬礼:"是!司令。"毕云也对郑维屏抱拳:"多谢郑司令!"郑维屏道:"参军以后要敬礼。"毕云学着栓大胖子敬个礼:"是!司令。"郑维屏哈哈笑道:"好,我军又多了一位武术高手!你可以做一名武术教官,多给官兵们教教武术,提高大家的本事,打他小鬼子!"毕云又敬礼应道:"是!司令。"

"王营长。"郑维屏叫道。"到!司令有、有、有何吩咐?"身边一位三十岁左右的军官快步上前敬礼。郑维屏对他微微一笑:"你的卫队营,该长长本事了吧。""好、好的司、司令。马上安、安排卫队兄弟们练、练武学艺,保、保证司、司、司令安全!"这王营长是个结巴。杨子千和毕云不由得对视一眼,意思是说这样的人怎能在司令身边当卫队营长。过后从栓大胖子嘴里得知,这个王营长名叫王木芳,威海本土人,原本在国民党威海卫田村派出所充任警长,老早就是郑维屏的手下,二人关系一向亲密,日军攻占威海卫后,他随郑维屏撤出卫城,拉起保安大队,他担任卫队营长,更成为郑维屏的心腹。

毕云如愿以偿,舍道从戎,成了郑维屏队伍里的武教头。

再说杨子千,陪伴毕云东奔西闯,最终看着毕云加入了郑维屏的部队,内心虽有不爽,但好友愿意,而且郑维屏打鬼子自己也是亲眼所见,也就顺其自然,各行其道吧。当晚二人宿在一起,说了半夜的话,无非是打鬼子的话头,还有就是相互的叮嘱。一早起来,杨子千踏着晨露,迎着曦光,往老虎山方向赶。前天梁大胆约好今日见面,毕云参军来不了,自己更不能爽约。

八九点钟光景，杨子千来到老虎山东麓，找到前天祭祀的坟茔，却不见梁大胆的身影，心想：这梁大胆多半是说了过头话，弄不到枪，不好意思过来见面。正想着，突然身后伸过来两支匣子枪，左右横指杨子千的太阳穴，身后传来低声喝令："不许动！举起手来！"杨子千稍一愣，眼珠子转了转，慢慢举起双手，刚举过头顶，猛地蹲腰出手，左右同时攥住两把手枪，弓背顶向身后。只听"哎呀"一声，身后的人被顶飞出去，两把枪攥在杨子千手中。他回身一看是梁大胆跌倒在地，便哈哈笑着，上前拉他起身。梁大胆扑打扑打身上的泥土，说："你真有两下子！"杨子千把枪递给他："你这是在闹玩儿，要真是抓鬼子逮汉奸，就不会这么放松，不会让我得手。这么短的工夫弄回两把枪来，了不得，你才是真有两下子。"

两人到不远处一块裸露的大山石上坐下。杨子千从怀里掏出一个纸包，打开了，露出两个酥黄的大火烧，递给梁大胆一个："刚才打凤林走，顺便买两个火烧，垫垫肚子。"梁大胆一笑："还真是没吃早饭。"接过一个一口咬下，"嗯，好吃，真香，还热乎呢。"一口一个月牙，两口一个山字，三口下去一小半。杨子千说："慢慢吃，我想听你讲讲弄枪的事。"梁大胆边吃边说，把夺枪的事讲给杨子千听。

杨子千听罢，朝他竖起大拇指："你真是了不起，有胆有谋，梁大胆这名号不白叫！哎，你怎么会这么大胆呢？"梁大胆吞下一口饼，说："穷人家的孩子，不大胆又怎么办？我爹给人看山，家里没田地，很穷，我兄妹十三人病饿死了八个，我八岁就给本村地主'庆大眼'当长工，后来又给孟家庄地主当雇工……唉，那么小的孩子，就得自己照顾自己，能活过命就不错，哪还顾得害怕。记得我刚八岁那年，有一天跟着爹去看山，爹临时有事下山，我自己留在山里。天黑后山风呜呜地吹，山猫野兽跳来跳去，我心里很害怕，就找了根棍子握在手里，后来真就用上了，来了一只也不知是狼还是野狗，饿极了，要吃我，我抡着棍不要命地驱打，它一直靠近不了我。后来爹赶来了，赶跑野兽，过来抱我，我累得一下瘫倒在地上……那次以后，没过几天，爹就把我送到地主'庆大眼'家，起码不至于被野狼野狗咬死……"

"唉，咱俩同年同岁，没想这受苦遭罪也差不多。"杨子千把自己的身世讲给梁大胆听。梁大胆听后瞪大眼："我原以为只有我从小遭那么多罪，原来还有跟我这苦命差不多的人。""这世道，兵荒马乱，民不聊生，特别是日本鬼子来了以后，有几人不是端着命过日子？只有打跑日本鬼子，打倒欺负人的军阀土匪，大伙儿才能过上太平日子。"杨子千动情地说。

梁大胆一拳打在身旁一棵大树干上，叫道："杨兄，你说的太对了！我天天也是这么想，所以就憋着劲要干小日本鬼子！你的武功那么好，教我武功吧，有了功夫杀鬼子更带劲！"杨子千笑一笑："跟我学武功？我也是半瓶醋呢。"想想又说，"有一个人，你要是跟他学功夫，那可错不了，他身上的功夫你能学一半就够用，一人对付几个小鬼子没问题。"梁大胆瞪眼问道："是谁呀？你帮我说说话吧。"杨子千说："你认识的，就是毕云毕道长。他的功夫我先前就知道，可了解得并不深，昨天才真正开了眼界，那叫一个牛！威海卫国术馆馆长商立旦败在他手下，就连保安司令郑维屏都大加夸赞，当场就封他为保安大队武术教官。"杨子千把昨天比武的事讲给梁大胆听。

梁大胆听着听着站起来，拉着杨子千的胳膊急道："那快点儿走吧，找毕道长去。"杨子千道："你先别急，坐下来商量商量。"梁大胆满脸的急迫："怎能不急，学功夫打鬼子呀！"杨子千道："尽管我只比你大几个月，也是哥呀，你听我说。"梁大胆迟疑一下，坐下来。杨子千一笑，说："这就对了，不能太急躁。我的意思是，学功夫不是一朝一夕的事，毕云兄现在做了郑维屏的武教头，教授武功是他的专职，我们去跟他学武功，更是近水楼台先得月，随时去都没问题。不过你若真的要跟他学武功，就得拿出一段时间的工夫来，连起来学，不能三天打鱼两天晒网。"梁大胆觉得有道理，朝他点点头："嗯，杨兄说得对。你还说。""就这个意思吧，做事要有计划，有打算，不能二彪子赶集——哪黑哪宿。"杨子千说。梁大胆一乐："嘿，杨兄有你的啊，说话一套一套的，还挺带理。"

杨子千道："我有啥呀，这些都是跟王冰学的，人家那才叫有水平，那天晚上我们俩说了大半夜，我可受益不少。哎，你要学武功，我带你去找毕云兄，你想想手头有没有必须要办的其他事，有的话抓紧办完，然后就去学武功。"梁大胆摸摸头："叫你说上了，眼前还真有一件要紧的事要办。"杨子千问："什么事？用我帮忙吗？"梁大胆道："你能有空儿帮我最好，我正犯愁呢，去那样的地方，比去鬼子据点还让我犯难。"杨子千道："什么地方？"梁大胆一撇嘴："妓院。"杨子千不由得"啊"一声："去妓院？"两眼吃惊地瞪着梁大胆。

梁大胆叹口气："唉——杨兄别误会，我是替这位老哥去办一件事。"转头看一眼旁边的坟茔，声音低下来，"这老哥兄妹七个，就他一个男的，叫大云，身下六个妹妹，从大朵儿到六朵儿，都叫朵儿，不过最终活下来的只有他和两个妹妹，三朵儿和六朵儿。三朵儿十六岁那年，因为长得俊，被桥头一霸梁筠懿看上，要霸占她，她不从，梁筠懿就用计灌醉她爹，又设局让她爹赌钱输钱，欠赌债，驴打滚，利滚利，成了一笔还不清的债，就把三朵儿强行抬去梁府，纳了小妾。没过三天，三朵儿上吊自尽。梁筠懿不但没觉得过意不去，反倒又抢去年仅四岁的六朵儿，卖给了人贩子，说是抵他的赌债。大云去找梁筠懿拼命，反被梁家狗腿子打成重伤，养了一年多才恢复过来。后来梁筠懿成了二狗子，帮日本鬼子欺压中国人，还当上伪军中队长，势力越来越大，大云一个人斗不过他，就跟着共产党的组织，大家一起跟日本鬼子还有梁筠懿这些二鬼子斗。我是在庆大眼家当长工时结识了大云，他那时老护着我，我把他当成老大哥，日本鬼子来了以后，我跟着他打鬼子，斗二鬼子……大云牺牲的头几天，有一天他高兴地告诉

六 头颅奇事

我,找了多年的小妹六朵儿有了下落!"

"被卖进了妓院?"杨子千急切地问。梁大胆点点头:"对呀,人贩子把她带到威海卫城里,卖给了十三门楼。""十三门楼是妓院?"杨子千又问。梁大胆点点头:"是威海城里最大的妓院,挺有名。"说着站起身来,"怎么样杨兄,陪我一起去一趟吧,找到六朵儿,圆大云老哥一个心愿?"杨子千站起身,拍拍梁大胆肩膀:"好!兄弟。"

两人一合计,把手枪用草缠好埋起来,到大云坟茔前道声别,一起赶往威海城里。

七

威海卫城寻人

中午时分，杨子千和梁大胆赶到城里。在关帝庙前的"馄饨李"小吃铺，每人吃了两个烧饼一碗馄饨。梁大胆趁人不多时，悄悄跟掌柜打听十三门楼在哪。掌柜瞪着眼上上下下打量他，心想：就你这穷不拉几喝馄饨啃烧饼都嫌贵的命儿也能去十三门楼？梁大胆尴尬地说去打听个人。掌柜抬手指了指，告诉了地方。

威海卫自清代设驻军营房，就开始有了娼妓。英国强租期间，娼妓甚多，其时在戚、谷两疃间有一条龙街，就有妓院数十家。政府收回威海卫后，威海卫管理公署对娼妓实行登记，明妓即有三百余众。日寇侵占威海卫，伪公署按照日军的旨意，将娼妓分作若干等级，上等的成为日本人的官妓。这些官妓不但经常受到日伪军警的凌辱，还常被敲诈勒索，有的愤然逃走。在众多妓院当中，十三门楼最为有名，它有十三座坐北向南的院落，十三个门楼一字儿排开，十三扇大门常年洞开，大门口一溜儿灯笼招牌，上书"一等"字样，尤其到了晚间，一排点亮的红灯笼煞是气派。十三个院落同样的格局，每院一正一厢，正房三间，中为接客厅，东西房各一窑姐儿，厢房亦有两个窑姐儿。十三门楼前还有小戏院，窑姐儿歌伎常常在此唱小曲，演折子戏。

杨子千和梁大胆找到十三门楼，打听六朵儿，没人知道。后来过来一个膀大腰圆满脸杀气的黑衣壮汉，瞪眼看看二人，叫他们跟着走。二人随黑衣壮汉走进十三门楼的正中一院儿。只见这院子平整整地铺了方砖，青砖砌的院墙石灰抹缝，圆顶的便门与邻院相通，靠北墙根摆了几盆花草，开着妖冶的耐寒小花，阳光下耀眼的鲜艳。"姐姐，过来找人的。"黑衣壮汉朝挂着珠帘的屋里说。屋里传出一个女人的声音："找谁呀？进来说。"黑衣壮汉示意二人跟他进去。

进了屋，只见迎门靠北墙摆一张小八仙桌，上面放了茶壶杯碟等物，桌子东西两边各放一把太师椅，西边的椅子上坐着个四五十岁的女人，脸上涂了厚厚的脂粉，嘴唇抹得猩红，端着个水烟袋在抽水烟，一看那形貌做派，无疑就是老鸨。老鸨朝杨子千和梁大胆翻翻眼，深吸一口烟，放下水烟袋，轻笑一声："呦，这么嫩的小子，就知道寻花问柳。说吧，看上老娘哪个女儿了？"梁大胆一着急："你、你说什么？谁……"杨子千扯他一把，对老鸨说："这位大姐，我们来找六朵儿姑娘。""六朵儿？"老鸨转着眼珠想了想，忽然笑道，"你这小子挺逗，我最小的姑娘名叫十二花，你给减了半，叫六朵儿，怎么不叫二十四朵呢？"梁大胆又要说话，杨子千拨他一下说："对，十二花，就找她。"老鸨又笑道："你小子眼尖，我这十二朵花里，十二花最俊。找她呀，钱可带足了？"杨子千道："那当然，那当然。"老鸨抬手朝东一指："她眼下在那边落子园唱着呢，你们是过去看看，还是在这儿喝着茶等她？"说着朝东屋指指。杨子千说："不烦劳姐啦。是哪家落子园，我们先去看看？"老鸨朝黑衣壮汉一努嘴："告诉他们。"黑衣壮汉朝二人一摆头："走吧。"带二人出去。

出了院门，汉子抬手朝东指着说："看到没？那棵大槐树，树顶有个鸦雀窝，就那场儿，新乐茶社。"二人道声谢，望东走去。

威海卫是座小城，也就二里见方。早年这里只是个渔村，汉朝时叫石落村，元朝时改称清泉夼。明朝起倭寇大肆侵扰东部沿海，洪武三十一年，太祖朱元璋指令魏国公徐辉祖巡视山东东部沿海，征集农民四万余人组成捕倭屯田军，并择险要地区设立卫所，将文登县辛汪都三里东北近海处的清泉夼一带划出，设威海卫，辖左、前、后三个千户所。五年后的永乐元年，徐辉祖征调文登县、宁海州数万军民筑威海卫城。城垣南北长一里半许，东西宽则不足一里半。城内以东西、南北两条主要街道划为四个坊隅，威海卫指挥使司衙门、威海卫官学和主要庙宇，均集中于东北隅；集市则设于十字街口附近地段。清代裁卫之后，卫城仅为一普通居民点；英国强租威海卫，重点兴建爱德华商埠，位于东门外向北向南的海岸沿线，城里则归清政府及后来的民国政府管辖，形成有趣的"国中国"之景，城里的中国政府管理乏力，卫城没有大的改观；日寇侵占威海卫后，市区更是毫无生机，一派萧条。

眼下就说娱乐方面，卫城里连个专门的戏院都没有，只有五六个小型的"莲花落子"，俗称"落子园"，像什么"庆威游艺场""华乐舞台""升平茶楼""晏乐茶社""会友茶社""新乐茶社"，主要是一些高等妓女唱小戏的场所。在这里唱小戏一般不化妆，唱平戏，现场收钱。"落子园"最兴旺的季节当属春天的鱼汛期，渔民们打了一船船的青鱼上岸，手里攥着卖鱼的钱就去"落子园"听戏。听戏的人多，戏子们唱得更起劲，渔民便把卖鱼的钱扔给戏子，乃至随戏子去了窑子。

"新乐茶社"就在十三门楼东面不远，十三门楼的歌伎常常来此演小戏。二人按照黑衣壮汉所指，不一会儿就来到这里。尽管不是春季鱼汛，但这里听戏的人依然很多，密密匝匝的几乎没有空闲，言语之中都是冲正唱着戏的十二花来的。杨子千和梁大胆好不容易挤到前边，离十二花很近，由于没有化妆，她的音容笑貌尽在眼前。此时她正唱《祭塔》一段，乃著名的青衣唱功戏，那四十多句台词基本包括了青衣反二黄的所有唱腔，难度之高可想而知。随着观众的鼓掌叫好，十二花使出浑身解数，将一段段唱词层层推进，高低有致游刃有余，宛如行云流水，令人如醉如痴。

杨子千见梁大胆两眼紧盯着十二花看，就靠近他耳边小声说："入迷啦？是不是六朵儿？"梁大胆回道："不敢说十成，八九成差不了。我多次见过三朵儿，这六朵儿跟她姐长得太像，高矮胖瘦，就连声音都一样，只是比三朵儿更俊些。""嗯，看这年纪，十六七岁，跟你说的也相符。"杨子千道。

原来正如二人所说，这十二花正是六朵儿。当年四岁的六朵儿被梁筠懿抢去卖给了人贩子，人贩子见她模样儿清秀，是个美人胚子，便送到十三门楼，多卖了几块钱。老鸨一打眼就看准这小女娃将来是个挣钱的货，就下了本钱抚养。五岁时老鸨便开始让她学艺，并取了十二花的名字。因为十三门楼十三个院落，除去老鸨所住正中一院，还剩十二个院落，每个院落的窑姐中有"一朵花"，六朵儿虽然还小，但老鸨看中她将是十三门楼最艳美的一朵花，于是便把"十二花"艺名预留给她。妓院里设有歌伎班，教习初入行的年少女子掌握娼门技艺，尚年幼的十二花入了歌伎班，学习腔、韵、琴、板、卧、坐、立、行。她天资聪慧，悟性甚高，虽年少，却不比那些年长女子学得差，颇得老鸨宠爱。十二三岁时尤现美人之气，出落得亭亭玉立超凡脱俗，而且嗓音气韵极佳，又肯下功夫学戏，小小年纪便把梅派青衣演绎得韵味十足，俨然顶起了"十二花"的冠头。随着十二花的长成，卫城人都知道十三门楼出了个绝色窑姐，嫖客纷至沓来，以亲睹美艳亲听唱曲为幸。但也仅此而已，十二花虽年少却意明，只卖唱不卖身，那些有钱的嫖客虽有遗憾，却仍不即不离随她转，心甘情愿享着耳福饱着眼福，十二花成了十三门楼的第一红姐，自然也成为老鸨的摇钱树。

一曲终了，众人欢呼着十二花，纷纷往笤筐里扔钱，场面甚是热闹。梁大胆眼看十二花要退场而去，急忙上前要跟她搭话，却被几个大汉隔开，哪里靠得上，眼睁睁看她走了。

这边杨子千一转眼看到一个穿大褂戴礼帽的男子，觉得似曾相识，那人礼帽戴得很偏，遮住半个脸，一闪身快步而去。此时看戏的人们纷纷退场，两人也随着人群出了新乐茶社，边走边向一同退场的人打听十二花唱戏接客相关的事。便有人给他们详解细说开来，说这十二花与别的窑姐不同，不卖身单卖唱，卖唱也有三种卖法，一是"外唱"，即离开十三门楼，到卫城里的落子园唱戏，薄利多收，挣众人的钱；二是"单唱"，有钱的想独享十二花，单独听她唱戏，类似于包场，那就到十三门楼自家的小戏园，十二花专门给唱；三是"闺唱"，也就是最高档次的卖唱，到十二花闺房里听她唱戏，不光要花大价钱，还得有点儿身份，有点儿地位，比方说一个叫花子，你就是攒够听"闺唱"的钱，十二花也不一定会伺候你。

梁大胆知道了这些，对杨子千说："看来我是想得简单了，跟十二花见个面都这么难,即便我那老哥们要来找妹子也不容易。"杨子千一笑:"说难也难,说容易也容易,还不是一个钱的事?"梁大胆道:"看你说的,我们要是有很多钱,直接去她闺房跟她说说话,那不就简单了。可是我们那点儿家底能啃上烧饼就不错,哪来的钱去听闺唱?"杨子千推他一把:"走吧,到十三门楼去,总会有办法。"梁大胆看着他说:"你有什么高招提前跟我说说,我心里好有个谱。跟鬼子斗我啥也不怕,可跟老鸨窑姐斗我、我……我可不想在那种地方丢人现眼。"杨子千又是一笑:"怎么会丢人现眼?咱们又不是去找便宜,赖风流账,咱们行得端走得正。"顿了顿又说,"咱们去了就点'闺唱',实在不行就'单唱',总之寻机会跟十二花说上话。既然你肯定十二花就是六朵儿,那么她知道了自己的身世,知道了你跟她哥的关系,必会跟老鸨说情,免了点她的费用,对不对?"梁大胆寻思一下,说:"照你这么说是有道理,没问题。可万一她不是六朵儿,或者她不愿认这个身世,那可咋办?"杨子千嘿嘿一笑:"那又怎么样?大不了把你押在那儿……"梁大胆着急得瞪大眼:"把我押在那儿?"杨子千拍拍他的肩膀:"放心吧,那只是万一。你在那喝茶等着,我立马跑回去,或是找刘船东,或是找王冰他们,借点钱回来。"

  梁大胆想了想,点点头,两人便又朝十三门楼而去。

  回到十三门楼,径直去找老鸨,说明要点十二花闺唱。老鸨端量端量这个,打量打量那个,眼神的意思是:你俩哪个像有钱的?哪个像有势的?两个名不见经传的毛头小子开口就点我十三门楼的花魁闺唱,什么来头啊?正要开口发问,那个黑衣壮汉忽然急匆匆地跨进门来,看一眼杨子千和梁大胆,近前去跟老鸨耳语几句。老鸨听了一瞪眼,脱口说:"铃木鬼子?"黑衣壮汉急道:"这小子心狠手辣,刚刚升为小队副,快、快到门口了!"老鸨呼地起身,也顾不得杨梁二人,跟黑衣壮汉快步出门。

  二人觉得奇怪,一齐转头朝院子里看。只见大门外大摇大摆进来一人,身后还跟了个全副武装的鬼子兵。杨子千一愣,来者正是刚才在新乐茶社看到的那个似乎面熟的男子,急忙示意梁大胆往门后躲躲身,两人从珠帘边隙往外看。院子里老鸨摇摇扭扭快步迎上,浪声浪气地说道:"哎吆吆——不知铃木队长大驾光临,有失远迎!"来人扶了扶礼帽,对老鸨说:"不必客气!十二花的干活,马上的!"

  杨子千看清这人的脸面,惊得差点儿叫出来——正是前些日子在凤林羊汤馆交过手被砍掉耳朵的日本兵铃木崎!院子里老鸨说道:"铃木队长稍等,小女刚刚演出归来,回她闺房啦,我去叫她梳洗打扮,做做准备,到小戏园给队长单唱。"说着就往院墙便门走,要到西院去。铃木崎一把扯回老鸨,哼哼一笑:"不用不用的,我的自己过去,自己过去!"稍一弯腰从便门进了西院。老鸨也要跟过去,一个日本兵把带刺刀的长枪一横,瞪眼对她说道:"队长命令的没有,任何人的不得进去!"老鸨扫一眼锃亮的刺刀,微微打个冷战,看到一旁的黑衣壮汉也是不知所措的样子，无奈之下退后两步，搓揉着两手，竖起耳朵听西院的动静。

很快西院传来铃木崎跟十二花的争执声，而且十二花的声音越来越大，最后传来十二花喊叫"妈妈，妈妈"的声音。老鸨下意识地挪动一步，看看横在眼前的刀枪，一激灵又站下来，焦急地朝西院探头探脑。西院的争执声变成身体的纠缠声，而且有物品碰落的声响。老鸨正蹙眉咧嘴地揪心，忽听铃木崎一声号叫，院里几人皆是一愣，端枪的日本兵抻脖儿朝西院探望，便见十二花和铃木崎前跑后撵冲过来。日本兵慌忙掉转长枪，把刺刀指向跑近的十二花，嘴里喊着："站住！站住！"岂料十二花毫无所惧，直跑到跟前，伸手擎起枪杆，从刺刀下跑进东院，扯住老鸨的胳膊害怕地叫着"妈妈妈妈他他要强、强暴我……"

老鸨摸摸她的手，还未来得及说话，铃木崎已"八嘎八嘎"地号叫着追过来。只见他礼帽早已掉落，左手紧捂着耳朵，满脸的苦痛样，嘴里叫骂着，右手一把夺过日本兵手里的长枪，刺刀朝着十二花刺来。老鸨吓得一声惊叫，推开十二花，刺刀扎了个空，十二花惊慌失措往屋里跑去。铃木崎一只手攥着长枪追来。

屋里的杨子千见此情景，朝梁大胆使个眼色。梁大胆心领神会，点点头。两人藏身两扇门后，从门缝看着外面的情形，见十二花冲进屋里，两人同时推闭门扇关上了厚重的木门。紧追的铃木崎猝不及防，刺刀嚓地扎进木门。这两扇木门是两指厚的红松做成，外面刷了黑墨，几经风吹雨淋日晒，甚是坚硬，便是刀砍斧剁，一时半会儿也难奈它何，然这铃木崎本就身强力猛，加之气火当胸，那攥了枪的右手力道非凡，枪头刺刀竟穿透了门板。

门里边两人见一拃长的刺刀穿门而入，不由得一惊，梁大胆抬脚要把刺刀蹬折，杨子千赶忙摆手示意。两人赶紧上了两道门闩，又轻捷地抬来八仙桌抵住门扇，蹲身坐到桌上。门外的铃木崎嘴里叫骂着，拽了拽刺刀，拽不出来，火急之下扳动枪机，砰砰砰开了三枪，子弹射出的反力竟把刺刀弹出大半。铃木崎借力拔出刺刀，抬脚朝着大门猛踹，骂道："你个婊子！骚货的！你的敢加害皇军，死啦死啦的！死啦死啦的！"

老鸨也不知十二花怎么惹得铃木鬼子如此暴恼，若单单为了皮肉之事，大不至于闹到这般，为了尽快息事宁人，保全十三门楼，老鸨悄悄从内兜里掏出几张银票，硬着头皮战战兢兢走到铃木崎身旁，扯扯他的衣袖，强装出浪声道："吆——铃木队长好个威武，真是个爷们儿，我家这些女儿就喜欢你这样的猛手儿！这十二花尚未破身，年少无知，得罪队长了，还望海涵，待日后老妇好生调教调教，温温顺顺的从了队长……老姐我代不懂事的女儿向队长赔罪了，这一点儿薄礼就给队长降气消火……"

老鸨话未说完，铃木崎突然抬腿侧踢过来，一下把她踢翻在地。黑衣壮汉呼地冲过来，要护住老鸨，日本兵也疾步冲上，攥着两个青筋老拳挡在黑衣壮汉身前，怒目恶视。铃木崎将长枪扔给日本兵，转过身来恶狠狠地瞪视着地上的老鸨，咬牙切齿地说："你的拿什么的给我降火消气？你的妓院，还是你的脑袋？你的知道小婊子对我做了什么？你看！你看看！"铃木崎一把松开捂着耳朵的左手，在场所有人都吓一跳，只见原本缝合的耳朵掉了下来，被缝线连扯着吊在腮帮子上……老鸨骇得尖叫一声，哆哆嗦嗦给铃木崎跪地磕头，口中语无伦次道："老奴该该、该死，养了这惹事的贱人，伤……伤害了日、日本皇军……恳求高、高抬贵手，老奴没齿不忘大、大恩大德，大恩大德……"

铃木崎扬手打老鸨一巴掌，老鸨身子一歪又赶紧跪正。铃木崎扬手又要打，正好门外来了一辆送嫖客的黄包车，黑衣壮汉灵机一动，大着胆子上前把住铃木崎的胳膊，说道："铃木队长请听小的一言，眼下万事皆不如大人的耳朵重要，外边来了一辆车，我送您赶、赶紧就医……"铃木崎扭头瞪着他："八嘎！"要动手打他。旁边的日本兵上前一步说道："此言的有理，铃木队长的应当就医马上的。"铃木崎这才放下手，朝黑衣壮汉"哼"一声，又用左手捂起耳朵，朝门口走去。黑衣壮汉赶紧跑到门外，叫住刚要离去的黄包车。铃木崎上了车，对跟随的日本兵道："你的在这里看守，不让十二花的跑掉，等我回来收拾！"日本兵"嗨"的一声，持枪回到院中。

再说屋里，外面发生的事三人听得清清楚楚，十二花吓得蹲在墙角，浑身颤抖。杨子千轻轻走到她跟前，蹲下身小声道："小妹莫怕，我俩会尽力搭救你。"十二花抬起脸，两眼无助地看着杨子千，眼泪刷刷流下，语无伦次地喃喃道："鬼子要强、强暴我……我拼命反抗……不、不小心抓了他耳朵……"杨子千道："我们知道是鬼子欺负你，咱们都是中国人，我俩会帮助你。"十二花看看杨子千，又看看梁大胆，问："不知二位是何许人，若能救了贱下，定当以、以……以身相报……"杨子千淡淡一笑说："小妹想岔了，我两个不是嫖客，是受你家亲人相托，特来看望你。"十二花愣怔一下，自语道："我家亲人？我、我家亲人？"杨子千一指梁大胆说："对呀。这位梁大哥，是你亲哥哥的至交好友，受你哥哥委托……"十二花呼地站起来，走向梁大胆，急切道："我、我家爹娘……"梁大胆赶紧示意她小声，从桌上下来，扯她到墙根，小声说："你爹娘都、都不在了，你大哥……前些日子也、也被日本鬼子狗汉奸……嗨！"

十二花瞪大眼，愣愣地看着梁大胆，微微摇着头："不、不……我不是你要找的人。这里妈妈说了，我的家在好远好远，她也不知道……我家的亲人一定都很好，都好好的，我一定会见到我的爹娘和姊妹……你、你们找错人了，但你们是好人，我会重谢……"杨子千、梁大胆两人听了心里都不是滋味。梁大胆叹一口气，说："小妹，我也不敢确定你就是我要找的人，但你哥哥活着的时候亲口告诉我，说他打听到你就在十三门楼……你的乳名叫六朵儿，年龄也正合适……"十二花还是摇着头："不不，不会的，不会的。"梁大胆接着说："我还认识你的三姐，她活着的时候，跟你一样漂亮，长得几乎一模一样。"十二花不停地摇头："不会是不会是，那是赶巧了……"

梁大胆看看杨子千，杨子千看看梁大胆，两人不知如何是好。稍顿，杨子千对梁大胆小声说："你那位大哥，再没说他小妹别的事？"梁大胆正用手摸着头，突然停下来，看着十二花，欲言又止。杨子千着急道："有啥话快说呀！"梁大胆有些不好意思地说："你哥还说过，他小妹，六朵儿，右边腰间偏后有一块花生米大的胎记，位置正、正对着肚、肚……肚脐眼儿……"

十二花一听这话，顿时瞪大了眼，看看梁大胆，看看杨子千，半天说不上话来，突然扑通朝南跪下，咚咚磕起头来，哭道："爹……娘……大哥大姐……我的命……命……"杨子千急忙上前扶她，焦急地说："小妹，眼前情况危急，你忍一忍，我俩得想法救你。"十二花哽咽着点点头。杨子千抬头四下看看，只有朝向院子有门窗，再没有别的出口。十二花不知其意，以为杨子千要找地方躲藏，便指指里屋说："里面有炕洞，还有地瓜阁子，可以躲身。"

杨子千进里屋一看，果然有一铺土炕，炕上叠着被褥，靠北墙高空处建了阁层，主要用于冬季储藏地瓜，称作地瓜阁子。他灵机一动，回身招呼梁大胆过来，小声对他交代一番。梁大胆点点头，转回外屋跟十二花说了话。梁大胆回身进来，杨子千已踩着土炕蹿上地瓜阁子，朝他招手，他也踩着土炕上了阁子。两人爬到阁子最北头靠墙处，动手扒屋顶。威海卫一带的民房，屋顶是三角形的檩椽木架结构，铺上秸秆草把，再用黏土抹就，上面再铺上抗腐的厚草或瓦片，一些身手好的人徒手扒开屋顶并非难事。杨子千和梁大胆一起动手，一小会儿工夫就从里边扒开一个脸盆大小的洞，小心揭开瓦片。两人钻出身来，回身把瓦片安合好。看看屋后无人，猫儿一般轻捷跳下，快步绕至屋前，来到大门口。

此时门口已围了些人看热闹。杨子千两人混在人群里，朝院里看，只见那日本兵直挺挺地端着枪，朝向屋门，一旁的老鸹靠墙而立，不停搓揉两手，满脸焦急的样子。黑衣壮汉站在老鸹不远处，也是垂头丧气的样子。

杨子千稍一思忖，弯腰捡起一块豆粒大的小石子放在左手心，右手屈指弹出石子，小石子嗖地飞出，不偏不倚击中老鸹的手背。老鸹一个愣怔，抬头看到门口的杨子千朝她招手，心领神会，转转眼珠子，忽然开口说道："各位街坊邻居，我家小女不懂事，惹皇军生了气，想必皇军宽宏大量，一会儿说道开了万事化吉，没什么事的，各位不必操心，多谢了多谢了！"边说边迈步出院。日本兵转身看一眼，也没在意，转回头继续看守屋门。

老鸹一出院门，杨子千一把扯她到一边，悄声说道："你想怎样啊？这样下去可不行，等会儿铃木鬼子回来，一切都来不及了，恐怕要出人命！"老鸹不知这两人是何时从屋里到了门外，有些疑惑，但也来不及多虑，听杨子千这般说，愈发惶急，说道："事到如今，我、我也不知该怎么办，兄弟有什么高招儿，快告诉俺，帮帮忙，帮帮忙，我定会谢你的……"时紧事急，不容费言，杨子千正色道："事不宜迟，你要是听我的，赶紧派人去找你认识的威海城里最有势力的

七 威海卫城寻人

人物，求他出面通融日本高官，方可摆平此事，别无出路！"老鸨听了这话，眼睛一亮，朝杨子千谢个万福："多谢兄弟，言之有理！"转身回院，大声说道，"虎啊，我这老脑子记性不好，你也不提个醒儿，这大半天让皇军在这干站着，我这十三门楼也是太失礼！你赶紧的，去几家大馆子大店铺，拣那烀蹄熏鱼糕点果糖可着劲儿买来，犒劳皇军！快快，快快。"边说边朝黑衣壮汉眨巴眼打手势，叫他出院门。

黑衣壮汉二乎乎的不明就里，看着老鸨手势出了院门。老鸨后面又喊："哎，等等，你这糊涂蛋，也不知跟我要银票，去抢人家呀！"快步追出门外，一把拽住黑衣壮汉，附他耳边说："快去找丁二娘，叫他请日本大官来救场！咱们熟识的人只有他丁二娘能和日本人说上话，这个点儿没来十三门楼，一准是抽上了。快去！"黑衣壮汉顿时悟醒，"哎哎"答应着，一路小跑而去。

丁二娘不思正经，喜好打混江湖，今天随这个帮派，明日入那个队伍，混吃混喝混快活，哪棵树大靠哪棵，数月前他的磕头大哥、威海卫黑道老大荣爷介绍他当了伪军，在章不管手下混了几个月军饷，这一阵荣爷与侵威日军狼狈为奸暗下勾结，要成立汉奸武装大刀会，替日本人效力，丁二娘闻知，脱了伪军皮就来投奔大哥，被荣爷预委以大刀队大队长官职。这厮平日里最大的嗜好就是逛窑子抽大烟，十三门楼是他常年的淫乐窝，老鸨供他好吃好喝好玩，当然有找碴闹事起了争端，他便会出面摆平，因而他和老鸨各取所求，交情不薄。

黑衣壮汉寻着丁二娘时，他正在云仙阁膏店抽大烟。本土称作大烟的鸦片烟，清朝末年传入威海，1888年后，驻威清军营房附近就有人开设烟馆，当时沟北村买卖街的大烟馆生意甚为兴隆。英国强租威海卫后，对吸食鸦片烟等毒品明禁暗放，围城内有多处烟馆，城外许多人经常进馆抽大烟。政府收回威海卫后，威海卫管理公署曾设立禁烟机构，对售毒和吸毒者实行登记、侦捕，重者处以死刑。日军侵占前一年，城区内吸食大烟者逾千，处理六百余人，枪决吸毒犯一十二人、售毒贩六人，但对外国人贩卖毒品却无权查禁，因此毒品未除，吸毒未绝。至日寇侵占卫城，售毒合法，吸毒公开，域内有云仙阁、振东、亭记等膏店十余处。这样乌烟瘴气的环境，正合丁二娘这些人的心意，抽大烟再不必偷偷摸摸，可以明目张胆了。当下他正抽得云山雾罩，黑衣壮汉急慌慌赶来，道明来意，求请丁队长出面救急。

丁二娘原以为是社会闲杂人等闹场捣乱，袖子一撸就想去收拾场面，待听明实情，顿时倒吸一口冷气，皱起眉头道："是日本人啊，麻烦了，我出面也是白搭，只有……请荣爷出山了。"黑衣壮汉抱拳道："那就劳烦丁队长，快、快快去请荣爷，也不知他在不在城里……"丁二娘撇撇嘴，露一丝笑说道："算你十三门楼有些福气，荣爷也在云仙阁抽着呢，我这就到雅间去请。不过……荣爷可不是那么好请的，这个……这个……"手指做个捻钱的动作。黑衣壮汉赶紧从怀中掏出几张银票，塞到他手里，说："来得匆急，老姐身上也没太多，事后必有重谢!"丁二娘瞄瞄银票,一把揣进怀里,说:"好吧,谁叫我丁某跟十三门楼有割不断的交情呢!"抬脚去请老鲅鱼。

八

十三门楼风月泪

却说老鲅鱼，本姓邵氏，威海城南大户人家，祖上有钱有势，加上他练就一身好武艺，也讲一点儿江湖义气，在威海滩上打打杀杀几十年，成就江湖老大声名。他另有高于一般黑道人物之处，那就是极善见风使舵，从不与他认为的强手对抗，英国强租威海卫，他与英国人交朋友，日军侵占威海卫，他又给日本人当走狗，借着外来列强的淫威，变本加厉欺压百姓。大家眼前尊他"荣爷"，背后叫他"老鲅鱼"。前段时间，他想出一条两全其美的诡计，要在威海卫成立先天道会，道会下设武会，即大刀会，目标就是对抗共产党及其抗日组织。这是为日本侵略者效力的汉奸武装，自然得到日本人的认可和扶植，威海卫的日本头目石川对此大加赞赏，与老鲅鱼来往密切，并指令伪威海卫公署专员杨绍曾对大刀会的发展加以关照。老鲅鱼因此与日本人有了厚交。当下闻听得力干将求助救急，岂有不出手相帮之理，推开两边服侍的烟花女子，起身下炕，出门而去。

老鲅鱼带着丁二娘坐了马车，一路快奔至北门外，又转向东北方，行约二里路，赶到侵威日军司令部。这是一处英式建筑，英国强租威海卫后，在围城外东北隅靠近爱德华码头一带，建了一批行政办公及居住房舍，大多已近四十年的时间，1930年国民政府收回威海卫，刘公岛之外的所有英国建筑皆被收作他用，主要为政府公用。此处原本是英国驻威海卫行政长官官邸，后为国民政府管理专员寓所，眼下又被日军霸占，驻有日本海军陆战队海老原部队，司令叶秋。

两人下了马车，来到司令部门口警卫处，说明欲求见石川官长。警卫人员摇通电话，马上从里边走出一位日本军官，近前一看是大寺一郎，老鲅鱼和他因石川之故彼此相识。老鲅鱼道明来意，大寺一郎说石川官长去了专员公署，查检公务，会晤杨专员，不知荣爷有何贵干，能否代劳。老鲅鱼便让丁二娘把铃木崎大闹十三门楼的事说了。大寺一郎一听挠头笑道："铃木崎的对女人有特殊的兴趣，生活上的事，我的管他不了，这事大大的难办，恐怕只有石川官长出面。"

老鲅鱼告辞而去，东行不足半里，来到华勇营大楼。该楼亦为英人所建，上下两层，东北角四层，上置钟楼，带有罗马数字的大钟表镶嵌其中，由于钟楼高大显眼,俗称钟表楼子。当年英国强租威海卫后,为强化管理,组织起一支五百多人的雇佣军队,英国人称之"中国军团",又因军团皆为华人,故又俗称"华勇营",总部就驻扎于此。老鲅鱼对华勇营再熟悉不过,当年他的父亲就是华勇营的一个小军官,不光在威海卫参与对抗英群众的疯狂镇压,甚至还被英国驻华海军司令兼八国联军统帅西摩尔编入英军作战部队,在天津和北京镇压义和团,让中国人杀中国人。他的父亲因为作战勇猛,还受到西摩尔的接见和奖励,后来几十年时常对此津津乐道。

"荣爷你看,那不是石川官长吗?"丁二娘指着前面说。看时,便见华勇营大门处,直挺挺站了两排伪警察,伪专员杨绍曾正陪着五个日本人走出大门,走在最前面的正是石川,身后跟了四个随护日本兵。老鲅鱼和丁二娘快步上前,石川正和杨专员道别,杨绍曾首先看到两人,举手打招呼:"荣爷急匆匆而来,不知有何贵干?"石川也转过身,笑眯眯地问:"邵会长,你的,找我的还是找杨专员?"老鲅鱼稍稍喘息着,说:"石川官长,今天特来请您出面帮一个忙。"石川:"那好啊,我们的是好朋友,你的什么事要我帮忙,尽管说。"老鲅鱼看一眼杨绍曾,道:"杨专员也不是外人,是铃木君的事……"便把事情说了。

石川一听,皱一皱眉,又笑一笑,说:"这个铃木崎,作战的厉害,搞女人也厉害……"哈哈笑过,"走吧,过去看看。"杨绍曾忙道:"我也带警察过去?"石川摆摆手:"不用的,不用的。你的过去,铃木崎也不买账。"杨绍曾道:"那我派一个小队警察过去,保护官长安全。"石川点点头:"嗯,好吧。"向停在一旁的轿车走去。老鲅鱼和丁二娘乘上马车前边带路,石川和日本兵乘轿车随后,八个伪警跑步前行。

一行人到了十三门楼,正赶上铃木崎在院中行凶。他掉下来的耳朵再也接不上,伤处上了红药缠了纱布,像一只受伤的豺狼,疯狂咆哮:"十二花,你死啦死啦的,我要亲手宰了你!"和两个日本兵抱着一段木桩,嗵嗵撞门,撞了十几下,屋门撞开一道缝,日本兵伸手推开桌子,冲进屋内,瞬间拖出十二花,架到铃木崎跟前。铃木崎狰狞一笑,一把揪起十二花的头发,恶狠狠地说:"你的不知好歹,敢跟我作对,抓掉我的耳朵,你的大胆!今天我要砍下你的头,赔我的耳朵!呀——"后退一步举起军刀。

说时迟、那时快,只听门口一声喊:"住手!"铃木崎一愣,刀停在了半空。杨子千已看到一队车马赶来,料想定是前来救场的,说道:"长官来啦!"话音刚落,车马便停在门前。老鲅鱼下了马车,去轿车前服侍石川下车。杨子千一看是老鬼子石川,赶紧把头埋在梁大胆身后,从梁大胆耳下的空隙偷看石川。只见石川快步进院,看到举着刀的铃木崎,低声喝令:"收刀的!"铃木崎稍一愣怔,收起刀来。石川回过头来打量十二花,一打眼,倏的一个激灵,两眼盯着十二花的脸拿不下来。旁边老鲅鱼也是两眼发直,盯视十二花不放。老鸨看在眼里,恐在心头,暗道:完了完了,麻烦大了!这两个人物哪个也得罪不起,有戏看了!

她开口道:"太君长官,荣大老爷,老妇赔罪了!因老妇对女儿管教不善,冲撞了铃木太君,惊动两位官长,委实不安,还望二位大人海涵为盼,日后必有赔谢!必有赔谢!"

石川从十二花脸上移开目光,扫视一眼老鸨,转头对铃木崎说:"既然老板的赔了罪,我大日本帝国武士,岂能不大度开怀,给老板一个面子,也为大东亚共荣做个表率,嗯?"铃木崎咔一个立正:"嗨!"石川微微一笑,转身对老鲅鱼说道:"邵会长,剩下的事,你的跟老板协调,出一点补偿给铃木,这样,一切的都好!"老鲅鱼应道:"专署顾问官长放心,我会尽心协调,定叫太君满意!"老鸨也随声附和:"是的太君,我会听从荣爷安排。"石川扫视一下院里院外人众,嘴角露一丝笑,说道:"这样的很好!东亚共荣,日中亲善,大大的好!大大的好!"一挥手,"铃木君,撤!"铃木崎又是"嗨"一声,瞪视十二花和老鸨一眼,转身随石川而去。老鸨吓得一哆嗦,强装镇静,冲石川说道:"多谢太君长官!"石川没有理睬,径直上了轿车,带领人马出城去了。

杨子千和梁大胆见事态已平,便放心回返。

老鸨的担忧还真应验。当日晚间,老鲅鱼就来十三门楼,要梳弄十二花。他迈进十三门楼的时候,老鸨颠儿颠儿前来迎接。大凡妓院的老鸨,那可是精明透顶,面上是掌管女人,事实上更在意掌管男人,借此稳当当地聚敛资财。她们对地盘上的人,心中早分了尊贵卑贱三六九等,知道应当怎么对付,对于老鲅鱼这样的人物,不亲往门口迎接是万不可以的,否则她也不配当十三门楼的老鸨。尽管此时她心里真不指望老鲅鱼过来,却不敢丝毫怠慢,赶忙好酒好菜招待。

老鲅鱼喝了两杯酒,吃了几道菜,就迫不及待要让十二花过来陪几杯酒,好共度佳夜良宵。老鸨揣着明白装糊涂,问:"荣爷是要开盘?"老鲅鱼哈哈一笑道:"开火。"老鲅鱼虽然此前来十三门楼并不太多,他是以抽大烟为主,但这里的行话还是懂的,开盘是吃喝弹唱,开火则是嫖宿。老鸨心里咯噔一下,最担心的还是来了,只能拿出看家本事抵挡,实在抵挡不了,十二花也只能听天由命。她给老鲅鱼斟满酒,嘿嘿一笑,沉吟道:"荣爷,这个……"老鲅鱼一瞪眼:"嗯?"老鸨忙说:"有个事儿,不知……当说不当说。"老鲅鱼喝一口酒,盯着老鸨:"你要跟我讲价钱?"老鸨摆摆手:"哪里哪里!还别说一个十二花,就是十个十二花,荣爷想怎么的就怎么的,十三门楼的姑娘还不跟您的一样?我是为您的前程考虑呐。"老鲅鱼瞅一眼老鸨:"此话怎讲?"

老鸨再给老鲅鱼续上酒,一本正经地说:"全威海卫的人哪个不知荣爷是有本事干大事的人,提起您来,都竖大拇哥!尤其是听说您又拉起了大刀会,为大伙儿撑腰做主,这真是大伙儿难得的福气吆!"老鲅鱼听着心里美滋滋的,对老鸨摆手道:"好好,你说的真是那么个事儿,但眼下别扯远了,这跟十二花有何关联?"老鸨笑道:"荣爷别性急,十二花也跑不了,待我说完话您掂量掂量该当如何。我是说荣爷您是干大事的人,眼光肯定比我们这些庶民百姓长远,眼下这个当口儿,您一定不愿意得罪那石川官长……"

老鲅鱼正搛了块红烧肉往嘴里送,听了这话筷子停在半空,两眼看着老鸨,不解道:"你这婆娘天上一脚地下一脚,怎么又扯上石川了?我怎么就得罪他了呢?"老鸨正色道:"荣爷,我是干什么的,吃这碗饭也有二十多年,不怕您见笑,你们男人的心思,我不用看第二眼,这心里就跟明镜儿似的。今天石川官长,看我姑娘十二花一眼,那魂儿都飞啦,要不是当着那么多人,他会立马吃了十二花!他看我那眼神,就是通告我,这姑娘,给他留着,谁也不准动!您看,要是荣爷动了十二花,那就是动了石川的心头肉,那还不把他痛死?也许石川表面上跟您照样客气,可他心里必定恨着您,说不上什么时候,石川找机会对付您!"她一边说一边用手比画着。老鲅鱼手一抖,筷子夹的红烧肉掉到桌上。老鸨忙道:"不好意思荣爷,惊着您啦!"老鲅鱼放下筷子,瞪着她:"会这样?"

老鸨见老鲅鱼上了钩,更加神气十足地说:"荣爷,我跟您还能说格外的?我还想不想留着脑袋吃饭啦?您眼下啊真不能动十二花,威海卫的百姓还指望着您飞黄腾达,跟着您享福呢!"老鲅鱼接着问:"那你说怎么样?"老鸨压低声音道:"十二花在我这,我给您看着,石川我没办法,别人是动不了,您安心去办您的大刀会,等您声势大了,他石川也不敢对您怎么样,到那时,十二花还不是随您……嘻嘻。"老鲅鱼转着眼珠子想想,仰脸把杯中酒灌进肚里,一拍桌子,骂了句"娘的日本鬼子"起身而去。

老鲅鱼离开十三门楼,西院偷听着话儿的十二花闪身过来,进了屋,对老鸨作礼道:"多谢妈妈搭救!"老鸨瞅她一眼:"我打小养你,就比别的姑娘多花了本钱,到如今,又惹出这么多事端,又得搭进不少银子……"十二花撒娇道:"妈妈对我好我知道,我会多唱戏,多陪客,给妈妈多挣钱。"老鸨伸出手指戳她一下额头,说:"古话说得好,红颜祸水,一点儿不假!"自斟一杯酒,仰头喝下。

杨子千和梁大胆两人离了威海城一路向南,首先要赶到梁大胆那位老哥的坟头,回个话儿。路上买了香纸,拿到坟前,从旁边石缝里取出一个油纸包,包里是火柴盒,打开了,里面有十几根火柴。日军侵占威海卫后,日伪对老百姓实行经济封锁,物资限制,以防被共产党八路军及其他抗日组织所利用,像火柴、煤油等都严加控制,每个家庭每月只给一盒火柴的配额,很多家庭为了节省火柴,做饭时先看看邻居哪家烟囱冒了烟,赶紧拿个草把过去,引着火跑回家,烧火做饭。梁大胆好不容易弄了小半盒火柴放在这里,就是为点香烧纸之用。

梁大胆朝坟墓鞠躬行礼,念叨了威海卫一行找到六朵儿之事,让老哥放心。接着取出火柴烧纸燃香,可是划了十根火柴也没点着纸。摸摸那纸并不太潮润,怎么会点不着呢?梁大胆看着剩下的三根火柴,对杨子千说:"看来我们此行有啥事做得不周全,老哥不满意。"杨子千道:"那会有啥?是不是有啥话忘了跟六朵儿说?"梁大胆说:"可能是吧。"想了想又对着坟墓说,"老哥,小弟有什么没给六朵儿传达到的,我还回去告诉她,我要是说对了,就让我把纸点着。是让六朵儿好生保重自己吗?"说完划着一根火柴,还是没能点着纸。梁大胆又说:"是让她逃离青楼吗?"仍未点着。

只剩一根火柴了,梁大胆拿在手里,对杨子千说:"最后一根火柴了,杨兄想想会是什么话吧。"杨子千想想说道:"是不是要让六朵儿知道谁是他们家的仇人?"梁大胆一听说:"嗯,这差不多。"便又对坟墓念叨,"老哥,是要让六朵儿知道谁是咱家仇人吗?告诉她梁筠懿和日伪军就是仇人对吗?"说完郑重地划着最后一根火柴,一下把纸点燃。两人忙对着坟墓鞠躬行礼。梁大胆说:"老哥放心,我会尽快再去威海卫,完成你的心愿。"杨子千接话道:"我还跟梁兄一起去。"梁大胆伸手拍拍他的肩膀。

两人商量好,当晚先去墩前村,跟王冰议议近前这些事。明天赶去卧龙村,看望毕云。然后再回一趟威海卫,把坟前应承的话传给六朵儿。梁大胆找出两支藏着的匣子枪,给杨子千一支,各自揣了赶路。

薄暮时分到了墩前村,径直去王冰宅院,恰逢王冰在家。王冰见了二人高兴万分,家里晚饭已快做好,赶紧吩咐驼背老汉宰一只鸡,炖了下酒。这一晚三人都喝得有些醉意,躺在一铺炕上南扯北拉,说到向阳山打鬼子的事,王冰兴奋不已,说到毕云参加了郑维屏的部队,王冰又唉声叹息,直说他加错了队伍……

翌日起来,吃过早饭,二人要去卧龙村看看毕云。王冰也要出去开会,没工夫陪二位,便各行其路。临行前梁大胆把两支手枪交给王冰,王冰答应临时予以保管,等组织研究如何使用。又说随时欢迎二位前来吃住,以后凡是打日本鬼子者,他都提供生活方便。梁大胆说:"看我们春万兄,为了抗日不惜家业,我们梁家人好样的!"杨子千打趣道:"我也算梁家人吧,春万兄和我可是一个头磕出来的兄弟。"三人哈哈笑过,挥手道别。

二人一路西去,行了小半天路程,到了卧龙村。寻着毕云,自是高兴一番,三人晚间住在一起,夜深长谈,少不了梁大胆拜师学武之事,直至子时方才入睡。待二人醒来,毕云已不在住处。杨子千道:"毕兄说他每天早起练武,我们寻他看看吧。"两人便出门而去。

没费多大工夫,依稀看见毕云在远处一小山坡练武,二人快步行去。因恐打扰了毕云,两个也未声张,轻脚快步而行。至五六十丈远近,杨子千忽地拽了梁大胆胳膊,扯到两株紧靠的大树后。梁大胆疑惑不解,见杨子千趴在树后窥视,也透过树隙察看,看到两个遮头盖脸的黑衣人,鬼鬼祟祟猫腰隐形,向毕云靠拢。梁大胆心里咯噔一下,觉得不妙,回头看杨子千。杨子千沉着脸低声道:"这两人衣着奇怪,其行诡异,目标所向毕云兄,恐为不良之徒。你我小心监视,莫叫毕兄受害。"梁大胆点点头。两人矮了身形,蹑手蹑脚尾随两个黑衣人。正所谓:螳螂捕蝉不知黄雀居后,妖魔作恶岂料神明在天!

那一边,毕云练武正练得出神,全未在意歹人已近身,待他练完一套"阴阳太极拳"，收势吐纳，闭目调息，身后灌木丛中腾地蹿起一道黑影，持一柄利刃扎向毕云后心。毕竟毕云并非凡辈俗人，虽闭目吐纳调息，两耳却将身后异声听得清楚，腾空一个侧身撩腿，右脚踢中黑衣人持刀手臂，利刃嗖地飞了出去，左腿顺势踢在歹人肩颈处，那厮毫无预料，跌倒在地。毕云飞身过去要擒住歹人，另一黑衣人从树后闪身而出，匣子枪瞄向毕云扣动扳机。说时迟那时快，一枚鹅卵石闪电飞至，不偏不倚击中枪身，砰的一声枪响，子弹偏出，从毕云耳畔飞过。那厮一惊，调转枪口对着抛石的杨子千又开一枪，杨子千闪身躲过。不容他再扣扳机，绕至其后的梁大胆飞身扑上，将他掀翻在地。杨子千赶过来，两人扭了那厮双臂，扯下头布，杨子千看时大吃一惊，这人不是别个，正是郑维屏的卫队营长王木芳！那边毕云也制伏了行凶歹人，竟是大刀营营长商立旦！

三人将二人押到一起，梁大胆气得抡起拳头要揍人，毕云止住他，冷冷地说："二位营长，毕某历尽艰险来投奔郑司令，是看中这是一支抗日武装，兄弟们心往一处想劲往一处使，攥成一个拳头打跑日本鬼子，还我大好河山。没想到鬼子还没开始打，却对我毕某动刀动枪，下起黑手，这是缘何？"王木芳转着眼珠子皮笑肉不笑地说："毕……毕毕、毕教官误、误会，误会了，我跟商、商营长崇拜毕教官武……武艺超、超群……"商立旦斜目看王木芳两眼，着急地接过话道："是的是的，大刀营和卫队营官兵都、都见识过毕教官的本事，我们二位更是由衷地钦佩，私下商议化装偷艺……"

梁大胆惊笑起来："化装偷艺？你们这是化装偷艺？！刀捅枪击害人性命是偷艺？"商立旦看梁大胆一眼，接着对毕云说："毕教官，我们二位与你早日无怨近日无仇，缘何要加害于你？真的只是偷艺。"王木芳附和道："偷……偷艺，偷艺。"毕云皱着眉问："为什么要偷艺？明来明去相互切磋有何不好？用得着如此偷艺？"商立旦道："毕教官乃礼仪之辈，我二位也算是军中要员，倘是明着跟你学武，我们碍于颜面，你也不好意思真拳实脚地教，所以……所以就出此下策，出此下策。"

杨子千鼻子里哼哼两声，说："那刀，眼看就扎进后心，那枪，差一点儿就打中脑袋，这是偷命吧！"商立旦辩解道："我这大刀营长，使刀比使筷子还顺溜，断毛发而不伤肌肤，亮出刀来只是为了装得逼真，诱出毕教官真功夫，绝对伤不到毕教官。"王木芳也朝着杨子千说："我……我也没、没打算开枪，是你那、那、那一石头打……打开了枪、枪机。"

毕云见这两个耍起赖皮，无奈地摆摆手："去吧去吧，我不希望再有这样的偷艺！"商立旦点头哈腰笑道："那好，毕教官不喜好这样，我们引以为戒，不会再为之。"王木芳附和："对，引、引……引以为戒。"杨子千瞪视着两人，郑重说道："你们两个，剥了皮我也认得出，倘是毕兄日后有个三长两短，我第一个去找你们算账！"两人吓得一哆嗦，急忙转身溜走。

毕云转身对杨子千、梁大胆抱拳，说道："真是老天有眼，今天若不是两位仁兄来此，我这性命可就难保。诚谢二位仁兄！"杨子千说："看来我们兄弟真是有缘。"转眼对毕云道，"为了我们兄弟能长久相处，毕兄在此定要多加小心，害人之心不可有，防人之心不可无啊！"梁大胆上前一步朝毕云行礼："师父，抓紧教我武功吧，我也好助你一臂之力。"毕云道："好吧，我答应收你为徒。练功要吃得下苦，耐得住累，要持之以恒。昨晚二位说还要去一趟威海卫，那就抓紧吧，快去快回，我集中时间教你武功。这样如何？"杨子千点头道："那好，就这样说定了。"朝着梁大胆道，"我们这就动身。"梁大胆一笑："好！"两人告辞毕云，直奔威海卫。

　　再说威海卫城里，十二花逃过一场劫难，却让十三门楼损失了不少银两，内心过意不去，暗下思定要多多唱戏，卖力演艺，给妈妈挣回银子来。好在经过这番折腾，日本兵头目石川露了面，小鬼子轻易不会再来捣乱，十二花聊且安心。这天她又来新乐茶社唱戏，一反常态，是化妆演出。通常只有在小戏园单唱的时候才化妆，出来在茶社演出则装扮随意，可她这回不但化了妆，而且化得精细，分明是要招徕更多的客人，挣到更多的打赏。她一亮相，台下观众就惊得瞪大了眼，只见她：粉面玉颈鹅蛋脸，水袖玉手似葱管，白色腰饰白褶子，婀娜多姿好身段，幽怨愁云眉宇藏，神色凄楚有缠绵，曼妙戏子牵人魂，绝色佳丽勾人眼。勾了谁的眼？最勾的是老鲅鱼荣爷的眼。

　　老鲅鱼也在台下看戏，他是专门冲着十二花来的。此前他听过十二花的名声，但每每泡进大烟馆里，无数的风尘女子侍奉左右，他就销魂在这样的温柔乡。自打前几天见了十二花，他的魂儿就被勾了去，觉得这十二花才是真正的花中之王，必须得而占之。可是十三门楼老鸨一席话，给他燃起的火焰浇了一盆冷水，石川鬼子现在就是一个活阎王，掌握着威海卫每个人的生杀大权，就连他荣爷这样被称作老鲅鱼的人，在他眼里也只是一盘菜，想啥时吃掉就啥时吃掉，除非能逃离石川的控制，抑或拉起队伍跟石川对着干。可这不是他的选择，他要像藤子一样缠住石川这棵大树，借着大树而参天，故而像处理十二花这种个人欲望的事情，他还是能够控制自己，不会得罪石川，因小失大。不过对十二花的思恋愈发浓重起来，每每得知十二花在茶楼演出，便会忍不住前来观看。

　　不过这一次特意前来观看十二花演出的可不仅是老鲅鱼一人，还有一位美女子，也是闻十二花大名，特来一睹威海卫名伶风采。她正坐在老鲅鱼侧前方，也就隔了一人距离，看戏看得入神，时不时地鼓掌喝彩。老鲅鱼虽只能看她侧背，却已被她的靓影深深打动，眼光在十二花和她身上移来移去。身旁跟随的丁二娘和追风张早把这一切看在眼里，明白老鲅鱼的心思，两人对视一眼，点头暗笑。此时十二花入室换妆，丁二娘寻机靠近老鲅鱼耳边轻声说："荣爷，旁边这美娘们挺有味儿，比十二花也不差，我听了她的声儿，不是威海卫的，兴许是外地新来的骚货，要不先弄了给爷泄泄火……"老鲅鱼斜瞅丁二娘一眼，不露声色地轻轻"哼"了一声。丁二娘丈二和尚摸不着头脑，不知老鲅鱼这是同意还是不同意。

　　台上十二花换妆复出，头上乌云散落，斜穿黑团花帔，脸上的抓痕尤显娇媚，唱一出《宇宙锋》反二黄，大段腔白韵味十足，加之琴师的胡琴伴奏精美，赢得台下连连叫好。十二花愈发卖力，一声道白"奴的夫哇……"行腔三个气口中徐徐下腰，有如玉树临风，在二十余拍过门中，妙曼缠绵，摇摇曳曳，复原了身段接唱"随奴到红罗帐倒凤颠鸾……"眼神生动身段冶美，行腔低回婉转，将角色中赵氏女的娇媚风情展示得淋漓尽致。台下那美女子激情难抑，两手举过头顶鼓掌叫好，细嫩白滑的玉指勾得老鲅鱼目瞪口呆，垂涎欲滴。

　　一曲终了，戏尽场收。台上收拾道具杂什，台下美女子起身去台上。坐着时老鲅鱼只被她侧面身形所勾惑，这一起身上台，老鲅鱼真是酥了，但见她身着深色旗袍，足踏高跟皮鞋，身材高挑，苗条而丰腴，行动妖冶，扭胯又摆臀，直叫满场的男人聚齐了色眼，竟把十二花也晾晒一边。老鲅鱼不由自主跟着起身，两眼直勾勾盯了她身肢腰臀，半天才说了句"好"，朝丁二娘递个眼色。丁二娘会心一笑："好啊爷，您就回去等着吧，舒舒服服受用就是！"

　　台上的十二花正要拾掇离去，忽见有个年龄稍长的美女子笑盈盈朝自己走来，有了上回梁大胆那件事，加之是个女辈，她便停住脚步等一等。美女子径直走近眼前，落落大方地伸出右手跟她握手，说道："十二花小姐，久仰大名，真是名不虚传，佩服佩服！我姓鄂，比你年长，喊我鄂姐就行。"十二花忙道："小女不才，姐姐过奖了！一看您这气度，定是位高贵的大小姐，小女有礼了，鄂大小姐吉祥！"说着给鄂大小姐行个万福。

　　鄂大小姐忙出手扶她一把，同时递给她一张大额银票，说："姐姐有幸听了妹妹的戏，真是大饱耳福，大开眼界，区区一点儿薄礼，还望笑纳。"十二花一看双手推辞："不不，小女子何才何德，岂敢受姐姐大礼？不敢不敢！"鄂大小姐微笑道："真的是区区薄礼，妹妹莫要推辞，收下就是。"十二花轻轻摇首："小妹无功不受禄，唱几句小曲，不敢受姐姐这么大的赏赐。"鄂大小姐笑一笑说："那好吧，如果妹妹觉得礼重了，那我提个小建议，妹妹方便的话，再单独给姐姐唱上一个钟头半个钟头，让姐过过瘾，这银票权当是买你唱戏的费用。"

　　十二花一听这话，知道鄂大小姐是真心要给她奖赏，也是真心想听她唱戏，稍一思忖说："恭敬不如从命，那就随姐姐的吧。新乐茶社那儿正好有上好的茶室，我们这就过去，我给姐姐单唱。"鄂大小姐高兴道："太好了，太好了！鄂某最大的爱好就是听戏，宁愿不吃不喝，也要听场好戏。来到威海卫，打听来打听去，众口皆夸十二花小姐戏唱得最好，果真如此，能单听妹妹演唱，实属荣幸。"十二花挪步要带鄂大小姐走去，旁边琴师问道："十二花小姐，可需我同去？"不等十二花说话，鄂大小姐说道："这位师傅就不需劳烦。我听清唱就行。"琴师点头哈腰："那好，那好。"转身退下。十二花又转身对身后几个人说："回去告诉妈妈一声，我给鄂大小姐单唱一个点儿，待会儿谁过来接我就行。"有人应承了。十二花便领鄂大小姐去茶室。

前头二人刚进茶室,后边便有一帮人鬼鬼祟祟尾随而至,领头的便是追风张。到了茶室门外,听见里面已经咿咿呀呀唱了起来,追风张一挥手,四个歹人立马戴上头套,一哄冲进屋去。茶室共里外两间,外间是会客厅,里面是休息室,两个女子见有歹人冲进来,惊叫着跑到里屋,关上门。外边大汉便去撞门。眼看门被撞开,里面的鄂大小姐赶忙低声对十二花说:"妹妹,我感觉这些歹人是冲我来的,待会儿你若脱身,赶紧去城外东海边的国王饭店,找202号的林先生,他会搭救我。"十二花答应着。

外边歹人一起发力,推开了门冲进来,不由分说两人控制一个。十二花叫道:"你们是什么人?有事冲我来,不要为难鄂大小姐,她是尊贵的客人……"绑了她胳膊的歹徒轻蔑一笑:"尊贵个屁!脱光了都一样的骚货,尽等着荣爷……"旁边歹徒见说漏嘴,推他一把,将一块汗巾塞了十二花的嘴,黑色布袋扣了大半身。另一边鄂大小姐叫骂几声,照样被塞嘴捆绑套头。随后两个女人被大汉撂上肩头,扛出茶室,自是少不了受到摸捏揩油,只能蹬腿扭身抗争。

茶楼大门外,守候在这里的丁二娘,带几个喽啰,已经叫了两驾带篷马车等着,里边的人一出来,一个车上放一个女人,丁二娘和追风张每人押解一个,众喽啰随后跟了,往城西而去。丁二娘故意押解鄂大小姐,一路上两只贼手就没闲着,把她全身摸捏个遍。鄂大小姐受尽侮辱,但捆了手脚无可奈何,气得几次用头撞击丁二娘,丁二娘躲过了照常动手动脚。

九

神秘高人

  行了两袋烟工夫,来到卫城西南隅一处废旧大院,车马人员进了院里。这里原本是郑维屏的库房,郑退出威海卫城,老鲅鱼乘机霸为己有,闲而未用。歹人把两个女子抬进屋里。进到里间,竟然有一土炕,炕上铺了被褥,摆了枕头。歹人将二人放到炕上,淫语调笑着,被丁二娘轰到外屋。
  十二花躺在炕上,头上扣了布袋,不知这是哪里,但心下明白得很,这帮歹人就是老鲅鱼的手下,而且丁二娘就在其中,他们应该是冲鄂大小姐来的,要想法逃离这里,按鄂大小姐说的到国王饭店找林先生前来救难。她打定主意,便用唱戏练就的口功,一会儿工夫便将塞在嘴里的手巾吐了出来,说道:"快把我挪到别屋去,我有话跟队长说。"
  丁二娘和追风张一愣,相互看了看,丁二娘抱起十二花到另一个屋里,放到墙边。十二花说:"丁队长,把我头上的布袋摘了,我告诉你个关乎你性命的大事。"丁二娘吓一跳,顿了顿,低声问:"十二花,你怎么知道是我?"十二花哼了一声,说:"别人我不一定分得出来,你丁队长,成天不是大烟馆就是十三门楼,高矮胖瘦,体形姿态,特别是那股子烟味儿,我一下就知道是你。"丁二娘伸手要给她摘头套,却又停下手,说道:"头套我不能摘,这是规矩。有什么话你可以跟我说。"十二花说:"好,我问你,今天这事是冲我来的吗?"丁二娘犹豫道:"嗯……不是你。"十二花道:"那就好,我猜想也是。既然不是冲我的,那就快放我走。"丁二娘道:"不好放啊。兄弟们既然把你一并弄来,那你就干的陪着湿的卖吧,等会儿荣……啊那谁完了事,自然放你。"十二花又哼了一声:"丁队长,你我成天在一起厮混,低头不见抬头见,说心里话我心里对你还是有些好感,我说过要告诉你个关乎你性命的事,我是不想看着你倒霉。"丁二娘忙道:"好妹啊,快告诉我怎么回事。"
  十二花不紧不慢地说:"刚才在新乐茶社,我告诉十三门楼的人,一个点儿后接我回去,你知道做什么吗?妈妈昨晚就跟我说,石川太君托人传话,最近几天他可能要……要来找我,今天下午就有可能,让我唱完戏抓紧回去。眼下你丁队长把我弄到这来,要是耽误了石川的大事,恐怕你的脑袋……"丁二娘一听吓一跳:"啊?这、这……这是真的?"十二花平静道:"你丁队长是什么人,我有几条小命敢熊你?反正话我是说给你听了,你掂量着办。"

十二花事急无奈,编了这套谎话,逃过一时是一时,能救出鄂大小姐就好,后边的事再想法周旋。果然这话镇住丁二娘,他沉吟一会儿,到那屋叫出追风张,两人嘀咕一番,他又进屋来,对十二花说:"我就信你的话吧,不过等日后查出你撒谎骗我,可别怪我丁某人狠心!另外今天这事不得外传,否则,你是知道江湖规矩的!"十二花应道:"放心,我都懂。"丁二娘又出屋去,叫了两个大汉,这般那般的一番交代。

两个大汉找来个大麻袋,把十二花从头到脚装进去,抬到大门外,叫一辆马车,抬上车,一个大汉坐车拉着十二花离去。七拐八转跑了好远,到一个破败的碾坊,大汉把麻袋抱进碾坊,三下五除二给十二花解了捆绑,跳出门乘车而去。

十二花动动胳膊腿儿,没有受伤,正要出碾坊,忽然两道身影闪进来,吓得她"啊"了一声。来人低声说:"别怕,是我俩。"一看是杨子千和梁大胆,十二花又惊又喜,看看这个瞧瞧那个,说道:"怎么会是你们俩?这么巧啊!"杨子千说:"其实并不巧。我们俩去十三门楼找你,听说你去了新乐茶社,去了新乐茶社正赶上散场,你和另一位女子去茶室单唱,外面有些不三不四的男子形迹可疑,我们便藏身观看,看到那些人绑架了你们俩,便一路跟随,可是没有下手的地方,就跟到这里来。"十二花"哦"了一下,又问:"刚才他们从哪把我抬出来,用马车拉到这里,看清了吗?"杨子千说:"在城西南角,有个砖墙大院,里面有两进瓦房……"十二花道:"哦,知道了,那是老库房。"稍顿又说,"两位大哥帮帮忙吧,那位鄂大小姐,是非常好的人,刚才跟我一起被歹人绑架,她现在还在那里,求两位回去看着,别被歹人再转走了,她让我去国王饭店找林先生,说是能够救她。"说完就往外走。梁大胆说道:"六朵儿,我们俩回来,是还有话要跟你说。"十二花脚步未停,说:"我要急着去找林先生,回头再说。"她快步跑到街上,喊了一辆马车,坐了急奔国王饭店。

两人撕开地上的布袋,每人攥一块长条布,跑回老库房,暗下观察动静。梁大胆道:"照六朵儿的说法,这鄂大小姐当是她的好友,我俩何不探探情况,若是时机合适,直接救她出来,何必等到什么林先生来救人,林先生会有三头六臂不成?"杨子千想了想,说:"倒也是,她那么有把握林先生能救人,说明看押难度不是很大,我们可以试试。"两人商量过了,朝老库房屋后老槐树走去。到了近前,瞧瞧四下无人,咻咻地上了树,踩着一条碗口粗的大杈,上了屋顶。两人趴在屋顶上朝前挪行,不时地把耳朵贴在房瓦上听听里面动静。

不多会儿工夫,两人停下来,确定人就在下方。四下瞧瞧并无行人,便掏出长条布系在脑后,前边遮住鼻嘴,只露两眼,动手小心地揭瓦。揭了个脸盆大的地方,轻轻扒开泥草秸秆层,便看到屋里情形。只见鄂大小姐头缠布袋躺在炕上，丁二娘和追风张一边一个按着她强行调戏，鄂大小姐扭动着身躯，嘴里呜呜叫着。丁二娘调笑道："别装模作样，像你们这样的女人，巴不得男人……嘻嘻嘻……"追风张也说："就是，别不识趣，我们哥俩先帮你调调火候，待会儿大哥来了，你好好伺候着，伺候好了有赏。"说着就动手解旗袍纽扣。鄂大小姐更加大声地呜呜叫，身体剧烈扭动，可是架不住两个淫徒群攻，旗袍纽扣被一个个解开，露出内衣。

房顶上的二人气恨难抑，梁大胆一脚踏开一个大洞，纵身跳下，落在炕前地上，吼一声："放手！休得无礼！"炕上两个歹徒大惊，跌坐在炕上呆愣。鄂大小姐趁机翻滚至炕角，由于布袋被歹徒坐压脱落，露出头脸，跟丁二娘打了个照面，吓得蜷缩一团。外间歹徒听到动静，手提棍棒短刀冲入，对着梁大胆砍杀起来。杨子千从屋顶扔下几片瓦，砸在最前边两个歹徒头上，接着纵身飞落，半空中出脚踢倒另一个歹徒。丁二娘和追风张万没料到会生此事，毫无防备，手中既无刀又无棒，哪里是杨梁二人的对手，惶急之下，追风张一脚踹开木棂窗，跳到院中，丁二娘随之跳出。屋里几个歹徒见队长跑了，一哄儿跟着逃出屋子。

杨子千和梁大胆夺了一刀一棒，追逐而出。七八个歹徒举着刀棒，拉开架势，围在门前。丁二娘此时又硬饯起来，手持一把单刀指着二人，骂道："哪来两个野玩意儿，敢来砸爷的场，你也不睁开狗眼瞅瞅爷是谁！妈个巴子，你算倒了血霉，今儿个不把你俩剁成肉馅，算我白叫了二娘！杀！"众歹徒一齐动手，刀棒飞舞，朝二人砍杀过来。杨子千和梁大胆毫不畏惧，刀舞得翻花，棍使得生风，逼得众歹徒只有招架之功。院落里刀光闪闪，棍棒啪啪，喊杀声嘈杂一片。

正当纷乱之际，突然传来警哨响，一队伪警冲进院来，哗啦啦拉动枪栓，端枪指向打斗人群。打斗顿时停住。原来是新乐茶社有人报警，警察赶到茶社时歹徒已抢人离去，一路巡查追至此处。伪警小队长端着匣子枪，冲着人群道："大胆狂徒，光天化日竟敢抢人劫色，举起手来！"丁二娘愣了一下，看看小队长两人认识，眼珠子一转，指着杨子千和梁大胆二人说："警官大人，你们来得及时，就是这两个蒙面土匪抢人劫色，人质就在屋内，我们几个路、路见不平，拔、拔刀相、相……想解救……"小队长朝他使个眼色，叫道："你们几个到院外等着，我捉了两个土匪再过问你们！"丁二娘心领神会，挥挥手，众歹徒鱼贯而去。杨子千见状忙道："警官大人，别让他们走了，抢人劫色的是他们而不是我们！"小队长斥道："大胆狂徒！你蒙面作案还想抵赖，给我绑起来！"四个伪警抖着绳索上前。两人横起刀棒，梁大胆说："放走真凶，乱抓无辜，天理何在！"伪警停步不敢近前。小队长骂道："娘的贼匪，竟敢犯案拒捕，自寻死路，爷就成全你啦！"抬起匣子枪瞄向二人。

杨子千和梁大胆正欲矮身躲枪，"砰"的一声枪响，自院外传来。小队长一愣，回身朝院外看，只见一驾马车飞驰而来，转眼到跟前，车上跳下一个中年男子，中等个头，身躯微胖，西装革履，外披风衣，头顶礼帽，眼戴墨镜，右手提着左轮手枪，急匆匆闯进院来。伪警小队长被来人的气势镇住，收回指着杨子千二人的匣子枪，端在手中，壮着胆子说道："我们是威海卫警察局治安警察，正在执行公务，抓捕罪犯，你、你是何人？要做何事？报、报上姓名来！"

墨镜男子用手枪顶一下帽檐，说："少废话，放人的！"声音虽然不高，但很有威力，而且说话稍带点儿日本人的味儿。小队长左手一叉腰，道："凭、凭什么？"墨镜男子晃晃手中的手枪，盯着小队长说道："就凭它，怎么样的？"

这时十二花跑进院来，顺墙边儿向屋门走去。小队长一挥匣子枪指向她，喝道："站住！谁让你随便进屋，活够啦！"墨镜男子一把薅住小队长衣领，枪口抵着他额头道："你的敢开枪，我就打碎你的脑壳！"小队长吓得一哆嗦，掉过枪口指向墨镜男子的鼻子。其他警察有两三个仍然端枪对着杨子千二人，其余哗啦啦掉转长枪，对着墨镜男子。十二花趁机跑进屋去，上炕解鄂大小姐捆绑。

院外小队长觉得毕竟警察人多势众，你单枪匹马还能怎样，便恶狠狠地对墨镜男子说："我数五个数，你放下手枪，我可以饶你不死，否则，即使我不开枪，兄弟们也会把你乱枪打死！"墨镜男子哈哈一笑："敢打死我？你的、还有威海卫的警察局长都得给我殉葬的！"小队长倒吸一口冷气，知道遇上了硬茬子，可事到如今骑虎难下，只得硬着头皮喊："五！四！三！二！……"

突然外边传来急促的汽车喇叭声，门口哨兵急报："报告小队长！局长的专车开来！"小队长一听停止了数数，匣子枪仍对着墨镜男子的鼻子，转头朝门口看。

黑色小轿车嘎地在门口急停，伪专员兼伪警察局长杨绍曾从前门下来，拉开后车门，毕恭毕敬服侍石川下车，另一穿便装戴鸭舌帽的陌生男子也随后下车。与此同时，紧跟在轿车后的一辆军用卡车也急停下来，车厢里坐满日本兵，一个军官用日语喊了几句，日本兵迅速跳下车来，端着上了刺刀的步枪冲进院里，把墨镜男子、伪警小队长、伪警察、杨子千等人，全都控制起来。日本军官喊："院里所有的人，全都放下武器！违令者死啦死啦的！"伪警察看着院墙外卡车车厢里瞄向院中的黑通通的机枪口，个个吓得两腿发抖，纷纷放下枪。杨子千和梁大胆对视一眼，也放下刀棒。伪警小队长被这突如其来的变故惊呆，瞪眼看着步步走近的杨局长。

鸭舌帽男子快步跑到墨镜男子身旁，一把拨开小队长的匣子枪，低声说道："让局长的受惊了，抱歉！"说话间石川和杨绍曾已到近前，杨绍曾挥起巴掌狠狠打了小队长一记耳光，骂道："娘个皮瞎了狗眼！还不快给林局长赔罪！"石川拉杨绍曾一把，说道："好啦，他的执行公务的，林局长的当会谅解。"说完对着墨镜男子鞠躬道，"林局长，在下实在的失职，不知上峰莅临威海卫小城，石川给您大大的赔罪！"

墨镜男子已把手枪揣进怀中，摘下墨镜，微微一笑说："石川君不必如此，林某此来，并非公务，本想先游玩几天，待时机合适再去拜访石川君的。"石川道:"能在威海卫见到林局长,荣幸的万分!"转头对杨绍曾说,"林荣斋大佐,兼任青岛港务局局长,别看年纪的不大,曾经是我的老上级。"杨绍曾急忙上前一步给林荣斋敬礼,说道:"久仰林局长大名,在下杨绍曾,威海卫管理公署专员兼警察局长,万分荣幸局长大人光临偏僻小城!"林荣斋一笑道:"威海卫虽小,位置的重要,北洋海军在这里,甲午战争在这里,英国人的也在这里……"

杨绍曾正要说恭维话,忽听有女人喊叫:"林局长,快把那几个想害我的歹徒枪毙!"大家转头一看,鄂大小姐走出屋门,头发凌乱,满脸怒气,朝着林荣斋喊冤。那个小队长忙指着杨子千二人,讨好道:"就是这两人,我接到报警,带队迅速赶到,正在抓捕这两个歹徒!"梁大胆大声说道:"你胡说!那帮歹徒,叫你放跑了!"小队长挨了局长一巴掌,心里火辣辣的,见这愣头青也敢驳斥自己,骂了句"你娘的",提了匣子枪就要上来。鄂大小姐瞪他一眼,吓得他低头后退。

鄂大小姐回头看看杨子千二人,感激道:"我虽然被歹徒套了头看不见,但我听得清清楚楚,这二位是好人,是恩人,危急关头救了我,打跑了歹徒。"十二花在一边看杨子千和梁大胆一眼,眼神中带着敬佩之意。那边林荣斋对杨绍曾说道:"鄂小姐在青岛电台工作,知识渊博,这次的陪我来威考察。她十分喜好戏曲,今天我因事缠身,未能陪她前去,生出此等恶事。鄂小姐所说,我的相信。"

原来正如林荣斋所言,他们一行三人住在国王饭店,今天他和随行护卫私下会见英国商人,鄂大小姐一人去城里听戏,待接到十二花急报,他随十二花直奔老库房,却叫护卫去请石川。杨绍曾听了林荣斋的话,转头又呵斥小队长:"怎么搞的,好坏不分!还不快去追捕歹徒!"小队长敬个礼:"是的局长,马上追捕!"一招手带着伪警察跑出院门。而此时在门外四下躲藏的丁二娘一伙,见势不妙,早就偷偷溜走,报告老鲅鱼去了。

院子里,杨绍曾点头哈腰对林荣斋说:"林局长,眼下局势尚不稳定,共匪蒋匪时有骚扰,寻衅滋事在所难免,我等尚需下功夫维持治安。今天发生这等恶事,在下实在惭愧,可幸鄂小姐安然无恙,让局长虚惊一场。这样,今晚就在您下榻的国王饭店安排酒菜,一为局长接风洗尘,二为鄂小姐压压惊,石川长官和我亲自作陪。"鄂大小姐款款走到林荣斋身旁,对杨绍曾道:"吃不吃饭不重要,重要的是尽快抓住那几个歹徒,我要亲手毙了他们!"杨绍曾忙说:"抓歹徒重要,吃饭也重要,鄂小姐放心,我安排人办理。"石川道:"杨专员说得对,抓歹徒的,吃饭的,统统的重要。走,国王饭店英国人克拉克先生打理,中西合璧的,山珍海味,饭菜大大的好,米西米西的!"林荣斋看鄂大小姐一眼:"没事吧?恭敬不如从命,回去洗个澡,吃饭喝酒。"鄂大小姐望着林荣斋点点头:"好吧。"忽又回头看看十二花三人,对杨绍曾说,"杨局长,这几人是我的恩人,朋友,不得为难他们。"杨绍曾连连应声:"这个当然,当然,鄂小姐放心

九 神秘高人

就是。"石川盯一眼杨子千,觉得似乎面熟,然而鄂大小姐说是朋友,也不好造次,顺便看一眼十二花,转身陪林荣斋而去。

日本兵走后,十二花对二人说:"太谢谢你们俩了!又一次救了我,还有我的朋友……"梁大胆哼了一声,说道:"什么朋友!要知道她是这样的人,给日本人当小、小老婆,就不该冒险救她!"十二花脸色不自然,低了声音说:"这个……我原先也不知道。不管怎么说,你们俩帮了我的忙,特别是上一回,告诉了我的身世,让我终于知道自己的家在哪儿,还帮我脱了险。可后来你们急匆匆地离开,我也没能答谢二位,今日有缘再见,就随我去一趟十三门楼吧,我取些银票……"

杨子千打断她的话,说:"妹子,要是我们为了你的银票,永远也没有缘分碰到一起,这次回来,还是为你家的事儿……"梁大胆接话说:"是啊,我们上次回去给你哥哥燃香烧纸,你哥哥还有托付要告诉你……这样,咱们进屋去说话,顶多半个点儿,我把你们家重要的事都给你说说,也就了心事了。"十二花点点头应道:"好吧。"抬脚往屋里走。杨子千摸摸肚子说:"我这肚子早饿得咕咕叫,你们俩进屋先说着,我去附近买点儿吃的,一会儿回来。"梁大胆一笑说:"嗯,我也饿了,最好能买几个肉包子,解解馋。"杨子千应一声好,等着吃吧",朝院外走去。

杨子千跑遍近处几家餐馆,都没有肉包子,直至城中十字街口才买到,油皮纸包了一大包,鼻子凑上去闻闻香气,抿嘴一笑,两手捧着快步往回赶。他回到老库房,进了院儿就喊:"肉包子来喽——真香啊!"屋里静静的没有回音。他没有在意,进屋又说:"梁兄你真有福气,馋肉包子就给你买来香喷喷的肉包子,可着劲儿吃吧。"还是没有回音。他心里咯噔一下,停住脚,叫道:"梁兄,梁兄,你在哪个屋?"叫了几遍也没回声,他心里暗道:不好!莫不是出事了?赶忙把包子放在一个靠墙的破旧小桌上,地上捡起一根棍棒,小心地查看里屋,结果所有屋内都找过,也没见两人的身影。他不禁低低叫了声:"真出事了!"赶紧跑到街头四下观望,向路人打听,也没线索。最后找到一个临街裁缝铺打听,戴眼镜的老裁缝四下看看,低声说:"一刻钟前,一帮子便衣,看不出是日本人还是中国人,个个端着匣子枪,押着一男一女,从这门前匆匆走过去,过去不多会儿工夫就听见有汽车响。"杨子千道声谢,赶紧沿路追去。

再说国王饭店那边。一个豪华大包厅里,铮亮的大吊灯,精致的红木大圆桌及雕花配椅,靠墙摆有黑皮沙发和黄花梨木茶几,茶几上摆设茶盅干果香烟……石川和杨绍曾高规格招待林荣斋一行,除青岛方面三人,参加宴会的还有侵占威海的日本海军陆战队海老原部队司令官叶秋及副官、日本威海领事馆领事、伪专员公署秘书与港务科长,以及伪威海卫商会会长戚仁亭等十余人。戚仁亭年近四旬,是威海卫有名的本土商贾,然其一心投靠日本人,为民众所不齿,3月份日本侵略军在威海港口登陆,他率汉奸到码头摇旗迎接,奴颜婢膝,极尽丑态,被日寇委以维持会理事,伪商会会长。今日石川让他来只为付款结账,他却得意扬扬,甚感荣幸,极力在日本主子面前表露其忠诚,兴致勃勃介绍着每一道菜品的名字,什么琼浆燕窝、红烧鱼翅、葱爆海参、油焖大虾、红焖加吉鱼,道道都是海中佳肴,又有脆烤野雉、酥炸斑鸠、烂蒸鹅掌、红烧猪尾棍、梁山伯与祝英台,款款皆为陆上美味。其中"梁山伯与祝英台"是以两只二斤以下的鸭加工制作而成,寓意鸳鸯。林荣斋得知这道菜的寓意,瞟一眼身旁的鄂大小姐,点头微笑。

酒过三巡,菜上五味,各位皆有些许醉意。杨绍曾端着酒杯恭恭敬敬来到林荣斋跟前,单独给他敬酒,说道:"林局长坐镇大青岛,可也不能不屑咱小威海呀!您得多过来走走,指点训诫。"石川打趣道:"杨专员,你的威海卫的治安尽快搞好,不愁林局长的不来。"杨绍曾一听略显尴尬,"这个、这个……"说不出话来。林荣斋一看解围道:"相信威海卫治安很快的会好起来。"伸手指着随行男子说,"在座诸位亦无外人,我的给大家介绍一下,这位,大日本军的青岛宪兵本部狐冗军曹,马上要来威海卫的筹组宪兵分队,将大大增强这里的武装力量!"狐冗呼地站起,对众人笔直行礼。石川鼓掌叫道:"好的,好的。宪兵队的厉害!"众人也都鼓掌叫好。

此时忽有一便衣人员进来,附在石川耳边低声说:"您安排的事办好了,抓到一男一女。"石川一瞪眼,小声命令:"好的,秘密看押!等明日林局长回青,我的亲审!"便衣答应一声退下。原来刚在老库房时石川看杨子千的个头还有眼睛觉得似曾相识,路上想起羊汤馆打斗那青年人,不由得惊出一身冷汗,车里拉着林荣斋不便回头抓人,便寻机命令手下采取行动。

晚间,石川办公室。两个日本兵持枪立在门口站岗。

十二花双手反绑,站在屋内墙角。她回想着白天发生的事,历历在目,尤其是跟梁大胆最后的谈话,仍在耳畔回响。"梁大哥,谢谢你,让我知道了自己的身世,还有家里的一些事。""你真的相信我说的话?你就是六朵儿?""我信。因为你是好人,不会骗我。另外我想起几年前,妈妈有一次高兴了夸我真不愧是花朵,说我小名叫朵儿,我还以为她随便说说。""那就好,你哥委托我的事,给他办好了,他在九泉之下也该瞑目。""哥哥瞑目不了。""怎么说?""家仇未报,岂能瞑目!"……正想着,门口站岗日本兵用日语说话,转头看,石川从黑夜中走来,跟敬礼的日本兵打声招呼,大步跨进办公室,径直朝她走来。她心里一哆嗦,不由得拘拢了身子。石川来到十二花跟前,两只色眼笑眯眯地盯着她看,嘴里说着"小宝贝儿",就要动手动脚。十二花赶忙躲闪。石川紧跟不放,转眼看到门口的卫兵,忙朝二人摆摆手,叽里呱啦一通日语,两个日本兵"嗨"一声,关了屋门,知趣退下。

只剩下屋里二人,石川愈发肆无忌惮,摘下帽子,脱掉外衣,上前一把抱起十二花,走进内屋休息室,把她扔在床上,哈哈笑着,扑身上来。靠近跟前,他突然止住笑,两眼惊恐地瞪着。只见灯光下,十二花面露凶狠,怒睁双目,牙齿咬紧,舌头露在嘴外。石川不由得后移身躯,手指着十二花:"你、你……你的干什么的?"十二花两眼狠狠地瞪着他说:"我虽身在烟花之地,但卖艺不卖身,至今仍为处子之体。你若强行欺辱我,我就咬舌自尽,喷你满身血腥,让你一生不得安宁!"

石川愣怔片刻,咬咬牙,深深吸一口气,强装平静道:"你的小姑娘的,这样不要的。有话好好说,好好说嘛!"后退几步,坐到椅子上。十二花起身下床,站到墙边,对石川说:"我认识你,你是驻威海卫日军的最大官石川。"石川微微一笑:"小姑娘聪明的。"十二花道:"你既然是最大官,应该是最讲道理的。"石川点点头:"嗯,不错,大日本皇军大大的讲道理。"十二花道:"既然讲道理,为什么无缘无故抓人?"石川顿了顿,威严地说:"我的手下抓人,那是有原因的,勾结乱匪,对抗皇军,罪行大大的,我不但要抓人的,还要杀人!"

十二花抖了一下,说:"我和那位梁大哥,都不是坏人,是威海卫南乡的,村庄邻近。他和我哥是朋友。我哥……去世了,他受我哥之托,前来城里找我,传个音信。结果正赶上黑帮老大老鲅鱼手下绑了我和鄂大小姐,他便出手相救,仅此而已。你说日本皇军讲道理,那就赶紧放了我们。"石川冷笑一声:"放了?哼,结匪作乱,罪可处死!今天白天若不是看在鄂大小姐脸面上,我的当场枪毙了两个作乱之人!"十二花急忙说:"梁大哥不是坏人,我可以保证。"石川端量着十二花,阴险地一笑,说:"这个姓梁的,说他是结匪作乱枪毙的也可,说他是良民百姓放人的也可,最终我的说了算。"十二花忙说:"那你赶快下令放了梁大哥吧,石川长官。"

石川奸笑一声:"嘿嘿,毙了的容易,放了的也简单,只要……你的小美人的答应跟我……嘿嘿,那就立马放了的。"十二花愣了愣,低头不语。石川见她有些犹豫,起身走近几步,柔声细语地说:"小姑娘的放明白些,别说你的身处烟花行当,即便是千金小姐,也必有破身之时。你现在的从了我,便可换了你的那位同乡身无罪名,获得自由。你的想想看。"十二花沉思片刻,叹口气,抬头对石川说:"长官说话算数?"石川忙道:"算数,算数!大大的算数!"十二花道:"好,我可以从了你。"石川喜出望外,上前要动手脚。十二花瞪他一眼,边躲闪边郑重说道:"我还有一个小条件。"石川急迫地说:"你的快说。"十二花面带忧伤地说:"我父母早不在世,我的兄长去世不久,明天我要回趟老家,以洁净之身为父母兄长烧纸上香,然后才可……"石川心有不愿,连连搓手,踱了几步,对十二花说:"我的信了你。明天我安排人马,送你回老家。你的撒谎的,死啦死啦的!"十二花神色庄重,说道:"我若撒谎,甘愿一死。"

当晚,日军放了梁大胆。梁大胆知道是十二花保了自己,深深感动。

第二天,石川派一辆汽车,一小队日军和伪军,押着十二花去东南乡下。临行前,十二花要求回十三门楼换件衣服。汽车便开到十三门楼近处停了,四个日伪军看押着十二花回到十三门楼。进了院门，老鸨抱住十二花便哭起来。十二花劝妈妈不要哭，她没有事的，要回一趟老家给父母兄长上坟，先回来换件衣服。老鸨便陪她到西院屋里，更衣梳妆。看看日伪军不在身边，老鸨便偷偷告诉十二花，昨天发生的事前前后后她都知道了。原来十二花和梁大胆被抓后，杨子千跑来十三门楼，把事情的原委告知她，她知道十二花这回落到石川手里，即便不丢性命，这人也囫囵不了，正在家里牵挂。十二花说："妈妈，石川还没把我怎么样，你放心吧。今天我要回一趟老家，给父母兄长上坟，石川还派了汽车送我，没有事的。"老鸨听了又流出泪来，啜泣道："闺女，在威海卫这地方，妈妈也认识几个人，要是别人想强迫你，妈妈会想方设法托人救你。可如今这里是鬼子的天下，石川又是鬼子最大的头头，我早就察觉到他对你起了淫心，这回落到他手里，妈妈真是……无能为力了……"十二花安慰道："妈妈不用担心，石川那里，大不了我……从了他，只要我想活，保住性命是没问题的。"老鸨擦着眼角，说："闺女，有件事妈对不住你，当年人贩子把你卖到我这儿，说你是东南乡的人，但没说是哪个村。这些年我一直没告诉你身世，也是怕你想家，离开我这里。"十二花扯着她的胳膊道："这些年妈妈对我怎样，我心里清楚，即便是在亲爹亲妈跟前，也享不了这么多福。不管我怎么使性子，妈妈都依着我，从没攒（手指用力戳）我一指头，闺女都记着妈妈的好。如果……有朝一日，闺女定会报答妈妈的大恩……"

两人说着话，外面日伪军来到门口，催促赶紧动身。老鸨赶忙出门迎挡。十二花在屋里换一身素色衣裤，又从针线笸箩里取了剪刀，用布头缠了尖刃，揣进怀里，出门而去。

十

刺仇敌

　　十二花坐了日军的汽车,一路驶往东南乡,回到老家村子。打听到父母坟头,摆上供品,烧纸点香,跪地磕头,泪如雨下,一遍遍念道思念父母之情,就连跟随的日伪军也都为之动容。祭毕父母,哥哥的坟头却无人知晓,只得作罢。他又提出要去孟家庄拜见伪军中队长梁筠懿,请他帮忙照顾一下乡间的亲邻。

　　孟家庄在桥头镇驻地北边,驻着伪军一个中队,中队长梁筠懿,身兼威海伪军大队副大队长。其为本土人士,原本只是地方一霸,因为投靠日本人,死心塌地为日本人卖命,被石川重用,领兵驻守桥头重镇。他本有家室,又在威海城里娶了个唱刀马旦的名伶为妾,时常奔走于威海桥头两地。尽管娶妻纳妾,仍满足不了其风流之性,驻地四下稍有姿色的年轻女子,皆成了他的猎物,弄得有闺女的人家无不提心吊胆。

　　当下几个日伪军听十二花说要去拜见梁筠懿,想想过不了几天这美人就成了石川的室中人,得罪不起,况且去桥头也算顺路,何不搭个顺水人情？再说折腾半天口干肚饥,去梁筠懿那儿怎么也能蹭口米面腥荤,赚个肚儿圆。于是汽车便开往孟家庄。

　　到了孟家庄伪军中队,梁筠懿听到哨兵禀报,立马从屋里出来,到院中迎接威海卫来的日伪军。一打眼看到十二花,他两眼顿时发了直,觉得这女子简直就是天上下来的仙女,比当年三朵儿更加勾魂。当听说十二花有事求他,要跟他单独说几句话,心下兴奋不已,忙安排手下好吃好喝招待其他人,他乐颠颠地领十二花到他办公室说话。

　　进了办公室,梁筠懿顺手掩门,两眼直勾勾盯住十二花不放。他个子不高,腰圆体胖,生一张红脸蛋子,此时有美人上门,虽不知有何来由,但看这女子眼神似对自己有意,心里便急挠挠的,脸蛋子更加红了,笑眯眯地问:"请问美女子……"十二花说道:"梁队长,久闻大名,今日相见,果然是英雄好汉。"梁筠懿得意地说:"不敢不敢。请问……"十二花道:"我是十三门楼的十二花。"

　　她话一出口,梁筠懿便瞪大了眼:"哦？十二花,威海卫谁人不知哪个不晓,第一大美人啊！我正想去十三门楼会会姑娘哪，没想到今天在此一睹美人风采，荣幸荣幸荣幸天大的荣幸！"十二花道："来不及说闲话。今日事出突然，冒昧来见梁队长，有事相商。"梁筠懿道："好说，好说，什么事都好说。"

十二花看他一眼说："实不相瞒，贱女虽在烟花之地，但至今守身如玉，我不想把我的处女之身随随便便给一个市井嫖客，我要等到一位我心仪之人。可是……前几天石川看上我，非得……要了我……他虽然不是市井之辈，可他是日本人，我打心底不愿把我……我的处子身给一个日本人……"梁筠懿愣怔怔地说："你、你是说……你、你……"十二花平静地看着他说："我这么冒昧，这么毫无矜持，请梁队长理解。小女子很早就听来来往往的客人提到过您，知道您是一位了不起的大英雄，心下早就暗自崇慕，心想如果有朝一日能得到梁队长这样的大英雄垂青，情愿付以处子身。没想到石川……我今天借故来桥头，就是为了跟梁队长相见，了却……我的心愿，如果梁队长不嫌弃，就、就……"

梁筠懿瞪大眼睛盯着她："你是说今天跟、跟我……"十二花点头："嗯。要是梁队长愿意，就现在。"梁筠懿有些蒙乎，眨巴着眼看十二花。十二花轻叹一声："唉——或许是我自作多情，梁队长这样的大英雄，怎么会对一个烟花女子……"

梁筠懿回过神来，快步出门，对门卫交代几语，回屋关紧门，一下抱起十二花进了里屋。里屋是梁筠懿休息的地方，也是他日常作乐之处。他把十二花放到床上，迫不及待要动手脚。十二花躲闪开，催道："梁队长快点儿宽衣，时间不多，莫要拖沓。"梁筠懿已顾不了许多，三下两下脱掉衣裤，急慌慌上前要为十二花脱衣解带。他刚一近身，十二花突然从怀中掏出剪刀，全力刺向梁筠懿。梁筠懿一惊，然而已躲闪不及，锋利的剪刀扎进胸口，痛得他"啊"的大叫一声，喊道："来人哪！"门外卫兵撞开门冲进来，只见十二花举着带血的剪刀又朝梁筠懿扎去，急忙开枪，击中要害，十二花倒在了床上。

却说屋外对面屋顶上，有两双眼睛紧盯着这边，正是杨子千和梁大胆。原来昨天杨子千得知梁大胆和十二花被敌人抓走，就想方设法要搭救二人，可是石川住处有重兵把守，戒备森严，别说搭救，就是靠近一步都不容易。无奈之下只好先赶去十三门楼报了信，不知老鸨是否有搭救之策。夜幕落下，大地渐暗，杨子千又回到石川办公室附近，以寻机施救。到晚上九点来钟，忽然看见灯光昏暗的大门处走出一人，其形体身姿颇似梁大胆，急忙藏身路边大树后，暗中盯视来人。来人愈行愈近，看时果然是梁大胆。杨子千不知就里，不敢贸然现身，悄悄跟在后面行一程，断定并非石川设下圈套，方才快步上前，两人惊喜相见。梁大胆说了十二花担保相救之事，并说第二天十二花要去老家为已故父母烧纸上坟，两人便决定寻机救出十二花，于是连夜赶往十二花老家村庄。今日上午十二花在父母坟前烧纸祭拜时，杨子千和梁大胆就躲在近处树丛中，可没想到石川派这么多兵力看护，也是无从下手。待闻听十二花要去孟家庄伪军据点，两人赶忙抄近路急奔而去,悄悄潜到梁筠懿办公室对面屋顶,探查情形。从十二花所乘汽车进院,到十二花跟随梁筠懿去办公室,二人都看在眼里,只是不懂十二花唱的哪出戏。

直到室内传出梁筠懿的惨叫声,门口卫兵破门而入,紧接着枪声响起,二人一下猜到了十二花的复仇壮举。梁大胆噌的一下要起身,杨子千一把按住他。此时听到枪声的日伪军呼啦啦跑到院中,端枪持刀,把梁筠懿办公室围得水泄不通。不一会儿,梁筠懿手捂胸口,被几个官兵抬出办公室,搬上汽车,往威海卫方向疾驰而去。又有四个伪军,拽着十二花的四肢,把她抬出来,扔到墙角脏乱处。一个威海卫的佳人,落得如此悲惨下场,她的父母兄姊在阴间若知此情,岂不气得再死一番!梁大胆流下泪来,杨子千咬紧牙关,两人趴在屋顶默默无言。

这时一个抬十二花的伪军说:"班长,这闺女就这么撂着,不大好吧?找个地场埋了吧。晚上要是起尸(诈尸)了……"一个应道:"这么俊的大闺女起尸了?美死你啦!刚才小队长不是说了吗?不能埋,梁队长去威海卫治伤,一天二日就回来,要亲手把她大卸八块,还要割下这个……泡酒哈……"梁大胆恨得咬牙切齿,骂一声"狗杂种",揭下一片黑瓦要砸向伪军。杨子千用力扯住他,低声说:"走,下去商量。"

两人轻轻下了屋顶,跑到据点附近一个草垛旁,躲到缝隙里。梁大胆着急道:"怎么办啊?六朵儿妹子就这么死了,这尸体还要被他们祸害!我真想冲进去拼了,把六朵儿尸体抢出来!"杨子千道:"我也想这样,拼个鱼死网破,可那样有什么用,据点里那么多伪军,都有枪,结果就是咱多搭上两条命,一事无成。"梁大胆一瞪眼道:"那咋办?我们就眼睁睁地认熊?"杨子千沉默一会儿,想想说:"刚才那伪军说了,梁筠懿最快也得明后天回来,十二花的尸体他们暂且不会乱动。白天我们没法子,只有等晚上……"把嘴凑到梁大胆耳旁,如此这般说几句。梁大胆不住点头道:"行,这村里我有熟人,菜刀绳子破布我去办理。"两人猫身离开据点,往村里而去。

半夜时分,孟家庄据点周边一片漆黑。据点门口挂一盏马灯,昏黄的灯光照向门口附近。两个伪军端着枪在门两旁站岗。门西伪军说:"兄弟,带点儿眼神,瞅着我身后。"门东伪军说:"瞅啥?"门西伪军说:"还能瞅啥?"往院里墙角指了指,压低声音,"那闺女别、别起尸了,从身后过来抓我。"门东伪军哧地一笑:"胆小鬼!还怕女尸抓,咱俩换换,叫她抓我,巴不得呢。"说着两人换了位置。换到门西的胆大伪军哼起小调:"女尸女鬼快快来,是抓是搂我都爱……"

突然门东伪军朝他摆手:"别、别唱了别唱了,听听啥啥、啥声音?"那伪军停止哼唱,转着脑袋听,只听见门南不远处有低微的"咕咕"声。门东胆小伪军害怕起来:"兄弟,是不是……女、女鬼……"门西伪军又朝他嗤一鼻:"不是说你呀,怎么就当个汉子了,胆子比女人还小?"端着枪朝前走两步,又转过头小声说,"是村里谁家跑散的鸡,我逮住咱俩烤了吃,明儿谁来找,就说没看见。"胆小伪军连连点头:"那是那是。兄弟能抓来鸡,我啃个小腿就行。"胆大伪军咕噜一句:"你就是啃小腿的命。"朝着"咕咕"声轻手轻脚走过去,一会儿走进黑影里。胆小伪军抻着脖子看不见人了,小声喊:"二子,小心点儿。"胆大伪军没来得及回话,突然黑暗中蹿起两个身影,一个勒住他的脖子,把菜刀抵在他脖子上,凑他耳边说:"乱喊乱动抹你脖子!"一个夺下他的枪,把破布塞进他嘴里,掏出绳子将他捆绑起来。两人正是杨子千和梁大胆。杨子千在东北做事时,学得一招口技功夫,没想这回用上了。

制住这个伪军,杨子千对梁大胆耳语一番,两人分头行动。门口那个伪军听到这边有细小的声音,不知怎么回事,一会儿又听到"扑棱扑棱"好似鸡翅膀的扑打声,高兴地问:"逮住了?兄弟。"见没有回声,便端着枪探头探脑小心前行几步。忽然梁大胆从身后扑上,一胳膊勒住脖子,拖着就走。杨子千冲过来卸了枪,堵了嘴,捆绑了手脚。两人把两个伪军结结实实捆绑在一起,从旁边找来自做的简易担架,还有一把铁锹,带着两条枪猫腰溜进据点大门。两人白天看准了伪军抛放十二花的具体位置,没费劲就找到地场。铺开担架,摸索到十二花的尸体,梁大胆低声念叨:"六朵儿妹妹,我们哥俩搬你到你大云哥那儿,跟我们走吧。"

刚念叨完,突然听到开门声,转头一看,不远处一间屋里走出两个伪军,打着哈欠朝大门口走,看样子是去换岗。杨子千一看急眼了,要是伪军到大门口换岗就露了馅,赶忙学起猫叫,喵——喵——。两个伪军果然停下步,朝这边看。矮个子伪军说:"班长,老话说,停尸不能见猫……"高个子伪军说:"老子今天那一枪打得准,正中心窝,就是十只猫来也起不了尸。"说着两人朝这边走。梁大胆一听就是他打死了十二花,顿时心头火起,不等那厮走近,一个饿虎扑食冲上去,吓得两个伪军"哇——"的一声叫,掉头就跑,没跑两三步,就被梁大胆和杨子千各自扑倒。事急无措,杨子千一拳将矮个子伪军打昏,收枪后退。梁大胆也把大个子伪军打晕,又用脚踢他。

这时屋里的伪军听到喊声,嘈杂惊慌,纷纷起床。杨子千急忙对梁大胆说:"赶快走吧!"梁大胆却四下转来转去,找到一块大石头,两手高高举起,砸向高个伪军脑袋,说:"这是替六朵儿妹妹砸的,是死是活随你命!"他跑身回去,跟杨子千一起把十二花尸体搬上担架,四支长枪一并放上,两人抬起担架就跑。跑到大门口,伪军也从宿舍跑出,朝着两人就开枪。两人抬着担架拐出院门,身后的马灯被乱枪打灭,顿时一片漆黑。两人白天就摸清了行动路线,虽是夜黑无光,但跑起来轻松顺畅。而身后追赶的伪军眨眼就不见了前面人的身影,追了一程,乱放几枪,草草收兵。

杨子千和梁大胆抬着十二花的尸体离开孟家庄,望着星斗一路北行,一个时辰走出桥头镇,两个时辰到了老虎山东麓。此时天光微明,山形朦胧。两人找到大云的坟墓,把担架放在坟前。梁大胆扑通跪地,泪如雨下,抽泣道:"大云老哥……我梁大胆对、对不住你，虽然找到了六朵儿，可是、可是……都是我没能耐，没能让六朵儿活着来、来看看你……今天，我和杨兄把六朵儿带到这边了，你父母那边坟地，鬼子和伪军都知道，不敢把六朵儿小妹埋在那里。在这儿跟你做伴，她有你这个大哥照顾着，会安心的……"天亮起来，两人轮番挥锨挖坟坑。不长时间坟坑挖好，把十二花放进去，埋葬起来。这对哥妹的坟头，就相依相伴留在这里。

两人腹中饥渴，要到凤林集用饭，便捡些树枝捆成两捆，把四条枪藏在里边，折根大树枝担了而去。在凤林集吃饱喝足，杨子千让梁大胆在店里稍歇，他要回沟北村一趟。不到一个时辰，杨子千赶回，脸上带着笑意。原来南曲阜村缫丝厂掌柜结了工钱，送到沟北村刘船东家，他顺便带上了，要回牟平老家一趟，送些钱给老母家人。梁大胆则说要去西边毕云那里练功。两人一商量，一同先去王冰那里聚一下，把四条枪留下来，跟王冰道个别。

二人赶到墩前，正好王冰在家。酒饭毕，二人要告别了，杨子千拿出结算的工钱，要留些给王冰，以做时来吃喝之费。王冰不快地说："别说你我在关公面前叩过头，义结金兰，就是再普通的朋友，只要是为抗日做事，在这儿吃喝理所当然。"执意不收。杨子千见他意诚，只得作罢。出王冰家门，三人相互道别，各行其事而去。

一晃过了数月，跨进1939年门槛。元月，郑维屏接到新任命，当上山东省第七行政区督察专员兼保安司令、东海区特派员等官职，拼凑起国民党杂牌军万余人，并在各县建立保安团。而共产党方面，成立了中共东海特委，威海卫特区支部也在桥头区屯钟家村召开会议，改特支为特委，即中共威海卫特区委员会。

这一日是个半晴的天，一会儿晴朗见日，一会儿又飞起细碎的雪花，地上纸薄一层毛毛雪，远观也是白茫茫，近看却时不时露出地皮。一双猪皮帮子鞋踩着薄雪，从村南走来。来者头戴狗皮帽，身后背个包袱，青黑色棉衣棉裤，上身棉衣外扎了捆腰，下身小腿处缠了裹腿，行走轻捷而有力。地上隐约一行脚印，这人盯着脚印一路行来。

刚近村头，一垛玉米秸后突然跳出个包着大围巾的女子，拖一捆干玉米秸，在来人身前二三十步远处行走，薄雪地上原有的脚印和她的脚印，都被玉米秸拖得看不清。来人分不清地上的脚印，着急起来，想绕至女子身前，女子侧转头看一眼，赶忙拖着玉米秸挡其去路。如此反复几回，来人有些不耐烦，对女子说道："这位大嫂，能不能借个道让我过去？"女子回头没好气地说："叫谁大嫂啊？俺有那么老吗？"

来人这才看出，女子虽然包了大围巾，可露出的脸庞却是年少女子模样，忙说道："不好意思啊大妹子，这么冷的天出来拿草，我以为是家里掌勺的。"女子没接他话，打量他一眼说："你是哪村的？来这里干什么？"那人回答："我从桥头那边过来。"女子一个激灵，追问："桥头？孟格庄的？"那人微微一笑："你想问是不是孟格庄鬼子据点来的吧？跟你说，我可不是鬼子汉奸，我是北墩前来的。""北墩前？北墩前村我可认识不少人，你叫什么名字？"女子追问。来人又一笑："这小妹子，还查起户口了。我叫杨千秋，知道吧？来这儿找个朋友。"原来是杨子千。女子一瞪眼："找朋友？找哪位朋友？不说清楚，今天就别往俺村里进！这几天村里招贼，凡是生人进来，我们都要查清了。"说着忽地眨巴着大眼，瞪着杨子千，"你不是那天去丛老板的绣花厂……"杨子千也看着她："你、你是小叶子？"女子便是于茯叶。

此时身后一家院门吱嘎打开，出来两个女子，也都穿棉袄包头巾，前面的嘴里嚷嚷："咋的啦叶子？"近至跟前一看，猛地说，"这不是杨兄弟吗？咋这么有缘！上回在雅格庄咱俩碰上，这回又碰上。"杨子千笑言："那还有啥说的，徐杰姐这样的大美人，谁不想多见几回？"徐杰一笑："你这嘴真喜近人，今天可真是有美人，你看咱叶子妹，才十七岁，长得葱嫩的俊煞个人。"杨子千道："真是啊。我跟叶子小妹见过一面，越长越俊。"于茯叶害羞地看徐杰："姐说么呢。"徐杰又指旁边二十岁左右的矮个女子说："这是丁香，好姐妹。"丁香朝杨子千嫣然一笑。徐杰又说："这位杨兄弟可了不起，一个人对付一大群鬼子，毫不畏惧，令人敬佩。"朝杨子千一摆头，"大冬天的别在外头站着啦，进屋暖和。"杨子千抿嘴一笑："好啊，暖和暖和。"丁香对于茯叶说："叶子妹进去暖和吧，我在外面。"于茯叶道："不用啊丁香姐，我穿得多，不冷，你们快进家。"三人便进院门。

进了屋寒暄几语，徐杰对杨子千说："你坐炕上暖和，丁香妹烧点儿开水喝，我出去一下，去去就回。"杨子千笑着说道："徐姐，我是来找王冰兄的，麻烦告诉他一声。我从墩前村循着脚印来的，可别说不在啊。"徐杰稍稍回头："你喝点热水歇歇脚。"出门而去。

这是桥头东北十多里远的屯钟家村，半年前杨子千和毕云来过，在钟寿海家拜见大内武师宫宝田。如今这青石海草房静悄悄的，屋顶墙头落了一层白雪。而相隔不远的另一个农家却不平静，这里正发生一件重要事：中共威海卫特区支部正在召开会议。

屋里土炕上，一张小桌，几只盛水的瓷碗，一圈人围桌而坐，认真听书记韩力讲话："……总之，今天这个会议，标志着我们威海卫党组织又在向前迈进！咱们上级成立了中共东海特委，我们威海卫特支也改为威海卫特委，我们增加了新鲜血液，力量更足了！由于组织调我到东海特委工作，大家推选殷少欣同志担任威海卫特委书记，我完全赞成。殷少欣同志有经验，有能力，更有一股共产党人的奋斗精神，相信他一定能把咱们的特委领导好！下面请少欣同志讲两句。"

殷少欣直直腰，看大家一眼，说："感谢各位对我的信任，王冰、岳东、王斋、林乔、毓祝还有其他几位都是很优秀的同志，有大家的共同努力，我们特委的工作一定能干好。"喝口水又说，"按照以往的规矩，今天又增加几位新同志，我把咱威海卫党组织的情况简单讲讲。威海卫党组织的发展，是由抗日学潮开始的，第一位党员汤福山，荣成石岛人，1930年考入威海公立第一中学，1932年春，威海卫爆发了第三次声势浩大的抵制日货学潮，汤福山乃积极分子。为平息学潮，威海卫行政管理公署勒令学校提前放春假。汤福山回到老家石岛，向中共荣成特支委员、原威海中学学生会主席丛光烈汇报了学潮之事，丛光烈鉴于他的表现，介绍他加入了中国共产党，成为威海卫第一名中共党员。汤福山回学校后，又发展同学于荣瑞入党。1932年4月，威海第一个党小组在威海中学成立，汤福山任组长。汤福山后来去了北平工作，于荣瑞继任党小组长，1933年初，于荣瑞先后发展韩力和吕鸿士等同志入党，党员队伍扩大到七人……"

外面胡同里，徐杰围着包头巾，抄着手，从南边走来。在北面村口，一位中年汉子在柴垛旁砍柴，玉米秸子搭了个简易挡雪棚儿，他不紧不慢挥动斧头，劈着柴棒，每劈开两三根，都要放下斧头，把劈好的柴棒抱起来，送到旁边一处高台子上摞好，转转头四下望望，再回到棚下劈柴。徐杰走近来，说："叔慢慢干啊，斧子那么快，小心哪。"汉子笑一笑："这天气干点儿活也不冷，没事啊，放心吧。"他是钟毓祝的爹，家住村后，不易上眼，屋后还有一片小树林，方便躲人，儿子的组织时常来家里开会，大多是三五人，偶尔也有十个八个，都是他这个当爹的在屋外寻点儿事做，转转悠悠带个眼色。这回开会来的人多，还有几个生面孔，估摸有要紧事，他更是打起精神，不敢丝毫大意。

徐杰跟毓祝爹打过招呼，四下看一眼，朝那房子走去。近前，她弯腰捡块小石子，扬手扔进院里，啪的一声落地。即刻院门吱呀打开一道缝隙，毓祝妈看是徐杰，闪身让进院里，随手关上门。徐杰对毓祝妈说："大婶叫一声王冰吧，有点儿事。"毓祝妈应声："你等等，我进去叫。"转身去屋里。

屋内土炕洞里燃着木柴，炕上热烘烘的，每个人的心更是火热。坐在炕角的韩力或许是热的缘故，脸膛红扑扑的，坐着个马扎说话："正如少欣同志所讲，咱们威海卫党组织不断发展壮大，得益于上级党的领导，得益于我们共同努力。今天威海特区委成立，少欣同志任书记，王冰同志任军事委员，王斋同志任民运委员，岳东同志任组织部长，毓祝同志任青年委员，其他各位也皆是各方面的骨干力量，大家要坚定信心，共同努力，不但要跟日伪军作斗争，还要跟国民党郑维屏作斗争。自从去年6月，我'三军三路'西上后，郑维屏便不再与我党联合，而坚持反共立场，处处与中共和八路军为敌，捕杀我抗日军民，犯下累累罪行……"大家认真听他讲话，眼睛里闪着亮光。

毓祝妈轻轻敲了房门，坐在炕沿的王冰起身开门。毓祝妈轻声说："你出来下，有点事。"王冰来到院子里，看到徐杰，忙问："出什么事了？"徐杰凑近些，低声说："你那位姓杨的朋友，从墩前顺着你的脚印找到这里，真叫人害怕，要是鬼子伪军也有这本事，那不麻烦了。"王冰稍一愣，笑笑说："我那杨兄，可真是个人才，绝非常人可比，必将是一个大英雄。行，会马上开完，我回去给大家提个醒,散会了走后门,分散走,注意安全。"

在村南的屋子里,杨子千跟丁香正谈得欢。杨子千说:"伪军就是替日本鬼子卖命的汉奸队伍,我走过不少地方,各地伪军的叫法不一样,东北那边叫'满洲国军',华北一带叫'华北治安军''皇协军',南京汪精卫伪国民政府又叫'和平建国军',其实说简单了就是一群叛国者,老百姓气恨不过,叫他们汉奸队、二鬼子。"丁香应道:"就是啊,威海这边也叫二鬼子,或叫二狗子。"

两人正说着就听院里喊:"是千秋兄吗?听声音就是你。"杨子千急忙出门,说道:"春万兄!是我呀!"两人快步走近,握手寒暄。王冰对跟在身后的于荻叶说,"这是我的义兄杨千秋。"又对杨子千说:"这是于荻叶同志,咱们的人。"杨子千摘下狗皮帽,于荻叶把头巾往后扯了扯,杨子千说:"刚才见过了,是在丛老板工厂做工的小叶子。"王冰一笑:"千秋兄好记性。"杨子千说:"当时大家都夸她,我就记得深。"于荻叶脸一红:"刚才我看杨大哥寻着脚印找来,还怕不是好人呢。"三人皆笑。

这时徐杰也进了院,丁香招呼大家进屋喝茶。几人进屋,炕上坐了,丁香摆上小桌,拿来茶壶茶杯,于荻叶抢着给每人倒上茶。王冰对杨子千说:"这房子是我家以前一个老管家的,人不在了,孩子去了北平,也是抗日的,委托我临时代管。偶尔到这边有事,过来歇歇脚。"杨子千转头看看:"嗯,不错不错,以后我若来这附近,也到此一住。"王冰一笑:"那还用说,咱兄弟嘛!"看一眼三位女子又说,"这儿是咱们大家的一个落脚处,两把钥匙,我随身带一把,另一把就放在门槛里边,伸手就能摸到。谁走过来都可以落落脚,歇歇气。"于荻叶一笑:"嘿,那好啊,往后俺姐几个到这块儿赶集,就来这儿熬晌饭吃。"徐杰、丁香笑语附和。

每人喝过热茶,王冰看一眼窗外,说:"天快晌午,肚子饿了,杨兄刚回来,我请大家去桥头集喝羊汤,吃小油饼。"于荻叶拍手叫好:"好啊好啊,跟杨大哥沾沾光,去喝老井羊汤,是吧王冰哥?"王冰抿嘴一笑:"嗯,领叶子几个去过一回,就没啥秘密了。"转头对杨子千说,"千秋兄有所不知,桥头羊汤百里扬名,老井羊汤扬名桥头,那叫一个美味。"杨子千瞪起眼来:"兄弟不够意思啊,这么有名的美食,你领叶子妹她们去吃,咱没捞着闻闻味儿。"说完哈哈一笑,又问,"怎么叫老井羊汤?"王冰下地,伸手拉他一把:"想听啊,边走边说。"稍顿又说,"老井羊汤,有来头。桥头羊汤好喝有两个原因,一呢桥头一带是山区,水草肥美,最适合养羊;二呢村南的十家河源自正棋山,简直就是天然的山泉河,桥头大集就在河边,老辈子开始,来集上熬羊汤做买卖的,头一桩事便是到河里担几桶清澈的河水,慢慢熬煮羊汤,煮出来的汤鲜香味美,赶集的人喝上一碗又一碗,边喝边叫好,都喝得腆着个大肚子回家。后来有人图个干净,干脆在河边淘了口井,青石砌了井台,河水渗进来,提上的水清凉无比,作出来的羊汤更加鲜美。年复一年,人们渐渐把这口井称之为老井,老井水熬的羊汤称作老井羊汤。"

几人出了院子，一把铁锁锁上门，顺着杨子千来时的路走去。王冰接着说："后来有个姓井的外来户，据说是明朝时从中原迁来守护烟墩的兵士，对桥头羊汤更是情有独钟，不光时常到集上喝羊汤，还挑回老井水自己做羊汤，分给其他兵士喝。戚继光那时是登州府的军事指挥官，管辖即墨、莱州、文登三个营，时常下营巡查。有一次来文登营，顺着烟墩察看守护情况，来到我们墩前村这个烟墩，正赶上那个井氏老兵熬了羊汤分给兵士喝，一看戚大人来了吓得要命，以为挨一顿鞭罚是最轻的。谁知戚继光不但没惩罚他，反而表扬他为守墩兵士调善饮食，而且毫不客气地坐下来和兵士一起喝起了羊汤，直把一锅羊汤喝了个底朝天，抹抹嘴连声叫好。此后戚大人只要来文登必喝老井羊汤，还下令提拔了井氏。那个快退役的井氏老兵做梦也没想到突然提升做了个吏目，高兴得半夜跑到老井边烧香，不小心掉到井里差点儿没命……后来井吏目还是退役了，在桥头安了家，守着那口老井扎扎实实熬羊汤……"

几人边笑边听，于荻叶笑得捂着肚子蹲地上起不来。丁香笑着说："同样一件事，叫王冰哥说得笑煞个人。"徐杰说："人家念过书，教过学，知道的多，是个文人。"稍顿又说，"不但是文人，前一阵他村那个梁某人仇视抗日群众，勾结孟家庄伪军抓走几名群众殴打折磨，王冰兄弟大晚上把那人抓起来狠狠教训一顿，吓得梁某人逃亡大连再不敢回来，没说错吧？"看着王冰忽地话锋一转，"哎哎王委员啊，今天这会……"拿眼看看杨子千吞吞吐吐。杨子千顿悟，转头看于荻叶一眼叫道："叶子你咋还笑得起不来了呢。"对王冰三人笑笑，"你们先走，我拉她一把。"转身跑回去。就听王冰说："千秋兄靠得住……"

杨子千拽起于荻叶，一小块折叠的红布掉落地上。于荻叶捡起来打开一看，是巴掌大的一块红布，上面绣了虎头的样子。杨子千略显尴尬，伸手拽过揣进怀里，说声："谢了哈。"于荻叶看他一眼："是嫂子绣的吧？手工真好。"杨子千笑笑："嫂子？哪来的媳妇呀，俺还是光棍汉呢，一人吃饱全家不饿。"转头看看于荻叶，"快走两步吧，肚子饿了。"

细碎的雪花零星飘落，四下的山野银装素裹，偶尔几只麻雀在路边树枝上蹦蹦跳跳。五个人年纪相仿，最大的徐杰二十二岁，最小的于荻叶十七岁，都是年轻力壮，行不多时就远远看到桥头。

前边一条河，十几丈宽的样子，河面结了薄冰，覆了淡雪，稀稀落落冻住几棵枯黄的芦苇。王冰指着河道说："这就是源自正棋山的石夹河，原名叫十家河，当年有十户人家行善德，一起修了一座桥，方便乡邻过往，桥北的村落就叫桥头村。"目光顺河扫视过去，说，"这条河除了河水清澈适合做羊汤，被方圆所称道，还有一件大事，载入史册，那就是甲午战争时期的'石夹河阻击战'，是一场清军和日军的大战。"

杨子千一愣："哦，还有这回事？"王冰抬眼朝河道灰蒙蒙的上方看去，似乎在追寻那段历史,"四十五年前,1894年,甲午年,阳历7月25日,日本海军偷袭北洋海军运兵船,挑起了中日甲午战争。9月17日黄海大东沟海战,我北洋海军遭日本联合舰队重创,多艘战舰沉入大海,民族英雄邓世昌邓大人壮烈殉国。威海百姓悲哀不已,纷纷驾船出海打捞邓大人遗体。当年底,日军围攻刘公岛,久攻不下,改由成山头龙须岛登陆,三万多日军登陆后分两路向西,进攻威海卫。1895年1月21日,清军将领孙万林奉李鸿章之命,带领千余清兵向东阻击日军,在桥头、孟家庄、白马村沿石夹河一线分散布防,24日与日军先头部队交火,隔此石夹河相互射击,互有伤亡。随后日军大部队渐次赶到,清军以千人的兵力与十倍于己的日军苦战数日,27日终因兵力相差悬殊,抵御不了日军攻击,撤回牟平酒馆。日军攻进桥头一带,烧杀抢掠,无恶不作,老百姓陷于日寇的铁蹄之下……唉——"王冰叹口气又说,"甲午年的那段悲惨历史,是中国的伤痛,威海的伤痛,也是桥头的伤痛。我的爷爷辈上,好多人亲眼看到石夹河这场战斗,有的还协助清军,搬运物资,救护伤员,参与战斗,我爷爷就是其中一员。为什么大多数桥头人对日本鬼子憎恨无比,见了鬼子就有一种要拼命的冲动,是因为桥头人身上流动着抗日的血液,我、徐姐、丁香妹,还有叶子,还有今天我们那一屋子人……大多是桥头一带的,可以说我们这些人跟日伪军斗争,死都不眨一下眼!"

丁香说:"王冰哥说得对,我们心里对日本鬼子和他们的二鬼子,只有恨,没有怕。"于茯叶说:"我恨死小鬼子了,贼眉鼠眼的,满肚子坏水。"徐杰说:"所以我们桥头一带人要抱起团来,打败日本鬼子狗汉奸!"杨子千道:"还有我,跟王冰兄弟拜了把子,起码也算半个桥头人,干那些狗日的二话没有!"王冰看看大家,说道:"不光是桥头人要抱起团,威海卫、全山东、全中国人民都要抱起团,抗击日本,争取抗战胜利!""抗击日本!抗战胜利!"五个人握紧拳头,齐声说道,就像抗日的宣言。

十一

桥头羊汤

到了老井羊汤馆,已过午时,人已不多。井掌柜和王冰是老熟人,打着招呼出门迎迓。王冰挑个靠窗亮堂的雅间,让几位就座。于莰叶却嚷着去看老井,三个女子便到河边去。

杨子千喝口茶水对王冰说:"甲午战争,听人说过,真没想到兄弟的家就在古战场。杨某人崇拜英雄,兄弟再讲些英雄事迹听听。"

王冰爽快地说:"好,咱这里是出英雄的地方,英雄人物一抓一大把,我拣几个说说。"喝口茶润润喉,说,"我先说甲午英雄,邓世昌、丁汝昌这些名声大的想必杨兄熟知,不再赘述,就说两个离咱最近的英雄,周家恩和王国成。周家恩是清朝陆军营官,驻威海卫,刚才咱说的石夹河之战孙万林部清军难敌日军火力西撤后,日军经过桥头一带继续北上进攻威海卫,一路上最大的屏障就是摩天岭了。摩天岭是威海卫东南最高的一座山,地理位置十分重要,山顶有北洋海军修筑的炮台,开战时驻守一营兵力。日军想进军威海卫,必须拿下摩天岭,于是成千上万的日军向摩天岭发起疯狂的进攻。清军营官周家恩指挥清军猛烈回击。开始时清军利用土炮和地理优势,打得鬼子尸陈遍野,伤亡惨重,但时间久了,日军连番不断疯狂进攻,清军也伤亡过半,但没一人退缩。最后清军只剩下周家恩一人应战数千日军,身负重伤肠子流出体外,也毫不畏惧,最终壮烈牺牲。另一位英雄王国成,他是咱南面不远处文登营人氏,在甲午海战中,管带方伯谦挂白旗驾舰逃跑,日舰疯狂追击,要致清舰于死地,王国成不顾个人安危,跳上炮位,向日舰开炮,致日舰受伤逃离。"

杨子千插言道:"王国成身安无恙?"王冰说:"他没事,提督丁汝昌给他奖赏,甲午过后回了文登营老家。"杨子千忙问:"他现今在文登营?"王冰说:"那就不知了。"杨子千还要说话,猛然看到窗外河边于莰叶三人被一帮伪军围上,似乎还撕撕扯扯,忽地起身,说声"有人欺负她们",跑出店门。王冰紧随而去。

不远处的石夹河边老井旁,七八个背着枪的伪军,和一个挎短枪的头头,正围着三个女子，污言秽语调戏。那头头中等个头，瘦身膀，看样子中午喝的不少，脸红得像紫猪肝，说话牙帮有点儿硬："你这骚、骚娘们，在老……老井边这么近，脏了一井好水……给我滚、滚一边儿去……"伸手上前抓摸于荻叶。于荻叶闪开身，瞪着他说："你嘴干净点，别动手动脚！"那头头跟上一步，歪嘴一笑："咱俩谁不干、干净啊？脱了衣服比、比比看，你先、先脱……"又要伸手拉扯于荻叶。徐杰一步上去，挡在叶子跟前，平静地说："许队长，都不是外来人，低头不见抬头见，不要开这样玩笑。"

原来这头头是驻桥头的伪军小队长许忲明。许忲明斜眼看看徐杰，不高兴地说："你是谁、谁啊？又老又……不好看，没这小姑娘水……水灵……去一边！"扒拉开徐杰，又扑向于荻叶。徐杰一把扯过于荻叶："咱走！"许忲明叫道："兄弟们给、给我堵、堵住了，看看小娘们哪、哪里跑，除非从弟兄们头上跨、跨过去，啊哈哈哈……"伪军们听头头一说，赶紧互相挤紧，有的看似不情愿，但也不敢得罪小队长。三个女子四下转着也出不去，于荻叶急得要流泪。

"各位这样不好吧？欺负弱女子，不是大老爷们做的事。"杨子千站在圈外稍高处河堤上，双臂抱胸，说道。旁边有几个看热闹的也低声附和。伪军们一齐回头打量杨子千。许忲明抻着脖子看，见是个外形普通的汉子，绝非大侠之貌，敢来管我闲事？他骂骂咧咧说道："你他妈谁、谁呀？关你屁、屁事，敢这样跟爷说话！"杨子千压住火气说："她们是我熟人，怎能不关我事？""熟人？怎么个熟、熟法？一个被窝睡、睡过？咋、咋样啊？说给大伙儿听听老子就、就放人，哈哈哈……"徐杰三人气得怒视着许忲明。杨子千依旧强压怒火，对许忲明说："听她们还叫你一声队长，你这样欺负平民百姓，算哪门子队长？"

许忲明一听朝杨子千瞪眼道："老子今天就、就欺负了，你想咋的？就你这小样儿，还想英雄救美？有本事你救、救啊！能救出去就、就放她们走，救不出去你、你小子也别想走！"杨子千道："好，这可是你说的！"大步走下堤岸。虽然河岸陡滑，但杨子千步履健捷而轻盈，三步两步来到伪军跟前。伪军不知来人是谁，有些许慌乱。许忲明酒劲似已过去，喊道："兄弟们给我堵好了，看这小子有多大能耐！"伪军们赶紧转身朝外，鼓着劲儿对着杨子千。杨子千瞪眼扫视一遍伪军，眼前的两个小个子看了杨子千眼神心里发凉，禁不住一哆嗦。杨子千嘴角掠过一丝笑意，并没对这俩伪军出手，而是挪一步，专挑两个高出半头的大块头伪军，站在跟前。此一举动，两个小个子伪军转头相望，满面惊奇。两个大个子伪军也是一愣，赶忙握紧双拳，运力站稳，应对局势。而圈里的许忲明更是一头雾水，右手悄悄摁住腰间手枪，跷着脚抻着脖想看杨子千，可正好被两个高个子伪军挡住，转头晃脑也看不见，暗自纳闷：这小子是不是不过火（本地语：傻）？个头也不比我高，咋专挑我手下这对蛮牛对付？只怕一牛蹄子把你小子捅个窟窿！

却看外面杨子千，站在这对看似最壮实的伪军跟前，慢慢平伸两臂，两手相合，插进两人胳膊之间。两个伪军不知就里，急忙同时用力想挤住这手，可这手似钢钎一样哪里挤得住。他们心里不禁一惊：完了，遇高人啦！还没想明白该咋应付，就觉那手像炸药崩裂，力大无比，把两人推向两边，身边的伪军弟兄一齐飞出去，三四个伪军倒在两尺开外，最外边的小个子伪军跟跟跄跄跌倒在老井石台上，半个脑袋搭在井口，军帽掉进井里。人群顿时大乱。看玩意儿的扭身往外跑，倒地的伪军手忙脚乱要起身，许尐明哆哆嗦嗦拔不出枪来。

杨子千一个箭步冲进圈里，推着三女子往河岸跑，尚未跑上岸边，突然身后一声枪响。大家一惊，转头看，许尐明和伪军小枪大枪一齐指向他们。许尐明的手枪口还冒着一丝青烟，是他刚才朝天开枪示威。"都给老子乖乖滚回来！你能跑过老子的子弹?！"杨子千刚要往回走，身边的王冰往后扒拉他一下。

王冰前行几步，离许尐明五六步远站定，抱拳说："许队长息怒，王某在下有礼了。"许尐明看他一眼："你又是哪路神仙？想干啥？"王冰道："敝人本乡本土，教书讲学，算是个从文之人。想求……"许尐明不耐烦地打断他："去去去，别来这套，管你是文人武将，老子这枪口可不认人！"他朝伪军们一挥手"兄弟们端着家伙上去，绑了那三个女子还有那小子，带回去审讯！"伪军答应着"是"端枪上了堤岸，把四人围住，有两个伪军掏出绳索挨个绑人。杨子千冲走上来的许尐明说："你怎么言而无信？不是说好我能救出人来就放人？"许尐明嘿嘿一笑："你小子有点能耐呀，原本想逗这几个小娘们玩一玩就过去了，半道出来你这么个东西，身怀异术，老子怀疑你是歪门邪道上的，带回去审审再说，或能抓个乱党。"朝伪军喊，"都给我绑结实了！一个不漏！"

这时井掌柜匆匆赶来，满脸笑容："许队长，误会！误会呀！这几人都是我的老食客，我都熟识，绝不是什么乱党分子！刚刚还在敝店定了羊汤、油饼，我都做好了，正要上桌呢。"许尐明瞟他一眼："你一个熬羊肉汤的，这乱党是你说了算还是我说了算？"井掌柜靠近他压低声音："请许队长借一步说话。"许尐明瞅他一眼，走到旁边说："借一步，我这一步可金贵呀，有何贵言？"井掌柜一手挡嘴，凑他耳边说："今中午队长喝那羊汤，我可是加了上好的肉，我还切了二斤给您留着，这就去包好带走。这肉啊饼啊您啥时想吃就过来，也不用什么钱不钱的……"许尐明一瞪眼："你这借一步是跟我算账啊，还是把我当饭桶啊？"井掌柜一急："哪敢啊许队长，我是说他们四个真是我的熟客……那肉啊饼啊算个啥呀……"王冰也过来求情。许尐明一瞪眼："你们这是要劫法场啊！再胡搅蛮缠，把你们俩一起绑了带走！"

伪军已把四人绑好，杨子千还格外加一根绳，绑了个牢靠。杨子千心里在打着算盘，自己想逃掉那是轻而易举，可那样的话这事就更说不清了。还是先跟他们去吧，根据情况再想办法。伪军端着枪，押着杨子千四人。许尐明瞅瞅他们，朝王冰瞥一眼，得意道："这是老子的地盘，老子看谁不顺眼就绑谁！哼，教书先生，文人，除了南京汪大总统，郑维屏说情也没用！走！"

刚走两步，突然身后有人说："子明兄弟，这是为何？"许尐明一愣神，回头看，一个骑马的军官带着四个兵士，顺河堤自西而来。这当官的许尐明认识，王兴仁、胡寿恒部下中队长张文彬，现驻防墩前村。王胡二人原本是文登荣成沿海一带盐务警察头头，抗战爆发后被郑维屏收编，将警察局扩编成保安第二旅，王任旅长，胡任副旅长兼荣成县长。说起来也有些渊源，伪军孟家庄中队中队长梁筠懿原本也是王胡部下，与张文彬私交尚可，只是国共日伪混战之际，梁筠懿投靠了日伪，而张文彬则属国民党郑维屏部，效劳两个主子而已。梁筠懿中队下辖三个小队，许尐明为第二小队队长，驻防桥头，与张文彬部相邻而据，难免偶尔小有摩擦，但大局尚可，没有生出冲突。

便说许尐明见是张文彬，赶忙换副笑脸，说道："哟，这么巧啊！张队长何处贵干？"伪军们见队长有事，也都停下。张文彬下马，把缰绳扔给身后卫兵，微微一笑，说："啥是贵干，去跟梁队长喝茶打牌就是贵干。"说着走过来，对许尐明低声说，"许队长抓这几个人，是要找梁队长邀功请赏啊，还是想私下……"手指轻轻做了个数钱动作。许尐明尴尬一笑："哪里哪里，这是公务，公事公办，抓坏人。嘿嘿，抓坏人。"张文彬一瞪眼："哦？抓坏人？他们干了什么坏事？"许尐明挠挠头："他、他们……"这时于荻叶叫道："长官，我们就是普通百姓，什么坏事也没做！他们乱抓人！"

许尐明朝于荻叶瞪眼："你们……在老井边逛荡……逛荡那什么……"徐杰道："我们听说老井有来头，去看看怎么啦？"丁香一甩头："是啊，你也没插个牌子，禁止观井！"许尐明瞪起眼："吆吆吆反了你们！这口老井，是我桥头地界重要……重要水源地，不光熬羊汤所需，附近百姓皆取水于此，你们几个，谁知那什么……是不是投毒！"徐杰大声说："投毒？你可真会开玩笑，我们一帮良民百姓，投什么毒？"许尐明朝徐杰呵斥道："谁有说自己是土匪的？你说良民，谁能证明？"

"我，我能证明。他们是我的朋友，的的确确是良民。"王冰接口道。许尐明歪着眼瞅王冰："没把你绑了，念你是个文人，给你面子，你还不赶紧猫腰顺水沟溜了，还敢出头惹事。你说他们是良民，给他们当证明，那你是不是良民，谁能给你证明？"

张文彬朝许尐明微微一笑，指着王冰说："他呀，墩前村人士，良民，我证明。"许尐明一愣："张队长给他做证？不会是你在他村驻防，怕他半夜扔砖头吧？"张文彬嘿嘿一笑："我俩是亲家，扔哪门子砖头？"

此言一出，在场人无不惊诧。许尐明更是退后两步，眨巴着眼看张文彬："张、张队长，你可不会有、有什么把柄攥在他手里……"张文彬仰头大笑："哈哈，别的不敢吹，张某我正大光明，无私无畏，哪有什么把柄之说。我俩真是结了亲家，你许队长啥时去墩前村做客，我们亲家俩好生招待招待。"许尐明这才信了，拿眼看看王冰，再看看张文彬，皮笑肉不笑，说道："大水冲了龙王庙,不好意思啊张队长,你的亲家,那、那肯定是良民,良民。误会,误会了!"回头对伪军招呼,"把人放了!既然张队长亲家证明是良民,那……应当是良民,放了放了!"

伪军给四人解绳索,杨子千被绑了两道绳,勒得又紧,解起来也麻烦,许忄明走近呵斥两个伪军:"羊肉汤喝哪去啦?解个捆绑解不开,早知道喝瓢井里毒水算了!"杨子千朝他说道:"啥毒水毒水的,你这瞎话编得自己都分不清真假了!等会我去井里提点水喝喝,叫你瞎话彻底破灭,老百姓也不心疑。"许忄明压住恼怒,道:"行了行了,别给你口好气就蹬鼻子上脸!"转头看见那个帽子掉井里的伪军光着头在井边转悠,立马严肃道,"你把他推倒,帽子才掉到井里,你得帮他捞上来,就算惩罚你!"转脸又朝张文彬笑着说,"惩罚一下,应该吧张队长?"

张文彬笑笑:"应该,应该。"又对王冰说,"许队长大度,说放人就放人,记着哈,得请客。"王冰应道:"嗯,那是。"张文彬又对许忄明说:"许队长给张某面子,张某记在心里,你很有才能,梁队长可能还不知道,那什么……哈哈,我这就去梁队长那喝茶打牌,他别等急了。"许忄明忙点头哈腰:"谢谢张队长好意,多多美言,多多美言。"张文彬带卫兵离去。众人也一哄散开。

原来刚才王冰随杨子千朝河边跑的时候,一眼看到张文彬一行打西边过来,赶忙跑过去,三言两语说了事情。张文彬让他们先行解决,他在近处稍等片刻,万不得已再出手相助。

其实张文彬并非到梁筠懿处喝茶打麻将,而是寻找王冰。上午,驻守文登的郑维屏部纵队司令丛镜月派人送信给张文彬,请他明日去文登一趟,有要事相商。张文彬一看犯了愁,此事为何?还要追溯前因。1938年3月,中共领导的"三军"西上抗日后,留下部分党员和抗日志士,组建起"三军三路",经与国民党文登县县长赵泮馨联络,达成共同抗日意向。中旬,由赵泮馨出面召集,在文登城召开了国共两党及其他地方武装参加的联席会议,商定成立"抗日联军",划分防区,阻击日军向内地推进。会议决定,国民党地方武装驻文登城的丛镜月部为"联一"方面军,驻荣成西部文登东北部一带的王兴仁部为"联二"方面军,中共"三军三路"为"联三"方面军,赵泮馨任联军司令。其时,日军侵占威海卫,国民党武装南撤,在威海卫南部就有了共产党的"三军三路"、国民党的郑维屏部和安廷赓部。郑维屏部驻防西南方羊亭、草庙子、苘山一带,安廷赓的防区为柳林、温泉、桥头、泊于家,指挥部设在桥头。当时王兴仁的防区是一个长带状,南起石岛,向北到文登东北部、桥头以西墩前村一带。1938年夏,相邻而据的王兴仁与安廷赓因地盘之争发生火并,安廷赓败退至牟平午极一带,其地盘被郑维屏部占领。如今丛镜月特邀张文彬去文登面谈,是否跟地盘有关?张文彬应邀前往还是拒而不去,实在难以定夺,而王冰又不在家,无人相商,急得他出来寻找,不想还给王冰他们解了围。

王冰五人被许屴明搅得心下不爽，井掌柜一再安慰，他们草草地吃了点羊汤油饼，各自回家。王冰回到家中，张文彬早已回来，在屋里等他。张文彬直截了当说了丛镜月书信请他去文登相谈之事，不知如何应对。王冰听罢，静心思忖，过了一会儿说道："以我之见，丛镜月书信邀你去文登叙事，无须过分担心，去也无妨。其一，你跟他远无怨近无仇，也没有利害相冲，王兴仁跟他亦井水不犯河水，他不会害你性命。其二，你所驻防的地方，可谓是日伪势力之前沿，一旦国军与日伪交火，你是丛镜月部的盾牌，何况如今丛镜月、王兴仁都是郑维屏部下，属友军，所以他不会抢占你的地盘。其三，这其三嘛……是我自己的直觉，你去了他会好好招待，绝不会为难。"

　　张文彬听着瞪眼看他一会儿，说道："我的亲家呦，你分析得如此透彻，让人不得不信，佩服佩服！可你这其三，让人觉得眩迷，心里又没底了，还望详解。"王冰一笑："你怎么这么没气量？难怪才干了个中队长，嘿嘿，其实官不在大小，尺有所短寸有所长，关键要看用在哪儿，今天要不是有你这个中队长，那许屴明小队长怕谁呀！"张文彬摇摇手："罢了罢了，快别说那些个外篇，就说你那其三！"王冰收住笑，正经地说："凭我的感觉，丛镜月是想跟你做什么私下交易。""私下交易？让我拉队伍投他？门儿都没有！"张文彬严正道。王冰拍拍他的肩："没那么严重，应当是个人之事。"张文彬轻轻叹口气，起身告辞而去。

　　闲话不提。只说翌日午后，阴蒙蒙的天气，三四点钟光景，却似薄暮一般。天福山西边的土路上，打西南方过来三个骑马人。打头的一骑不是别个，正是张文彬，紧随其后的是两个卫兵。两个骑马的卫兵没啥说头，规规正正，随护着队长。倒是张文彬的形态有些不雅，骑一匹上乘枣红马，半伏半坐马背之上，两边摇来晃去，若不是马儿训练有素，早不知跌落几回。

　　原来正如王冰所言，张文彬去了文登县丛镜月部驻地，丛镜月笑面迎接，热情款待，一口一个张队长，叫得张文彬不好意思。这个八字眉三角眼留着八字胡的国军纵队司令，看上去就阴险狡诈，让人心生惧意，而且其杀人如麻众人皆知。故而张文彬不得不防，除自己佩戴手枪，两个贴身卫兵都换上了最好的三八匣子，每人四十粒子弹，以防不测。然而丛司令对他这个中队长还是有礼有度，不光陪着看了防区的几株古树，几眼老井，讲了几个地名老故事，中午还专门设宴招待，而且只有他们两人，四凉八热，汤两道，点心两碟。犹未想到丛镜月从柜子里取出四瓶张裕红葡萄酒，两个景德镇瓷盅，一盅二两，两口一盅，就着佳肴喝将起来。在文荣威一带，常喝的是几款纯粮老烧，多为地瓜干烧酒，但最讲究的，就是这张裕葡萄酒。张裕酿酒公司1892年创办，中国葡萄酒酿造首开先河，得过国际金奖，无数名人要员以喝此酒为荣。张文彬跟随王兴仁喝过两次，每次也就二两，酒瓶子王兴仁死死攥着，生怕别人多喝。这一下丛镜月拿出四瓶，专门陪他喝，他心里真是馋，半推半就喝下几杯，便来者不拒，最终两人干光了四瓶。他刚喝完酒,只是略有醉意,并无大碍,丛镜月掏出古印香烟,两人抽着烟,说会儿话。可等到上马离开时,他便觉得飘飘忽忽,如风天乘舟。

前边一条小河沟,结了贴地薄冰,马蹄踏上稍有打滑,马背上的张队长重重一晃,差点儿摔下来。一个卫兵急忙跳下马,将队长身体扶正,牵着缰绳前行。张文彬迷迷糊糊地问:"走到……哪、哪啦?什么地、地方……"牵马卫兵回道:"报告队长,地图上标记,此处在天福山西北六里,叫猫子山。""猫、猫子山?什、什么怪……怪名,不……不尿了……"又行一程,张文彬又问:"到……到什么地……地方啦?"卫兵答道:"报告队长,此处叫鹅蛋夼。""鹅、鹅蛋夼?什……什么怪、怪名……不、不尿了……"再行一程,张文彬又问:"到……哪里啦……"卫兵回道:"报告队长,到野猫夼了,天福山以北。"张文彬抬了抬头,迷迷糊糊看一眼四周空旷的山野,咕哝道:"这、这都啥、啥怪名……野、野猫夼不……不尿了……"卫兵劝道:"队长,我扶你下马方便了再走吧。""不……不下去……前……进!"张文彬摇着头说。

再行几里,天色已暗。前方路边有个破旧的小屋。张文彬摇头晃脑看了看,说道:"好……好了……下、下马……"翻身滚下马背,卫兵赶紧扶住。路边解了手,摇摇晃晃径往小屋而去,到了门口,一屁股坐到地上,说道:"好……好了……到、到家了……你俩进去烧、烧炕……泡、泡茶……"卫兵一听,方知队长真醉得不轻,把这小破房当自家,忙说道:"报告队长,这里也有个名字,叫草场庵,不是咱住的墩前村。"张文彬转着脑袋四下看:"草、草场庵?这名有……有点儿熟……挺、挺好……不、不走了……"卫兵想让他抓紧赶路,回驻地歇息,便说:"队长,草场庵这名字不好,不宜久留。""草场庵……咋的不、不好啊……"张文彬转头问。卫兵说道:"队长忘了《水浒传》第九回'林教头风雪山神庙,陆虞候火烧草料场',你讲给我们听的,草料场,草场庵,一个意思,乃险地也……"

话未说完,忽听黑乎乎的屋子里传出低沉的"呜——呜——"怪叫声。三人同时一愣,未待张文彬反应过来,两个卫兵一边一个架起队长就跑。跑了十几步见到一条小土沟,顾不得里边枯草薄雪,三人跳进去俯下身,拔出手枪对着小土屋。一个卫兵小声说:"什么声音?有鬼?"另一个卫兵道:"不、不对,鬼的声音像、像女人那样,挺细……我在东北待过,这像、像老虎。"此时屋里呜呜声没有了,卫兵侧耳听了听,开口喊道:"是、是谁在装神弄鬼,赶紧给我出来!不然子弹不长眼睛!如不出来,则以虎豹野兽论,葬身枪下!我数五个数,一、二、三、四……"屋里突然有人笑:"哈哈,堂堂国军,怎么吓成这样!"外面三人一愣,便见打小屋走出两人,看时却是王冰和杨子千。

卫兵拖出张文彬,五人相见。张文彬喘着气,对王冰说道:"搞、搞啥名堂啊?亲家吓、吓唬亲家……传、传出去别人笑话。"王冰笑道:"我和杨兄见你们还不回来,放心不下,过来迎迎,杨兄老远就看见张队长醉骑战马,我俩放下心来，就想惊你醒醒酒，没想你们会如临大敌，哈哈。赶快上马赶路，回家吃点热饭。"卫兵把队长扶上马背，蹭行而归。

　　回到家，天已黑。杨子千去后院练武，此乃早晚功课。王冰直接把张文彬接到家中，热炕上躺了歇息，又吩咐家人熬了葱姜蛋汤，多加些醋，给他醒酒御寒。张文彬乃河南人，据说是著名共产党人理琪的同窗好友，理琪受党组织安排，来到胶东开展党的工作，组织领导了闻名遐迩的天福山起义，打响胶东抗日第一枪，成立了山东抗日救国军第三军，西上抗日，拔掉牟平城后，在城南雷神庙开会，不想被烟台日军包围，一番苦战，理琪殉难。张文彬知道此事，曾去理琪坟头祭奠。张文彬虽是国民党军官，但他在驻防的墩前村与百姓融洽，没有恶行，尤其与王冰交往得来。党组织为了工作需要，动员王冰跟他结为亲家，张文彬日常对共产党的活动睁只眼闭只眼，暗下时有帮忙。

　　却说张文彬喝了葱姜蛋汤，酒劲消了不少，靠墙坐着，自语道："没、没想到，这葡萄酒也醉人。"王冰笑笑："我听人说了，葡萄酒好喝，可是后劲大。"张文彬一脸正经道："你、你是没尝过，这张裕葡萄酒还真是好喝，听说当年创办酒厂时，北洋大臣李、李鸿章亲自签批准照，光绪皇帝的老师、军机大臣翁同龢亲题厂名。就、就连国父孙中山都给题、题了字——'品重醴泉'，中午丛镜月喝、喝那酒上就有这字……"王冰打量他一眼："你这酒还是没醒透啊，一个劲说酒，就没别的？"张文彬一愣："啥事？"王冰吃惊地瞪起眼："丛镜月今天请你，就是为了喝酒？"

　　张文彬挠挠头，突然从衣兜里掏出个油纸包包，递过来。王冰奇怪地打开，是一本小书，散发着油墨味，移灯看时，竟是一本毛泽东的《论持久战》。此书王冰在党组织里学过，令人惊讶的是，这本《论持久战》刚刚油印出来，扉页上竟有丛镜月的亲笔签名和题字——"抗日必胜"！张文彬看着王冰呆愣的样子，笑笑说："要不是今天亲、亲眼所见，我也不相信反共老手丛镜月会、会学习共产党的著作。"

　　原来去年1月，国民党文登县县长李毓英携款弃职潜逃，身为反共民团头头的丛镜月，乘机统合各区武装，编成六个大队、一个特务队，下设八个处，员额千余，被郑维屏收编为第七区保安第三旅第一纵队，自任司令。至夏天，兼文登县县长。当年5月26日，中共领袖毛泽东著述的《论持久战》面世，丛镜月得之，甚为推崇，即令政治部主任张绳吾翻印该书，并在扉页题字"抗战必胜"，发至班以上干部研读。

　　王冰翻着书，自言自语："真是小看了这个民团头头。拼命反共，却又偷偷学习共产党的书籍，看来共产党的路线方针真是深入人心，连反动派都佩服。"猛地又问张文彬，"再呢？"张文彬愣愣的："什么再？"王冰一瞪眼："装糊涂啊？"张文彬："没啊，咱俩谁跟谁？装什么糊涂？"王冰看着他扑哧笑了："哦，丛镜月书信一封，派专人送你，你提心吊胆去了，他领你到处参观，置办丰盛酒席请你喝葡萄酒，然后送一本他签名的《论持久战》，然后你就醉醺醺地回来，躺我家热炕头……你没想想你是谁啊？你是王兴仁的中队长，不是王兴仁，他怎么会无缘无故请你去随便玩玩？"

张文彬听着也纳闷起来，抬手挠头，眼睛眨巴眨巴，过一会儿突然说："想起来了，想起来了。"伸手拍一下王冰胳膊，满脸带笑，说，"多谢亲家！要不是你这般追问，这事就、就跑十万八千里了！"喝口茶水又说，"喝完酒，他掏出古印香烟我俩抽，我就开始迷糊了，他说、说起一件事，让我帮忙。"抬眼看看王冰。王冰道："咋的？不便跟我说呀？"张文彬一笑："哪里，我是觉得这事太、太不靠谱。丛镜月说，他们文登县出过几个大官，其中有一个他们老丛家的，叫丛、丛兰，做过工部尚书，哪个朝代我忘了。丛兰是个廉政之人，从不受人贿赂，他在干哪个省巡抚时，有个豪门大户，有要事相求，送他一个绿、绿猫眼儿，他坚决不收。丛兰有个家仆，是从老家带去的，由于人勤快，做事好，丛兰认他做干儿子。那个大户万般无奈找到这干儿子，把包好的绿猫眼托他转给丛兰夫人，另给家仆不菲答谢费。家仆收了东西，想啊，他给的答谢费能顶一年工钱了，转送这礼物当是何等贵、贵重，偷偷打开包层，看到幽绿锃亮的绿猫眼，动了邪念，心想这宝贝卖了几、几辈子享清福，还当什么家仆。于是带着绿猫眼跑回了文登，住在乡下一亲戚家，后来醉酒露白，被人毒死，绿猫眼又易主。到了明朝，绿猫眼辗转流落至文、文登营一个富户手中，这富户也没见过世面，知道是个宝贝，但不知底细。其子在文登营当个小军官，一心想着高升，有一次登州府总指挥戚继光过来巡察防务，富户把绿猫眼包入发、发面包子中，用食盒装了，让儿子送给戚……戚继光，并叮嘱有个盖、盖了花印的包子戚大人一定要自己吃了，而且吃的时候要小心别、别硌了牙。戚继光哪知其意，只想或是海菜馅恐有贝壳未拣干净。巡防至墩前村的烽火台，戚继光把食盒赏、赏给了独自当班的井氏兵弁……"

王冰愣看着张文彬："你这是扯八卦呀？就是说那什么绿猫眼现在落在井掌柜手里，那他还开什么羊汤馆？遭罪受气的。尽编瞎话！"张文彬急道："我、我本来忘了这事，你你你非得让我想起来，这是丛镜月说的，瞎编也得赖、赖他。他他还说当时姓井的正饿得要命，戚大人一行刚离去，他就狼吞虎咽吃、吃包子，那绿猫眼卡在喉咙噎着了，就、就没命了……埋在墩前村……"王冰忽地起身下炕，有些生气地说："你酒醒了没？回你营房睡去吧！"张文彬咕哝着"是你逼、逼我说的！"起身离去。

十二

沟于家遇匪

过了一日，王冰告诉杨子千，今天要去雅格庄开会，要他在家休歇。杨子千练过几趟拳脚，想起那天王冰讲甲午英雄之事，正好今日有空闲，何不去文登营探访勇士王国成？穿戴整齐了，跟家里人打声招呼，上路而去。

他到了文登营，一番打听，还真找到其家人，得知王国成早年已去大连谋生，多年未归乡里。杨子千心下怅然，只好转头回行。由于徒步独往，也未按路径行走，田林沟壑对他来说只若平路。行将半个钟点，到天福山北麓，估摸再有半点钟可回墩前。

此时初春，气候尚冷，好在一路行得急，身上倒有些热乎。放慢脚步，且行且赏那山景。近些天常飘碎雪，山阴处一片淡白，无叶的刺槐和浓绿的针松，占据着山坡山坳，偶有乌鸦飞起，野鸟啼鸣，更显山之空旷。

正行间，忽闻歌声隐约传来，渐渐近了，那歌便听得清楚："天短咪——夜长咪——粑——粑——大咪——稀地瓜——烂面条——撑饱肚咪——老婆咪——孩子咪——热炕头咪——平平咪——安安咪——好呀么日子咪——"拐过小山包，歌声到了眼前，看时一个樵夫担柴走来。樵夫年过五旬，村人穿着，沉浸在粑粑地瓜烂面条的日子当中，满脸的笑意。突然看到杨子千，歌声戛然而止，有些尴尬之状。杨子千一路未遇到个行人，正憋闷得慌，便开口搭话："请问老伯，眼下这是什么地方？"那人停下脚，打量着杨子千，说道："怎么说呢，这里是天福山北边。"抬手指指前边一个小山村，"那是沟于家村。"杨子千听了一怔，沟于家村，听王冰说起，乃抗日人士时常落脚之地，好像天福山起义就是从这里发起。但他此时更在意另一件事，问道："老伯问一下，这个沟于家村是不是有人收养了一个小道童，后来小道童长大些去了威海天后宫？"那人回道："好像听说过这码事，具体不大清楚，我不是这村的，有事你可去打听打听，不远。"说罢担柴走了。

杨子千从老家回来数日，心头牵挂之人，除了王冰，还有毕云。最近几日，杨子千打算去西南乡郑维屏驻地，看看这位至交兄弟，在国军里混得如何。今日途经沟于家村,何不去毕云老家看上一眼,待见到毕云时,也好说给他听听。他打定主意,改路往沟于家村而去。

到了村头,见一老妪井边汲水。他上前帮她打好水,问及毕云养母之事,对方说:"你说小老道啊,那我可清楚,他养母家就在我家屋后隔条街,小时候小老道常去我家玩耍,那孩子身世可怜,加上聪明伶俐,挺讨人喜欢。别看长得清瘦,可能吃,饭量大,有一回我包地瓜面饺儿,使了半把虾皮,好吃,他自己吃了半算梁,我和老头吃了半算梁,他那时才五六岁……"杨子千急忙说:"老大妈,我帮你挑水送回家,顺便去看看毕云妈妈。"说着就去拿担杖。老妪一把按住,说:"那家中早就没人了,你去也白去,三年前老姐妹走了,那个叫毕云的道长亲自来办的白事。"忽地四下转头看看,压低声音说,"小伙子我看你是个好人,跟你说哈,这阵子村里不太平,刀爷的人常常来村里抓人……"

杨子千打断她的话,追问:"刀爷是谁?为什么来村抓人?"老妪又四下看看,悄声说:"他们叫什么大刀帮,头头叫刀爷,这些人可坏,打架斗殴,欺负老百姓。这不,前些日子村里住的起义军,都去西边打鬼子了,大刀帮的人就提着把大刀,天天来村里转悠几圈,遇到外乡陌生人,大多会抓走,说是共产党的啥嫌疑分子……你快点走吧,刚刚我还看到他们抓走两人,一男一女……""他们往哪儿走了?"杨子千瞪大眼问。老妪指了指一条山路:"就往这条路走了,四五个人绑两个人,也不知是死是活,唉……"杨子千听罢赶紧告辞而去。

他沿着指点的路径快步而行,果然不到一刻钟,前面山路出现几人。杨子千赶忙躲避而行,很快到了几人背后,看时不是四五个人绑两人,而是两个男子押着一女子。两男子穿着相同,皆穿深灰色衣裤,打绑腿,包青黑头巾,背上背着锃亮的大刀,一看就是那大刀帮的人。两男子边走边呵斥女子,一年长粗壮男子推女子一把:"快走啊,磨磨蹭蹭的,去晚了吃不上夜饭,剩菜汤也难保喝上。"女子扭头回道:"少给我推推搡搡,我犯了什么罪,轮得着你们大刀帮抓我?"另一年轻清瘦男子说:"还嫌推推搡搡,你不赶快行路,俺哥俩把你拖进树林弄你!"女子扭头过来,"呸"吐一口,骂道:"不要脸!你没有妈妈姐妹吗?不怕遭报应!"年长男子又推女子一把:"先别嘴硬,等我们交给刀爷,谁知道他会怎样!"

杨子千后边听着,恨得咬牙切齿。他眼珠转了转,猛地快行几步,叫了声:"劳驾几位,打听个道。"两男子吃一惊,几乎同时唰地抽出背后的大刀,转身指向杨子千。杨子千装作害怕的样子,边摸口袋,边说:"两位爷别、别……别误会啊,我就是打听个道,问、问个路……"说着掏出一包古印香烟,递过去。那次张文彬从文登回来,第二天发现兜里还有两包古印香烟,估计是走时丛镜月塞兜里的,好心好意送一包给王冰,王冰不稀罕抽,扔给了杨子千,今天本来是带给王国成的,没想在这派上用场。

两男子见杨子千靠近了,一齐抖着大刀叫道:"停下说话!"杨子千停住脚,点头哈腰说："好啊两位爷，是这么回事，我是打威海卫来的，威海卫的荣爷二位可知晓？"日寇侵占威海卫后，绝大多数中华儿女走上抗日救国之路，但也有汉奸人物为日寇充当犬马，威海卫突出人物有二，一位是富商戚仁亭，早年就带头镇压反日抗日的进步学生，1938年3月7日日寇登陆威海卫，戚仁亭带人到码头摇旗呐喊，欢迎日本人，晚上设宴宴请日寇头头，当即被日本人任命为威海卫维持会副会长及商会会长，大摇大摆为日寇效劳，当起了汉奸。另一位是邵笠荣，心狠手辣，黑道称之为"荣爷"，他操控文荣威地区"先天道反共救国会"，受日本人扶持，在先天道山东威海卫分会基础上发展起一支反动武装，是日伪实施残暴统治的帮凶，也是人民开展抗日活动的障碍。近期他频频前往北平，由先天道北平东城分会副会长林景阳介绍，正式加入先天道。林景阳也曾两次来威，磋商筹建先天道威海卫分会事宜。这些事多为王冰告诉杨子千的。

两男子听了杨子千的话，顿时愣了愣，在这条道上混的人，威海卫荣爷大名哪个不晓？就连他们大刀帮首领刀爷，也对荣爷尊崇有加。两人打量着杨子千，眼神飘着疑惑，看上去三十岁左右年纪的年长男子问："你、你是……"杨子千轻声一笑，显得亲近起来，说："看来二位当是刀爷的人。本人姓邵，邵会长是我的本家叔叔，受我叔托付，前来拜见刀爷，有要事禀报……嘿嘿，我估计用不了多久，咱们的队伍迅猛壮大，咱们都成了弟兄，共同为大日本帝国效劳……"

那女子也已转过头来，原以为来了救星，没想却是一伙的歹徒，听罢这话气得狠狠瞪着杨子千。两男子听了这话，似乎有些信了，大刀斜放下来。二十出头的清瘦男子看看年长男子。年长男子反复打量杨子千，说："你说这话有些可信，可怎么肯定你不是来害刀爷的？"杨子千哈哈一笑，环顾四周说："我可是受我叔托付，一人前来拜见刀爷的，别说刀爷有几百个威风凛凛的弟兄，即便你们二位，哪个还敢造次。"见二人愈发相信了，左手拿着烟，右手伸进兜里摸索，说道，"我这里有我叔的亲笔信，是让亲手交给刀爷的，我拿给二位瞅一眼，别看太细哈。"边摸索着边靠近身来，待近至伸手能抓住对方时，右手从衣兜掏出，口中咕哝着"怕掉了，放得深了。看看吧——"右手快速伸向年长男子，未待他看清什么密信，两手陡然一张，闪电般伸向两男子，抓住两人握刀的手腕，发力一掰。两人同时"啊"的一声，两把大刀落地。杨子千朝女子喊声"闪开"，纵身上前一步，两手上抬，使出绊脚，两男子一齐跌倒于地。

杨子千迅疾拾起两把大刀，跳到歹人跟前，见两人正要爬起，翻起刀背砍向其肩颈，痛得他们"妈呀"一声扑倒在地。他随即翻过刀刃架在二人脖颈后，说声："这大刀有多锋利你们自己清楚，不想活命的你就动！"两人吓得脸贴着地皮，齐声哀求："好、好汉饶命……饶命……"杨子千说："我并非那什么狗屁荣爷的家佐，我是江湖杀手，绰号'黑雕'，花人钱财，替人消灾！你们那位刀爷滥杀无辜，血债累累，有人花了大钱，雇我除害！你俩要是识相，可饶你们狗命！"两人连忙求饶："好汉只要不、不杀我俩，怎、怎样都行！怎样都行……"杨子千说:"那好,只要听我吩咐,可保你俩性命!否则,立马脑袋落地!"两人直喊:"不敢不敢,听爷吩咐……""那好,你,起身,跪着!"杨子千摇摇刀背,碰碰年轻男子后脑勺。年轻男子赶紧照办。"解下他腰带,将他双手反绑!"年轻男子照做,把地上男子反绑了。杨子千又命他解了女子捆绑,然后贴地趴卧。

这时杨子千交一把大刀给女子,指指反绑双手的男子说:"这位姐妹举刀看着他,敢动一下你就砍他!"女子会意,接过大刀,故意说:"放心吧,俺妈叫俺杀鸡,俺不会,一刀把鸡头剁掉!"趴地男子吓得一抖:"姑奶奶别别别……我不动……"杨子千起身绑了年轻男子,回头问女子:"你是不是还有个同伴?"女子说:"嗯,一位大哥,被他们同伙绑上山了,我脚崴了走不快,落在后头。"杨子千问清两男子山上情况,想了想,对女子说:"我去山上看看,你在这儿等着,最迟三个钟头,我若不回来,你就别等了,赶紧离开。"女子点点头:"嗯,你要小心。"杨子千看她一眼:"放心吧,我没事。我黑雕走南闯北,大风大浪见识多了,这桩小事,嘿嘿……"

他说完话,动手脱了年长男子外衣,将他反绑于路边老松树上,给女子一把大刀,说:"你拿刀看着,他要想动歪的,就砍死他!我身上带了枪,比刀更管用。"这话是说给歹人听的,女子也信以为真,答应下了。杨子千套上歹人外衣,包上头巾,押着清瘦男子往山里去。

行一刻钟,天已薄暮,前面现一山口。清瘦男子说:"前面到地场了。"杨子千说:"好。按我说的行动,你敢耍花招,我在身后一刀捅了你!"说罢一手搭着他的肩,半俯着身子前行。没走几步,路边一高处岩石旁有人问:"弄么的?"清瘦男子答道:"我,小六子。"大石后转出一人,穿着打扮皆同,看看走来的二位,又问:"咋的呀?伤啦?"清瘦男子说:"老四肚子痛,赶紧扶回来,喝点姜汤祛祛寒。"上边那人说:"快点儿去吧,晚了熬饭的封灶了。"清瘦男子答应着快步走过。

这是个简易山寨,依据地势,搭了些草屋,看上去很不显眼。此时天光已暗,一处较大草屋里已亮起灯盏,人影晃动。清瘦男子低声说:"那是饭堂,正在开饭,刀爷应该在此……你、你"杨子千回道:"先不管他,带我去找抓来那人。"清瘦男子说:"我们抓来的人,都关在饭堂后边屋里,等刀爷审过了,有的杀死,有的让家人拿钱拿粮赎人。去后边屋必从饭堂边上过,你看……"杨子千嗯了一声,说:"不打紧,趁他们不注意溜过去,再说我穿了这身衣服,不会引起注意。"男子又说:"我、我还想活命,你把我绑这树上吧,堵上嘴……"杨子千明白其意,照他说的做了。

杨子千一人溜到饭堂后面,果然有个小屋,门口站着个背刀的男子,跟清瘦男子一样打扮。屋里有人大声嚷嚷:"快放我走,我就是个普通百姓,凭什么抓我……"门口男子朝屋里说道:"别喊了,又不是我抓你来,我替一会儿,等他们吃完饭过来,你跟他们说去!"杨子千见机会难得,低着头快步走过去。看守男子转过头来,高兴道:"这么快就吃完了,没给我多留些?"杨子千一个箭步冲上去勒住他脖子,拖进屋里。那人吓得呜噜呜噜:"不……不是我抓……"杨子千靠近他耳旁厉声说道:"不准吱声,饶你不死!"那人"嗯嗯"两声便无动静。杨子千扯下他头巾,连嘴带脸勒住,见旁边墙上挂了绳索,又给他缠了腿脚,推到墙根地上,赶紧过来救人。

被抓之人被五花大绑捆在一根粗木桩上,杨子千拾起地上的大刀,三下两下割断绳索。那人说:"多谢壮士。"一打照面,两人一愣,尽管灯光微弱,都认出了对方,被抓那人竟然是凤林集上的剃头匠!那日他救了杨子千,今日杨子千救了他,实乃缘分也!杨子千扯他一把:"快走。"两人溜出草屋。

走到饭堂旁,有人吃完饭,在门口闲谈。屋里有个沙哑嗓音说:"他妈的,老四不是抓了个女的吗?咋还没到?"屋外人说:"谁知道啊,老四那玩意儿,说不定半路把人收拾了。"沙哑嗓音说:"以后定个规矩,抓到女的,得在我这先过堂,不能乱动!"屋里屋外哈哈笑。杨子千看他们吃完饭的越来越多,不敢耽搁,让剃头匠走外侧,他穿了那衣服走里侧,挡着剃头匠,借了昏暗之便,快步走过,歹人竟未发觉。两人正偷偷高兴,忽闻前边有人喊:"刀爷不好啦!刀爷不好啦——"原来刚才山口放哨那人,回来吃饭时,发现了绑在树上的小六子!

饭堂的歹人顿时乱起来,沙哑嗓音叫道:"他妈的咋的啦?快去看看!"领着一帮人跑过来。杨子千见势不妙,低声说:"快跑!"两人撒腿便跑。不想正被放哨那人看到,扯着嗓子喊:"在这在这!快过来抓人!"挥舞着大刀扑上来。杨子千已无退路,急中生智扯下头巾抛向那人,对方不知就里,挥刀砍向头巾。杨子千飞身踢脚,正中他手腕,大刀飞出,他痛得刚叫一声,杨子千一记老拳已将他闷倒,二人逃出。

二人跌跌撞撞跑回那地方,天已大黑。杨子千说:"好像就在这块儿。"剃头匠叫道:"芳春——芳春——"便听旁边树林里回声:"我在这里。"三人会合,剃头匠说:"咱们快跑!"杨子千看一眼后边举着火把追来的匪徒,说道:"芳春崴了脚跑不快,你俩快走,我拖住他们。"剃头匠道:"不能啊,大刀帮心狠手辣,人又多,你会吃亏!快一起走!"杨子千推他一把,反身迎着火把奔去。

再说大刀帮众徒,举着大刀火把,追下山来。跑在前头的两个帮徒突然止步,放低火把照看前方,却见穿了大刀帮衣裤的杨子千躺在路上。沙哑嗓音的彪形大汉叫道:"咋的啦?"身前帮徒说:"有我们兄弟躺那啦,刀爷!"原来这厮正是大刀帮帮主刀爷。刀爷扒拉开帮徒,提着刀打着火把上前,嘴里骂骂咧咧:"妈个巴子躺这儿弄么?装熊啊?"近至跟前,举火把来照,杨子千突地腾起双腿,蹬向那厮前腹。饭堂晚上煮的杂面汤,就虾酱,刀爷最爱这口,吃了两大海碗,肚子鼓鼓的,这一脚力道太强,踢得又正,刀爷只觉肚子要爆裂,痛得嗷嗷

十二 沟于家遇匪

— 109 —

叫，踉踉跄跄往后倒去，火把大刀也飞向身后，吓得众帮徒哇哇怪叫，纷纷躲闪。杨子千趁机滚向众帮徒，帮徒挥刀乱砍，杨子千腾挪闪过，那刀砍中旁边帮徒膝盖，痛得呼爹喊娘。杨子千滚进人群，大刀火把完全无用，在地面划拉几只腿脚抱住，猛一拖拽，倒下一片帮徒。他再扛起一帮徒起身扔进人堆，众人又是一片乱叫……

　　刀爷站在稍高处，捧着肚子哼哼，眼见这夜战只有吃亏的份儿，喊道："兄弟们撤吧！便宜这小子一回！来日方长，此仇再报！"帮徒们呼啦啦后撤，杨子千寻机钻进路边树林，眼看着众匪撤回山寨，方才摸黑下山。

　　杨子千未在沟于家村停留，免生差池。此时新月朦胧，出村小路隐约可辨。脱了匪人外衣，小心踏入月夜，不多久即到天福山东麓南北官道，北行顺畅，一个多钟头回到了墩前村。

　　王冰在家中正急得团团转，见杨子千回来，朝他肩膀就是一拳，然后浑身上下前前后后打量起来："咋的？又干架啦？跟谁呀？"杨子千舀一瓢凉水咕咚咕咚喝下，擦擦嘴说："土匪。"王冰愣一下："土匪？这一带除了郑维屏的部队、王兴仁的部队，再就是日伪军，哪一个算土匪？"杨子千喘息几下说："大刀帮。""大刀帮？"王冰瞪一下眼，走到院中，吩咐家人煮碗热面。

　　他回到屋里，杨子千已脱了弄脏的外衣，坐在土炉旁取暖。王冰添几块劈好的木头到炉膛里，拿个杌子正对杨子千坐下，说："你爱干架，但我发现，你每次干架都是以正义对不义。"杨子千叹口气："不知咋的，看到欺人之事就忍不住要出手，今天在沟于家村，碰到土匪大刀帮绑人……""沟于家村？"王冰一下站起来。沟于家村位于天福山北二里，曾是中共胶东临时特委和胶东特委驻地，素有"小苏区"之称。共产党人理琪来到胶东，在此居住，并在沟于家村成立中共文登县委，同时也是中共胶东特委秘密活动点，1935年和1937年胶东特委在此策划了"一一四"暴动和天福山起义，是当时胶东革命的中心。

　　杨子千讲完前后经过，王冰浓眉紧蹙："这也太猖狂！我们的队伍才走了不几天，大刀帮就敢到沟于家村抓人、绑票，不光是土匪行径，还是日伪军的帮凶！"杨子千说："说的是啊，我本来只是顺路过去想看看毕云兄养母，没想到遇上光天化日绑人的土匪。"王冰又问："你说救出的两个人，男的是凤林集的剃头匠，女的叫芳春？"杨子千回道："错不了。剃头匠救过我，我哪敢忘？女的不认识，但我觉得她跟你一样也是干正事的，剃头匠叫她芳春。"王冰点点头，说道："剃头匠叫林福，西边草庙子人，你说得对，是个干正事的。那位女子芳春，估计应是曹芳春，她亲叔叫曹云章，是中共文登县委书记，被国民党枪杀了。"杨子千一瞪眼："中共县委书记的侄女？怪不得面对匪徒毫不畏惧！"王冰点头："嗯，都是了不起的人。"原来正如王冰所言，林福和曹芳春都是中共党员，在家乡草庙子一带开展抗日斗争，今天曹芳春去沟于家村找寻党组织，请示当前抗日斗争一些拿捏不准的事，顺便叫上林福做伴，结果不但扑了空，还遇大刀帮遭绑，若不是叫杨子千碰上，出手相救，还不知道后果如何。

炉膛里的火渐渐转弱，发出暗红的光。王冰又添几块劈柴，顿时发出哔啵声，冒出一股青烟，带着杂木焦香。王冰望着炉膛里的火又燃起，眼睛被火苗映得闪闪跳动。他拨一下炉膛中燃柴，火苗突地又旺些，他两眼盯着火苗说道："你是聪明人，我干的事，你心里清楚，你是什么样人，我也明白，否则咱俩不会结拜。"杨子千低着头，两手相交，缓缓说道："我要是不知你干的啥，那是傻子。"顿了顿又说，"你是共产党的人，给共产党做事，还有跟你开会那些人，都是为这个国家着想、为老百姓谋幸福的人。"

王冰转过身来，伸出手掌，杨子千看一眼也伸过手掌，两只有力的大手紧紧握在一起。王冰看着杨子千，两人的脸庞被火苗映得通红。王冰郑重道："谢谢杨兄，懂我，懂我们。其实咱俩是一路的人，深明大义，爱憎分明，不畏强暴，为国为民不惜自身性命！我没有妄言吧？"杨子千盯着王冰的眼，激动得咬紧牙关，不住点头："我俩、还有你们组织的那些人，都是这样的人，我由衷钦佩！虽然我还不是你们组织里的人，但我跟你们有共同的心愿，那就是打败日伪军，赶走侵略者，让老百姓过上太平日子。"王冰用力握握他的手："说得好！杨兄之言，正是我们党当前的奋斗方向。"起身端过茶杯递给他，"可就是不理解，同样是中国人，同样是中国军队，所作所为怎么就不一样呢？汉奸伪军自不必说，就连郑维屏这样的自诩为国民党正规军，也干着阳奉阴违之事，以共产党为敌……"杨子千抬头看王冰："王兄既说此话，想必是国民党又对共产党有不义之举？"王冰点点头，叹口气说："正是。殷少欣几位同志组织小学教师成立'抗日救国会'，以发动群众抗日救国，郑维屏部五营营长石兆麟，绰号石猴子，竟然下令逮捕他们，幸在内部人员掩护下逃脱。"杨子千气愤道："国军这般做法实在无理，共产党人积极抗日，他却在背后捅刀，这不是帮日本鬼子忙吗？"稍顿又说，"不行，毕云兄不能在这样的队伍里，我必须尽快去找他。他一心抗日，共产党才是他应当参加的队伍。"

说话间，家人端了热腾腾面条进来。王冰让杨子千吃着，起身出去。

时隔月余，春光三月。杨子千帮王冰做完手头要事，赶忙启程西去，到汪疃郑维屏部看望毕云。日出上路，道途蹀行，七点来钟抵汪疃。忽觉两手空空，不合礼仪，打听了当日正是邻近的界石大集，抬脚赶往界石。界石乃昆嵛山脚下一处集镇，又叫大界石，四外环山，天高日小，四季风光幽美迷人。每逢集日，多有山珍美味售卖，采购者纷至沓来。杨子千来到集上，且看且行，满眼的新鲜。

正行间，忽听前边有人吵架，近前看时，众人围观的争吵双方，身份有些独特：一边是身着军装的国军兵士，另一边是身背大刀的两个彪形大汉，谁也不是善茬。杨子千一打眼那两个背大刀的男子，心便生恶，深灰衣裤打绑腿，头覆青巾背大刀，分明是大刀帮徒！只听那国军兵士说："这只山养母鸡是我先谈妥价钱，你们凭啥搅闹？"一大刀男子说："爷比你先喊了市，今天的母鸡爷全包了，哪个也不例外,你没听见?"国军兵士说:"霸道!什么喊市,我还想市了呢!我早就想这只母鸡是我的!"说着弯腰去拿地上的母鸡。另一大刀男子上前一步踩住鸡头,痛得母鸡厉声嘶叫,男子对着国军兵士说:"你敢硬抢?问问爷的大刀答应不!"

国军兵士直起腰,怒怼道:"我知道你是大刀帮的,你一把破大刀,还敢对我军人行凶不成!"汉子唰地抽出大刀拄在地上,恶笑一声:"破大刀?看来你还不知我大刀帮的厉害!爷看你不是平头百姓,让你一步,今天谁敢作证这母鸡是你先买的,爷就不跟你争,否则,刀下无情!"朝地上的卖鸡老汉问,"你这老东西说说,是他先买你的鸡吗?嗯?!"

老汉看一眼亮闪闪的大刀,吓得浑身发抖,流出眼泪,突然"阿巴阿巴"地两手瞎比画。国军兵士惊讶道:"哎哎老伯,你刚才会说话呀,咱俩谈好了价钱,怎么一下子成了哑巴?"大刀男子哈哈一笑:"爷能让会说话的变哑巴,你试试看能让哑巴会说话?"又摇头晃脑看看周边围观的人,恶狠狠地说,"我,虎头刀,"瞥一眼身旁的同伙,"兄弟狼头刀,不少人知晓这些声名,恐怕还有人领教过,身在大刀帮,住在大界石,这界石大集,是我哥俩多年的老地盘,喊个市,占个货,说一不二!今天你们这些看玩意儿的,谁敢出来作证啊?谁说这鸡是国军小子先买的,我就不跟他争!没有作证的,这鸡一根毛也跑不了!啊哈哈哈哈……"围观的人吓得纷纷后撤。唯独一人站着未动,正是杨子千。

虎头刀狂笑几声,忽见有人竟然并不惧怕,独自站在人圈里一动不动,笑声戛然而止,瞪着杨子千:"你小子是瘸了还是瘫了,不会动了?"杨子千面无表情,抬脚走近,朝着虎头刀微微一笑。虎头刀一怔,上下打量这个矮半头的平常小子:"你,敢笑?"杨子千嘿嘿两声:"敢笑,还敢作证。"虎头刀轻吸一口气,提起拄地的大刀,目露凶光:"你、你说作证?敢给这小子作证?"杨子千看一眼旁边的国军兵士,又看看蹲在地上的卖鸡老人,平静地说:"这位大爷并不是哑巴,是被你吓得不会说话了。刚才我看得清清楚楚,他们两人讲好价钱,国军兄弟正要付钱,你过来抢生意。""还、还、还抢生意,虎爷我先抢你一条胳膊再说!"忽地抡起大刀朝杨子千砍来。

周围的人吓得哇哇乱叫,有的捂住脸有的扭过头。只听"哎呀"一声,胆大的拿眼看时,却见杨子千左臂并未被砍掉,而是铁柱一般擎起,手掌紧攥着虎头刀手腕,痛得那厮连声怪叫。杨子千一抖手腕,虎头刀大叫一声,手松刀落,杨子千右手疾出接住刀柄,竖刀怒视。围观者"啊"地低声惊叫,心下纷纷叫好。

却见不远处七八个大刀帮徒呼啦啦奔来,锃亮的大刀片半空挥舞,眨眼间跑至跟前,刀尖指向杨子千。带头的一个叫了声"虎哥,闪下身,别喷血身上",挥刀向杨子千砍来。杨子千松开虎头刀的胳膊,顺势击他一掌,身躯矮下,左脚后蹬,正中挥刀男子肋部,那厮"啊"的一声,大刀飞出,噔噔噔后退数步,被众徒扶住。那边虎头刀吃了一掌,也后退几步,旁边的兄弟狼头刀扶他一把,挥刀冲将上来,抡圆了膀子劈砍。杨子千挥起大刀迎挡,两刀空中相击,叮啷啷一阵响,撕裂人心。

正当此时,人群中"砰"的一声枪响,众人皆是一惊,拿眼看时,一人端着手枪,快步上前。杨子千一看却是毕云,叫了声:"你呀……"毕云伸出左掌止住说话,朝大刀帮众徒说:"大刀再快,快不过子弹!都给我放下!"这时惊呆的兵士也摘下身后背着的长枪,"哗啦"拉动枪栓,端着枪指向狼头刀:"谁要砍我队长,一枪毙命!"众刀徒纷纷收起举着的刀,看着毕云。

毕云将杨子千扒拉至身后,端着的手枪放下来,朝众刀徒说:"敝人毕云,郑维屏司令手下武术队队长,八百威武兵教头!威海卫国术馆馆长商立旦,赫赫有名的'大刀王',你们这帮人的师爷,都败在我的手下!你们是动拳脚,还是动刀枪,我奉陪!"众刀徒你看看我,我看看你,不知该当如何。毕云微微一笑,接着说,"哪位要是手痒痒,想练练拳脚,咱就试试,当着满集人的面,我单出一只手,要是斗不过你,我自当认输,随你们所为。"敛起笑容,神情冷峻,蹽前两步又说,"这里是郑司令防区,谁胆敢恃强霸道,无法无天,尤其伤害国军官兵,有多少毙多少!郑司令会嘉奖表彰,谁先试试啊?"说罢端枪朝虎头刀兄弟俩走去,两人吓得步步后退。

这时有个帮徒跑过来,附在虎头刀耳边说:"这人是威海卫的小老道,武功了得,现在是郑维屏武术队队长兼教官……"虎头刀听罢,瞅毕云一眼,一挥手:"走!"众刀徒呼啦啦往集外离去。

围观的众人一齐朝着毕云、杨子千鼓掌,有人喊:"大刀帮遇到了正规军,可是凉蛋了!这帮东西欺压百姓,早该制制他们!"毕云朝大伙挥挥手,说:"大刀帮正在勾结日本鬼子,成了汉奸组织,破坏我们抗日,往后要是遇到大刀帮为非作歹,可以报告抗日组织!大家散去吧,抓紧时间赶集,尽量不要黑天赶路。"众人应声散去。

毕云回身拍一把杨子千:"走,我们回去说话。"杨子千应一声,弯腰把钱递给卖鸡老汉。老汉惊魂未定,颤巍巍地接过钱,连篓子都不要了,转身快步离去。兵士把钱递给杨子千,杨子千说:"这钱正好该我花。我来看望毕云兄,特地来集上买点儿东西做礼品,不想遇上这事。"兵士带好东西,三人回走。杨子千说:"大刀帮现在太猖狂!"就把沟于家村那次遭遇说给毕云听。毕云听完说道:"他们猖狂,是有日本人撑腰。威海城里的邵笠荣,巴结日寇,据军事情报,日本人已同意他组建大刀会,破坏抗日。"杨子千说:"嗯,我也听王冰兄弟说过这事,眼前的大刀帮,下一步成为大刀会,势力大增,不容小觑。"

两人拉着话,说着各自近时的情况,不知不觉到了汪疃。毕云对杨子千笑笑说:"你今天来,还真是机缘凑巧。"杨子千不解:"怎么说?"毕云道:"你说的那个梁大胆,也在我这儿。"杨子千一听高兴得瞪起眼:"这个梁大胆,我还想打你这回去找找他呢，没想到直接碰上了。"毕云说："他拜我为师，在这里练武，前段时间摔伤腿，这不每个集日都要买只老母鸡给他炖汤补养。"杨子千忙问："伤得重吗？"毕云说："不算太重，休养这段时间，差不多好了。"杨子千"哦"地松口气。

　　回到驻地，杨子千与梁大胆重逢，自是一番惊喜，互相寒暄，诉说思念之情。晚上毕云做了几个好菜，招待杨子千。饭后两人外出溜达，杨子千说："毕兄干上了武术队队长，看来在这干得春风得意啊。"毕云叹口气，慢慢说道："什么得意啊，郑维屏为了让我好好教授士兵，给个虚名，没什么实权。"顿了下又说，"来这段时间，我慢慢看透了，还真如你先前所说，郑维屏不是我想象的抗日队伍，对日本人的态度渐有变化，乃至有些暧昧。"杨子千接口说："咱兄弟俩没有忌讳，说句掏心的话，讲抗日，共产党人还是最靠谱。"毕云四下看一眼，压低声音："你是说王冰他们？"杨子千说："嗯，他们是真抗日，不怕牺牲的那种。"毕云低头沉思良久，才说："或许我选择来投郑维屏是错的。"杨子千环视四周，凑到毕云耳边说："现在也不晚，我可向王冰他们保荐。"毕云没吱声，走了几步，站下来，对杨子千说："抗日大事，我会认真抉择，不能再错。"两人又向远处走去。

　　正如毕云所言，时过不久，郑维屏撕破脸皮，不顾抗日大局，正式与中共为敌。

十三

抓 捕

是年夏,汪疃郑维屏部驻地,山根下的会议室里,警卫营层层把守,戒备森严。营长王木芳挎着匣子枪,一遍遍查岗布哨,不容有失。

屋内摆了八张八仙桌,每张桌上摆了茶水香烟、瓜子水果。围桌而坐的,尽是国民党第七行政区军政要员。丛镜月与王兴仁等人坐在一桌,丛镜月递一支香烟给王兴仁,说:"王旅长一向可好?"王兴仁接过烟,说道:"托丛司令的福,还好,还好。"嘴上叼了烟,拿起火柴擦着火,先给丛镜月点上,又擦一根自己点上,笑笑说,"听说国民政府发来委任状,丛司令马上就要兼任文登县县长了,恭喜恭喜!"丛镜月苦笑一下:"没啥喜呀,县长啊去年就任命了,可是写错了名字,我是月亮的月,给写成孔子曰的曰,这哪跟哪呀!"王兴仁其实明知这事,只是没话找话闲扯而已。过一会儿又问丛镜月:"丛司令,我看今天文荣威等各地要员都前来参会,你离郑司令最近,该知道今天会议内容吧?"丛镜月左右看看,抻着脖子凑近王兴仁,小声说:"反共,除共。"王兴仁"哦哦"点点头。

"喂,喂,各位兄弟,各位朋友,下面开始开会。首先请大家起立,跟我一起,向国父孙中山先生鞠躬敬礼!"会议室前方墙壁上挂着孙中山画像,郑维屏的讲话桌摆在画像下方。郑维屏带头起身,转向孙中山画像,鞠躬行礼。所有人众随着鞠躬。礼毕,开会。郑维屏笔直而坐,声音洪亮,说道:"诸位,今天我以山东省第七行政区督察专员兼保安总司令、东海区特派员之身份,召集本区旅团长和各县县长,召开这次高级军政会议,传达贯彻我国民党五届五中会议精神,和蒋委员长'攘外必先安内'的政策,实行溶共、防共、限共、反共的方针。"与会者有人交头接耳,小声嘀咕。郑维屏咳嗽两声,示意安静,接着说,"作为本区军政长官,我要求,在第七行政区内,不允许有共产党的组织活动,更不得设立机构!"会场响起嗡嗡的议论声。郑维屏提高了声音,"各位肃静,待会儿有咨询、商讨之时,我再说两句,贯彻蒋委员长政策,是我们落实之主题,此乃关乎党国利益之大政方针,不容改变。说得简明一点,自本次会议始,在我第七行政区内,要反共、剿共、除共,不容共产党生存!好了,下面大家畅所欲言，先就此事商讨。待会儿再宣读学习我党五届五中会议精神。"会场顿时嘈杂起来，大多不知此会议题者颇感意外，捉对议论。

郑维屏踱步来到丛镜月、王兴仁几人面前，停下脚步，说道："几位要员感觉如何？"桌旁坐着的几人赶忙起身。丛镜月说："委员长英明决策，此事甚好，早该如此！早该如此！"郑维屏伸出拇指道："论反共，丛司令是这样的，实乃我等之榜样。"这丛镜月自幼不愿读书，偏爱枪械，长于枪法。1930年任文登县第三区联庄会长和县联庄总会会长。1933年7月，带队侦缉共产党员，搜捕于得水等。1935年，任民团军大队长时，率部配合国民党八十一师展书堂部剿共，镇压"一一四"暴动，中共文登县委书记曹云章等遭害。1937年1月，奉国民党文登县长李毓英之命，带队包围孔格庄，逮捕共产党员十三人，当场用铡刀铡死郑文江、菊子二人。同年阳历年底，率队在岭上村包围进行抗日宣传的共产党三军第一大队，逮捕二十九人……其血债累累，真可谓共产党的死敌。郑维屏夸赞丛镜月一番，又说，"丛司令实在是党国难得良将，与共党不共戴天，却又翻印共党领袖毛泽东的《论持久战》，边学共，边反共，这就叫以其人之道还治其人之身！高，高！啊哈哈……"

接下来的一幕，令与会者难以料想。郑维屏邀请赵汉卿、王兴仁、丁孛庭、秦毓堂、孙建勋、丛镜月、胡寿恒、苗占魁、安廷赓、陈昱十位大员走上前台，郑维屏居中，站成一排。郑维屏满面笑容，对其他与会者宣布："经过多年之战斗考验，我与镜月等十位兄弟相互信任、精诚合作、情深意笃，今天借此盛会良机，我等愿义结金兰，同心勠力忠孝党国！"会场一阵掌声。郑维屏两手抬起示意肃静，接着说，"义结金兰多是礼拜关公，眼下非常时期，我等不拜关公拜国父，请国父见证我等弟兄情义。"说罢一排人转身面对孙中山画像，行结拜之礼。

礼毕，几人相互抱拳问候，笑意盈盈。丛镜月对郑维屏说："幼磐兄，有句话，不知当讲不当讲。"郑维屏一拍他肩膀："观滨兄，你我本就是要好的兄弟，一起打过北大营、虎豹山，那是性命之交啊！刚刚又义结金兰，更是比兄弟更交心的，有啥话尽管讲。"丛镜月靠近些，小声说："有的会议，不宜向国父鞠躬敬礼，或者说不要在国父挂像处召开。"郑维屏一愣："此话怎讲？"丛镜月捋捋八字胡，轻轻摇头说道："丛某才疏学浅，斗大的字识不了一箩筐，可对政治军事还是重视学习的。据我所知，国父孙中山的政治方略好像是'联俄联共扶助农工'，而我们今天的会议，是反共、剿共、除共……"郑维屏尴尬地笑两声："嘿嘿，谁说丛兄只是一介武夫，要我看，还是个文人才子，要不刚才我当着大伙的面夸你。好哇，你说得有道理，以后开会，要根据会议内容，看看是否需要国父画像。不过适才我等在国父像前行结拜之礼，没啥不妥吧？"丛镜月忙道："这个好，这个好！让国父见证我等兄弟情义，别出心裁，又合情合理！"两人哈哈大笑。

会议最后，通过了将"抗日联军"改称"抗八联军"，建立抗八联军司令部的决议，公推郑维屏为司令，把枪口指向共产党和八路军。郑维屏指挥着下属顽固派，围攻、袭击、屠杀共产党、八路军及其家属，连倾向共产党的抗日群众也不放过。

在郑维屏将枪口转向共产党八路军之时，日伪军也加紧对抗日民众的杀戮，桥头北五里远的江家口即遭日伪军祸害。

江家口地处文荣威交通要道，抗日游击队常活动于此。为阻止威海卫日伪军往东南乡烧杀，抗日武装组织江家口及附近民众，开展破路活动，一个晚上就能把村边的交通要道挖出一道道深沟，阻断日伪交通。日寇把江家口视为眼中钉，数次空袭，荼毒百姓，炸毁大片民屋，伤亡众多村人。特委书记殷少欣、民运委员王斋来到江家口，组织村人开挖地洞，藏粮藏物，坚壁清野，应对日伪袭击。

这日殷少欣、王斋与村干部刘言礼在街上巡查，看着被日寇轰炸得伤痕累累的村庄，殷少欣心生感慨，说道："江家口是个英雄村，四十年前就有爱国志士刘荆山先生领导了著名的抗英'三山起义'，如今江家口又成为抗日堡垒。"王斋指着年近五旬的刘言礼笑笑说："殷书记还不知道吧？咱们刘叔就是抗英英雄刘荆山之子。"

原来抗英英雄刘荆山，乃江家口村人，生于1860年，卒于1900年，字雪堂，为人豪爽正直，自幼练就一身好武艺。清光绪二十四年（公元1898年），英帝国主义强迫清政府签订了中英《订租威海卫专条》，将刘公岛、威海湾之群岛及威海全湾沿岸以内十英里，总面积六百四十余平方公里之土地划为英租借地。英帝国主义这一行径，激起威海人民的极大愤慨和强烈反对。富有爱国情操的刘荆山，联络本村武秀才江正己、圈于家的于义山、张家山的张义山等人，共谋抗英大计，成为威、荣交界一带抗英斗争的主要组织者和领导者。光绪二十六年，即1900年4月6日，号称"三山"的刘荆山、于义山和张义山，组织发动了著名的碑口庙抗英集会。他在会上号召大家"维护主权，不怕流血，团结一心，把英国侵略者赶出威海卫"。他首先将英国人埋的一块租界石拔出，当众砸得粉碎，次日又将英军运到报信村的租界石全部砸碎，抗英斗争在当地官员和乡绅的默许和支持下轰轰烈烈地展开。英军寻机报复，在马井泊村抓了二十多人囚禁于英军营盘。刘荆山闻讯后，连夜率众偷袭，将被囚的群众全部救出。5月4日，他率领群众在垛山顶同埋租界石的英军展开针锋相对的斗争，英军前面埋，他们在后面拔。英军头目沙巡查，百姓称之沙鬼子，举枪向群众射击，刘荆山眼疾手快，冲上去飞脚踢落其手枪，英军齐向他射击，刘荆山中弹牺牲。至今民间还流传着颂扬他的一首民歌："提起刘荆山，人人称好汉。满腔爱国志，抗英他领先。脚踢沙鬼子，洋人心胆寒。虽死犹光荣，千古英名传。"后来英军到江家口村抓捕刘荆山家人，其子刘言礼躲藏到家里地瓜阁子才幸免于难。

殷少欣得知刘言礼就是刘荆山之子，激动道："前有父亲抗英，现有儿子抗日，保家卫国，满门英雄！"王斋接口说："正是正是。保家卫国，满门英雄！"

刘言礼回道:"保家卫国匹夫有责,大家都是一条心,共同对敌。"三人说着话,来到村头,遇着个修鞋汉子,坐在墙根,有一搭无一搭,修着几只旧鞋,眼睛时不时地四下里骨碌碌看。殷少欣看一眼修鞋汉子,觉得有些疑惑,便问刘言礼:"这修鞋匠哪个村的?时常在此吗?"刘言礼说:"不知哪村的,近段时日常来村里。"殷少欣思忖道:"眼下什么时候啊,别人躲都躲不及,他还敢坐在村头修鞋?"王斋也说:"是有些疑处。"对刘言礼说,"咱们注意些,暗下盯着这人。"殷少欣道:"正是,据有关情报,日伪对重要村镇派遣汉奸特务,收集我方情报,以便对我袭击,且勿大意。"

殷少欣所言正是如此。翌日早饭刚过,日伪军分乘几辆卡车,悄悄驶向江家口。好在村里设了岗哨,鸣枪报警,村人瞬间逃进山野,留给鬼子一座空村。日伪军扑了空,气急败坏,一番抢劫后,放火烧村,霎时浓烟冲天,一片火海,躲进山里的村人眼看着家被焚毁,痛恨在心。过不多日,村人刚刚修复茅屋,赖以安身,日伪军又来突袭。村人听到汽车响声,尽逃山林,日伪只好撤离。然其玩弄花招,当晚突又杀回,村人猝不及防,惨遭残害。村姑于氏,背幼弟外逃,姐弟皆被日伪射杀。另有村人死伤。殷少欣几人藏于村人地洞,所幸无事。日伪离去,殷少欣、王斋与刘言礼安置死伤村人,心中伤痛不已。三人一夜未眠,一者不知日伪会不会再来,二者研究近日敌情。王斋说道:"这几天日伪突袭之前,我看到村头有烟柱冒起,不知……"殷少欣一怔,说道:"此事有些蹊跷,是谁燃起烟火?"刘言礼说由他来调查此事。第二天半晌,刘言礼匆匆找到殷少欣,告诉他说,有村人看到那烟火是修鞋匠点的,问他点火作甚,修鞋匠说有些修鞋废料弃之不雅,一把火烧了干净利落。殷少欣听了点点头,与刘言礼商量对策。

再过数日,外躲村人渐次回归。这天修鞋匠又来村中,在村头树下摆了修鞋家什,自带了几只旧鞋,慢慢吞吞干着活,眼睛往街上瞄来瞄去。不多会儿,起身沿街串户走动,也没见他收了营生。返回村头时,看看四下无人,一闪身溜上旁边小山坡,不一会儿工夫坡顶冒起一股烟火,冲向天空。修鞋匠慌慌张张从山坡下来,收拾鞋摊要走。一抬头见殷少欣和王斋站在他眼前,吓一个哆嗦。殷少欣盯着他问:"你点烟火干么?"修鞋匠神色紧张,强装镇定说:"没、没……我没点烟火。"王斋指着坡顶说:"那里冒烟是咋回事?"修鞋匠结结巴巴道:"不、不知道……没、没看见。"

这时刘言礼从山坡上跑下来,喊道:"别让这小子跑了,在坡顶点烟火,给孟家庄据点日伪军传信号,不多会儿鬼子就要来了!"

修鞋匠见势不妙,弯腰撒腿就跑。王斋早有防备,一个扫堂腿,那厮扑通一个嘴啃泥趴在地上。殷少欣和刘言礼上前,将他绑起。殷少欣让王斋再跑到坡顶瞭望一下,王斋跑上去看一眼反身跑下,跑到跟前气喘吁吁地说道:"鬼子快到村外了,看来早从孟家庄据点出来,隐蔽在村子近处,看到烟火就快速冲来。"这时另一处高地岗哨鸣枪,不远处汽车轰鸣声也已清楚。殷少欣说一声赶紧通知大家转移",让王斋押着这个汉奸特务,直接往山里去,他和刘言礼跑进村,帮村人撤离。王斋押汉奸往山里去,汉奸突然逃窜,幸有村人围堵,乱石将其砸死。

汽车载着日伪军进村,是要抓人修路。村里十八个中老年男子被抓,村东路上行走的路人被抓,邻村未跑及的也被抓数人。日伪军持枪看押村民修复道路,有十个腿脚灵便者,修路时寻个间隙钻进树林逃脱,其他二十余人被严加看管,难以脱身。中午时分,路段修复完工,众人不敢奢望日伪军管响饭,一心想早点回家,以解家人牵挂。孰知日伪残暴,将二十余人押至一块麦茬地里,用腰带个个捆绑,强迫跪地面南,架起机枪扫射,顿时一片惨叫,血光飞溅,令苍天落泪。此即史载江家口惨案,日伪铁罪之一。

初秋之夜,墩前村人已眠,秋虫的鸣叫此起彼伏。月亮高挂空中,宛若银盘。

白天杨子千自集上买回一条大白鲢,在厨子拾掇干净,剁了肥块大锅酱焖。晚上叫了张文彬过来,王冰抱出一坛地瓜老烧,三人喝了个坛底朝天,张文彬被卫兵搀回营房,各自醉眠。杨子千夜半醒来,口中干渴,起身下炕,舀半瓢凉水喝了。看院中好月,睡意顿消,开门走到庭院中,举头赏月。院南靠墙支了葡萄架,叶子浓绿,葡萄尚未尽熟,偶有可食者。他信步过去,立在葡萄架下仰脸找寻可食的葡萄,吃了两三颗,酸甜爽快,意犹未尽。

正寻觅间,忽闻墙外异音,未待醒神,一身影跃上墙头,从葡萄架缝隙溜进院内。杨子千稍一愣怔,迅疾上前将来者按伏地上,那人挣扎几下,怎奈杨子千膂力过人,哪里挣得开。杨子千低声斥道:"你小子也忒大胆,做这事都讲究个月黑风高,这月亮照得跟白天也似,你也敢翻墙跃院,也太不讲规矩了吧!"那人着急道:"我不是你说的那样,这不是王冰家吗?快叫醒他!"杨子千轻声一笑:"吆嗨,这都踩好点儿了,知道这家有些家底……"

正说着王冰披衣出来,低声叫道:"杨兄快快松手,快快松手。"快步走过来,扶起地上那人,仔细一看,惊讶道,"真是少欣,听声音像你。"转头对杨子千说,"快扶殷兄进屋。"来者是殷少欣,中共威海特委书记,桥头东边雅格庄人。

杨子千赶忙扶殷少欣进屋。王冰让殷少欣坐下,捏捏他的肩膀:"殷兄没事吧?"殷少欣忙道:"没事没事。"转头看一眼杨子千,"这位兄弟劲头真够大。"杨子千一拱手:"不好意思殷书记,误会了。"殷少欣摆摆手:"这样的关头,你做得对。"王冰说:"我跟你提过,杨兄是我结拜兄弟,靠得住,时常在我这里住。"又看着殷少欣急问,"殷兄三更半夜跑来我家,莫非有急事?"殷少欣叹口气:"石兆麟盯上了我,上次抓捕我和王斋未成,这回夜里偷偷跑到我家抓我,幸亏我家柜子后面留了个洞,屋后有柴垛遮挡,我才幸以脱身。"王冰说道:"这个石猴子,一心与共产党作对,他驻防温泉,日伪军从他门前过他也不打,反而翻山越岭夜袭雅格庄，抓你这个共产党！"殷少欣说："前一阵他的主子郑维屏在汪疃召开各区县长及旅团长会议，传达蒋介石'攘外必先安内'政策，而且把抗日联军改为抗八联军，枪口对准共产党八路军，成了日伪军的帮凶。石兆麟抓我，就是因为我这个特委书记身份，能邀功请赏。"

王冰倒一杯水递给他，有些着急道："那可咋办？你的身份暴露了，我们的工作还怎么开展？"殷少欣喝口水，看一眼杨子千，说："你俩是结拜兄弟，而且杨兄弟也是跟日伪军斗争的人，为我党办过不少事，我也不拿他当外人了。"王冰忙说："放心吧，杨兄虽然还不是共产党员，可他成天跟我一起给我党做事，事实已是我党的人了。"

殷少欣看着王冰："嗯，那我就直说吧。我现在身份暴露，已无法在桥头一带领导党组织，我要到东海地委汇报情况，近段时间恐怕回不来，你传达我的话给特委各委员，钟毓祝同志目前没有引起敌人重视，而且他工作干得也不错，近期由他担任威海特委书记，东海地委如果有别的安排再说。"王冰回道："好的。那你……""我现在马上就走，一刻也不能等，石兆麟的追兵不知尾随我没，不抓到我他们不会善罢甘休。"

殷少欣说着就要动身。王冰一把扯住："你稍等片刻。"说罢匆匆出屋，一会儿工夫回来，一个柳条笸箩里盛了三五样吃食，端到殷少欣跟前，说道，"殷兄，时间紧迫，来不及做顿饭给你吃，今晚蒸的萝卜丝大饺儿剩下两个，你喝点热水就着吃了，两个豆粑粑还有熟地瓜干带着路上吃。"殷少欣急忙道："真的来不及吃东西，我带着吧，路上填肚子。"王冰把食物装进备好的布袋，系在殷少欣腰间。

三人刚到院中，忽听墙外脚步声杂沓，似有众人行来，顿觉事态不妙。侧耳细听，有声音说："队长，我看到那小子翻墙进了这家院子。"另一人应道："好，翻墙进去开门，一班二班冲进去抓人！三班到房后蹲守，不管什么人遇到就抓！"王冰一听来了军队，估计就是殷少欣说的石兆麟部，赶忙附到杨子千耳边，悄声说："赶紧到最后排最西头屋里，盛麦子大缸，挪开……"又转头握一下殷少欣的手："路上注意安全，快走！"说罢两手推开二人。杨子千拽一把殷少欣，轻步小跑往后院而去。

王冰看二人背影一眼，急忙跑回屋，取下墙上挂着的土枪，冲到院中。此时院门已被打开，十几个官兵呼啦啦冲进院，为首的一个喊道："三人一组，挨个屋子搜，二三十岁的男子全带过来！"兵士们回一声"明白"就要往前排屋里冲。王冰端着土枪挡在兵士跟前："我看谁敢！我这一枪，起码撂倒你们四五个！"兵士们吓得都止了步，端枪对着王冰。

为首的军官提着手枪上前，枪口对着王冰脑门，厉声道："你敢妨碍公务，我立马毙了你！"王冰瞪着他，毫不畏惧道："深更半夜，强闯民宅，这是哪门子公务！"军官回道："抓捕共党分子，就是我今天的公务！你是什么人，胆敢持枪阻拦国军官兵,就是找死?"王冰义正词严:"管你是什么军,这是我的家,要是日本人来了,我更跟他拼命!"军官一把握住王冰手持的土枪筒,抬高对着半空,喊一声:"先把这小子绑了!"顿时上来几个兵士,夺下土枪,扭着王冰胳膊捆绑。

这时已起来三四个家人,拿着锄镰锨锸跑到王冰身边,叫道:"凭什么绑人?这是我们家主人,快放开!"军官喊:"都给我绑了!谁敢武力对抗,就地枪决!"又上来一批官兵,对家人抓捕捆绑。其他官兵持枪围住王冰几人。军官又喊:"一班抓捕这几人,二班赶紧去屋里搜查!"兵士们应一声就要跑进屋。

突然门口大喊一声:"都给我住手!"随着喊声跑进一拨人来。现场官兵不知就里,都转头来看。进来几人跑到王冰身边,为首的一个拿枪对着那军官叫道:"马上停止行动,放了这几人,不然毙了你们!"王冰一看是张文彬来了,心里放松一点。对方军官月亮地里看到来人也穿军装,顿时愣了,问道:"你们是哪个队伍?不要妨碍我们执行公务!"

张文彬怒道:"执行公务?怎么说得出口!这里是老子的防区,你们是哪家子部队,敢私自到我的地盘绑人?"军官一听,说:"敢情是王兴仁部下张队长,敝人姓王,驻温泉国军石兆麟石团长属下特务连连长,冒昧打扰张队长,请让我们执行公务,否则伤了和气,石团长那边不好交代。"张文彬道:"你也清楚,你们驻防温泉,却跑到墩前来抓人,一声招呼也不打,此为何理?"

王连长道:"我们要抓的这个人,是共产党的特委书记,曾在我们防区组织什么'抗日救国会',石团长下令逮捕,可让这家伙跑了,我们跟踪侦办,来到这里,也没什么说不过去吧?由于事情紧急,未来得及跟张队长沟通,还望包涵。眼下说开了,请张队长网开一面。"张文彬道:"现在说晚了!"王连长语气又冲起来:"晚了?也就是不让抓人,那我非得抓呢?"张文彬枪口一抬:"那你就别怪张某我不客气!"对方官兵唰地把枪抬起来,指向几人。

正当此时,院门外呼啦啦拥进大批官兵,一下把王连长部下十来人团团围住,荷枪实弹对着他们。带队冲进来的副官朝张文彬敬礼:"报告队长,除留下执勤兄弟,余者一百二十人全部到位,等待命令!"张文彬说:"好!今天你们的任务是,没有我的命令,任何人不得在我的防区随便抓人!"副官一个敬礼:"是!"转身朝他的队伍喊:"墩前中队官兵听好,今天我们的任务是,保护好墩前的百姓,不得受到任何伤害!否则,可动之以武,毫不留情!"官兵们回道:"是!"

这时门外有汽车响声,很快下来个瘦高个男子,身着军官服,随身四个警卫,个个高大威猛。王连长赶忙跑上前敬礼:"报告团长,我们正在抓捕逃窜的共党特委书记,受到干扰。"附耳嘀咕一阵。来者正是郑维屏驻温泉部队团长石兆麟,今晚亲自出马,抓捕中共威海特委书记殷少欣。

石兆麟听了王连长的话,走近几步,对张文彬说:"石某部下追捕共党要犯,追到了张队长防区，未能及时沟通，还望原谅！你我都是为国民党干事，也是一家人。一家人要精诚团结，共同对付共产党，想必张队长也应得到汪瞳会议精神，现在当务之急，就是抓捕共党分子，不让他们存在。我方确定是在追捕共产党特委书记殷少欣，你如果武力袒护，恐怕王兴仁司令在郑总司令面前也不好交差。到时候你这个中队长，可不是脱不脱军装的问题……"

这时杨子千也趁乱来到王冰身后，碰碰他胳膊，悄悄说声："好了。"王冰则用脚尖碰了碰张文彬小腿。张文彬明白意思，缓和语气说："石团长说得重了，张某当然知道汪瞳会议精神，抓共产党，我也瞪大眼睛希望能够邀功请赏，不过你们来的这个人家不合适。"伸手指指王冰，"这家人的主人，是我亲家，我能看着你们大半夜的持枪带刀硬闯此地吗？抓共产党我当然支持，可是抓我亲家、伤害我亲家，我决不答应！我宁肯脱下军装，宁肯牺牲性命！"

石兆麟嘿嘿一笑说："这么说张队长不反对我抓捕共产党，那我也保证部队不伤害你亲家的家人，不损坏家中器物，如何？"张文彬说："既然石团长如此说，给了张某面子，那就按你说的搜捕吧。正如你们说的追捕共党分子从温泉追到了墩前，不是那么容易的事，即便他们真的从院外跳进来，也能从院里跳出去呀？"王连长催促道："团长，抓紧吧！"石兆麟一挥手："好，按我刚才说的做。"又指着王冰说，"快把张队长亲家还有家人松绑。"王连长答应一声，动手解开王冰捆绑。

王冰对杨子千说："杨兄你和家人跟着他们到各屋看着点儿，别吓着老人孩子，别碰坏各类器物。"杨子千答应一声，领着家人们往后面各屋跑去。张文彬也对部下命令："刘副官，你也带些人过去，照料我亲家的家人，看护财物！"副官敬礼应答，分派官兵到各屋值守。

石猴子的兵挨屋搜查，王冰的家人和张文彬的官兵如影随形跟着，那些搜查兵也不愿得罪张文彬中队，搜了半个钟头，一无所获。石兆麟哼哼两声，对张文彬说："谢谢张队长相助，我们到村外看看，或许真如你所说，跳进院，又跳出去跑了。"挥手带部下离去。王冰轻轻拍拍张文彬手臂："又得请你喝酒。"张文彬一笑："亲家嘛，没有这事就不请我喝酒？"放低声音又说，"往后啊，这种掉脑袋的事要万分小心，多亏我放的暗哨。"拍拍王冰，下令收兵回营。

人皆去。王冰关好门，确认没啥事，扯一把杨子千到最后边西头屋。点上蜡烛，可见里面排满盛粮大缸，玉米、薯干、大豆、小麦、高粱，分装在各个粮缸，墙上挂了干辣椒、大蒜头、玉米叶等厨餐用品。两人来到角落的玉米缸前，一起用力，搬开玉米缸，再把麦缸移至玉米缸位置，麦缸下面现出个能容一人的洞口。王冰缩着身下到洞里，里面稍宽，摸着洞壁弯着腰前行数十丈远近，走到尽头，直起身挪开头顶一块石板，欠身爬出，到了一处土炕的炕洞里，挤着身爬出炕洞，是一处老屋。

这老屋是王冰的祖居，分家析产时，王冰让出二亩山地得之。他要老屋自有打算，党组织时常有人过来，为安全起见，他跑到烟台码头，雇几个没活干的苦力，整整一个月时间，昼眠夜干挖出这条地道，以备不时之需，除他之外无人知晓，今天第一回派上用场，救了特委书记殷少欣，内心颇是欣慰。他小心地走到老屋后院，月光下一片芜杂，除三五株梧桐老榆，多的是一人来高树苗。后院墙根处倒扣一口陶缸，王冰猛劲一跃，跃至缸上，小心翼翼站直身，看到墙外一片小树林，远处便是黑乎乎的大山。王冰知道殷少欣是从这里出了墩前村，逃离险地，去找东海地委组织，心里暗暗祝福他一路顺利，别再遇这般险境。王冰原路返回，和杨子千一起挪好粮缸，放心回屋入睡。

这墩前村地处正棋山东南，往东四五里是桥头集，往西半里便是威海卫通往石岛官道。沿官道南行二十里，有山曰邹山，官道自山口过去，往南直达石岛。山北缓坡长约里许，两旁田野成片。时将秋收，地里玉米叶泛黄，微风吹过沙沙作响。有田人家这时最怕招贼，多在路边田头搭了草棚，黑天白日看护，生怕丢了到口粮食。看粮人白日无事，常聚一处闲谈，观赏官道过往的各色车等。最多乃独轮车，次之马车，近几年也见到四轮汽车，皆已习以为常。这日打南面半坡下来个未见之物，前后两个轮子闪着亮光，飞快地转动，车上骑着一人，竟然不会翻倒，若在半空飞行。看田的老者吓得目瞪口呆，直说有鬼。年轻一点的说这叫自行车，是从西洋带过来的，威海城里偶尔可见，很少会到乡下来。

这骑车人是连城，日军侵占烟台后，他做工的店铺生意惨淡，恰有青岛炮艇队招收学员，前往投考，竟被录取，马上要去炮艇队报到。此次投考顺利，考试成绩固然重要，另有一事抑或有利。投考生成绩达标者，炮艇队组织面试，面试官的首要人物乃日军大佐兼青岛港务局局长林荣斋，他身着中式便装，说着流利的中国话。他看到连城祖籍栏填写"山东荣成人和"字样，眼睛一亮，等轮到连城面试，招手示意靠近些。连城离他三步远时，他问道："你祖籍是荣成人和？"连城回道："是的，长官。"林荣斋又问："人和那边有什么好的景观？"连城愣了愣，答道："不知算不算好景观，我们那有一座山，叫铁槎山……""不，叫九顶铁槎山。"林荣斋说道。连城感到惊讶，看着林荣斋："长官这、这……"林荣斋一笑："我的去过那里，很好！你也不错，通过啦。"连城有些愣怔，向这位长官鞠躬行礼，到旁边办手续。后来听一同考取的毕昆山说，这位面试官是日军大佐林荣斋，心里不知为何感到不舒服。毕昆山劝他说，我们处在当今世道，没什么好办法，不管是日本人还是哪国人，我们把先进技术学到手，就有底气，就能为我们的国家做事，让国家富强。原来林荣斋是个中国迷，不知是不是受鄂大小姐影响，对中国历史和文化颇感兴趣，尤其喜欢中国的道教。他听说昆嵛山有老子的道德经，还是道教全真派发源地，就专门去过昆嵛山；又闻荣成南海边的九顶铁槎山是道教全真派重要人物王玉阳修炼地，便专程去过铁槎山，不仅探寻了王玉阳的修炼处，还领略了铁槎山的绝美仙境，那里九顶连绵，危峰兀立，巍峨峻拔，薄雾缭绕，山海相映，雄伟壮观，实不愧大东胜境之称。

十四

小耗子

连城骑着崭新的自行车,从邹山北坡官道一路下行,轻盈迅捷,内心好不惬意。他老家在荣成南海边铁槎山脚下的人和。爷爷奶奶去世多年,家中老屋还在,有一点薄田,父母在老家种点口粮,不至于挨饿。这次他考取青岛炮舰队学员,也算一件大事,故回来禀告父母。邹山是这条官道的分水岭,过了邹山往南至石岛人和六七十里路,整体呈由高渐低之势;往北亦然。

下了坡未骑几里路,忽见前方路边有村庄起火,他赶紧快蹬几脚,冲了过去。着火的是一垛麦秸,火借风势越来越旺。不远处有水井,一妇女朝着跑远的孩童骂几声,赶紧回身从井里打水,提上井台,吃力地提起来要去救火。连城冲到跟前,把自行车往路边随意一丢,跑过去抢过村妇手中的水筲说道:"你快去打那一筲!"提起水筲冲到麦秸垛旁,扬手将水泼到火旺处,转身回跑,接过妇女刚提上井口的水,快步冲向麦秸垛。如此往返有十来趟,火势已无大碍,此时附近村人提筲端盆,一起动手,不多会儿工夫将火扑灭。

有位中等个头身材壮实的男子向最早救火的村妇问询火情,村妇手指连城说来说去,那男子点点头,朝连城走来,抱拳道:"多谢兄弟出手相助!请问尊姓大名,何方人氏?"连城看这男子有三十四五岁年纪,容貌端正仁厚,便回道:"大哥不必在意,我老家是南面人和,姓连名城,在烟台务工,刚刚路过此地,遇上了,救人水火,理所当然。"那人一笑:"好啊,是位好兄弟。"回手指着不远处一草房,朝外搭了个遮阳棚,飘着幡子上书"豆腐刘",说道,"我就住那儿,做豆腐的,姓刘,都叫我'豆腐刘',刚才去村东送豆腐,要不是你出手相帮,我这点儿豆腐家底恐怕就烧光啦。走,过去坐坐,喝碗豆浆。"连城抱拳道:"谢谢刘兄,今天时间紧,就不烦劳了,来日方长。"刘氏男子点点头说:"也好,这是西南台村,来日路过,过来歇歇脚。请稍等片刻。"

他转头跑回屋里,转眼间跑出来,提个白布包的东西,递给连城:"兄弟别嫌弃哈,没啥称手的物事,我做的豆腐好吃,给你一块带回去尝尝。"连城推脱不过接下了,看一眼里边油纸包着的一大块白花花的豆腐,说道:"那就多谢刘兄了。"刘氏男子正要说话,那边拾掇麦秸灰烬的人喊他,连城说快去忙吧,他朝连城再次道谢,转身跑过去。

连城扑打扑打身上灰尘,提着豆腐转身去找自行车,到了地场傻了眼,自行车哪见踪影,只剩一包鱼干,掉落在不远处。旁边树下几个男童在玩泥巴,摔窝窝响。连城赶忙问询,有个七八岁小子吸溜一下流出的鼻涕,伸手指指官道,说不多会儿有个半大小孩,推着自行车往北跑了。连城一听,提着鱼干、豆腐跑着追去。追了四五里路,连城累得大汗淋漓,两腿发软,哪里还看到偷车贼身影,不知是小孩撒了谎还是小偷会骑车,眼看没指望了。好在打听到离墩前村已不远,拖着两腿赶往墩前。

村北路旁,有一小片菜园,此时秋令,蔬菜长势旺盛,中间是茄子、豆角、辣椒、黄瓜、番茄、韭菜、灰葱,四边是番瓜、荄瓜、玉瓜、菜豆、眉豆,绿的、黄的、红的、紫的各色杂生,碎石矮墙连接人高的篱笆,眉豆花爬满其上,围住整片园地。这是王冰家菜园,他和杨子千每人拐一菜篓子,在园里采摘蔬菜。这样的活计多是家人来做,但昨晚之事令王冰心下隐隐牵挂,在园子里慢慢采摘,时不时朝西边大路张望一眼,每每有人行来,他都会老远开始打量。

这时看到西边过来一人,瞅那身形是个青年,可是走路却晃晃荡荡,没个紧实劲,便说道:"这个小子看样至少行了百里的路,累得没个正形。"杨子千抻脖子看看,忽然说:"哎,这人咋看着眼熟?"王冰又看一眼,说:"别倚着你眼神好,就显摆,你看着眼熟的人,我能不熟?"杨子千一直盯着那人看,嘴里说:"你还真别不信,我看这人像……像那个连城。"王冰道:"快拉倒吧,你咋没觉得像殷兄?"说着也去端量那人,嘴里"咦"的一声。杨子千放下菜篓,左手一搭矮墙,噌地跳出菜园,迎着那人跑去。跑到跟前,两人都愣了愣,杨子千突然叫了声:"真是你啊连城兄!"连城也惊喜道:"哎呦,是那个……杨老弟?"这时王冰也跑过来,怔怔地看着连城,猛地拍他一掌:"真是连城兄!你这样子是……是怎么啦?"连城苦笑一声:"王冰老弟我顺路来看看你,不巧杨老弟也在,我、我……咳!"王冰拽他一把说:"快走吧,回家说话。"三人提上菜园里的菜篓,一同回家。

回到家,连城洗把脸,喝着茶,跟二人说起救火丢车之事,满脸的沮丧。王冰劝道:"已经丢了,想想办法,别犯愁。"杨子千也说:"不就是辆自行车吗?真找不到了,我想想办法,孟家庄据点的二鬼子有这玩意儿,你住两天……"连城苦笑道:"二鬼子那破自行车哪能跟这个比,这可是一辆新车,德国造,我跟威海城里的富公子戚家国借来的。"原来这戚家国是威海卫商会会长戚仁亭的儿子,戚仁亭不光在威海城里有几家大买卖,在烟台亦有分号,戚家国常来烟台经管买卖,日久天长与连城相识,得知他是荣成人和老家人,觉得亲近,一来二去交了朋友。以往连城从烟台到威海卫或石岛,大都乘船而行,这次正好赶上戚家国从烟台回威海,连城坐了他的轿车,然后借骑戚家国的自行车回老家。

王冰得知自行车是戚仁亭儿子的，心生不爽，对连城说道："戚仁亭是个大汉奸，他儿子车丢了，活该！"连城笑一笑："戚家国原先不愿意说他父亲是谁，也觉得不光彩。后来不得已告诉了我，直说他爹的不是。我看这个富公子跟他爹不一样，就交往下来。"杨子千说："这个戚家国是个什么样人，等我慢慢摸清底细，要是跟他爹一个样，咱不能交！"连城说："杨兄说得对，我也有这个想法，眼下看还不错，谁知到底是什么人。该如何交往，我心里有数。"王冰叹口气："唉，画虎画皮难画骨，知人知面不知心，戚家国的事以后再说，他的自行车，咱想想法子，他讲仁咱不能不义。不说了，走，去桥头喝老井羊汤，给连城兄洗尘。"连城忙摆手："心里不爽，哪也不去，就在你家随便吃口，说说话。"指着旁边两个包裹，"豆腐刘的豆腐，说是好吃；我父母一手晒的老冷鱼干，我打小就吃不够，今晚你俩尝尝。"王冰说："也好，今天吃家常饭，我让家人做几个菜，咱哥仨喝酒——哎，还有我那亲家也得叫来，昨晚多亏他帮忙。"杨子千应道："张队长真是出了力。"

晚上宰了只公鸡炖了，腌的腊肉炒一盘，昨晚猪大肠尚有剩余，和着辣椒烹炒，连城带来的老冷鱼干蒸熟撕开韭菜凉拌，豆腐炒大葱也是喷香诱人，加之园里采的时令菜蔬，做了满满一大桌。四个人一坛酒，没费劲喝个精光。

翌日早起，吃过粥饭，三人正商量自行车之事，有人上门找王冰。连城跟来人打个照面，各自一个惊诧，来者正是昨日西南台的豆腐刘！王冰知晓真相，哈哈笑道："怎么说来着，千里有缘来相会，无缘相撞擦身行。我还以为是哪个豆腐刘呢，原来是刘锡荣兄长。"刘锡荣乃天福山西字城人，十八岁时为生计所迫，背井离乡漂洋过海，东渡朝鲜到仁川谋生，在一家菜园当伙计。十年归来，村中务农。其时天福山一带多有共产党地下组织活动，他受到共产党人影响，积极为党工作，天福山起义期间，担任中共胶东特委地下交通员，屡次出色完成任务，被誉为"铁交通"。1938年9月加入中国共产党，后任文登县各救会会长，在文登县委书记刘力生领导下，在大水泊西南台村，以开豆腐坊之名发展会员，开展抗日救亡活动，三个月发展会员两千余众。王冰引荐几位相识，皆大欢喜。王冰问刘锡荣来有何事，刘说修理家什。王冰心下明白是修理枪支，便让连杨二人在家叙谈，他领刘锡荣出门。

拐两个街巷，来到一处青石板门楼门口，院门虚掩，院里有当当当的敲打铁器声，推门看时，一男子院中右手持铁锤砸一辆自行车，看到王冰二人进门，打声招呼："来啦二位？"王冰看到躺在地上的自行车，愣了愣，疾步上前："刘叔你这是……"这刘姓汉子叫刘青山，年近四旬，既懂中医，又好修理，是个心灵手巧之人。刘青山用手里的小铁锤指着自行车说："德国造，真是块好钢，这小锤砸不动，我换把大锤把它砸开。"王冰忙伸手制止道："等等等等刘叔，你砸它干吗？这是哪来的自行车？"刘青山站起身，朝刘锡荣点头笑笑。王冰忙说："自己人，刘锡荣同志，文登县各救会会长，慕名前来找刘团长修理家什。"原来抗战之前，刘青山于村中开设中药铺，自任坐堂医师，医术高明，收入不菲。抗战爆发后，受中共党员妻弟刘德顺影响，思想进步，常为我党我军做事，去年春与王冰、王斋、梁晓庵等人组织起墩前村民众抗日自卫团，被推选担任自卫团长，组织自卫团员站岗放哨，盘查行人，工作干得风生水起。

刘青山跟刘锡荣寒暄过了，又对王冰说："我现在是卖药修理两手干，刚刚要不是给人抓药，这自行车就砸开了，这是修理家什的上等料。"王冰瞪着眼："哎我的刘叔，幸亏你给人抓药，告诉我自行车哪来的？"刘青山抬手朝东指指："桥头集那小老鼠，知道我收购铜铁，昨天傍晚推来这辆自行车卖给我，还专要银元铜板，不要日伪纸币，我正忙着有事，给了钱打发走了。哎别说真是好钢，修个枪管啥的杠杠的。"王冰一听惊道："刘叔你、你千万别砸这车啊！你看看刘会长带来的家什，我去去就回！"说完跑出门去。

不多会儿工夫，门外咚咚咚有跑步声由远而近，王冰、连城、杨子千三人推门进来。连城疾步冲到自行车前，看一眼没有轱辘的车架子，喊道："真是我那辆自行车！泰勒，德国造，怎、怎么会成这样？"说着伸手抚摸车大梁被砸出的痕迹。刘青山看着连城的神态有些愣怔。王冰赶忙给大家相互介绍，又把连城丢车的事说了。刘青山恍然大悟道："原来这样，多亏小老鼠卖给我，要是卖到别人手里，必定粉身碎骨。"哈哈笑着，进屋拿出两个车轮，不一会儿装好自行车，对连城说："小连试试看，一点儿没坏。"

连城在院里骑了骑，果然如初，高兴地说："还好还好。"用手又摸车大梁砸出的印痕。刘青山明白其心意，说道："这一点点不打紧，觉得不好看，我推荐你去威海城东门外北行不远，有一家'新合成'铜锡铺，主要做锡镶活，那手艺好，镶出的茶壶几十块大洋一个，英国人争着买。我跟那里的谷老板熟，让他给镶个花样遮住痕迹，那才洋气。"王冰一听直说好主意。连城说："你花多少钱买车啊刘叔，我得想法赔你？"刘青山说："花了二十大洋。不过小连不用你赔了，刘叔家底还可以，等哪天去桥头集找到小老鼠，说明情况，要下买车钱就是。"连城一个惊讶："才二十块大洋，我听戚公子说买这车花了八百多块！"刘青山呵呵一笑："我在屋里忙活，小老鼠说卖一辆自行车给我，要二十大洋。我隔窗看一眼，觉得不贵，就给钱打发走了，谁想值那么多。"王冰说："二十块钱确不算多，可这小老鼠东偷西盗的也够可恶，刘会长在这陪着刘叔忙吧，我们三个去桥头集找找小老鼠，顺便买点儿荤腥回来咱们做菜喝酒。"说罢带连城、杨子千出门而去。

三人快步而行，不到半个点儿到了桥头。王冰说这小子身高不到四尺，看着像个小孩，不过都说有二十岁了，在桥头集浪荡好多年，不知家是哪儿，也不知叫啥名，大伙都叫他小老鼠。三人在桥头集周围找来找去，找了一个多点儿，大街小巷寻个遍，也未见小老鼠身影。正要回去，杨子千突然指着远处说："那边那人有点儿像小老鼠。"王冰细细打量，正是小老鼠，边走边啃东西吃，便对二

十四　小耗子

人说:"小老鼠个子小劲头差,可他很机灵,整不好一眨眼跑得无影无踪。这条街除了南北两头,中间还有条胡同,连兄在这守着别动,杨兄绕到他身后,我到胡同堵截。"三人分头行动。

杨子千穿过几条街巷,绕到小老鼠身后,慢慢向他靠近。小老鼠有了钱,买了只烧鸡,边走边啃,忽觉身后有声音,转头一看,一个大汉伸手抓他,惊得拔腿就跑。怎奈杨子千已抓到后衣襟,这小子两只胳膊后顺,哧地脱了外衣,烧鸡也扔到地上,慌张逃窜。杨子千又一把抓到他肩膀,谁知那肩膀滑得像抹了油,又被他跑掉,气得扔掉衣服拔腿便追。小老鼠一出溜拐进胡同,正好被王冰逮个正着。连城也赶过来,三人围住小老鼠。

小老鼠转头看看三个壮实汉子围住自己,满脸的惊恐,扑通跪地磕头求饶:"三位爷饶命……三位爷饶、饶命……"王冰对他说:"小老鼠,你不必吓成这样,我们不是梁筠懿手下的侦缉队,要是落到他们手里,你的小命可就难保!"小老鼠抬起头疑问道:"那、那几位爷是……"王冰盯着他说:"不过你要说实话,否则就把你绑到侦缉队!"小老鼠鸡啄米一样:"说、说……说实话……"王冰问:"昨天是不是你偷了辆自行车?"小老鼠低下头,小声说:"是。"王冰朝杨子千示意一下:"把他衣服拿过来。"杨子千回身捡起衣服和烧鸡,扔到小老鼠跟前。王冰说道:"赶紧穿上衣服,把车钱还来。"小老鼠穿上衣服,看一眼王冰,弯腰捡起地上的烧鸡,说道:"跟我走吧。"

三个人跟着小老鼠,七转八拐,来到村边一处破败院落,四间房屋塌了三间,只剩一间有个茅草屋顶,院墙多有坍塌,无须走院门也能进院。

进了院,小老鼠停下来,说道:"你们就在这等我吧,我指定不跑。"杨子千道:"啥意思?耍花招?"小老鼠忙道:"不敢不敢,那边……太臭。"用手指了指墙角处破败的鸡窝。杨子千看看王冰,王冰点点头。杨子千对小老鼠说:"去吧,敢耍花招,一枪崩了你!"伸手背后做拔枪动作。小老鼠吓得一哆嗦:"不、不敢……绝对不敢……"战战兢兢朝鸡窝走去。走到鸡窝口,回头看一眼三位,尴尬地咧咧嘴,全身伏地,往鸡窝里钻,鸡窝口狭小,他这样小身材刚好能进去。杨子千闻闻刚才抓他肩膀的左手,鼻子皱起,咧着嘴说:"怪不得这小子又滑又臭,成天钻鸡窝。"

不多会儿工夫小老鼠退出身子,扑打扑打身上的鸡屎,两手捧着个布袋过来,恭恭敬敬递给王冰:"共二十块大洋,我、我花了一块,剩下十九块都在这儿。"又从裤兜掏出几枚铜钱,"昨天去喝了碗老井羊汤,以前都是喝人剩下的,昨天喝了个整碗,井掌柜还给多加了肉,那个香……今天……刚才又去……买了只烧鸡,我想这两样好吃的解解馋,以后省着花……"

王冰看一眼布袋里白花花的银元,对小老鼠说:"你不算个坏人,起码比那些汉奸走狗地痞无赖好多了,往后别再干偷鸡摸狗的事,给人打个零工干点儿杂活,挣口饭吃没问题吧?"说着把十九块银元拿出来,交给连城,对小老鼠说,

"这位就是车主,他要拿钱赎车。"小老鼠抬眼看看连城,连忙鞠躬,说道:"对不起这位爷,我真以为是汉奸的车,要知道是你这样好人,说啥也……"王冰说道:"不用叫爷,愿叫就叫声大哥,我姓王。"小老鼠问:"王大哥是哪村的?"杨子千一瞪眼:"咋啦?还想扔石头报复?"小老鼠忙说:"哪里哪里,我、我是觉得哥是好人,随便问问。"王冰从衣兜里掏出两块大洋,对小老鼠说:"一码归一码,那十九块大洋是赎车的钱,这两块大洋是我自己的,给你买点儿粮食吃,置办一身棉衣,一晃天就冷了,要注意冷暖。"小老鼠吃惊地看着王冰,头摇得像拨浪鼓:"不不不不……不、不敢不敢……"王冰说:"这是真心给你的,别嫌少,拿着。"把手伸到他跟前。小老鼠目光呆滞,慢慢地双手接过大洋。

王冰三人转身要走,忽听背后扑通声响,回头一看,小老鼠手捧银元双膝跪地,眼泪哗哗流淌。三人转回身,王冰惊奇地瞪大眼:"你、你这是怎么……"小老鼠哽咽道:"流浪……六年了……没有谁把我……当人看……今天我做了错事……大哥没有打我……没把我送去坐牢……还给我钱……怕我饿着冻着……"王冰扶起他来,说道:"别哭了。你老家是哪儿?"小老鼠抽噎道:"我是热河人,1933年日本鬼子侵占热河,我们全家八口……被鬼子……炸死……我一个人随着逃难人群……逃进关内……漫无目的,来到威海卫,又到了桥头集……我离开热河十四岁,现在也二十岁了……"

王冰拍拍他的肩:"兄弟,日本鬼子是我们的仇人,我们的目标就是赶走日本侵略者,恢复我们的家园。从今往后,只要不给日本人做事,积极反日抗日,你就是好兄弟,在桥头一带,有什么难处,可以去墩前村找我,王冰,你的大哥。"小老鼠拱手说:"好的大哥,我跟日本鬼子有血海深仇!我一定听大哥的话。"王冰嗯了一声,又说:"对了,打了半天交道,还不知你叫什么名字。"小老鼠露一丝笑意,说:"我姓牛,名豪义,因为个子小,都叫我小耗子,习惯了也挺好,听老人说叫狗剩子小耗子这样的名好养长命,几位哥喊我小耗子就行。"杨子千看连城一眼,扑哧一笑:"看来真是有缘,咱们叫的绰号跟他自己说的是一回事。"王冰一拍他肩膀:"好,小耗子兄弟,告辞了。"三人转身离去。

汪疃那边,自打上回和杨子千相见,毕云心里时不时想起杨子千那些话——说共产党才是真正抗日——久久难以平静。后来郑维屏召开了汪疃会议,将抗日联军变为了抗八联军,将枪口转向共产党八路军,毕云更是义愤填膺。一日,郑维屏带着商立旦等人前往武术队,观看兵士练武,一时心血来潮,让商立旦跟武术队官兵比武,检验一下练武成效。毕云以为只是走过场而已,随便派两个水平一般的兵士出场,结果大败。商立旦得意扬扬,对郑维屏说:"司令,我现在有战胜对手的秘招。"郑维屏感到有趣,说道:"是吗?商队长有何妙招,不妨跟武术队兄弟们交流一下。"商立旦微微一笑,突然对身前站立成排的武术队员大叫:"打败对手的秘招就是把对手视为共产党,一定要消灭他们!"队员们听了都惊愣愣的。郑维屏则哈哈大笑,直呼:"好主意,好主意!毕教官,这个秘招

十四 小耗子

你们都要学，练武术首先要练精神，消灭共产党，就是我们武术队的训练精神！啊哈哈哈哈。"

毕云心中顿时蹿起怒火，他咬牙切齿，强装平静道："是吗？这秘招这么管用，我倒想跟商队长试试如何？"郑维屏一愣，说："啊，试试，试试，可以切磋切磋，啊哈哈。"商立旦心中隐隐感觉到毕云的意图，却又不得不出手迎战。结果交手三个回合，毕云瞅准机会，使出自己苦练的绝招"蛟龙出水"，一个旱地拔葱飞将起来，两拳合击商立旦左右太阳穴，吓得商立旦慌忙出手解招。岂知毕云此招乃一招二用，见对方两手向上前胸打开，右腿屈膝使出"铁犁耕地"招式，狠力撞向那厮胸口。商立旦一声惨叫，双手抱腹仰面倒下，口喷鲜血当即昏迷。郑维屏大惊，上前一步瞪着毕云："你、你……"毕云平静道："我只是用上了商队长教授的秘招，果然好用。"郑维屏无言以对，气得狠狠盯毕云一眼，指挥抢救商立旦。

最终商立旦没有毙命，养了一个多月方才下床，再也无颜去武术队。而毕云日子也不好过，被郑维屏以过失伤人之名关一个月禁闭，由副教练带队训练。一个月禁闭期满，毕云面向东方，默默念道："王兄杨兄，咱们并肩抗日的日子不远了！"

正如毕云所想，王冰和杨子千正奔波于抗日之路。身为威海特委之军事委员，王冰按照组织决定，积极筹备建立抗日武装，与日伪展开正面战斗。这日他和杨子千一起去邻近的草庙子，找林福商谈筹建抗日武装之事。林福是草庙子蒋家庄人，其家境贫困，以打短工为生，有一手剃头手艺，闲时也赶集剃头。1937年"七七事变"后，参加抗日救亡活动，加入了中国共产党，在这一带为党做事。

二人到了蒋家庄，打听村人，在村头山冈地找到锄地的林福。林福跟王冰早就相识，自是寒暄一番，看到杨子千时却有些惊愕，只觉得不可相信，眼睛一眨一眨盯着看。杨子千一笑："林大哥可好，那晚沟于家相遇，不想今日重逢。"林福惊喜万分，上前扳住杨子千双肩，叫道："救命恩人！"他双腿一弯就要跪下。杨子千和王冰赶忙伸手拽住。杨子千说："大哥不必如此，那样的事谁能帮上都会出手，何况你在凤林集还冒死救过我。"王冰也说："杨兄也是为党做事，咱们党的同志不兴下跪。"林福眼中闪着泪花，说："我倒觉得咱们的同志可以跪，日伪军汉奸走狗死也不跪！"王冰拍拍他的肩："好了，咱们说正事。"三人在地头田埂坐下，商谈起发展抗日武装之事。

一晃天近晌午，王冰说还要去里口区找副区长刘文华，他是西字城人，参加过天福山起义，党内老同志，想听听他的意见。林福想了想说，要去里口区，那就顺道去趟大夼村吧，曹芳春和她父亲曹云早，都是咱们的人，曹芳春的叔父曹云章就是早年的中共文登县委书记，胶东特委领导人之一，领导"一一四"暴动英勇牺牲，一家人都为党工作，应当听听他们的看法。王冰觉得有道理，同意去一趟大奋村。

林福邀请二人去家里坐坐，做顿饭吃。王冰说不去吧，你家里平日人少，一下去几个人，容易惹人注意，生出不必要麻烦。林福想想也是，就说："不嫌弃的话，我带了干粮，地那头有泉眼水，我去舀些来喝。"王冰一笑："那好。"林福从篓子里拿起水瓢，飞快去了地那头，转眼端一瓢清洌的泉眼水回来，说道："这水是山上渗下来的，好喝。"王冰接过瓢喝一口："嗯，真是，甜丝丝凉爽爽，好水。"杨子千喝过了也叫好。林福从篓子里取出布包，放在地堰上，打开了，是黑黝黝的地瓜面粗粮饼，还有腌萝卜菜，说道："不好意思，不知道你们会来，这是我干活的干粮。"杨子千撕下一块饼，咬一口："好吃啊，比在东北吃那橡子面好。"王冰摘下身后包袱，打开，是黄澄澄的玉米饼子，笑着说："我俩也带的有干粮，凑一起吃正好。"林福嘿嘿一笑："还是你们的干粮好。"三人说笑着吃喝起来。

吃完干粮，林福把锄头和篓子放进一人高的玉米地，领着二人上路西行。行将一个钟头，到了大奋村，找到曹氏父女，二人热情迎接，曹芳犹对杨子千感激万分，说那晚她和林福在沟于家村等了许久才离开。商谈小半日，王冰、杨子千告辞前往里口区，林福返回蒋家庄。

王、杨二人到了里口区，找到刘文华，天色已晚，二人留宿于此，几乎彻夜长谈。刘文华乃家中独子，出身贫寒，父亲给地主看山，其受同村抗日志士刘锡荣影响，1935年入党，从事中共地下工作，并参加天福山起义，后被派遣到里口区，领导反日抗日。墩前村距西字城几里路，王冰与刘文华相识多年，不在话下。

第二天刘文华要去毕家疃村征集公粮，王冰和杨子千顺路同行。杨子千在村头等候，观察风声。伪村长毕某，乃日伪铁杆爪牙，竟对二人生出歹意。他满面和善，借故将二人骗至村头果园小屋，几个大汉门后蹿出，将二人打晕，捆绑起来吊打审问，无果，歹人竟将二人拖架至村北海边活埋。杨子千村头待了许久，不见二人形影，心下不安，到村中寻觅。寻了半天亦无消息，正着急时，见两个村妇街口嘀嘀咕咕，其形迹可疑。杨子千小心靠近，闻一村妇说："两个人都五花大绑，蒙了头，说是土匪，拖到海边活埋。"抬手指指北边，压低声音，"那松林以前就埋过……真吓人……"另一村妇说："哎呀，现在这世道，人心隔肚皮，谁知道是土匪还是好人……"看到有生人走近，赶紧住口。杨子千上前搭讪："二位大婶，请问一声有没有……"没待他说完话，二村妇掩口散去。杨子千感觉有事，忙大步出村往北寻去。

出了村北便老远儿望见海边松林，朝那边行不多久，忽见五六个人从林中走出，赶忙躲身荆棘丛后。那些人摇摇晃晃走来，有两三个扛了铁锨，前头的一个四十来岁胖子，叼着卷烟，迈着外八字，边走边说："想跟老子玩，还嫩着，这年头有奶就是娘，日本人说了算。"紧跟身后的中等个头青年说："毕村长英明！

那些跟着共产党瞎哄哄的，早晚得后悔。"中间的一个接腔说："这大松林子，有多少都能埋……"杨子千听得头皮发麻，心如火焚，攥着两拳几欲冲出。突然肩膀被人轻拍，惊得他一个激灵，回头看是个二十岁左右的清瘦男子，穿一身米色西装，头戴礼帽，手里拿着一把铁锹。杨子千握拳对着他正要说话，男子以手示意不要出声。等那班人走远，男子小声说："是不是救人？快快跟我走。"说罢提着铁锹猫腰向松林跑去。杨子千顾不得多想，紧紧跟随而行。

很快跑进松林，男子三拐两拐，来到一座土丘旁，一看便是新埋沙土，四周脚印杂沓。男子挥锹铲挖土丘，杨子千冲上去两手扒土，看一眼男子身手乏力，一把抢过铁锹拼命铲挖。松林沙滩，土质松软，不多会儿工夫便露出被埋者衣服。两人一齐下手扒土，相继扒出两人，搬至平地，动手松绑，去头套。杨子千救的这人正是王冰，满脸的血污，浑身瘫软，口鼻处有微弱气息，他着急地摇晃着王冰，呼喊他的名字，不多会儿工夫王冰缓缓睁开眼，盯着杨子千看。杨子千微微一笑说："活过来了，太好了！"忙又问那男子，"怎么样？活过来没？"男子正忙活着给刘文华压胸，试脉搏，没有回应。杨子千看一眼王冰，已然无事，轻轻放于地上，过来帮男子救人。男子吩咐杨子千给刘文华压胸，他则嘴对嘴吹气，样子颇为内行。

二人忙活半天，最终没能救活刘文华。男子对着渐渐僵硬的刘文华，低下头双手合十，说道："愿你到西方极乐世界，那里没有残害，只有光明。"杨子千不敢相信，盯着男子问："你、你肯定他……死了？"男子点点头："我学过西医，他已经去世。"那边王冰听到这话，吃力地动着身子，朝这边伸手。男子放下死者，过来扶起王冰，看看他的口鼻眼睛，摸摸他的胸口脉搏，说道："很幸运，他没事了。"杨子千看看王冰，看看去世的刘文华，搓着手犯愁道："这……这可咋办？"男子说："逝者已去，甚为遗憾。我们赶紧把生者带走，他身体虚弱，需要治疗休养。"看一眼杨子千又说，"我有小汽车，停在那边，我们走吧。"杨子千指着刘文华遗体："他、他也得带走啊。"男子摇摇头："不好意思，我的车只能拉生者，不能拉死者。"看看杨子千难过的样子，又说，"请相信我，先把死者浅埋于此，不能暴尸荒野。你告诉我他是哪里人，明天我雇辆马车，将尸首运达。"杨子千亦无他策，只得照做。

两人浅埋了逝者，背起王冰赶到停车处，乘车赶往威海卫。路上男子说，他叫戚家国，威海城里人，在烟台经商，今天回来路过毕家疃村，听到村头果园里有人叫骂，停车细听，觉得事有蹊跷，正不知如何是好，便见这伙人架着两人向松林走去。他跟在后头偷看，看到那伙人在树林里挖坑要活埋两人，赶忙跑回村里，花钱买了把铁锹赶回救人。杨子千听罢心里暗暗说道：这人应当就是连城说的那个戚家国，看来这富公子还真跟他老子不一样！杨子千问戚家国怎么学的西医却又做起买卖。戚家国说他父亲与英国驻威海卫行政长官庄士顿有交情，送他去学了几年西医，后来家中生意需要打理，他便经商做买卖。

汽车一会儿就开进威海城，戚家国找了个他熟识的小医院，安顿王冰住下，并说医费由他结算即可。王冰原本伤情不重，经过医治疗养，第二日便大体恢复，他让杨子千去城南门外一老友处借了钱，结了住院费用，雇了两辆马车，一辆送他回墩前村，杨子千乘坐另一辆车回毕家疃村北松林，处理刘文华后事。

却说戚家国处理完账目，赶到医院看望王冰，得知王冰已出院归家。友人将王冰留下的字条给他，上面写道：本次险难，幸得戚公子救助，万谢！身已无碍，家中事繁，不辞而别，望谅！另毕家疃事已毕，勿须烦劳。来日缘见，必当礼谢！戚家国看了几遍，收起字条而去。

他回到家中，心下不爽，看到父亲戚仁亭正在试衣，顿生厌恶，说道："又要去会见小鬼子？"戚仁亭本来照着镜子美滋滋看自己装扮，听了这话，拉下脸来，说道："说什么话？你是读过洋书的人，这么不懂斯文，什么小鬼子，那是日本人。"

戚家国一屁股坐在沙发上，点起一支烟，说道："叫日本人也不斯文，应该叫太君。"戚仁亭听出儿子挖苦他，生气地说："你小子少给我酸言辣语，叫太君怎么了？人家也称我戚君，戚会长。"戚家国一笑："说中了吧，是要去会见你的太君？"戚仁亭一瞪眼："我呀，还真不是会见太君。跟你说吧，荣爷要成立先天道大刀会，对付共产党，讨好日本人，邀我前去商讨。"戚家国一下直起腰身："邵笠荣，你又跟他混在一起？"

戚仁亭瞅他一眼："大惊小怪，跟荣爷在一起怎么啦？现在世道，强者为王，我的商会，他的大刀会，都得仰仗日本人，有了日本人庇护才能乱世发大财。咱的商会，说到底也是关乎咱家买卖的大事，岂能得罪日本人自断财路？"戚家国呼地站起身，大声说："不义之财，宁可不赚！"戚仁亭气得指着他说："你是吃饱撑的，站着说话不腰疼！还提什么不义之财，现在这乱世，什么是义？什么是不义？不赚钱，喝你娘的西北风！"

戚家国理直气壮回道："保家卫国，心系社稷百姓安危就是义！给日本人当走狗，以抗日大众为敌就是不义！"戚仁亭手指抖动，呵斥道："滚一边去！老子拿钱供养你读书，你就学这些乱七八糟的对付你老子！"戚家国转身回他屋去。

十五

孤胆黑石山

王冰回到家中,找刘青山把诊,开了愈合固本药方,在家中休歇养治。一晃到了年关,杨子千回家探母。此时王冰身体已痊愈如常,里外应承筹备过年。一家人为王冰死里逃生甚感欣喜,备一份厚礼遣人送给戚家国,孰知戚家国回礼更为丰厚。王冰对其更怀感念。

正月初三,年味犹重。晚上包了白菜肉丁水饺,王冰直呼好吃。刚放下碗筷,刘青山叫他去开紧急会议。到时,屋里已挤满人,原来是东海地委民运部长于洲等二人,前来布置要事。见人到齐,于洲宣布开会,说道:"同志们,青岛的敌军已经在海阳县行村一带集结,即将由西向东、对东海区展开一场大规模的扫荡。地委估计,顽固派军队必将望风溃散,不战而逃,我们党应当立即行动起来,紧急动员全体党员和抗日群众,开展捡枪运动,把顽军丢弃的枪支弹药收集起来,把流窜为匪、为害百姓的散兵游勇的武器收缴下来,用以武装人民,拉起自己的队伍,担负起挽救民族危亡之历史责任,独立开展东海地区的游击战争。"

有人开始议论捡枪之事。于洲此前来过墩前,认识王冰,便问:"王冰同志,听说你结了个国民党军官亲家,是理琪同志的同学和朋友?"王冰忙说:"报告部长,你说的人叫张文彬,河南人,他自称是理琪的同学和朋友,早年参加过共产党,到底是否真实,眼下难以定论。不过他表现尚可,担任中队长时,驻防我村,为了争取他,经特区委同意,我跟他结为干亲家,对我党的活动多有掩护。王部刚刚溃散,墩前中队剩下他一个光杆司令,现一直住在我家。"于洲一笑说:"看来地委的判断很准确,王兴仁部已溃散。王冰同志,张文彬这件事,我们早已得到特区委报告,知道内情,你为党做了有益之事。我想说的是,王部溃散,一些枪支弹药的存放,这位中队长该当知晓,你可利用自身优势,在捡枪运动中作出突出成绩,为下一步拉起我们自己的队伍奠定基础。"王冰回道:"好的部长,我回去马上做张文彬的工作,让他为我党出力奉献。"

于洲简短部署完毕,又冒风雪,急奔荣成县委而去。特区委一夜会议,天亮即分赴各村传达。上午十时许,日寇飞机就在头顶上空盘旋侦察,大家感叹地委情报之准确，措施之及时有力，更有信心组建一支人民抗日武装。

不出所料，东海区各顽军，尤其文荣威三县之郑维屏、丛镜月、王兴仁、胡寿恒等部，在日寇扫荡尚未到来时就惊恐万状，望风而逃。弃枪逃跑者有之，找百姓藏匿枪支换上便衣逃跑者有之，化为散兵游勇为害百姓者有之，乃至整排整连集体插枪统一解散。更有甚者，郑部官兵大量投降日寇，摇身一变成为伪军，就连郑维屏最贴近的卫队营少校营长王木芳，也率卫队残部百余人投降日军，任保甲自卫团团长，伪军第二大队大队长。一时间，母猪河以东大片地区，成为国民党军队瓦解之区域。由于东海地委布置及时，这一带出现了捡枪起枪高潮，有在山沟或草垛捡到枪支，有为顽匪调换衣服时取得枪支，有用武力收缴为害百姓之散兵游勇的枪支。

近时，王冰白天外出，组织群众起枪捡枪，晚上回来就陪张文彬喝酒。自从王兴仁部溃散后，张文彬孤身一人，一直住在这里，醉酒度日。这天王冰从桥头集买了二斤刚出锅的猪头肉，一只烤好的烧鸡，提溜着回家，准备晚上喝酒。走到村头，过一堆草垛时，眼睛余光看到奇怪之事，禁不住停下脚，在两垛草的缝隙间，发现蹲着个小孩身形，两手抱膝，头耷拉在膝盖上睡觉，走近了细看，却是小耗子。王冰靠近用脚碰碰他，小耗子一激灵醒来，抬头一看是王冰，嘿嘿一笑站起身，不好意思道："等时候长了，迷糊过去了。"王冰不解地问："你跑这里迷糊啥？"小耗子挠挠头："找你呗。"王冰嘴角闪过一丝笑，看他一眼说："没吃的啦？这就对了，实在饿肚子就来找我，别到处动手动脚。"小耗子忙说："不是，不是这样，我给你送件东西，你一准欢喜。"王冰一愣："送东西？你能给我送啥东西，我还得一准欢喜？"小耗子指指身边草垛："你摸摸，在这里。"

王冰顿了顿，看看小耗子挂满笑意的脸，瞅瞅草垛上一个拳头大的洞，慢慢把手伸进去，摸到一块破布包了什么东西，手指捏了捏，心下一惊，瞪眼看着小耗子，低声说："枪？"小耗子得意地笑着，一个劲点头。王冰四下看一眼，回头问："哪弄的？"

小耗子说："昨天傍晚，我在桥头村南河边溜达，想碰碰运气捡条冻鱼烧吃，天放黑了，看到一个身影，鬼鬼祟祟的，不像干好事，嘿嘿我以前也常这样……"王冰一瞪眼："别说外篇。"小耗子又说："我觉着不对劲，趴在干苇丛里盯着，那人四外看看，觉得没人，就把个长东西插进河边草垛，用手掩了掩洞口，慌慌张张走了。我趴一会儿，看看没人，偷偷溜过去，伸手一摸，硬邦邦的家伙，拖出来一看是杆大枪，先是吓一跳，后来想想最近听人家议论，国民党兵溃散，藏枪，共产党号召起枪什么的，心想我王大哥会喜欢，一不做二不休，趁着天黑扛到这里藏好，今天头晌就过来等你，谁知等了这么长时间。"

王冰听着心里美得要命，脸上强装平静，问："你怎么觉得你王大哥会喜欢？"小耗子挠挠头："我、我能感觉出来，你是好人，是、是这个。"伸手比画个八字。王冰一瞪眼："可不准胡说啊，我就是个种地的。"小耗子还在说："我听人们都讲八路军好，日伪军国民党坏，坏的我真遇到过，好的没遇上，我觉得王大哥就是……"王冰打断他："好啦别说了。"伸手从衣兜里摸出两块银元递给他。小耗子后退两步，两手飞快摆动："不不不我不是这意思，你给我的钱我仔细着花，就买口吃的，还剩不少。"王冰郑重道："拿着，这不是救济你，是你为……为大哥立了功，奖励你。"

小耗子哎哎哎应着，伸手接了钱，捧在手里吹吹气，笑吟吟地装进兜里。王冰叮嘱道："可得经管好，别胡花乱花，积攒着过日子。"小耗子一笑："放心吧王哥，我藏钱那地方，没谁能想到。好了，我走啦。"转身就走。王冰叫住他："你等等。"小耗子回过身来，王冰说，"往后再找我，别在这傻等，你看前边有个高烟囱的大院，就是我家。"小耗子一笑："王大哥是个富人家。"王冰道："哪算什么富人家，有房子住，有几亩地，吃喝不愁，仅此而已。你找我就直接过去。"

小耗子看看身上衣衫，说："我这个埋汰样，丢你人，不到十万火急不会过去，哎，我有个法子。"说着两手握起，鼓嘴一吹，响起哇呜哇呜鸟叫声，放下手看看王冰，"这就是我来了。"王冰咧嘴一笑："好，那就这样。"从布袋里拿出烧鸡塞到小耗子手上，"拿着，奖励。"小耗子闻着香喷喷的烧鸡："又奖励啊？"王冰点头："是，拿回去热热吃。"小耗子笑着点头："哎哎，我还真爱吃烧鸡。"转身就走。刚走两步，王冰又叫他："等等，回来。"小耗子一愣，转回身递上烧鸡："咱俩一人一半？"王冰瞅他一眼，又从提兜里掏出二斤猪头肉，掐下猪拱，撕块油纸包了，放到烧鸡上："再给你一块猪头肉。"小耗子着急道："别都给我，你家人多。"王冰咕哝一声："他们又给不了枪，少吃点儿。"转身走去。

王冰最后这话，小耗子不明白，是话里有话。原来自打地委民运部长于洲来墩前村开会，动员起枪工作，大家都把希望放在张文彬身上，王冰也觉得他手里有枪，天天好吃好喝待他，只希望抠出点东西。谁知张文彬哼哼哈哈并不积极，说哪有枪啊，不信你试试看能找到枪，你要找到一条，我出去找三条，找不到不回来吃饭。王冰这几天铆着劲出去找枪，真没找到，回家张文彬笑话他，他无奈只好天天酒肉供给，希望打动亲家，或是酒后得真言。这突然小耗子送来一条枪，王冰欣喜不已，腰杆直起来，可以激将张文彬找回三条枪，如何不喜。

晚上王冰陪张文彬就着猪头肉喝酒。张文彬爱喝酒，但酒量不大，喝过三杯，已有醉意，嘟嘟囔囔"这猪拱咋没了"。王冰没接他话，又提起枪的事，张文彬仍是哼哼哈哈，说你也没找到枪啊，你找到了我就找。王冰说声那好，放下酒杯出门去，一会儿工夫把枪提回，放到张文彬身边。张文彬打开布包看时，两眼大睁，醉意全无，反复端枪查看，叹口气说："这是三排的枪，那晚上过来救你的，就有这条枪。"王冰吃惊道："你能看出是你手下的枪？"张文彬低声说："作为军人，武器就像自己的孩子，我手下的枪，我认得。"说完端起一杯酒一饮而尽，连连摇头叹息。

又过几天，王冰闲来无事，在院中劈柴，忽闻哇呜哇呜的叫声，一个愣怔，跑出去一看，果然是小耗子，在那草垛前朝他招手。王冰快步过去，快到跟前，小耗子突然说："停，停停。"王冰不知所以，怔然止步。小耗子看看四下无人，指指草垛："老地方，走了。"王冰赶忙叫他："你等等，等一下。"小耗子一路小跑，回头说："我知道你要给我钱，我都攒着呢，不用。"径直而去。

晚上王冰又取回枪，张文彬一看，低声说："一排的。"再也无话，低头喝酒。王冰看他有些心动，也没多说，心想小耗子可立了大功，再要搞到一支，这亲家可就彻底投降了。

谁想只隔了一天，王冰正在茅房里，又听到哇呜哇呜声，提着裤子跑出来，跟上次一样，小耗子仍在草垛旁等他。他奔过去，见小耗子指指草垛转身要走，发声喊："你停下，不能走！我有事。"小耗子跑两步看王冰真有事的样子，停下来问："啥事？那玩意不够好？"王冰说："好，是好货。"小耗子不解道："那有啥事？反正别给我钱。"王冰说："好，不给你钱。"凑近跟前，低声问，"告诉我，你怎么找到这么多枪？"

小耗子嘿嘿一笑："你别看我个子小，脑瓜可机灵。找这东西，一要勤快，什么麦秸草垛，犄角旮旯，都得找遍，越偏僻越有戏；二要聪明，你看……"说着从身上掏出个核桃大的黑疙瘩，递到王冰跟前。王冰说："这啥呀？"小耗子掏出个小刀，凑近黑疙瘩，吧嗒一下粘到一起，得意地说："这叫磁铁，也叫吸铁石，这是块小的，平日带了玩，住处还有块大的，我平日将它绑个细绳地上拖了，吸些铁块铁片铁钉子卖，好使得很。这回我用它吸枪，拿它顺草垛走就行，遇着枪它就吸着不想动，这两条枪都是这般找到的。"

王冰听得瞪大了眼，一把抱住小耗子："你不是小耗子，是耗子精！"小耗子挣脱开："什么耗子精，耗子精都老得没毛，我有那么老？"王冰哈哈笑，又问他："这磁铁，吸铁石，哪能弄到？"小耗子说："这不大知道，我这个是捡的，听说电话、电台、喇叭里都有。"王冰一拍他肩膀："好嘞，再记一功！"两人告别，各行其是。

晚上王冰叫厨房多做了几个菜，二人把盏对饮。天黑透了，王冰把枪取回来，张文彬看了，一言未发，摇头叹息。两人喝着酒，王冰缓缓说道："这几条枪，不是我起的，是一个流浪汉，小乞丐，送给我的。"把小耗子的事讲给他听。张文彬闷着头喝酒，突然大声说："我他妈连个小乞丐都不如！"捧起酒坛，咕咚咕咚喝起来。王冰赶忙夺下酒坛。张文彬一歪身躺倒在炕上，眼角泪淌不止，自言自语道："枪乃……军人之命……军人……之命……我堂堂……国军军官……守不住自己的……命……命啊……"颠三倒四说着，直至睡着。

第二日吃过早饭，张文彬叫王冰拿一把铁锨，跟他出门。二人往村南行约二里，来到一片树林。树林里零零散散立着几座老坟，覆着一层薄雪。二人在一座

十五　孤胆黑石山

宽大的老坟前停步。张文彬说:"那次文登丛镜月叫我回来找那什么绿猫眼,说是价值连城,找到了我们俩平分,世世代代荣华富贵。我不信他的屁话,可为了圆面子,给他个交代,我真在墩前村周边四下里转悠,有多少老坟了如指掌。这次日军大扫荡,郑维屏下令不予抗击,部队遣散各自保命,王兴仁命令尽多保存枪支,我便想到此处老坟。"张文彬顿一顿,指着坟头说,"从这挖吧。"王冰心下怦怦跳,挥锹开挖。不到一支烟工夫,挖开一个洞口,小心探头进去,看到一层军用帆布,掀开帆布,王冰大惊,一杆杆长枪排列齐整,闪着幽光,不知其数。

王冰回身起来,看着张文彬道:"让我观观眼?"张文彬郑重道:"不是观眼,都给你,给共产党。"王冰沉默良久,双手搭在张文彬肩头,看着他说:"好,亲家,这份重礼,我替我们党收下。我知道,你一直住在我家,不离开墩前,就是想守住国军的希望,守住你墩前中队的家底,今天你下决心把家底交给我,交给共产党,我,还有我们的党,感谢你!"

张文彬叹口气,抬起头,对王冰说:"咱俩是亲家,但亲家和公务不可同语。我从未想到,有一天我会把国军的枪支交给别的军队,但我交了,交给共产党。昨晚我酒醉醒来,一夜未眠,翻来覆去,就是想这一百条枪。张文彬中队最好的枪,都在这儿,我想这些枪应当打日本鬼子,可是堂堂国军,竟然未战先逃,放弃抗日,这些枪留它何用?一个小小乞丐都知捐枪支持共产党,这是因为他看到共产党才是抗日之希望。我张文彬,一个国军军官,难道不如一个乞丐明辨是非?"

王冰拍拍他,笑说:"你昨晚醉言,枪是你的命,没了枪就是没了命。其实让我看,你的枪,还有你这人,没的是旧命,来的是新命。我会把你的功劳向威海特委、东海地委汇报,你会有新命好命!"张文彬点头笑笑,两人商量如何安置这批枪支弹药。王冰又说起磁铁之事,张文彬说回头找找营房的破旧电话、喇叭,拆卸一用。

却说杨子千老家归来,得知小耗子起枪、张文彬捐枪之事,心下既高兴,又不爽,恨自己空有一身本事,未立一枪一弹之功。这日他独身来到桥头,找到小耗子,想跟他一起寻枪起枪。小耗子笑道:"杨大哥晚矣,老百姓为了找枪,桥头四下老鼠窝都翻几遍,哪里还有。除了西山土匪有几支枪,再就梁筠懿那有枪。"说者无意、听者有心,杨子千握了握拳头,告辞而去。原来昨天晚上,王冰跟杨子千讲了当前抗战形势,尤其是这次日寇扫荡,郑维屏部闻风逃散,有些散兵游勇占山为王,成了土匪,骚扰百姓。杨子千当时没想到枪的事,今日经小耗子一提,豁然开朗,找土匪搞枪。

杨子千往西山找土匪,暗自盘算,小耗子说土匪不过三两人,即便三五人,也没甚可怕。凭智慧,有武力,搞他一两条枪,没啥难处。走了一会儿,过孟家庄,迎面两个包着头巾妇女走来,杨子千想了解一下土匪情况,上前问道:"打扰两位大姐，请问这附近匪况如何？"俩妇女愣愣地打量他。他一笑又问："就是说这附近哪有土匪？"一妇女拿眼瞪着他："咋的，你这意思，想投土匪？"杨子千忙说："不不我是说……"另一妇女扯扯同伴小声说："快走吧，你看他胡子拉碴的……"两人一扭一扭快步走去。杨子千愣怔地看着二人背影，一拍头笑笑。

再走一会儿，至黑石村，一黑脸老汉村头提粪篓拾粪，杨子千又问："大爷，打听个事，这附近哪有土匪？"他见老汉愣看着他，恐生误会，忙又说，"是这样，我亲戚的毛驴叫土匪抢走，我前去讨要。"老汉顿时瞪大眼嚷嚷："土匪抢了驴，你去讨要？恐怕驴回不来，你也回不来。"伸手望西一指，"看见没？那座黑乎乎的大山叫黑石山，那里边就有土匪，不知有驴没。"杨子千道声谢，朝黑石山而去。

行不久，进黑石山。山不高却延绵无穷尽，林木疏但黑松有风姿。满山的松树掺杂着刺槐、山柞，遮不住褐色的石头堆起山的骨架。一路穿行林间，真实感受到黑石山名之贴切。行一刻钟，已入深山，除雀鸟偶鸣，再就是风吹松针，别无他音。杨子千心想，越怕遇土匪，偏偏撞土匪，若想找土匪，可就费了劲，这么大的山，怎样能尽快找到土匪呢？忽然想起那次在天福山所遇樵夫，一首民谣唱得好，自己远远就听到，何不学学他，吼两嗓子，或许不费劲引来土匪？于是仰起脖子唱起来："天短咪——夜长咪——粑——粑——大咪——稀地瓜——烂面条——撑饱肚咪——老婆咪——孩子咪——热炕头咪——平平咪——安安咪——好呀么日子咪——"

他刚唱到第三遍"天短咪——夜长咪——粑——粑——大咪——稀地瓜——烂面条——撑饱肚咪——"树林里突然出来四五个持枪的汉子，呼啦一下围住杨子千，动作齐整迅捷，举枪对着他。为首一个二十来岁八字胡男子，对杨子千说："唱啥咧唱啥咧，大粑粑稀地瓜烂面条，越唱肚子越饿！你是哪里人？来此山作甚？"杨子千一打量，心想小耗子所说的土匪，无疑就是这伙人，不过人数多些而已。他便装作有些胆怯地说："我、我来找……找土匪。"八字胡一听，瞪起眼："你瞎说个啥？这座山里除了我们兄弟，哪还有什么土匪，莫不是把我们当土匪不成？"杨子千忙说道："别生气啊各位，你们要不是土匪放我走吧，我有要紧事请土匪帮忙。"八字胡道："新鲜，土匪唯恐躲之不及，还有满山找土匪帮忙？说吧，帮什么忙？帮完忙有没有吃的，大粑粑稀地瓜烂面条都行？"杨子千说："比这个好，油饼。"这几人一听都不由自主发声："油饼？"八字胡放下枪走过来，盯着杨子千道："你是胡说八道啊还是咋的？吃油饼，做梦吧！"

杨子千摇着头："没、没瞎说，我真是请土匪吃油饼。"转头看看这几双恶狼般的眼珠子，又说，"跟你们说了吧，管你们是不是土匪，能帮我忙就能吃油饼。我在桥头老井羊汤馆干伙计，负责烧火、宰羊、烀羊，干了三年，最近想回家娶媳妇成亲，可是井掌柜说钱都叫梁筠懿征什么税了，只给我一半钱，另一半用油饼顶账，而且给的钱还是日本人的金票。那玩意儿糊弄人，老百姓不认，给媳妇家送日子，丈母娘不收，非得要现大洋不可，不然不给媳妇，愁煞我也。"原来日寇侵占威海卫后开设了什么"中国联合准备银行"，推行他们的"金票"，强制区内所有银元兑换"金票"，封了中国银行、交通银行库房，清点库存银元全都兑成"金票"，以伪纸币攫取中国大量银元运回日本。而本土百姓只认银元铜钱，把伪币"金票"视作废纸，不愿收用。杨子千摸着头叹息一番，又说："我是烟台人，在这里三年，成天在后厨劈柴、烧火、烀羊，也没交个朋友，这回无奈之下便想找土匪帮忙，只要能让井掌柜别给金票给银元，那些顶账的油饼就给……"

八字胡摆摆手："得得得，别说下面那字，我捋一捋，我们帮你让老板不给金票给银元，这也在理，然后那一半顶账油饼给我们……"一个饿得弓弓腰的汉子插嘴说："这回咱们甲组下山征饭可要立大功，这家伙油饼管呛，还可兑些羊汤喝。"另一瘪瘪肚男子道："也、也有难处，三年的工钱兑换一半油饼，恐怕好几千张，井掌柜得烙多少日子。"八字胡咽口唾沫，眼望天嘀咕："咱每人每天分八张，一八得八六八四十八，每天得烙一百二十八张，十天烙一千二百八……这三年顶账油饼起码要烙一个月……"

杨子千听着心下一怔，好家伙他们十六个人，这可咋整？单枪匹马入虎穴狼群，只得见机行事为上。身边一个看模样十六七岁的娃娃脸说："这事太、太大，请李哥三思，要不咱回去大伙儿商议商议，这油饼从哪吃起。"八字胡一想："也是，商量商量，返回！"一圈人动身回返。杨子千故意问道："我……我在这等啊？你们快点儿商议，等久了我找别人。"走在前头的八字胡回头说："你想啥？等我们商议好，你没了踪影，这油饼可泡了汤。一起走！"几人端枪押着杨子千，往山上去。

再行一刻钟，接近山顶。见一洼地，十亩许，周边山崖树木丛生。洼地间有小潭，离潭数丈搭了三顶帐篷，一干人或在篷里或于篷外，各自行动。八字胡他们刚近洼地，旁边崖顶的瞭哨打一声呼哨，洼里人一下紧张起来，纷纷转目，看一行来者。有一长相帅气男子潭边汲水，直起腰问："李子咋回来啦？"八字胡道："三哥，有大事，回来跟几位哥商量。"三哥把半木桶水提回帐篷边，八字胡几人到跟前，将事情说了。三哥眼睛一亮，看一眼杨子千，说道："真是大事，好事！"回头朝帐篷喊，"二哥，二哥，出来一下，有要事相商！"

随着一阵哈欠声，帐篷里拱出个矮胖男子，三十开外年纪，冬瓜脑袋，浓眉大眼，一蓬络腮胡尤为引人，朝众人问："老三，李子，咋回事？"二哥示意八字胡："李子说说。"八字胡咳嗽一声："哦，是这样二哥。"就前前后后说了，指着杨子千，"事主在这，满山找土匪，我觉得这事对咱忒重要，便拦下了。"

二哥正要说话，忽听上方有人说："你们饿得光想油饼，怎不顾送油饼这人？

还不绑起来再说。"大伙儿扭头斜上方望去，崖壁上有个洞，洞口有块半人高横卧的黑石，有天然石级通洼底，洞口黑石后有个四旬上下偏瘦男子，朝下发话。二哥忙对上头说："我当是大哥歇息，没敢打扰。"转头对八字胡道，"还不快绑了！"八字胡应一声，几人把杨子千绑起。顶上大哥说："这人所说，也算合理，可他提前编好瞎话糊弄人，又有何不能？"

杨子千心下一沉，看来这帮土匪还真不一般，尤其这大哥，想得透看得远，真不可小觑，便朝大哥说道："大当家说得对，一个生人不可不防，可我独身前来找寻土匪，你们的人把我带到这来，我能害你们不成？不相信我，放我走便是。"大哥哈哈一笑："你想来就来想走就走，你是谁呀？孟家庄的梁筠懿打我们主意，想拉下山入伙，我呸！宁当土匪，也不当日本走狗！你小子说不定是梁筠懿的奸细，知道我等没吃的，编一个油饼瞎话，打探我等底细，想一举攻山，哈哈，想得不错！"杨子千装作委屈道："你太冤枉我了！要不你派两个弟兄，拿枪押着我去赵老井羊馆，三头对质，若编了瞎话，一枪崩了我。"

大哥又哈哈一笑："这主意挺好，可勿须你去，是死是活，一会儿便知。"朝八字胡道，"小李子，今日你甲组当班下山，惹了这事，就由你组解决。你带几人扮作路客，去老井羊馆喝羊汤，要小份的，暗下打听打听，有没有个外地烧火烀羊的，是真是假，立等便知！"八字胡应道："是！大哥放心，我这就去老井羊馆一探究竟。"叫上两个身膀壮实的，带两支短枪，下山而去。

杨子千一见这态势，心想麻烦了，这大哥太精，不好对付。眼下之事，需尽快解开捆绑，逃出匪窝，能夺枪则夺，夺不了亦是无奈。他稍一思忖，突然踉跄后退几步，一屁股坐在崖壁根下，号啕大哭："娘啊，我咋这么倒霉……劈柴烧火……遭了三年罪……要不到银钱……娶不到媳妇……还送上门被人绑了……我这是咋的啦娘啊……"

娃娃脸和弯弯腰、瘪瘪肚三人拿枪对着他，不知所措。娃娃脸说道："别号啦！待会儿他们回来，你要没说谎，自会放你，帮你要银钱。"杨子千放低哭声，两手在身后解捆绑。杨子千十三四岁随家人闯关东，缫丝厂打过工，码头背过货，牡丹江边当过纤夫，拉纤时摸透结索和解索之门道，一般的绳索扣结在他手中轻易破解。眼下他边摇头晃脑假哭，边身后十指灵动，不一会儿便解开双手捆绑，小臂上弯，又解了胳膊绑扣，只待时机到来，立马抽出手臂，搏击逃脱。

这时上边大哥说道："老二老三，看好这小子，等李子回来定夺。我这腰痛病犯了，久站不得，进去躺会儿。"二哥应道："大哥放心歇着便是。"大哥便回洞里。不到一支烟工夫，大哥突又出洞，站在卧石前对下边说："都听好啦，两列站队！"下边的人愣了愣，不知何故，赶紧站队，二哥三哥分列队首。娃娃脸、弯弯腰和瘪瘪肚扭头来看，大哥又说，"你三个也过来，那小子我瞅着。"三人答应一声，过来站队。大哥咳嗽两声，说道："为防梁筠懿来袭，我等应加强训练，强健体魄……"

二哥说道："大哥腰有伤痛，训练之事交由我和老三便可，你回里面歇着吧。"大哥一阵无话，突然又说："不可，训练事大，听我指挥。"十几人挺胸站齐。大哥接着说道，"各位将枪械排放身后，两队齐整趴下，练俯卧撑，以强臂力。"众人依令而做。

弯弯腰和瘪瘪肚排在一起，做一个俯卧撑，开始龇牙瞪眼。瘪瘪肚对弯弯腰小声说："肚里一点食没有，哪有力气做支撑，站着喊号不腰痛。"上边大哥喊："十五、十六、十七……"弯弯腰对瘪瘪肚说："我这腰啊，快断啦……"旁边的娃娃脸体力尚可，对二人说："你俩不要窃窃私语。"瘪瘪肚嗤鼻一笑："你小孩子管起闲事。"上边喊道："二八、二九、三十……"瘪瘪肚和弯弯腰最早趴卧地上，撑不起身。"四一、四二、四三、四四……"多半人趴在了地上。二哥趴在地上喘着气说："大、大哥……几天没、没吃饱……本就……没力气……这么练法……梁筠懿真来了……爬都……爬不起……"大哥说："我有啥法……啊不、不练有啥法？没法子呀！"三哥听着说话不对，抬头问大哥："大哥你、你咋啦？我上去看、看看你……"说着硬撑起身。

突然大哥身旁站起一大汉，一手一把匣子枪，对着下边大喝一声："都趴下！谁动毙了谁！"说罢砰的一枪，打得潭中水花飞起，有几个想起来的惊得扑通趴到地上。不远处蹲着的杨子千一看是梁大胆，大喜过望，嗖地起身，甩掉绳索，过去抄起一条长枪，拉动枪栓对着地上人大喊："想活命的双手抱头！不想活的一枪毙命！"趴地者不知就里，不敢乱动。

原来梁大胆伤愈从毕云处归来，立马参加了荣成县四区区中队，不久转入威海县大队武工队，抗日锄奸，大展身手。这天来墩前打探杨子千消息，得知刚刚去了桥头集，便赶到桥头，转来转去没遇到杨子千，却遇见小耗子。小耗子一早便知晓梁大胆和王冰都是抗日人士，便把杨子千刚刚离他而去之事说了。梁大胆深知杨子千脾性，便朝着黑石山追来。在黑石村遇到那拾粪老汉，稍一问便得知实情，急忙往山里追。杨子千吼歌时把他引了过去，尾随那几个汉子，到了洼地。他躲在隐蔽处看清情形，悄悄摸上崖顶，捆绑了瞭哨塞了嘴，穿其外衣戴其棉帽，趁大哥对下边人说话，从身边进了山洞，所有人都以为是瞭哨，并未在意。大哥回洞时，梁大胆将其制服，两手背后捆绑，披上外衣出来号令集合训练，梁大胆蹲在其身边，子弹上膛抵在大哥后背，低声命令他按吩咐做，方才有了这幕。

杨子千和梁大胆端着枪，命令弯弯腰和瘪瘪肚挨个解下腰带反绑双手，每人背手提着裤子，又把十几条枪卸了枪栓，挂在他们身上，押了往山下去。

行至山根，拐一道弯，突然迎面走来八字胡三人，一看这阵势，三人先是一愣，随即掏出短枪，老远儿瞄向端着枪走在最后的杨子千和梁大胆。杨子千和梁大胆急忙把大哥、二哥揪到身前，两把匣子枪对着二人脑袋。杨子千朝八字胡喊道："放下枪来！不然你们大哥二哥立马毙命！"大哥对八字胡说："李子不、不要莽动。"八字胡叫道："大哥我们中了计谋，老井羊馆劈柴烧火的是桥头村的王大眼珠，根本不是这小子！"大哥说："要不是中了计，怎会到这般地步，都是你小子惹的祸！"八字胡道："大哥，是我不好，我今天舍了性命，也要救你！"端着枪朝这边走来。杨子千喊道："马上停步！放下枪！不然你的大哥、二哥还有这些兄弟都将遭殃！"八字胡并不理会，举着手枪径直走来，说道："除非你打死我，我要救我大哥！"

梁大胆见状一扬手，叭的一声，一枪打掉了八字胡头上的棉帽，吓得他一蹲身，停止前行。梁大胆喊道："我若打你鼻子，绝不会偏到嘴巴！识相的赶紧放下枪，否则下一枪打爆你脑瓜！"梁大胆跟随毕云学了一身好武艺，不光能飞檐走壁，落地无声，而且枪法精准，出手迅捷。这一枪吓得身前的二哥一个哆嗦，忙对八字胡叫道："李子别……别胡来，可别救……救不了大哥，大伙儿都、都遭殃……"三哥也说："是啊李子，有话先商量，别、别乱来……"八字胡并不听劝，一意孤行，说道："我心已决，不想偷生，宁愿一死救我大哥！"直起腰又往前行。梁大胆大喊："我数三个数，若不停脚，立马毙你！一！二！……"

"都住手！都住手！"突然远处传来喊声。众人一愣，循声望去，但见下边山路上跑来两大一小三人，不一会儿跑近了，原来是王冰、张文彬和小耗子！王张二人腰里别着手枪，小耗子手里攥根木棍。原来杨子千和梁大胆二人接连去找小耗子，皆与黑石山土匪有关。小耗子心下不安，赶忙跑到墩前村告诉了王冰，王冰一听事态严重，当即套了马车，三人坐了飞奔黑石村，拴了车马，奔向山中。却说这十来个被绑之人，一眼看到张文彬，个个呆愣，为首的大哥突然扑通跪地，哭喊道："张队长，你还在啊，兄弟们给你丢人了！"其他人也都纷纷跪倒。

原来这十几个人都是墩前中队张文彬手下的官兵，部队遭散后，距家近的官兵大多回了家，也有投了日伪军，而距家远的则逃往山里暂以安身。黑石山这里原本只有八字胡、弯弯腰、瘪瘪肚三人，饿极了到附近村庄讨要吃食，由于带了枪支，百姓恐惧，遂称之为土匪。后来散兵游勇逐渐聚来，便有了眼下局面。

却说张文彬听了小耗子说话，预感到或是他的手下，待看到真是其旧部，而且如此狼狈，心里五味杂陈，沉默一会儿，低声命令道："都给我起来，站好！"跪地官兵尽起，唯大哥不起。张文彬又说："二排长，我命令你，起来！"原来这人是张文彬的二排长，聚集黑石山后，为隐藏身份不被暴露，就规定都以大哥兄弟相称。二排长听了张文彬命令，缓缓站起身，带着哭腔说："队长，真对不起！给您丢人了！"

张文彬愤然道："不是你对不起我，而是我对不起兄弟们，是郑维屏对不起兄弟们！是国军对不起兄弟们！我们组建墩前中队，原本就是为了抗日，谁知真到这一天，鬼子要来扫荡，郑维屏却下令不予抵抗，解散部队，各自逃亡！"扫视一眼官兵，又说，"王木芳率部投降了日寇，还当了伪军二大队大队长，也有

十五　孤胆黑石山

零零散散的人投了日伪,而你们坚守意志,不投日伪,这就是好样的,没给我张文彬丢人!"

二哥说:"报告队长!二排长告诉大家,坚决不能投降日本,最终即便落草为寇,也不当日本鬼子走狗!前几天梁筠懿还派人上山,诱降大家,被排长怒斥而去。"

张文彬说:"对,这才是我墩前官兵的志气!就凭这一点,我为你们骄傲!"转过头与王冰耳语几句,王冰点头,他又说,"王冰兄大家大多认识,我的亲家,抗日人士,他同意收留兄弟们,暂住他家,日后寻机而动,大家愿意否?"十几人皆喊:"愿意!愿意!"张文彬道:"好,大家穿戴整齐,回墩前村!"

杨子千、梁大胆、王冰等人给官兵解了捆绑,说些尴尬话。梁大胆看到八字胡捡起被子弹打坏的棉帽往头上扣,上前说道:"佩服兄弟的勇气,等我赔你一顶新帽。"八字胡不好意思地一笑:"哪里,兄长往下一寸我就没命了,得感谢你!"大家拾掇完毕,回去拆了帐篷,一同回墩前村。

十六

环翠楼斗恶

　　威海城里的老鲅鱼邵笠荣，经林景阳介绍正式加入先天道，二人在威海卫四处串联，终使筹建威海卫先天道分会方案得到日伪认可。邵笠荣高兴至极，亲去伪商会会长戚仁亭处通报，两人自是兴高采烈祝贺事成。

　　戚家国回到家中，看到邵笠荣在场，顿生厌烦，揉揉眼角假装未见。戚仁亭见儿子不跟邵笠荣打招呼，训道："没看到邵伯吗？怎么不打招呼问好？"戚家国看邵笠荣一眼，小声咕哝道："邵会长来啦？"转身回他屋去。戚仁亭指着他背影："你、你这不懂事的东西！"邵笠荣一笑："年轻人，有性格，这是好事。"自觉无趣起身告辞。戚仁亭送走邵笠荣，回头叫戚家国出来，生气说道："荣爷看得上我，邀请我去参加先天道成立大会，你倒好，鼻子不是鼻子脸不是脸，丢我人哪！"戚家国一听说道："什么？参加先天道成立大会？你可不能去露这个脸，太丢人！威海卫百姓唾沫星子能把你淹死！前年日本鬼子侵略威海，你带人去码头迎接，你知道老百姓骂你什么？汉奸走狗！我都无地自容知道吗？你不要面子我还要脸……""放屁！"戚仁亭大声斥骂，"我是你爹，你敢这样说我！你要气死我呀！你这个不懂事的东西，真是白供养你了！"

　　戚家国拿起衣帽转身出门，戚仁亭指着他背影叫骂几句，气哼哼地坐回沙发。他回想儿子话语，慢慢觉得有些道理，思来想去，还是不参加先天道成立大会为好，大刀会也就是个流氓混混组织，靠的是日本人，我戚仁亭和石川长官的关系牢靠，也无须别人相帮。这事不去也罢，赚个好名声，暗里送点儿银票给荣爷，也就妥当了。

　　元月13日，城里平安舞台锣鼓喧天，彩狮跃舞，丝竹萦绕。先天道威海卫分会召开成立大会，林景阳任会长，邵笠荣任副会长，与会道徒百余人。驻威日本宪兵队和伪海军司令部、伪专员公署、伪警察署、商会、新民会等均派员出席会议。会后，林、邵宴请宪兵队长魏滕、伪军第二大队长王木芳、伪警察署长杜祖广等人。在日伪羽翼之下，他们开始了反共反人民的罪恶活动。

　　与此同时，抗日烽火熊熊燃烧。王冰争取到张文彬支持，获得枪支弹药，加之抗日民众捡枪起枪，武器装备有所保障。根据东海特委指示，威海特委在荣成县双顶洼村举行抗日武装起义，成立"山东人民抗日救国军第九军东海总队第三区队"，张文彬任区队长，王冰任副区队长，钟毓祝任教导员。区队下辖三个中队，一、二中队配备步枪，三中队则以土枪、大刀为武器。区队兵力共二百余，仅墩前村即有二十余人参军，加之张文彬旧部十数人，张文彬和王冰又是正副区队长，一中队长亦为此村人，可谓是以墩前为骨干的抗日武装。

小耗子剃头刮脸穿着一新，背了把劈柴砍刀，赶来报名参军。王冰端详着他，微微一笑说："嗯，蛮精神。"小耗子急忙问："那我分到哪个中队？要不留在你身边，给你当护卫？"一边的杨子千嘿嘿笑："你护卫王队长，我护卫你。"小耗子抬眼瞅着杨子千："杨兄看我个子小，没法与敌战斗？"杨子千道："那还用说，你去打鬼子，够不着小鬼子脖颈。"小耗子一瞪眼："你可知道唐朝猛将程咬金，他那三板斧杀敌无数，砍脑袋，削耳朵，最后一招特带劲，砍马蹄！你想他那般高大之人，砍马蹄多别扭，我要砍马蹄，不，砍鬼子蹄，再便利不过。"说着要拔出身后柴刀。杨子千忙出手按住："行行行，别拔了，这刀忒小，还不如扛把镢头。"小耗子着急道："扛把镢头上战场，打仗还是刨地？我这柴刀是小了点儿，不过我磨了半天，锋利得很，砍小鬼子腿，一砍一截。"

王冰一旁与张文彬商量军事，回身对小耗子说："豪义兄弟，大哥知晓你抗日之心，但眼下你尚不宜入伍，区队刚成立，立足未稳，四下敌人已虎视眈眈，我们面临着……"看一眼杨子千，"血雨腥风，毫不为过，血雨腥风。据情报，郑维屏这个见了鬼子就跑的狗屁司令，已在调集残部，欲灭我军于摇篮……"拍拍小耗子肩膀，"兄弟，我记着你的心愿，要参军入伍，打日本鬼子……"小耗子看到王冰不想招他入伍，着急道："别觉得我个头小，我也是条汉子，我一定能杀死日本鬼子！"王冰看着他，郑重道："你已为抗日做了那么多了不起的事，你是条好汉！日后会有机会，今天情况紧急，你先请回吧兄弟。"

小耗子眼看参军无望，神情黯淡，转身离去，吼一声："我一定要杀死日本鬼子！"王冰望其背影，感慨道："中华民族好儿郎比比皆是，日本鬼子，必败无疑！"言语间眼里闪烁着英勇坚定之光。

正如王冰所言，威海抗日武装三区队刚成立，得到情报的郑维屏便下狠手，要绞之于摇篮。他调集手下各部残余，配合王兴仁残部，突袭三区队。王冰和张文彬率官兵与敌激战，虽士气高涨，但入伍新兵大多未经战阵，很快落了下风，敌方嚣张愈盛。

正当苦战之际，忽听敌方阵中有人大喊："兄弟们快撤！我们中了埋伏，八路军大部队已布下大网！"敌阵顿时混乱。杨子千听这喊话，不禁一愣，对王冰说："怎么像是毕兄的语声。"王冰也觉得相似。两人探首掩体细看，对方阵中身形，正是毕云无疑。

原来毕云因郑维屏不抗日专反共之恶，决心投奔共产党八路军抗日队伍，心想除掉郑维屏作为弃暗投明之义举。孰知郑维屏对他已生戒心，身边加强护卫，又暗里安排商立旦盯梢，一时难以下手。此次郑维屏派部协同王兴仁绞杀三区队，大刀营与武术队残部合编为一，商立旦领衔，毕云为辅，郑维屏私下叮嘱商立旦，毕云若异，斩立决。

此时商立旦带领编队全力扑向三区队，决心一举歼之，正占风头之上，忽听毕云这一声喊，编队中武术队官兵立马收枪撤离，大刀营也人心惶惶，随之后撤。商立旦环顾四下，并未见强兵行迹，再看旁边的毕云，只是藏身掩体，并不向对方开枪，知道有诈，调转枪口对准毕云说："司令吩咐，毕云有异，斩立决！看来真没说错。你战场投敌，蛊惑军心，斩立决！"举枪便打。

毕云迅疾闪身躲过子弹，顺手掷石回击，正中商立旦手臂。那厮呀的一声轻叫，手枪脱落。毕云回身腾跃而至，一记连环脚将其踢倒，枪口对着他说："你这条郑氏走狗，抗日败类，斩立决！"砰的一枪朝他打去。不想那商立旦亦是武功高强，地上一个滚身躲过子弹。再要开枪，树后一商部手下突然挥刀砍来，毕云闪开头颈，手臂中了利刃，脚下一绊，跌倒在地。那厮上前再砍，却被迎面一枪射来，正中要害，仰身倒毙。商立旦本想起身杀害毕云，可杨子千和王冰持枪冲来，一齐向他射击，吓得他慌忙腾挪躲闪逃之夭夭。

击毙敌兵的张文彬带手下追来，协同王冰追杀一程，劝王冰赶紧收兵，以免被敌围杀。此时杨子千已将毕云背回区队阵地，王冰、张文彬率队撤回，为毕云简易包扎伤口，稍稍寒暄，即按张文彬之令，区队撤离阵地，向伟德山方向荣成人民抗日救国军靠拢，相互策应，共同御敌。

不多日，两支抗日武装遭国民党地方武装秦毓堂部袭击，双方激战，互有伤亡，东海指挥部的部队闻讯赶到，将秦部击退。此时张文彬连续带队作战，身陷伤病，加之郑维屏、王兴仁对其投共抗日之举痛恨之至，连连追杀，经特委批准卸去队长之任返回河南老家，王冰接任区队队长。

威海特委于西山后村集合失散人员，又遭郑维屏部张培文、张培绪率兵袭击，抢去长短枪十余支，绑走特委组织委员岳东和民运委员王斋。

岳东原名梁培泰，桥头柴里村人，读过书，有文化，受天福山起义之影响，积极投身抗日救国运动，与邻村中共地下党员联系，在本村及附近产里、江家口等村组织青年救国会，成立民众抗日自卫团，不日被吸收为中华民族解放先锋队队员，又数月，加入中国共产党，并成为中共威海特委组织委员。王斋原名梁学宗，墩前村人，年长岳东十岁。天福山起义后，起义部队西上抗日，部分留守人员成立"三军三路"，在方吉、墩前一带发动群众，扩大抗日武装，王斋踊跃参与，抗日当先，直至担任威海特委民运委员。

岳东和王斋被郑维屏残部抓获，郑维屏尤为重视，心想这二人但凡一人交代出中共威海卫党组织，剿共之事便可大有收获。于是亲审二人，许以钱财官职，意图诱出所期口供。然岳东和王斋不为所惑，壮言相怼，告之莫以中共为敌，共

十六 环翠楼斗恶

同抗日方为正义之举。郑维屏诱骗不成，勃然大怒，交由手下歹徒施以重刑，皮鞭、棍棒、辣椒水、老虎凳，尽其施恶所能，二人毫无畏惧，傲骨以对。

不日，歹人施以毒计，将二人带出刑室，押往刑场。二人相见，皆是身无完衣，鞭痕累累，头脸、手臂血迹斑斑。王斋朝岳东伸出拇指，淡然一笑。岳东亦回王斋拇指，点头赞许。途中有村人驻足目送，二人向群众宣讲抗日道理，丝毫不顾个人凶险。至晒字村外，歹人已挖好土坑，声言将二人活埋。二人大义凛然，怒斥匪行，毫无惧色。歹人见两人志坚如铁，不可动摇，终黔驴技穷，将二人推入坑中，挥锹铲土埋之。二人高呼"抗日必胜！破坏抗日可耻！中国共产党万岁"等口号，呼声由强而弱，渐无声息，被埋入土下。

三区队成立时遭敌重创，被调至东海指挥部，缩编为特委警卫队，王冰则调至东海军分区司令部任参谋。这日王冰在家打点行囊，隔天将往东海军分区司令部报到。忽有马车停在门前，出门看时，竟是连城和毕昆山，一阵欢喜，迎迓进门。原来青岛炮艇队第二批练兵受训结束，因这批练兵多有文化，有二十余人被派往上海高昌庙伪海军训练所参加专业技术特修班，学习帆缆、轮机和枪炮等专术，连城、毕昆山都将去沪学之。当日炮艇队有汽车来威海办事，二人有闲，随了前来，雇辆马车直奔王冰家。

其时军政界传出重大消息，政界汪精卫另立政府，公开投日，国人斥之为汉奸。军界亦是传闻不断，其中海军方面，伪国防部设立海军部，下辖华南、华中、华北三个海军要港司令部，华北要港司令部设在威海卫刘公岛，青岛炮艇队要迁驻该岛。

对政界丑剧，连城和毕昆山自是义愤填膺，对军界之变，二人心中亦是五味杂陈，稍稍欣慰者烟威相距甚近，威海又是连城老家，又有王冰、杨子千一帮挚友。

好友相聚，宰鸡炖鱼四凉八热畅饮叙旧，自不在话下。翌日，王冰说正好城里有公事，可顺便陪同二位游逛，问想游何处。连城说不日炮舰队将迁来刘公岛，想提前登岛看看。王冰说这可有些为难，英租刘公岛四十二年，今年正好期满，据闻年底前中英将完成交接，目前刘公岛控制甚严，常人实难入岛。倒不如登环翠楼一游，刘公岛历历在目，顺便远观了便是。

王冰套了马车，加上杨子千四人坐了，直奔威海卫城里。途中连城见杨子千郁郁不欢，问他何故。杨子千叹口气说："不瞒二位兄长，昨天闻知汪精卫投日，成立汪伪政府，设立海军部，二位可都成了汪伪海军的人，好自为之吧，有句什么话来着，身在曹营心在汉，出淤泥而不染，你俩多干正事，咱们还是好兄弟，否则可就井水不犯河水，弄不好还成了死对头。"连城笑道："老弟放心好了，咱们永远是好兄弟。"杨子千露出笑意，几双大手握在一起。

王冰办完公事，四人来到环翠楼。环翠楼素有威海第一名胜之称，坐落于奈古山东麓，西俯苍山，东眺碧海，南北与佛顶山及古陌岭群峰相望。该楼始建于

1489年（明朝弘治二年），楼台建在威海卫城西北角，登楼可见碧波浩渺于城东，绿翠掩映于四周，遂以环翠名之。弘治二年，巡察海道副使赵鹤龄见威海城墙倒塌，兵备松弛，遂疏动泰山香钱数百金，重修威海卫城。威海卫指挥王恺等感公之德，捐俸建楼以示永久，并聘大学士刘珝作记。其时环翠楼雕梁画栋，金碧辉煌，飞檐斗拱，八窗洞达。后年久失修逐渐倒塌。1647年（清朝顺治四年），威海卫守备于有光重又兴建。1708年（清康熙四十七年）倾圮。1736年（清乾隆元年）复建。1757年即乾隆二十二年，生员王浩重修。1931年7月，威海卫管理公署将颓废的环翠楼改建，砖墙瓦顶，楼顶由十二根水泥方柱凌空托起，楼上中堂供奉丁汝昌及邓世昌等爱国将领木主和肖像，墙上嵌有专员徐善祖撰写的《重修环翠楼记》石刻。楼上柱联为：万年砥柱刘公岛，一带长城环翠楼。楼下置三面游廊，楼面向东，下接七十二级台阶。楼前建两座凉亭，亭呈六角形，钢筋水泥圆柱挺立，亭盖六角上翘，亭内水泥铺地，白石台座。上亭偏南，叫望月亭，内竖《威海卫甲午海军蹉跌记》石碑，三五之夜在此赏月，别有情致；下亭居路当中，叫观海亭。

　　此时王冰四人正在亭内小坐。王冰对三人说："此亭叫观海亭，是环翠楼前一小景。"转头东望又说，"晴天之时极目东海，会感受到万里晴光一镜明之美景。"又转向东北，指着一个圆形水池说，"这是荷花湾，内种莲藕，夏季开花很是好看。"此时节湾内自无荷花，唯春水盈盈，涟漪比比，湾畔垂柳依依，新芽吐翠。三人随着王冰指点，观赏美景。连城说："王兄一路讲说，头头是道，成了我们兄弟的讲说员。"

　　王冰一笑："明天两位返青，我也要去军分区司令部报到，不知何日再见，今天是老天赐给我们兄弟的团聚之日，我自是要当好讲说员。"抬脚出亭，再往上行，接着说，"威海早先就是个小渔村，汉朝时叫石落村，元朝改称清泉夼。明朝时，倭寇海盗时常骚扰进犯东部沿海，官民愤恨。1398年，即明朝洪武三十一年，魏国公徐辉祖巡视山东东部沿海，征民四万，组成捕倭屯田军，选择险要地域设立卫所，将文登县辛汪都三里东北近海处划出，设威海卫，辖左前后三个千户所。五年后的明永乐元年，徐辉祖征调文登县及宁海州数万人筑威海卫城。威海卫指挥使司于文登宁海境内设军屯十八个区，筹措卫所粮饷。威海卫首任指挥佥事叫陶钺，主持卫所事务。这就是威海卫的由来。"

　　杨子千说道："原来修建威海卫城还有俺宁海人的功劳。"王冰说："那可是，宁海、文登、威海比邻而居，自古就是同域之民，不分内外。"杨子千笑道："你这么说有理，怪不得咱们相逢一见如故。"

　　众人说着话，登上楼顶，观卫城一览无余，望东海万里浩渺。王冰环顾四下，说道："明清以来，官绅文人常登楼赏景赋诗。于环翠楼观海上日出尤为世人称道，'山楼初旭'乃威海八景之一。"转而直面东眺，望着海中刘公岛，突然如教书先生般，摇头吟诵，"传说桃源洞，刘阮仙缘巧。相逢快一时，须臾百岁了。又闻说庐山,云烟深缭绕。仿佛梦中游,恍惚不可考。孰如东海上,孑孑刘公岛。十里绝尘埃,清远哗嚣少。漂摇水上浮,鲸载无倾倒。神龙常呵护,魑魅不能扰。可望亦可寻,一帆达山表。烟火数十家,断连村落小。鸡犬声相闻,比邻共昏晓。高下多田畴,行歌薅荼蓼。富不连阡陌,贫亦堪暖饱。万顷斥卤中,甘泉赛珍宝。汲来清且馨,烹茶酿酒好。晨起观晓日,灿烂红光燎。有时海市现,变化何窈窕。谁见神仙府,三岛十洲渺。此间即洞天,悠然惬怀抱。我于其中结小庐,长与刘公称二老。"

杨子千拍手称道:"哎呀王兄,不愧是文人,出口成章。"王冰一笑:"我可没这本事。这首名为《刘公岛》的诗篇,乃清朝诗人王兰生所作。诗中是说刘晨、阮肇误入桃源洞,几天的时间就度过百岁光阴。又有人说海内名山庐山云遮雾罩,置身其中仿佛在梦中一般,无边无际。但所有这些,哪能比得上东海中的刘公岛。刘公岛四周一尘不染,清远幽静,与尘世喧嚣远远隔开。水中的刘公岛,就如同被神鳌背负着的神山,岿然不动。由于一直受神龙的呵护,所以一切鬼怪都无可奈何。刘公岛可望可见,不一会儿小船就可以来到山底。烟火缭绕中可见十八户渔家,村落因山势不同分成不同的部分。村落间百姓安居乐业,共同迎来朝霞送走晚霞。高低错落的那是百姓的田地,不时可以听到采摘野菜的村民的歌声。虽不是田地宽广纵横,但足以解决人们的温饱。茫茫大海包围中,每一滴泉水都如珍宝。打来这样的水又纯净又香甜,无论泡茶还是酿酒都无与伦比。早起看海上日出,红霞万丈。有时会有海市蜃楼出现,千变万化何其美妙。没有谁真正见过仙府、仙岛、仙洲,然而刘公岛却就在眼前。多想在岛上筑一个小屋啊,长久与刘公为伴,相伴到老。这首诗用朴素优美的笔调,将刘公岛的仙灵之气描写得淋漓尽致,美不胜收。"

连城听着直呼:"过瘾过瘾,听兄弟这么一说,刘公岛简直就是神仙胜地。"王冰道:"说的正是。刘公岛是上天遗落的一块瑰宝,镶嵌在美丽的威海湾里,内靠胶东半岛,外连浩瀚的渤海、黄海,若站在北边古陌岭上俯瞰,就像漂浮在威海湾里的一叶扁舟,不过方丈之地,故而民间传有刘公岛即为古仙山蓬莱、方丈、瀛洲之一的方丈。三位看一下刘公岛,其地势北高南低,北坡林壑优美,海蚀岩直立陡峭,如刀削斧劈;南坡平缓延绵,金沙万顷。岛上峰峦迭起,郁郁葱葱,空气清新,气候温和,山光水色,秀丽无比,素有海上仙山和世外桃源之美誉。刘公岛不仅自然风光秀美无比,人文景观更是丰富而独特,既有上溯千年的战国遗址,又有扬名海内外的清朝北洋海军提督署、水师学堂、丁汝昌寓所、铁码头、古炮台等文物古迹,还有英国强租时期留下的许多欧式建筑。可谓是古今荟萃,中外交融。据传,早在战国时期,刘公岛上便已经有人居住。及至秦朝,刘公岛及周边地区属齐郡腄县。到了汉代,这一带又属青州东莱郡不夜县,县治即现今荣成不夜。史书记载,汉末刘氏皇族一支徙此而居,始称刘公岛,刘公名民,字大义,号仁善子,生于东汉末年,卒于西晋武帝咸宁年间。他一生赈危济困，行善义，其善举在民间广为流传，乃至民间称之为海圣。"

连城说："听兄弟这么一说，刘公岛还真有些来头，将来安营于此，心里也有些慰藉。"王冰回道："说是说，看是看，等你登岛看过，才更有意味。"四人在楼上且讲且看，转了一圈，方才下楼。

到了楼下，王冰看一眼太阳，说："刚才去办公事，顺便在狗不理订了雅间，眼下为时尚早，我们在这园子里逛逛，再去吃狗不理包子。"毕昆山说："让兄弟破费了。"王冰一笑道："区区便餐而已，哪称得上破费。"说着话，四人朝荷花湾走去。

沿柳堤北行，走不远，忽闻歌唱之声。王冰说道："前边有块空地，搭了小戏台，时有小戏班在此演出，游人或附近居民观看，今天不知是哪来的戏班子。"杨子千道："我听不是什么戏班子唱戏，而是有人唱歌，这声音……这么耳熟！"王冰笑道："玄乎了吧，这么远能听出声音耳熟。"杨子千侧耳细听，说道："你别不信，说不定是小叶子。"说完快步觅声而去。

几人到了地场，颇为惊奇，小台子上唱歌的正是于莰叶。此时一曲终了，正在谢场，台下观众百十来人，有人喊着"好听好听，再来一曲"。于莰叶穿着如常时，但右耳上方戴了朵粉色小绢花，尤显清秀俏丽。她朝台下鞠一躬，说道："刚才给大家唱了两首歌，谢谢捧场！下面我和姐妹们一起为大家演唱。"说话间，台下依次走上四位女子，个个身形秀美，步履轻捷，落落大方，上台和于莰叶站作一排，每人头戴一朵小绢花，给台下观众道个万福，姿态优雅得体。

于莰叶迈前一小步，说："各位父老，兄弟姐妹，当前日寇侵略我中华，家国遭殃，民不聊生，我们要团结起来，共同抗日，早日恢复我大好河山！下面我们五姐妹给大家唱几首抗日歌曲，请听第一首《救亡进行曲》。"后退入列，五人共同唱起，"工农兵学商，一起来救亡，拿起我们的武器刀枪，走出工厂田庄课堂。到前线去吧，走上民族解放的战场！脚步合着脚步，臂膀扣着臂膀，我们的队伍是广大强壮！……打倒汉奸走狗！枪口朝外响，要收复失地，打倒日本帝国主义！把旧世界的强盗杀光……"

唱完这首，群情激奋，鼓掌叫好。有人喊："唱得好！打倒日本帝国主义！打倒汉奸走狗！收复失地，还我家园！"王冰和杨子千几人也跟着喊起来。王冰看着台上五女子，笑着说："徐杰、丁香、于森、曹芳春、于莰叶，好样的！真是好样的！"杨子千、连城、毕昆山虽不全认识五女子，也是交口称赞，佩服不已。

这时五女子又唱起《大刀进行曲》，刚唱到"大刀向鬼子们的头上砍去……"突然台下蹿上几个青衣男子，个个武行打扮，身背大刀，堵在五女子身前。为首的粗壮男子，留着仁丹胡子，大声说："都给我闭嘴！唱的啥玩意儿！还大刀向鬼子们的头上砍去……"唰地抽出背后闪亮的大刀，晃动着说，"就这大刀，是石川长官和魏滕队长同意配发的，能去砍鬼……皇军的头？我他妈砍你们小娘们还差不多!"说着扬一下大刀。台下有胆小女子轻轻"呀"一声。

杨子千欲动身上前,被王冰扯住,低声说:"等等看。"台上仁丹胡子转身面朝台下,右手执大刀,左手叉腰,恶声恶气地说道:"都给我听着,威海卫是日本人的天下,日本人那什么不远万里辛辛苦苦来到中国,为了个啥?为的是中日亲善,为的是大东亚共荣!"台下的人"噢——嗷——嗷"弄怪动静。王冰喊一声:"你是不是中国人?怎么替日本人说话?"

那厮朝台下抖抖大刀说:"咋啦不爱听?不知道爷是谁?告诉你们,爷是先天道大刀会的,先天道是天兵神将,枪刀不入,与共产党势不两立!先天道能够拯救苦难,救你们的命!告诉你们,天下要经历三灾八难九九八十一劫,人人在劫难逃!只有入会,才能逃此大难……"

五女子排中间戴紫色花的说:"你这是异端邪说,蛊惑人心,是祸害百姓!"王冰对三人低声说:"她是于森,抗日的同志。"仁丹胡子转过身去,朝于森挥舞着大刀,叫道:"你们唱反皇军的歌曲,还敢说我先天道蛊惑人心,你这小娘们就是共产党!"于森义正词严回道:"我不知你说的什么党,可我知道,只要真心抗日、只要为老百姓着想就是好党!我们拥护这样的党!"台下人喊:"对,只要真心抗日、只要为老百姓着想就是好党!"

仁丹胡子猛转头,大刀指着台下吼道:"不准胡说!等会儿收拾你!"回头对手下喽啰说道,"把这几个娘们绑了,带回三太爷庙,交给荣爷收拾!"几个喽啰就要动手。于茯叶挡在于森身前,瞪眼怒斥:"你们敢!光天化日之下,绑架良家妇女,会遭雷劈!"仁丹胡子嘿嘿一笑:"还遭雷劈,加入大刀会就是金刚之身,懂不懂金刚之身,嗯?"伸手要摸于茯叶的脸。于茯叶一把打开他的手。于森把于茯叶拉到身后,对那厮说:"你这个道那个道,调戏妇女,无法无天,就是流氓之道!"曹芳春和徐杰、丁香也都说:"对,耍流氓,无耻!"仁丹胡子气急败坏地大喊:"绑了!绑了!都给我绑了!"喽啰们拔出大刀,围住五人。

台下杨子千对王冰耳语几句,王冰摸摸腰间的手枪点点头,杨子千噌的一下跳上台,对歹人说:"停手!放开她们!"几个歹人一齐回头,有些愣怔,看着杨子千。杨子千走到五女子身前,把她们挡在身后,说道:"放了她们,有啥事冲我来。"仁丹胡子一瞪眼:"你是谁呀?你说放过就放过?"杨子千道:"她们是我的姐妹,有啥事我替她们担着,不要伤害她们。"那厮歪嘴一笑:"你的姐妹?你是看这几个小娘们长得漂亮,想英雄救美吧?"看一眼手中的大刀,"那得看你有没有本事,看我的大刀答不答应。"

杨子千微微一笑:"也好,本人走南闯北卖过艺,会两下花拳绣腿,要不当大伙的面比画比画,给大家助助兴?"仁丹胡子后退一步,打量着杨子千:"怎么比画?"杨子千道:"你既然是大刀会的,咱们就比刀术。"伸出右掌说,"你用你的钢刀,我用我的肉刀。要是你的钢刀能砍下我的肉刀,算我输,任由发落。要是我的肉刀打败你的钢刀,那就放我姐妹离去。如此而已。"于茯叶赶忙上前扯一把杨子千，担心地望着他："大哥，不能这样。"杨子千看她一眼，微微一笑："没事小妹，你们躲远些。"一把推开于荍叶。

仁丹胡子听了杨子千的话，怒叫道："你小子忒狂！老子成全你，先砍掉你的肉刀！"挥刀向杨子千右肩砍来。杨子千闪身一躲，大刀砍空，一股寒风掠过耳际，刀尖擦着杨子千身旁一个大下巴喽啰的下巴砍去，吓得那厮"妈、妈呀"一声惊叫，蹿到杨子千身旁，攥住杨子千胳膊，又赶忙松开，摸着大下巴，"好、好刀法，没破开下、下巴……"

仁丹胡子年近四旬，乃樵夫出身，砍一手好柴，二十年樵龄练就一身好力气，一刀好准头。英租时期常在卫城东门外放一担柴，边劈边卖，再硬的树桩，一刀两开，再韧的枝杈，齐根卸掉，从不需回刀，得了个"卫城柴一刀"的绰号。驻威海卫英国行政长官庄士敦，酷爱中国文化，不仅阅遍威海道观庙宇，而且对民间稀奇之事亦颇感兴趣。作为英国租借地末代长官，他在威海卫先后任职十六载。1918年清逊帝溥仪老师徐世昌要出任民国大总统，辞去帝师之职。辛亥革命后，李鸿章次子李经迈曾来威海卫避难，与庄士敦交往甚密，对庄士敦的才华极为赞赏，经其力荐，融贯中西的庄士敦继任溥仪老师。八年任满，仍回威海卫，至1930年10月1日代表英政府参加威海卫归还仪式后卸任。离开前，他说过一句稍带自负之话，做过一件不可思议之事。话曰："我坚信威海卫会得到一位比我能力强之官长，但绝不会遇到像我对威海卫有深厚感情之人。"不可思议之事，他竟被卫城柴一刀之刀功征服，耗整日之工，随樵夫入山，助其砍柴，观赏林景，自得其乐也。

此刻有着卫城柴一刀称号的仁丹胡子，这一刀是蓄了全力，既快又狠，倘是砍中，必将一条胳膊砍落地。他见杨子千轻易躲过，毫发无损，且面色平常，知其并非善辈，恐难轻易胜之，后退两步，放下大刀，开始解脱上衣。大下巴斜瞪杨子千一眼，鼻子一嗤道："我大、大哥要动真招，先天道金、金身功，你小子下、下跪求饶倒罢，否则剩一条胳膊不死算、算你命大。"原来大刀会作战时先喝符水，口念咒语，喊着"刀枪不入"，有时脱掉上衣，赤膊上阵。威海大刀会道徒五百余众，编为三个大队，会址设于城北三太爷庙。杨子千并没理睬大下巴，看那仁丹胡子举止觉得好笑。

于荍叶又来拉扯杨子千，杨子千微笑道："没事叶子，你姐几个离远些，别分我心神就是。再者那厮脱光膀子，观之不雅。"于荍叶只好退下。再看仁丹胡子，脱光上衣，摘下后腰挂着的巴掌大扁铁壶，拧开壶嘴喝一口水，张口朝天咕噜咕噜弄动静。大下巴又斜瞪杨子千一眼："看见没，喝符水，念、念咒语，有、有你好看！"杨子千仍不睬他。大下巴有些生气，说道："不、不识抬举！我是大刀队最心、心善之人，不听好人言，吃亏在、在眼前，等着挨、挨刀吧！"转身躲远。

台上中间只剩杨子千和仁丹胡子二人，五姐妹被歹徒押至台子右后方。台下众人几无声息，紧盯台上二人，皆为杨子千担心。王冰一会儿看看五姐妹，一会儿看看杨子千，脸上带着平静，心下思着对策。

仁丹胡子咕噜咕噜一阵，将水喝下，掌中吐些口水，遍抹肚皮，口中念念有词："唔啦嘧嘟啦嘎咪咪啦嘟唔喊啪……"弯腰拾起大刀，大喊一声，"刀枪不入！"举刀冲将过来。杨子千见那情形，忖他有把力气，心想先耗他一耗，再待机行事。他举起右臂手作刀状，迎着大刀冲去。仁丹胡子料他又要躲闪，换了刀法，竖劈功变作斜刹术，照杨子千右臂斜下砍来，心想你便躲过胳膊也躲不过腰腿，总得砍你个肉绽骨折，再卸你那啥肉刀不迟。

杨子千早看透那厮心思，冲到近时见大刀斜砍而下，陡然侧身倒地前滚，弓起双腿上蹬。那厮大刀落空，身体失力前倾，正中杨子千双腿蹬踢，着力小腹，二力相合迸发，如雷弹爆裂。但见那厮腾空飞起几尺，向前飞出丈余，扑通摔跌在地，大刀飞将出去，贴地前滑，大下巴一个弹跳劈叉，大刀从胯下滑停。

仁丹胡子趴地片刻，咬牙瞪眼爬将起来，肚皮沾一层泥土，甚是狼狈，却顾不得难堪，接过大下巴递过的大刀，叫一声："The first slasher！"双手举刀扑向杨子千。大下巴朝杨子千说："都、都是你小子惹的，英语，第一砍柴刀，庄士敦教的！"

杨子千哪管他中文英文，料其会斜下发力，待其近时，噌的一个旱地拔葱，蹿起四五尺高。那厮大刀果然下砍扑空，躯体弯倾，杨子千一屁股礅其后背，大刀插入土中，刀柄戳破嘴唇，鲜血顿时流出。杨子千双掌击其后腰，腾身下地，回头看仁丹胡子已是体力大减，暗想可出手制胜了，遂运起内力，站稳双脚，只等那厮回身。

仁丹胡子擦一把嘴唇鲜血，恼羞成怒，拔出大刀回身疯砍。杨子千眼疾脚快，腾挪闪躲，瞅准时机大叫一声："肉刀刹鬼！"力掌砍向那厮持刀手腕。这一掌运足内力，无异钝铁，那厮一声惨叫，大刀脱手飞出。杨子千蹿步出手接住刀柄，执刀对着仁丹胡子，说道："肉刀胜钢刀，我赢了。你放了她们，两厢无事。"台下众人一片叫好。

仁丹胡子肚皮沾着土，嘴唇淌着血，鼻孔呼哧呼哧喘息，两眼瞪着杨子千，突然叫道："都给我上！乱刀剁死！"四五个歹徒呼啦啦持刀围上来，举刀对着杨子千。王冰见情拔出手枪，正要冲上台去，忽闻一声喊："收起刀来！不得无理！"循声望去，一翩翩少年，头顶礼帽，目戴墨镜，身穿米黄色风衣，疾步登上台去。台上众人一齐拿眼看他，杨子千吃惊地说："戚……"来人出掌止住，正是戚家国。

戚家国径直走到仁丹胡子跟前，说道："这位同窗师兄，一向可好？"仁丹胡子一愣："什么同窗，还师兄，你是骂我猪八戒哪！"擦一把肚皮又说，"老子打小钻山砍柴，樵夫一个，没念过书，斗大的字不识一双，哪来的什么同窗师兄，少套近乎，有话快说！"戚家国道："你刚才不是说了句 The first slasher，庄士敦教的。"仁丹胡子一瞪眼："嗯，咋的啦？就会这一句，庄士敦教的。"戚家国微微一笑，开口说："British not content to lag behind in carving up China. The Union Jack rising over the fallen Japanese flag. British Leasing Weihaiwei……（瓜分豆剖，英国不甘人后，太阳旗落下，米字旗升起，英国租占威海卫……）"

仁丹胡子愣怔地摸摸头，说："你说的忒长，啥意思？"戚家国说："啥意思不重要，重要的是，庄士敦教我英语，也教你英语，是你我老师，所以说你我乃同窗师兄弟也。"仁丹胡子不耐烦道："他就教我一句……好好，就算你我同窗，你要作甚？"

戚家国一指两个歹人看押的五女子，说："那是我姐妹。"又指着杨子千，"这是我兄长。请看在同窗之情上，放了他们，我有酬谢。"仁丹胡子哈哈一笑，恶狠狠地说："是这事，那不行。她们一准是共产党，唱反动歌，大刀向……要砍皇军的头，我要把她们交给皇军处置！别说同不同窗，庄士敦说话也不行！"戚家国道："庄士敦，十年前的威海卫长官，你自不会睬他。可眼下的威海卫掌权者石川，你总会……"仁丹胡子一愣："石川太君？"戚家国道："那可是我家的座上客，家父跟他推杯换盏，兄弟相称。还有你们的荣爷，他不在三太爷庙，我出门时还在我家与家父喝茶，复丰、通利各银号的钱荣爷可没少花。我这几个姐妹，还有这位好友，不至于要惊动荣爷、石川他们吧？"仁丹胡子瞪眼打量戚家国："你……？"戚家国再近一步，摘下墨镜，压低声音说："家父姓戚讳仁亭，本人……"

未待他说完，大下巴插嘴道："摘下墨镜认、认出来了，他是戚会长的公子，前一阵荣爷杀驴，打发我去戚府送、送驴肉，正碰上戚会长跟戚公子吵、吵架……"戚家国朝他一瞪眼："会不会说话？什么吵架，好像不是亲爹似也，我们在争论，争论听不出来？"大下巴忙点头哈腰说道："是、是是争论……"

仁丹胡子着急道："你造谣是咋？戚会长至于跟儿子吵架？"转头向戚家国一笑，"真是戚公子，我正想在南门外开个车马店，要登门拜访戚会长请求关照。"戚家国爽快道："小事一桩，我跟家父递个话，万事大吉。你看这几个姐妹还有好友……"仁丹胡子道："好说好说，既然是戚公子的亲朋好友，那定是良民，你带走就是。"朝喽啰喊一声，"兄弟们听着，这几位嫌犯是戚公子亲朋好友，立马放人！"众喽啰应声而动。

王冰把枪插回腰间，跑上台去接下五姐妹，各人皆喜。王冰见戚家国在台边跟杨子千说话，上前深表谢意，并邀请去狗不理包子店午餐。戚家国说要盯一会儿这些个歹徒，要王冰他们先去，他随后赶到。

十七

戚公子

王冰一行来到狗不理包子店，换了间宽敞大屋，四男五女，礼让而坐。王冰给诸位相互介绍了，各自寒暄。于森说："今日多亏大家相救，不然不知会生出什么麻烦，那位戚公子也出了大力。"王冰道："是啊，戚家国真是出淤泥而不染，生在汉奸家庭，却不与其父同伍，每每施以义举，尤其为抗日出力，对我来说，还有救命之恩。一会儿他会过来，跟大家一见。"于茯叶说道："戚公子确是帮了大忙，人也帅气，可一想到他是戚仁亭的儿子，就心里别扭。"转脸看杨子千，满脸笑意，"还是杨大哥最帅，赤手空拳，打败那什么第一砍柴刀，俺姐几个旁边看着，又揪心又痛快，杨大哥好汉！"朝杨子千伸出拇指。

徐杰一笑说："叶子妹，你杨大哥一战征服歹徒，也征服了你，是吧？你这几位大哥，也个个准备拼命，今天若是戚公子没到场，咱王队长的枪可就响了，场面更吓人。"于茯叶脸一红，说声"徐姐别瞎说，几位大哥都是好样的"，微微不自在。王冰道："还真是，今日若开了枪，后果不堪设想，咱们早不知跑到哪里，哪还能坐这儿吃饭。"突然话锋一转，朝几位女子问，"这大老远，你们怎么跑来城里？"徐杰看于森一眼："你是咱的领导，说说呗。"王冰也说："是啊，于森妹干妇救会长，就是领导妇女工作。"

于森摆摆手："还在筹备，周文姐负责，我刚从部队过来，协助做些妇女工作。不过周姐忙于上边大事，具体工作我干得多。"曹芳春说："有了妇救会真好，妇女工作有了谱。"原来于森原名于福嘉，1917年生，文登大水泊西南台村人，其父曾参加孙中山领导的革命运动，早年病逝，母携其兄妹二人受叔伯资助生活。兄于瓯江曾就读于京，1927年加入中国共产党。1938年4月，于森与于岐、于渺等经兄瓯江介绍，参加天福山起义成立之山东人民抗日救国军第三军。于森努力学文化，学军事，参加业余演出，成为抗日宣传骨干。同年夏，分至胶东抗日军政干部学校学习，任班长。是年秋，加入中国共产党。1940年组织安排其做威海妇女工作，驻桥头墩前村。

于森见问，回王冰道："2月份日寇扫荡东海区，郑部溃逃，所到之处横征暴敛，滥发'军用流通券'，强征粮食，民众深受其苦，不堪饥饿，以橡子面加树叶充饥。我军粮食供应也受影响，让我们想法筹粮。我有个远亲，是荣成双石周家人，姓杨，与他邻村的张宝山少小同窗，张宝山曾干过威海中学校长，是老牌国民党党员，与郑维屏一起参加过蒋介石的庐山培训，曾是威海卫响当当的人物，远亲受他关照，在威海城里开了粮栈。前几日我找到远亲，请他帮忙搞些粮食，他答应相帮，但每天只能给一二百斤，而且当天要运走。恰好这一阵上级号召加强抗日宣传，我们五姐妹商量成立业余小剧团，想叫五籽剧团，趁马车进城拉粮的间隙，到城里唱一唱，让敌占区的百姓听到抗日之声。"

王冰哦哦点头："原来这样。我家粮食尚有些许，可捐些给部队。"于森一笑说："你家接待我们同志无计其数，耗费大量粮物，也是捐给组织了。"王冰点点头，若有所思道："我想两件事，一是你们尽量别到城里演唱，鬼子离得近，有危险。二是五籽剧团不如叫五籽花剧团，撒下革命种子，开出胜利花朵。"五姐妹一听齐声叫好。

徐杰说："不愧是读过书，有文化，起个名字有深意。是吧香香？"旁边少言内秀的丁香一笑说："嗯，挺好的。另外王兄说的有道理，以后演出要注意场合，减少不必要的麻烦。"曹芳春说："现在咱们宣传方法很多，有演讲队、歌咏队、戏剧队，尤其歌咏队灵便，村村都有，每逢集会你拉我唱，歌声不断，而且教唱百姓，三五人也教，十几人也教，走到哪教到哪。"于茯叶扳着手指说："教给好多歌曲，《抗日进行曲》《流亡三部曲》《毕业歌》《抗日救国歌》《救亡进行曲》《打回老家去》《中国人不打中国人》，教到会唱为准。"

王冰奇怪道："你们几个，喊喊口号，跟老百姓讲革命道理都够水平，可这唱歌，我没发现你们还有这本事，怎么学的？"于茯叶瞅他一眼："哼，看不起人。"于森一笑说："还真叫你说到点上了。唱歌这事多亏有人帮忙。"王冰问："是谁呀？"于森道："在我老家邻近的大水泊那，有我军的'抗战话剧社'，话剧社里有个宋奇光老师，有文化，会唱歌……"

话未说完，杨子千一下打断她，急问道："宋奇光？多大年纪？哪里人？"于森顿了一下，说："应该跟你年纪差不多，好像是威海城南哪个村？"杨子千追问道："是不是南曲阜村？"徐杰插嘴说："正是，我有次问过他。怎么了杨兄弟？"杨子千两手一拍脑袋，笑道："好啊这个小宋老师，踏破铁鞋无觅处，得来全不费工夫！"王冰问道："你们认识？"杨子千说："那可不，他是我来威海卫的第一个朋友。"

原来杨子千说的这个朋友宋奇光，1918年生，小杨子千一岁。1931年九一八事变后，当时在凤林高小读书的他，积极参加师生罢课和游行，强烈要求国民党政府出兵抗日，收复失地。不久威海卫掀起抵制日货运动，他又在威海中学带头参加检查日货，走上街头进行爱国宣传。1937年"七七事变"后，他离开学校回村当了小学教员。就在这个时候，杨子千来到南曲阜缫丝厂做工，时常路过学校，每每听到宋奇光给孩子们讲抗日救国的话语，教唱抗战歌曲，不由得驻足听上一会儿。后来宋奇光留意起他来，主动跟他说话、交往，二人言语相投，成了无话不谈的好友，宋奇光时常捎些好吃的给他，这使初来乍到孤独他乡的杨子千倍感温暖。谁知交往刚半年，日军侵占威海卫，缫丝厂倒闭，杨子千到沟北村一带干搬运活计。干了不多时日，心下想念宋奇光，有一天到凤林集送完货，带一包新鲜鱼，来南曲阜找宋奇光，没想到宋奇光已离开家乡，不知所往。其实在杨子千离开南曲阜后，宋奇光目睹日伪军扫荡乡村，烧杀抢掠，便毅然离家，到文登县大水泊，参加了山东人民抗日救国军第三军，被分派到第三路特务队做文书工作，很快又加入了中国共产党。1938年7月下旬，战斗在威海边区的"三军三路"奉命西上抗日，宋奇光留在文荣民主抗敌动员委员会任宣传员。不久中共文登县委决定成立"抗敌文化供应社"，他被调到供应社工作。同年12月，为适应抗战形势发展的需求，文化供应社改为"抗战话剧社"，宋奇光乃话剧社的骨干力量。

  王冰听了这事笑道："原以为在威海卫我是你的第一个朋友，原来宋奇光才是啊。"杨子千道："这倒是真的，要不是和他交了朋友，恐怕干不到鬼子来，我就走了。"王冰又笑眯眯地说："那后来宋奇光联系不上，你咋也没走？"杨子千笑着看他一眼："还不是因为遇上了你，还有连城、昆山这些好兄弟，尤其咱俩还拜了把子，赶都赶不走。"王冰道："怕是舍不得离开这些好姐妹吧。"大家笑起来。

  王冰收住笑，又对于森说："话归正题，你们几位姐妹工作做得真是好。听说妇女识字班也搞得不错。"于森说："很多村都成立了妇女识字班，有的女同志开始有抵触，后来主动参加。桥头村有个宋姓小媳妇，人长得俊，干活麻利，就是不识字。有次借邻居五个鸡蛋，怕忘了，在墙上画五个圈，过几天还了鸡蛋，在五个圈上划道杠，又过一段时间，看到五个圈中间一道杠，想不起咋回事，就问邻居，我借你一串糖葫芦吗？弄得挺尴尬。后来她参加妇女识字班，每天识一百个字，成了积极分子。"大家皆笑。王冰说："看来我天天考虑打仗，没想到女同志做了这么多工作，于森妹子领导得好。"

  于荻叶瞪起眼抢着说："这才多少啊！于森姐来咱这，对各村摸底，了解到一些村妇女工作开展得不好，是受封建思想束缚，觉得妇女出门活动不体面；也有妇女胆小怕事，不敢抛头露面。于森姐从墩前村做起，挨家挨户宣讲妇女受压迫的根源，用日军侵略中国、妇女惨遭欺凌的事实教育妇女，墩前村妇女工作很快活跃起来，妇救会员由过去二十名增到五十名，当中三人入党。尤其支前工作，全村交纳军鞋过去一次二三十双，现在猛增到二三百双；动员参军也出色，墩前村也就四百人口吧，仨月内就有五十多人报名参军，父母送子妻送郎，兄弟携手上战场，可感人哪！"

  王冰对于荻叶笑道："原来咱区队里有几十号墩前村入伍战士，是你于森姐的功劳。"于森忙说:"是乡亲们觉悟高。"连城插话说:"我老家支前工作也不孬,可比不了你们这。"毕昆山道:"是啊,真是不错。"

正说着戚家国到来,大伙儿起身欢迎。王冰给他一一介绍,各自坐定。戚家国看看大家说:"诸位放心,那几个家伙已打点,不会有事。"转脸看王冰,"另外今日这么多好友会聚,我尽地主之谊,刚刚跟掌柜说了,除了包子,让他添几道好菜,大家吃饱吃好。"王冰一番不过意。

戚家国诚恳地说道:"不瞒各位,在威海卫城里,想请我吃喝的公子哥乃至商贾贵人多的是,他们心怀算盘各有目的,我极少参与,乃至家父宴请石川、魏滕这些日本高官,或伪军大队长王木芳、伪警署长杜祖广、先天道会长邵笠荣这些……汉奸走狗,我皆借故推脱,为此家父没少责骂我。但能跟众位正义之士同坐一桌,委实求之不得,我舒心畅快,花多少钱都高兴。"

于森对他说:"首先感谢戚公子今日出手相救。凭你的身世,我,或者说我们这些人,对你不会有好感,但听了王兄、杨兄对你的评价,你的为人令我们敬佩,还望日后为抗日多做贡献。"戚家国笑应:"事当如此,无须在意。我每天有闲暇会去环翠楼遛遛,听些小戏之类,今日有缘相逢。抗日救国,匹夫有责,我想在座各位都会如此而为。"

连城问起刘公岛些事,戚家国说:"刘公岛对我来说,每一块石头都熟悉,自打记事起,上岛无数,游泳、钓鱼、偷吃英国人的面包,尽是我们一帮孩子干的。刘公岛在我眼里早没新鲜感,但有件事,连英国人都难以释怀。"大家都看着他,尤其连城和毕昆山,生怕漏掉一个字。戚家国喝口茶说道:"1898年,甲午战败后的第三年,日本侵略者一直以战争赔款为借口占据着威海卫和刘公岛,贫穷的清政府实难拿出几亿两白银打发日寇。英国人对刘公岛的地理位置产生兴趣,派出高级团队勘察之,不想发现了天大秘密。"大家目不转睛盯着他,于荻叶更是眼睛溜圆。戚家国接着说,"他们通过数百次精密测量发现,刘公岛的面积,涨潮时,3.1415925平方公里,落潮时3.1415927……"

连城瞪大眼脱口而出:"平均值是个湃(π)?"

于荻叶眨巴着眼问徐杰:"徐姐,啥是湃?"徐杰轻轻摇头道:"真不知,好像不是个东西。"于荻叶道:"既然不知,咋说不是个东西,也没祸害你。"徐杰着急道:"我说不是个东西,不是说坏人不是个东西那意思,就像狗不理包子是个东西……"于森朝二人一笑,道:"你俩胡诌八扯个啥,湃(π)是数学里的事,叫圆周率,还狗不理包子。"

戚家国接着说:"对,圆周率,3.1415926……可浩瀚无比的大海就是不给你个准确数,就像圆周率永无终了一样。英国皇室得此情报,也觉奇妙无比,便以海军之需为名租占刘公岛和威海卫,清政府用此租费打发走了日本人。"连城、毕昆山都瞪大了眼。毕昆山说:"何等之神奇。"戚家国道:"正是。庄士敦不愿离威海卫,他喜好中国文化是真,可他对刘公岛π的痴迷外界不知,他有次对我说，太累了，太累了，脑子快想糊涂了，刘公岛为何是个湃（π）。"

　　这时店小二端来热腾腾的包子和鱼虾参蟹，戚家国对杨子千说："她们唱歌你打架，都累得不轻，必也饥饿，抓紧吃饭，吃饱了我领你们转转刘公岛。"连城、毕昆山异口同声："真的啊？！"戚家国看他俩："这有啥吃惊的？我去刘公岛，就跟去我家后花园一样，别忘了我是戚公子。"自己笑笑。于森说："你们去吧，我们五个还有事。"于荍叶接着说："是啊是啊，我们要运……"徐杰碰她胳膊一下，她赶忙闭嘴。戚家国微微一笑，低头咬一口狗不理包子："是运粮吧？"于荍叶吓得一哆嗦，刚夹起的包子掉到桌上，转头看于森："我、我没说呀？"

　　戚家国若无其事，边吃边说："你们去的那家粮栈，在威海卫能排三号，我是大股东，你们买粮，是我点了头。"五女子一听都吃一惊，瞪眼看他。戚家国说，"你们买粮之用途，我能猜到，所以我吩咐杨掌柜，粮食再紧张，也挤一点给你们。"

　　王冰站起身，对戚家国抱拳拱手："好兄弟，谢谢你！"戚家国笑道："我爱听谢我之言，尤其是咱们这样的人。"大家抓紧吃饭。闲话不提。

　　饭毕，五姐妹坐运粮车回桥头，五男子则去刘公岛游逛。

　　出了东城门，戚家国转回身，望着拆掉的城门，说道："五百年威海卫城，其方一里，分东南西北四城门，各建城楼，威武壮观。日本人来了，嫌汽车出入城门碍事，便拆了东城门，变成如今这般敞开之状。"稍顿又说，"威海卫城虽小，但或是全国最独特者。英租威海卫时，范围包括刘公岛和威海卫城周边二十多公里地带，威海卫城却不在其中，仍属清政府，形成中国地域中的英租界，英租界里又是大清朝之有趣国境。那时有些赌徒，耍起了越境避罪之策，城里玩赌被警察追捕，赶快往城外跑，出了城门就是英租界，中国警察无权抓捕；反之英国警察也无权抓捕跑进城门之赌徒。"杨子千哈哈笑道："挺有意思。"戚家国又朝东指着一处空地说："今天那柴一刀，当年就在那处劈柴卖柴，民众可怜他，常买他劈柴，谁知如今变成这种人。"杨子千说："他的大刀力道甚大，我今天若是以刀与他相拼，恐怕是要吃亏。"戚家国说句："The first slasher。"大家一笑。

　　几人说着话前行，很快来到海边。这里有座简易码头，泊着几条舢板。戚家国说："日本人来之前，这里泊着大大小小几十条船，大都是往刘公岛载客之用。"指了指东北方的爱德华港，"那里是深水大港，刘公岛的英国舰船，或日本的舰船，和一些货运帆船，都在那里停靠。"说话间，几个舢板船主打招呼，戚家国应着，几人上了一条舢板，船首插着"刘"字小旗。

　　舢板离开码头，朝刘公岛划去。

　　这日天气晴好，海阔天空，风平浪静。舢板推开镜子般的海面，徐徐驶向刘公岛。船主是位四十来岁汉子，黝黑的脸膛，精瘦的身膀，在船尾摇着大橹，那动作娴熟有力。戚家国称船主刘叔,告诉杨子千、连城和毕昆山,刘叔名叫刘巍,乃刘公七十二世孙,喜欢中国文化的庄士敦任行政长官,对刘公岛之刘公的来历甚感兴趣,然寻遍海岛老少,竟无一人知晓。于是遍撒英雄帖,寻求刘公之事,数月亦无收获。一日庄士敦饭后散步,自爱德华港的行政公署沿海边一路南行,至卫城东门外小港,观赏着海岸风光,看着几十条舢板在岸边候客,颇是惬意。猛地一条小船引起他的注意,正是刘巍的船,他快步下到码头边,指着船首的刘字旗问:"你是否姓刘?"刘巍说:"是啊,姓刘。"庄士敦又说:"你姓刘又在刘公岛上做事,可知道一些刘公的事情?"刘巍说:"那是我祖宗,我怎能不知。"庄士敦大惊,叫道:"你祖宗的……"刘巍生气地握紧拳头:"你是外国人咋啦,敢骂我祖宗?"庄士敦自觉失言,忙笑着解释:"NO,NO!请原谅,我太着急,发音不准,我是说我敬仰刘公,我在造(找)你祖宗的事情。你真是刘公的后裔?"刘巍一挺胸,道:"这还有假?七十二代,家有宗谱。"庄士敦听了一把抓住他的胳膊就往岸上拖。刘巍惊道:"你干啥?我祖宗驾鹤西去一千七百年,怎会惹了你……你找事、找我祖宗的事……"庄士敦急道:"不是找事,是寻找你祖宗刘公的历史,快带我去看你刘氏的宗谱。"刘巍这才明白,指着舢板说:"我在接客,走不开。"庄士敦说道:"你接客,图钱,今天我包了你,到你家去。"刘巍叹口气:"嗨,听着这么别扭。"只好系好舢板,随他而去。结果庄士敦看到族谱,高兴得给了他十块大洋,够摇船数月所得。

杨子千听了这事,说道:"行啊刘叔,庄士敦够意思。"刘巍回道:"那可不,他后来多次找我,还给过我一张他的照片,是1906年圣诞节,他探古访幽留宿桥头碑口庙时所照。"戚家国说:"庄士敦从刘叔这里得到了刘公的身世来历,万分高兴,就把刘叔当作知己,领着好几个大人物包刘叔的船出海游玩或垂钓,这条船也成了威海湾里的名船。我但凡进岛,只要刘叔船在,必坐此船。"连城听了问道:"大人物?多大的人物,能否说说?"

戚家国道:"说也无妨,已过十几年了。"看一眼刘巍。刘巍说:"陈年旧事,说吧没啥。"戚家国道:"第一个人,是北洋大臣李鸿章的次子李经迈,曾在清廷担任要职,辛亥革命后,来威海避难,与庄士敦交往甚密,庄士敦时常带他坐刘叔这条船出海。第二人是袁世凯长子袁克定,曾在清末担任朝廷要职,辛亥革命后来威海避难居住,庄士敦常去探望,邀其出海游玩。第三人是蔡廷干,甲午战争时逃跑被日军俘虏,囚于日本大阪监狱,释放回国后曾任总统府高级军事顾问,袁世凯封其为海军上将,来威海避难,庄士敦保护他。还有一位最为特殊的人物,差一点儿也坐了这条船,他是溥仪。"

三人皆一愣,毕昆山脱口道:"末代皇帝!"戚家国点点头:"是他。因为这件事,庄士敦再未带人坐过船。"杨子千着急道:"快说吧,急死个人。"戚家国笑笑说:"庄士敦不是做过溥仪的老师吗?1927年溥仪几番联系庄士敦,希望来威海卫居住,庄士敦以英国对威海卫管理不稳定为由婉拒,其实是怕这位末代皇帝带来军政风险。那次他是和一位重要英国官员乘坐此船时，用英语交谈，没想到刘巍天资聪慧，经常拉英国人，学会不少英语，竟听懂了意思。庄士敦一番后怕，再不敢随便坐他的船。"杨子千听完说："这四人地位确实高，刘叔这船称作名舟真是名不虚传。将来我们兄弟或许也有成名之人，凑凑热闹。"几人皆笑。

连城看着刘公岛，心情迫切地说："刘叔，你还是讲讲刘公岛的事吧，想听听。"刘巍说："坐我船的客人，都是这样，想听刘公岛的故事。若讲神话传说，那可叫神乎其神。这岛还有个名字，叫龙宫岛，据说龙宫就在其下。龙王派虾兵蟹将上岸，抓去一批巧手工匠筑建龙宫，三个月干完，又把工匠送回人间，没想到龙宫里三个月，人世间三十年，工匠的儿女们年纪反而都比父辈们大了，闹出许多笑话。至于刘公岛的来历，还是戚公子说吧，他是读书人，见多识广，讲得清楚。"

戚家国一笑说："好吧，坐着小船，赏着海景，眺望着刘公岛，我说说刘叔先祖的故事。刘公的故事原本只是道听途说，五年前我到威海公立中学图书馆查阅资料，无意中看到一本清朝人王兰生所著《威海卫大事录》，其中详细记载了刘公岛的来历……"戚家国娓娓道来。

东汉末年，朝廷腐败，宦官作乱，汉灵帝受宦官蛊惑，盛年丧生。灵帝长子刘辩继位，号少帝。奸臣董卓居心叵测，欲立刘辩同父异母兄弟刘协为帝，只因刘协仅九岁，年幼无知，易于摆布，故立之。董卓心性极毒，唯恐刘辩日后生事，遂暗下毒手，斩草除根，乃以毒酒杀之。少帝有个爱妃唐氏，其时正怀身孕，因得宠于少帝，亦被董卓手下所害。但她却未被害死。原来董卓所派行刑武士中，有一唐妃乡人，曾因酒后犯律，险被处死，多亏唐妃看在乡情分上，以酒后初犯为由，求情于少帝，方免一死。此武士对唐妃感恩不尽。及至奉命绞害唐妃时，顿生报恩之念，思出一条搭救唐妃之计谋来。行刑时，武士见唐妃怒骂奸贼董卓，即上前捂她口鼻，武士手中事先藏了蒙汗药，片刻工夫，唐妃昏死过去。武士再将绞索避开要害之处，而使唐妃没有真死。草草掩埋过唐妃，武士设法告知御史郑大人。郑大人是前朝老臣，因持守正义，不从董贼而弃官居家。当日傍晚时分，郑大人接得密信，内有一言一图——言道"唐妃仍活速速救之"，图则画了自城内至城外山岭坟地途径。郑大人见信，急忙唤上一心腹家丁，只道救宫中贵人，并未言明真身，出城径奔坟地而去。到得那处，按标记寻着坟墓，主仆二人大惊：那坟墓已被扒开，棺盖一端支把小铁铲，棺沿可见新鲜血迹！原来唐妃被埋不久即活过来，正觉憋闷难忍，恰巧遇一盗墓贼前来扒坟盗墓。那时节征战不断，民不聊生，盗贼蜂起，扒坟盗墓之事常见；唐妃被埋时，早叫贼人盯上，俟至天黑，即来施恶。那贼人扒开坟土，开启棺盖，入棺行盗。据说盗墓贼行盗之时，得先祷告天神，言明自家贫苦无奈，方为此举，求得天神宽容。入棺行盗之前，又得祷告地鬼，仍是祈求宽恕。唐妃原也不知自个躺在棺里，直至盗墓贼扒开坟，启开棺，对天神地鬼的祷告声被她听见，方知自个境况，暗想自身虚弱，斗贼人不过，只得佯作死状，随贼盗去。谁知那贼光亮之下，见了唐妃美颜，竟生邪念，欲行不轨。唐妃惊恐之时，只顾保节，不管其他，张嘴狠咬那贼，一口将他鼻子咬伤，贼鲜血淋漓，惊逃而去。郑大人将唐妃救出棺来，给她罩件外衫，扮作民妇模样儿，扶上马背，径往城外一庄落，觅一熟识人家驻足。数日后，郑大人与另一正直大臣一道，将唐妃护送至隐居小龙山的孔荫处避难。孔荫乃孔子十九世孙，曾做过京都文部大臣，后因桓帝宠信宦官，不纳善言，其性刚直不阿，难以与之为伍，便于永康年间，辞官归田，携妻儿家人往小龙山隐居。唐妃被郑大人等护送来时，孔荫已年过半百，眼前有夫人及女儿龙妹。孔荫乃圣人之后，仁义之辈，对救苦救难之事，只觉义不容辞，何况救的是身怀少帝骨肉的唐妃，岂有不收留护侍之理？于是唐妃便随孔荫一家过活。后来，为逃避战乱，孔荫携唐妃并家人辗转流落，居无定所。唐妃于逃难途中生下皇子刘民。一家人由中原逃至冀州，由冀州逃往山东，最终至东海之滨，安下身来。孔夫人及孔荫先后亡于途中，唐妃则仙逝于荣成县境之成山头。魏明帝太和年间，魏吴两军交战于成山头，刘民居所毁于战火，义妹燕儿也下落不明。刘民难忍亡母失妹之痛，溺海自尽，相传却被一巨鲸搭救来至此岛。再后来，刘民与燕儿团聚成亲，定居此岛，为四下百姓采药诊病，为过往舟船引航避险，成年累月，大做善举。二人被百姓尊称为刘公、刘母，此岛亦被叫作刘公岛。

  刘公岛从汉末至唐朝的"贞观盛世"，经济有了较大发展，社会相对稳定，百姓大有安居乐业之感。到了天授年间，武则天称帝，传说武则天欲"察巡东隅海疆"，其时登州府所辖刘公岛一带均在此次察巡之列。为博武则天欢心，登州刺史于近海处大造行宫离苑，以备武则天幸临。在所造馆舍中，以刘公岛之望海楼最为突出。望海楼共分为四层，高九丈许，坐北面南，雄踞旗顶山东坡坡顶。楼以优质砖木构建，翘角飞檐，雕梁画栋，富丽堂皇。楼内各层设厅，一至四层分别叫作"春福厅""夏禄厅""秋寿厅""冬禧厅"。每登一厅，所观景象各异，及至四层"冬禧厅"，凭栏眺望，可将海岛、山川、舟楫、鸥鹭万般佳景尽收眼底，实在妙不可言。望海楼自建成起，直到明永乐年间被倭寇焚毁的七百余年里，一直是刘公岛上的最高建筑，就连山下龙王庙里渔民朝拜的鼓乐声也听得清清楚楚。故古人有"音韵传闻望海楼"的诗句。望海楼在刘公岛矗立七百余载，成为胶东东部沿海之名景。可惜明朝永乐四年（公元1406年），倭寇进犯威海卫，侵占刘公岛，烧杀抢掠无恶不作，匪寇在败逃时放火焚毁了这座著名的海上楼阁。

十八

甲午故地

　　戚家国讲到刘公岛上的望海楼毁于战火，叹一口气说："威海卫之近代历史，资料记载较多，但凡重大事件，几乎皆与倭寇海盗有关。明朝统治者迫于东部海疆屡受倭寇侵扰之故，于太祖朱元璋洪武三十一年（公元1398年）设立威海卫，至清光绪二十年（公元1894年）中日甲午战争爆发前，威海曾三次遭到倭寇侵扰，其中两次与刘公岛有关。"

　　明永乐四年，倭寇船队公然进犯威海卫，侵占刘公岛，并采取声东击西之手段，扬言进攻百尺崖所，牵制守军，乘机在威海东海岸登陆，烧杀抢掠，无恶不作。据清乾隆本《威海卫志》载，其时卫城外的居民被害得"几无噍类"，即几乎没有活人！由此可见倭寇之歹毒。践踏了城外居民的倭寇兽性大发，继而又攻打卫城。时任指挥佥事扈宁，率领世职及春戍、秋戍两班京操军和守城军进行抵御，全城民众同仇敌忾，给守城官兵以大力援助。由于广大军民同心协力，猖狂至极的倭寇连续攻打三个昼夜，卫城安然无恙。后来都督徐国公闻讯率军赶到，里外夹击，致倭寇败逃。

　　倭寇三番两次侵凌威海卫及刘公岛，却屡屡未能得手。直到清光绪二十年，日寇抓住清政府腐败无能之机，挑起中日甲午战争，大清国一败涂地，威海卫、刘公岛落入魔掌。

　　"1930年威海卫被民国政府依章收回，可如今又被日本人占领，唉，真是世事如棋。"戚家国说着话，小船也将到刘公岛岸边。刘巍问："戚公子，我们私泊还是公泊？"戚家国说："公泊吧。眼下形势趋紧，私泊上岛，倘若被巡查查到，反添了麻烦。"刘巍说："你不是跟官茅厕和邵打爹熟吗？他们管巡查，查到又何妨？"戚家国一笑："能少添乱则少添乱。"刘巍回道："好嘞，我在石码头东边候着各位。"刘公岛有两座官建码头，铁码头在西，是北洋海军的军用码头，用于停泊战舰和装卸煤炭等军用物资；石码头在东，用于普通船只停泊及货物装卸人员上下。除这两座码头，还有早年渔民自建的渔船停泊地，设施简陋，且受潮汐影响，退大潮时船只难以靠岸，故石码头成为船只出入岛的适宜之地。

舢板靠稳，大家下船。两名巡查与戚家国相熟，听说是亲友上岛探望邵居同的，便开了张通行证，顺利放行。

五人向东，且看且行。王冰此前来过，未多言语。连城和毕昆山满眼看不完的风景，问不完的话语，戚家国一一应答。杨子千着急道："你俩能不能稍稍消停，容我问句话？"连城笑道："我俩即将赴沪学习，你离刘公岛这般近，哪日再请戚公子专门讲上一讲。"杨子千道："你俩学成即来公干，天天守着个刘公岛，多少事整不明白？我这话憋了好久，恐怕大家都想听。"戚家国说："杨兄啥话憋了好久？说说看。"杨子千朝连城笑笑，对戚家国说："刚才那使船的刘叔，说你跟官茅厕和邵打爹熟悉，这倒是人还是啥玩意儿？"

戚家国一听笑道："两个巡捕，一个英国人一个中国人，跟我有些交情。先说官茅厕，这是绰号，为英国巡查，中文名魏德凯，人称小魏。为什么叫他小魏？因为他刚到街头巡查的时候才二十岁左右年纪，一副娃娃脸，白白净净，看上去就是个外国小孩，如今掌管威海警政近三十年，几乎无人不识。魏德凯给人的印象较温和有礼，即便你犯了小错，他也从不吹胡子瞪眼，使人对他有种喜欢式的服从。威海卫城外英管区，建有四五处公厕，老百姓称之官茅厕，东门外南侧有一处，爱德华港外边有一处，这一带正好行人较多，魏德凯常在此巡查，每每看到有人在公厕外小便，就不声不响站在附近开罚单，等那人完事了，舒舒服服想要走，他会平声静气道'你过来'，犯事者忐忑地走过去，他把罚单交给对方，指指远处的警局说，'拿着它，到警局交钱。'受罚之人乖乖去交两角钱，几乎没人赖账。他每年处罚数千人之多，小小卫城，有几人不认识他？于是取绰号'管茅厕'或'官茅厕'。魏德凯后来升至码头区巡查局长，空闲时还是到街上开罚单。有人觉得叫局长开两角钱罚单挺有意思，就故意等他，待他走近了，转身作小便状，然后笑嘻嘻走过来要罚单，魏德凯说声'你没尿'，径直走开，可谓明察秋毫也。"戚家国说着笑起来。

杨子千道："看你深有体会，肯定干过。"戚家国回道："我们那帮小孩都不怕他，哪个没被罚过几次？后来家父知情，领我去找魏德凯道歉，可能从那开始认识了，每每见面打声招呼，他总是和蔼以对。威海卫交回后，他调往刘公岛，还帮过我几次。"

王冰说道："魏德凯这事，我也听说过。邵打爹呢？是不是邵居同？警察打他爹公事公办那人？"戚家国说："是他，海埠村人。"稍顿又说，"英租威海卫第二年，组建起五百人的中国军团，英人为官，华人为兵，用以威海卫界内治安和对外防卫。1902年中国军团几位担任巡查之事的官兵调入殖民政府，成为租借地首批巡捕，后来巡捕数量逐年增加，邵居同亦成为巡捕。"

正如戚家国所言，1906年后中国军团解散，许多官兵入选警局，巡捕力量大增，殖民政府新建巡查规制，并划分码头区、乡村区、刘公岛区三大警区。巡捕职责甚宽，正如魏德凯管随地大小便一样，几乎无所不管。这从《巡捕章程》

的条款中可见一斑："大路上如有大石头或别的障碍物，应当挪开；若有人在井旁洗衣服必须制止；未经允许而在大街上搭天棚及茶棚的应当禁止；对在大路上或街上乱走而无人看管的牲口应当拘留；如遇乱贴广告于树上或墙上者、毁坏涂污房屋栏杆者、撕毁国家告示者、随地大小便者和打架吵闹者、故意毁坏国家树木者……应当捉拿；对侵占道路或街巷者、倒脏污于街巷者、在倾倒垃圾堆上捡物者、售卖腐烂鱼肉水果者……应当禀报。"警员内部等级分明，分为高级警官、巡官、巡佐和警士。高级警官即警督，巡官俗称三道杠，巡佐俗称二道杠，巡官一般由英人担任，巡佐和警士则全是中国人。至威海卫交回时，共有警力二百余。邵居同是为数不多的华人三道杠，靠真本事打拼出来的。英人为了租界内之安宁，对农村集市加强控制，派一两名巡捕管理集市，名曰镇集。邵居同做过羊亭集镇、凤林集镇，靠着公私分明不畏强势而闻名遐迩，从警士升至巡佐，即二道杠。

"凤林大集乃其乡土，亲朋熟人甚多，邵居同铁面无私一视同仁，得罪了不少人，也赢得更高声誉，最有名的就是警察打爹之事。"戚家国边走边说，"冬闲时村民常有小赌之风，有一次邵居同带几个巡捕在本村抓赌，没想到他爹也被抓了现行。当时有个规矩，抓到赌徒当场要施以棍刑，以儆效尤，巡捕要对其父施棍时，其父喊他小名，巡捕犹豫不决，邵居同说了句'公事公办'，结果他爹也挨了警棍。这事被英国人知晓，以'警察打爹公事公办'为题，于警界极力宣扬。此后不久邵居同荣升三道杠，调至刘公岛警局。"

连城问："他如此为人，也算忠心耿耿不枉私情，你是如何跟他交往上的？"戚家国说："我家在桥头西北生子沟有百亩田产，是一块果园，种了苹果、桃子、葡萄、梨，雇了长短工管理，有段时间时常招贼，长短工夜间蹲守捉贼，不想抓到了桥头村梁筠懿和几个混混。那时梁筠懿还在村里，是个混混头儿，被抓了赃不但不悔过，反倒恃强打人。家父找到庄士敦，将此事禀告，庄士敦一听租界内有这等恶事，忙让警局查处。警局派人拘捕梁筠懿等，竟无人愿去，借故推诿，最终邵居同领下该差，带几名巡捕赶到桥头村，文武兼施，费力将梁筠懿一伙人拘到威海。梁筠懿花了大钱被定从犯轻罪，罚款归家，另几人被关了一个月黑屋。由此事家父与邵居同结交，后来我也见过几面。"

说着话已近东疃，戚家国指着路南一幢四面坡脊竖着大烟囱的英式房屋说："这就是岛上的警局，老百姓叫巡捕房。我们既然打着邵巡官亲朋的名义登岛，还是登门拜见一下为好。"王冰应道："应当这样。"五人便拐道南下。

几步路来到巡捕房，至南门，门口站着一身材高大壮实的警官，头戴包巾状无檐帽，着制服，打绑腿，黑皮鞋白手套，右臂斜缝着三条黄杠布标。戚家国一见忙说："邵巡官怎么在这儿？"这人正是邵居同。邵居同扫一眼众人，面色平淡道："我的亲朋来了，岂能不出门欢迎？"众人一愣。戚家国又说："邵巡官咋知道我们要来？"邵居同说："你们刚进岛，码头巡查就把电话打给我，要不是看令尊的面子，我差点儿让巡查把你们送回船。"

戚家国指着其他四人说："这几位是我……"邵居同摆摆手："不必多说，你过来。"他把戚家国引至一旁，稍微压低声音说，"你一人登岛，说我朋友，未尝不可。一下领来一大帮人，说是我亲朋，那可不妥，我哪来这么多亲朋？万一在岛上生事，你让我也跟着受牵连。再说，我跟令尊尚可称友，你我称友则牵强，以后还是少打我旗号为好。"戚家国忙说："不好意思邵巡官，没想到来趟刘公岛对你这么不便。"

邵居同并未理会，转身走近几步，对几人说："你们几个，听好了，在岛上游玩，第一，这后山上的松林，是英国人栽了几十年才长成这样，不准在树林里吸烟生火；第二，不准随地大小便，否则魏长官发现会罚你款；第三，不准毁坏涂污房屋栏杆、撕毁国家告示、打架、吵闹……最后一条，溜达完早点回去，不要在岛上逗留。回去时不要再提是我亲朋，省得英国人对我生疑。"说完转身回警局去了。

五人闷闷不乐离开警局。杨子千说："这都啥呀，高高兴兴来趟刘公岛，被这邵打爹没鼻子没脸训一顿，还不让说是他朋友。"连城亦道："好像这刘公岛英国人到期马上要交给他了。"戚家国苦笑一声说："这个邵居同，真不给面子，我这脸上麻卤卤的……"王冰哈哈笑道："这就叫警察打他爹——公事公办。"几人皆笑。连城与毕昆山原本兴奋之情早已散去，几人草草看了几处景物，坐船返威。

五人自刘公岛回来，连城与毕昆山仍乘便车返回青岛，戚家国与大家告别归家，杨子千和王冰坐马车回墩前。王冰第二日将启程前往东海军分区司令部报到，回村后直接去刘青山家，交代工作事宜。杨子千一人回家。此时天已薄暮，雀鸟归巢，正是家家筹备晚饭之时。

杨子千回到王家大院，径往自己屋舍，推门进去，室光昏暗，未及点亮灯烛，忽然背后被人拍了一掌，回脸看时，一蒙面人手持白晃晃的大刀朝他砍来。他心下大惊，赶忙矬身避过。蒙面人未待刀法使老，手一弯翻回刀刃，砍向他的大腿。杨子千啪地双掌拍击旁边桌面，身体腾空倒立，蒙面人极快执刀斜刺过来，杨子千两臂弹起双腿前摆蹬向那人头脸，蒙面人腰身后仰躲过蹬踢，大刀随之往后劈砍。杨子千落地右脚踩到一只马扎，站立不稳，眼见大刀迎面砍来，躲闪不开，暗说中了算计，一条胳膊没了！他挥起右臂护住头脸。大刀正正砍在右臂上，只听"咔"的一声。杨子千心头一激灵，下意识咬紧牙关，却觉得右臂微微疼痛，并未砍断，倒是那白晃晃的大刀断作两节，刀尖飞了出去。

正当杨子千愣怔时，却听蒙面人笑道："你输了，胳膊已断！"却是毕云声音！杨子千惊道："毕兄是你？！"对方摘下面罩，正是毕云。细看他手中大刀，却是木头削的，涂了白滑石粉。杨子千不解地看着毕云："毕兄你这是……"毕云一笑说："受点儿伤养这么多时日，觉得好利索了，打算叫着你出去干点事，想此下策试试自己身手。"杨子千苦笑一声："哎呀我的兄弟，哪天不能试身手偏选今日？这一天把我累得！"他把上午斗仁丹胡子、下午去刘公岛之事说了。毕云听了说道："怪不得感觉你功夫见弱，原来打过恶战。不过我这边也是事急，只想早早会你。"就把事情原委说了。

原来毕云前些日受伤，多亏穿了棉衣，伤得不重，一直住在王冰这里歇养。他眼见着伤愈，着急出去跟日伪明刀明枪干。昨日连城和毕昆山过来，正好他外出有事，并不在家。今日说起，杨子千方知昨天他寻个借口跟王冰打声招呼，身着便装直奔汪疃去了，偷偷找到手下几个铁杆兄弟，策动他们尽早离开郑维屏，跟着共产党抗日救国。几个兄弟皆愿意走上抗日救国之途，只待时机成熟，带些枪支弹药出来，参加共产党的队伍。

毕云此行除了联络到几个好兄弟，尚有意外收获，他得到一条消息，日伪有一批军用棉衣，明天午后将从草庙子据点运往马井泊据点。为了掩人耳目，日伪将采取畜力运送方式。郑维屏部原打算劫下这批棉衣，可又不想得罪日本人，取消了劫衣计划。毕云得此消息，觉得我抗日队伍物资匮乏，想拿下这批物资，也算是献上一份礼物。杨子千听罢，觉得可做，只是不知敌方押送人员多少，为稳妥起见，可再叫上梁大胆，一同为之。毕云觉得有理。

第二天一大早，王冰一班人离村前往东海军分区司令部。杨子千和毕云随后出门，两人来到梁大胆村庄，找到他家，正好梁大胆在屋后菜园刨地。听了两人来意，梁大胆高兴道："我就说嘛，一早喜鹊喳喳叫，叫着叫着喜事就来。"三人在菜园边上，坐在石头上说会儿话，然一起回墩前村。路上边走边研究行动方案，一遍遍预计敌方押运人数，如何动手解决敌人。至墩前，天已近午，三人下厨房煮了杂面条，熥了虾酱，烀了豆粑粑，扎扎实实吃个饱，顺路往西而去。

行至报信村，杨子千见路边有棵数百年的龙爪槐，刚刚吐出新绿，树下两个老头在下象棋。杨子千说就这等吧，毕梁同意。三人靠近棋局，或站或蹲，看跳马飞象。俩老头见三个路人歇脚观战，顿时来了精神，举棋攻敌，落子有声。黑方瘦老头啪地跳出黑马，说："五步之内，结束战斗，将死你。"红方胖老头啪地横出红车，道："吹吧你！"瘦老头架炮保马："要是将死你，你输点儿啥？"胖老头两手摸摸布兜，没摸到啥，猛地一拍头顶新帽子："输了这帽子给你戴三天，闺女过年刚买的。输不了你那铜烟袋锅可就三天归……"话未说完，站着的杨子千突然抓起他头上的帽子就跑，毕云和梁大胆噌地起身便追，把两个老头吓一大跳。瘦老头坐翻马扎跌倒在地，胖老头起身追这三人，叫道："你这小贼！俺闺女过年在桥头集给我买的新帽子，没戴几天……"

原来杨子千站着假装看棋，眼睛一直瞄向西边大路，远远看见来了两人，前边的牵一头骡子，骡子背上驮两大包东西，后边的推一辆自行车，估摸就是那件事。待近些，看清推自行车那人背着手枪，心下肯定了，灵机一动，摘了老头帽子迎面跑去。

路上过来两人，正是马井泊汉奸便衣汪四喜，绰号"四喜丸子"，和同伙一起，从草庙子据点向马井泊据点押送军棉衣。一路行来提心吊胆，生怕物资有失，无法交差。看到报信大槐树，推着自行车的汪四喜说："过了报信就没事，一袋烟工夫就到。"再近些看到树底下摆楚河汉界，又说，"报信这俩老头，一对臭棋篓子，还天天在这下棋，不嫌丢人，等爷哪天得空来教教他们，杀他个人仰马翻片甲不留一败涂地，看他们再敢嘚瑟！"前头牵骡子的说："前几日我去看过，就那胖老头，下棋不咋地，可摊了个好闺女，人长得俊还孝顺，常给他买东西，过年给他买了顶新帽，这老头动不动就拿帽子说事，说输了棋帽子给人戴几天，谁稀罕戴，你以为是皇冠啊！"汪四喜哈哈笑道："这胖老头有意思，听说为下棋，丢了奶猪子，丢了鸭巴子，照我看他那帽子也……"

话未说完，忽见有人拽下老头帽子朝这边跑，一个愣怔，"你看你看，说帽子帽子就出事！"只见前边一人拿着帽子快跑而来，后边两人边追边喊："拦住贼人！快快抓贼！"老远儿胖老头光着脑瓜一瘸一拐追来。杨子千跑到跟前，牵骡子的慌忙往路边躲，汪四喜也不知该当如何，扶着自行车愣怔站立。杨子千跑到汪四喜跟前，突然把帽子扣在他头上，说："帽子给你！帮我拦住他们！"汪四喜赶紧薅下帽子塞给杨子千："你这小贼胆敢栽赃，老子毙了你！"他伸手去摸手枪，却发现枪套空空，再一看杨子千已拿手枪指着他，吓得目瞪口呆。那边梁大胆也拿枪抵着牵骡子者，毕云麻利地将他绑了，又过来捆绑汪四喜。

胖老头追上前来，喘息道："你这小贼……看、看你哪……哪跑？绑了去、去见官府！"定睛一看绑的不是杨子千，傻愣了。杨子千把帽子递给他说："老大爷，我们是抗日队伍，来抓汉奸，借你帽子一用，多谢了！"老头口里应着："哎哎……好……好……"接过帽子赶紧离去。三人绑好两个汉奸，押到大槐树下，塞了嘴巴，将其吊到树杈上。杨子千用枪指着二人说："今天饶你们一命，下次再给鬼子干事，利利索索一枪崩了！"吓得两人不住点头。

三人牵骡子推自行车，前行不远拐道向南。不想马井泊几个出来迎接的伪军发现情况不对，开枪追击。杨子千对二人说："你俩赶着骡子快走，我断后掩护！"伏在路边土堆旁，开枪阻击伪军。伪军不明底细，不敢贸然追赶，跟杨子千对开了几枪，收队而去。

杨子千骑自行车追上前边二人，一阵快行到了西字城，将缴获的物资交给我军办事处。办妥这事，杨子千打听了西字城离大水泊很近，便说要去找一找宋奇光。毕云和梁大胆一同前往。三人在大水泊好一顿打听，终于得到消息，宋奇光被组织派往外地公干，不知何日能归。杨子千甚觉遗憾。

十九

行 凶

毕云参加人民军队后，工作积极，作战勇敢，争取了很多郑部士兵加入人民抗日队伍。他在与日寇的斗争中，多次只身闯入市区，掐敌哨，杀敌兵，搅得日寇胆战心惊，日寇曾多次悬赏缉拿小老道毕云。而杨子千交的最铁的三个兄弟王冰、毕云和梁大胆，一个去了东海军分区，两个参加了抗日队伍，剩他一人，每天除了练练武，再无他事，便常到刘青山那里，说说闲话，赶上刘青山忙碌帮着打下手。这天他又在刘青山处忙活一日，帮其晾晒中草药，傍晚离开时，刘青山说第天要去文登林村有事，问杨子千想不想一起去。杨子千答应。

翌日早起，杨子千来刘青山处吃了早饭，二人拾掇上路。途中刘青山告诉杨子千，昨天接到地下交通员带来王冰书信，让他去林村找人学习修枪、造枪技术，准备在埠岚村建起秘密枪支修造所。杨子千说好啊，到时修枪、造枪，也能打打下手。刘青山说："这些日子你一直帮我做事，我都记着呢，过一阵付工钱给你。"杨子千道："兄长快别这么想，我给你干点事，就是帮忙，哪还来的什么付工钱。"

刘青山说："我听王冰说，你跟他跑来跑去做事情一年多，他给你钱，你只是在回家探望母亲时才略取少许，除此一概不要，这哪能行？听说你原本在东北做工，因打死日本监工跑回胶东老家，在石岛做过工，又来威海找事做，就是为了做工挣钱。可你现在这样，挣不到钱，那怎么办？"

杨子千说："我从十四岁开始，跟着父亲闯关东，可以说啥苦啥累都吃过遭过，也没挣到多少钱。我越来越看透，不打跑日本鬼子，就没有好日子过。家中老母亲和哥哥，也是勉强度日，我每次偷偷回去看母亲，都是晚上进村回家，怕连累他们。母亲说，常有生人在村里转来转去，还曾有人到我家附近打听过我，我猜想是狗汉奸侦缉队的。母亲身体尚可，有我兄长照应，也还放心。所以我现在一心抗日打鬼子，挣不挣钱是小事。再说王冰兄和你，不也是贴了自己的家财抗日吗？"

刘青山就说："杨兄弟话说到此，有一事我早想问你，老觉得不好开口。"

杨子千一笑说:"咱谁跟谁,有啥不好意思开口。除了介绍对象,别的随意问就是。"刘青山说:"那好。是这样,自从前年秋后你和王冰在凤林集结识,你一直在做抗日之事,可为什么不正式加入我们的抗日队伍?"

杨子千稍顿回道:"兄长所问,王冰兄弟也问过。我是这样想,抗日打鬼子,这无二话,我必定参加,至于参加哪支队伍,我想不要马上决定,我不想像毕云兄那样,着急打鬼子,草草参加一支队伍,到头来自己差点儿丢了性命;还有张文彬,参军的时候也是为抗日,到头来怎么样?我在东北待过几年,那里打着抗日旗号的队伍更是多,可有几支是真抗日的?目前比较而言,感觉共产党还是真抗日,可我不想急着参加队伍,先做着抗日的事再说。"刘青山说:"杨兄弟经历的事情太多,谨慎小心,或者说胆大心细,也好。但我敢保证,你迟早会参加共产党的队伍。"杨子千一笑:"对,我也觉得是这样。"两人一路交谈不止。

行了一个多钟头,来到文登林村,在村头找到张记裁缝店,刘青山过去对上暗语,老裁缝带二人穿小街过胡同,来到一个破旧院落。大门口支了个小铁匠炉,烟火缭绕,老铁匠在叮叮当当打着镰刀。老裁缝走近了打声招呼,用手比画比画。老铁匠四下看了看,点头示意,老裁缝领二人进院。院里共有四间正房三间厢房,来到屋门前,老裁缝三下两下三下敲门,木门吱呀打开,一个年轻人与老裁缝低声几语,把杨刘二人请进,老裁缝兀自回去。

进了里屋,一个三十多岁男子正和两个年纪轻的坐在桌前看图纸。领他们进屋的年轻人对那男子说:"宋大哥,人来了。"男子起身朝二位行拱手礼,互报姓名,方知此人乃宋干卿,是这个小型兵工厂厂长。宋干卿,荣成黄山北寨子后村人,其家境较好,少年入学,读书用功成绩优异,是有名的好学生。九一八事变后,二十多岁的宋干卿满腔怒火,每逢朋友相聚,谈论的都是如何把日本鬼子赶出中国。其时他的家乡有共产党活动,他积极向党组织靠拢,1933年1月,经人介绍加入中国共产党,后成立党支部,他是支部委员。入党后,他不仅看军事书籍掌握军事知识和技术,还拜师学武练功,强健体魄。1935年农历11月4日,中共胶东特委发动"一·四"暴动,宋干卿任第一大队第一中队中队长,率部攻打石岛。靠近石岛时,不见内线接应,他只身潜入石岛侦察敌情,因敌人戒备森严,攻打计划落空,即率一中队返回文登,随一大队行动。后暴动遭国民党军阀韩复榘血腥镇压,大批党员被捕杀,或往外地躲避。在白色恐怖之下,宋干卿仍坚持于当地斗争,巧妙躲避敌人追捕,和党组织保持联系,之后成为文登荣成边区党的主要负责人,1937年任文登五区区委书记;天福山起义后,起义部队西上抗日,宋干卿被组织留下坚持斗争;1939年宋干卿任中共东海特委军事部长。由于抗日武装西上,日伪军及国民党控制了文荣威地区,东海区党组织转入地下,没有自己的抗日武装。为搞武装,宋干卿一面秘密组织民兵,一面抓紧搞我党的兵工厂,生产枪支弹药,他在林村组织共产党员林学文、林锋坤、林华政等人在林鹏振家里秘密办厂,为部队修理、制造枪支弹药。

十九 行凶

刘青山和杨子千跟宋干卿接上头，相互寒暄一番。宋干卿要带二人去现场看造枪，拿眼看看杨子千，再看刘青山。刘青山会意，拍拍杨子千肩膀，对宋干卿说："宋部长放心便是，千秋是王冰的义兄，前几年在东北务工替工友出头，打死了日本监工，逃回老家，近几年一直跟随威海卫党组织主要成员为我党做事，我和王冰同志以党性担保，非常可靠。"宋干卿微微一笑，点点头说："嗯，王参谋这位义兄我知道。"杨子千一愣，看着他。宋干卿又说，"昨天我刚从东海特委回来，前天在东海军分区司令部遇到王参谋，特意说起你，这次你们过来学习修造枪支，都是我俩商定的。"说罢领二人进里屋。

最里边这间屋，靠墙摆放三口大瓷缸，缸里盛放粮食，缸底垫一块防潮板石，靠墙角一口大缸里装了八成满地瓜干，另两个大缸盛着半缸玉米和半缸黄豆。这是胶东东部地区农家通常的生活方式，最里间屋作为储粮之处，家里人口多的，盘一铺土炕，既储粮又睡人。宋干卿走到墙角大缸前，运运力，两手攥紧缸沿，将大缸搬下地，再搬开三指厚的垫缸板石，露出个可容一人的洞口。三人鱼贯而入，下到洞里，昏黑中有微弱的光亮，还有叮叮当当的敲打铁器声。

走过约二丈远的狭窄通道，眼前豁然开朗，一间屋大小的地方，当中放一台人工制枪机械，左右墙壁各挂一盏罩子灯，三人围着机械操作。宋干卿对一位年纪较大的男子说："林师傅，这两位是威海卫党组织派来学习修枪、造枪技术的，要麻烦你了。"又对刘青山二人说，"林师傅是这行当的高手，组织派他从蓬莱过来，传授修造枪技术。"双方寒暄过了，刘青山靠近林师傅，两人指指画画攀谈起来。由于刘青山原本就通此技术，两人交谈非常顺畅。宋干卿领杨子千到洞的南壁，笑笑说："我们同志称这里是洞房，上边就是院里的厢房。"抬手指指头顶，说，"这上边就是南院墙墙根，石缝可通气，小铁匠炉紧挨着墙根。打铁的是自己人，一旦有任何情况，用锤子敲敲墙根石，这里边的同志便停止声响。"

杨子千听到头顶铁匠铺的打铁声，对宋干卿竖起大拇指说："真不容易，可谓费尽心机。"宋干卿说："都是敌人逼出来的。在这下边工作很辛苦，隔段时间要上去透透气，否则会憋闷头晕。"稍顿又说，"这里边空间狭小，不宜人多，我俩上去吧。"杨子千点点头："好。"跟着往回走。到了出口下方，宋干卿指着旁边说："这里还有一个小出口，通到屋外，如遇到紧急情况，可爬行钻出屋去。"又指着洞口边缘一根筷子粗的绳索说，"这是联络绳，有时下边人想出来，洞口又被封堵，扯扯这根绳，外边人就会知道，过来打开洞口。"杨子千赞叹设计周到合理。

出了洞口，来到屋外，杨子千说："看得出来，宋部长是练家子。"宋干卿一笑："何以见得？"杨子千说："刚才见面之时，你行的拱手礼，左手不是通常的拱掌，而是直掌，这是练武者最常所用；再看你身手敏捷，力道刚猛，非一般人所能及。"宋干卿道："你对此行道这般明白，必也是习武者了？"杨子千应道："实不相瞒，杨某常年习武。"宋干卿喜道："好啊，痛快，不愧习武之人。"

稍顿又问，"请问练的是哪家功夫？"杨子千道："我没入过正门，所练功夫较杂。十四岁随父闯关东，拉纤、扛包、伐木、背煤，几乎所有累活都干过，痴有一把力气。在异土他乡，为了不受欺负，便对练武产生兴趣，但凡碰到习武之人，便不耻求教，练过的套路也有四五家……"

宋干卿伸手掌止住他的话，笑道："百闻不如一见，百说不如一练，兄弟还是露一手让宋某见识见识，看能不能辨出哪家流派。"杨子千稍顿，也是左手直掌拱抱，说道："也罢，小弟不怕出丑，只期得到兄长指点。咱们到院中比画如何？"宋干卿痛快应答："好啊，院里宽敞，施展得开。"两人即往院中去。几位青年人听说要练武，也都随往院中，准备一饱眼福。

杨子千在院子里找个平坦处，立身收臂，凝神提气，随之使出近期常练的八卦掌，但见身捷步灵随走随变，形如游龙，视若猿守，坐如虎踞，转似鹰盘，身法旋、转、翻、拧，圆活不滞，手法则用双撞掌、摇身掌、穿掌、挑掌等，掌掌相扣。由于此功练者较少，观者觉得新奇，故而几个年轻人连连叫好。一趟八卦掌下来，杨子千收身站定，朝宋干卿抱拳："献丑了，请兄长指教。"

宋干卿鼓掌道："能进能退，能化能生，虚实结合，变化无穷，好一套八卦连环掌。"杨子千一听再番抱拳："兄长真是行家，敬佩！"宋干卿说："我练的是少林拳，是外家拳，八卦掌属内家拳，与少林拳正好阴阳互补。不过你这八卦掌与常见不同，身法诡秘，避正打斜，似有高人指点。"

杨子千一听禁不住抱拳鞠躬，说道："兄长见多识广，实在佩服！杨某早期所学拳路，都是外家拳，简练实用。这一套八卦连环掌，是跟随义兄毕云习练，得到八卦拳第二代传人宫宝田大师指点。毕云兄的师父顾道长，因故与宫大师结缘，得八卦掌真传，也就是说，我这套八卦掌，其根源于宫宝田大师。"宋干卿一听忙说："怪不得看起来似曾相识又未曾相识，原来是师出高门！"杨子千一笑道："无缘拜宫大师为师，难称师出高门，不过拳法确是出自宫大师。"宋干卿说："恕我直言，你既然跟宫大师有过一面之交，义兄毕云又是大师的徒孙，你可要寻机向宫大师讨教啊。"杨子千道："好的宋兄，多谢提醒。"转言又说，"杨某急于观学宋兄拳法，还请赐教。"

宋干卿一拱手："好，献丑了。"说罢脱掉外上衣，递给身边人，踱步场中，扎下马步，吸气矮身，突然一记"开山炮"，直拳疾出，随之而来"劈山炮""连环炮""转角炮""冲天炮"……拳若重炮，呼呼带风，动作紧凑迅疾，劲道泼辣刚猛，只看得围观者双目圆睁，热血涌涨。宋干卿收拳闭招，朝杨子千抱拳："多请杨老弟指点。"

杨子千赞道："这应是少林炮拳，结构简练，拳法密集，招招致命！"

宋干卿道："正是，此拳为屯田军迎敌用拳，就为战击倭寇海盗而演练。其源头为少林寺僧普照，他将此拳传与乔三秀，乔三秀传其子乔鹤龄，乔鹤龄又叫乔仁礼，为明朝东征屯田军，初发威海卫，后移成山卫，因其武功高超，被授为屯田军武术总教习。其后辈落居高落山前，世代习武，离我乡不足十里。我幼时体弱，父亲送我过去习武强身，不想我自此爱上武术，习练不辍。"稍顿又说，"炮拳跟别的拳路相比，更具攻击性、杀伤性，我们眼下面对的，是一群毒蛇猛兽，你若对他稍动善意，就可能像东郭先生那样被伤害，所以对待歹毒之敌，用炮拳灭之最为合适。"看看杨子千，说，"杨老弟天资聪颖，功底扎实，很容易学得此套功法，若不嫌弃，我想带你练练这套拳法，为你个人，更为了我们的对敌斗争。"

杨子千高兴道："太好太好！小弟正有此意，只是不好意思出口。"随即跟着宋干卿习练起来。一个倾尽心神教授，一个专心致志习学，不到两个钟头，杨子千就把炮拳套路学得准确流畅。杨子千高兴道："今日之行荣幸万分，得以与宋兄相见，不，应该是师父，你教了我拳术，就是师父，请受徒弟一拜。"说着就要行跪拜之礼。

宋干卿赶紧伸手扶住，说道："不可不可，咱们只是同志，可不是什么师徒，只希望这套拳术能帮你好好对付那些侵略者，那些歹人。"杨子千抱拳道："兄长放心，我一定悉心练习，融会贯通。今日之见相见恨晚，只望日后能多多聚会，再得指点。"宋干卿笑道："彼此彼此，我也深有同感，希望此后能与杨老弟常见，切磋共进。"两人相谈甚欢。

刘青山和杨子千离开林村已近傍晚。这一日刘青山学了修枪、造枪技术，杨子千学得极为实用的拳法，二人各有所得，直言不虚此行。过了天福山，看看日坠云海，天幕将降，刘青山指着一个村庄说："那就是埠岚村，我们的枪械修造所就打算建在这里。现在这个时候，村里人该是归家了，我们不妨去村党支部林书记家，跟他沟通一下。"杨子千说："行啊，反正顺路。"

行至离村半里远时，有一年轻男子站在路边，身边放一担干柴，像是卖柴的样子，可又没有招呼，直往两人脸上看来看去。走过去一会儿，杨子千低声对刘青山说："这人神态诡异，不大对头，像是卖柴的，可又不提卖柴之事，只盯着人脸看，倒像是辨认什么人。"刘青山应道："是有可疑之处。"杨子千伏在他耳边低语几句，刘青山点头，正好前边拐弯处有片小树林，两人一闪身进了树林，绕了大弯，到担柴男子背后，伏在一条地堰沟里，借助一蓬蒿草，盯着男子。

路对面不远，有个看山的茅草屋，路上没人的时候，男子便去茅草屋一会儿，然后出来。天光昏暗了，突然从茅草屋出来十几个人，来到路上，个个携刀带枪，气势汹汹。杨子千矮下头对刘青山说："真是有事。看穿着像一伙土匪，可佩戴武器又像是队伍。"刘青山说："既然他们在埠岚村边，应该要去埠岚村行事，我们盯他们看看。"杨子千点点头，"嗯"了一声。再看那一伙人，果然趁着昏暝夜色，向村里摸去。

两人远远跟着那群身影，到了村头。前边身影一晃，拐进胡同不见了。两人正不知如何前行，忽然身后传来恶狠狠的呵斥声："举起手来！你两个找死啊！"

两人一惊，举着手回身看，一男子身背大刀，手执长枪对着他俩。"看来我运气不错，闹肚子落队，不想逮住两个奸细。"杨子千顿时明白，猛地朝那厮身后说："老六咋才来呀……"那厮慌忙回头，杨子千飞步蹿将过去，锁住他喉咙，刘青山夺下长枪，将他拖至路边草垛后。刘青山按住那厮腰身，杨子千膝盖抵住其胸，抽下他的大刀对着他脖子，低声说道："你们是什么人？来这里干什么？老实交代！若说半个谎字，一刀抹了你脖子！"那厮吓得结结巴巴地说道："别、可别杀我……我是刚、刚入伍的新兵……没、没害过人……我们商、商营长带别动队来、来埠岚村姓林的共党家里抓……抓开会的团伙……"

刘青山一听不好，这是冲党支部林书记来的。两人赶忙脱下那厮衣裤，捆绑手脚，塞住嘴巴，然后带上大刀长枪，直奔林书记家而去。路上杨子千说："我跟商立旦打过交道，这小子会拳脚功夫，心狠手辣，到时我来对付他。"刘青山道："你也要注意，今晚我们突遇敌情，毫无准备，他们人多势众，不可恋战。林书记家我去过，前面拐弯就是。"

不一会儿来到地方，只见众匪已将林书记家围住，商立旦右手握大刀，左手持手枪，对一个匪徒说："等小李子跟上来，你两个守住大门，凡有生人往外跑，格杀勿论！"匪徒答应着，商立旦带人冲进院子。杨子千与刘青山耳语几句，两人左右散开，杨子千绕至匪徒身后，刘青山从正面走过去。守门匪徒还以为小李子跟上来了，不满地说："你真他妈的来买卖坏肚子，上回你也是闹肚子，是装的还是吓个毛病……"话未说完，杨子千从身后一把搂住脖子，拖到一边。两人下了匪徒刀枪，脱下裤子，用裤带反绑他的双手，用绑腿绕紧嘴巴。

这时院子里嘈杂声起，杨子千对绑好的匪徒说："我们八路军独立营已包围了村庄，看你尚未犯恶，放你一条生路，你马上顺原路往回跑，越快越好，跑慢了别怪子弹追你后心！"匪徒吓得连连点头，光着屁股往村外逃去。两人正要往院里去，却听院里的人乱哄哄出来。有匪徒说："队长，不知跑了还是咋的，屋里就这两个人。"就听商立旦说："不要紧，这是两条大鱼，带回去大刑伺候，不怕不交代同伙！"说话间，众匪押着两人走出院门。

走在前头的那人突然甩开两个匪徒，向夜色中跑去。匪徒立马要追，商立旦挥起匣子枪连开两枪，那人应声倒地。后面被押之人怒斥道："你们这些恶棍，不抗日专反共，必遭报应！"杨子千和刘青山一愣：被绑这人竟是刘锡荣——文登县各救会原会长，现任东海地委各救会副会长。商立旦拿着大刀上前说道："那个不知趣的我送他见了阎王，你想死，等回去慢慢叫你死！我先把你的嘴剁成兔子唇，看你还胡说八道！"举刀朝刘锡荣面部砍来。

说时迟那时快，杨子千飞身过去，一记刚学会的"开山炮"直击那厮太阳穴，商立旦当即闷声倒下。刘青山朝天放一枪喊道："八路军大部队来了！你们赶紧投降！"人群顿时大乱。杨子千趁机上前，三两下打倒了刘锡荣身边的匪徒，拉起刘锡荣逃进黑夜。

杨子千和刘青山背着两条枪一把大刀,护卫着刘锡荣,摸黑找到一条出村小路。出了村子,上了官道,一个多钟头后回到墩前村。二人赶紧给刘锡荣查看身体,发现他除了耳朵被刺伤,别无他事。刘青山给他包扎了伤口,生火做饭,说起刚刚埠岚村林书记的牺牲,三人沉痛不已。

第二天早起,刘锡荣离开刘青山家,赶去东海地委。他原本是下村开展各救会工作,不想遇到了国民党顽匪血腥残害共产党,斗争形势严峻,必须赶紧向上级党委汇报。

杨子千和刘青山回想着昨日之事,心下难以平静。杨子千连连叹气,后悔没能宰了商立旦。他沉默一会儿,说道:"我这心里堵得慌,想去桥头集找小耗子闲玩,散散心。"刘青山说:"正好我原本有事要找他,你去找他说说便是。"稍顿又说道,"昨天我们看了林村修造厂,更明白了不论修枪还是造枪,都离不开好钢好铁。你去跟小耗子说说,让他留心收些好钢铁,或者日伪军的废枪、零件,我给他好价钱。"杨子千答应着,出门而去。

到了桥头集,杨子千顺着街巷且行且看,心想或许能遇上小耗子。路过烤鸡店时,闻到烤鸡的焦香,忍不住过去买了两只,油纸包好,系了线绳,一手一只提了,想那兄弟就好这口,见面叫他欢喜欢喜,大吃一顿。结果一直走到他居住的破屋,也没见人。破屋还是那般样子,门楼还在,两扇破门就像烂透的棺材板,又是窟窿又是缝,泛着灰白。原本的铁搭扣也抠掉了,窟窿里拴着草绳系住两扇门。看这架势,小耗子是出门了,但门西碎石墙塌了个豁口,踩着乱石亦可出入,故也难说小耗子是否在家。

杨子千想踩着乱石从豁口进院,迈了几脚又退回来,心想小耗子既然用草绳系了门,便如同上了锁,俗言锁君子不锁小人,我从这豁口进去,可就是小人所为。他便朝院里破屋子喊:"耗子兄弟——小耗子——哥来看你啦——"屋里没声。他抻着脖子摇着脑袋朝里瞅瞅,心里想耗子喜欢昼伏夜出,咱这兄弟或许睡得正酣,于是提高声音喊道:"小耗子——耗子兄弟——哥来看你啦——给你买了烤鸡——刚烤的——可香啦——"

话音刚落,忽听身后传来苍老的女人声:"别喊啦。"杨子千全神贯注听着屋里动静,猛不丁身后传来异声,吓了一跳,猛转头看时,更觉得瘆人。但见身后一座老屋,歪歪扭扭的勉强支撑,屋后一丛刺槐树,粗者如手臂,细者似手指,声音似从老屋传出,可又不见人。杨子千低低问了声:"谁呀?"那声音又传来:"我说你别喊啦。"

他循着声音,透过枝枝杈杈,这才看清老屋的后墙开了个一尺见方的洞,洞里有一老妇的脸,黑黢黢的,头发花白。杨子千忙说:"大、大娘,你在说我?"老妇说道:"那小耗子,人挺好,在这附近,俺俩是邻居,我墙上这窟窿,就是他帮抠的,平日他有了好吃的,从这窟窿递点儿给我。"杨子千忙问:"请问大娘,你可知道,他出去了还是在家?"老妇说:"你过来,靠近些。"杨子千心下仍有些忐忑，但还是钻过枝杈到了近前。老妇低声说，"听你喊他兄弟，我才敢告诉你，你那兄弟小耗子，被小瘦猫抓去了。"

杨子千一愣："啥？小瘦猫抓走小耗子？大娘讲故事啊？"老妇说："我没瞎说，小瘦猫就像小耗子一样，都是人，不过小耗子是好人，小瘦猫是坏人。他是桥头集上的小混混，早年跟在混混头儿梁筠懿腚后跑来跑去，收什么摊子保护费，有个卖羊肉汤的收了他喝羊汤的钱，他把人家锅底砸个窟窿，那热汤淌了半集，烫了两个小媳妇的脚……"杨子千着急道："大娘你快说说我小耗子兄弟被小瘦猫抓哪去啦？"

老妇这才收回话题，说："我哪知道？我听外头小耗子唧唧叫，打这窟窿眼一看，小瘦猫领俩大黑汉，抓走了小耗子，那俩大黑汉子一人揪你兄弟一只耳朵，痛得他唧唧叫……""好了，我去找他！"杨子千塞一只烤鸡窟窿里，转身就走。身后老妇喊："你去北埠看看，听说小瘦猫住在那块。"杨子千应一声，撒腿跑去。

杨子千在街上打听几人，很快来到北埠村。北埠村地处桥头集和孟家庄之间，离两村皆不足一里路。在村中遇到几人，问起小瘦猫，尽是恐惧神色，摇手走开。他心中猜想，小瘦猫定在这村中，他作恶多端，平民百姓不敢招惹他，免生是非，故不敢多言。于是在村里四下寻找。这村不过百八十户，转了两圈转个遍，并未见端倪。正不知如何是好，有两个七八岁小子追逐玩耍，从他身边跑过，直往东去。后边追着的小子叫道："别往那边跑了，别叫小瘦猫抓去！"杨子千一怔，赶紧追过去，可两个小子一转身跑进胡同便无踪影。杨子千站在那朝东望去，这才发现村东头一个坡冈之上，有一片树林，树隙里隐约透出房屋之形，心下一动，迈步过去。

走进树林，果然一幢海草房坐落其间，看那房屋院落，虽不敢说富贵人家，也绝非贫苦百姓。杨子千小心靠近院落，见大门紧锁，听听里面没什么动静，趴门缝往里看去，心下一惊。院子北头靠近屋门处，面朝里坐着个身穿灰袍头戴礼帽之人，看那瘦小身材当是小耗子无疑，想叫他一声，张张嘴没出声，心想不知家中有别人没有，不如悄悄进院，救了小耗子。他转身看看院墙，才发现这院墙比一般人家高了一截，足有丈余，遂把烤鸡系挂后腰，运足力气猛地一蹿，两手抓住墙头，两臂发力翻了上去，使上功力轻盈跳落院中，竟然几无声息。

杨子千四下看看未见有异，蹑手蹑脚来到院北，朝那人后背轻轻一拍，谁知对方"呀！"的一声尖叫转过头来。杨子千大吃一惊，这人不但不是小耗子，竟然还是个穿了男装的女子！接下来则更是惊诧，两人皆瞪大眼睛张大嘴巴看着对方。女子站起身，不敢相信地看着杨子千说："你、你是那个……救十二花妹妹的……大哥？"杨子千道："你是……十三门楼……"女子接口道："我是十二花的姐姐十一花……我和十二花是最好的姐妹，你和另一位大哥去找十二花妹妹时，我们见过。十二花妹妹的事……听说了。"杨子千顿了一下，问道："你咋会在这里?"

女子沉下脸,泪水唰地流下来,低声说:"大约两个月前,小瘦猫去十三门楼……逛,看上了我,包我外出吃饭看戏,没想他带了帮手,几个人绑了我,装进麻袋,马车拉到这里……"杨子千道:"两个月你没跑,是住惯了这里?"女子泪流得更凶,说道:"他们绑我来,是因为这里有个梁队长,又胖又壮,是个伪军头头……"杨子千说:"梁筠懿?"女子点头:"好像是,这个地方,我听小瘦猫说过,是梁筠懿占了别人的,做他的什么……会居,平日小瘦猫几人住这,梁筠懿隔三岔五来……吃喝玩乐……把我不当人,想咋糟蹋咋糟蹋……小瘦猫逼我平日穿他衣服,梁筠懿来了换上十三门楼的装扮,博他欢心……我委实受不了他们糟蹋,时时想跑,可这深院高墙,哪跑得了?只能天天以泪洗面……今天有缘碰到大哥,我知道大哥是好心人,把我带出这里,感恩不尽!"

杨子千看看她说:"真要像你说的那样,不愿受梁筠懿他们祸害,我可救你出去。可我今天来这是有要事,我的兄弟小耗子,长得瘦小,比你还矮一截,被小瘦猫他们抓走,应该带到这里来了,我是来救他。"十一花说:"昨天晚上,小瘦猫喝醉酒,嚷嚷着什么猫抓耗子,还说什么枪、发财……好像就是你说的这事。"杨子千忙道:"那他们在哪?我兄弟关在哪?"十一花说:"这院里肯定没有,只我一人,小瘦猫一早便出去了。"杨子千着急道:"那可咋办?到哪找小耗子?"十一花想了想,说:"你别着急,我想起个地方。我听小瘦猫说,这房子后边不远,还有间柴房,地场也不小,梁筠懿有时骑马来过夜,马就拴在那里,或许……"杨子千一听忙问:"怎么过去?"十一花说:"我听到几回小瘦猫牵马去柴房,是从东院墙外往后走。"杨子千转身就走。十一花说:"大哥,还有我呀。"杨子千停步转回身,看着泪迹未干的十一花:"你一定要走?"十一花点点头:"嗯,一定要走。走不了的话,我就吊死在这里。"眼泪又流出来。杨子千点头:"好,我救你出去。"十一花高兴得笑了,说声:"大哥等我拿过衣服。"她转身跑进屋,一会儿背着个包袱跑出来,对杨子千说,"我还穿身上这衣服吧,这样出去不显眼。"杨子千点点头:"走。"两人来到墙下,杨子千蹿上墙头,回手探身抓住十一花双手,一运力把她拽上来,小心顺到墙外,他也纵身跳下。

十一花四下看着,不知该当如何。杨子千指指向南一条小路说:"你从这走,别走北埠村,下去不远就能到桥头集,雇辆车,想回威海卫就回。"掏出两块银元递给她,"这两块银元你拿着,车马费。"十一花稍作犹豫,伸手接了,说道:"多谢大哥,我身上的钱都被小瘦猫搜走,等日后我会加倍偿还。"杨子千说:"别多想,快走吧。"十一花扑通跪下,又流下泪:"多谢大哥大恩!"杨子千抖着双手:"赶紧起来!快走快走!免得夜长梦多,生出意外!"十一花起身,抹一把眼泪,顺小路往南而去。

二十

陷囹圄

　　杨子千送走十一花，回身来到院墙东边，果然有条一尺来宽小道，通向屋后。顺小道走过去，一道缓坡，树木多为刺槐黑松，或疏或密，丛杂而生。他小心翼翼往上走，没走几步，隐约听到有叫骂之声，心下一怔，心想当是小瘦猫他们。他越往前走，声音越大，叫骂声中可听到小耗子的斥责声。杨子千心中一块石头落了地。

　　他匍匐前行到柴房前，见柴房一门一窗两间屋，屋门半掩着，他小心爬到门前，从门缝望进去，只见小耗子双手被反绑在一根拴马桩上，旁边一个比小耗子略高的瘦小子手拿一把大刀，朝着小耗子叫骂。原来这瘦小子正是小瘦猫，是个孤儿，小时候又瘦又小，像只猫，遂得绰号。十几岁时，梁筠懿那时是桥头集一霸，见小瘦猫没人教养，正好可用他做些偷鸡摸狗勾当，便领在身后教他些歪门邪道。梁筠懿当了伪军中队长，也叫他当了几天伪军，没想他闲散惯了，受不得约束吃不得苦，很快逃离部队，过他自由自在之日月。这一次，正是梁筠懿点拨，让他查找共产党，抓一名共产党交给日本人，有不菲奖酬，比偷鸡摸狗实惠得多。他暗里探访几日，还真有了线索，比他还瘦小的小耗子曾找到几条枪，估计给了共产党八路军，于是抓走小耗子，打算从他嘴里撬出几个共产党。他原想这小耗子个小体弱，吓唬两句即成，谁知这小子很是硬气，软硬不吃，折腾了两天也没得到一句有用之言。

　　今日小瘦猫决定最后一次审问小耗子，还不交代出共产党，就要了他性命。他提着刀在小耗子眼前比画着，说："你可想好，你是耗子我是猫，别想逃出我的爪子！最后问你一遍，你找到的枪送给了谁？"小耗子声音有些嘶哑，说道："我最后告诉你一遍，卖给收破烂的，得钱买烤鸡吃。"小瘦猫晃晃大刀，说："好，收破烂的哪村人？"小耗子道："正棋山下七木匠庵。"小瘦猫一抖刀叫道："胡说！只有六木匠庵，哪来的七木匠庵？"小耗子道："那谁知道，他说七木匠庵，我也没工夫跟着去数，谁知到底几个木匠。"小瘦猫又大叫："好，就算七木匠庵。那木匠长啥模样？"小耗子煞有其事地说："比我高……"小瘦猫："这句不用说，是个人都比你高。"小耗子道："两只耳朵……"小瘦猫道："这句也不用说，连聋子都是两只耳朵。"小耗子道："两只眼睛一张嘴……"小瘦猫怒道："住嘴！谁他妈的两个嘴巴子长俩嘴，我看你是糊弄我，爷叫你长两张嘴！"举刀便向小耗子脸上砍去。

  杨子千一看急了眼，啥也不顾，大喊一声："住手！"腾地起身撞开门，右手摸到一物直向那厮砸去。屋里人皆吓一跳。小瘦猫见一物迎面飞来，惊骇之下不由得举刀来挡，那物嚓的一下被刀砍住，夹在了刀上掉不下来。原来是杨子千情急之中拽下后腰系挂的烤鸡砸了过去。烤鸡在前、人随其后，杨子千疾步赶到跟前，小瘦猫挥刀来砍，杨子千闪身躲过，大刀砍在一根横放的粗木上，烤鸡砍作两半，一半掉到小耗子脚旁，一半朝另一边滚去。

  旁边不远两个黑大汉，其中一个弯腰去捡地上的烤鸡。小瘦猫喊道："大憨二憨，快给我上！快……"话未说完，杨子千一记"劈山炮"直拳砸来，倘是击中那厮必昏无疑。不料小瘦猫真不愧自身诨号，水蛇腰一扭避过重拳，接着俯身缩肩，哧溜一下从杨子千胯下钻过去跑了。

  这时大憨、二憨攥着木棍上来，两堵墙也似围住杨子千。年长的大憨说："你小子也不看看这是啥地场……"二憨插话道："这是北埠。"大憨又抢过话说："北埠是俺哥俩……"二憨插嘴："还有小瘦猫，哥你咋老忘？"大憨道："他长得太小不好记，对，北埠是俺哥仨的地盘，你姓甚名谁敢来撒野，快快报上！"说着还做了个京剧武生动作。

  杨子千一看这兄弟俩名字也没起错，加一起够五百，心想原准备的几个炮拳套路白费了。他眼珠转了转，突然怒斥道："大憨、二憨后退两步站好，准备行大礼！"大憨、二憨一愣，不由得后退两步，大憨看二憨："他咋知道咱名字？"二憨说："哥你这脑子，刚才小瘦猫泄露出去的。"杨子千厉声道："都站直了，别吵吵！"两人站直了看着他。

  杨子千指着小耗子说："你们好大的胆，谁都敢绑！知道这位大人是谁吗？"两人摇头。大憨说："他不是大人，是小孩……"小耗子不满道："你才是小孩！"杨子千严肃地说："都别吵了！"又对大憨、二憨说，"他可是皇室的人。"大憨一瞪眼："皇室……就是皇军的人？"小耗子生气道："你们才是汉奸！"杨子千说："他祖宗是皇帝身边的人。"二憨急忙对大憨说："哥这我可明白，就是太监。"小耗子怒道："你祖宗才是太监！"

  杨子千瞪眼朝着大憨、二憨："看来你俩真是有眼无珠！"转脸看小耗子，"这样绑着，人走形，缺少皇室之气，我解开你俩再瞅瞅就不一样了。"走到小耗子身边，边松绑边说，"大憨、二憨，你们兄弟也是北埠的头面人物。"大憨应着："那是。"杨子千道："南庄北疃这么大的人物你们不知？报信村，刘墉，你们没听说？"

  二憨哼了一声："小看俺哥俩，刘墉不就是那个宰相刘罗锅，谁不知道他祖上是西边报信村的。"杨子千说:"对刘墉宰相不得无礼!刘墉宰相是乾隆进士,乾隆、嘉庆两朝重臣,官至大学士,素以秉公执法清正廉洁直言敢谏而闻名天下。其先祖也曾在朝为官,因忠正耿直遭人暗算,险遭灭族之灾,携家人远离京都,回到胶东老家,游走几方,落脚报信……"大憨说:"这事谁不知?俺爷讲了,刘墉先祖落难时穷困潦倒,用驴槽当棺材,所以他们那支刘氏被大家称作'驴槽刘'。"二憨碰他一下:"哥,对刘宰相不得无礼。"

这时杨子千给小耗子松了绑,小耗子饿了两天,饥饿难耐,捡起半只烤鸡,闻了闻,想咬。杨子千忙说:"大人不急,回府上,我给您烫了酒,慢慢用。"小耗子会意,哦哦两声,看一眼二憨脚旁另半只烤鸡说:"捡起来,这是孝敬我的御食。"二憨一怔,哎哎应着,赶紧捡起烤鸡双手递给小耗子。杨子千说:"这就对了。"朝小耗子说,"请大人移步回府吧。"小耗子憋了股劲,昂首挺胸,往外走。

他一只脚刚迈出门槛,大憨突然冲过去一把抱住他后腰,喊道:"不、不能走!小瘦猫说了,这小子……大人跑了,拿我俩问罪!"杨子千扯着胳膊往外拽,小耗子痛叫:"快快快松开一头儿,腰快抻断了……"杨子千只好松手,对大憨道:"不是说了对大人要有礼,你便是想挽留,也不能这般粗鲁。"大憨瞪着眼说道:"你说他是刘宰相后代,还回什么府上,就他住那破地方也叫府上?"

杨子千说:"那当然不是,大人吃饱喝足,人参水送送食,还得修身养性,过过苦日子,别忘了祖上受的难……"小耗子心里说可冤了我这肚子。杨子千话锋一转又说,"二位心思我明白,如此这般我就实说了吧,大人详情不便多说,只说本人。我爷爷乃大内一等侍卫,正三品,护卫过光绪皇帝、慈禧太后,我受祖辈父辈之托,学其功法,专门侍奉这位大人。"二憨一瞪眼:"你爷爷是大内一等侍卫,那、那就是大内高手,吹牛吧你?"

杨子千微微一笑,走进屋说:"看来不露两手,你俩难以相信。"深吸一口气,摆开架势,施出八卦掌,但见意如飘旗,气似行云,行如游龙,疾若过风,只看得兄弟俩双目圆睁,大气不出。杨子千转到捆绑小耗子那粗壮马桩旁,猛地运气于臂,晃膀撞去,只听咔嚓一声,木桩断折,掉落地上。两兄弟惊得同时"啊"一声,嘴张得鸡蛋大,合拢不上。

杨子千收势回来,朝两人走去,哥俩吓得步步后退。杨子千轻轻一笑说:"这一招'大内破墙',就是我爷护卫光绪皇帝、慈禧太后避难西安曾用救命招法。地方窄巴,高难功法不便施展。这样,我再露一招'大内乾坤挪移',如何?"两兄弟啊啊点头。杨子千看看二人问:"你俩身重二百?"

二憨忙说:"是是,我饿时不到二百,吃饱了二百一。俺哥比我沉几斤。"杨子千说:"好,你俩四百来斤,我能举起来。"大憨、二憨又是一惊,愣看着比自己矮半头的杨子千。杨子千一笑:"试试?"兄弟俩点头:"试试,试试。"

杨子千取过绑小耗子的绳索,对二人说:"举起来好说,就怕你俩抱不牢,掉一个下来。你俩使劲抱好,我用绳子缠一缠,以防跌伤。"两人稍一犹豫。旁边小耗子说:"大内功法几人能看到?赶紧点儿,要不然举我。"二憨嗤笑:"整个桥头集卖羊肉汤的都能举起你,那算啥大内功法,哼。"说罢兄弟俩抱在一起,小耗子过来帮忙,把二人缠了个紧实。小耗子指指房梁垂下的铁钩子,那是用来挂牲口料的。杨子千点点头,运足气力,抱起两人腰臀提离地面。

杨子千拉纤背煤扛包,练就超人的膂力,要是四百斤大石提到齐胸没问题,可这兄弟俩肉囊囊的,甚是吃力,本想放地下了事,可小耗子生气大憨、二憨揪他耳朵,上来帮忙,非要挂到铁钩上。两人一齐发力,到底挂了上去,可一松手,房梁咔嚓一声坠断,房顶塌陷,四人皆埋身其中。好在没被房梁砸到,杨子千和小耗子钻出废墟,也不管那大憨、二憨嗷嗷叫唤,扯脚往南跑去。

二人跑到前屋大门口,正要顺向南的小路跑去,突然听到喊声:"就是这小子!快抓住他!"杨子千一看,是小瘦猫领着一队伪军从北埠村跑来。原来刚才小瘦猫从杨子千胯下钻出来,跑到门外,感到这人非同一般,便任由大憨、二憨缠斗,一转身跑去搬救兵。跑到北埠村,正巧遇上一队巡逻的伪军,与小瘦猫相熟,小瘦猫便喊过来抓人。

杨子千见小瘦猫领来伪军,若硬跑自己逃脱没问题,小耗子想不被抓住可就难了,于是推小耗子一把,说:"你快顺小路往南跑,我引开他们。"说完掉转头,沿原路往回跑。由于小耗子矮小,被杨子千遮挡在身后,伪军没有在意,两人分头跑开,伪军便盯着杨子千追赶。杨子千边跑边想小耗子身体虚弱,无力跑动,千万别被伪军追赶,于是故意慢下腿脚,吸引伪军。他跑到坍塌的柴房前,打量一下,见柴房正后方隐约有条小路,小路往里不远就是浓密的松林,跑进松林便极易脱身。而坍塌的柴房两边山墙仍然挺立,中间塌下,于是从凹塌处跑向后山。踩着坍塌的茅草屋顶刚跑两步,突然一条腿被抱住,接着整个身子被拽倒,只听下面说:"哥可要抱紧他,这屋子是他整塌的,他跑了,小瘦猫找咱俩赔……"

原来大憨、二憨被埋在屋下,一根横梁若是砸在常人身上或许会伤了腰腿,可这两兄弟本就腰身粗壮,又捆在一起,像个粗碾砣,横梁砸上去,只是压住了两人,并未伤到。适才由于两人抱在一起太粗,绳子缠绑几圈不够长了,只绑紧腰身,胳膊却绑得松,一会儿便挣开了胳膊。大憨扒开草顶,从缝隙往外一看,正看见杨子千一路跑回,心想或是回来要他们性命,便不敢弄出动静。不一会儿听到小瘦猫的喊声,一看是小瘦猫带着伪军追捕杨子千,杨子千无处躲藏跑向后山,从坍塌的屋顶过去,便伸出胳膊,一下抱住杨子千一条腿,向下拖拽。

杨子千被大憨抱住腿脚,拽倒了身体,有力使不上,挣了几下,伪军便赶上来,七八个人一齐将他按住,用绳索把他捆了个结实。小瘦猫让四个伪军将杨子千押回孟家庄据点,剩下几人帮他扒出大憨、二憨,哥俩抢着讲大内神功,还有那什么大人回府喝酒吃鸡。小瘦猫气得踢他们每人几脚。

杨子千被伪军抓进孟家庄据点，梁筠懿听说是弄塌了柴房，简单审问几句，就叫伪军把他关进黑屋子。等小瘦猫过来，问明情况，梁筠懿说："眼下粮食紧张，我这添丁添口的，吃饭都成问题，抓这么些东西来，总得给他些吃的，不能饿死。"叹口气又说，"那柴房我本就嫌小，想拆了重盖，叫他们闹腾塌了，倒省事。寻着引子敲他几个钱花花，放了了事。"小瘦猫说："别呀大哥，不能便宜了这小子，小耗子被他放走，我这两天白熬了？"梁筠懿道："那怎么办？毙了，没个名目。交给日本人，这样的三教九流日本人也懒得要。"小瘦猫忙说："你不是说日本人按人头给奖酬吗？"

　　梁筠懿道："那是共产党。能抓个共产党，当然划算，可这小子，怎会是共产党，共产党能跟小耗子那样的埋汰货混一起？我问过，是东北绥芬河人，从小流浪，闯荡江湖，居无定所。罢了罢了不说这些，十一花怎么样？再没寻死觅活？"小瘦猫得意一笑："嘿嘿，小弟别的本事没有，忽悠女人不在话下。我告诉她，好好侍奉队长，过个一年半载就放她回去，不听话，每天叫十个光棍兵来，让她呼爹喊娘。嘿嘿那小娘们吓得老老实实。"梁筠懿拍拍他的肩膀，笑道："强将手下无弱兵，行啊，没白跟大哥混这么多年。"稍顿又说，"今晚我过去，你准备几个菜。老井那上好熟羊肉二斤，羊蛋一对，王二麻子那烤鸡两只，石瘸子那鸭巴蛋十个，都记账。"

　　小瘦猫哎哎应着，低头咪咪笑。梁筠懿问："咋啦？笑啥？"小瘦猫说："我笑大哥这招够损，天天嚷着记账，可多会儿还过账？这几家听说你要吃啥，痛快答应，哪敢记什么账！"梁筠懿听了扬扬得意："在桥头集，我说个话，谁敢说个不？我现在是威海卫警备队第二大队副大队长、孟家庄中队中队长，穿着这身皮，还得装装样，要是早些年，这些个买卖铺，还不得按时节孝敬我。"

　　小瘦猫说："大哥当年威风，小弟当然知道。现今这些个买卖铺，一百个里面九十九个怕你……"梁筠懿一听"嗯"一声："那一个呢？"小瘦猫："那一个怕你一半？"梁筠懿一瞪眼："怕我一半？此话怎讲？是哪家？"小瘦猫说："就是老井家，每次去要羊肉还可，羊蛋总是打折扣，只给一个，说他的羊蛋大，大个啥？就是泡水泡胀了。"梁筠懿一皱眉："这个老井，怪不得最近羊蛋没劲，等我哪天呵唬呵唬他！"

　　两人正说着，许屳明匆匆进来，看到小瘦猫，笑道："恭喜猫子兄弟，听手下弟兄说你抓了个要犯，要发财啦！可别忘了孝敬梁队长。"小瘦猫一笑："哪是什么要犯，打打闹闹的小角色，老家绥芬河，这大老远的，要个保费都找不着人。"许屳明说："不对吧？我可听手下弟兄说，这人很有共产党嫌疑。能让我看看？"

　　梁筠懿撩撩手，许屳明跑到拘捕室，趴小窗口看一眼，跑回来，满脸带笑地说："这小子不光跟共产党有来往，还跟张文彬有来往。"就把上次河边那事说了。梁筠懿、小瘦猫听罢大喜。梁筠懿说："要真的抓了个共产党，或是亲共分子，审出几个共产党来，那还有整头！"小瘦猫说："对呀大哥！赶快上刑，老虎凳、牛皮鞭、辣椒油、煤油……可着劲整，一鼓作气，让他招供！"梁筠懿若有所思，轻轻摇着头说："不能那样整。"小瘦猫一愣："咋啦大哥，不想发财啦？"

　　许尐明眨眨眼，对小瘦猫说："猫子兄弟，有句话叫作不当家不知柴米贵，你想得倒全乎，可没替我兄长你大哥考虑考虑，那得挥霍多少东西？还辣椒油，咱中队伙房我不是没去过，墙上挂那么两串干辣椒，炖半锅萝卜条，大厨子才舍得使几个辣椒锅里，你炸辣椒油，又费辣椒又费油，两串辣椒都炸了，要是那小子好吃辣，还不够他解馋。煤油，你知道这玩意儿有多金贵？我桥头集那边小队岗楼子，十几天晚上黑乎乎的，煤油灯成了摆设，没煤油，我打报告多少次，都没批下来。是吧梁队长？哎梁队这回能不能批几斤？"

　　梁筠懿瞪他一眼："你都扯的啥？你他妈绕一圈绕到煤油上了。"看看许尐明又看看小瘦猫，"你们俩是不是预谋好，套我来了？"小瘦猫忙说："没没没，哪敢呀大哥，我不知那巡逻队是许小队长手下，碰巧，碰巧了。"许尐明尴尬一笑："不敢不敢，没有预谋，都是现场话赶话，赶到煤油上。"梁筠懿哼一声："谅你们也不敢！煤油紧张个熊样，我也给威海卫打报告了，王木芳大队长回话，日本人说战线拉长，战备物资偏紧，现在煤油首先保障空军飞机，那玩意儿飞着飞着没油了掉下来咋办？让我们自己筹措些花生油、大豆油用以照明。"

　　小瘦猫对许尐明说："这下好啊许队长，煤油那玩意儿人不能喝，给飞机喝，花生油多香，偷着倒点儿萝卜条里……"许尐明斜他一眼："去去去，怪不得你在部队待不下去，你这思想太自私，你以为花生油喝多了好啊，那屁股……"

　　梁筠懿一瞪眼："行了！瞎吵吵啥！本队在考虑正事，你俩都扯到成山头了！"两人闭嘴，安静下来。梁筠懿又说，"不得不说，级别不同，虑事有异，这是威海中学张宝山校长原话，你俩不认识。"小瘦猫插话："多会儿来了我请他喝羊汤，认识认识。"梁筠懿瞪他一眼，接着说："我在想啥，尐明刚才说那小子跟张文彬和王冰都熟，这就有些麻烦。先说张文彬，虽说眼下情况不明，可毕竟也是中队长，跟我平级，日常跟我也说得过去，他挺仗义，连正规军团长石猴子石兆麟他都不怵，我不得让他三分？再说王冰，你俩更不知其中之玄妙，他本名叫梁春万，跟我是一个族的，都是姓一个梁字，祖辈从孟家庄分出去的，我这支在桥头，他那支在墩前。"小瘦猫哦了一声："怪不得大哥对墩前梁氏似有关照。"梁筠懿接着说，"你两个想，抓那小子我要在这审他揍他，一旦张文彬和王冰跟我说情放人怎么办？放，咱不舍得；不放，怎么说得过去？"小瘦猫和许尐明你看我我看你。梁筠懿道："所以我决定，以手头掌握的材料，以疑共、亲共之罪名，将他转送威海卫监狱，让日本人收拾。咱在日本人面前赚份功劳，还不得罪人。"

　　许尐明夸赞道："英明！中队长想得比小队长就是高，这回煤油该批下来了。"梁筠懿道："岂只是煤油，我这差欠的物资多了去。"两人夸赞着梁筠懿，各行其事。

　　威海卫城外，北山根处，有个老树夼，虽非什么名胜之地，但从清末起颇受关注。它坐落在九华顶怀抱之中，山清水秀，青松茂密，气候宜人，夼里夼外，有一些特殊设施和屋舍。清末，绥军后营曾驻于此。英租威海卫时，于后营原址又建华勇营，俗称北大营。1930年中国政府收回威海，华勇营指挥部大楼被改为威海卫管理公署办公楼。楼东北相邻便是英驻威领事馆公寓。公寓西侧建有马厩，当地人称"马号"。马号西侧是"谷氏祖茔"，老茔地后，有一农舍，是为谷姓看管山岚与茔地的看山人住所。茔地西与农舍之间，有棵一抱来粗斜卧生长的老橡子树，老树夼名称由它而来。清代绥军后营在谷氏祖茔之后，曾建有靶场，卧射地设一土台，宽长各六尺，高三尺，四周巨石围砌；向西约二十丈，堆土建一高台，宽长各九尺，高丈许，边有石级可登顶。台上设射靶，台下偶尔可见铅弹头。台下为兵士操练场，宽约三丈，长约六丈，宽阔而平坦。中国政府收回威海卫后，海军教导队在夼内亦设靶场，靶台在夼内山脚下，用青砖砌成地下两室掩体。各室之上设有射靶，每靶有一上一下两靶框，可轮转互换。报靶员在掩体内验靶，再用小旗通报射台。其射台设在河沟南岸，距靶台三十丈，并排砌有两个射台。每次打靶结束，附近孩子会跑去拾散落的子弹铜帽，抠挖弹头，作玩耍之物。是年春天，日军大扫荡，郑维屏部警卫营长王木芳率部投敌，被日伪军收编为警备队第二大队，王为大队长。这些号称正规军的队伍，初入北大营时，多数身着便服，还有个别穿大褂者。他们到老树夼打靶，仍使用原国民党海军教导队之靶场，卧射或立射，往往瞄不准就扣扳机，子弹偏离甚远，打靶毕，附近小孩赶去捡拾子弹头，好远才能找到一个。

　　老树夼原本一直被人们视为风水宝地，英国人到来，此处似乎更有锦上添花之感。在管理公署专员办公房舍后三丈处，是一座二层楼房的英驻威领事公寓及其附属花园。花园里种着各种花草，还种有草莓、西红柿、胡萝卜等。公寓前墙外有条小路通向谷家疃，路南是公寓网球场，公寓东侧下方是九华小学，公寓西是通往山后土路。此处优美的景色，令人流连忘返，是英国人常游之地。有时领事还骑马到此游走，管马号的马春子用小筐篮带一些胡萝卜，以备随时喂马。马号在领事公寓西二十丈远处，为独立西式建筑。水泥院内有两个马房，房上有小型阁楼，窗户呈三角形。院西便门直通养马人住房，经外走廊进入其住户，设里外三室。养马人马春子有四个孩子，大女儿名叫当子，二女儿名叫秋贵，都是十几岁，有时可帮领事馆干点杂活儿；三女儿名叫小辫，被人贩子拐走；小儿子名叫锁子。马房里一匹高大的枣红色洋马，为领事专骑，平日由马春子喂养。英驻威领事馆莫斯领事离任前，还恋恋不舍，携其夫人和孩子，再次到老树夼游玩。孩子由保姆用藤编小推车推着，到了看山户直接进西院，去摘无花果吃。这无花果是紫皮的，十分甘甜，是由英国传来。到这里来的还有东大楼克拉克家的年轻人,他们常到老树夼打猎,每每能打到兔子。

然而这看似静好之岁月并不长久,随着日寇侵占威海卫,恐怖笼罩着这片土地,尤其老树夼。1938年3月7日,日本侵略军进入威海湾。这天早晨,管理公署所有人员连早饭都未来得及吃,便匆忙撤离市区。马号里的马春子见人都走了,便悄悄跑到公署伙房,看到一大盆已发酵好的面尚放在案上,于是将其端回,又恐面中放有毒药,便简单蒸熟些许喂狗,结果无事,方才蒸了一锅馒头,除自食外,又分给近邻老树夼刘家一些,两家人够吃几天。下午,日本海军陆战队直奔管理公署,挂起日本海军旗,在此处设立了占领军的司令部。

日军占领公署等处,急于布防设哨,当晚不见有其他行动。第二天便将公署内所有文书、档案、办公文具,甚至算盘子、篮球等物,全部推运到西沟,引火焚毁,大火着了一整天,直至第二天沟里仍是灰飞纸扬。3月11日午夜,不甘心的郑维屏率部袭击日军司令部。当晚人们正在熟睡中,忽闻北大营内枪声大作,不久,顺着老树夼山沟里向西南响去,直至天将亮时,枪声才越响越远,这时又听得几声炮响。天亮后,几个日本兵端着刺刀向看山户家跑来,踢开门到处搜查,看到的只是老的老、小的小,没搜到什么,转身离去。此后,日军加强了戒备。13日便在英领事公寓西至马号之间,拉起一道水泥桩连扯的铁丝网,并在公寓西侧一小山包的老黄连树下,挖了一个掩体圆坑。此后,有个日本兵不时地拿着望远镜在这里窥视远山,还可居高临下看到英领事公寓院内的一切。同时将东仓原专员公寓门前一门废旧大炮和两挺重机枪搬来,放在机器井上方高地,加高了沙包,由两名日本兵看守。这里被封锁后,山后老百姓要到市区就只能走谷家疃,进出老树夼也要经过马号前的铁丝栅栏门,但晚上门又被锁。直至日军司令部搬往东仓原专员公寓处,老树夼的铁丝网才作废。

日军占领北大营后,领事馆周围日军活动频繁,紧张时期,英国人将馆内细软秘藏于马房的阁楼里,以便随时向外转移。后来日军在马号焚尸、杀人,此处便空旷起来。1940年日本侵略军发动大扫荡,北大营成其陆军驻地,马号西侧竟成了其战死士兵的火化场。他们将日本兵尸体用白布缠好,放在堆好的木材中间,上面再放上一草包稻谷,用汽油助燃火化,众士兵围着火堆低头默哀祈祷。除军人外,日本人家一个孩子因在码头玩耍掉海溺亡,也在这里火化。马号房后有几棵松树,又成了日军的杀人场。

这天,浑身上下伤痕累累的杨子千,戴着手铐脚镣,被两个日本兵和两个伪军,从监所押来。自打梁筠懿将他送交威海卫日本宪兵队,他便交上了厄运。宪兵队长狐冗,就是那日作为林荣斋的护卫、与杨子千有过一面之交的鸭舌帽男子。日本宪兵队青岛本部遣他来威,建起日本宪兵威海分遣队,他见到杨子千第一眼,便认出这人,遂报告了石川。石川得报,亲来到监所查看,见了杨子千心中便窜出一股恶气,先是凤林集羊汤馆打斗,后有城里十二花之事,尤其是十二花之死,令他煞是气愤,听说这回是以疑共亲共之名拘捕,遂命令狐冗,严刑拷打，以解心头之恨。监所二日，杨子千饱受拷打，多亏其身体强壮，免于遇难。今日被押解出监，他并不知何故，只是看到阴沉的天，陌生的景。

　　行不多时来到地场，只见十几个日本兵牵着几条狼狗，押着一名身穿土布黄绿军上衣的游击队员，将他绑于松树上，唆着狼狗将其活活咬死，其惨叫声令人心瘆。押解杨子千的日本兵对伪军叽里咕噜几语，伪军便对杨子千说："这是个游击队员，与大日本皇军作对，死啦死啦！"说完话，便见两个汉奸将游击队员尸体拖走，肢体血肉模糊，血水一路流淌，令人发指。又有两个日本兵两个伪军，押着一名穿灰大褂的男子，绑到树上。日本兵又对杨子千叽里咕噜，伪军又说："这人是个八路，更要处死。"遂放出两条狼狗撕咬，然而此人除了喊过"打倒日本帝国主义"便咬紧牙关，再未作声，直至歪头牺牲。

　　杨子千见此情景，心肝欲裂，两眼冒火，想到自己也要遭此酷刑，丢掉性命，只觉得未能见上老母一面，有些许遗憾，再就是王冰和连城一帮兄弟割舍不下，除此而外，全是对日寇的怒火和痛恨！那位八路牺牲后，遗体亦被两个汉奸拖走。杨子千想到下一个就是自己，深吸一口气，挺直腰身，目光炯炯，毫无惧色。

　　身边日本兵声色俱厉地对他叽里咕噜一番，最后一句"死啦死啦的！"杨子千狠狠瞪他一眼，迈步向大树走去。伪军一把拽住："你想干啥？"杨子千说："死啦死啦的，我听懂啦，不用翻译。我要让龟孙子们看看，什么是中国男人！看我眨不眨一下眼！"

　　伪军一愣："你小子真不怕死？佩服。可太君不是这样说的，太君说，把你带回去反省一下，还不交代的话，明天死啦死啦的！"

　　杨子千哈哈一笑："想让我死赶紧点儿，别他妈磨磨唧唧！想从爷嘴里听到你们想听的，那是痴心妄想！"日本兵叽里咕噜问伪军话。伪军说："报告太君，这小子不想回去了。"日本兵又叽里哇啦一通，意思是说，让你到这里来是要触及你灵魂，是告诉你想活命就要老实交代！不是让你看热闹，看野心了还不想回去。

　　伪军回道："报告太君，这小子不是看野心了不想回去，他说他想马上去死，不眨一下眼睛，让龟孙子……不，让太君看看什么是中国男人！这……这是他原话。"日本兵后退半步，吃惊地打量眼前这个并不高大的亲共分子，这个中国男人。看了足有半分钟，低声说道："开路！"几人带杨子千回监所。

　　这个监所是当年英国人开设的监管收容所，是临时收押偷盗、抢劫、打架斗殴者之处，大多轻罪者拘押十天半个月或有人担保很快释放，个别重罪者经判决移送刘公岛监狱服刑。而日军接手这个监所，则主要用以关押抓获的共产党八路军，或似杨子千这般疑共亲共分子，而且处理极为简单，凡进来者审讯无果，立马重刑伺候，以常人难忍之苦痛摧毁其意志，若仍得不到结果，接着就予以处决，不会滞押，故而监所虽不太大，却能容纳威海卫一带所有送来人犯。像杨子千这般被带去观看现场处决者，是已走到阎王殿门口，离死亡一步之遥。

二十一

刑　场

　　杨子千被日伪军带回监所，已是傍晚。咣当一下铁门落锁，牢房内顿陷恐惧的安静。杨子千坐在冰凉的水泥地上，闭目回思刑场上的情形，想到十四岁随父母闯关东，父亲客死他乡，母亲回胶东老家，他一人留在东北扛包、拉纤、背煤之情景历历在目；到后来日军监工毒打工友，他挥拳打死日本人，逃到老家石岛港、又转来威海卫之过程，只若昨日之事。想到剃头匠林福凤林集出手相救，想到好兄弟王冰、毕云、梁大胆、连城、毕昆山乃至张文彬、小耗子，心里热流翻涌，只觉得此生并无遗憾，唯一内疚之事，便是尚未来得及母亲身前尽孝……

　　正遐想之时，忽闻牢房铁门铛铛响声，接着传来苍老的声音："小伙子，吃饭了。"这是牢里做饭老汉来送饭了。老汉具体情形，杨子千一概不知，两日来，只是从不到一尺见方的门洞，接过他送来的饭，看到他苍老却慈祥的脸。老汉每次都说："小伙子，不管摊上什么事，都要吃饱饭。没啥好吃的，稀汤寡水，橡子面窝头，填饱肚子别饿着。"杨子千觉得真像父亲说话，这是他在监所里最为温暖之时。牢房里没有点灯，外面走廊昏暗的灯光，从牢门上半部密密的铁棂透进，照射于墙壁，成为唯一的光亮。

　　"小伙子，过来吃吧，听说你爱吃辣，今天专门给你的萝卜丝汤加了点辣椒面，好吃。"杨子千费力爬起身，拖着脚镣走到窗口，黑暗中微微一笑，低声说："大爷，谢谢你记得我爱吃辣。"接过一碗萝卜丝汤，一个橡子面窝头。

　　老汉小声说："你把菜放地上，大爷还有点东西给你。"杨子千把萝卜丝汤放到靠墙地上，起身看老汉。老汉从怀里掏出个小纸包，递给杨子千。杨子千奇怪地接过来，闻到一股肉香，抬头看老汉。老汉说："码头区那，'猪头李'烀的，几十年的老味，香。我特地买了块肥的，吃着过瘾。"又从怀里掏出个巴掌大的扁铁壶，递过来，"大爷没钱，只给你打了三两烧酒，就着熟肉喝了。"

　　杨子千不知所然："大爷，这是……"老汉叹口气，说："孩子，你有所不知，日本人的手段我明白，今天带你去看了杀人刑场，明天……就轮到你……"低下头，连连叹气，抬手抹抹眼角，"大爷我眼不瞎，能看出你的为人，你是条汉子，不会怕死贪生……明天你要……上路，大爷穷，别嫌乎打这么一点酒……"杨子千呆愣了一会儿，一把抓住老汉的手，声音有些颤抖："大爷……晚辈……谢你了！"

老汉抽啜一下，勉强一笑："孩子，你是好样的。前天石川鬼子来查牢，羞辱你，让你跪下来给日本人谢罪，可以饶你不死。你说什么，除非你小鬼子砍掉我双腿，我是中国人，凭什么给侵略者下跪！就这一句话，大爷打心底佩服你，给咱中国人争气！大爷没能耐，不能像你这样，为国出力，只能为你……送送行……"

杨子千两眼湿润，强忍着没流下泪。他接过酒壶，扭开盖子，鼻子凑上去闻闻："嗯，好酒！多谢大爷关照！无须为我难过，有话说得好，二十年后，又是一条好汉。"老汉又擦把脸点点头："好啊孩子，有你这句话，大爷放心了。我还要去别的牢房转转。"说罢转身走去。

不说杨子千一夜辗转。只说到了第二日，杨子千被押解刑场，看到的情形与昨日大不相同。昨日处决两人，参与的日伪军十余人。今日只他一人，到场的日伪军却有三四十众，除押解他的六七人，余者排作两队，面对大树站立。而在日伪军之外，还抓来附近百姓数十，站在日伪军队列一旁，当中甚至还有牢房做饭的老汉等几个做工之人。杨子千第一次看到做饭老汉之身貌，五六十岁年纪，中等身材，瘦瘦的骨架，衣裤显得空空荡荡。老汉看到他，紧咬牙关，脸上强装平静。杨子千朝他微微一笑，轻轻颔首。

突然一日军官喊："立正！"两队日伪军唰地站得笔挺。押解杨子千的日伪军收身站直，还扳了扳杨子千肩膀。只见不远之处，一队日军簇拥着石川，带着四只狼狗，杀气腾腾直奔过来。在场百姓不寒而栗。

石川赶到现场，径直走到杨子千跟前，微眯着眼看伤痕累累的杨子千，奸笑一声说："你这共匪，昨日感觉如何？反思得怎样？"杨子千哼了一声："你不必兜圈子，费无用之功！我直接告诉你四个字——枉费心机！"石川讨了个无趣，脸色变得铁青，恶狠狠地说："你的，年轻人的，不要糊涂。前天我说过的话，今天的还管用，我的重复一遍，这是给你的最后的生路！要么交代共产党八路军，要么，给我跪下，可饶你不死！"

杨子千朝他轻蔑一笑："你以为昨天吓唬吓唬我，我会害怕，改变主意？做梦吧石川！我也重复前天我说的话——我是中国人，岂能跪侵略者！想让我跪下，除非砍断我两条腿！"石川大怒："八嘎！那就成全你！先砍掉你两条腿，再让狼狗的，要你命！"

两个日本兵"嗨"的一声，一边一个架着杨子千胳膊拖走。石川突然摆手："稍等！留他几分钟的命！让他活着看看，中国人的，什么样的！"转过身，对着百姓人群，换了副温和神态，说道，"各位父老乡亲，大日本帝国皇军，进驻中国的，是为建立大东亚的共荣，是亲善的友好。这个鲁莽的青年人，是不懂事的共匪，你们不要的信他的话，你们要听年长的你们中国同胞的话。"转头向伪军队列叫道，"王队长。"伪军队列排首位的跨前一步，"嗨"一声。石川指指人群说，"你的，跟他们说说，怎样的做好中国人。"

那人清了清嗓子，声音有些颤抖，说："各位……父、父老乡亲，我是王木芳，本土人氏，原在国民党郑、郑维屏部任警卫营长，现在投靠皇、皇军，成为威海警备队第二大、大队大队长……"杨子千原本身体虚弱无力，微闭了眼，听到王木芳的名字，一下睁开眼睛，看见王木芳和其他伪军穿同样黑警服，又故意压低帽檐，竟然没认出他来。只听王木芳说："……刚才，石川太、太君说得非常好，非常对，日本皇、皇军来中国，来威海卫，就是为了亲善友、友好，为了大、大东亚共荣，我作为中、中国人……"

他话未说完，忽听杨子千大喊："王木芳！你放狗屁！……"王木芳吓一跳，转头来看杨子千。众人也都纷纷转头看着杨子千。杨子千接着说，"你个汉奸走狗！你也有脸说你是中国人！我呸！你是中国人的败类！当初在汪疃，你身为国民党军卫队营长，竟用小人伎俩暗害我义兄，当时若知你会当汉奸，定会要你狗命！父老乡亲们，汉奸走狗的话不能信！日本鬼子的话更不能……"未待说完，身边日本兵伸手捂住他的嘴。石川气得暴怒，大声号叫："死啦死啦的！死啦死啦的！"日本兵将他拖到大树前，双手向后，反绑于树干。两个刽子手平执大刀对着杨子千膝盖，四个日本兵牵着四条狼狗，围在杨子千身边。石川举起右手喊道："准备——"老百姓吓得赶紧转头捂脸，手指塞住耳朵。

"砰！砰！"此时突然不远处传来两声枪响。石川一愣，转头循声望去，只见过来的路上，一辆黑色轿车疾驰而来。到了近前停住，从车内跑下警察署长杜祖广，他对石川施礼报告："石川长官，林荣斋大佐自青岛驱车赶来，有急事见你。"说话间，车内卫兵下车，服侍林荣斋下来。

林荣斋一身灰色便装，戴礼帽、墨镜，边把手枪插进腰里，边与迎来的石川施礼寒暄，而后手指绑在树上的杨子千，问道："此人可是姓杨，由桥头中队拘捕而来，涉嫌疑共亲共之罪？"石川一愣："此人杨千秋，桥头孟家庄中队拘捕而来，疑共、亲共分子。林君怎么……"林荣斋一听长舒一口气："多亏我及时赶到，否则……请石川君将此人免除刑罚。"看到石川不解的样子，又说，"这是上头的意思。"靠近石川嘀咕一句。石川听了大惊，瞪眼看着林荣斋，林荣斋点点头，石川朝日军队列招招手，宪兵队长狐冗跑步过来，朝林荣斋施礼，又转向石川。石川对狐冗说道："情况的有变，将这疑犯押回监所，不得粗鲁。"狐冗"嗨"的一声，转身过去执行命令。石川随林荣斋乘车返回，杜祖广留下与狐冗一起处置现场。

路上，石川与林荣斋坐在汽车后排。石川着急地问："吉川贞佐，那是昭和天皇的亲外甥，他的怎会牵扯此等小事？"林荣斋一笑："是啊，吉川君去年出任华北五省特务机关长，授少将军衔，驻河南开封。这次是凌霄给他发电报，请其帮忙，他又发报给我，我正好有别事欲来威与石川君相商，便匆匆赶来。"石川不解道："凌霄？汪精卫南京政府那个海军次长？"

林荣斋道："正是。汪精卫是我大日本帝国之好友，由我日方扶植起的中国政府，正与我方密切合作，逐步控制中国，故而像凌霄这样的南京政府要员，我们有必要重视起来，对他们的要求要尽量满足。"

石川紧追着问："可是凌霄这样的中央政府要员，又怎会对偏僻的威海卫一个小小平民的进行关照？"林荣斋摇摇头："我的所知道，就是追溯到凌霄的这里，至于凌霄前面的人物，我也不知。"稍顿又说，"所以石川君不要把威海卫的看作一个不起眼的小地方，这里的事情错综复杂，这里的人物高深莫测，处事可要谨慎小心。"石川回应道："那是。我的会加以重视。"

林荣斋让司机把车开到海边，在坞口花园旁停住，让司机和卫士留在车上等待，他和石川下车。坞口花园很小，呈三角形，当地百姓也称三角花园。园内矗立着回收威海卫纪念塔，并无多少其他景观。甲午战后，日本人占据威海卫等地，向清政府索要所谓战争赔款，贫弱的清政府无奈，向虎视眈眈的英国借了银子打发日本人，于是英国人得以强租威海卫和刘公岛。1912年清廷倒台，中华民国成立，中方力求废除列强在华不平等条约，收回威海卫。英国人迫于局势，不得不同意交还，但提出种种苛刻条款，以得其最大利益。北洋政府派员与之数次谈判，却因国内政局动荡，一直无果。及至王正廷任国民政府外长，将收回威海卫作为第一要务，屡与英国人交涉，必收回闻一多笔下七子之一的威海卫。英国人见其意志坚定，不想得罪蒋介石政府，最终同意交还。1930年3月11日，国民政府正式委派王正廷为议定收回威海卫全权代表，与英方签约，以同意英国续租刘公岛十年，收回威海卫租借地。被英国租占三十二年之威海卫得以回归，国人欢庆，此事王正廷功不可没。国民政府威海卫管理公署首任专员徐祖善对王正廷说："威海卫收回为我公一手造成，全威二十万民众同深感戴。"择本市中心区域坞口花园内筑塔纪念，敬请王正廷题写塔铭镌刻其上。

此时石川指着纪念塔上王正廷的题铭和落款，感慨道："这个王正廷的大大的厉害，他是蒋介石的奉化同乡，早年官位的远高于蒋。他六度出任外长，为黎元洪、孙中山、曹锟、段祺瑞、蒋介石等各政府担当外交的重任，为威海卫回收，立下汗马功劳的。"稍顿又说，"这个纪念塔，我的每每看到，都会醒示自己，中国人的，藏龙卧虎，不好对付。"

林荣斋点头说道："石川君所言极是，中国人的，历朝历代大能之人比比皆是。便说山东，文有孔子、孟子，武有孙武、吴起、戚继光，更有梁山的一百单八将，个个令人敬仰，或者说恐怖。故此，我大日本的想征服中国，亦需文武兼施方可。武，自不必说，便是我强大之军力；文，便是战争策略。中国的如此泱泱大国，如果被我完全占领，即是我全日本老幼妇孺的皆来，分布其中，也如沧海一粟，不但难以统治中国人，恐怕反倒被中国人的统治。所以必取以华制华之策,笼络像汪精卫之辈亲日者,扶持其而为我所用,如此方可。"石川连连称是。

两人行至海边,沿海岸缓缓踱步。林荣斋望着碧波荡漾的威海湾,望着海湾里的刘公岛,说道:"我这次来威海,还有一件重要事情要与石川君的相商,就是关于刘公岛。"石川不解:"刘公岛?"林荣斋接着说:"如果我愿意,可能要来刘公岛的做事,与石川君为伴。"

石川停住脚步,瞪眼看着林荣斋:"林君是说,你、你的要调来镇守刘公岛?"林荣斋微微一笑:"对。"稍顿又说,"据内部消息,英国租占刘公岛已四十二年,今年的已到期,年底之前,必须撤出。汪精卫政府海军部,正在筹划设立华南、华中、华北三个海军要港司令部,华北的要港司令部就设在威海卫刘公岛。为掌控要港司令部,我日方的将成立要港司令部辅导部,驻守刘公岛。吉川贞佐是我多年之友,他说我的若有意此职,可举荐我担任要港司令部辅导部首任辅导官。"

石川一听高兴道:"那样的好,那样的好!你来管理刘公岛,我管理威海卫,本就好友,再为睦邻,天作之合,天作之合的!哈哈哈……"两人相谈甚欢。

那一边,刑场风云突变,本要被处死的杨子千突然被免刑罚,而且石川发话不得粗鲁以待,在场所有人无不惊奇。挨了杨子千臭骂的王木芳问杜祖广:"杜署长,这小子就……就这么……不、不用死了?"杜祖广应道:"是啊,不用死了,你没听石川怎么说?"王木芳不解道:"这小子何、何德何能,说不死就、就不死?不、不行,要是处、处、处他死我这口恶气倒、倒也出了,他不死,我得过去踢、踢他两脚解解气,他刚才臭骂我……还有你……那什么汉、汉啥走啥的……"说着就要过去。

杜祖广拽住他,用嘴努努狐冗,说:"这狐冗队长,可是石川的心腹,石川叮嘱不要粗鲁相待,他能让你上去踢两脚?恐怕你要挨他两脚。"左右看看又低声说,"刚才我离得近,林荣斋对石川小声说的话,我听得清楚,给这小子说情的,你猜是谁?"王木芳瞪着眼:"正想问、问你呢,是谁?"杜祖广神秘兮兮地说:"日本天皇的亲外甥,吉川贞佐特务长。"王木芳一听吓一哆嗦:"妈呀!这、这小子……我早就打、打过交道,有两下拳脚,这咋还、还有这么硬的后、后台?"赶紧溜儿退一边儿去。

杨子千被押回监所,心下一直疑惑不解,他所认识的朋友中,谁有这么大本事能让林荣斋从青岛跑来救他?原本自以为死定了,没想到这般神奇活下来,而且石川鬼子还不让对自己粗鲁,这背后谜团实在令人费解。牢房铁门又传来铛铛铛轻轻敲打声,抬头看是厨子老汉送午饭过来。透过小窗洞,就能看出老汉满面春风。

杨子千起身过去,老汉笑吟吟地说:"恭喜杨先生,脱此大难,必有后福。"杨子千回道:"多谢大爷。"老汉又说:"你有所不知,今天去的那些老百姓,都是这周围的人,平时大都认识,我跟他们说了你是怎么个有骨气的人,个个都佩服你，看到石川鬼子要用狼狗咬死你，都替你难过。后来你……不用受难了，大家那个高兴劲儿啊！哎杨先生，大伙儿都问我，说杨先生背后有什么了不起的贵人，我哪知道啊，能不能告诉大爷……"杨子千说："我真的也不知道。"老汉嘿嘿一笑："那没事，这是好事，早一天晚一天知道都是好事。来，先吃饭，吃饭。"说着把饭菜端到窗洞口。

杨子千一愣，今天是两个白面馍馍，碗里的炖白菜也漂着油花，散着香气。老汉说，"你还把菜放地上，还有好吃的。"杨子千放下菜，起来，老汉又递给他一个大些的油纸包和一壶酒。杨子千忙说："大爷使不得……"老汉笑眯眯地说："今天你可得好生吃，好生喝，这不是我自己给你买的，是大伙你一个铜板他一个铜板凑的钱，给你买了只烧鸡，打了半斤烧酒，还有两个白面馍馍。今天的大菜，我也多放了半勺猪大油，牢里吃饭的，也都跟你沾沾光。"杨子千听了好番感动，接过烧鸡和酒，说道："大爷你替我跟大伙递个话，杨某谢谢大家！"老汉又说："耽搁你一小会儿，我有个事跟你说说。"杨子千忙说："大爷有啥吩咐尽管说。"

老汉微微低头沉吟一下，抬起头说："昨天以为今天你……所以也没跟你说。我呀，这周边的人都认识，叫马春子，二十多年前来投华勇营，混口饭吃，英国人说你姓马就养马吧，于是在这西北边不远，就今天上午那地方，前边一点儿，有个马号，给英国人养马。威海卫交还国民政府后，英国人越来越少，马匹也越来越少，最后只剩下领事乔治·莫斯一匹高大的枣红马。乔治领事离威回英，枣红马没能带走，就把它赏给我了。日本人来了后，一个军官和一个士兵过去看马，那军官硬要骑马，结果摔下来，摔断了腿，他们就把枣红马牵走，让我到监所做饭打杂。那时我老婆因病早逝，留下三女一男四个孩子，都长得像他妈，眉清目秀，结果两个大女儿和儿子被戏班子看中，跟他们唱戏去了。小女儿叫小辫子，两岁时在门口玩被人贩子拐走，再也……"老汉说不下去，摇摇头，稍顿又说，"日本人不像英国人那么还算有礼，他们不拿中国人当人，老树夼几户中国人都搬走了，我却不能走，我要等我的小闺女，她哪天要是找回来，没了地方可咋办？"说着从怀里掏出一张纸，打开了是一个小姑娘画像，指着画像说，"这就是我的小闺女小辫子，打小就招人喜欢。她丢失后，我找人画了她的画像，遇到人就给一张，请大家帮忙找我闺女。今天杨先生脱了大难，估计一两天就会出去，到时还请留心帮忙找寻一下。"

杨子千接过画像一打量，心中咯噔一下，觉得这孩子有些眼熟，可一时又想不起来。马春子说，"你快吃饭吧，这一头晌折腾得早该饿了。我去那几个监号送饭。"杨子千应声，目送老汉离去。

第二天上午，监所长带两个伪军，来到杨子千监号，宣布将他释放出狱。监所长还卖个人情，说提前通知了他的亲友，已在监外接他。杨子千去掉脚镣，顿觉轻松，拍拍身上尘土，随伪军出了监所。

二十一 刑场

193

监所大门口，戚家国备好马车，正在等候，见杨子千出来，快步上前，扯着杨子千胳膊上下打量，眼里透出心痛之意。随后出来的监所长朝戚家国说道："戚大公子看好了，人可是完完整整交给你了，够意思吧？"戚家国赶紧迎上去，偷偷塞给他一张银票，笑笑说道："多谢兄长为弟分忧。"监所长压低声音说："日本人对涉共人犯极为重视，每犯石川必问，本官实难相帮。若是鸡鸣狗盗打家劫舍之类，戚公子一句话，兄弟我立马放人。"戚家国微微一笑："再谢兄长情义！不过你说的鸡鸣狗盗打家劫舍之徒，本公子怎会去管这等人？"监所长嘿嘿笑道："也是也是，戚公子岂能与那种人为伍。"戚家国拱手告辞，扶杨子千上车，驱马而去。

路上，戚家国告诉杨子千，王冰已来接他，考虑到免生意外之情，不便到监所露面。原来王冰得知出了这事，赶紧从东海军分区赶回，到城里找戚家国，请他想法营救。怎奈正如监所长所言，石川对涉共人犯把控甚严，一般人根本无法相救，他找过父亲戚仁亭，想通过他和石川的关系出手相帮，可戚仁亭借口与石川有隙不肯帮助。好在王冰又找到大人物，出手摆平此事。

来到一家医院，王冰和刘青山已在等候。一番问候自不必说。戚家国早已定好了单独病房，找来最好的医生，为杨子千诊查，所幸杨子千只是受了皮肉伤，并无大碍。杨子千换了衣衫，漱洗干净，吃了鸡汤热面，顿时精神许多。王冰家中还有些事，便告别戚家国，三人一起乘车回墩前村。

路上，杨子千问王冰，是求得何等大人物救了自己。王冰轻轻摇头，叹口气说："实在难以想象，会找到这般大的人物。"稍顿又说，"趁这一路工夫，我给你讲一个家族吧。说起威海卫的人物，脱不开这个家族，说起桥头，更离不开这个家族，那就是以孟家庄为根基的梁氏家族。"伴随木轮马车吱吱呀呀的声音，王冰娓娓道来。

明朝洪武二年（公元1369年），威海梁氏始祖梁敬先、梁奉先等为避倭寇掠抢，自登州诸谷村迁至桥头梁冒顶山麓南侧定居。因以木柴筑篱，防野兽侵袭，故名柴里。柴里村是威海梁氏重要发祥地，其后裔在文荣威数十个村庄繁衍生息。梁氏家族乃书香门第、官宦之家，而其贤能之辈多出自孟家庄。孟家庄与柴里邻近，梁氏九世梁宏居孟家庄，因早逝，将家住桥头集四弟之次子梁志书过继，生十一世梁修。梁修生松滋、兰滋、蕚滋、芸滋、桐滋，家庭至此兴旺发达。梁修公对子女读写尤其重视，管教甚严。其三子梁蕚滋，因学识渊博成为道光帝的老师。道光皇帝登基后，感谢恩师，赐名梁蕚涵。当时梁修住北街，五个儿子修了五条大街，建了五座大官宅，时有"四堂二十四号"之说。民间流传"金'崇实'，银'葆真'，铁打的'崇朴'，纸糊的'玉德'"，说的就是四大堂。而所谓的"二十四号"所指是从这四大堂分出来的二十四家分支，到1906年，孟家庄兴盛的堂号有崇实堂、葆真堂、崇朴堂、尚德堂、慎德堂、进德堂、仁德堂、礼德堂、信德堂、绍德堂、厚德堂、尊德堂、承德堂、荣德堂、谦德堂、裕德堂、梁敬恕堂等；著名商号有协增盛、德源涌、恒丰德、泰和仁、公和永、洪泰号。孟家庄四大堂号的田产遍及桥头镇的方吉村、报信村、桥头村和羊亭镇、温泉镇、文登的高村镇、大水泊镇以及荣成城厢等地。

梁氏诸辈中，以孟家庄梁修三子梁萼涵最为声名显赫。梁萼涵生于1798年，卒于1858年，字心芳，号棣轩，在其父严教下，日夜苦读，强学博览，精通古今。嘉庆十八年拔贡，后在刑部做七品京官。年轻时梁萼涵秀外慧中，得到皇帝赏识。"功以才成，业由才广"，嘉庆二十三年中恩科顺天举人，嘉庆二十五年中进士。先后做过翰林院庶吉士、散馆授职编修、功臣馆纂修、国史馆协修、道光乙酉科顺天乡试同考官、道光辛卯科河南乡试副考官、福建道监察御史、京畿道监察御史、户科给事中、光禄少卿、简放浙江按察使、甘肃布政使、云南布政使、山西巡抚、调补云南巡抚、兵部侍郎兼都察院右副都御史、诰授资政大夫。道光二十一年，升为山西巡抚。在任初期，尽职尽责，为百姓做了许多有益的事情，受到山西百姓的欢迎。然其后多得外财，家藏巨富。道光二十六年，梁萼涵荣归故里。回孟家庄老家时，八个子侄出庄迎接，他当场赏每人白银千两，而甲午海战中浴血奋战将士的抚恤金仅为五百两白银，足见其财之富足。道光二十九年，因山西巡抚任内裁汰交城县贡等项被参奏，后来道光帝批云："……现又查出交城县贡余皮张，亦经该抚永远裁汰。"道光皇帝下旨将在军台效力的梁萼涵释放回籍。梁萼涵曾遇一名阴阳先生，告知其"生在兴隆，葬在卧龙"，仔细品味阴阳先生的卜语，遂在道光十七年带领三房分支及部分佃农搬迁至高村镇万家庄，建成梁氏庄园。

梁氏庄园修建历时七十余载，占地百亩，它吸收北方四合院和军事堡垒建筑的特点，集中了清末民初胶东、滇西、晋中三个地区的建筑风格。梁氏家族占有耕地六万余亩，年收租五万升；同时开设商号、油坊、药房、旅店数十处，成为文荣威牟首富。

说到孟家庄，不能不提"五坰地"梁氏豪宅，不能不提梁德让。五坰地是因梁氏豪宅占地五坰而得名，其坐北朝南，为四进式结构院落。第一进是客厅，第二进是男主人住宅，第三进是女眷住处，第四进是粮仓。四进正房的东、西两侧是厢房，是仆人宿舍和仓库。五坰地豪宅庄园，是几辈人积累的资产。其始为梁萼涵的侄子、十三世梁琡森初建，后来其子十四世梁世勋扩建，初成规模，逐步成为尚德的分支——厚德的豪宅，因占地五坰而名。十五世梁德让对庄园施以整修，于大院里修建池塘，栽上荷花，建造亭台。他在院墙边栽了一圈橘子树，院内修建了游泳池。

梁德让是梁萼涵长兄梁松滋之孙，"附生，鸿胪寺序班"，为梁氏十五世。因其在兄弟中排行老五，外号五老虎，是清末五坰地的举子，也是大地主和名噪一时的乡绅。梁德让的外号五老虎，可能与其身材高大魁梧，人脉广泛，做事雷厉风行有关。俗话说"老虎屁股摸不得"，但也有"初生牛犊不怕虎"。村里有汤姓青年，每每惹是生非。有一回听说梁德让的挚友、主管威海警务之英官魏德凯要来做客，便和另一青年翻墙入院，往凉亭的茶壶撒尿，后来吓得躲到东北三年没敢回乡。其时孟家庄在英租界里，社会秩序比较安定。许多人都知道梁德让和殖民政府官员善交，黑白两道都不愿招惹之。但亦有外来之徒惹是生非，最终倒霉。梁德让有处商行"泰厚仁"，远近闻名。一伙来自租界外的暴徒，某晚手持武器，闯进商行扬言借钱，且要现大洋。梁德让叫劫匪住在商号候着，答应翌日一早商号保证能凑齐现大洋。暗中派人给警官魏德凯报信，召集来大批荷枪实弹的巡捕，将劫匪抓捕。地方警官约翰斯顿向长官所作的《关于孟家庄武装抢劫的报告》记录了此案。

梁德让乃开明绅士，修路、捐款、倡导教育，申请由兄弟梁德孝出资设立"辅仁学堂"，设立中文、洋文课程，招收少年学生，且对经济困难者学费予以减免。辛亥革命胜利后，梁德孝被选为第三届省议会议员，梁德让当选为荣成县议员。

二十二

孟家庄梁氏救难

　　车轮吱呀，马蹄嘚嘚。王冰一路讲着梁氏家族及显要后人，不觉过了江家口，远远就能看到柴里和孟家庄村落。杨子千插话说："听王兄一路讲来，我才知道桥头梁氏如此了得。王兄这般了解梁氏，令人佩服。可这些事听起来，跟搭救我性命似无瓜葛。"王冰回道："杨兄可别忘了，我也是梁氏家族的人，对家族之事自是熟记于心。下面马上说的这位梁氏贤能，可就是你的救命之人，他叫梁德孝，梁氏十五世，也就是前面说的梁德让的兄长。"

　　梁德孝做过牟平知县，乃是桥头梁氏最后一位封建官吏。《梁氏家乘》记载：主事改大理院六品推事，刑科第一庭行走，庚戌京师法官第一次补行考验取列优等，以庭长监督推事分省试用。梁德孝在周围村庄收购有大量地产，方吉村农民基本都是他的佃户。凭借着雄厚的财力，他专门修建了宅院，家里人坐在炕上就能享受听戏之乐。他精通医道，清朝灭亡后回到家乡，到城里一家药房做了中医，望闻问切技术高超。抗日爆发，他和兄弟梁慕周多次掩护抗日志士、保释被捕共产党员，为抗日斗争作出了突出贡献。

　　乡党毕庶澄，文登人氏，十七岁到烟台参加学生军，后又在烟台就学，其间得梁德孝相帮，结为挚友。民国初年，毕庶澄于军官教育团进修，该团监理为张宗昌，对毕庶澄甚为赏识。其后毕庶澄追随张宗昌部征战南北，官职逐年升迁，及至1925年10月就任渤海舰队司令，领海军中将衔；翌年10月9日，被北京任命为"澄威将军"，领陆军上将衔。其为渤海舰队司令时，曾驻烟台，邀梁德孝前往会聚。那日梁德孝登其军舰，他正与副司令凌霄趴在桌上嘀嘀咕咕，满面愁容。他见梁德让到了，高兴说道："梁兄乃才子，快快帮忙。"梁德孝不知所言，毕庶澄苦笑一下又说："我的顶头上司、直鲁联军总司令兼山东省省长张宗昌，可谓文武双全之人，成天打不完的仗，却又酷爱文学，极好作诗，然其诗作不堪目睹，却又偏偏自觉良好，这不刚作了三首新诗，电传于我，让我读过之后必得按他式样回作一首，可愁煞我也！我正和凌霄兄商讨作诗。"介绍两人相识。凌霄是南方人，曾任东三省航警学校首任上校校长，张学良手下红人。两人寒暄后，毕庶澄说:"凌霄兄快把张总司令大作读给德孝兄听听，帮忙指点一二，我俩赶紧交差。"凌霄拿起电稿，不大好意思地说:"张总司令诗作极富个人特色，我读一读。第一首《咏雪》。什么东西天上飞，东一堆来西一堆；莫非玉皇盖金殿，筛石灰呀筛石灰。第二首《游泰山》。远看泰山黑糊糊，上头细来下头粗。如把泰山倒过来，下头细来上头粗。第三首《天上闪电》。忽见天上一火链，好像玉皇要抽烟。如果玉皇不抽烟，为何又是一火链。"梁德孝听得两眼大睁:"这叫诗?"凌霄挠挠头说:"总司令电文里说突发灵感，作新诗三首，就是诗。"毕庶澄摇头道:"他说是诗，还得照这样的回一首。"凌霄插道:"我跟毕司令整了半天，也整不出他这样的。"梁德孝嘿嘿笑了。毕庶澄说:"梁兄你可得费费心，不是闹玩儿，张总司令对自己的诗作颇为自负。"梁德孝沉吟片刻，说道:"还别说，他写这玩意儿还真是独具风格，最大的特点就是敢往大里写，你看什么玉皇盖金殿、泰山倒过来、玉皇要抽烟，这哪是常人敢想的。"那两人一听一齐瞪眼看他。毕庶澄高兴道:"亏得梁兄，一下找出特点和规律，佩服佩服!"凌霄说:"梁兄赶紧帮着作一首吧。"梁德孝踱两步，说:"题目就叫《观浪》。渤海底下烧把火，海水翻腾开了锅……"凌霄突然叫道:"等等，等等，梁兄让我来——如果海水不开锅，渤海底下还烧火。"三人哈哈大笑。毕庶澄将诗作电发张宗昌，得到张宗昌的好一番夸奖。此事之后，凌霄对梁德孝由衷敬佩，时有往来，凌霄来威海卫游玩时，梁德孝三日专程陪同，遍游名山秀水，尝尽美味佳肴，给足了毕庶澄面子。凌霄也是连连称谢，直言梁德孝今后如有需要帮忙之事，定当全力以赴。若干年后，毕庶澄因故身亡，凌霄也几易其职，加之时局风云变幻，梁德孝与凌霄之间再无联络。

此番杨子千被梁筠懿拘捕，押送威海卫日本宪兵队，刘青山得信后马上赶往东海军分区，告知王冰。王冰闻讯当即向组织说明情况，与刘青山一道返回墩前，路上二人且行且商讨救人之法。王冰回家取了银票细软，只身快马赶往威海卫，找到戚家国，求他设法救人。戚家国通过几个熟人打探，知道杨子千已落入石川手中，想要救出难上加难，无奈之下求老父出手相助，谁知戚仁亭得知要救之人乃疑共亲共分子，便以种种借口推脱。王冰赶紧又与威海特委汇报情况，特委安排林辉亭出面求梁德孝相帮。林辉亭母亲在梁家当过多年女佣，带大梁氏兄弟，而且还救过梁德孝的命，梁德孝拿她当亲母相待。林辉亭与母亲一道请求梁德孝帮忙，梁德孝二话没说，立即筹划救人。他深知此事难度之大，必须找一位能够压制得了石川的大人物出面方可。思来想去，决定求助早年结拜兄弟，威海卫管理公署首任行政长官徐祖善。

徐善祖在威海任职期间，多得梁德孝兄弟几人相助，关系甚密，且与梁德孝结拜，四年前离开威海卫，在国民政府海军部任少将高级参谋，两年后调任粤桂江防司令，与梁德孝时有书信往来。徐祖善离威海前正与梁德孝办理一件大事，成立汽车客运公司，以期便利民众出行，也让梁德孝增加一个新兴的赚钱门道。

汽车驶入桥头乃至威海经历了一番波折。1927年，殖民政府授权军方引进两辆卡车和一辆消防车，汽车驶入威海后并没有发生以往所预想的如道路严重受损等种种不良后果，因此殖民政府于次年年初正式废除机动车禁令，准许引进不超过二十辆公交车、公共车和私人汽车。桥头属交通枢纽，故而是威海较早引进汽车的地区之一。当年4月，文登大水泊"聚得"商号和农民于洪传合资从青岛购进一辆旧汽车，开辟了文城至桥头短途客运生意，这是有史料记载的第一辆驶进桥头的汽车。后因客源不足，成本太高，当年10月停止运营。此事开了文登、荣成客运之先河。1930年前后，殖民政府和威海卫管理公署将各驿站、大道逐渐辟为公路，大力进行公路建设，包括桥头的乡间公路路况得到极大改善。此间梁德孝捐资修路传为佳话，也让刚来威海卫不久的徐祖善得以与之相见。其时政府开通了城厢、沙楼庄至江家口之公路营运路线，里程一百一十里；翌年开通崖头集至桥头集公路营运路线，里程五十二里。但短途乘客大多仍是乘坐马车，毛驴、骡子以及骡轿是当时的基本交通工具。1932年1月1日《黄海潮报》新年增刊记载："威海汽车业春期生意颇好……至行驶于行政区内之小汽车，虽有组合，按班轮流行驶，无如车多客少，不过仅能维持现状。威埠交通全赖马车。去年虽增加不少，而生意不恶，推其缘故，因汽车自由组合以来，轮流行驶，非有满座绝不开车，譬如自桥头集开威海满座开行，如在温泉汤候车，即无办法，以至于中途候车者，皆改乘马车。"1934年，梁德孝受徐祖善之托，投资客运，开通码头区至孟家庄的短途汽车营运，车到达终点停一个钟头即开回，票价每八里一角钱；1936年又开通码头区至桥头的短途汽车。这就是徐祖善离威前与梁德孝合作的汽车公司项目，日军入侵威海后，短途汽车停驶。

　　这次因杨子千之事梁德孝电报求助于他，他回电说，当下局势能解此难者唯一人，就是担任汪精卫伪海军部次长的凌霄，知梁德孝早年与其有交，遂将凌霄之联络地址相告。梁德孝遂按徐祖善之意发了急电，不想凌霄还真出手相帮，这才有了杨子千惊险脱难之事。

　　杨子千听王冰说明了这次救他之事，感慨道："你这兄弟情义自不必说，当中这么多出手相助者，实在令我感激。"又听说徐祖善扶持梁德孝开办短途汽车客运，说，"这日本鬼子真是可恶，若不是他们侵扰，桥头去威海，就能坐上汽车了。"王冰说："那是，小鬼子真是无恶不作，所以我们要尽快赶走日本鬼子，过上好日子。"

　　两人说着，到了孟家庄。刘青山将马车拐上一条街巷停住。杨子千看到街旁一家药铺，挂着"广益堂"招牌。王冰让他在车内稍候，自己下车。他刚走到药铺门口，打里边迎出一瘦身材男子，三十岁左右年纪，着长袍马褂，头戴黑色瓜皮帽。两人相见低语几句，一起走到车旁。刘青山已是熟人，相互寒暄过了。王冰对车棚里的杨子千说："这位是林掌柜，大号辉亭。"又对林辉亭说，"这就是我义兄杨子千。"

杨子千一听是搭救自己的恩人之一，忙要起身下车。林辉亭伸手示意别动，微笑着说："不要下车，前边不远就是伪军中队据点，桥头二小队长许尘明近日刚升任中队副兼小队长，时常带人在桥头和孟家庄巡逻，小心为是。"杨子千朝他拱手施礼道："多谢林掌柜救命之恩！"林辉亭回礼道："自己人，不必客气。我听王冰兄弟说过你，赤胆忠心，智勇双全，敬佩敬佩！"转头对王冰说，"不巧今日梁德孝梁大老爷石岛商号有要事前去办理，咱这事待他回来我自会禀报。等日后时机合适，再约见叙谈。"王冰说道："这样也好，今日杨兄身体尚弱，早点回去歇养。梁大老爷乃是我族内长辈，日后必来拜望。那就告辞了。"林掌柜再番施礼，马车上路去了。

回到墩前村，于森、徐杰和于荻叶三位女子早已在此忙活。她们昨日得知杨子千将出狱的消息，一起过来，给杨子千拆洗了被褥，扫地擦桌，把屋里拾掇得亮亮堂堂，被褥叠得整整齐齐，窗上还贴了窗花。于森按照组织安排，从部队转到地方，负责开展威海妇救会工作，常驻墩前村。目前虽是周文担任妇救会长，但她时常在东海地委或部队做事，妇救会日常事务皆是于森负责。而身为桥头区妇救会长的徐杰，婆家就在墩前村，丈夫梁国为原是党组织地下交通员，前不久改任特区委职工委员，仍然身兼交通员职务，日夜为党组织忙碌，几乎不在家吃住，徐杰让于森搬来自家作伴，生活工作常在一起。于荻叶为区妇救会干部，徐杰的帮手，也时常住在徐杰家中，偶尔梁国为回家，于荻叶便陪着于森住在别的地方。这几日杨子千被日伪军拘捕，三位女子甚为担忧，生怕生出意外，天天在一起相互说着宽慰话，尤其于荻叶，连饭都吃不下，成天忧心忡忡，日见消瘦。昨日闻知杨子千性命无忧，即将出狱归来，三人高兴得笑意满面，忙忙碌碌做着准备，迎接心目中的大英雄回家。

杨子千走进自己房屋，见窗明几净，被褥整洁，处处温馨，心下一阵温暖，对于森三人说："三位姐妹辛苦了。"于森说："没啥呀，你回来就好。"于荻叶鼻子一酸，眼含泪花，看杨子千一眼说："你没受伤吧？鬼子没打你吗？"杨子千一笑说："没事，小鬼子打不坏我。"徐杰笑着说："你这个大英雄，叶子妹这几天可为你牵肠挂肚，饭都吃不下。听说你要回来，高兴得要命，还专门给你剪了窗花。"抬手指了指窗户。杨子千转头看，贴在窗上的窗花，乃喜鹊登枝图案，中间有平安两字，笑道："叶子妹还有这番好手艺。"于荻叶略带羞涩，说道："我字写得不好，是于森姐帮我写的平安两个字，我剪出来的。"这时两个家人端来饭菜，粥饭齐全，荤素配搭，热气腾腾放在桌上。于森三人告辞而去。王冰留下刘青山，两人陪杨子千一起用饭。

杨子千有惊无险平安归来，王冰安排了家事，当即返回东海军分区。刘青山送来煎好的固元强身汤药，杨子千按时服用，一日之后，身况大有好转，三日之后几近痊愈。这天上午杨子千在后院习练拳脚，听到前院有争吵声，好似小耗子的声音，赶紧来到前院，一看果然是小耗子，正朝着家人嚷嚷："我知道我杨兄回来了，他受这番折腾，必定在家休养，不会到别处去，我要见他。"家人说道："你这人好不讲理，不管你杨兄在不在这儿，这里又不是杨家，你总不能硬闯……"杨子千高兴地叫道："耗子兄弟！"小耗子惊喜地喊："杨兄你真的活着！"转头对家人说，"我没骗你吧，我和杨兄真的是好兄弟。"杨子千对家人说："牛豪义兄弟跟我和咱当家的都是挚友，叫他进来吧。"家人答应一声，放小耗子进来。

小耗子跟随杨子千进屋，问了监狱受刑之事，得知其身体无碍便放了心，话题一转说道："你没事了，我可惨了，还得找你帮忙。"杨子千问道："是不是小瘦猫又欺负你？等我去好好收拾他。"小耗子说："不是小瘦猫，自从上回北埠村逃出来，我就搬家了，小瘦猫找不着我。"杨子千道："那还有谁欺负你？带我去找他。"小耗子说："是十一花。"杨子千大惊道："十、十一花？！她在哪？她怎么会欺负你？"小耗子说："我、我俩同居了。"

杨子千两眼瞪得鸡蛋大，上下打量小耗子："同、同居？……你、你跟十一花同居？"小耗子赶紧伸手要捂杨子千的嘴，回头看看屋外，说道："你、你小声点儿……不是同居，是住一起……"杨子千道："住一起跟同居有何不同？你别大事化小。"

小耗子急得也瞪起眼："啥、啥大事化小？你想哪啦？再说我就真跟她同……同居又、又咋的啦？……我是说，我跟十一花是……是住一起，可不是你脑瓜子想的那样睡、睡一炕滚一被窝，是……哎你别这样盯着我，好像我偷了谁家鸡似的……"稍顿又说，"那天在北埠村，你不是叫我先走，你引开小瘦猫他们吗？我顺那小路跑一会儿，停下来往后看看你过来没有，猛不丁身后有人叫我名字，吓我一跳，抬脚就跑。她说你别跑我不是坏人，我看着她觉得奇怪，她就跟我说你救了她，你回去救我了，她在那等咱俩……后来天快黑了也不见你，我就要走，她非得跟着我。没办法……我知道信河北村北山有个看山的窝棚，看山老头死了没人住，就、就……过去……我让她住里面，我在外面蹲着。可大半夜的下起雨，她非让我进去……我、我躲她远远的……住了一宿……第二天我出去找点儿吃的，带回去给她吃，说吃饱了送她回家，她说没有家，城里十三门楼也不想回去，想当个平常人，要是……要是我不嫌弃她……"看一眼杨子千说，"真、真是她这么说的……我说不行啊，我没啥本事养活不了你，她说我要是扔下她不管，她就得死，我、我没办法就说……等我杨兄回来了再说，就、就这样一起住着……她长得太、太好看，我、我不敢正眼看她，更没有碰、碰过她……"

杨子千听着轻轻点头，说道："我还以为你小子吹牛，真是这样，倒也不错。"低头看小耗子一眼，"你小子是不是得了花痴症？"

小耗子急得一咧嘴："哎呀你小瞧我是吧，人家卖油郎还、还独占花魁，就不兴十一花想嫁牛豪义？刚开始我也不信，觉得她是为活命糊弄我，后来她说，日本鬼子三天两日去十三门楼祸害姐妹们,那些鬼子就是畜生,拿姐妹们不当人,她有幸躲过鬼子,成天担惊受怕,心想哪天被鬼子祸害了就悬梁自尽……碰到了我,说我是你这个大英雄的好兄弟,人也错不了,就、就想嫁给我,还说……不嫌我长得小,今后只有我这个男人,她要是当、当了潘金莲,天打雷劈!"

杨子千微微一笑,拍着他的肩膀说:"那就好,这样的话,我给你俩当媒人。"小耗子说:"行吗杨兄?我、我怕养活不了她,正发愁。"杨子千说:"放心吧,十一花只要真心跟你过日子,我和王冰兄弟都会帮你们。哎,她是何方人士?叫啥名?"小耗子回道:"她说从小被人贩子拐卖到十三门楼,不知哪里人,至于名字嘛,叫马小妹。"杨子千又是一惊,瞪着他:"啥?马小辫!?"

小耗子一瞪眼:"啥马小便还马大便呢!人家不知道姓啥,说我姓牛她就姓马,牛马一生过一辈子,她比我小几岁,我就叫她马小妹。"

杨子千急急忙忙从怀里掏出那张画像,打开了,问道:"这是不是马小妹?"小耗子一看愣了,眨巴着眼看了又看,奇怪地问杨子千:"这、这哪来的?谁画的?"杨子千说:"先别说别的,是不是马小妹?"小耗子摸着头说:"我觉得,马小妹小时候就是这个样子。"杨子千点点头,就把马春子的事说了。

小耗子听了直瞪着杨子千:"十一花要真是马春子的女儿,实在是天下奇事,你杨子千前脚救了他闺女,后脚找着她爹,那可真成了《十五贯》。"杨子千一笑说:"兴有你的卖油郎,就不兴有《十五贯》?再说,现在只是画像有些像,能不能确定是马小辫,还需一事印证。"小耗子忙问:"什么事?"杨子千道:"马春子说他女儿右膝盖外侧有块淡红色胎记,你能确定了这事,那便是马小辫无疑。"小耗子为难道:"那咋办?要是扒拉看她腿上胎记,那、那不成了流氓?"杨子千想一想,授他一条计策。小耗子听了连连夸赞妙计一条,拔腿就回信河北村。

两村间也就半个钟头路程,天傍晚时,小耗子急匆匆赶回,见了杨子千扑通跪下。杨子千扯起他来,说:"谢媒人也没听说有下跪的礼节,事成了买副猪头下货谢我就成。"小耗子说道:"谁跪你啦?我跪老天爷!咋就这么巧,十一花真的就是马小辫。"杨子千问:"确定无误?"小耗子说:"我就按你那计策,回去对她说,在桥头集遇到个算命先生,说我面带桃花,老天爷赐给我个漂亮媳妇,还说我媳妇身上有块淡红色的美人胎记,让媳妇指一指胎记的位置,回头跟算命先生说说,让他回复上天。十一花指指右膝盖外侧,说这里有块淡红色胎记,要我看一眼,我说不用,媳妇不会骗我,便匆匆跑回来。"

杨子千沉默一会儿,说:"我这不知是成人之美,还是棒打鸳鸯。"小耗子不解道:"此话怎讲?"杨子千说:"十一花与亲人团聚,对她来说自是好事。可要是因此生出变故,她不能嫁你为妻,那我岂不是帮了兄弟倒忙?"小耗子一笑说道:"杨兄只管放心,她要是真心嫁我,我就一心一意娶了她,好好过日子。

她要是不愿嫁我，我也毫无怨言，我正发愁养活不了她。"杨子千说："兄弟这般说，我就放下心。我这里还有点银钱你带上，明天一早去桥头集，雇一辆马车去威海卫，找到马春子，打上我的名号，把十一花这事说了，拉他过来认亲。若是认亲无误，他们父女还愿意跟你结亲，那咱们就筹备婚事。要是不愿结亲，他们父女团聚另去生活，也算咱成人之美，答谢马春子对我的关照了。"小耗子答应着，便去准备明日之事。

第二日，小耗子按照筹划，一早去桥头集雇车马，前往威海卫接马春子认亲。杨子千在家等候消息。过了响午，突然刘青山匆匆赶来，对杨子千说，刚刚文登过来一位朋友，说是郑维屏的手下上午抓了几位造枪的共产党人，在文登公开审问，觉得像是宋干卿他们，他想去文登打探消息，设法营救。杨子千一听急了眼，非得同去不可。两人当即找两匹快马，骑了赶赴文登城。

林村位于城之西南，两人在南门车马店存了马匹，徒步进城。行不多时，见路边有人聚在一起说话，上前打听，得知一个钟头前有共产党人被国民党兵当街铡死，惨不忍睹。两人心惊，按照指点寻至那里，只见现场已被清理冲刷，然斑斑血迹历历在目，偶尔有人过来探视，看一眼赶紧扭头而去。两人找到那家裁缝店，老裁缝两眼通红，泪流满面，告诉二人说，造枪一事被国民党郑维屏部侦知，今天上午，大批郑维屏部下突然将林村包围，直扑兵工厂，将在这里指挥工作的宋干卿、林华政、林鹏振等逮捕，押到林家祠堂严刑逼供。宋干卿临危不惧，视死如归，大骂国民党郑维屏假抗日真反共。敌人恼羞成怒，将宋干卿拉到大街上，拷打后用铡刀铡死，其余三人也一同被害。两人闻听心痛不已，几欲落泪，对国民党顽固派愤恨不已。

回到墩前，交还了马匹，杨子千回到家中。走到屋门口，见小耗子蹲在那里。他看到杨子千回来，费力站起身，一张口就双泪而下，啜泣道："十一花……死、死了……"杨子千一惊，瞪眼看小耗子："你瞎说啥？"小耗子道："我、我没瞎说……她真……真的死了……小鬼子……祸、祸害了她……马、马春子一直在……在那哭……"杨子千惊问："马春子来了？"小耗子点头："嗯、嗯……来了……"杨子千听了转身往外走，小耗子赶紧跟随。

两人来到信河北村。只见低矮的窝棚旁边，有棵粗壮的老松树，一根斜出的大杈子，垂一条白布微微飘动，树下的草地上，十一花躺在那里，马春子瘫坐在她身边，轻轻抚摸十一花的脸，嗓子已经嘶哑，低声哭泣，诉说："……小辫子呀……爹的小闺女……你是爹……最乖的孩子……那天英国领事……急着用马……爹去喂马……你走得远了……被人贩子抱、抱走……爹找了你十五年……你的姐姐……哥哥跟戏班子……走了……没有音讯……你怎么不跟爹……做个伴儿……"三五个信河北村的老婆婆，一边抹着泪，一边劝说马春子。

原来自打杨子千救出十一花，救走小耗子，小瘦猫便四下里寻找两人，就连城里十三门楼也去打听过，知道十一花并没有回去，就猜测两人仍然在桥头一带。费一番周折，果然寻觅到小耗子踪迹，暗下里跟随，找到两人居住的窝棚，马上报告了梁筠懿。梁筠懿听说十一花和小耗子住在一起，气不打一处来，暗想一个被小耗子睡了的女人，他堂堂中队长再咋下手？岂不是与鼠同食。恰在此时，驻威海日本海军陆战队中尉中队长大寺一郎路经桥头，梁筠懿设宴招待，大寺一郎醉酒休息，手下独耳狼嚷着要花姑娘，梁筠懿对小瘦猫一番吩咐，小瘦猫便带独耳狼和另一日本兵来到信河北村，两个日本兵冲进窝棚，小瘦猫在外放哨，窝棚里十一花痛叫连声……

杨子千一番劝说，马春子平稳下来。三人商量小辫子的后事。马春子说老树夼那里如今是日本人的驻地，也是他伤心之处，不愿把女儿葬在那里。杨子千便说小辫子和六朵儿生时是好姐妹，死后若葬一起相伴阴间，倒是可以。马春子和小耗子皆赞同。于是买了棺材雇了车马，将灵柩运往老虎山东麓，葬在了六朵儿坟旁。马春子在小辫子坟前又哭诉一番，托付杨子千和小耗子日后若来此地，顺便带一份黄表纸给女儿，别让她黄泉路上缺了钱。小耗子便说，小辫子生前答应嫁给自己，自己跟杨兄商量过，只要马家父女愿意，就筹办婚事。如今小辫子先走一步，未成婚礼，但自己愿以夫妻之名，看待小辫子，日后常来跟小辫子说说话，不知马叔叔可否同意。马春子痛快答应，小耗子便跪下行礼，拿马春子以岳父相待。马春子要返城里，小耗子雇车马相送，与杨子千依依惜别。

过了两日，小辫子之事渐渐沉下，杨子千身况也已无虞，心下惦念起母亲来，想回去探望一番。上一次回家探母，捎了几个大水泊火烧，母亲说好吃，明天恰好集日，再去集上买几个火烧带给母亲。

大水泊乃文登县东部重镇，地处邹山之北，因地势平坦而得名。这里东接荣成县，北连威海卫，是共产党组织的活跃地带，大军三路西上抗日，留下少数人员坚守工作，领导抗日。此一阶段八路军及其他抗日武装粉碎了日伪军和其他反动军队的进攻，各级抗日民主政权相继建立，中共威海卫特区委员会改称"威海卫工作委员会"，简称"威海工委"，常驻沟于家村一带。每逢集日，常有歌咏队演唱革命歌曲，宣传抗日救国，赶集的百姓深受鼓舞。这天杨子千买好四个金黄的火烧，包袱包了背在身后，随着熙熙攘攘的人群走动，看到前边有人歌唱，众人围观，便挤过去看上一眼。这一看来了兴致，原来自拉自唱的竟是位盲人，三十岁左右年纪，面容清癯，嗓音响亮，唱罢一曲，众人鼓掌叫好。他便说道："承蒙大家抬爱，接着再唱一首《胶东人民离不开共产党》吧。"试了试琴弦，清清嗓子，唱道：

> 小孩离不开娘，
> 瓜儿离不开秧，
> 胶东的人民离不开共产党。
> 谁解放所有的妇女？

共产党！
　　谁教育少年的儿童？
　　共产党！
　　谁改善工人农民生活？
　　共产党！
　　谁领导我们打鬼子保家乡？
　　共产党！
　　共产党！共产党！共产党！共产党！
　　啊——
　　胶东的人民离不开共产党！

　　唱完这首，有人叫："再来一首！再来一首！"盲人笑笑说："大家爱听，我再唱一首《拿起手榴弹》。"又唱起来：

　　拿起手榴弹，
　　瞪大两只眼，
　　保卫家乡我们民兵是好汉。
　　土枪和土炮，
　　我们的伙伴，
　　鬼子一出动就打他个腚朝天！

　　刚唱到此处，忽然叫喳喳地闯进三四个人，皆捆着腰巾打着绑腿，身后背一把大刀。为首的指着盲人说："你这瞎子，集集来唱反歌，还打他个腚朝天，我打你个腚朝天！"抢过盲人手中胡琴，砰地摔在地上，一脚踹踏上去，咔嚓琴杆断折。盲人气愤不已，站起身叫道："你们这伙土匪！会遭报应的！"另一高大歹徒骂道："你个瞎子这就是报应！"当胸一拳击打盲人。盲人没有防备，踉跄两步跌倒在地。为首的歹徒骂道："老子是大刀队的，维持社会秩序，你敢骂土匪，叫你尝尝土匪的滋味！"抬脚朝盲人头脸踹去。

　　说时迟那时快，旁边的杨子千飞起一脚踢到那厮腰上，那厮脚还未落到盲人头脸上，整个人已斜飞出去，跌躺在地，痛得"妈呀妈呀"怪叫。高大歹徒跨上两步，挥拳打向杨子千脑门。杨子千闪身躲过，顺势一记"转角炮"击中那厮右肋，那厮左手捂住右肋，痛得龇牙瞪眼躲向一边。另两个歹徒唰啦啦抽出大刀，一起挥刀砍向杨子千。杨子千摸起地上盲人坐的条凳，举向头顶接住大刀，突地矮身右脚斜上蹬出，踢中一瘦小歹徒腰腹，瘦小歹徒哇哇叫着半空飞出，落到旁边污水沟中，污水四溅。剩下一个歹徒转身欲逃，杨子千抡起条凳砸中其后背，扑倒在为首歹徒身上。

此时周围赶集的百姓四下躲逃，杨子千扶起盲人钻进人群，刚跑两步有人扯他一把说道："快跟我来！"杨子千一看是刘锡荣，扯着盲人随他而去。三人拐进街边一条小巷，跑到头再一拐，一棵大槐树下停着一辆马车。刘锡荣叫二人快上车，赶上马车疾驶而去。

二十三

烂木沟锄奸

原来刘锡荣来赶集,要买些黄豆做豆腐,黄豆没买上,却拉回这二人。回到西南台家中,刘锡荣叫二人炕上坐了,豆腐房里端来两碗豆浆,给两人喝。说起话来得知,盲人是荣成县著名艺人彭润芝,崖头黎明村人。

彭润芝自幼双目失明,六岁从父学艺,后又拜崂山屯王三、康八为师,学唱大鼓。十三岁艺成,十四岁随师东去朝鲜卖艺谋生。回乡后独立演唱,艺技高超颇受赞赏。是春二月,日军侵荣成,其父遭无端杀害。国仇家恨,激起他抗日复仇之决心,要将传统行会盲人"三皇会"改为"三皇抗日救国会",利用演唱本领宣传抗日救国的道理。为此他常常走村串镇,赶集参会,联络同道之人,没想到今日遭歹徒施暴。

提起大刀会,三人皆痛恨不已。杨子千讲了大刀会在沟于家村抓绑林福、曹芳春之事,以及在环翠楼欺负于森五姐妹之恶行。刘锡荣告诉两人,根据情报得知,高敬新、邵笠荣二人一同去北平,拜见了先天道总会会长姜洪涛,根据姜回威海开办武会的旨意,随即聘请传法师邢沈元等来威海传武法。林景阳因贪污逃往大连,邵笠荣继任会长。6月,先天道反共救国会威海卫分会成立,邵笠荣任会长,林均财任副会长。该会宣称"先天道是天兵神将,枪刀不入,与共产党势不两立",跟随日伪政权,叫喊"中日亲善,大东亚共荣圈"等。7月,邵笠荣指派朱寿山去文登组织大刀会,得到文登伪县长徐瑞卿的许可。今日这伙大刀会徒,极有可能是文登大刀会的。彭润芝说,他也听说邵笠荣派邢沈元到荣成与伪军联系,成立先天道荣成分会,由于种种原因没能成立起来,只有一部分人就近参加了文登、威海的大刀会。

三人谈论一会儿,彭润芝说家中有事,着急回去。刘锡荣请邻居赶车,送彭润芝回崖头。彭润芝走后,刘锡荣说,林福担任草庙子区委书记了。杨子千说,林福朴实能干一心抗日,当书记理所当然。刘锡荣又说王冰快回来了,重新建立抗日武装。杨子千说那好啊,他不在家我都不知该咋干了。两人说话到中午,刘锡荣炒一盘嫩豆腐,一盘葱炒鸡蛋,烫了半斤烧酒喝了,杨子千告辞返回墩前村。

　　杨子千回到王家，却见王冰已在家中，一阵欢喜。杨子千说："刚刚刘锡荣还说你要回来，没想到这么快。"王冰说："正式回来还得一阵子，今天临时回来有别的公事。"话题一转，又说，"刚刚听到消息，石川鬼子身负重伤，差点儿被烧死。"杨子千一愣："有这事？"王冰说："这人真了不得，是城里日军监所做饭的，闺女被日本兵祸害了上吊自尽，他偷偷准备了汽油，趁石川查监之时，浑身泼了汽油，点着火冲上去抱住石川，要同归于尽，石川身边日本兵费力拽开这厨子，推开石川，厨子又死死抱住日本兵，两人一起烧死。"杨子千大惊道："监所厨子？闺女被日本兵祸害了……是不是给英国人喂过马？是不是叫马春子？!"王冰道："好像就是这人。"杨子千悲痛不已，讲了前几天十一花之事，王冰听罢气恨道："这些日本鬼子，真是一群畜生！不打跑他们国无宁日，民无安时！"

　　说一阵这事，杨子千提起要回家探望老母。王冰想想说，他正好为组建抗日队伍之事，要跟周边区域相关党组织联系，他在东海特委接触过昆嵛、文西两县经济小组负责人谭庆丰，两人相约联合抗日事项。谭庆丰说近期在敌占区双林前村一带活动，如有事需联络，可通过双林前村都本善代传。既然杨子千回家探母，顺便捎一封书信给都本善，让他转交谭庆丰。杨子千说双林前在牟平和威海卫之间，每次回家都经过，正好顺道。王冰写好书信交给他，让他一定要交到都本善手里。杨子千收好书信，拾掇上路。

　　1940年春，共产党领导的东海抗日武装"昆嵛县文西县联合大队二区队经济小组"在昆嵛县板桥村成立。根据上级指示，开展隐蔽斗争，扩大经济来源，加强抗日前线武器装备。成员十余人，多为县大队及区队骨干。组长谭庆丰，昆嵛县十一区南松山村人，身材高大，性格刚烈，时年二十有七，不到二十岁即参加革命；其父谭廷贵，人称谭老两，乃昆嵛县初村镇时家村一带地下交通员。指导员夏仁钦，昆嵛县界石镇烂木沟村人，读过几年书，文西县大队骨干。成员胡忠亭、贺吉胜、王志礼，均系界石镇院下村人。其他成员刘福初、元文海、王德生、王宝灿等，多系界石、初村人。后又发展成员贺先恒、都兴福等，昆嵛县姜格庄人。经济小组受昆嵛文西两县联合大队二区队领导，铲除效劳日寇的汉奸走狗，到伪乡公所或匪兵、团丁、土豪劣绅大户家去搞金银钱财和武器弹药，支援大部队抗日。受时局所限，经济小组武器装备很差，组长谭庆丰有两把单打一匣子枪，指导员夏仁钦有一把撸子手枪，其他成员有两支长枪、两支短枪，多数成员只有两颗手榴弹。小组缴获的枪支弹药金银财宝，由王志礼登记、保管、上缴。上级党组织指示经济小组：不准动贫苦百姓一草一木，不准拿贫苦百姓一针一线；责令大户交枪、交钱、交物、交粮，参加抗日救亡。为此地主恶霸对经济小组恨之入骨，常与日伪联合图谋报复。

　　经济小组初期活动于初村镇长夼村一带，五、六月份潜入敌占区双林前村一带。双林前村地处烟威交通要道，乃日伪控制紧要地带。村东三里，是日伪的酒馆据点；村西三里，是日寇金山寨据点；村南三里，有日伪的南山炮楼；国民党郑维屏下属商立旦部，盘踞在西二十里序班庄村，时常派兵到双林前一带扫荡清乡，对经济小组颇有威胁。经济小组双林前之联络点设于组员贺先恒姐夫都本善家。都本善的家在村南孤梢上，南面靠山，有利于撤走，四间旧草房，独门独院，屋内有地窖子便于隐藏。都本善是个忠厚老实的庄稼人，对共产党忠诚，靠得住。经济小组凡到此间活动，几乎皆住于此。

杨子千带好书信，上路快行，不到两个钟头，行至双林前村。打听到都本善住处，到村南孤梢上，找到孤门独院的都家，不禁大吃一惊，只见四间草房被火烧光，黑乎乎一片狼藉，其状不堪目睹。到街头问过几人，结果无人回话，且神色间带着惶恐。最终有一位多年的老熟人，将杨子千扯进屋里，关好门窗，告诉他几天前发生的惨案。

原来七月初五傍晚，经济小组接到情报，初村镇时家村孙某家中有四支枪。有人说孙某在国民党游击队当兵，也有说在鬼子炮楼当伪军，诸说不一，有人曾看见他背枪回家过。谭庆丰得到情报，即带队赶赴时家村，将孙某堵在家中，逼其交枪。孙某咬定未带枪回家，经济小组只好作罢。从孙某家出来，谭庆丰不甘心空手而归，决定到敌占区一趟，搞点战利品带回。其时天上无月，几人摸黑而行。敌占区日伪封锁严密，大道有巡逻队，要害之地设岗哨，只得转弯抹角走山道。行至南松村村南，王德生提出顺便回家看看，他与谭庆丰商定，翌早在双林前村都本善家会聚。于是王德生抄近路回家，其他人跟随谭庆丰继续前行。

众人下半夜摸进双林前村，敲开都本善家门，隐藏其家中地窖子里。都本善告诉谭庆丰，前几天一伙身份不明之人曾来村里闹腾一场，先到开绣花厂的曲文亭家劫钱，曲不在家，只有小伙计在柜上，拉扯中枪走火，把小伙计打死了。又到开杂货铺的都本申家要钱，也没如意。后不知所去。谭庆丰说，据情报，这伙人是商立旦部便衣。都本善说，都本申受此惊吓，晚上不敢在家睡觉，东躲西藏，一宿换一个地方。

当晚都本申躲在本村一处看葡萄园的铺子睡觉，葡萄园正好在都本善房后。下半夜都本申起来尿尿，发现谭庆丰一行进了都本善家，以为是土匪，急忙跑到伪村长曲作恕家报告，二人找到曾干过伪区长的曲华臣，三人一番密谋，连夜赶到秦村乡公所驻地报告。当晚伪乡长外出办事，号称国民党游击司令的商立旦，带一个连下乡清乡，宿于伪乡公所。曲华臣几人便将经济小组之情况报告商立旦。商立旦一听紧急集合队伍，由三人带路，向双林前进发。商立旦个子不高，一双小眼睛常常眯缝着，人称商瞎子。他曾当过道士，也曾是国术馆拳师，练就一身好武功，好枪法，好骑术，为人心狠手辣，只要他睁开双眼就要杀人。他号称司令，其实手下总共不过四百人，总部设在序班庄，兵员大多是胶东一带的地痞流氓，无赖兵棍，还有捉来的穷苦子弟。武器装备除了长短枪，还有一挺歪把子机枪。

三人前头跑步带路，商立旦骑马率队紧跟，六七里路程，天蒙蒙亮时赶到。商立旦恐经济小组的人跑掉，指挥队伍以拉网包围战术把双林前村围住，逐步缩小包围圈，向都本善家靠拢。此时都本善早起，担着水桶去西井挑水，刚到井边，发现一股大兵围过来，吓得放下水桶往家跑，把情况报告谭庆丰，叫经济小组快逃，说完事自己先行出门逃走。谭庆丰没想到会走漏风声，更未料商立旦来得这般快，一时不知虚实，召集几人研究对策。未待商定主意，敌兵已将屋子团团包围，歪把子机枪正对门口架好，同时占领其他有利地形，接着朝屋里喊话，叫里面人出来，并鸣枪警告。闹腾至七八点钟，见屋里无人出来，商立旦命人在房子周围堆上柴火，都本申从自家店铺提来一桶煤油，浇在柴火上，敌兵四周点燃柴火，霎时大火熊熊，整个房屋变成大火球。此时谭庆丰冲出屋门，亮出双枪射击敌人，两三个敌兵倒下，他自己则被歪把子机枪射中胸部，当场牺牲。其他人员被俘。商立旦命人将谭庆丰头颅割下，挂在村头树上枭首示众。其余经济小组成员被绑起，未跑走的都本善妻子也以通匪之罪，一起绑至伪乡公所。

经济小组成员被捆吊在祠堂梁上，商立旦亲自刑讯，他问："你们是干什么的？"经济小组成员理直气壮地回答道："我们是抗日的，锄奸的！"商立旦又问："你们有多少人，多少枪，枪在哪里？"经济小组成员严守秘密，不予回答。商立旦命人用皮鞭挨个抽打，大家守口如瓶，未吐露丝毫机密。商立旦气急败坏，剥光经济小组成员衣服，命人点着整匣的香，用火红的香头往身上乱戳，几人被折磨得死去活来。从上午九点来钟，到下午两三点，不管商立旦用什么残忍手段刑讯逼供，都未达到其罪恶目的，便令村人到村外一草坪上挖坑，要活埋几人。

下午五时许，遍体鳞伤的经济小组成员，在敌人重兵看押下，相互搀扶走出祠堂，其中一人被折磨得抬不起头，迈不开腿，被两个敌兵架着，连拖带拉，来到挖好的坑前。杀人坑深二尺宽三尺长约六尺，商立旦嫌坑太浅，威逼经济小组成员自己挖。经济小组成员宁死不屈，坚决不挖。商立旦又逼村人挖，数个挖坑人吓得直打哆嗦。商立旦忽又改变活埋主意，命人将几人架到坑前跪着，令刽子手用大刀片一刀一个将人头砍下，将尸体掀进坑中。一成员直挺挺站着，坚决不跪，两个敌兵竟按不倒，被商立旦开枪打死，倒在坑内。有被抓来观看的村人睹此惨无人道恶行，当场昏倒于地。

此时经济小组成员王宝灿，生死关头屈膝变节，向商立旦供出经济小组成员名单。商立旦留他性命，命人将坑埋好，都本善妻子交乡公所处置，由叛徒王宝灿带路，往东而去，直扑北松村，于当晚抓住经济小组新成员都兴福，诱降不成，当即枪杀。王宝灿又带路前往晒字村，捉住了在此开展工作的贺先恒，商立旦逼贺先恒与共产党脱离关系，写信给在抗大读书的弟弟归顺国民党反动派，贺先恒义正词严决不投敌，遭商部枪杀。接着王宝灿又引商部匪徒直扑西院下村，逮捕该村党支部成员王阳、贺吉昌，当众枪杀。商立旦残杀了十余名经济小组成员及共产党员，对烈士亲属也不放过，派兵到谭庆丰、贺先恒等家中抄家。谭庆丰妻子为躲避敌人谋害，保住谭家后代，带六岁儿子和四岁女儿逃生养马岛，父亲谭廷贵跑地下交通不敢归家，亦被日伪杀害……

　　杨子千听罢此事，痛恨交加，牙齿咬得咯咯响，出村径往序班庄而去。到了那里，找着商立旦部驻地，想寻机取了商立旦狗命，不想敌兵防备甚严，转了好大一会儿，见难有机会，只得作罢。此时天光已暗，好在序班庄离自家村庄不远，急匆匆回去看了老母，随即返回墩前。王冰尚未回东海军分区，听了杨子千汇报，面色铁青，好一阵无话。许久他才低声自语："这样的叛徒，活着就是祸害！"当晚去刘青山处开会。

　　第二天一早，王冰返回东海军分区。杨子千练过拳脚，用过早饭，回屋里闷坐一会儿，找出一把匕首怀里揣了，出门而去。他下决心，要除掉商立旦这条恶狗，为那么多受害之人报仇雪恨。主意已定，劲头倍增，快步赶往序班庄。

　　他到序班庄附近，花几许小钱买一担松柴枝，又掏出备好的布条，脸上斜缠几道，匕首松柴里藏了，担起柴捆，来到商立旦兵营大门口，要进去给伙房送柴。哨兵拦下他来，说生人不得入内，要卖柴就在大门外待着，伙房于厨长每天要出去采购菜蔬，一会儿他出来，你跟他说便是。杨子千无奈，只得照他说的，在路边放下柴捆等候。

　　过了一袋烟工夫，一个胖乎乎的三十来岁男子自兵营出来，哨兵对他说了几句，他看杨子千一眼，走过来。杨子千料他就是于厨长，笑脸相迎道："军爷可是于厨长吧？"对方方说声："是我。"盯他脸上看。杨子千忙摸摸脸，一笑道："小子姓杨，砍柴不日，不慎山间跌倒，脸上磕破几处，敷了创药，只好包扎几日。"于厨长打量一眼地上的松柴捆，说道："你要卖柴？怎么卖？"

　　杨子千装作可怜兮兮的样子说："不怕于厨长笑话，小子光棍一个，一人吃饱全家不饿。你那厨房里，什么饽饽头粑粑块，破包子烂面条，稀汤寡水能让我吃顿饱饭即可，至于钱不钱的，你看着办，咋都行。"于厨长瞅他一眼，嘿嘿一笑："照你这么说，吃那些玩意儿，就跟一头猪似的，管你吃饱，谁知得吃多少东西。一担柴，说不上还得赔钱。"杨子千忙道："不打紧，要是我真吃得你亏了本，我有的是力气，帮你干活，不让你亏。"于厨长撩撩手说："走吧走吧，给我担进伙房，看你这可怜样儿。"杨子千点头哈腰："谢谢于厨长！"挑起柴担随他进兵营。

　　行不多远，来到伙房门口，只见一个小厨兵提一木桶泔水出来，于厨长说道："完了，晚了，晚了，完了。"小厨兵不解道："于头，啥玩儿完了晚了晚了完了，我去喂猪，咱那黑花母猪快下崽了，看那肚子能下十来个……"于厨长一摆手："快去快去，喂上猪赶紧回来，这边儿还有呐。"指指杨子千，"饽饽头粑粑块，破包子烂面条，都不嫌乎，这是原话。收罗点儿管这大肚汉吃一顿，这挑子松柴留下。"小厨兵指指泔水桶:"原话说的东西都在这里。大肚子母猪要下崽,我都收罗了喂它。"于厨长斥他一句:"你小子平日吩咐点儿事慢蹭蹭,今日倒勤快了!"小厨兵说:"今早商司令吃饭时说,母猪要下崽,好生喂喂。不敢偷懒。"

于厨长看一眼杨子千。杨子千放下柴担,把两捆柴垛在一起,趁机偷偷抽出匕首揣进怀里,说:"于厨长不急,眼下没吃的,我就待一会儿,不打紧。"于厨长哼一声:"你还赖上了。看你这两捆松柴不糙,蒸饽饽蒸卷子用得上,你就等着吧,中午蒸三箩面黑卷子,拣两个水塌的给你吃。"杨子千说:"好嘞,有吃的就行。"于厨长又对小厨兵说:"小王你瞅着点儿,别让他到处溜达。司令说馋辣炒大肠,我赶紧去买,晌午得给司令小灶蒸一屉白饽饽,大灶蒸十屉三箩面黑卷子。"

小厨兵答应着,招呼杨子千一起去喂猪。杨子千边帮着干活,边聊天,不光得知了商立旦的情况,还了解到王宝灿不少事。

午饭时,四个小厨兵忙活着给官兵分饭,杨子千烧火,于厨长亲自给商立旦做辣炒大肠,炒好了油光光盛进盘子,挑一块最肥最大的嘴里翻嚼,咕噜着"咸淡合适",撒几颗葱花点缀,端着要往外走。杨子千急忙站起身,说:"送菜小事给我吧,你忙别的。"于厨长稍一犹豫,说:"也好,趁油锅我还得碎个鸡蛋汤。你出门往右一拐,走十步,有个小屋,门口有两个卫兵站岗。你不准偷吃大肠哈,我是尝尝咸淡。"

杨子千答应着,接过端菜的木盘,出了门,偷偷碰一下怀里的匕首,心想这回要是直面商立旦,必要取他性命!死而无悔!他行十步远,来到一间小屋前,从窗口望进去,可见里边小八仙桌旁坐着商立旦和一个身着常服的男子。只听商立旦说:"这次双林前共匪案,你王宝灿立下大功,要再接再厉。"男子说:"感谢商司令信任,王某将继续努力,逮住更多共产党。为了无后顾之忧,今天下午我要回家一趟,把老婆孩子搬到偏远的亲戚家,以防共产党报复。"

尽管杨子千放慢脚步,但还是走过了窗口,来到门前,两个背大枪的卫兵伸手拦住。杨子千一笑说:"于厨长派我来给商司令送菜,这道菜一定要趁热吃才香,我要赶紧送上,别耽误了司令享用美味。"卫兵说道:"看你是个新人,不懂规矩,商司令的菜,向来都是伙房送到门口,由我们送到桌上,除非司令从没吃过的菜,要叫你们进去问问情况。"杨子千忙道:"那……这道弯弯曲曲通天地可是道新菜,司令恐怕……"

刚说到此,屋里商立旦喊:"快给我端上来,这味儿真香。"一卫兵伸手接过餐盘,端菜进去。杨子千一看进不了门,着急道:"这弯弯曲曲通天地可是道新菜,不说明白了司令吃下去恐怕……"说着就要往屋里闯。

另一卫兵横过长枪堵住去路,正色道:"老实点儿!你要是不守规矩,老子可以毙了你!"屋里商立旦问道:"咋回事?"端菜进去的卫兵说道:"禀告司令,门口送菜的小厨说这菜名叫什么'弯弯曲曲通天地',怕您不明白……"

商立旦哈哈一笑:"把我当傻子啦?弯弯曲曲通天地,不就是肠子吗?搞什么乱七八糟的名堂!"门口卫兵对杨子千道:"听见没?你们起那些怪名有个屁用!绕来绕去的还是个辣炒大肠!"屋里卫兵拿着餐盘出来,递给杨子千道:"快快快快!赶紧走赶紧走!有好菜快端来,别整些虚里吧唧的!"

杨子千眼见行刺无望,悻悻而回。忽然想起跟商立旦一起吃饭那人说的话,当是王宝灿无疑,也是个十恶不赦之徒,眼下杀不了商立旦,先除掉这个大叛徒,再寻机杀掉商立旦。他打定主意,回到厨房,就着分剩下的菜汤,吃了两个塌水的三箩面黑卷子,跟于厨长道别,离营房而去。

营房大门口不远处,有一丛小树林,此时枝繁叶茂,郁郁葱葱。杨子千避开岗哨眼目,钻到树丛中,隐住身形,盯着大门口不敢放松。下午三时许,只见大门口大摇大摆走出两人,头戴草帽,皆是百姓装扮。稍近些,杨子千认出其中矮胖些的正是王宝灿,另一瘦高个应是同行的商立旦部官兵。杨子千急忙尾随其后,躲闪跟踪,亏得此时路边草木芃芃,跟随两人较为方便。行约一个钟头,来到昆嵛山北麓烂木沟,山路崎岖,林木渐密,前边王宝灿二人行踪忽隐忽现,盯梢甚为吃力。杨子千使尽全部招数,远近缓急,躲闪卧趴,若即若离盯住不放。

前边一小片密林,道路一个转弯,林木遮住两人身影,待杨子千小心跟至转弯处,但见前边是一山坳,两人踪影不见。照二人行进快慢推算,不会走出山坳,可是到哪里去了?他蹑手蹑脚前行,眼睛四下扫视,终不见形影。正焦急之时,忽闻一股抽烟的味道,心下一动,看来两人是躲在某处抽烟了。循着烟味觅去,却见路旁一巨石下有个半人高的洞口,烟味从洞里飘出。杨子千蹲身爬行,近至洞口,听到洞里有低微说话声。

只听王宝灿断断续续地说:"……这里离我家不远了……烂木沟东南不远有个村叫丑家屯,村里有个外号叫丑老鸭的,住村西头,你去找到他,领到这里来……我让他……先去我家看看……"声音小得听不见了。随即洞里传出响动声,杨子千赶紧爬到一个大石缝里,看着洞口方向。

不一会儿洞口钻出一人,正是那个瘦高个。瘦高个拱出洞口,四下看了看,便顺着山坳往东南方走去。杨子千稍一思忖,爬出石缝,躲躲闪闪追踪那厮。

行不到半里路,来到一片开阔地,杨子千已无隐身之处,看看离那厮约二十丈远近,轻步疾行奔将过去。近至三丈远,瘦高个察觉身后异声,转头来看。只见杨子千扑通一声扑倒在地,朝他招手,叫道:"我……我是丑老鸭……"瘦高个吓一跳,怀里摸出手枪,对着杨子千说:"你……你是人还、还是妖精?怎么突、突然拱出来?"杨子千装出疼痛之声说道:"我、我是丑家屯的丑老鸭……在此等……等候宝山兄弟……"瘦高个一愣:"丑老鸭?王宝灿让我去找的丑老鸭就、就是你?你是如何知……知道我们要来此处?"杨子千:"我和宝山约……约好……阴历七月底三天,我在此等……等候……"瘦高个半信半疑,不满道："他既是约定好了，还叫我去丑、丑家屯找你？你给我起来！"

杨子千装作痛苦状费力站起，指指右腿，咬牙吸气："磕……磕坏了。"瘦高个看杨子千比自己矮半个头，身材亦非强健，挥挥手枪说："我怎么听不明白你说的啥玩意儿？你、你给我举起双手，过来！"杨子千举起两手，一瘸一拐走过去。近至四五尺远近，瘦高个命令停下，让转过身去，他靠近几步，右手持枪顶住杨子千脑袋，左手在他腰间摸来摸去。杨子千见机已到，突然转头向来时的方向说："宝山你怎么来了？"瘦高个转头去看，杨子千猛地转身，撩臂击打那厮持枪右臂。那厮啊的一声叫，手枪飞落。杨子千猛狮一般顺势扑向瘦高个，那厮跌倒在地，杨子千蹿上去，擒住他胳膊，反扭朝后，扯下其腰带捆个结实。他捡起地上手枪，命他用反绑的双手提着后裤腰，押着回那石洞，喊话让王宝灿出来。王宝灿不知何故，从洞里拱出，刚一露头就被摁倒，照样捆了双手。

杨子千此前已从王冰那里听说了昆嵛、文西两县县大队的情况，离此处不远，想把二人押解过去。刚要起步，突然听到有人喊："站住！不许动！"随着喊声，便见六七个人举着手枪从旁边树林冲出。片刻近前，见杨子千端着手枪，带头的厉声说道："我们是县大队二区锄奸队，前来抓捕王宝灿，放下武器！"王宝灿一看到二区队的人，其中多有相识的，吓得一哆嗦，趁乱拔腿就跑，由于熟悉此地，拼命向树林逃窜。二区队人员怕其逃掉，举枪便打，三四声枪响过后，王宝灿后心涌血，仰身倒下而亡。

原来，双林前惨案发生后，商立旦的罪恶行径，激起胶东抗日部队和地方武装的极大愤慨，昆嵛文西县大队负责人起草了消灭商立旦、惩处叛徒、为死难烈士报仇的报告，并把惩处叛徒王宝灿的任务交给二区队。二区队接受任务后，组成多个侦察组，又称锄奸队，查寻王宝灿踪迹。今天王宝灿二人一进烂木沟，即被锄奸队盯上，最终将其击毙。

锄奸队与杨子千相互交流了，知道是自己人，互道问候。杨子千将瘦高个匪徒和手枪一并交给二区队，告别而去。

据史料记载：1944年农历七月初九日，昆嵛县第十一区获得解放。在双林前惨案中遇难的烈士亲属，向人民政府司法部门控告与惨案有直接关系的曲华臣、曲作恕、都本申三人。1946年春，昆嵛县法院将曲华臣、曲作恕二人逮捕归案，分别判处有期徒刑两年。昆嵛县人民政府决定将双林前遇难烈士重新安葬，并召开追悼大会。追悼会会场设在南么山的东山下，即烈士殉难地，出席会议的有昆嵛县党政军各方代表、烈士家属和十一区的干部群众约两千人。县长陈英序亲自主持追悼会，向人民群众宣讲烈士为抗日、为人民的解放事业而英勇献身的英雄事迹。追悼会结束后，举行烈士尸骨安葬仪式。人民政府制作了新的大红棺木，雇了十多个喇叭匠奏乐安葬。参与制造双林前惨案的曲华臣、曲作恕被押到死难烈士坟前，扒坟、拣尸骨、包裹入棺，抓土掩埋。从此，烈士英名昭然于众。每年清明节，双林前一带群众，都到烈士墓前凭吊先烈。都本申因双林前惨案后不敢久留家乡，携老带少跑到沈阳投亲去了，此次判决没有捉拿到案。1949年，曲华臣、曲作恕刑满释放。1951年正月，在大规模镇压反革命运动中，遇难烈士家属又向人民政府控告。曲华臣、曲作恕重新被昆嵛县公安机关逮捕。同年春，昆嵛县人民政府、县法院在十一区（现牟平县姜格庄镇）西念村的东河召开公判大会，判处曲华臣、曲作恕死刑，立即在大沙河中执行枪决。第二年春天，都本申在沈阳也被公安机关逮捕，押回原籍，在姜格庄西北港判处了极刑。

二十四

八路军勇战昆嵛山

此段时日,毕云在抗日武装做事,时不时来王冰家歇住。杨子千自序班庄归来,毕云听了除掉叛徒王宝灿之事,高兴之余生出羡慕。这日他对杨子千说,听到内部消息,威海卫抗日武装要重建,王冰为领导人之一。两人高兴言谈。

正如毕云所言,随着文荣两县我军节节胜利,开辟了大片地区,相继建立起抗日民主政权,东海军分区遂决定,将警卫连恢复为威海卫抗日大队,暂不设正职,王明任副大队长,王冰为副教导员,率官兵二百余返回文荣威边区,开展游击战,抗击日伪军,领导边区群众开展抗日斗争。1940年8月17日,中共东海地委、威海工委在文登县紫金山村正式组建威海卫抗日大队,后改称威海县大队、威海独立营。8月26日,威海卫临时参议会在沟于家召开,罢免郑维屏威海卫管理公署专员职务,协议成立威海卫抗日民主政府"威海卫行政办事处",此乃威海卫人民政府之开端。9月13日,《大众报》以《威海卫民众奋起成立参议会,罢免郑维屏》为题报道曰:"前威海特区专员郑维屏,自接任以来,不但毫无建树,亦不团结抗战,而专门制造摩擦,如去年8月1日之葛家惨案,及今春之再进攻八路军,均属明证,至其横施剥削贪污腐化,捕杀抗战青年,破坏救国团体,摧残抗日军人家属,剥夺抗日自由,种种罪行不一而足,故该区各界救亡人士、群众团体,与当地抗日军队,特于日前号召成立参议会,并于8月26日业已宣告成立,并由该参议会通过罢免郑维屏,选举坚持该区游击战争有功、青年有为、不负众望之群众领袖丛振东先生为威海卫行政办事处主任,已于威海防次就职视事,群众莫不热烈拥护,深得爱戴云。"威海卫行政办事处辖区、村两级政府。区设区公所,由区长一人、助理员若干人组成;村设村公所,由村长及总务、财粮、优抚救济、调解等委员组成。因处于恶劣的战争环境,各区政府无固定办公地点,村政府也秘密办公。为适应对敌斗争形势需要,威海卫行政办事处驻地转移频繁,文登、荣成、威海卫的沟于家、埠岚、西字城、彭家埠、朱埠、张家山、南小城、徐家疃等将近四十个村庄,先后作为行政办事处驻地。

威海卫抗日大队成立,王冰提议设特务排,由毕云担任排长,杨子千为特别队员，不必每每随部行动。不日，毕云率特务排在墩前村南伏击日寇，打死三个日本尖兵，旗开得胜，众皆欢喜。

正当东海各县区抗日斗争形势步步向好之时，昆嵛山中却旋聚一股风暴，欲覆灭抗日力量。其时之东海形势，日伪军占领文登、荣成大部区域，主要控制荣成沿海及文荣交通要道；其他地方由共产党领导的各县大队和东海指挥部控制；而郑维屏等部占据昆嵛山及乳山大部地区。昆嵛山雄跨牟平、文登、乳山三县，是横亘胶东东部的著名山脉，地域广大，山势险要，草木茂密，自古乃兵家必争之地。1940年2月下旬，日军大扫荡后，郑维屏、王兴仁、丛镜月、秦毓堂、丁孛庭等国民党地方武装，收罗逃散的旧部人马，占据昆嵛山，组织抗八联军，勾结日军助纣为虐，数次进犯共产党抗日根据地，围剿人民抗日武装，均遭败绩。至秋，郑维屏闻知东海各县抗日武装纷起，更有威海卫临时参议会罢免其威海卫管理公署专员之职，甚为恼火。在他眼里，他这个威海卫专员乃国民政府正式任命，地方平头百姓说罢免就罢免，实在是极大之侮辱。他细想诸事源于共产党，顿生心头之恨，下决心要剿灭共产党，于是向国民党鲁东行署主任李先良建议，重组剿共"抗八联军"，扩充势力，绞杀东海之共产党及其武装。

是日，他迎来一位老朋友，也是老对手张宝山。张宝山，荣成大疃双石孙家村人，少时聪明伶俐好学上进，中学毕业考入上海复旦大学，毕业后辗转来到威海。1930年威海卫收回后，曾任威海卫特别行政区管理公署建设科科长。1932年春被派威海公立第一中学任校长。任职期间，发生了两件事：一是1933年4月30日晚，威海卫第一个党小组——中共威海中学党小组在威海卫主要街道墙上和管理公署大门，张贴"打倒国民党！""打倒蒋介石！""打倒日本帝国主义！"等内容的标语。翌日，引起了行政公署和警察局的震惊。5月1日，张宝山调查发现，出事当夜，学校只有学生于荣瑞和吕鸿士两人离校，深夜方归，贴标语正是这两人所为。如何处理这件事，让他颇费心思。最后采取息事宁人的态度，既不讨好国民党，也不得罪共产党。当日下午，他把这两个学生叫到办公室，勒令其退学。二是1937年，蒋介石在江西庐山举办特种训练班，威海去了三名国民党员，即警察局长郑维屏、一中校长张宝山和威海专员公署教育部长鲁振中。张宝山在训练班期间表现积极，被发展为"中央各军事学校毕业生登记处"通讯员。此"中央军校"通讯员可直接与国民党军统局联系，能力不可小觑。1938年2月，日军占领烟台后，采用引诱与威胁之手段，逼迫威海卫代理专员、警察局长郑维屏投降。日军先是从青岛派来原《黄海潮报》主笔赵冷闲，对郑维屏进行劝降，烟台日军也派军舰来威海港，派人登陆，找英国泰茂商行经理克拉克促郑维屏投降。日军提出三条：一是威海军警解除武装，二是因威海中学主张抗日暂不开学，三是威海不挂青天白日旗。如果郑维屏同意，日军可不进驻威海卫。其时郑维屏既想与日本人亲善，又不想背汉奸臭名，他觉得其他条件可接受，但不挂国旗不能答应，于是以答应前两个条件为由，向日本人妥协。当天下午，郑即下令，收集警察局枪支，用麻袋装捆起来，运送至刘公岛，沉入铁码头海底，同时命令执勤的警察皆换上训练用的木头枪。警察端着木头枪执勤，感觉好似小孩过家家，还不如老百姓打猎有杆土枪。警察局的滕品三心下别扭，扛着木头枪来到姐夫张宝山家中，在他面前走来走去。张宝山初以为小舅子喝醉酒搞笑，待得知实情，气不打一处来，夺过木头枪扔在地上，当即去找郑维屏质问，声称若不纠正此事，他将以国民党"中央军校"通讯员名义告发到中央。郑维屏不得不在第二天又将枪捞起。不日，郑维屏得知威海中学拟按期开学，急忙找到张宝山不让开学，并当场拿出委任状，委任张宝山为公署工务科科长。张宝山坚辞不受，并指责郑维屏，若郑再与日寇妥协，必报中央。由于张宝山三番两次警告，以及群众奋起抗日之压力，郑维屏的亲日活动未再继续。及3月，威海卫沦陷。张宝山到文登县政府工作，任秘书。其时，先是赵泮馨任县长，后由县保安大队长丛镜月兼任，此二人皆无暇顾及县政事务，具体由张宝山负责。张宝山以学者风度处事，待人和蔼，上下左右人情融洽。翌年秋，他因故去往青岛，就职鲁东行署，任行署一处二科科长。此次由郑维屏极力倡议重组抗八联军，为扩充势力，鲁东行署主任李先良任总指挥，洪彪任副指挥，张宝山任政治部主任。

郑维屏迎来张宝山，心里打起鼓来，不知这位多年的老对头又要出啥幺蛾子。但毕竟人家现在是鲁东行署要员，眼下又成了抗八联军政治部主任，名义上也是自己上司，怠慢不得。于是让勤务兵烹煮昆嵛山老灵芝水，洗了红枣甜果，还特意备上"老刀""三炮台""大前门"三款名烟，用心款待。郑维屏指着老灵芝水说："灵芝为仙物，昆嵛山老灵芝尤其珍稀，补身健体，延年益寿，张主任不妨尝尝。"

张宝山看一眼这黄褐色的汤水，笑一笑说："这山间老物，道行深了，既能益人，也能毒人，郑司令宜慎之。"郑维屏哈哈一笑，端起茶杯喝一口，说道："张主任是怕我老郑下毒啊，放心吧，尽管我俩某些见解有异，但为了党国利益，求大同存小异，永远是朋友。"张宝山也笑道："司令想偏了。"郑维屏又指着盘中的香烟说："嫌我的灵芝汤是土造，抽支烟，这几款可都是当下的好牌子，正宗货。"

张宝山微笑着看看香烟，说："英国产的老刀牌香烟，非常不错，它的滤嘴很短，能抽的地方长，实惠。三炮台香烟也是国外牌子，眼下有些地方三炮台可当货币和货物进行交换，足见其深受认可。大前门可是真正的好烟，只有一些政府级的大人物，才能抽得起，带这种烟出门很有面子。嗯，都是好烟。可是……"他边说边从衣兜里掏出一包哈德门香烟，朝郑维屏晃一晃说，"这哈德门烟卷上有一幅幅的美女画，俗了点儿，但受不少人追捧，尤其青岛卖得最多。烟盒上这句话颇为独到，曰'是人都要抽哈德门'，有点儿道德绑架之意，好像不抽它就不是人。罢了罢了，我还是抽它吧！"

郑维屏一愣，继而哈哈大笑，说道："不愧是复旦大学高才生，随随便便两件事，便能借以抒怀。第一件灵芝汤说的是我，提醒我对当前时局要分清利弊；第二件香烟说的是你，暗示你参加抗八联军并非愿意，而是被上峰绑架而为。哈哈哈……"

张宝山赶忙说："这话可不敢乱讲，是司令臆想出来的。不过说到抗八联军之事，很多党国志士皆有同感，剿共固然重要，但最为要者，还应是抗日救国，这也是我一直的想法。"郑维屏叹口气，说道："仁兄所言不无道理，但就目前来看，只有剿共，日本人才不会对我下毒手，保存实力，消灭了共产党，再全力抗日，这就是蒋委员长的'攘外必先安内'战略决策。"张宝山无奈地摇摇头说："人各有志，看来郑司令真是把剿共作为第一要务，共产党危矣！"郑维屏哼哼两声："岂止是危矣，还要完矣！"

两人话不投机，没有过多交谈，便草草收场。

不日，郑维屏与王兴仁、秦毓堂、丛镜月等在葛家镇集结誓师，东犯革命根据地，被八路军击败。顽匪气急败坏，开始对共产党人下毒手。

11月，周文调胶东区做妇女工作，于森接任妇救会长。这日草庙子的曹芳春特地赶来墩前村看望于森，祝贺她升任妇救会长。恰巧徐杰、于荻叶、丁香都在，大家一起帮于森把收集上来的军鞋、鞋垫等支前物品，进行检查修整，分类打包。五朵花兴高采烈，边干边唱，引来村里好多青年妇女，听歌学歌，参与劳动。一日的工作，半天即完成。中午，徐杰原本打算擀面条吃，临时改变主意，要尽地主之谊，请几位姊妹到桥头集喝老井羊汤，一为祝贺于森，二为招待曹芳春，三为五花团聚。井掌柜见五花到来，甚为欢喜，要做东免单遭徐杰拒谢，便做了上佳的羊汤，又送一盘刚烀出锅的羊肉、两盘羊肉水饺，五姐妹美美地吃过。又商定，近期支前工作繁忙，半个月之后，五籽花剧团前往方吉、于家夼等村，为新成立的威海卫抗日大队官兵慰问演出。诸事毕，曹芳春依依惜别，回草庙子大夼村。

第二日，曹芳春得消息，西床村地主家中藏有不少枪支，当即赶往该村，发动群众，对地主进行说理斗争，使其交出十余支枪，交给党组织，支援我军。

11月11日下午，国民党郑维屏部包围了她的家，将她和父亲曹云早逮捕，押至晒字村，严刑拷打，概无所得。24日，敌人将父女俩押到村外事先挖好的杀人坑旁，先将父亲曹云早砍作两截，以威吓曹芳春，让她交代出党组织情况可饶不死。她强忍悲痛，怒斥敌人："狗强盗！痴心妄想！共产党是杀不完的！"敌人剥光她的衣服，朝她脖子上连砍两刀，曹芳春英勇就义。四姐妹得此噩耗，心如刀绞，悲痛万分，赶往事发地为烈士姊妹上坟。五花凋谢一朵。

西边曹芳春为国民党所害，东边梁大胆遇险日伪军。梁大胆原本参加了中共武装荣成县四区区中队，威海抗日大队成立，他调转过来，任抗日大队武工队便衣队长，活动在文荣威接境地带，出没于威海、桥头、草庙子等据点之间，经常只身钻入敌碉堡，掏敌酋，摸岗哨，除汉奸，惩恶霸，搅得敌人日夜不宁，敌人对其恨之入骨，一心捕而除之。曹芳春遇害不多日，梁大胆参军后第一次回家。由于伪村长告密，孟家庄据点日伪军包围了村庄。他从容不迫，拐着粪篓子走出家门，避开敌人岗哨，脱险而出。

国民党、日伪军不断捕杀共产党及积极分子，气焰嚣张，对抗日颇有影响。西有国民党，东有日伪军，抗日根据地处在国民党与日伪军夹击之中。同时，抗八联军盘踞昆嵛山，还将东海抗日根据地与胶东西部抗日根据地隔离开来，对抗日根据地极其不利。鉴于此情，八路军山东纵队决定，调五旅十四团东进，配合五支二团和东海地方抗日武装，寻机消灭昆嵛山的抗八联军。

昆嵛山驻扎郑维屏部一千七百余人，司令部设在无染寺；丛镜月部一千余人驻东于疃；王兴仁部四百余人驻议城；丁字庭部一个营三百余人驻黄龙岘。议城、东于疃、黄龙岘坐落在昆嵛山南麓，正面为开阔地，后以昆嵛山为依托，形成一道弧形防线。抗八联军各部在郑维屏的指挥下，各在防区内加紧修筑工事，妄图凭借有利地形，固守昆嵛山。

1941年1月7日，中共东海地委召开会议，决定成立以五支二团团长孙瑞夫为指挥、五旅十四团政委雨晴为副指挥的战斗指挥部。作战方针是，五支二团在地方武装配合下，扫除昆嵛山敌人外围前沿阵地，为十四团主力部队进攻桃花岘、晒字等主攻目标开辟道路。当晚，五支二团和五旅十四团分别自山东村和宋村出发，暗渡母猪河，夜间十一时许到达葛家。五支二团一营直奔黄龙岘，二营、三营分头向议城、东于疃靠近。黄龙岘地形复杂，村周围有壕沟、土围墙等工事，守村主力为丁字庭属下一个营，丛部一个训练队，三百名新兵及一个便衣班。深夜，一营接近村庄。一连绕至村西，二连绕至村东北，三连绕至村北，营部机炮排在村南作预备队。8日晨四时许，总攻击开始，经三个钟头巷战，结束战斗。丁字庭部一个营除营长带领十八人逃到东于疃外，余者被全歼；丛镜月部参谋长突围不成自杀。黄龙岘一战，一营伤亡约五十人，毙敌百余人，俘敌五百余人。与此同时，在议城和东于疃，二营三营分别向王兴仁部和丛镜月部发起进攻。

战斗打响不久，郑维屏组织千余人敢死队，从桃花岘兵分两路增援。五旅十四团从黄龙岘东北龙山口子突进，遇到郑部顽强阻击，百余人牺牲。二营和三营在议城和东于疃进攻也未能奏效。傍晚，指挥部命令各部撤出战斗，找地方休整。

8日之战，除黄龙岘外，其余各处战斗八路军皆失利。郑维屏认为八路军败退后，短时间不敢打回。9日，八路军侦察得知，抗八联军各部都忙着筹办过春节，郑维屏等也从第一线撤到山里的晒字、桃花岘等村。八路军经短暂休整，10日拂晓，出其不意发起总攻。五支二团二营一连三排在排长赛时礼的带领下，伪装成丛部士兵，潜入东华宫，不发一枪一弹俘虏了郑部在东华宫一个警卫连百余人，打开了通往山里的大门。二营沿东华宫攻入昆嵛山山里，同时一营从崮头、三营绕过青庄口直扑昆嵛山里。五旅十四团迂回到张皮、曲家口等地，从西山口攻入。八路军之突然袭击，抗八联军措手不及，阵脚大乱，碉堡里的守军也不战而逃。中午，五旅十四团和五支二团占领了楚岘口。午后四时许，郑维屏、丛镜月等见大势已去，各带残部沿楚岘口向西北逃窜。

昆嵛山之战，历时三昼夜，击毙抗八联军五百余人，俘获七百众，击溃两千多人，缴获机枪三十余挺，步枪一千五百余支，其他武器弹药及物资一宗。昆嵛山的解放，使东海区抗日根据地连成一片，结束了受日伪军和国民党两面夹击的局面。

郑维屏兵败昆嵛山，但他并不死心，心想有朝一日还要回来，于是安排两件事：一是派原便衣队长李洪臣，带一部分人向威海日伪军假投降，为日后东山再起做内应准备；二是派别动队长王应心去威海潜伏下来，建联络站。此时郑维屏在连长孙秀峰的保护下，向海阳方向逃去。

杨子千得知郑维屏等被共产党八路军打败溃逃，自是欢喜。但想想自己要杀掉商立旦为死难烈士报仇之心愿尚未实现，不免有些心急。回想一下商立旦部队一些事情，觉得除掉他并非太难，虽自己说不准难以全身而退，但只要能除掉商立旦，死而无悔。于是他暗下决心，再去序班庄一趟。有了上回的经验，杨子千如法炮制，买一担柴挑到兵营门口，等于厨长出来，杨子千只说于厨长人好，还想来混口吃的，请求帮忙，等等。果如所料，他再番随于厨长进了兵营，在厨房待下来。

他帮厨房挑水、烧火，打扫卫生，勤勤快快，做些出力的活，得到于厨长和其他伙计的好感，都愿意跟他说说话，杨子千也了解不少部队之事。可是有件事令人疑惑，便是从没看到商立旦来近处小屋吃饭，每每由于厨长或一个老兵送到商立旦住处。杨子千试探几次要过去送饭，于厨长都予以拒绝。有一次杨子千问他原因，他悄声说，自从八路军攻打昆嵛山，商立旦变得十分小心，不但不过来吃饭，送饭也指定几人过去，新入伍的士兵根本不让靠近。他身边的警卫人员数量日增，且服装也与一般官兵有所不同，一眼就能看出是不是警卫人员。杨子千听着，觉得商立旦更加狡猾，不易对付。

有一天过来一个卫兵，告诉于厨长，商司令想吃辣炒鸡。杨子千一听这人是自己老家一带口音，心里一动。他看那卫兵要返回去，赶忙跟上几步，叫声："老弟请留步。"卫兵转回身愣怔地看着他。杨子千一笑说，"你是峒岬河附近的人吧？"卫兵警惕地看着他，问："你啥意思？"杨子千说："听你说话耳熟，像是老乡。我是牟平城南，峒岬河村的。你呐？"卫兵脸上顿时露出一丝笑意，说："真是老乡。我是闫家疃人，离你村也就六七里路。我有个门里的老姑还嫁到你们村了呢。"杨子千一听笑道："我说嘛语声这般耳熟，真是老乡，我小时候经常跑你们村去看戏。"他正要接着套近乎，卫兵摆摆手说："咱们再拉，今天还要给商司令拾掇屋子，走啦。"摆摆手转身而去。杨子千朝他说："抽工夫多过来，咱俩拉拉呱。"说完自己偷偷一乐。

第二天卫兵又来通知商立旦点的菜，要走时，杨子千叫住他说："于厨长他们都在忙，兄弟帮把手抽捆好柴。"说着朝卫兵眨眨眼。卫兵心领神会，跟他进了旁边柴屋。杨子千从柴垛缝里掏出个玉米皮包着的鸡蛋大一物，递给他说："兄弟吃了。"卫兵打开一看，是一整块鸡肉，不解地抬眼看杨子千。杨子千一笑说："吃吧，没事。昨天于厨长炒鸡，要出锅时他转身切葱花芫荽，我瞅准这块最好的鸡肉捏了出来，玉米叶包了放在风匣缝里，特意留给你这个老乡。"卫兵鼻子闻闻，微微一笑："真香。"一口塞进嘴里，边嚼边说，"每天看商司令吃肉，我们真是馋，每顿的肉他都一扫而光，我们私下说他是狼变的。偶尔剩几块不好的，也都叫卫队长收拾了，我们几个卫兵，只有舔盘子的份儿。我都好几个月不知肉味了。"杨子千说："商立旦这人我……我听人说过，其性歹毒，心狠手辣，只顾自己不管别人……"卫兵忙伸手指指旁边厨房，示意小声。他吞下鸡肉指着嘴巴小声说道："就这块鸡肉，要是叫他知道了，枪毙都不算啥事！"杨子千说："兄弟放心，鸡腿鸡翅这些成双成对东西不能动，一般肉块，他不会在意，老哥我懂。"卫兵伸手擦擦嘴，说声："谢谢兄长，小弟不能久留，告辞。"杨子千说："好的，再有好吃的，我还给你留着。"卫兵回头看他一眼，抿嘴一笑："行。"出门去了。

如此这般，卫兵老乡吃过杨子千一块鸡肉，一块排骨，一块红烧肉，一块溜肥肠，两片猪肝。二人关系愈加密切。

进了正月，兵营里气氛紧张起来，常有官兵聚首嘀咕几声，还要四下瞄瞄。卫兵老乡这天示意杨子千走进柴屋，杨子千不好意思道："昨天炒那鸡，我捏出一块肉，没想叫于厨长回身看到了。我没办法就说，想尝尝烂了没。于厨长却说，你吃了吧，我知道你也馋。于是那块肉叫我……嘿嘿吃了……"

卫兵着急道："谁还有心思吃那么一块肉，就是一整只烧鸡，我也吃不下。"杨子千一愣："兄弟你哪不舒服？"卫兵道："我哪都舒服，就这心里不舒服。"凑近杨子千耳边悄声说，"共产党的部队已包围了序班庄，商司令的兵有逃跑的，抓回来被商立旦亲手用大刀砍下脑袋，挂在兵营操场旗杆上，大伙儿都吓得要命……你不是当兵的，他们该不会为难你，赶紧瞅机会跑吧！于厨长人不错，不会找你麻烦。"

杨子千听此消息高兴得心在胸腔怦怦跳，心想你商立旦狗命活不多久了。卫兵老乡慌慌跑走，他还在那兀自高兴。原来，1941年农历正月十四日，胶东抗日武装五支十三团高建纯团长，威海独立营营长白希斌，昆嵛县、文西县大队领导人王良三方率部配合，将双林前惨案制造者、暗中勾结日寇与共产党为敌的商立旦部，团团包围在序班庄。商部大多士兵闻风丧胆，不战而降。商立旦拉着一伙顽匪拼命抵抗，企图寻机突围。

当晚，杨子千整宿未眠。他想着共产党的部队就要拿下序班庄，拔掉商立旦老巢，惩处蛇蝎毒心的商立旦，心下激动不已。又想到商立旦狡猾多端，武功高强,恐他逃掉,不免担心起来。他思来想去,放心不下,决定自己出手干掉这厮。第二天一早,他起身走出柴屋,来到厨房,见只有于厨长一人尚在。于厨长看到他,惊奇道:"出这么大的事,你咋还在这?"杨子千说道:"于厨长,能给我几个馎饦吗?"于厨长瞅他一眼:"我算服了你,为口吃的不顾性命,真是个饿死鬼转世!"指指旁边盖着餐布的箩筐,"那里边有,能吃多少管你吃,撑死别怪我。"杨子千顾不得客套,走过去掀开餐布,抓起五六个馎饦,餐布包好,提着往外便走。于厨长身后叫道:"你小子拿走餐布,我……我还得用!"回头摇摇脑袋,"爹死娘嫁人,管不了那么多了。"

　　杨子千提几个馎饦,径往司令部走去。他虽未曾去过司令部,但这些天从卫兵老乡口中,也探出个大概来。行不多时,便见一幢青砖灰瓦的房屋,门前旗杆上飘着青天白日旗,知道这就是商立旦老巢。稍近,看到大门前二十丈远近用沙袋垒起一道工事,一排官兵架着枪瞄向兵营大门方向。看到杨子千走来,一挺机枪转向他,机枪手喊道:"不得靠近,否则毙命!"杨子千赶忙扬扬手中的馒头包,说道:"别误会,我是伙房的伙夫,于厨长让我来送些干粮给司令部的兄……兄弟。"机枪手喊:"少啰唆!商司令有令,除司令部人员,任何人不得靠近!"

　　大门口站岗的两个卫兵,其中之一便是那老乡,听到叫嚷,一看是杨子千,急忙跑过来,对机枪手说:"兄弟别开枪,这是自己人,是我让于厨长送些干粮来,司令几顿没吃饱饭了。"机枪手移开了枪口。杨子千快步过来,把馒头包递给卫兵老乡,说道:"于厨长吩咐把这些馎饦先拿过来,还要做几个下饭菜,请兄弟过去指点一下。"说着朝他眨眨眼。卫兵老乡愣一下,提着馒头包跑回去,交到另一个卫兵手中,说几句话,快速跑回来,随杨子千来到伙房。

　　杨子千撩撩手,两人进了柴屋。卫兵老乡刚说一句:"你疯啦……"杨子千一把捂住他的嘴,将他按倒在地,贴近他耳朵说:"不要发声,否则性命不保!我是八路军的人,外面包围你们的,就是我们的队伍!看在咱俩乡里乡亲的情分,你听我吩咐,我能保你性命无忧!可想活命?"卫兵老乡不住点头。杨子千下了他的匣子枪端在手里,命他脱了军装,把自己衣服脱下让他穿上,自己穿上军装,对他说,"兄弟,我不会害你,但要委屈你一下。"对方点点头。杨子千用绳索将他捆了,塞紧嘴巴,说道:"你老老实实待在这里,过一会儿我来救你。"卫兵老乡又点点头,可怜兮兮地看着杨子千。杨子千穿戴整齐,出柴屋直奔司令部。

　　杨子千快步来到司令部前,压低帽檐,对机枪手招招手。这时营房大门外枪声一阵紧似一阵,机枪手枪口朝向营门处,无暇顾及其他。杨子千越过工事,来到司令部门前,另一卫兵察觉有异,正要喊叫,杨子千一把掐住他脖子,朝他太阳穴击一拳,那厮身子一软蹲坐于地。杨子千卸下其匣子枪,手持双枪冲进院里。院里东厢房住着商立旦一个班的贴身卫队,听到动静冲出门来,看到穿着同样服装的杨子千杀气腾腾进院,一时不知所措。杨子千从那老乡口中已知卫队情况,说道:"我是新任队长,前来保护司令突围,你们在此待命,不得妄动,违令者立斩!"话音未落已冲进正屋。院子里的卫队班你看我我看你,个个傻了眼,为首的那个咕哝道:"司令说要提拔我干队长,这咋说变就变?"身边一亲近者迎合道:"无信无义,保他作甚?"

话音未落,屋里传来枪声,众人皆是一惊。原来杨子千刚进正屋,就被里屋的商立旦认出来,甩手连开几枪。好在杨子千深知身在险境,眼观六路,机警敏捷,商立旦举枪打来他跳身躲开,同时双枪射向里屋。此时商立旦已觉大事不妙,无心恋战,想金蝉脱壳独自逃命。他将身边人都排布到院里院外,他则在里屋屋顶打开一洞,换了百姓衣衫,把金银细软小包袱背了,正要逃窜时,杨子千赶到。他挥动手枪拼命朝杨子千射击,趁杨子千躲枪之时,飞身蹿上屋顶,就要逃掉。杨子千啥也不顾,挥起双枪朝他背影猛打,便有一弹击中其腰臀,那厮摇晃一下仰跌下来,却还能朝后开枪射击杨子千。杨子千稍稍躲闪,双枪同时射向其后心,顿时鲜血喷溅,那厮重重跌落身亡。

这时外面枪声大作,我军队伍已冲进兵营。杨子千想到大门外的机枪,恐对我军造成伤亡,不顾一切拽起商立旦尸体,来到正屋门口,将尸体竖在身前,对院中卫队班喊道:"都给我听着,八路军大部队已攻进兵营,商立旦已毙命,想活命的赶紧扔下枪支,举手出院子,八路军不难为俘虏!"院子中的人看到商立旦惨死之状,听到外面越来越近的密集枪声,知道大势已去,纷纷扔下枪支,高举双手走出院子。杨子千赶紧将商立旦尸体拖到大门口,同样拽住其后背衣衫竖在眼前,砰砰开了几枪,对枪手高喊:"商立旦已亡!放下武器,缴枪不杀!"枪手转回头看,看到商立旦尸首,个个大惊。机枪手端着机枪掉转枪口就要扫射,杨子千一枪击中其胸部,那厮"啊"的一声机枪掉地,跟跄几步倒地。其余枪手扔下枪支各自逃去。

我军大队冲上来,端枪围住大门口。杨子千叫道:"我不是商立旦的兵!是我杀了商立旦!为我们的死难烈士报仇!"话音刚落,就听队伍里有人喊:"那不是杨兄吗!"杨子千循声看去,却是王冰,高兴得扔下商立旦尸体,大步走向王冰。两人走到相距三尺远的地方站定,王冰上上下下打量着穿着商部军装浑身是血的杨子千,惊奇道:"杨兄你、你这是……"杨子千嘴角露出一丝笑意,说道:"我终于宰了商立旦这条恶狗,说来话长,回头再聊。"王冰点点头:"嗯。走,见见咱们部队的领导。"领着杨子千过去见了高团长和白营长等部队领导,大家对他赞叹不已。

部队官兵对商立旦司令部及整个营区进行细致搜查,缴获大量武器弹药和军用物资。杨子千到柴屋给卫兵老乡松了绑,对其贡献向部队领导作了说明,包括卫兵老乡和于厨长在内的大批商部官兵都愿意投奔八路军和共产党地方武装,走上了光明之路。

二十五

盘川奔血债

在此期间，威海卫发生了一件重大事件，被续租十年的刘公岛到了最终期限，要交还中国。在1940年11月15日这天，按1930年《中英交收威海卫专约》及《协定》的规定，英国海军撤离刘公岛，英国人从刘公岛撤走，同时英驻威海卫领事馆关闭。17日，伪国民政府成立威海卫要港司令部，赵培钧、鲍一民先后任司令，孟铁樵为参谋长。辖威海卫基地队、练兵营、海员养成所及海祥、海鸥等军舰。威海卫基地队司令部设在刘公岛，司令李玉琨，副司令王巾和，辖两个中队共三百人，分为六个派遣队，分别驻在刘公岛东泓、东疃、旗顶山、西炮台、西疃和荣成县的龙须岛。

其实刘公岛伪海军，其来历要追溯到青岛的"北支特别炮舰队"。"七七事变"后，全国各地出现大批形形色色的抗日武装，山东即墨县地主刘文山也以抗日之名拉起一支三百人的队伍。刘文山无真心抗日，拉队伍不过是扩充势力维护其庄园利益，队伍未经严格军事训练，乃乌合之众，毫无战斗力。在日寇的军事压力和政治诱降之下，刘文山带着三百人投降了日寇。日寇为便于控制，将该部调至青岛，改编为"北支特别炮舰队"，刘文山被任命为上校大队长，并把刘部中愿意干伪军的士兵及连云港俘虏的国民党第八军游击队的士兵百余人，作为"北支特别炮舰队"第一期练兵加以训练。

"北支特别炮舰队"即"华北特别炮舰队"，它是华北伪海军之雏形，也是成立华北伪海军的基础，它的出现是日寇"以华制华"的产物。日寇妄想侵占中国这样一个大国，自感其兵力不足，不得不组建伪军为其警卫后方和海防。炮舰队在连云港、石臼所派出两个派遣队，为日寇警卫海防，各有木壳渔船两艘，兵力不过一排人，无甚战斗力。但在当时敌后抗日力量尚处于萌芽的初期，有一定作用。

炮舰队的日本指导官是林荣斋，海军大佐，任青岛市港务局局长。为了照顾刘文山面子，林兼任"北支特别炮舰队"首席指导官，但从不过问炮舰队的事，只是挂名而已。炮舰队下属两个中队，一个水兵中队，一个轮机中队，另外信号兵班、看护兵班、炊事兵班各一个。每个班里都有日本指导员一人和副指导员一人。指导员多为上士或中士，副指导员多为下士或一等兵。各中队有一伪军官任中队长，每个班有一老伪军兵任班长。刘文山是名义上的大队长，终日无所事事，伪军官多数不懂军事，也不敢多管，其职等于虚设。

1938年12月，大汉奸汪精卫带领其党羽周佛海等人公开投敌，1940年3月20日，导演了伪国府还都的丑剧。汪伪国民政府在南京设立了各种行政、军事机构。伪国防部设立了海军部，伪海军部长任授道，次长凌霄，海军部下辖华南、华中、华北三个海军要港司令部。华北要港司令部就设在威海卫刘公岛。伪司令鲍一民中将，伪参谋长孟铁樵少将，伪副官长王静之中校。大批原国民党海军将领在汪精卫曲线救国论影响下，纷纷投敌，仅来到刘公岛的就有五六十名，大都是鲍、孟的裙带关系和老部下。1940年秋，青岛的"北支特别炮舰队"正式移交给驻刘公岛的伪海军威海卫基地队司令部，于同年10月及11月先后两批迁至刘公岛。日寇海军官兵约三十人，组成了伪海军华北要港司令部辅导部，日寇军士和兵的称谓由指导员改为辅导员，其太上皇的权力未变。日本首席辅导官是林荣斋，他指挥着华北伪海军的一切。

驻刘公岛伪海军华北要港司令部乃伪海军甚为倚重者。刘公岛不仅在明清两朝就有水师驻扎，国民党统治时期，东北海军的渤海舰队以及后来改编的国民党海军第三舰队，都有部队在此驻泊。威海沦陷后，刘公岛成了伪华北海军最高指挥机关所在地。伪要港司令部的任务是：担负着南起连云港，北至秦皇岛沿海一带海区的警戒，保卫这一带领海，其实就是给日寇看家护院。日寇自感兵力不足，欲巩固其已得之沿海，力不从心，只得依靠伪海军。伪海军只有几艘旧军舰，也不能完成什么重要任务，只是在必要时，出海巡逻游弋一下，摆摆样子而已，未曾有什么海上战斗。

尽管如此，日伪这一举措，还是对威海卫各方产生很大影响。对于共产党八路军来说，无疑又多了个敌人；而对投靠日寇的汉奸组织，则欢欣鼓舞，日伪的势力越扩展，他们的气焰越嚣张，其恶行令人痛恨。

1941年春，草庙子区委书记林福，被大刀队抓获交给了日伪军。日伪军把林福倒挂在村中一沟崖上，用刺刀挑其肋骨。林福愤怒大骂："狗强盗！杀吧，砍吧，共产党员的骨头是硬的！"敌人又用皮鞭抽他的脸，眼珠被打得鼓出来，他仍怒骂不止。在敌人押送他往温泉汤据点的路上，路过刘家台村，他昂首挺胸，高唱抗日歌曲，村里群众无不敬佩。在据点里，敌人严刑拷打，连续灌煤油、辣椒水、灌凉水，但他对党的机密绝不透露。几天后，被押送威海。日本宪兵队用尽酷刑，亦毫无所得，最后把他绑在后营北山老树夼那棵松树上，让狼狗撕咬，壮烈牺牲。如此恶事时有之。

大刀队捕杀残害共产党，得到驻文登日伪军欢心，邵笠荣趁机派人与文登联络，文登大刀会遂得以正式成立，刀爷桂茂任会长，领道徒千余。大刀会这个反动武装，已成为文荣威地区一股不可低估的反动力量。2月里，大刀会愈发嚣张，疯狂进攻抗日根据地，破坏抗战，残害民众，闹得人心惶惶。老鲅鱼邵笠荣受日本宪兵队派遣，亲率刀徒，到宋家洼村"清乡剿匪"，又去于家夼、南字城和文登的汪疃、地弯头等地抢粮劫物，搜捕抗日群众。第一大队长"追风张"张富水率徒众百余，往荣成县不夜村一带敲诈勒索。第二大队长"丁二娘"率徒抢劫村集，被我方派兵痛击，死伤五人，抱头鼠窜。文登大刀会头头刀爷，率众随日伪军下乡骚扰，强行征粮，捉丁拉夫，修筑碉堡，亦是坏事做尽。

　　这天孟家庄伪军中队长梁筠懿，坐着轿车从威海卫回来，于据点院里下车，在此等候的小队长夏亓洪咔地敬礼。梁筠懿瞅他一眼："行啊老洪，没有白在郑大司令手下混过，敬礼姿势比我要好。"夏亓洪嘿嘿一笑，心里话，你那是打眼罩。原来前一阵郑维屏部在昆嵛山被八路军打得丢盔弃甲，溃不成军，郑司令率几个残兵落荒遁逃。身为连长的夏亓洪带着三四十个手下投降毛家口日伪据点，第二天便被调派至孟家庄伪军中队，成了梁筠懿的部下。夏亓洪混了个小队长，虽内心有所不甘，但站人屋檐下，不得不低头，梁筠懿是他夏亓洪能惹的吗？两人邻村而居，小时就常常一起玩耍，不知被梁筠懿揍哭多少回，鼻青脸肿还得赔笑脸，心里骂梁筠懿是镇关西，见面却又拍马奉承。后来他投了郑维屏的队伍，还混上了连长，心想等当了团长，回来找梁筠懿耍耍威风，谁承想美梦未成，却稀里糊涂成了梁筠懿的下属，自认命也。

　　夏亓洪随梁筠懿进屋，梁筠懿说："老洪啊，这大刀会闹腾得不轻，在日本人面前争宠，风头快盖过咱们了。"夏亓洪应道："是啊，我看队长最近面色不爽，原来是为这事。"梁筠懿哼哼两声，说道："也不都是为了这，一个大刀队，也就是个民间组织，怎能跟咱这正规军比。"夏亓洪心里说正规个屁，还不都是南拼北凑这么一帮子，嘴上却说："对对，正……正规军。"梁筠懿又说："这不最近王木芳大队长又给咱增加十来个兵力，按说也是好事，可我愁啊，多个人多张嘴，他妈这十来张嘴，喝西北风，还得刮大风。"

　　夏亓洪听出意思来，说："队长不用愁，不就是吃饭睡觉的事吗，交给我得了。"梁筠懿问："你到哪弄？"夏亓洪随口说道："盘川夼啊。"梁筠懿眼一亮："盘川夼有东西？"夏亓洪道："那可不，有啊，我打听过，盘川夼挺有油水。"梁筠懿说："那你抓紧办吧，门板最少十八副，棉被十六床，吃的用的多多益善。"夏亓洪道："好嘞，放心吧梁队。"回头自语道：好你个刘昌全，这回可要落我手里，看我怎么收拾你，出出这口恶气！

　　原来前些日子，盘川夼村的抗日人士刘昌全领几人去教里村，摸到夏亓洪爷爷家里起枪，把老头子吓得尿了裤子。那两条枪是夏亓洪私藏在爷爷那，准备寻机会卖俩钱花花，谁想就这么鸡飞蛋打。夏亓洪把此恨留在心中，心想你揪我一根毛，我剥你一层皮，既给梁筠懿解了愁，又能出口恶气！他心里仔细琢磨着行动方案。去年2月，日伪军对胶东抗日根据地发动了春季大扫荡。在威海，日伪

二十五　盘川夼血债

军集中兵力，向抗日根据地进攻，所到之处，烧杀抢掠，无恶不作。他们修据点，建炮楼，妄图一举消灭抗日武装。但威海人民并未被敌人的残暴吓倒，他们在中共威海工委的领导下，以区中队为支柱，各村相继成立自卫团、游击小组等人民武装组织，同日伪军展开了不屈不挠的斗争。盘川夼村在孟家庄之东偏南，四五里路远近，村游击小组以大刀、棍棒为武器，配合区中队打击日伪，并深入敌区开展抗日宣传，搜集枪支弹药，表现非常活跃，因而引起日伪军的注意。

这次孟家庄伪军增员，梁筠懿趁机对各村敲诈勒索，而夏亓洪也正好借刀杀人，向盘川夼村强征铺板和棉被，并抓捕抗日交通员刘昌全。盘川夼村支部书记刘凤海，从中共东海地委学习归来，2月15日晚八时许，召集骨干分子，在村自卫团团部开会，传达上级开展对敌斗争的指示，并就拒绝向日伪军交铺板、棉被一事进行商议。正当此时、孟家庄日伪军突然来袭。

爹领着自家亲戚伪军小队长夏亓洪，抓捕抗日儿子刘昌全，情节有些许离奇，可此乃当年的真情实事。在那个夜里，在夏亓洪心中，抓捕刘昌全复仇，比床板和棉被更为重要，故而在刘昌全家扑了空，夏亓洪便撕破脸皮，觉得刘昌全的爹是在耍弄他，逼着交出其子刘昌全，押着刘昌全爹直扑自卫团团部。在距团部约二十丈远时，夏亓洪手枪走火，正在开会的党员和骨干听到枪声，屋外的刘昌全和一些群众立即撤离，跑进过道，过道里喂了骡子，有人拱在骡子肚下面逃过一劫，刘昌全亦逃脱。支书刘凤海镇定自若，招呼大家不要乱动，要是鬼子来了就说筹集铺板和被子，要是八路军地下工作者来了，就说在这抵抗，本来不愿筹集铺板和被子。刘凤海一席话，大家情绪稍安。

不一会儿，夏亓洪带日伪军冲进院子，不由分说见人就抓，皆以绳索捆绑，四十八人一并抓去。伪军甚为凶残，边打人边叫喊，找铁丝把他们的锁骨串起来，把他们的耳朵串起来。当晚，夏亓洪指使伪军把四十八人都捆绑了，押往孟家庄据点。到达据点后，众伪军一齐动手，有的人被押上岗楼，有的人被绑在马吊子上，有的脚着地，有的悬半空，有的人被关押在屋子里，随之开始严刑逼供。可以说全村老少男人皆被抓去，就剩女人在家，全村的女人都在哭。

第二天便听说，四十八人中有两个被拉去雅格庄枪毙了。2月17日上午，伪据点内戒备森严，所有被捕群众被拉到雪地上跪着。伪军中队长梁筠懿亲自审讯，他逐个过堂，严刑拷打，被捕群众都被打得遍体鳞伤，连六七十岁的老人也无一幸免。但是，在敌人的淫威下，谁也没有屈服，谁也没有出卖一个共产党员和革命群众。梁筠懿见这招不灵又换一招，问是否会唱八路歌，有在家听了两句一哼哼，就是八路，就得枪毙，看着不顺眼便枪毙。梁筠懿把他们从孟家庄又拉上桥头集，在那受训，后来又拉出四个枪毙了。梁筠懿残杀盘川夼村六名党员和群众后仍不罢手，又变本加厉敲诈勒索，让每家每户至少出三百斤花生米赎人。2月份过完年的时候，花生都卖完了，全村人哭得一个个没法活，但为挽救自己的亲人，不惜倾家荡产，东拼西凑，最后用一万六千斤花生米作赎金，才将被关押的人营救出来。被放人员回来时，个个脸皆血乌，走路瘸拐，血迹斑斑……盘川夼村人对日伪军恨之入骨。

在墩前村徐杰家里，徐杰、于森、于茯叶三人谈论着盘川夼惨案，个个气愤不已。徐杰边在搪瓷盆里和地瓜面，边说："你看，王冰姓梁，王斋姓梁，岳东姓梁，梁学福姓梁，俺家那口子也姓梁，同样是姓梁，基本都是好人，怎么就出了个梁筠懿，坏得头顶生疮脚跟流脓，十足的大坏蛋！他老家就是桥头人，盘川夼离桥头没几里路，乡里乡亲，怎么狠心下得去手？就不怕人家刨他祖坟？一下子杀六个人，还讹了一万六千斤花生米，他的良心哪去了？"于茯叶一边接话道："叫狗吃了！"

徐杰一瞪眼："狗也不稀吃！沤粪还毒庄稼！你俩有所不知，被抓这四十八人里头，有我姨娘兄弟俩，梁筠懿把抓的人毒打一遍，逼着跪在雪地上，再怎么折磨，也没人说出共产党八路军的事。最后梁筠懿实在没法了，竟用个谁也想不到的损招，问谁会唱抗日歌曲，唱了听听。我表弟说会唱，正要唱，哥哥觉得事情不对，就抢着唱一首《大刀向鬼子们的头上砍去》。梁筠懿就以私通八路之名砍了他的头，又逼表弟唱，表弟咬紧牙关怒视梁筠懿，结果被打断肋骨，留了条命，躺在炕上不能动。头晌我刚去表弟家，抓了只老母鸡送给他补养身体。"

于茯叶气愤道："梁筠懿，畜生不如！"气得把半瓢水泼进面盆。徐杰忙道："哎呀呀叶子妹，怎么又倒水，稀了稀了！"于茯叶说："再加点儿地瓜面呗。"徐杰说："面多了加水，水多了加面，这得和多大一块面。"灶前烧火的于森说："多点儿也好，王冰说他爱吃蒸地瓜面条，晌午过来吃。你开卤的时候，多碎个鸡蛋。"于茯叶洗着菠菜说："蒸地瓜面条，菠菜开卤，又滑溜又鲜，我也爱吃。"徐杰说道："你个小姑娘家，爱吃又能吃多少？又不是男子汉，吃起来吓人。"于茯叶应道："我是吃不了多少，可王冰哥来吃，杨哥就不兴跟着来？这两个男子汉，还不得吃半锅？"

徐杰瞅她一眼，微微一笑，说道："绕来绕去，叶子妹心里想着她杨哥，这刚刚灭了商立旦的大英雄，倒是值得咱叶子妹牵挂。"于茯叶一下红了脸，噘嘴道："徐姐笑话人。"于森说道："还别说，杨兄弟是大英雄，叶子妹是大美人，还真是般配，等有机会给你俩牵根红线。"徐杰看着于森说道："妹妹说得对，咱俩给他俩扯红线，吃猪头。"于茯叶作出捂耳状，撒娇道："不听不听不听……"

这时院子里传来王冰的说话声："好热闹，地瓜面条熟了没？"三女子一看，院里走进三个男人，前头王冰，紧随着是杨子千，最后一位是桥头区区长刘忠模。刘忠模是桥头大院村人，三十五六年纪，出身贫苦，1939年3月参加革命，同年加入中国共产党，去年担任八区——桥头区区长，常常白天隐蔽晚上工作，积极发动群众开展反扫荡斗争，出色完成党交给的任务。

三人进屋，刘忠模走到于森旁边说："不就是吃顿蒸地瓜面条吗？怎能劳驾妇救会长烧火，快快倒给我。"说着蹲在灶前低头看灶膛的火势。于森把草墩子让给他坐，笑笑说："还是老大哥体贴人。"她站起身来，拿起笤帚扫扫散落碎草。杨子千把手中的纸包放在锅台上，说："咱王部长特意买了熟羊杂，做菠菜卤，再做个羊杂卤，一面两吃。"于荻叶看看杨子千，看看王冰，不解道："这咋又变成王部长啦？"刘忠模抬头说："这刚刚的事，根据斗争形势的需要，王冰同志从威海大队又调回地方，担任威海工委敌工部部长。"于荻叶高兴道："那好啊，王冰哥再不用到处跑着打仗，我们又能常在一起。"

　　王冰微笑道："这是上级根据当前形势，临时决定增强敌工工作力量，抗日大队那儿，还挂着名。其实做敌工工作，困难很多，还不如打仗痛快。就拿咱桥头区来说，虽说离威海卫城里较远，可敌人对这里并不放松，光据点就修了五个，孟家庄、桥头、江家口、碑口和马井泊，驻有孟家庄、马井泊两个伪军中队，和桥头、江家口、碑口三个伪军小队，兵力二百多人。包括梁筠懿、夏亓洪这些中小队长在内的伪军官兵，大多是本区或周边邻近区域的，桥头区每个村，差不多都有几人因各种缘故参加了伪军，这些人还有他们的家属，就是我们敌工部要做的工作之一，既要教育伪军尽早弃暗投明，不要给日伪做事，还要对那些顽固不化死心塌地为日伪卖命的家伙予以惩处。教育好了，这些伪军对我们会有正面作用；教育不好，会成为我们工作中的祸害。"看看于森和徐杰，又说，"往后啊，咱妇救会可少不了帮忙做敌工工作，跟伪军家属打交道，妇救会更有优势。"

　　徐杰看一眼于森说："还别说，我们真能做一些敌工工作。"于森接口说道："怎么说咱们有缘呢，你这刚干上敌工部长，我们便碰上一桩敌工工作。就上回咱们说的桥头村那个姓宋的漂亮小媳妇，两口子都是咱们的人，抗日积极分子，可她娘家哥，却在孟家庄据点当伪军，前一阵日伪军下乡清乡，抢劫老百姓财物，小媳妇和婆婆一家躲出去了，家里也没啥值钱东西，这位亲哥哥竟抢走妹妹一双绣花鞋，回家给老婆穿。后来小媳妇发现自己绣花鞋穿在嫂子脚上，得知了实情，跟嫂子吵一架，嫂子好没面子，跟伪军丈夫大闹一场，连梁筠懿都觉得丢人，出面调解下属夫妻关系。"

　　王冰听了说道："这样的情形，我们得抓紧做伪军家属工作，力争把伪军拉过来，帮我们做事。"徐杰忙说："于森妹妹也是这样说，我们打算今晚就去小媳妇家，把情况摸透，然后去她嫂子家做工作。"于森道："是啊，做伪军家属工作，也是妇救会相对适合干的事，我们争取利用化解伪军家庭矛盾之机，把伪军拉过来。"王冰说道："好，敌工部和妇救会一起来做这事，争取首次合作成功，为今后这样的工作积累经验。"

　　刘忠模插嘴说："在桥头区这样敌我交织的亲朋关系还真不少，是得积累经验，打开局面。"徐杰说："可不是，好多的家庭中，亲朋好友中，有的抗日，有的投日，弄得亲戚不亲戚邻居不邻居。就说盘川夼那事，夏亓洪跟刘昌全爹是表亲，一个是伪军小队长，一个是汉奸。可儿子刘昌全却是咱抗日的人，而且工作积极，就因为知道夏亓洪爷爷家里有枪，去起枪，引起夏亓洪气恨，夏亓洪跟表哥刘昌全爹说，抓住刘昌全吓唬吓唬他，让他别给共产党八路军做事。不料梁筠懿另有预谋，制造了惨案。"

王冰叹口气说："盘川夼这笔血债，我们一定要算。不过夏亓洪或许真像你说的那样，本意不是要杀人，是替梁筠懿背黑锅。据内部消息，盘川夼惨案发生后，夏亓洪惊吓不已，自觉罪孽深重，有悔过之意。我们要对此事进行查实，若他真的不是罪魁祸首，且有戴罪立功之心，我们可以争取他为抗日做事。"

几人谈论着当前的对敌工作，一起动手做好了地瓜面条，吃罢各行其事。

当天下午，于森三人便来到桥头村，找宋氏小媳妇，了解她哥嫂之事。原计划晚上过来，主要是徐杰为了发展其为桥头区妇救会员，顺便让她教育她那当伪军的哥哥，不要给日伪军卖命。中午王冰说起敌工工作的重要性，于森才决定把此事再与敌工工作合在一起做，于是吃罢晌饭便赶来桥头村。

小媳妇家徐杰来过一回，在桥头村东，小耗子原先住的离那地方不远。她的男人叫张秋桥，会一手果树修剪管理技术，在桥头村西北四五里远的生子沟戚家果园做工，戚家果园是威海卫伪商会会长戚仁亭购置的百亩田产，栽植了苹果、桃子、梨、葡萄、樱桃、无花果等果木，张秋桥会手艺，勤劳能干，被戚仁亭留作长工。小媳妇娘家村就在生子沟附近，她家有块田地正挨着戚家果园，有一年小媳妇跟哥哥来地里翻地瓜蔓，翻到地头了，小媳妇说，哥，这地沟里有个甜瓜，哥哥过来一看，是地边草丛里长过来的瓜蔓，结了个碗口大的甜瓜，透着诱人的香甜味。哥看妹一眼说，想吃吧妹？小媳妇说，可这不是咱种的。哥就说，管他谁种的，结咱地里咱收着，就摘了甜瓜，凑鼻子底下闻闻。突然旁边果园走出个二十来岁青年，说这甜瓜是果园种的，蔓子跑出来了。哥哥不信，顺着瓜蔓找，果真是果园里长出来的。那青年趁哥哥一愣神，把甜瓜拿过去。哥哥看看长得比自己高大的青年，没能咋的，气愤地转身而去。小媳妇看一眼青年人，也要走。青年人突然说，你是他妹吧，这甜瓜已熟透，耽搁两天不摘，也烂了，瓜蔓长到你家地里，也吸你家地里养分，结了瓜你们摘了吃，也在理，你拿回去吃吧。他说着把瓜放到小媳妇拐篓里。小媳妇又看他一眼，没吱声，拐着篓子走了。身后青年说，你下回再来地里，无花果熟了，甘甜甘甜的，我摘给你吃。小媳妇心里咚咚跳，快步赶上哥哥，把甜瓜拿给哥哥。哥哥正在气头上，拿起甜瓜摔在地上，摔个稀烂，说，等我当兵回来收拾他！小媳妇说，不用你，我收拾他。过了几天，小媳妇找个理由来到地里，青年人真的送来一小竹篮无花果，并挑个熟得流油的无花果递给她。她犹豫一下接过来吃了，果真甘甜如蜜，不由得对青年人一笑。这是她吃到的最甜的果，知道年轻人叫张秋桥，桥头村人，未婚。后来几次吃过他送来的苹果、梨、葡萄等。再后来，她收拾他了，她让他托媒人提亲，成了两口子。她哥也真的投郑维屏当了兵，又跟随夏亓洪到孟家庄据点干伪军。

徐杰讲着小媳妇的故事，不觉来到小媳妇门前。院门从里面闩了，徐杰摇摇门，叫道："宋妹在家吗？"叫过两遍，听到院里有脚步声，小媳妇来到门前，问道："徐姐吗？"徐杰答应着，里面开了门。

三人进院，于森教过小媳妇识字，彼此熟悉。只有于荻叶第一次见，看到小媳妇皮肤白皙，细眉大眼，身材婀娜，禁不住夸赞道："怪不得于森姐提起来就说漂亮小媳妇，真是漂亮小媳妇！"小媳妇不好意思道："于老师才漂亮呢，三位都是美女子。"于荻叶说："于森姐现在是威海卫妇救会会长，称于会长。"于森忙说："别那么多讲究，我想起这位宋妹妹，比我小，叫我于姐就行，于你于我皆好。"

小媳妇说："嗯，于姐，现在孟家庄据点的日伪军可真坏，平日抢财抢物，要是哪天威海卫小鬼子来了，还要下来抢女人，吓得年轻妇女都不敢随便出门，刚刚我婆婆出去有事，让我把院门闩好。三位姐姐长得这么好看，可得防着点儿。"于荻叶一瞪眼，说道："哪个小鬼子敢欺负我，我跟他拼个鱼死网破！"

于森对小媳妇说："好的，我们会注意。哎，宋妹妹，你的字练得咋样？"小媳妇一笑说："倒的倒，爬的爬，满纸的螃蟹。不过比不会写字好多了，刚结婚那会儿，张秋桥有一阵挺忙，没回家，正好家中有点儿事，我就写封信托人带给他。"于荻叶好奇道："你还会写信？"小媳妇笑笑："你听我说，我那时哪会写字，画了个图画，糊个信封装起来。第二天张秋桥回来，买了一只鳖。我说你买鳖干啥，他说你信上不是画了只鳖吗，想是馋鳖汤了。我气不打一处来，那是鳖吗？鳖身上有花纹吗？那是龟，我听讲评书的说，归就是回来的意思，我是叫你回来。"于荻叶笑得泪都出来了，说："咱俩真是姊妹俩，我不会写的字，也画过图，树就画棵树，花就画朵花。有次画花卷，画得不咋样，谁看了都说是堆牛屎。"

小媳妇笑着领三人进屋，拿出窗窝里几张纸，拣一张给于森说："于姐，看看我写的名字。"于森接过来一看，纸上歪歪扭扭写着"宋子文"三个字，不由得一愣："你不是紫色的紫，雨字头加文化的文吗？"小媳妇稍稍尴尬，噘噘嘴说："那两个字都是十二笔，太难，我从来没写够数。我男人告诉我，这两个字读起来一样，还容易写。"

于森一笑说："你光顾着好写，可是宋子文已有此人，还是个挺大的人物。"小媳妇一瞪眼："是吗？是不是坏人？"于森说："那倒不是，他不光是大官，还是孙中山和蒋介石的舅子。"小媳妇道："管他是谁的舅子，不是坏人就行。不过这个名字是不是有些男人气？"于森说道："那倒没啥，王昭君、貂蝉、西施、唐赛儿、李清照，这么多的美人名人，名字都带男人气。"徐杰接口说："还有武则天。"于荻叶急忙道："还有于姐叫于森，徐姐叫徐杰，我大名叫于友仁，都是男人名，多好，加上你宋子文，四个假小子。"

四人说笑一会儿，转入正事。徐杰说："今天来找你，有两件事，头一件事，是看你对抗日工作表现积极，想发展你为区妇救会会员。"小媳妇高兴道："好呀，只要能帮助八路军打鬼子，我愿干。"徐杰说："好，这件事就定了，从今天开始，你宋子文就是桥头区妇救会会员了，往后多参加妇救会的活动，多为抗日救国出力。"小媳妇响亮回答："放心吧，我宋子文一定不会比别人差。"

　　于茯叶说："你答应得这么痛快，要是你那个张秋桥不支持可咋办？"小媳妇微微一笑："抗日救国，他比我还积极。再说他敢不支持，有法治他，老老实实就支持了。"看一眼徐杰说，"没结婚不懂，是吧徐姐？"于茯叶皱起眉头看徐杰："这咋的还……结了婚就变厉害啦？"徐杰扑哧一笑："这有啥不明白的，这么俊的小媳妇，不让那小子碰，马上就老实了。"小媳妇捂嘴嗤嗤笑。于茯叶和于森顿时红了脸。

　　于森转开话说："好啊，第一件事就这样。第二件事，是你和你哥嫂闹矛盾的事。"小媳妇一听，脸上笑容全无，嘎嘣一句："我不管他！各人修行各人的，太丢人！"于森微微一笑说："你看，刚刚加入妇救会，就不能有这样的思想。你哥嫂的事，现在已不是家庭私事，处理得好，就是为抗日做贡献；处理得不好，就帮了日本鬼子和梁筠懿的忙。"徐杰接着说："就是这个理。第一步，要你们自家兄妹和睦，有话能好好说；第二步，晓之以理动之以情，让你哥明白他走错了道路，要赶紧回头，对他这一生至关重要。你宋子文既然愿意加入妇救会，愿意给共产党八路军干事，这件事就是对你的考验。而且我觉得，你要是愿干、想干这件事，肯定能够干好。"

　　小媳妇沉默一会儿，轻叹一口气说："说实在话，我哥现在很内疚，觉得对不起我这个妹妹，对不起我嫂子，我要是主动跟他和好，他会很高兴……唉！既然这就是给妇救会干工作，我就……试试。"徐杰高兴地扯起她的手，说道："好啊宋子文，你肯定会做好的。来，咱们合计合计咋个做法。"四人便认真筹划起来。

二十六

菩萨弯月

　　这晚，在墩前村南的老坟地里，北风吹得黑松林沙沙作响，阴森恐怖。昏冥的幽光下，从一座老坟头飘出两个黑影，慢腾腾转了转，径直往北而去。不多会儿来到墩前村，进了王冰家。原来是杨子千和小耗子。自打十一花被日本兵残害死后，小耗子又没了安身之处，王冰让他到家里来，他死活不愿意，最终找到早先张文彬藏枪的老坟，看看里头挺宽敞，又是在地下，还可御寒，便加进去不少干草，住在了这里。小耗子随杨子千来到王冰家，梁大胆和刘忠模也在。王冰见人已到齐，说了今晚之行动及分工，五人趁夜色朦胧，赶往孟家庄。及至，找到广益堂药铺，王冰与林掌柜碰头，得知情况照旧，便由刘忠模带路，转街过巷，来到一处四合院前，隐蔽在一垛柴草后边。小耗子照王冰吩咐，独自朝四合院正门走去。

　　此时天上挂一弯浅月，一会儿被浮云遮住，一会儿又银光泻地，明暗交替。小耗子踏着月光走近院门，突然门旁小柴屋里传出阴森的声音："站住！小孩干啥？"随着话语声走出两个伪军岗哨，端枪对着小耗子。小耗子装作害怕地说道："俺……俺家的鸡跑丢一只，俺妈逼着俺……"伪军低声说："这里没有鸡，赶快走！"小耗子"哎哎"应着走开，绕开一圈，回到柴草垛后，向王冰汇报情况。王冰想了想，悄声对各位作了安排，带着杨子千和梁大胆，绕向院子西墙，刘忠模跟小耗子仍在原地。

　　不一会儿，传来两声夜莺鸣叫，刘忠模知道三人已到墙外，对小耗子耳语几句，拍拍他肩膀。小耗子点点头，又向院门口走过去，一边走一边啼哭。两个伪军又从小柴屋出来，端枪对着小耗子，低声喝道："你这小孩是聋啊还是傻？叫你到别处找，这里没有鸡，你回来干吗？想挨揍不是？"小耗子啼哭道："那只鸡是……是我看丢的……俺妈说这只鸡最中用，每……每天下一颗蛋，俺家咸盐洋火可、可都指着它下蛋卖钱……找不到鸡就、就不让我回家……刚才二……二驴驹子大爷说、说傍黑看到一只母鸡就、就在这门口转……转悠……"

　　伪军骂道："你二驴驹子大爷驴眼呐，那是只神鸡呀，他能看见我俩看不见?"小耗子揉着眼说:"是、是只花母鸡……脖子上有撮黑毛,时不时地咕咕咕咕小声叫……俺妈说真中用,每天下个蛋……""中用你娘个头!还每天下个蛋,你这意思不光找鸡,蛋也下在这门口,你趴地上好生找啊!"一个伪军一把推倒小耗子。小耗子假装摔疼了坐地上哭,伪军又上前说:"哭丧啊,回家哭去,别在这弄怪动静!"这时柴草垛后传来刘忠模学猫的叫声,小耗子知道事已完成,慢慢爬起身,一手揉屁股,一手揉眼睛,抽抽搭搭走开。

正当小耗子与门前伪军磨叽时,王冰三人戴上头套,轻轻越过院墙,蹑手蹑脚来到正屋门前。屋门紧闭,门缝透出光来。王冰趴门缝往里看,只见靠北墙摆了小八仙桌,桌上放一盏灯,一尊菩萨像,菩萨像前燃了三炷香,袅袅飘烟。桌前席地端坐一人,身背几根枝条,双手合十,喃喃自语:"……特向菩萨负荆请罪……容我再叙第九遍,菩萨在上,我夏亓洪不敢妄言,盘川夼酿之惨案,绝非夏某成心。实在是事出意外,难以左右……"

王冰转头看杨子千一眼,点点头。杨子千上前,取出匕首,轻轻拨拉门闩,不几下拨拉开,轻推开门,猛扑上去,夏亓洪刚要回头就被杨子千抱住,紧捂住嘴。王冰端枪对着夏亓洪,低声说:"不老实就打死你!"夏亓洪嘴里呜呜应着,连连点头。梁大胆端起油灯握着手枪,两边屋看看,没有他人,才回到正屋。此时杨子千已将夏亓洪捆绑起来,夏亓洪吓得连连发抖。王冰手持手枪对着夏亓洪说:"先到院子里,让站岗的回去!"夏亓洪答应了。杨子千持匕首、王冰和梁大胆端枪押着他来到院子里,走近院门,夏亓洪对外面说:"你俩回去歇歇吧,天亮过来接我。"两个伪军答道:"是!"离开大门口。很快传来刘忠模学猫的叫声,告知伪军已撤走。

三人将夏亓洪押回屋,仍让他坐在地上,王冰说:"我们是人民武工队,特来调查盘川夼惨案,遇难者家属上告,说你是盘川夼惨案主犯,要求惩处你。你有啥要说的?"夏亓洪一听急得流下泪来,连声说:"不、不是我,不是我,真的不是我……说我是主犯实在冤枉我……"王冰说:"那你说说真实情况。"

夏亓洪叹口气说:"说起来真是一个气字惹的祸。我是教里村人,姥姥是盘川夼村的,刘昌全爹是我的姑表弟,刘昌全是村游击小组骨干。由于某些原因,我们两家之前就有矛盾。去年我还在郑维屏手下干时,刘昌全带人去我爷爷家起枪,双方动了手,我爷爷受了点轻伤。我知道这事,非常气愤,可当时郑维屏部正被日军打击,无暇顾及此事。这回回到孟家庄,盘川夼正处管辖之地,借着征用铺板和棉被之机,我就想先报了私仇,抓刘昌全教训一顿。可是没想到,遇上共产党方面进步人士开会。为了避免在姥姥村得罪太多人,我故意在到达会场附近开了一枪,警示参会人员赶紧离开。可是开会之人也觉得我姥姥是盘川夼人,不会对他们咋样,大多没有跑掉。到达现场,满满一家人,我一下蒙住,可又不能放了不抓,因为我带的人里边有梁筠懿的亲信,只好硬着头皮抓走,结果酿、酿成如……如此惨案……尽管不是我杀的人,但我自觉得罪孽深重,日日心中惊恐，便每晚来此租用小屋烧香祷告，负、负荆请罪，以宽慰自心。"

王冰问："你所言可当真？"夏亓洪郑重道："夏某若说半句瞎话，天打五雷轰，不、不得好死！我不但没杀人，还亲手放了好几个。有一个躲在骡子肚底下的，我瞄一眼不是刘昌全，就站在骡子前挡住士兵；还有一个腿脚有点儿瘸，我就说他耽误事，赶紧回家；还有两人我叫他们去烧壶开水，其实是找机会让他们跑掉，谁知他们又回来了……"王冰说："嗯，这些我们调查过，确有其事。其中烧开水的两人，一死一活，活下来的还专门向我们反映，说你夏亓洪好像是有意放人，但是抓人队伍里有梁筠懿的特务班，那几人很坏。"

夏亓洪忙说："对对，真是这样。因为我刚从郑维屏手下过来，梁筠懿不放心，稍微有点要紧事就派特务班跟随。再说我当初加入郑维屏的部队，是看他跟日本军队血战了几场，而且又是国民政府正规军，我也抱着保家卫国的想法参军的。至于投降日伪军，是受汪精卫政府宣传的'和平救国'错误思想误导，带手下兄弟混口饭吃，我在兄弟面前从不宣传杀戮同胞……"

"行了，不用多说。"王冰蹲下身，看着夏亓洪的脸，郑重说道，"你的为人，我们调查过；你做的事，我们也调查过。如果你真是十恶不赦之徒，我们也用不着费这些口舌，早一枪崩了你！"夏亓洪连忙"啊啊是是"应着。王冰接着说，"盘川夼之事，还没有定论，但愿你不是主犯，也没有杀人，今天且饶你性命。不过你的下场，你的未来，全在你自己手中攥着，少给日伪做事，不给日伪做事，为共产党八路军、为抗日人民多做好事，才是你的正确出路！"夏亓洪连连点头称是，说道："我保证不是盘川夼案件的主犯！我保证没有杀人！我保证不会真心为日伪出力，我保证要为抗日政府、抗日人民做贡献！"

王冰说："那好，我们就按你说的这些，记录在案。如果发现你有欺瞒，则重新论罪！今后我们在尽量不给你带来麻烦的情况下，会找你帮忙办些正义之事。"夏亓洪回道："请放心，力所能及，一定照办！"王冰又说："以后会有人跟你联系，暗号是'负荆月夜'，对上暗号便是我们的人。"夏亓洪稍一愣，答应道："好好，明白！不过……"王冰问："不过什么？说。"夏亓洪犹豫一下说道："今晚菩萨在上，弯月在天，暗号改为'菩萨弯月'，比负荆……那啥让人知道有点儿……"王冰痛快答应："好，暗号就用'菩萨弯月'，你既然信菩萨，就让菩萨见证你的承诺；弯月像把镰刀，也会时时警醒你！"夏亓洪连忙应诺："那好，那好。让菩萨保佑我，让日月见证我，决不食言，否则自断余生！"王冰道："一言为定，愿我们最终成为抗日救国的战友，而不是敌人！"吩咐杨子千解了夏亓洪捆绑，三人出门而去。

小媳妇宋子文自从参加了区妇救会，领下争取伪军哥哥宋小宝的任务，心里就琢磨着如何下手如何做成，想来想去第一步还是得先跟嫂子达成一致，这样便事成大半。这天她禀告了婆婆，换上破旧衣衫，戴一顶自己编的麦秸草帽，小篓拐了两把鸡蛋，避开街头日伪军，回娘家找嫂子。父母一年前皆已逝去，娘家只剩哥嫂两位亲人，前一段时间因绣花鞋之事闹得不愉快，宋子文也久未登哥嫂之门。嫂子孙氏，生得高高瘦瘦，将近五尺个头，比丈夫宋小宝还高二指，腰身腿脚却跟小姑子宋子文相似，一副好心肠，一把暴脾气，别看身形清瘦，却有些力气，因宋小宝干伪军丢人现眼，两人干过几仗，她获不败战绩。尤其最后一双绣花鞋之战，宋小宝被打得呼爹喊娘，抱头鼠窜，慌不择路躲进鸡窝，又被她追着踢了两脚。此景被门口几个瞧热闹的毛头小子看到，一时传为笑谈，村人背后称之为孙二娘。

宋子文登门看望嫂子，嫂子颇为惊喜，搂着小姑子哭起来，绣花鞋事件和鸡窝之战越传越邪乎，有的甚至说她把宋小宝按进鸡窝吃鸡屎。伪军家属身份，加上这些佐料，令她抬不起头，小姑子突然来看她，可想内心之激动。宋子文听着嫂子的委屈，也陪着掉泪，然后开始安慰嫂子，说现在唯一能让村邻不看笑话的法子，就是不为日伪军效力，而为抗日救国出力。这样老百姓就会尊重咱们，共产党八路军也会拿咱们当正道人物，等打跑日本鬼子，咱也是于国家有功劳之人，国家也不会亏待，云云。这些于森三人教的话，她一股脑倒给了嫂子。嫂子顿时舒心起来，拾掇着擀打卤面给小姑子吃，两人详细商议怎么让宋小宝走上正道，为抗日救国出力，一时间相谈甚欢。

过几日，小媳妇宋子文又请区妇救会长徐杰再次登门，看望嫂子，传播抗日道理，嫂子越听心里越亮堂。徐杰亲口承诺，等宋小宝成为抗日志士，将吸收她嫂子为妇救会员。嫂子想到将来也会扬眉吐气，挺直腰板，心下兴奋不已。过了不到十天，小媳妇宋子文和嫂子共同努力，终于说通伪军宋小宝，让他愿意走上抗日救国之路，成为共产党八路军的内线。他一语"菩萨弯月"又与伪军小队长夏亓洪接上关系，两人暗里为八路军提供枪支弹药，传递军事情报，宣传抗日道理，为夏亓洪部日后反正奠定坚实基础。

王冰的敌工部与于森的妇救会初次合作，成功使得伪军小队长夏亓洪和伪军宋小宝认清形势，暗中帮助共产党八路军，做些有益于抗日救国正义之举。这日王冰又接到威海工委转来东海地委重要通知，为提高胶东八路军等共产党前线抗日部队对日作战能力，要求各区县党组织，尤其是各地敌工部，想方设法大批量搞枪支弹药，或金银钱财，上交地委转前线部队，以支持抗日救国。王冰思考一夜，觉得任务艰巨，若说搞个三五支枪，乃至十支八支，并非太难之事，可大批量搞枪支弹药或金银钱财，实无可施之策。无奈之下，还是想到于森的妇救会，不知可有妙计否。

王冰翌日早起，洗漱过了，便欲去找于森商量。刚出院门，差点儿跟人撞个满怀，看时却是于荻叶。于荻叶见是王冰，着急道："王哥快快过去，房东遇见鬼了！"王冰一瞪眼："啥？遇见鬼？哪有鬼！？"于荻叶急得语无伦次："真的遇见鬼……那鬼圆滚滚的……喷着火……追、追赶房东，房东吓得快不行了……你快去看看！"王冰听得懵头懵脑，跟着于荻叶跑去。原来昨夜徐杰两口子团聚，于森和于茯叶回到租住的房子宿下。今天一早，两人刚刚起来，便听到院外小巷有人咕咚咕咚跑，喊叫"鬼呀鬼呀"。两人跑出去一看，是住在房后的房东大爷，赶紧跟至家中。房东大爷跑回家蹿到炕上，扯条棉被蒙头盖体包裹起来，在被窝里叫着"鬼呀……圆滚滚的……喷着火……"。老伴吓得不知所措。于森让于茯叶赶紧去找王冰。

王冰赶到房东家，见房东大爷蒙在被窝里，瑟瑟发抖，嘴里不停地喊着"鬼鬼……"，老伴拿着把菜刀，满屋子砍来砍去，驱鬼杀鬼。王冰问于森详细情况，于森说大爷断断续续也道不明白，好像他起早拾粪拾到村南老坟地，看到一座老坟冒青烟，感到惊奇，小心翼翼靠过去要看个究竟。他刚近老坟头，突然坟头窟窿里钻出个冒烟带火的东西，骇得他扔了粪篓子便逃。王冰听于森讲着，突然一个愣怔，叫声小耗子，撒腿朝老坟地跑去。

王冰至近处，看到老坟地里那座最大的坟墓，断断续续冒着青烟。到了跟前，看那烟自老坟洞里冒出，他俯身靠近坟洞，轻叫一声："小耗子？小……"第二声尚未叫全乎，坟洞里探出个黑乎乎的头，龇一口白牙朝王冰笑，王冰不由得打个冷战。"王哥你怎么来啦？"黑脑瓜子爬出坟洞，正是小耗子，只是浑身上下被烟熏火燎，黑乎乎认不出来。小耗子拍打着身上被烧得窟窿连着洞的破衣烂衫，笑着说："昨天你打发人送来的萝卜丝包子，那叫一个好吃，剩四个，今早我点把火热热吃。没想到柴火烧着了铺垫的干草，呼一下燃起大火，我一骨碌爬出洞口，满地滚着灭身上的火，把一个拾粪的大爷吓得扔了粪篓子撒腿就跑……嘿嘿。"

王冰一瞪眼："你还笑得出来，那个大爷吓得要死！你烧坏没有？"小耗子拍拍胸："我是谁呀！那么容易烧坏我？你看我的外皮烧个什么样就是什么样，其他一概无恙。"王冰这才放心，说道："没烧坏那就好，我还当看不到我的牛豪义兄弟了。"小耗子说："看看我没烧死，你放心回去吧。我刚下去看看里边，铺的干草烧没了，那四个萝卜丝包子倒是烧得火候合适，外焦里嫩，我刚刮刮糊糊吃吃了一个，还真不错，别有风味……"

王冰摆摆手说："快跟我走吧，回去吃饭，这个地方也甭住了，住我家。"小耗子一听急忙说："不行不行，我这么个怪样，哪也不去，别吓着孩子。我就着浑身这个脏劲儿，拾掇拾掇里面，重换些干草，另外抠一处小灶间，以后再不会发生这种事。"王冰瞪他一眼："你还真把这当家啦？"小耗子郑重道："这有什么不好？又不是有主的坟。我听杨哥、毕哥说他俩住过老坟，冬暖夏凉，很是舒服。何况这座老坟墓穴宽敞，还砌了青砖，真的不错。"王冰看一眼老坟说："这座老坟坟主不明，看似不是普通百姓，被盗墓贼盗过，只盗过不多的金银饰品，兴许就是明朝烽火台守军的墓室。"

小耗子一听高兴道："那我更得住了，抗倭将士的英勇之气积攒了数百年，现在传入抗日志士的体内，让我功力大增，消灭日寇！"王冰无奈摇摇头，说道：

"你这小兄弟铁了心要做的事,九头牛也拉不回。好吧,我吩咐家人送些干草过来,再捎一身衣服,帮你拾掇拾掇。我得赶紧去那受惊吓的大爷家里,把事情说明白,安定其心神。"说罢转身回返,到于森房东家去。

便说小耗子,墓穴失火,有惊无险,头顶几根毛烧焦,脸脖熏黑,换身衣服,还是活蹦乱跳的小耗子。王冰却替他操起心来,时时牵挂,吩咐家人多做些饭,每每送些过去。徐杰、于森、于荻叶也常给他送去吃喝用品,弄得小耗子颇不自在。

过了十来天,东海地委问询搞枪支弹药、金银钱财之事,王冰一筹莫展,心想万不得已只能自己变卖些田产捐上了。这日又在徐杰家里商量这事,王冰、于森、徐杰、刘忠模、刘青山以及工委党组织相关人士,十多人凑在一起,开动脑筋,半天也没个头绪。天近午时,小耗子来找王冰,门口放哨的杨子千和于荻叶也未阻拦,放他进来。王冰问他何事,小耗子说今中午请大家去喝老井羊汤,有一个算一个,一个不落。王冰苦笑一声,说道:"豪义兄弟,这几天老哥我忙得焦头烂额,你那边伙食可能照顾不周,咱兄弟俩,多多包涵。过了这几天,我请你去喝羊汤。你回去吧,我们还得开会议事。"小耗子小眼睛一瞪,说道:"说好是我请大伙儿,不是要你请我。再说你们这会开到啥时候啊?饭总是要吃,吃完再开劲头更足。"王冰有些不耐烦,拉下脸说:"豪义兄弟,我们真有正事,你想请客,到门外等着吧。"小耗子扭头出去。

上午会议结束,王冰对大家说:"今中午我安排家人蒸了包子熬了稀饭,都到我家吃去。"大家道着谢语,走出屋来,却见小耗子等在屋外。王冰一愣说:"走吧,到我家吃包子。"小耗子瞪着眼说道:"啥呀?不是说好我请客喝羊汤吗?这可是你让我在这等半天,不能说话不算数。"王冰一时无语,看看于森。于森一笑说:"豪义兄弟说得对呀,说出的话得算数,去呗。"王冰无奈一摇手:"好,去喝羊汤!"转头对刘青山说,"刘叔套上车吧,走着去耽误时间。"刘青山说:"好,我快走几步回家套车,大伙儿在村头等我。"大家便分头行动。

小耗子跟杨子千、于荻叶、徐杰走在一起,大讲特讲喝羊汤的事,大伙儿啊啊应着,眼神里透着疑惑。于森凑到王冰身边,瞅小耗子一眼,抿嘴一笑,小声说:"这咋的啦?是不是那场火烧坏了头脑?他哪有钱请这么多人喝羊汤?"王冰没好气地说:"谁知道,越是愁着办正经事,越是添乱。嗨,由着他吧,我请客就是。"

一车人来到桥头集,径奔老井羊汤馆,井掌柜快步出来迎接。小耗子第一个跳下车,朝井掌柜喊:"井掌柜,劳驾安排个大间,十四五位。"井掌柜疑惑地看着王冰。王冰问:"大间有吗?"井掌柜道:"大间是有,怎么个吃法?"王冰道:"今天吃个便饭,每人一碗羊杂汤,两张油饼。"小耗子一听叫道:"别别,井掌柜听我的,上好的熟羊肉切两大盘,炒一盘羊肚、一盘羊血,爆炒羊肉,烀羊排一大盆……"

杨子千瞪着眼珠子把小耗子拉到一边，低声说："你饶了王冰兄弟吧，他眼前手头拮据，正打算卖地上交……"小耗子一扬手："去去去，瞪那么大眼干啥？"忽地转头对井掌柜说，"再来一盘葱爆羊眼。"杨子千气得一跺脚，转向一边。徐杰和于茯叶过来，徐杰对他说："耗子兄弟，王冰兄弟今天一准没带那么多钱……"于茯叶也说："是啊，大家是来开会，没准备大吃大喝……"小耗子朝两人拱拱手："两位姐，这些日子没少给我送饭，甚是辛苦，今天我就请大家大吃大喝。"转过头对众人招呼，"今天我牛豪义请大伙吃顿饭，请各位不要推辞，赶紧入座，放开肚皮吃喝。"

井掌柜看看王冰，王冰无奈道："吃吧吃吧，就按他说的上。"压低声音说，"今天记账，下次一起付。"井掌柜喊一声："好嘞！两大盘熟肉、羊肚、羊血各一、爆炒羊肉、葱爆羊眼、烀羊排一大盆、精羊汤两大盆——九号聚仙亭——"喊罢引客入席。

不提王冰、杨子千等人把一桌佳肴吃得七上八下，杨子千时不时拿眼瞟瞟小耗子，只想他何时吃饱了溜走。但说众人饕餮过后，都不由得盯着小耗子看。小耗子站起身说道："诸位吃饱啦，我要结账了。"说着出客房来到井掌柜桌前，伸手摸衣兜。井掌柜："王先生盼咐，记他账。"小耗子说："那不行，男子汉大丈夫，一言既出驷马难追，我付账。哎哎，我这钱哪去了？"说着两手在衣兜处摸来摸去。

杨子千弯着腰，两眼紧盯他两手摸衣兜。十几个人也都走过来，看着小耗子。小耗子说："这钱跑哪去了？"杨子千说："不会没带吧，还在老坟坑里？"小耗子说："不能，我明明带着呢。"突然脸色一沉，"不好，布兜漏了，顺着裤子掉下去了。"两手顺着裤腿往下摸。杨子千眼随着他两手往下走，说道："裤腿里不会有，恐怕掉路上了。再说这一大顿吃喝，得半袋子铜板，你这裤筒子能装那么多？"众人喊喊笑。

小耗子并不慌急，慢慢往下摸着裤腿，快到脚踝时，突然说："往哪跑，找到了。王哥给我的裤子忒长，没法子我朝里绺了，用细绳扎紧，啥也跑不了。"说着解开裤腿，伸手取出一物，起身往井掌柜桌上一放，"找到啦，结账吧。"当的一声，一根黄物砸在桌上。四处之人看时大惊，砸在桌上的是一根黄锃锃的金条！

井掌柜惊得一下站起身，后退半步，上下打量着小耗子。杨子千更是眼珠子瞪得鸡蛋大，怔怔地看着小耗子。小耗子环视四周，卡巴着眼说道："这都咋啦？没见过黄货？"转头看杨子千说，"杨哥哥，眼珠瞪得那么大，是没想到小弟会买得起账吧？"杨子千不知就里，愣怔怔看着小耗子，张张嘴没说话。小耗子又对井掌柜说，"井掌柜，吃得挺好，算账。"井掌柜小心翼翼拿起金条，牙齿咬了咬，看着王冰："好、好成色。"又对小耗子说，"耗子爷……"

小耗子一摆手："啥耗子爷！我是小耗子，我的儿孙可不能是耗子。"井掌柜忙说:"那是那是。豪义兄弟,你这饭钱,我可没法收。"小耗子问道:"此话怎讲?我小耗子平日没少受井掌柜恩惠,知道我没钱,每每白给我羊汤喝,我心里暗暗想,等我有钱,一定要报答井掌柜。如今有钱了,你怎么没法收?"

井掌柜尴尬一笑,说道:"我这么一个羊汤小店,哪里找得开一根金条?除非我把店全给你了。"小耗子一愣,挠挠头说:"还真是啊,拿着金条下小馆子,这有钱跟没钱一样,真是难为。"稍顿又说,"哎,难不住我。"转身把金条塞到旁边王冰手中,说道,"我欠王兄的,算也算不清,这个就给你,今中午这餐费用给付了便可。"

王冰掂掂手中的金条,说道:"今中午这餐费用,原本我就打算请客。这样,回头我看看兄弟这金条来路如何,倘是应得之财,我就暂且借用,以解燃眉之急,送交八路军打鬼子。若不是应得之财,那就另当别论。"小耗子说:"好啊好啊,还是大哥有主意。我就觉得嘛,我这金条会有大用场。"众人一齐叫好。王冰抬头对大家说:"这几天大家都辛苦,下午的会暂时不开了。我牛豪义兄弟发了笔小财,我信我兄弟,不会是不义之财,我还明白我兄弟,他是有心把钱上交共产党八路军,支持抗日救国。"低头微笑着看小耗子。

小耗子咧嘴一笑,连连点头,对大家说:"错不了。自打我落脚桥头集,多少年来,那么多好心人都帮我,给我吃的喝的,王哥把我当成亲兄弟,杨哥为救我差点儿搭上性命,可我从未帮过大家什么。这次我只是想请大家喝顿羊汤,正儿八经我请客,就行了,剩下的钱,都由我大哥负责,用在抗日救国上,打跑日本鬼子,我牛豪义才高兴!"大家一齐朝他鼓掌,于森、徐杰、于茯叶还连连朝他伸出大拇指。大家各自散去。

回来的路上,刘青山赶着大车,拉着三男三女,轻松而行。行至信河北村南,本来说说笑笑的小耗子脸色有变。于茯叶问道:"牛哥咋啦?"徐杰碰碰于茯叶的腿,于茯叶若有所悟。小耗子气恨道:"每次路过信河北,就想起十一花被日本鬼子残害,真想亲口咬死小鬼子才解恨!"王冰拍拍他的肩膀说:"兄弟,恨,埋在心里;仇,一定要报!"轻叹一口气,又说,"我给你讲个故事,以后你走到这里,心里不光有对日本鬼子的恨,还有对英雄豪杰行侠仗义的崇敬。"于茯叶插嘴说:"英雄豪杰行侠仗义,这不是牛哥哥豪义之名的解释吗?"徐杰道:"王冰兄弟真了不得,不愧是有文化之人。"

王冰微微一笑:"我也是猛然想起,这个村的信义故事,跟我豪义兄弟的名字相合。"扫视一眼两个村子,缓缓讲述道,"信河北村和义河北村本为一村,人称信义村,一南北小河将村一分为二。村里有一地场叫'车古院',相传唐朝时有车龙、车虎两兄弟曾经在此生活,死后埋葬于此。车龙、车虎两兄弟一文一武,哥哥车龙长于文,弟弟车虎善武,兄弟两人分住小河东西两岸。某年,车龙外出游学,行前找来一雇工,让他管理田地,讲好秋后收粮时,从田里所收粮食当中拿出十斗来给雇工作为酬劳。两人商定了,车龙骑着毛驴游学而去。待到秋收将至,车龙游学归来,看到田里庄稼大吃一惊,原来这年赶上天灾大旱,庄稼几近绝产,原本可收成三十斗粮食,只收了不足七斗。雇工感到过意不去,说原先讲好的十斗粮食酬劳他不要了。但车龙觉得庄稼几近绝产是因为天灾,与雇工无关,坚持要兑现诺言,他卖掉仅有的一头毛驴,买回一点粮,凑够十斗给了雇工。从此车龙卖驴还粮不失信的佳话传颂开来,人们都把他当作讲诚守信的典范。车龙的弟弟车虎长得身强体壮,又习拳练武,有一身好功夫。他平日扶老助弱,不畏强暴,深得四下人夸赞。有一年北山来了一伙劫匪,时常打劫路人,甚至下山入户,暗盗明抢,搞得人心惶惶。车虎得知此事,只身一人赤手空拳上了北山,寻到那伙劫匪,让他们弃恶归正。劫匪说,你车虎会点儿武艺我们打听到了,我们不会触犯你一丝一毫,你出头多管闲事是自找麻烦,别怪我们不客气。车虎说,我练拳习武一是为强身健体,二是打抱不平伸张正义,今天或者你们把我打死,或者我把你们打服,就这两条道。劫匪依仗人多势众,不把车虎放在眼里,于是双方动起手来。车虎毫不畏惧,施展拳脚功夫,最终把四五个劫匪打得跪地求饶,发誓回去好好做正经事,再也不为非作歹。于是这一方地域又恢复了往日的安定平和,人们都为车虎的大义之举敬佩不已。"

小耗子听着高兴起来,连声说:"好!好!英雄豪杰行侠仗义,好!"王冰又拍拍他的肩膀说:"豪义兄弟,你今天的大义之举,跟车氏兄弟如出一辙,好样的!"小耗子咧嘴嘿嘿笑,说道:"中午吃饭人多,我没说出来,其实我想捐的不止这一根金条。"

三位女子惊得一瞪眼,轻声"啊"一下。王冰平静地一笑:"是啊。其实豪义兄弟今天一拿出金条,我心里就明白了。"于荻叶瞪眼问:"你是神呐?"王冰说:"我打小听老人讲,不知哪辈人传下一首歌谣。'墩前村,有黄金,耕与读,土伴文。'读书后明白,耕读,也就是人们常说的耕读传家,指的是既学做人,又学谋生,耕田可以事稼穑,丰五谷,养家糊口,以立性命。读书可以知诗书,达礼义,修身养性,以立高德。我就想,歌谣中'耕与读''土伴文'都是耕读传家之意,就相当于家藏黄金了,此歌谣便是一条古训而已。可是后来一件事情,让这事变得扑朔迷离。前些年我在鹿道口派出所干警员时,有一次郑维屏亲自见我,说是他得到情报,墩前村曾是淘金王藏金的地方,叫我打听打听藏金地。原来村南青王山西侧半山腰有金矿,曾有许多淘金人在此淘金,淘金王便负责组织淘金,收金砂冶炼黄金。他们害怕成品黄金遭抢,便偷偷藏于某处。后淘金王身遭不测,所藏黄金便难见天日。今天豪义兄弟拿出金条,我突然明白歌谣中'土与文'原来是坟字,它不是耕读之意,而是藏金的地点!"一车人听了都吃一惊。小耗子更是瞪眼看着王冰。王冰对小耗子一笑,说:"淘金王藏金,它怎么会只藏一根金条呢?青王山可是不错的金矿山,直到如今,还时常有人淘金。"

小耗子对王冰说:"火烧时运红,上次那把火,把我烧红了。我……"说着停顿下来，看一眼满车的人。王冰说："我的好兄弟，赶紧说吧，这一车人都是好兄弟好姐妹，都是给共产党八路军干事的，你找到的金条，若是你自己瞒下来，那就成你个人的了。你既然明说要捐给共产党八路军，那可就成了公事，大家都要知晓才成，可不能只有你我二人知道，那我可担不起这责任。"小耗子点点头，接着说："我嫌烧火热饭离草铺太近，容易引燃枯草，就在墓壁上开挖一个烧火热饭的地方，昨天挖到三尺多深时，挖到一个小瓦罐……嗨，走吧，一起过去吧，把东西都拿走，我好睡个安稳觉。"

王冰便叫刘青山把马车赶往村南老坟地。到了那处，小耗子带三个男人下到墓穴里，小耗子扒开埋好的小瓦罐，交给王冰。王冰打开瓦盖，看到里面是塞得满满的黄澄澄的金条。小耗子指着塞满金条的一个小缺口说："一共十根，我今早取走一根，一是为请客，二是想看看是不是真货。看来是真货，也就放心了，能给八路军买不少枪支弹药，猛劲打日本鬼子！"王冰高兴地抱住小耗子说："我的好兄弟，你不光帮了咱们的八路军，你还帮了哥的大忙！"四人笑起来。外面于茯叶喊道："快快出来！还在里面笑，怪吓人！"四人爬出来，王冰脱下外衣包着小瓦罐，大家高高兴兴往回走。

二十六 菩萨弯月

二十七

顽军亲日

第二日，王冰将小耗子挖出金条并捐给共产党八路军之事，汇报给威海工委书记刘锡荣，此时刘锡荣还兼任威海卫办事处主任、抗日大队大队长兼教导员。刘锡荣得知此事，甚为高兴，亲自带领一个班战士，陪同王冰和小耗子前往东海区委，捐送金条。正巧这日胶东军区司令员许世友前来东海区有事，得知事情原委，专门与刘锡荣、王冰和小耗子见面，表扬了威海卫工委工作之成效，赞赏牛豪义胸怀大义捐金抗日之高尚精神。东海区委特为牛豪义颁发了捐赠抗日功臣奖状。

傍晚回到墩前村，于淼、徐杰和于茯叶早已备好美味，有山上采的桑叶、槐树花、灰菜，小园割了韭菜，桥头集买了鲜贝，剖了贝丁，包了三种烫面小包，就着石磨推的花生辣椒酱，直撑得小耗子躺下起不来。他扯开奖状看了一遍又一遍，每看一遍，都会想起许司令表扬他的话，禁不住咧嘴笑。

许世友司令员来东海区，其实是因得到郑维屏要重返东海的内部情报，与八路军东海军分区司令员孙端夫及东海区委领导相商，恰好遇到小耗子捐金抗日，顺便表扬鼓励一番。原来数月前昆嵛山一战，郑维屏部被八路军打得一败涂地，落荒而逃，在连长孙秀峰的保护下，向海阳方向遁去。这年3月1日，又转移至莱阳西南姜疃。这里是国民党鲁苏战区胶东游击区指挥官赵保原的地盘，乃胶东地区国民党势力最强者。赵保原是蓬莱人，十七岁入东北吉林军官讲习所，毕业后在东北军中先后任排连营长，参加过直奉战争和抗拒北伐军的松江战役。1931年九一八事变爆发后，李寿山部在伪满洲国建军，番号为奉天省警备军第三旅，赵保原投其麾下，投靠伪满充当汉奸。至1938年11月，他瞅准时机率部一千六百人反正，在昌邑接受山东省第八区专员厉文礼收编，翌年1月移驻莱阳，被委任为山东省第十三区特派员兼保安司令，与八路军山东纵队第五支队、国民革命军胶东游击队共同成立鲁东抗日联军指挥部，任总指挥，与日伪军作战。然而上峰风向一转，赵保原便从国共联军总指挥转变为抗八联军总指挥，不断与八路军发生摩擦。1940年3月他任鲁苏战区胶东游击区指挥官，不久其部被改编为陆军暂编十二师，任师长，从而成为胶东最强势力。夏，赵保原与青岛日伪军秘密勾结，双方在青岛和莱阳互设办事处，互通情报，并用掠夺来的物资与日军换取枪支弹药。郑维屏与赵保原乃抗八联军之主力，两人也因此结交。此次郑维屏落难，作为年轻十七岁的小弟，赵保原自是大伸援手，收留郑维屏一住就是三个月，不光好吃好喝招待，更是向老大哥密授机宜，如何左右逢源，安身立命，最为要者便是如何讨好日本人，对付共产党。通过向赵保原取经，郑维屏似乎看到了返回东海重振山河之希望。

而此时，郑维屏接到潜伏于威海卫的别动队长王应心密报：东海八路军主力西下，共产党地方武装多与日军据点打游击。得此情报，加之赵保原所授机宜，他觉得时机成熟，决定返回东海。于是他加紧收罗旧部六百余人，枪五百余，伺机返回东海。为确保计划无虞，他先遣参谋长张国航，去文登找伪县长徐瑞卿，请他向日本头头宫崎说情，表明要共同对付八路军，只求有个地盘安身。而宫崎正考虑着以华治华之策，得知郑维屏此求，来个顺水推舟，答应郑部可驻离文城十里路的文登营。

得日军如此答复，郑维屏好不欢喜，当即下令回师东海。次日，郑维屏部便移兵文登营。第三日，郑维屏到附近查看地形，认为营南村地理位置佳，遂命部队在营南村设防。他眼看重整旗鼓之机开启，想想多亏伪县长徐瑞卿在日本人面前美言，便备下一份厚礼，让张国航去文城答谢徐瑞卿。一来二去，两下关系愈加亲密。因文登县长丛镜月西逃，国民党文登县政府已解体，郑维屏即命参谋长张国航兼任文登国民政府县长。

营南村西靠文城十里，北有草庙子日伪据点，郑维屏部驻此不怕八路军袭击，可养精蓄锐，待机而动。郑维屏命令部队赶修工事，将周边村庄树木一律砍光，围村开挖堑壕，修筑围墙，壕宽一丈五尺，深一丈，墙高七尺；修筑碉堡、暗堡各八个，强征良田百余亩，强占民房百余间，加紧军事训练，对驻区群众实行保甲制度，清查户口，以保驻区安全；命令经济处加紧征收粮草，保障部队供应。他还叫副司令兼团长的石兆麟亲率士兵，化装成八路军模样，去昆嵛山崮头集将掩藏的兵工厂机器搬回，雄心勃勃要大干一场。

那石兆麟绰号石猴子，歪道道不少，去兵工厂搬机器累得不轻，就琢磨省事的门道。他思忖来去，还真想出个招来，急忙找到郑维屏，说道："司令，机器是搬回了，可离造枪还远着哩。照我看，造枪太麻烦，还造不出什么好枪，不如借枪更为便捷实用。"郑维屏听他此言，微微一笑，说："看来你小子没白跟我身边混，心有灵犀了。"石兆麟一愣，忙笑道："司令深谋远虑，我只是跟司令学点儿皮毛。"郑维屏道："眼下咱们要实来实去，莫要虚言假套。来，学学诸葛亮，每人写几个字。"取过两张纸，每人一张写上字，放在一起打开看，两人都惊得睁大眼睛，但见两张纸上写着相同的三个字：刘公岛！

为什么两人都打上了刘公岛的主意？原来此时的刘公岛，已经是汪伪海军华北要港司令部驻地，华北要港司令部是汪伪海军中势力最强者，武器装备自然也差不了，但伪海军官兵没有实战经验，打起仗来自然不是郑维屏部官兵的对手，故而到刘公岛搞点儿武器弹药，郑石二人觉得较有把握。1940年秋，青岛的北支特别炮舰队，正式移交给驻刘公岛的伪海军威海卫基地队司令部，于同年10月和11月，分两批迁至刘公岛。1941年升格为华北要港司令部，并有日本海军官兵三十余人组成华北要港司令部辅导部，其首席辅导官便是原青岛港务局局长林荣斋大佐，实际控制指挥华北伪海军。要港司令部司令鲍一民中将、参谋长孟铁樵少将、参谋宋虞亭中校、副官长王静之中校、秘书李东升中校及军需课长周尔康中校等一批将校军官，掌管着要港司令部事务。官衔之高，说明汪伪政权对华北要港之重视。要港司令部不过四十余人，却下辖伪中华民国海军威海卫基地队司令部、烟台基地队司令部、连云港基地队司令部三个地方司令部，以及伪海军练兵营。

刘公岛上的伪威海卫基地队司令部和练兵营，基地队司令部司令李玉琨，系国民党海军投敌之上校军官，与要港司鲍一民同窗，乃葫芦岛航警学校首期生。伪基地司令部设在北洋海军首领丁汝昌提督衙门旧址，有一个中队百余人兵力。此外领辖着六个派遣队，驻刘公岛的有东瞳派遣队、西瞳派遣队、东泓派遣队、西炮台派遣队和祈顶山派遣队。西炮台派遣队和祈顶山派遣队各有两个班的兵力，及两门小炮。其余派遣队，各有一个排兵力，但无炮。另有驻龙须岛派遣队，两个排兵力。而驻刘公岛人数最多的则是伪海军练兵营。练兵营系训练学兵之机构，驻刘公岛西瞳。伪营长初为杨镜湖，后由要港司令部参谋长孟铁樵兼之；副营长罗世厚中校，出自国民党青岛海军学校，七七事变后投敌。练兵营内设上尉中队长一人，中尉副中队长一人，下辖水兵区队正副区队长各一，轮机兵区队正副队长各一，军衔为中尉或少尉。此外有十几名班长，负责训练学兵。练兵营班长称为教练班长，大多是上士军衔，有一定文化水平，军人基本动作、战术动作、教练武器及操炮动作等各专业兵的基础动作，做得标准熟练，而且能讲解要领。练兵营每期新兵名额不定，多则二百，少则百余，岛上练兵常有五六百众，独领岛上风骚。

汪伪海军募兵时，采用种种欺骗之法，在京津等地广泛散发名为"中国海军学校招生"宣传单，宣称入学能学到航海、枪炮、轮机等技术，发给四季服装，膳宿免费，发给学习用品和每月津贴费，毕业后分配工作，等等。另外放映海军学校即伪练兵营生活影片，美化水兵生活——有水兵在海岛及军舰上快乐惬意的活动场景，海阔天空，海鸥戏浪，海滩美女，轻松浪漫的水兵时光。京津之地很多青年观此影片，怀揣美梦不能自已，受骗来到刘公岛。

及至来岛，所见所闻，只觉挨了当头一棒，影片中的沙滩美女，变成虱子满身，优美的水兵舞蹈变成挨打罚跪，满桌的海鲜肉蛋变作萝卜汤黑窝头……很多新兵掐自己大腿，在疼痛当中才明白现实。想跑，四面大海阻断逃遁路；不跑，望苍茫大海，却问路在何方。水兵初期，有日寇辅导员之训讲课，每星期一次精神讲话，讲中日两国是同文同种，要互相提携，建设大东亚共荣圈，共存共荣，等等。讲军人应具备的素质，讲武士道精神，讲军人以服从为天职，等等。1941年后，伪军官训练练兵时，每星期有一节"修身课"，主讲孔孟之道，还讲曾国藩的"修身齐家治国而后平天下"等，不评论日本之所作所为，也不谈大东亚共荣圈，但对"平天下"之意也不敢细讲，日本辅导员也不过问。

且放下刘公岛，回观营南村，看看觊觎刘公岛的郑维屏如何。常言道，不怕贼偷，就怕贼惦记。郑维屏和石兆麟起了刘公岛抢枪之意，却迟迟不敢下手，一则海岛地理不便，难以登岛；二则刘公岛实为日本人天下，去抢枪无异于捅马蜂窝，弄不好不光被马蜂蜇得满头肿包，乃至小命难保。郑维屏不是没领教日军的厉害，眼下仍心存忌惮。于是一股无名火转向共产党八路军。时八路军东海军分区司令员孙端夫率部进驻崮头集，郑维屏得报即派人到文城及威海，勾结日伪军一千五百余人包围崮头集，八路军伤亡三百余人。此战郑维屏得到文城日伪赞许。8月16日，文登松山区凤林乡农救会长朱培振到松坡村召开中共党员会议，郑维屏得报，派便衣队直扑松坡村，捉走朱培振，用尽酷刑，朱培振壮烈牺牲。8月20日，郑维屏部便衣队长王应心带领五十余人化装成八路军，下乡讨要钱粮，途经桥头村东，一位妇女误认为是八路军队伍，将捡来的一百多发步枪子弹交出；之后，郑命王应心将该女活埋。当日，威海第七区情报员也误认为郑维屏部是八路军，当即被王应心用刀砍死。回文登营的路上，又遇三个二三十岁的妇女，得知三人去开八路会，将三人砍死路旁。不到一天工夫，郑维屏部杀死五名抗日军民。郑维屏部杨德峰，率特务营由墩后村向文登营靠拢，途经文登邹山区，发现该区区中队正在宋家村训练，遂将该村包围，捉走三十余人，杀害九人。9月9日，郑维屏令杨德峰又率部，突然将中共文登松山区区中队包围于陈家埠村，事务长张全和班长王斗被俘，两日后将二人杀害，并把张全的头颅砍下，挂在村南大树上示众……郑维屏部占据营南村七月余，共杀害中共党员、八路军指战员和无辜群众三十余人，村南河套成了郑部杀人场。

而此期间，抗日武装方面亦有事发生。先是毕云，由于表现优异，被提拔为一区区长兼中队长。一区乃城市区，既是敌占区，又各方人员会集，敌我斗争十分复杂，故而需要文武兼备之人掌管。再是梁大胆，身为抗日大队便衣队长，常常活动于文荣威三地相接的三角地带，出没于桥头、草庙子及威海卫南部区域，搅得敌人胆战心惊。这年"八一"前夕，上级号召捉敌人、夺枪支，向建军节献礼。他二话没说，当晚便只身来到马井泊日伪据点，埋伏于路边草丛。子夜，两个巡逻的伪军，讲着黄段子，哼着荤歌，憧憬着艳遇小娘子，没想到路边草丛蹿出个大汉，吓得当场尿裤子。梁大胆用手枪指着伪军，厉声喝道："不许动！谁动打死谁！"两个伪军惊魂未定，手中的长枪已被梁大胆夺下，成了献给八一建军节之礼。另有一件事，则是我方出师不利，酿成惨剧。9月14日，威海抗日大队在副大队长柏希斌率领下，攻打驻扎于洪水澜的大刀会，结果因地形不熟，敌情不明，不但未消灭大刀会，反而被其反扑，腹背受敌伤亡惨重，牺牲战士十一名，十几条枪遭抢。大刀会头子为了邀功请赏，将我牺牲烈士头颅割下，抬到文登城游街示众，受到文登日军及伪县长徐瑞卿的赞扬，并奖银盾一座。

杨子千此时收了一个徒弟，叫王殿元。王殿元生于1919年农历十月晚秋，本域王官庄村人。上学读书时，接受了时任中共威海特支书记张铎老师的革命教育，思想进步，立志抗日救国。毕业后，他在村里边劳动，边参加革命活动，曾为本村地下党组织递送信件，散发传单，是一个满腔热血的革命青年。1939年，他参加了八路军，在抗日战争的烽火中茁壮成长，1940年加入中国共产党，1941年山东抗日军政大学结业，到胶东行署公安局警卫连任指导员。这次陪护首长到东海区查看基层党组织工作事宜，来到威海工委，召集部分干部会议，传达上级当前对敌工作精神。刘锡荣、钟毓祝等工委成员来到王冰家中，参加会议。于茯叶在院子门口不远处碓臼捣米放哨。王殿元便在院子里流动值守，忽闻异样声息，走几步过去，见后院杨子千正在练武，拳脚生风，顿挫腾跃，只看得他直了眼。原来王殿元打小酷爱拳脚，怎奈家境不富，无力供他拜师学武，好在参加了八路军，算是入了武行，但此武非彼武，他心里一直惦记着有朝一日拜师学一身好功夫，用之于抗日斗小鬼子，那该多带劲！

杨子千练完一套拳脚，收势过来，与王殿元攀谈。两人你一言我一语，相谈甚欢。谈至起兴处，王殿元提出要拜杨子千为师，说行署领导有意让他回东海区工作，等回到家乡时好好跟师父学功夫，练武艺，多杀小鬼子。杨子千对这个小兄弟颇为喜爱，答应他若回家乡工作，可收他为徒。王殿元高兴得不得了，当即要行拜师礼，被杨子千扶住。

却说此时节，刘公岛多了几位特殊之人，刘公岛的故事随之复杂起来。从青岛炮舰队选送上海进修的连城和毕昆山等学员，业满来到刘公岛，入职伪海军练兵营，连城、毕昆山当上新兵教练班长。而他们的挚友丛树生，因生意惨淡难以为继，也加入了刘公岛伪海军。恰逢要港司令鲍一民毕业于葫芦岛海军学校，入职东北海军，二人也算是东北海军的同党，自是有些偏爱，于是授任原为少尉军官的丛树生为中尉队长，率伪海军派遣队驻防龙须岛。这几日恰逢三人皆有空闲，约了王冰，想看看甲午战争时期的南帮炮台。王冰叫上杨子千，还有徐杰、于茯叶，一起去到崮山北海边。南帮炮台因坐落威海湾南岸而得名，炮台有五，海岸炮台曰皂埠嘴、鹿角嘴、龙庙嘴、陆地炮台曰所城北、杨枫岭。1895年1月30日，南岸清军守兵四千余，为保卫南帮炮台，英勇抗击海陆日本侵略军，直至弹药用尽，部分清军将士于礁石上磕断枪支，跳海身亡，其事惨烈。

一行人看过几处炮台，连城、毕昆山、丛树生面色沉郁，想必因加入日本人控制的伪海军之故，而心生惭愧。王冰直言道："三位仁兄之心思，我心里明了。不必太为此事纠结，素言身在曹营心在汉，出淤泥而不染，不论身处哪个阵营，只要胸怀大义，心系国民，皆可为抗日救国出力，为中华民族奉献。"三人听了连连点头。王冰话题一转，指着西北海边三块相连的礁石说道："那就是威海卫有名的古景三摞麦。是否过去看一看？"

于荻叶马上说道："不去不去，累得走不动了。"徐杰看她一眼，不解道："不至于吧叶子，你平日可不止走这些路呀。"于荻叶脸一红："人家……"凑近她耳边悄悄说话。徐杰瞪她一眼："你早说啊，就不带你来。"连城端量一会儿说："别说，还真像三个麦垛子。"转脸看看于荻叶，又对王冰说，"今天不去了，看着近行着远，得走好一会儿工夫。"王冰便说："也好。以后咱有的是机会，把威海名景看上一遍。"看一眼海滩又说，"今天恰好退大潮，咱们赶海如何？"大家同口赞成。只有于荻叶说身体太累，不舒服，要在岸边等候。

于荻叶远远地坐在海岸边，两手支着下巴，朝海里看几个人浅水处赶海，眼睛转来转去，却总是离不开杨子千的身影，他的一举一动，都吸引着她的视线。正看得专注，忽然旁边有人说："这小俊闺女，想夫婿啦？"于荻叶吓一跳，转头一看，啥时候一队背着大枪的伪军站在旁边，为首的背着匣子枪，瘦得有些罗罗腰的，正是梁筠懿的干儿子章不管，是日伪驻盐滩据点小队长。前面说过，章不管是投敌伪军中最坏的几人之一，跟他干爹梁筠懿有得一比，对日本鬼子卑躬屈膝，对同胞百姓则耀武扬威，在盐滩据点一带不光与共产党八路军为敌，还时常欺压百姓，调戏妇女，坏事做尽。今天他带着一个班伪军海边巡逻，本想碰到出海打鱼的小船，敲诈点儿新鲜鱼虾煮了喝酒，不想一条渔船没碰到，却遇上海边坐着的于荻叶，满腹的郁闷顿时消散，对这小姑娘动起了歪心思。

他以为于荻叶不认识他，靠近一步，拍拍匣子枪，嬉皮笑脸道："本人姓立早章，盐滩据点小队长，这方圆十里，咱说了算。我看你小姑娘长得俊，挺喜欢，怎么样，哥也是光棍一条，跟了我吧。"于荻叶气得瞪眼瞅他。章不管见于荻叶没有反驳，便得寸进尺，又靠近些，右手大拇指指向自己，牛哄哄地说："你章哥，这么年轻的军官，配你个平头百姓，你烧着高香偷着乐吧。走，跟我回据点，咱俩好生商量商量。"说着伸出左手拉于荻叶胳膊。

于荻叶猛地抖开，后退两步，生气地说："你放规矩些！光天化日，休得胡作非为！"章不管瞪起眼来："吆吆吆吆，还有点儿小脾气，这好，好，哥更喜欢，云雨之时别有情趣。哈哈哈哈……"于荻叶骂一句"真无赖"，转身要走。谁知一班伪军将她团团围住，嘻嘻哈哈说着下流话。

这时只听身后有人说："章队长这是整的哪出？可别吓我妹妹。"章不管回头一看，是徐杰从海滩上快步走来，愣了愣说道："这不是徐老板吗？好好的羊汤馆不开，倒有闲情过来赶海。"徐杰走过来，说道："现在这年头，啥买卖也不好做，不说别的，就你章队长领日本人去吃羊肉拿羊肉，多会儿给过钱？那白话说的，称一称有好几斤，啥馆子撑得住。"章不管听着颇为尴尬，脸上有些挂不住。徐杰忙笑笑说："章队长别不爱听，咱们乡里乡亲的，你去吃点儿拿点儿，

二十七 顽军亲日

— 249 —

或是兄弟们过去喝碗羊汤，我不心疼，可是这日本鬼子……"

章不管朝她摆摆手，示意别多说，指指于荻叶，说道："这小闺女长得俊，你徐老板正好给保个媒，我要娶她。"徐杰哎哟一声，说："章队长你真有眼力，俺这妹子不错吧？可惜你们没缘分。"章不管脸一沉："啥意思？"徐杰道："俺妹子有婆家了呗！"章不管一瞪眼："婆家？在我地皮上，这么俊的闺女不经我允许就找婆家？婆家是谁？退了！我看上了，先得紧着我。"徐杰强装笑脸说道："哪有这个道理？你看上了，就是你的，皇帝老子也没这么大口气吧？再说俺这妹子也不是盐滩附近人，不在你地皮上，不属你章队长管辖。"章不管一听，借题耍起横来，朝伪军吆喝一声："听到吗？咱们出来巡逻，其中一项就是盘查外乡人。这女子撞枪口上了，谁知她是不是共产党，是不是八路军。给我带回去，详细审查！"

话音刚落，就听不远处有人说："咋回事啊？外乡人都要带去审查，那把我们都带走吧，我们都是外乡人。"众人转头一看，海滩上走来连城、毕昆山和丛树生三人。原来五个男人在远处浅水边赶海，杨子千一眼看到章不管带伪军过来，急忙告诉王冰。王冰心想杨子千跟章不管有过节，过去会火上浇油，恐对事态不利，而连城三人的伪海军身份，则是章不管奈何不了的，于是对连城交代几语，让他们三人先去交锋，他自己则见机而动，杨子千不到万不得已不要出头露面。

连城三人走到近前，众伪军哗啦啦端起长枪对着他们。章不管也端起匣子枪指着连城，喝道："咋……咋回事？要闹事？劫、劫法场？"连城哈哈一笑，说道："就你们这几条破枪，还能守住法场？等哪天我带着弟兄来，带着机关枪，突突突突一梭子，你们几个全放仰八蹬！"章不管吓得一哆嗦，两手执枪对着连城的脸，两眼紧盯，声音变调，说道："你……你们是什么人？"连城坦然道："外乡人啊，你不是要抓去审查吗？把我们三个和我们小妹一起抓走吧，正好我们没吃饭，让杜祖广和王木芳送点儿酒啊肉啊过来，整两盅。"

章不管和伪军听了面面相觑，满脸蒙相。章不管枪口落了落，卡巴着眼说道："你们到……到底是哪路神仙？跟我们总队长、大队长那么熟？"

连城微微一笑："好吧，我说你听着，本人连城，荣成人和人，刘公岛海军练兵营教练班长。"指一指毕昆山和丛树生，说，"两位同事，一个教练班长，一个派遣队中尉队长。我们三个你可以不在意，可我们的司令鲍一民中将和日本辅导部林荣斋大佐你们应当有所耳闻，你们把我哥仨抓去审查，耽误了训练新兵，鲍司令得知情况，电话打给杜祖广总队长、王木芳大队长，骂两句娘个皮，哪个不吓得尿裤子，赶紧跑来道歉？"

章不管瞪眼听着，点着头说："要真是这样，别说鲍司令，就他手下随便一个上校中校军官，都是咱眼里的天老爷！可……恕、恕我直言，我咋知道你、你说的是真是假？你们三个可有证件容我一阅？"

连城和毕昆山摸摸衣兜，相互看一眼，摇摇头。丛树生说："还真巧了，我今天真就带了证件。"怀里掏出个小本本递过去，又故意说道，"马当战役，我就是鲍司令的部下，尚有私交，但不便详说。"章不管小心接过证件看看，上面果然写着中尉队长丛树生大名。他惊得赶紧递回证件，对三人歪歪巴巴敬个礼，说道："大水冲了龙王庙，多有得罪，多有得罪！"又对徐杰说，"徐老板也不早提这茬，你看你看……"

徐杰说道："我哪知道他们是什么军官，只是老熟人，时常到我店里喝羊汤，今天他们又想喝羊汤到店里去，碰巧我过去拾掇拾掇屋子，赶上了。"章不管道："拾掇屋子干啥？要重开业？"徐杰说道："开啥业？前几天刮大风，我担心刮坏门窗，过去里里外外看了看，整了整。"章不管道："就是，要开业，就在松徐家你娘家村开，我离得近，常过去……保护着点，保护着点。"徐杰一笑："不敢求你章队长保护，别随便抓我姊妹就行。"章不管稍一愣，笑道："哪里哪里，这不，知道你姊妹是良民，马上放行，马上放行。"他朝伪军摆摆头，伪军离开于茯叶，站成一排。

于茯叶走到徐杰身边，抱着她的胳膊，朝章不管瞪眼。章不管无奈，轻轻摇头，带伪军离去，离开前还偷偷瞟于茯叶一眼。徐杰小声对于茯叶说："这玩意儿坏得冒黑水儿，往后得防着点。"于茯叶点点头。这时王冰和杨子千走过来，徐杰说了刚才的事，王冰对连城三人笑笑说："刚说过，出淤泥而不染，当伪军也能做好事。"连城笑道："那我们就先当着做好事的伪军。"大家笑起来。

此事过去不多日，党组织还真有事要找连城他们帮忙。原来我地方军和八路军，都需要好钢好铁修造枪械，任务布置下来，王冰成为此事负责人。他召集刘青山、刘忠模、于森、徐杰还有工委数人，商量此事。商量大半天，定下几条筹集钢铁材料的办法，其中之一是想方设法从刘公岛搞一些钢材铁料。因为刘公岛是甲午故地，1895年也曾是威海卫保卫战古战场，残枪废弹、破损的炮架以及炸毁的军舰残骸，曾经随处可见，除一些千斤重的大件，几十上百斤的残钢废铁，百姓几乎家家皆有，只要能避开日伪军，收集钢铁应当不成问题。会后王冰找到杨子千，说明情况，想让他进岛找到连城，了解一下具体情况。杨子千一口应下，即刻动身。

二十八

渔家宴

　　杨子千领命行动，赶到沟北村，坐了熟识的渔船进刘公岛。他在东疃下船，稍稍打听，往岛西而去。行至石码头，闻见一股香甜味道，转眼看见路北有间门面，挂着"英国面包房"招牌，还有英文字母。杨子千本欲走过去，忽见面包房里站着那人甚是奇怪，不由得细看一眼，好像是见过的英租时期华人巡捕"三道杠"邵居同。那人见杨子千看他，竟然说出一句英文："Do you want bread？（要买面包吗）"杨子千走过去，看那人果真是邵居同，且穿着巡捕警服，戴着三道杠标志。由于上次戚家国带四五人去他巡捕房，只有戚家国近前说话，故而他对杨子千并无印象，眼下见杨子千不懂英文，又说道："要买面包吗？"杨子千笑了笑摆摆手，没工夫闲谈，问道："请问去练兵营还有多远？"邵居同见他并非要买面包，抬手朝西一指："Not far（不远了）。"杨子千听得一头雾水，猛地想起戚家国教他一句英语，说道："三球（英文"谢谢"发音）。"转身走去。

　　他刚行几步，迎面过来三个身穿伪海军制服的人，走近看时，年纪皆不到二十岁的样子，当中年纪最小的那位看似大孩子模样。杨子千正要问话，不想那小兵却先发话说："这位大哥，西边是军事区，行走要注意。"杨子千忙说："好的小兄弟。请问练兵营怎么走？"小兵停下脚步，问："你到练兵营何事？"杨子千说："找……找连班长。"小兵一听瞪起眼来："连班长？是不是连城班长？"杨子千回道："正是。"小兵又问："请问你跟他……"杨子千说："朋友。"小兵转头看看两位同伴，说："你俩先行一步，我后面就到。"其中一个同伴说："老甲又要做好事，好吧我俩慢些走。"小兵转过身对杨子千说："走，我领你去见连班长。"杨子千高兴地说："多谢多谢！"便随着小兵往西走去。路上小兵说，练兵营这边日本人管得严，外人出入若遇到日本巡逻队很麻烦。又说连城是他敬重的大哥，私下关系很好。

　　两人三拐两转，来到练兵营驻地大门口。小兵说："这个地方原本是清朝北洋海军水师学堂，现为华北要港司令部练兵营。你在门口稍等，我去告知连城大哥。"只身进入。一会儿工夫，连城与小兵出来。连城一见杨子千，惊喜不已。

小兵告辞去了，连城领杨子千来到不远处一个小卖部，推开门，对一年龄相仿的男子说："云青兄，我来了朋友，过来坐坐。"男子笑着说："请吧连班长，里屋坐。"连城引杨子千进到里屋，见是个小小休息室，一张简单小床，一张小桌，两三把椅子。连城让杨子千坐下，男子掌上茶水，带上屋门出去了。连城说："这位姓于，叫于云青，都是交心的好兄弟。"杨子千说："看得出连兄实乃义气之辈，谁跟你都是朋友，刚才那小贾也说跟你是好朋友。"连城微微一笑说："他姓袁，叫袁甲承，甲乙丙丁的甲，继承的承。"说着声音低下来，神秘地说道，"你猜他是谁的后代？"杨子千摇摇头，看着他。连城瞪大眼，"他的曾祖父，姓袁……"杨子千着急道："这我知道，谁跟曾祖父都一个姓。"连城自顾自地说："字慰亭，号容庵，名世凯，全称袁世凯。"杨子千一惊，张着嘴看连城："那个想当皇帝的袁世凯？"

连城道："是他。袁世凯早年发迹于朝鲜，归国后在天津小站训练新军。清末新政期间积极推动近代化变革，辛亥革命期间逼清帝溥仪退位，以和平之道推翻清朝，成为中华民国临时大总统。1913年镇压二次革命，当选为首任中华民国大总统，第二年颁布《中华民国约法》。本来干得有模有样，谁想他心存异念，1915年12月称帝，改国号为中华帝国，建元洪宪。此举遭各方反对，引发护国运动，袁世凯不得不在做了八十三天皇帝之后宣布取消帝制。1916年6月6日因病不治而亡。"

杨子千道："这袁世凯声名好像不咋的，他这重孙子袁甲承感觉倒是不错。"连城说道："是啊。袁世凯是个颇具争议之人，说坏的有，说好的也有，复辟帝制是他的最大败笔。可他毕竟是推翻清朝的功臣，是中华民国第一任大总统，是非功过自有历史评判。他的后代，由于世道之变，与人们想象的富贵子弟已是大相径庭。"连城讲起袁甲承来到刘公岛的故事。

袁甲承住在天津地纬路的时候，还是袁家的孙少爷，祖父袁克文成天舞文弄墨，饮酒会友，小时候家里的生活还算富裕繁华，藏了不少古玩珍品。后来，袁家搬到世界里，一进门就有一扇宝石镶边的大镜子，非常漂亮，还有一间藏满古书的地下室。要是不出意外，在这样的环境下成长起来的袁甲承无疑会成为上流社会的公子哥。1937年卢沟桥事变爆发，紧接着日军侵占北平、天津，时局一片混乱。袁家的生活也每况愈下，家庭长期没有经济来源，能变卖的东西都变卖了，袁家的子孙越来越为自己的前途担忧。袁甲承从中学时代起，生活就开始变得清贫起来。日本人占领天津后，家里的一日三餐就没有了白米白面，以杂粮窝头为主。他们的伯父袁克定和张伯驹吃饭的时候，曾像享受大餐一样吃着咸菜窝头。家族的逐渐没落好比自然规律，不求上进的子孙胡乱挥霍家财，沾染烟毒，习惯了不劳而获，坐吃山空。

年少的袁甲承也预感到了这种旧社会的恶习将带来家族的没落。一开始，虽然家中的佛堂还挂着祖爷爷袁世凯的总统像，但袁甲承对他的了解也不多。中学时，在课本上读到卖国的《二十一条》，让他觉得在同学中抬不起头。后来接触到更多的进步同学，又看了一些巴金的书，他觉得自己应该离开腐旧的家庭，不能做一个寄生虫。他无法理解自己的曾祖父为什么要做皇帝，在他看来，腐败的封建帝制就不应该恢复，这让他觉得脸上无光。后来，袁甲承就想到要离开家，另寻出路。在那个时候，年轻且无知的青年学生们都有这样的想法，所谓出路，就是抗日。怎么抗日，一时间也找不到门路，一来想找到一个能够抗日的组织，二来想办法谋生就业。学生们在背地里对大后方议论纷纷——当时的爱国之士向往的有两个大后方，一个是重庆，一个是延安。而袁甲承在天津看到一个海军士官学校的招兵启事，招募中学毕业的青年参军，考取以后，可以在学校里学习各种海军知识，再步步升迁。对一个想当兵报国、离开家庭的男孩子来讲，这的确是一条不错的出路。报考该学校的场面颇为壮观，几百人里挑几十个，加上北平来的一些学生，竞争很激烈。最终，袁甲承靠着小叔叔与教育局的一点人情关系入选。

即将背井离乡的袁甲承对自己的未来并没有太多把握，他招考海军学校的事情也一直瞒着家人。直到走上军舰前，袁甲承才给母亲磕了一个头。只身离开家庭的他没有带一件行李，甚至没有随身的盘缠，而在家中睡觉的袁母还毫不知情。考上海军学校，袁甲承既兴奋，又有点忐忑不安，年少的他第一次出远门，去寻找自己的出路。他上了船，望着不辨方向的茫茫大海，心想等待他的是什么呢？经过一天的航行，他糊里糊涂地被带上刘公岛。而袁甲承也没有想到，第一次离家的日子会变得如此艰难。

刚到刘公岛，袁甲承和同伴们就发现被骗了。他们考入的是汪精卫的海军学校，人称伪海军。汪伪的海军司令叫鲍一民，是原来的东北海军，后投靠日本人。其时的刘公岛是汪伪海军的重镇，驻扎要港司令部，调遣华北一带的海军。刘公岛的新兵生活颇为艰苦，早起吃的是馒头咸菜稀饭，有时还得吃苦涩的橡子面。一日三餐之外，学员们需要接受基本知识训练，先是立正稍息，再是步枪训练，然后学习各种技能，练兵里又分学水手、轮机、帆栏、信号、卫生等不同科目。袁甲承学的便是水兵，军官对待普通士兵很不客气，一些新士兵被推到海中，不会游泳的也硬往水里赶，很多人差点淹死。学员们每天都要早起，跑步升旗，晚上睡前唱日本歌，如《大东亚共荣》《大道之行，天下为公》，还有一些日本军歌。对大多数为了报国而参军的年轻人来说，刘公岛的生活可谓苦不堪言。

袁甲承的家人一点也没有他的音信，以为他死掉了，母亲思儿心切，想到后来也觉得没了希望。受骗的年轻人都不敢吭声，逃也逃不掉。刘公岛离威海两海里，四面环水，夏天鲨鱼成群结队，想游泳过去根本没有可能。除日本人和军官，普通学员不许到威海去。既来之，则安之。袁甲承等人别无选择。所幸在刘公岛遇到不少好心人，连城便是其中之一，他对年纪小的新兵关心照顾，可谓无微不至，这让袁甲承觉得见到老大哥一般，对连城敬重有加，连自己的身世也没跟他隐瞒。

连城给杨子千续了茶水，两人说起收集废旧钢铁之事。连城听罢说道："刘公岛上的确有废旧钢铁，至于怎么收集，需要好生想想办法。"这时于云青推门进来，低声说："连兄，罗阎王回来了，刚进营门。"连城听了对杨子千说："我先回营，你在此跟于兄聊聊，中午一起吃饭，谈谈正事。"杨子千答应着，连城出门而去。

于云青又给杨子千倒上茶水，说道："听杨兄说话，有本地口音，也有一点东北口音，不知是哪里人？"杨子千回道："我是本地人，在东北闯荡了些年头。"话锋一转问道，"于兄刚才说的罗阎王是谁呀？"于云青轻叹一口气说："他是练兵营的营副，叫罗世厚，因为对练兵残暴无常，大家背后都叫他罗阎王。"

杨子千道："能被人称作阎王，这人看来实在凶暴。"于云青说："我随便说几件事你听听。汪精卫国民政府成立后，改用新的旗帜，在原先'青天白日满地红'旗上加了一个黄布条，布条上写着'和平反共建国'。当我们刘公岛上的汪精卫海军部队挂此旗时，士兵议论纷纷，有的说，'和平？哪里有和平？国民政府对日本讲和平，日本人对中国人哪有和平？'有的说，'反共，这是秉承日本人的旨意，日本人和投敌的大官说共产党不好，不见得不好。'还有的说'建国，哼，依靠这帮贪官污吏和刮地皮的家伙能建国，见鬼去吧！'罗世厚听到这些话，便抓士兵进行殴打，有个士兵竟被打断了腿。再是由于伙食问题发生了集体请愿事件，罗世厚就把练兵集合起来训话，严词威吓，百般狡辩。练兵王玉楼在教室黑板上写了首打油诗，'刘公岛，真是好，四面是水跑不了。海军伙食真是好，一日三餐吃不饱。'罗世厚得知情况，集合全体官兵，当众对王玉楼进行鞭笞，王玉楼咬牙忍受，官兵们对罗世厚充满仇恨。还有一次练兵，孙宏钧实在游不动了，只好手扶船舷，报告教官要求上舢板，罗世厚不问青红皂白，用棍子猛击他的双手，让他继续游，孙宏钧坚持不松手，罗世厚则用棍子猛击其头部，当即血流满面，染红了身边的海水。亲眼看到这一幕的练兵们情绪激愤，暗下都骂罗世厚为罗阎王。"

杨子千听完气愤道："真是个阎王！要是我在场，说不定会揍罗阎王一顿！"稍顿又说，"华北要港司令部不是汪精卫海军最重要之处吗？物资供应应当有保障，怎么还会发生因伙食问题的集体请愿事件？"

于云青往屋外看了看，回头压低声音说："在刘公岛，鲍一民及其司令部里的大小军官们贪污、剥削、吃空饷，早已是众人皆知、心照不宣之事。鲍一民'喝兵血'的办法多得很，其一是少发军装，以次充好。练兵们没有衣服换洗，冬天很苦，曾有人就此事写匿名信上告到汪精卫海军部，鲍一民还因此受到过质询。其二是迟发军饷，存银行吃利息。其三是利用职权大做走私生意，他们一伙人曾挪用军饷在威海卫购买大量花生米和花生油,用军舰运往天津出售,再从天津买回纺织品,牟取暴利。最气人的是克扣军粮,降低伙食标准,名义上每个士兵每月口粮四十二斤,实际只给三十几斤,每人每月克扣十斤,你想这些青年练兵正是能吃的年纪,每天进行艰苦繁重的训练,个个饿得叫苦不迭,拿着微薄的军饷,买不起好东西吃,就吃这个……"于云青从一个木箱子里抓起几块花生饼给杨子千看,说道,"饥饿的练兵无奈托我从岛外买来老百姓的花生饼,他们饿了就啃花生饼,聊以充饥。"

杨子千拿起一小块放嘴里嚼,说道:"我也吃过这东西,饿的时候吃着还挺香,可我是平民百姓,吃啥都说得过去,你们这是……自称民国海军,士兵饿得私下买花生饼充饥,有些说不过去。"

正说着,小卖部外来了两个练兵,于云青走过去招呼生意,练兵正是来买花生饼的。于云青给二人每人称一份花生饼,收了点钱。一个练兵说:"于大哥总是少收我们的钱。"另一个说:"是啊,你卖的价格跟岛外百姓卖的一样,根本就没利。"于云青笑笑说:"你们那么一点儿军饷,还常常不能及时发到手,谁有那心挣你们钱,我给你们平价捎来便是。"两个练兵说着感激的话离去。

不多会儿工夫,连城回来,还带来毕昆山。毕昆山与杨子千寒暄一番,朝于云青说道:"刚才罗世厚召集我们几个练兵班长开会,叫我们发动练兵集资挣钱,说刘公岛山上有野生梅花鹿,可以抓一些养着,收割鹿茸卖给日本人。鹿茸壮阳,日本人整天找花姑娘,非常需要这玩意儿。连兄说,刘公岛古代称为龙宫岛,据说龙宫就在下面,不如做架长梯子,下龙宫抓几条小龙,然后让龙王带着黄金白银来赎小龙,宰上一笔。罗世厚嫌连兄开玩笑。连兄说,养鹿卖鹿茸给日本人不就是玩笑吗?且不说山上的野鹿无法饲养,就是能够饲养,把鹿茸卖给日本人,那不是肉包子打狗吗?再说日本人吃了咱们供给的鹿茸,糟蹋良家妇女尤甚,那不是助纣为虐吗?罗世厚哑口无言,灰溜溜地走了。"

杨子千一拍巴掌:"连兄真有你的!阎王老子都不怕。"毕昆山说:"连兄长得高大壮实,为人真诚讲义气,几个练兵班长都爱听他的,不光班长和练兵,就连王副官等几个司令部校官也对他颇为赞赏。故而罗世厚也对连兄心存敬畏。"

连城说:"罗世厚乃小人之辈,欺弱怕硬,能欺负住的,他就成了阎王,欺负不住的,就变成小鬼。这回打集资养鹿算盘,就是想让我们几个班长做其帮凶,欺骗这些练兵。鹿茸压根就是想孝敬日本人,到时就说要不来钱,谁能咋的?吃亏的还是练兵。好了不提那些糗事,今天杨兄来到刘公岛,咱们要尽地主之谊,中午简单吃点,晚上一起喝点酒。"

杨子千一听便说道:"还要晚上喝酒?我可没打算待到晚上。"连城笑道:"你还要找我办正事呢,不等到晚上,事可办不成。"杨子千也笑了,说道:"你这给我下套啊?为了办正事,那我还走啥?"连城拍拍他的肩膀,说道:"这就对了,既来之则安之,咱兄弟晚上商量正事,喝点酒,说说话,还要认识一位刘公岛的英雄好汉，你肯定会喜欢。"

毕昆山脱口道："浪里黑条？"连城点头笑笑。杨子千说："《水浒传》里有个浪里白条，哪又出来个浪里黑条？"连城道："勾出兴头了吧？晚上就会会浪里黑条。"又对毕昆山说，"今中午就在于兄这小卖部凑合一顿，食堂打些饭过来吃，我再去邵居同那买点儿新做的面包。"毕昆山答应着。

杨子千想起这事，说："我还想问呢，邵居同咋回事？英国人走这么长时间了，他咋还穿着英租时期的巡捕制服？"

连城叹口气道："邵居同是在英租时期发达起来的，对英国人自然深怀情感，所以一直穿着英租时期的巡捕制服。据说英国人彻底撤离刘公岛后，他神不守舍，一直不相信英国人真的走了，仍旧穿着制服在岛上溜达，人们刚开始还以为英国殖民者还留有办事机构呢，后来逐渐知道了实情，甚觉他可怜。日本辅导部还把他抓去审查了几天，确认他没什么问题，才释放出来，不过很长一段时间，仍然对他暗中监视，现在应该是完全放开了。"

说过一阵话，几人分头行动，连城先去邵居同面包房，买来英式面包，接着与毕昆山两人又去食堂打来饭菜，于云青则开了两盒猪肉罐头，满当当摆一小桌。连城说下午还有训练课，中午不便喝酒，四人吃了一顿中西合璧、土洋结合的午餐，各自忙去。杨子千在小卖部里屋小憩。

傍晚时分，毕昆山留在营房以防有事，连城带杨子千去往东瞳见浪里黑条。路上连城说，浪里黑条姓扈，扈三娘的扈，名叫扈破浪，渔家汉子，一身好水性，因为生得黑，得了浪里黑条绰号。杨子千道："浪里黑条，姓扈，那我明白了，浪里白条张顺，《水浒传》里的梁山好汉，水军头领；扈三娘绰号'一丈青'，梁山一百单八将中三位女将之一——顾大嫂、孙二娘，再就是扈三娘。扈三娘绰号'地彗星'，武器是日月双刀和红锦套索……"连城笑道："看来《水浒传》你真没少听书，可是跟扈破浪有啥关联？"杨子千说："根据他的名字推测，好像是梁山好汉的后代，扈三娘或许是他几十代姑奶奶。"

连城禁不住朝天哈哈大笑，见不远处有人望过来，赶忙捂嘴收住笑，说道："待会儿问问扈破浪，或许真是这么回事呢。"稍顿又说，"我来刘公岛后，因为要教练新兵，不仅军事方面，还要讲一些本土相关的历史文化，就想方设法弄来一些有关威海卫的史料书籍，了解不少史事，其中一段与扈破浪相关。原文大概是这么说的，'……明永乐四年，即1406年，倭寇的船队公然进犯威海卫，侵占刘公岛，并采取声东击西的狡诈手段，扬言进攻百尺崖所，转移守卫军民的注意力，乘机在威海东海岸登陆，烧杀抢掠，无恶不作。据清乾隆本《威海卫志》记载，当时卫城外的居民被害得几无噍类，就是说几乎没有活人！由此可见倭寇之歹毒。践踏了城外居民的倭寇兽性未得满足，继而又攻打卫城。时任指挥佥事扈宁，率领世职及春成、秋成两班京操军和守城军进行抵御，全城民众同仇敌忾，给守城官兵以大力援助。由于广大军民的同心协力，猖狂至极的倭寇连续攻打三个昼夜，卫城安然无恙。后来都督徐国公闻讯率军赶到，里外夹击狠打猛攻，致倭寇大挫而败逃。'后来得知，这位指挥佥事崔宁，就是崔破浪的老祖宗。"

杨子千一瞪眼道："这么说崔破浪是朝廷命官的后代，与梁山好汉无关。"连城说道："嗯，正是。指挥佥事，是卫一级设置的官衔，为正四品武官，其位次于指挥使、指挥同知。明朝实行军事卫所制，从高到低为五军都督府、都司、卫、千户所、百户所。威海卫是明朝四大卫之一，另有天津卫、金山卫、镇海卫。"杨子千又问："崔宁佥事，是崔破浪老祖宗，可有据可查？这官到底有多大？"

连城道："崔破浪有族谱，到他这里二十六代，我俩一起数的。威海卫一带姓戚的、姓陶的、姓崔的等很多姓氏，都是明朝时内地过来做官之人留居的后辈。威海卫武官有数十任，首任陶钺，崔宁乃第二任武官，还是指挥佥事，后来任职的升为指挥使。指挥佥事到底是多大官呢？说一个人，你大概就能感觉到，当时登州府的武官戚继光，就是指挥佥事。"

杨子千一听说道："这官还不小啊。崔破浪也算是官宦后裔，你俩如何交往上的？"连城轻笑一声，说："也算是巧合。那次我带几个新兵，帮食堂到东疃挨家收购萝卜白菜，到崔破浪家时，我说句'大白菜'他听到了，问我是不是荣成人和人，我说你咋知道，他说人和人说大白菜口音和别处不一样，一下就能听出。他经常驾船到石岛人和一带海域捕鱼，很熟悉那里。又问我家人的名字，听后一个惊愕，原来我爹竟是他的救命恩人。一个大风天他的渔船翻了，要不是我爹及时相救，他真就丢了命。前些年他常到我家去，可是我在烟台，一直未见上面，没想这回在刘公岛见上了。"杨子千道："噢，是这样一层关系，那必是好兄弟了。"连城道："嗯，这回搞钢铁，用用这铁关系。"

两人一路说着话，不知不觉来到东疃。这村有五六十户人家，处在岛子东南靠海处，缓坡地势，屋舍错落有致，树木参差而生，东西小路穿村而过，东南方海光映衬，风光美不胜收。杨子千不由得驻足观赏，深吸一口气，说道："这空气真新鲜，有树木散发的清香气，还有大海呼出的咸鲜味。"连城笑道："你是饿了吧？"杨子千道："中午吃那么多，哪饿得那么快。哎还别说，三道杠面包还真是不错，等回去的时候买一些，捎给王冰、于森、小叶子他们尝尝。"连城道："是啊，这也算刘公岛特产。哪天带他们都过来，我领去面包房，让三道杠给咱们现烤现吃，再喝杯牛奶，那家伙滋味美得没法说。"稍顿又说，"这刘公岛啊，如今在我心里已分成两半了。"杨子千不解道："怎么说？"

连城道："刚才说到面包房，邵居同虽然跟咱不是一路人，但还算正直之辈，尤其对日本人不卑不亢，我挺佩服。有一回两个日本兵过来吃面包喝牛奶，吃饱喝足想赖账不给钱，要强行离去。你想邵居同是三道杠巡捕，三下两下把两个日本兵绑了，拴在路边树上。我路过这里，见此情形，劝他赶紧放了日本兵，否则会闯大祸。正说着，日军头头林荣斋带着几个卫兵路过，见状大怒，要把邵居同绑走处办。我忙对林荣斋说，邵老板怀疑这两个赖账之人不像是大日本皇军，可能是假冒之徒，要绑了去见你。这才保住邵居同没遭殃。从那以后邵居同对我心存感激，我俩也成了朋友。现在每每行至邵居同面包房，心里就觉得宽松，越往东到东疃一带，越觉得轻松舒坦；而从面包房往西，是基地队司令部、练兵营、军港码头，到处都是枪弹的味道，心里很不舒服。"

杨子千道："你是说面包房以西是揪心之地，往东则是舒心之地。"连城回道："嗯，可以这样说。"指指前方说，"你看这天，瓦蓝瓦蓝的；你看这海，碧绿碧绿的；你看这山，青翠青翠的……"杨子千接过话说道："你看这房子，各式各样的。"两人笑笑。杨子千指着村落又说，"我在石岛待过，还有威海卫沿海渔村，这些渔家人的房子大多是海草房，东疃这里为啥大多是青瓦房呢？"

连城说道："对呀，我老家，人和那边也靠海，渔村的房子大多是海草房。刘公岛原本也是海草房居多，1888年北洋海军于刘公岛成军，在岛上大兴土木，东疃每家男丁都被征去做工。工程完毕，北洋海军经费不足，就用剩余的砖瓦抵做工的工钱。大家领了砖瓦回来难有他用，就把海草房换作瓦顶房，就是这样。不过也有住户住惯了海草房，冬暖夏凉，百年不腐，扈破浪家就没换瓦房。"说话间手指靠海边的一棵高高的老柿树说，"看到吗？那株老柿树。"杨子千道："嗯，上面有个鸦雀窝。"连城说："那就是扈破浪院子里的老柿树。他有两个住处，离海远些靠近山根的房屋住着老娘和妻儿，近海的这处房子方便出海打鱼，每每他自己住此。"说着话朝南拐进胡同，到头左拐，便到了扈破浪家的院门口。

透过碎石院墙，便可看到高高耸起的海草屋顶，虽经风吹日晒颜色变白，却经年不腐，实乃宝物也。院中老柿树蹿过屋脊，顶着一蓬绿叶。顾不得细打量屋舍美景，二人便被院中情形吸引眼目。但见院内东南角，烟气蒸腾，响声哗啵，一股鲜美味道越墙而出，勾人馋意。连城说声："扈兄忙活上了。"快行几步，推开虚掩的院门。

两人进到院里，便见一瘦高个男子背身墙角，在一口大锅前忙活。听到院门响，男子回头一笑，说道："几位老弟到啦？有机凳、马扎，坐了歇会儿，等这条鱼出锅，即可吃喝。"连城走过去，蹲下身拨拨灶膛里的火。男子又说，"连老弟别多添柴，锅底下的火够用，煠一煠鱼汤。"连城答应着，对男子说："昆山兄弟晚上过不来，就我跟杨兄弟二人，别忙活多了。"又转头看一眼杨子千，说道，"杨老弟认识一下，这就是扈破浪老哥。"

扈破浪盖上锅盖，转过身来，跟杨子千打招呼。两人寒暄过了，杨子千看扈破浪三十来岁年纪，个头比自己高出寸余，身材清瘦但能见出劲道，一张黑红脸膛，眉目有神，鼻正口方，络腮胡子比自己还浓密，心里暗暗喜欢上这浪里黑条。这时连城拨好灶膛的火，站起身来，对杨子千说："扈兄不光能打鱼，还是熬鱼的高手。专门在院子里盘了大锅灶，三五斤重的大鱼，在这口大锅里煎熬绰

二十八 渔家宴

绰有余。每每亲朋好友登门，只要提前几个钟头知晓，吃上新鲜大鱼不在话下。"

扈破浪一笑道："别起大风，想吃新鲜鱼一般瞎不了。"指指嗞嗞冒气的大铁锅又说，"你俩必定是好人，口福真好，中午连老弟派人过来告诉我这事，下午出趟海，弄了条三斤多重的大偏口鱼，鼓鼓的籽，一身的膘，今晚吃顿好鱼。"连城笑道："扈兄浪里黑条绰号可不是浪得虚名，都说你想弄几斤的鱼就能弄到几斤的。"扈破浪轻轻摆手，说："那有些吹乎了。俗话说，能应一头猪，不许一条鱼。鱼在水底下随意游跑，有时得靠运气方可。不过我成天在海边甩钩撒网，弄条鱼还算容易。"他说着话，端来旁边的乌瓷盆，里面盛小半盆黄澄澄的玉米面。葫芦瓢舀了水倒进去，伸手和起面来，边和边说，"吃粑粑就鱼，这是渔家人最喜欢的饭食。咱这鱼，活蹦乱跳的新鲜鱼，没的说；咱这粑粑面，是你嫂子推磨磨的春玉米面，加了适量豆面。要想吃上好粑粑，光有面还不行，烀粑粑的功夫也很重要。先是和面，加水一个劲揉和，一个劲揉和，直到面团变得松软，抓一块面团在水里能漂起来那就好了。"

扈破浪抓起一小块面团放进瓢中的水里，果然面团漂起。他说："好嘞，可以烀粑粑了。"他掀开木锅盖，只见鱼汤咕嘟咕嘟翻着花，盆里抓一块大小适宜的面团来，两手间倒来倒去，舞弄成个稍扁的椭圆形状，甩手飞去，啪地粘贴在热热的铁锅内，那位置恰到好处，面饼的下端距锅底鱼汤一二指间。如此连续操作，七八个面饼贴一圈儿，盖上厚实的木头锅盖子。不到一袋烟工夫，锅盖边缝喷出白白的蒸汽，同时飘出甜香的粑粑味和鲜香的鱼味。这时火势减小，听着锅里的水嗞啦啦响，直到粑粑味儿变得焦香。停下火来，稍憋锅片刻，掀开锅盖铲出粑粑，一柳条盘子酥黄松软的粑粑便做成了。再看锅里的大鱼，煎得汤汁将尽，火候正好，他撒一把葱花香菜，说一声，"好喽，出锅。"

杨子千看着锅里一尺半开外的大偏口鱼，不知用多大鱼盘能盛起。却见扈破浪从旁边石台上拿起个倒扣的长形东西，反过来是个白色的盘状器物，放在锅台沿，两把特大铁铲，熟练铲起大鱼，放进盘状物中，恰好盛下。连城近前闻一下，说道："好香好鲜。"转头看看杨子千说，"你肯定想知道盛鱼盘是咋回事。跟你说，除了在扈兄家，任何地方也捞不着用这样的稀奇东西，这是扈兄用一根鲸鱼的肋骨磨制的盛鱼盘，大小不一，有三五个，这只是中号鲸骨盘，比它大的比它小的都有。"杨子千惊奇地瞪大眼。

待到扈破浪把鱼端向一边，杨子千又是一番惊奇。原来院子中偏东位置生着那棵老柿树，低处枝干上晾晒着巴掌大的小鲳鱼、偏口、黄花等咸鱼；东北角墙根下，放着一条旧舢板，舢板当中用木板搭个桌台，桌台两边可各坐二人。坐此桌用餐，有乘舟出海之感。大盘鱼放上桌台，又有一尺长的贝壳盛了炒蛤，盛了煮海螺，盛了大虾，桌台便满当当。扈破浪进屋搬出一坛烧酒，三人推杯换盏吃喝开来。把酒言谈，连城将杨子千来刘公岛收购钢铁材料之事说起，希望得到扈破浪相助。扈破浪满口答应，说连城交办的事必当全力办好。

二十九

报恩解危

　　第二日一早,杨子千一夜酒醒,方知连城昨晚回军营去了,他一人住在扈破浪家里。扈破浪正在堂屋灶前烧火做饭,看来院子里大锅主要是用以熬大鱼。杨子千说你们两个酒量太大,我醉得不轻。扈破浪说海边的渔家汉子大都喜欢喝点白酒驱寒,慢慢地也就习惯了,连城本就是渔家后代,加上天生的好酒量,在刘公岛上有"酒仙"雅号,昨晚每人喝一斤多白酒,咱俩皆有醉意,连城却倒没咋的,说会儿话自己回去了。

　　扈破浪已做好其他早饭,只剩一个豆腐汤炖好即可。他把豆腐切好,锅里添水炖上,端起小铜盆,拿个一拃长的小刀,出门去了。不一会儿回来,小铜盆里半盆撬来的海蛎子肉,透出蓝莹莹的光,倒进锅中咕嘟咕嘟开着的豆腐汤里。杨子千惊奇道:"这么一会儿就能吃上新鲜海蛎子?"扈破浪轻轻搅动锅里的蛎子豆腐,说道:"赶上退大潮,礁石上海蛎子多得很,用离海近的现撬蛎子做豆腐汤那是常事。"边说边把切好的葱花香菜撒到锅里,说一声,"好嘞,这就能吃上了。"

　　盛出豆腐汤,两人就着热好的粑粑,吃起早饭。杨子千夸赞蛎子豆腐汤的鲜美,说做个地道的海边人家,真是有口福。扈破浪说道:"那倒是不假,就说刘公岛吧,且不说鱼虾贝类常有的海货,一些小海鲜就让人常吃不断。秋天里,一场大风浪过后,海滩上留下一片圆鼓鼓滑溜溜的东西,那就是海蜇。海蜇也是海边人喜欢吃的,因为它既鲜美,又有丰富的营养,而且做起来也比较简单。做海蜇关键一点是要去除它的腥味,将切好的海蜇丝用淡水充分浸泡,搓洗,捞到碗盆里,加入适量的盐和相应调料,蒜泥、香菜和醋是必不可少的,还有尽量撒上芝麻盐儿,或是擀碎的熟花生粒,海蜇吃起来才特别有风味,纯正得很。冬天的油炸小蟹儿同样是道美味。岛边的海滩上有一种叫作'牛屎蟹'的小蟹儿,名称不雅,却是上好的下酒肴儿。冬天进入休眠期后,蟹膏蟹黄长得满满的,体内的杂质则排泄得干干净净。岛民们把准这个机会,到海边抠挖回来,洗净了,滚上鸡蛋面芡,油锅里炸得酥熟,当中一刀切开,露出白嫩嫩的蟹膏和金色的蟹黄,趁热淋上姜蒜醋酱汁儿,小桌炕头上摆了,烫一壶老烧酒,抿一口酒,捏半只炸蟹口里脆脆地嚼了,嗨!那香气,直冲得头脑晕乎乎,跟神仙也似。岛上特色的饮食还有很多,像凉拌毛蛤啦,小白虾氽萝卜丝啦,还有早年的面条鱼饼啦,等等,这都属海味的范畴。还有是内地农家风味吃食,除了饽饽、粑粑外,还有什么菜豆沫啦,地瓜饵啦,汽糕啦,地地道道的农家饭。有个顺口溜:豆面粑粑小煎鱼儿,鲅鱼馉饳(饺子)配蒜泥儿,鲜蛤打卤过水面,麸拉卷子香喷喷儿……"

杨子千笑道:"扈兄说得太馋人。"扈破浪说:"你以后常来刘公岛,赶上时节,我会一样一样做给你吃。"杨子千道:"好啊,我也喜欢做饭,往后不光要吃你做的好饭,还要拜师跟你学着做,可好?"

扈破浪高兴道:"我正愁满手的厨艺别瞎在手里,没承想遇到个拜师的。那好,这回我先告诉你渔家人如何做鱼。"杨子千高兴道:"好啊,刚入门就学一招。"扈破浪接着说,"刘公岛上的居民煎鱼时,最爱用的调料是大酱。将鱼刚洗得干干净净,锅里放油烧热,用姜、蒜、花椒烹锅,挖进大酱煸炒,待炒出香味时,将鱼入锅翻煎,加水少许,慢火再煎。煎鱼是个慢性子活儿,别嫌工夫长,慢慢煎,急不得,俗话说'千炖豆腐万煎鱼'嘛!纯粹的渔家煎鱼,甚至单用大酱不用油,文火细煎,直把鱼身上的油煎出,酱香煎入鱼身,那鱼奇鲜无比。"

杨子千道:"嗯,这一招学会了,等回去做给王冰他们吃,保准个个叫好。刘公岛上吃的没的说,玩的有哪些?"

扈破浪微微一笑,说道:"玩的方面你会更喜欢,大致也是与海相关。主要有四项:照蟹子、拉小网、钓鱼和赶小海。照蟹子其实在内陆乡间就有,提一盏灯,或将破旧的胶鞋底剪成条状,绑在粗铁丝或湿木棍上,夜晚里,点燃了顺着河流行走,河蟹见到光亮,就趴在河底不动,轻易便逮住它,放到盆或小桶里。海边照蟹子与河流照蟹子是一个道理。刘公岛的东南海边有一片海滩,是照蟹子的理想场所。夏夜里,大潮退去,最好是白天下一场雨,海滩的蟹窝灌满了水,蟹子们受不了雨水的淡气,在窝里憋得难受,纷纷爬出来,海滩上一片伸胳膊蹬腿,此时一帮三两个人,打灯的打灯,提桶的提桶,捉蟹的捉蟹,光听到蟹子扔到桶里的'噼里啪啦'声,一两个钟头就能捉到二三十斤蟹。与照河蟹不同之处是,照河蟹大都是青少年们干的,而海边照蟹子一般不让小孩单独行动,须得有成年人参与才行。据说海夜叉每每遇见有小孩在水边,就叫小孩的名字,小孩只要一应声,就被夜叉迷了去,再无音讯。其实那都是糊弄人的说法,为了吓唬小孩,真正的原因是,小孩往往只顾低头捉蟹,夜间很容易迷失方向,而且又不懂潮汛,有很大的危险性。不过我曾见到岛上两个十几岁的男娃,开动脑筋,想出个夜间逮蟹的妙法,令我眼界大开。他们在蟹子活动频繁的海滩上挖个大坑,埋下一只铁桶,桶沿和海滩齐平,晚间将马灯架在桶口上方,人就退后躲在安全处，不多会儿便见海蟹朝灯光处爬来，走走停停，停停走走，走到近灯处，由于视线被上方的灯光吸引，一不小心跌进铁桶中，再也甭想出来，正所谓'一失足成千古恨'也。"两人皆笑。

杨子千急道："快说快说，急着听。"扈破浪接着说："拉小网比起照蟹子更难些，多由三人轧伙计，豆子开花的七八月份，是拉小网的好时节，此时鱼肥虾鲜，海水温热，毒辣辣的太阳下山后，选好拉小网的海域，先拉落潮，平流后再'拉流子'，在流两边浅水处拉网。三人中选个眼疾手快的背鱼笼子，另两人则专门拉网，每当有鱼撞在网上，背笼人要迅即伸手捉鱼，渔人高手十有八九不空手，身后背的鱼笼里时不时多条牙鲆、石浆鱼，等等，有时还能拉着加吉鱼呢，那可是很讲究的海味儿。拉小网有个讲究，三人之间不言不语，有事全用手比画，就像几个哑巴一样，背笼人身后鱼笼里鱼的欢蹦乱跳声听得清清楚楚。钓鱼自不必说，谁都明白点儿。但海岛上钓鱼，与别处的却大不一般。夏夜里，岛上凉爽，许多青壮年男子选择夜钓。夜钓最好是两三个人一伙，海边拣个平坦些的大石硼，铺上蓑衣草席之类，就算'安营扎寨'。每根鱼线上拴二至三把鱼钩为宜，挂上鱼饵，系个小石子作坠子，抛向海中，线的长短多在三丈开外，十丈以里。因为夜钓主要是图乐儿，所以钓者不是十分认真，往往钓线抛出后，末端便系在赤足的脚趾上，几个人往铺好的石硼上一躺，爱抽烟的点上烟，天南海北天上地下地闲扯开了。每当有鱼咬钩，拽扯了脚趾，赶忙起来收线，便时常会拖上鱼来。岛上有个史姓老汉，人缘极好，又是个有名的'故事篓子'，夜钓的人们都争着和他结伴，争的人多了，大伙就抓阄来定归属。史老汉确实有两下子，三国、水浒、西游记等，他一讲就是一宿，直听得大伙入迷，连那些小鱼咬钩拽线脚指头都没了感觉。抛钩夜钓大都钓上些海鳝和黑鱼，故而夜钓之人，不是带把小刀，就是带根绵槐棍儿，每每钓上鱼来，把鱼脊骨割断，或用绵槐棍儿穿透鱼嘴，以防逃跑。也有甩竿钓鱼的，甩竿钓鱼多是在白天，能看见鱼漂子，找根结实的细长枝条，系上钩线绑上浮漂即可。甩竿钓最多的是'光鱼'，这种鱼无鳞，多肉而鲜嫩，人们都喜欢。照蟹子，拉小网，钓鱼，大都是男人们的事，有桩事却是女人善做的，那就是赶小海。赶小海主要是摸蛤、打海蛎子、抠小蟹等。每当大潮退下，细软的浅海滩涂便有贝类存留，这时候提个小桶或口袋什么的，在近水的海滩上寻视，常会捡到未来得及逃去的海蛤，像沙蛤、黑蛤、蚬子什么的，还有些小的海螺。倘是赤着脚，在浅水中用脚踩摸，时而就会触到个圆滑溜溜的小东西，赶紧下手去摸，一只蛤就捏在了手中。有些常赶海的人，甚至用脚趾直接把蛤从泥沙里夹上来。抠小蟹和照蟹子不同，照蟹子是在夜间，抠小蟹则在白日。白天蟹子见了人就唰唰逃去，或钻进泥窝里，或躲至石缝间，赶海人就扒拉石块捉蟹，或挽起袖子伸胳膊掏蟹窝，把小东西揪出窝来。泥窝里的小蟹难捉，但它的甲壳薄而软，洗净了挂芡油炸，酥嫩嫩的，鲜香可口。石缝的蟹子甲壳稍硬，吃时须先扒开蟹壳，露出白嫩的蟹肉和细软的蟹膏蟹黄来，轻轻啃一小口品嚼,而壳内的蟹汁也定是要啜吮的,那鲜味美得很。岛人把石缝蟹叫作'石头愣',它较容易逮捉。我曾在岛边一个大礁石缝里,用铁钩子一连串掏出二十多只大大小小的石硼蟹,大的有鸭蛋那么大呢。打海蛎子是女人们的拿手活,名是打,实则多是用工具撬。拿一个适手的尖状小铁器,在退了潮的海礁上觅着海蛎子,将小铁器插进它的缝隙,只轻轻一撬,蛎壳即被撬开,露出鲜活饱满的蛎肉,小刀刮出蛎肉,放进器皿里即可。器皿须是干干净净,蛎肉回家可直接烹作食用,若是蛎肉不干净,回家用水洗过,那鲜度可就大打折扣。东疃因为紧靠海边,吃海蛎子很方便,就像我今早那样,常有快脚灵手的妇人,将豆腐切到锅里炖上,踮脚看看海里退了大潮,飞快取了家什赶到海滩,撬刮小半盆海蛎肉回来,倒进豆腐锅里,嘿,那蛎子炖豆腐的鲜味,保管谁闻了都馋得直流口水。海边的休闲趣事还有很多,像采海菜、捡波螺啥的。"

  杨子千听得入迷,一个劲催着说。扈破浪道:"有的休闲事项大伙儿都能做,有的则危险,只有少数人能做,比方抱鲨鱼。"杨子千一愣:"抱鲨鱼?"扈破浪说:"嗯。每至初夏,深水栖息越冬之鲨鱼,便游来浅海,觅礁石密处,礁上摩擦躯体,以利生长,当地渔人俗称'鲨鱼蹭痒'。此乃胆大渔人显露身手之时:将腰身、腿臂以草麻绳片缠好,举臂立至齐胸水中;鲨鱼误为礁,靠至渔人腰腹,在草麻片上磨蹭,状若猫犬亲昵其主。此时之渔人,须头脑清明,见机行事。倘是鲨鱼过大,力恐不及,则不可轻举妄动,只直直立了,任凭鲨鱼磨蹭戏耍,便是拱了痒处,亦须咬牙瞪眼忍耐了,待其离去;倘是鲨鱼大小适中,力所能及,则趁其磨蹭之时,双臂猛地插下水,于其头部、脐部狠力后扳,抵至人腰,鱼则弯作弓状,难以遁逃,人便赶紧跑向岸边⋯⋯"

  杨子千瞪大眼说:"现在还有人能抱鲨鱼?"扈破浪道:"现在岛上抱过鲨鱼的,只有我了。"杨子千听了俯首抱拳道:"师父威武,请受徒儿一拜。"扈破浪哈哈笑过,说:"杨兄弟还真拜师啊,我一介草民,哪里受得起。"杨子千诚恳道:"连城兄说过你的家世,你的祖辈曾是威海卫指挥佥事,率军抗击倭寇,了不得。"

  扈破浪沉默一会儿,叹口气说:"这倒不假,我们扈家是受命由内地迁来威海卫的戍边军,就是要抗击倭寇,没想到抗击来抗击去,倭寇还住上刘公岛了,为这事,我和内人没少上火。"杨子千道:"嫂子她⋯⋯"扈破浪说:"你有所不知,连城兄弟我也没说,内人姓范,其高祖范景曾,胶州人,近百年前也在威海任武官。史书记载,清道光三十年,公元1850年夏,一股倭寇勾结海盗匪首刘大头,聚起匪寇千余众,劫得渔船数十条,杀气腾腾,驶抵威海卫,欲行不义。其时登州水师后营经制外委胶州人范景曾,指挥守军于刘公岛外奋力抗敌,毫不退让。然匪寇船多兵众,气焰甚嚣,清兵难以制胜。威海本土人氏戚惟达兄弟五人毅然组织起百余人的义勇队,登舟参战,杀向匪寇。义勇队在刘公岛后海配合清军同倭寇进行激烈战斗,不幸被敌寇击沉二船。范景曾与戚惟达、孙峨等四十一人捐躯……"

杨子千惊叹道："你们夫妻竟然都是抗倭英雄的后代！"扈破浪说："是啊。你嫂子长得很漂亮，被人们称作范美人，追求者无数，要不是因为我是威海卫指挥佥事的后裔，她不会嫁给我。"杨子千道："原来如此，我拜师拜对了，扈范两家之祖上皆是抗倭英雄，我由衷敬佩！"

两人说着话，连城走进院来，嚷道："蛎子豆腐汤，院子里都有鲜味。"随着话音，迈进屋里。扈破浪笑道："你的鼻子够灵。你昨晚说在营房吃早饭，我俩没等你，吃过了。锅里留了碗豆腐汤，还热乎，你吃了吧。"连城笑道："不客气了，早餐在营房吃过，不过这蛎子豆腐汤还是要喝。"掀开锅，豆腐汤盛一碗，迫不及待喝上一口，抿嘴一笑，"哎呀这个鲜！鲍一民的小厨也常给他做蛎子豆腐汤，可他那蛎子怎也赶不上咱的鲜。老鲍若知道咱这豆腐汤，还不得馋死。"

扈破浪说："这倒不假，皇帝老子也捞不着吃这么新鲜的蛎子豆腐汤。"连城吃几口，问道："昨晚喝得有点儿多，收废钢铁之事，扈兄听明白啦？"扈破浪道："明白了。你俩放心吧，这事包在我身上。这些废旧钢铁，真是差不多家家都有，我家就有千八百斤，捐给八路军用了。"

杨子千说："岛外党组织说了，不白要废钢铁，花钱买，而且像扈兄这样大力相助者，还要给付工钱。"扈破浪笑道："我知道共产党八路军，那是真正的保家卫国，为老百姓着想，我能帮着做点事，心里高兴，还提什么工钱，说不定哪天我投奔八路军，人家能痛快收我。"杨子千道："扈兄尽管放心，你的祖上就抗击倭寇保家卫国，其实跟共产党八路军干同样的事，你如今再为共产党八路军做事，八路军会记着你的功劳。"

扈破浪说道："那就好，我尽最大能力，先把废钢铁这事办好。刘公岛这边我一手来办，岛外你们找一妥实人家，有了废钢铁我随时就运过去放那里，你们再想法运走。我估摸着，光东疃老百姓家里，就能凑几万斤。另外……"他抬手指指海面，"我成天在海上钓鱼勒鱼，这一带海域上上下下我都清楚，海底下有几条沉船，我都清楚，那是甲午海战时的军舰炮艇，有北洋海军的，也有日本海军的，大都是英国德国进口货，全是好钢材，慢慢想法拆卸零件上来，也是一条路子。"连城拍拍扈破浪胳膊说："我就说么，这事交给扈兄就妥妥的。"

杨子千朝扈破浪一拱手："多谢师父！"连城一愣："这咋称呼都变了？"扈破浪笑着说了杨子千要拜师学厨艺之事。连城高兴道："好啊，你俩成了师徒，做事更便利。"稍顿又对杨子千说，"我过来就是为定下收集钢铁之事，刚才扈兄一番打算，是目前我们最好的法子。我看就这么定着吧？"杨子千应道："正是。我也觉得这是眼下最妥当的方法，干起来后有更好的法子再说。"扈破浪说："是啊，就这么干吧。"连城说："好，这事就这样，我先回去一下，今天上午有新兵训练任务。中午我再过来。"说完告辞而去。

连城走后，杨子千想想这事已基本做成，着急赶回去，向王冰汇报情况，确定南岸接货地点。扈破浪劝他最好吃过午饭回去，连城说了中午要过来，他实在要走的话得跟连城打声招呼。杨子千说那我过去找他，跟他说一声。扈破浪见他执意要走，只得由他。

杨子千离开扈破浪家，往西边练兵营走去。一路观赏山光海景，回想着收集钢铁材料之事做得顺畅，心生对连城和扈破浪的感激之意，不知不觉走到了邵居同面包房附近。正行间，突然迎面走来四五个日本兵，像是巡逻队，杨子千想起袁甲承说的要小心日兵巡逻队，赶忙微微低了头，快步前行，来到面包房前停住脚，转身向里面看去，耳朵却听着身后的动静。邵居同随口说了句："Do you want bread?（要买面包吗?）"

话音未落，日兵巡逻队靠了过来，为首的日本兵佩戴少尉肩章，是个小队长，厉声对邵居同说："你的要用大日本语说'パンを買いますか'（你要买面包吗)？现在刘公岛的，是大日本的地方，你的不要再用英语的卖弄风骚！"

邵居同瞪眼道："我一个卖面包的卖弄哪门子风骚？想当年我堂堂的巡捕局副局长倒是常遇卖弄风骚者，可现在我卖面包……"

小队长并不理他的话，而是转头看杨子千的脸，恶狠狠地说："我们的，好像认识。"杨子千一看吃一惊，这小队长不是别个，正是凤林羊汤馆跟自己打斗被砍掉耳朵的独耳狼铃木崎！原来铃木崎疑似花痴，时刻离不开女人，在岛外时常因女人生事，石川无奈将其调进刘公岛，以地理之不便限制其胡作非为。

杨子千明白眼下处境，背后就是端着枪的日本兵，若是硬来，恐难以活着出岛。赶忙作出一副笑脸应道："哦哦……认识认识，我是村东头老刘家的，上回你拿走俺爹几条新鲜鱼，说是过几天给钱，可是……可是……不是催你账哈，啥时有了捎过去就是。"铃木崎愣了一下，他确实常去东疃，拿过渔民多少鱼他也记不清，谁也没跟他要账的，杨子千猛地这么一说，他也拿不准。正犹疑不定，邵居同插话道："还有我这面包，你铃木队长已经记了二十多笔账，今天多少给点儿吧，俗话说虱子多了不咬人，饥荒多了不压人，人家英国官兵从没有……"

铃木崎朝邵居同瞪眼吼道："八嘎牙路（日语发音"混蛋"之意）！你的，对大日本皇军，出言不逊！"邵居同耸耸肩，两手一摊，作出无奈的样子说道："我也没说你们皇军不、不好，可是我们中国人常说，欠债还钱，天经地义……"

杨子千见二人争竞上了，忙两手一捂肚子，对邵居同说："哎哟我这肚子受凉，先去解个手，回头买你面包。"言间弓着腰，小步快行往旁边小树林而去。几个端着大枪的日本兵看看杨子千看看铃木崎，不知如何是好。铃木崎跟邵居同争讲几句，见杨子千离开，赶忙拔出手枪带日本兵追过去，追至树丛后边，发现没了人影，四处看一看，朝对面的街巷追去。

杨子千跑进街巷，听着身后日本兵杂沓的脚步声，不由得腿上加力，疾奔如飞。前边一个拐弯，别无选择拐了进去，一看却是个死胡同，迎面笔直立着一堵高墙，墙头架了铁丝网，想出去根本不可能。胡同两边是两个院墙，外观相似，砖石结构，高约丈余。杨子千听着追赶声越来越近，日本兵一旦拐过弯来，或被抓捕或被枪杀，别无他路，危急之下抬头瞅准东边院墙墙头一溜不到二指宽的青砖浅檐，纵身跃起，两手手指死死抓住砖檐，两脚蹬住墙面，手臂腿脚同时发力，噌地一下上了墙头，顾不得墙内情形，纵身跳下。几乎同时，日本兵拐进胡同，一片叽里呱啦喊叫声。

杨子千跳下墙头一瞬之时，猛然发现正下方地上一人正坐凳读书，赶忙出手推一下院墙，身体偏出落地，紧贴那人身前蹲在地上，两人面对面，近在咫尺。那人吓得张嘴要叫，杨子千伸手捂住其口，四目相对，两人同时惊得瞪圆了眼睛，院里坐着的这人不是别个，却是当年杨子千和梁大胆救过的鄂大小姐！

原来鄂大小姐真名叫鄂绍琪，在青岛做过播音员，被林荣斋看上，成为情人。这次林荣斋来刘公岛伪海军要港司令部日军辅导部任职，看表面官职，他是在海军中将官衔的鲍一民司令之下，而实际上，他才是真正控制刘公岛之人，鲍一民要听他指挥。为了让伪海军和日军能够和睦相处，首先要拉住鲍一民同心共力，经过一番筹划，他想到用上鄂绍琪这步棋，于是将鄂绍琪弄来刘公岛，推荐给鲍一民做文化工作。而鲍一民一见到三十岁出头风情万种的鄂大小姐，顿时心猿意马，揣测到林荣斋之用意，于是顺水推舟留下鄂绍琪，安排她为司令部文化课课长。而鄂绍琪只拿课长薪金，对部队未进行任何文化教育。鄂绍琪还有一职是海军子弟学校校长，刘公岛上这所海军子弟学校，是专为伪军官的子弟受中小学教育而设立。士兵没有妻室，谈不上子女，个别士兵有弟弟妹妹也在此上学。鄂绍琪不光是伪海军华北要港司令部文化课课长，兼任海军子弟学校校长，还有个特殊职务，也是鲍一民精心安排的，那就是兼任鲍一民的家庭教师，且以教育孩子方便为由，住在鲍一民家里。她到学校时衣着整洁，朴素大方，俨然是一位教师，但回到鲍家便浓妆艳抹，打扮得妖里妖气。鲍一民老婆颇是看不惯，心里吃醋却不敢发泄。大家都明白鄂绍琪就是鲍一民小老婆，鲍一民去青岛、上海、南京等地总要带上这位美女课长，其用意不言自明。林荣斋这步棋走得很是聪明，对自己已不再新鲜的鄂绍琪，成功绑住了鲍一民，密切了日军与伪海军的关系，还能掌握伪海军之情报，实在是一举多得。

杨子千一手捂着鄂绍琪的嘴，一手指指墙外，示意不要说话。墙外日军哇啦一阵子，就听铃木崎说："西院二人，东院三人，入户的搜查！"便听西院院门响起拍打声。鄂绍琪一把扯开杨子千捂她嘴的手，急急说道："我认得出你，不管因为啥，你救过我一次，我今天还给你，日后不再相欠。这里是鲍司令府邸，今天家中无人，你从正厅一直到后院，东北角有个小木门，你开门出去，有小路往东，可到东疃，赶快！"两人忽地起身，鄂绍琪让杨子千进了正厅门，然后带上门。

这时外面响起拍门声，她快步回到墙根捡起掉落地上的《红楼梦》，端着书来到院门口，拉开院门。门口站着铃木崎和两个日本兵。鄂绍琪一看端着枪的日本兵，作出惊恐状，把书抱在胸前，朝铃木崎问道："你们干什么？"

铃木崎自然认识鄂大小姐，而且对林荣斋大佐与她的非常关系更是心知肚明，眼下这女人又成鲍一民的姘头，得罪不起，于是笑笑说："鄂课长的原谅，刚才我的追击逃犯，追到墙外逃犯不见了的，东西两院是逃犯可去之处。为了鲍司令家人之安全，特地登门查找，请告知司令夫人。"

鄂绍琪一听说道："找鲍司令，去司令部；找鲍夫人去龙王庙。今天鲍府只我一人在家，根本没有什么逃犯。"铃木崎又笑笑说："逃犯大大的狡猾，他的会不让你看见。"鄂绍琪哼一声说："我就在院子里读书，逃犯就是插了翅膀，也逃不过我的眼睛。"

铃木崎有些着急，正色道："我们的执行公务，鄂课长的还请配合，别耽误抓捕逃犯。"鄂绍琪问："你们想进去？"铃木崎一挺胸："骚嘎！（日语そうか，"是啊"之意）"

鄂绍琪微微一笑，说："今天若是司令在家，卫兵会告诉你可不可以进去；今天若是夫人在家，勤务兵会告诉你可不可以进去。可今天只有我在家里，那我告诉你，这个家没有来过什么逃犯，外人谁也不得进去！想进去，那就在门口等司令或夫人回来。"铃木崎吃了闭门羹，面色一沉，似有怒意，少顷却又恢复常态，咬咬牙，说道："好的，既然鄂课长说没有逃犯来过，那就大大的好，不打扰了。"朝两个日本兵一挥手，"开路一马斯！"（日语"回去吧"）两个日本兵收枪立正转身，随铃木崎离去。

杨子千离开鲍一民家后院，顺路向东，回到扈破浪家。扈破浪闻听此事，说道："这个独耳狼凶狠残忍，狡猾多端，无恶不作，我们躲着点儿好。走，我马上送你出岛。"杨子千说："好，岛上的事就交给你和连兄，我回去跟王冰汇报情况，安排接收废旧钢铁事宜。"扈破浪摇了快船，送杨子千回去。行将半个钟头，抵南岸，靠泊沟北村。

而此时岛内东疃，铃木崎的巡逻小队，正挨家挨户查找所谓逃犯，闹得鸡犬不宁。查来查去，自是一无所获，铃木崎在鄂绍琪那里憋了一口气，在东疃折腾半天又上了一股火，心下愤懑不已。行至村东南史大爷家时，正遇史大爷摇船归来，船舱里放着勒到的四条大黄花和一些小鱼，铃木崎想花一条鱼的钱拿走四条鱼，史大爷不干，双方发生撕扯争夺，铃木崎一怒之下，挥起枪托打在史大爷头上，史大爷血流满面，跌倒在地。有村人见状上前理论，铃木崎用手枪指着村人，逃离而去。

中午连城来到扈破浪家，扈破浪送杨子千已归，正有几个村人聚在这里，谈论着史大爷被独耳狼铃木崎打伤之事，大家义愤填膺，要组织人去找铃木崎算账。连城听了大家意见，说道："这个独耳狼，凶狠毒辣，又会点功夫，大家不可妄动。若是贸然去找他理论，双方急起来，他动起刀枪，我们会吃亏更大，日本人对他也不会怎样。我们还需从长计议。"扈破浪说道："连兄弟说得对，这事我们不能不管，但也不能莽撞行事，是要想个办法。大家先回家琢磨琢磨，下午再凑一起定夺。"大伙儿各自散去。

只剩下扈连二人，扈破浪把杨子千之事说给连城听，说道："这个独耳狼，欺男霸女，真是一只狼！让他继续这般胡作非为，东瞳百姓都要跟着受难。要不想法干掉他！"连城沉默一会儿，说道："这只狼迟早要把他干掉，可眼下还不是时候。不过让他一直这样在岛上横行，也是一害。"稍顿又说，"我们可以利用史大爷这事，多组织乡亲到要港司令部，找鲍一民请愿，要求惩处铃木崎。日军辅导部与要港司令部相距甚近，我们大量人员聚集，自然也会惊动林荣斋，到时他们为了安抚众人挽回颜面，应当会对铃木崎作出惩处，而且日本人的嚣张气焰也会有所收敛。具体到时看情况再说。"扈破浪听了觉得在理，决定下午跟村人再议，共定大计。

第二天早上，要港司令部里，中将司令鲍一民跷着二郎腿，趄在软软的皮沙发上，两眼微闭，情绪不佳。他干这个要港司令以来，几乎未遇到过烦心事，可谓事事顺心如意，他自觉得他的人生是中间挫折两头顺。1930年前毕业于葫芦岛航警学校一期，攻航海专业。所谓航海学校，即海军军官学校。初办校时，张作霖为了不刺激日本人，故用了航警学校之名。三十年代初，鲍一民在青岛的东北舰队某巡洋舰上任副航海官一职。1931年春，青岛海军发动了崂山事变，"海圻""海琛""肇和""镇海"四舰舰长将舰队司令沈鸿烈扣押在崂山下清宫，要求准许海军接管山东半岛几个沿海城市的行政权。当时鲍一民等青年军官因救沈鸿烈有功而擢升，成为东北系海军里的活跃人物。抗战前，蒋介石控制了东北海军，将东北海军改编为国民政府海军部的第三舰队。抗战开始时，鲍一民任第三舰队参谋，后任教导队大队长。七七事变后，蒋介石采取消极抗战的误国政策，陆海空军狼狈逃窜。第三舰队舰船奉命拆下舰炮或卸下炮栓，将舰沉入海底、江底，组成长江阻塞线。海军官兵都变成了陆战队。当时南下的第三舰队，改为长江要塞守备司令部，下辖三个总队，鲍一民任第一总队上校队长，该队是由教导队的两个大队改编的，驻守马当。1938年6月，日寇进犯马当时，鲍一民在马当阻击日寇。仗打得激烈残酷，鲍一民的第一总队亡六百余人，伤百余人，日寇伤亡也很惨重，但在日寇的不断冲击下，鲍一民残部败退下来，在撤退中几乎丢了命。他的警卫员王巾和，绰号王二虎，因在战斗中救过他的命，成了他的心腹。马当战役后，蒋介石追究失败之责，要拿鲍一民问罪，鲍一民闻讯偷偷潜逃香港。1937年冬，日本帝国主义对南京国民政府展开政治诱降活动，翌年12月，大汉奸汪精卫投敌后，于1940年3月20日，在南京成立伪国民政府，号召重庆政府军政人员回南京报到。在日寇军事压力和政治诱降的形势下，汪精卫提出"曲线救国"的反动谬论，大批国民党高级将领陆续投敌，原国民党海军一些对抗战失去信心的高级将领纷纷投敌，并带领一大批海军的校尉官投敌。鲍一民这时也带着他的亲信王二虎等人投敌了。

鲍一民原是曾任葫芦岛航警学校校长凌霄的学生，姜西园的部下，其投敌后，成了中将要港司令，与凌霄、姜西园平起平坐。鲍一民善交际，对上极尽阿谀奉承之能，对下也有一套拉拢的手段。其手下班子，多数是跟他一起投敌的国民党海军官佐，都是他的老部下。他走到哪儿，这个班子就跟到哪儿。这些人为鲍掌管着财务、军需、给养、医疗、军械、燃料等大权，替鲍出力，唯鲍的命令是从。刘公岛伪海军中，占优势的是东北系，因为鲍是东北人，又是东北海军中的活跃人物，他有一定的影响力、号召力，所以其老部下，跟随投敌者中东北人不少。再加上裙带关系，他们任用的人大部是东北人，不管有能力无能力，只要沾亲带故投靠而来，都能弄个官当当。像鲍一民的妹夫王桂森，因烂了眼圈，看人讲话总是眼一眨一眨的，因此绰号"王瞎子"，无甚能力，曾担任过练兵少校副官，因太无能被调离。鲍一民的原警卫员王巾和，为人粗野残忍，生活糜烂，毫不懂海军专业，就因为在马当战役救过鲍一民的命，而被连续提升，当上了伪威海卫基地队司令部的少校副官。在刘公岛各单位的主要领导，几乎都是由东北系的人掌权。其次有少数鲁系、闽系海军军官，穷困潦倒，胸无大志，走投无路，借老部下的名义，投靠到鲍一民的名下，这些大都是尉级军官。所以说鲍一民能够任职刘公岛，是他最愉快的事情，高升的官衔，顺从的下属，生活上的恣意，尤其是林荣斋送给他的美女鄂绍琪，让他享受到另一番美妙。而他眼下的心情不爽，正跟鄂绍琪有关。

原来昨天回家，鄂绍琪痛哭流涕跟他诉苦，说那个专害女人的花痴铃木崎，得知她一人在家，竟要硬闯入门，欲行不义。鄂绍琪告这一状自有目的，她知道铃木崎上门之事鲍一民必会知晓，若是隐瞒不报，鲍一民会对她生疑，报了，则要有事由搪塞。无奈之下只得孽住铃木崎花痴之事，糊弄鲍一民。岂知鲍一民对女人颇是在意，尤其像鄂绍琪这样迷了心窍的，只觉得是自己独享的美味，别人闻闻味都不可，更别说居然想上门抢食。于是为此事忧心忡忡，闷闷不乐。

正当此时，窗外传来嘈杂人声。他仍旧微闭着眼低声问了句："外面咋回事？"勤务兵把烧制好的咖啡放到他身前的茶几上，小声说道："听说是东疃老百姓请愿。"鲍一民一激灵睁开眼："向谁请愿？请什么愿？"勤务兵道："向司令您请愿。好像是太君打了人……"鲍一民忽地起身，走到窗前，看到窗外离司令部不远处，黑压压一片人，有百人之多，都在喊着："惩处打人犯，请鲍司令做主！"等口号。

这时门口传来报告声，转回身，副官长王静之中校走进来。鲍一民着急地问："王副官，外面怎么回事？"王静之回道："报告司令，昨天日军辅导部少尉辅导官铃木崎带队巡逻时，无理争抢东疃史姓老人渔货，并用枪托击打老人头部，造成重伤，老人至今昏迷不醒，百余村人抬着老人来向司令请愿，要求惩处铃木崎。"

鲍一民一听又是铃木崎惹的祸，顿生气愤，提高声音说道："这个铃木崎，到处惹祸，实当严惩！"王静之道："司令所言极是。这个铃木崎，外号独耳狼，做的坏事数不胜数，据说强拿东疃渔民鱼虾海货数以百计，拖欠面包房款项也是二三十次，还听说他得了花痴，见着个模样好的女人就啥也不顾……"

鲍一民心里像被插了一刀，怒道："这岂不是倭寇之恶行?！"王静之指指窗外不远处日军辅导部二层小楼，低声说："司令莫要高声。"鲍一民也看一眼小楼，又说："这是日本官兵惹的事，他们不找日本人请愿，找我请的哪门子愿？"

王静之道："他们说，刘公岛是中国人的岛，请愿当然要向中国人请愿，日本人算个啥。"鲍一民听了哑口无言，叹一口气说："老百姓说得有道理，咱们是中国人，要为老百姓多行善举。你去代我回复：一、受伤老人立即送我海军医院，免费治愈。二、请愿人员请返回各家，安心劳作，不出三日，鲍某当给予答复。"王静之依令而去。

请愿百姓被王静之安抚回去，鲍一民急忙去日本辅导部，找林荣斋商量此事。鲍一民将铃木崎对鄂绍琪欲行不轨及抢夺百姓物品打伤无辜老人等事，添油加醋说了一遍。林荣斋很是生气，当即命令关铃木崎一个月禁闭，扣发三个月薪饷赔偿受伤老人，然后改做内务事务，不经批准不得随意上街，更不得私自去往东疃或子弟学校。

三十

美人杀

扈破浪把杨子千送至岛外,飞步赶回墩前村,向王冰汇报刘公岛之行办理收集废旧钢铁事项,没承想王冰临时有事,去了东海工委。过了两天王冰回来,得知情况颇为高兴,说此番去东海工委正是为钢铁之事,我方队伍急需钢铁材料。当即套了马车,二人去往沟北村,经慎重挑选,定下近海一户刘姓人家作为接收钢铁之处。杨子千在沟北村住过不短时日,交往不少人,与刘家交情不错,另外刘家儿子参加了八路军,靠得住。离村前,杨子千去看看老船东刘玉岫。刘玉岫刚从刘公岛归来,他跟史大爷年轻时因打鱼而相识,风风雨雨几十年的老交情,听说史大爷被鬼子打了,放心不下摇船过去探望,结果老史头被鲍一民安排住院未在家中,其家人说了全体村人请愿之事,以及独耳狼铃木崎被关了禁闭受了处罚不准随意去往东疃。

杨子千听了暗自高兴,自己原本担心去刘公岛独耳狼会成为极大障碍,这下解除了顾虑,可以随意进出。第二日杨子千就要进刘公岛见扈破浪,告诉他沟北村暂放废钢铁的地方。他顺便邀请王冰等人去刘公岛吃面包喝牛奶,结果王冰和于森、徐杰都有事在身走不开,只有于荻叶和丁香没有要紧事,跟他进岛。三人依旧是沟北村乘船进岛,东疃上岸,径直去扈破浪家,却是家中无人。邻居说看到他一早摇船出海,恐是打鱼去了,一时半会儿回不来。杨子千便领两女子去吃面包。

到了面包房,邵居同见是杨子千,显得格外亲切,问了问那日的事,安排三人屋里坐了,端上新烤的面包和牛奶,三人吃喝开来。于荻叶和丁香都是头回吃面包,觉得香甜无比,赞美不迭。快要吃完时,外面进来四个汉子,嚷着肚子饿,要吃面包喝牛奶。屋里地方窄,只摆放两张小桌,杨子千他们坐一张,四个汉子坐另一张。这一坐不打紧,两边人都一愣,新来的四人中竟然三人打过交道,丁二娘、追风张、仁丹胡,还有一个不认识。

原来最近一段时间,共产党地方武装加大对反动组织大刀会的打击力度,大刀会头目惶惶不可终日,晚上睡觉睁半只眼,白天也不敢随意抛头露面,憋闷得够呛。这天丁二娘与追风张商量，进刘公岛钓鱼散散心。刘公岛是日本人的天下，在岛上可以安安心心放松休闲，实为良策，二人一拍即合。于是带手下仁丹胡和另一个刀徒，上了刘公岛。结果半天只钓了几条手指长的小鱼，一条像样的也没有，反倒晒得又渴又饿，扔下鱼钩来面包房吃喝。

杨子千第一眼看到丁二娘，急忙别过脸去，故而丁二娘并未看清他。而仁丹胡却对三人熟得很，在环翠楼小戏台那次遭遇历历在目，尤其杨子千的武功让他深深领教，至今心存忌惮，故而他看到杨子千心头一紧，没敢马上嚷嚷。直到杨子千和两女子离开，他才告诉丁张二人，说两女子极有可能是共产党，即便不是党员也是积极分子，替共产党做事。丁张二人一听，瞪起眼珠子，心想若能抓两个共产党，在日本人眼前立下一功，荣爷脸上也有光，奖赏自是少不了。于是顾不得吃面包，起身追出去。

杨子千带两女子前面走着，发现后面四人跟上来，知道匪人认出了他们。杨子千悄悄对二人说："不要怕，不要回头看，跟着我走就行。"领着两人加快了脚步。从离开面包房开始，杨子千脑子里飞快地转动着，想着对付歹徒之策，终于想出一个法子。他向一豆腐翁打听过，知道了去子弟学校的路，赶紧朝学校赶去。来到子弟学校门口，杨子千见有个四五十岁的高大粗壮汉子守着大门，上前说自己是鄂校长的亲戚，鄂校长托他找来两个女教师，不料遇到歹徒尾随跟踪，求看门汉子一定要把歹徒挡在校门外，鄂校长一会儿会有安排。看门汉子嗯嗯答应着，指给他鄂校长办公室。杨子千谢过，大步行去，两位女子一路紧行跟随。

正对学校大门就是鄂校长办公室。办公室是个套间，外间坐着一位二十岁出头的女教师，里间才是鄂绍琪办公的地方。杨子千三人进了外间，女教师问有什么事？杨子千说找鄂校长。对方又问找鄂校长什么事？杨子千说很重要的事，要对鄂校长亲自说。对方又问你们是什么人？未待杨子千回答，里屋房门打开，鄂绍琪站在门口，指一指杨子千说："你，过来。"又对于茯叶和丁香说，"你俩等一下。"

杨子千进里屋，鄂绍琪关上门。杨子千说："感谢鄂大小姐……不，鄂校长，我听朋友介绍过你，现在是要港司令部文化课长，海军子弟学校校长，上次鄂校长冒着风险搭救杨某，杨某由衷感激。今天又遇歹徒，因两位女子之故难以脱身，还请……"

话没说完鄂绍琪摆手道："不必说了，上次救你，是因为你救过我，我说过你救我一次我还你一次，扯平了。今天这事别指望我，请你带走两位女子另想办法，不要给我们学校添乱。"由于屋门并未关严，两人说的话外屋的人听得清楚，于茯叶看丁香一眼，两人的眼里充满忧愁。

里屋杨子千沉默片刻，说道："看得出鄂校长是个痛快人，爱憎分明，恩仇必报。"鄂绍琪说："正是。施我恩者必报恩，添我仇者必报仇，恩仇两清！"杨子千嘴角略带一丝笑意，说："那好，鄂校长说得清楚，杨某心下明白，我救你之恩你已还上了，咱俩两清，你今天不再帮我也有道理。不过照鄂校长所说，要是你的仇人来了，你定会报仇。"鄂绍琪一瞪眼："在我心里，仇比恩分量更重，有恩需还，有仇必报！"杨子千道："好。那我告诉你，你的仇人今天来到你眼前，你报仇吧。"鄂绍琪一愣，下意识地往窗外看。杨子千接着说，"你仔细看看大门口站的那四个人，那两个穿灰衫的，可曾见过？"

鄂绍琪靠近小格子窗玻璃，聚精会神看大门口那两个穿灰衫的，看着看着，花容渐变，眉头蹙起，回头看着杨子千，冷冷地问："要是你不提示，我或许想不到是这两个畜生，是他们绑架我和十二花对吧？"杨子千点点头："对，大刀会两个队长，那个粗壮的是二大队长丁德鬼，外号丁二娘，杀人越货为非作歹，堪比卖人肉包子的孙二娘；那个细瘦的是一大队长张富水，外号追风张，轻功了得号称飞檐走壁，江湖还称他是采花大盗……"

"行了！"鄂绍琪低叫一声，咬着嘴唇粗声喘息，片刻说道，"你是个聪明人，我很佩服你。虽然我明白你这次来找我的用意就是让我给你解围，但我拒绝不了，因为祸害我的大仇人就在眼前，我必须报仇，与任何事无关！"咬咬牙又说，"好了你可以出去了。"打开房门接着说，"你们三个就在这个屋里老老实实待着，在我的学校，没人敢来动你们。"

杨子千走到外屋，朝于茯叶和丁香递个眼神，意思是事已无虞。只听鄂绍琪对那女教师说："刘娜，去把王营长叫来。"女教师答应一声，出门而去，不一会儿女教师和一男子进来。男子三十来岁，眼圈泛红，看人时不停地眨眼。原来正是鲍一民的妹夫王桂森，曾担任练兵营少校副官，因能力太差，除检查练兵是否按时出操再无他能，饱受诟病。鲍一民为了颜面，将他调离练兵营，给了个刘公岛文化调研主任的虚职，混日子等提升。既然沾了文化二字，跟鄂绍琪的文化课长便有些靠近，二人都是鲍一民的贴心人，于是在子弟学校给他安排一间办公室。他自得其乐，常常背着手看小孩做操，或跟着学生转圈跑步。履职数月，没干过正事，刘公岛文化是啥玩意儿懒得去想，有时装装样子跟伙房厨子拉拉吃鱼喝酒，美其名曰调研文化。鄂校长这突然打发人叫他，弄得他一愣一愣的。

鄂绍琪把他叫到里间，将写好的书信交给他，低声说道："情况紧急，烦请王营长马上去基地队司令部，亲手交给王副司令，让他找十几个身手好的官兵身着便服，二十分钟之内赶到地场。具体情况信里写得清楚。"王桂森接过书信揣进怀里转身要走，鄂绍琪又说，"你走到门口跟那几个人说一声，就说校长在开会，很快就结束，有什么事在此稍等。"王桂森答应着，走了出去。

王桂森走后，鄂绍琪对杨子千说道："待会儿听我口令，你们三人从东院墙翻出去，别怕那四个歹人看见，顺路往北山猛跑，只要跑过半里地不被抓住，就万事大吉。"于茯叶和丁香面面相觑，杨子千则有所猜测，点头答应。

过了一刻多钟，鄂绍琪抻着脖子朝北窗外看，忽见一缕淡淡的青烟升起，微微颔首，转头看杨子千一眼说道："记住从东面矮墙头爬过去，顺路往北跑过半里地。这是你们自己救自己，行动吧!"杨子千回道:"多谢鄂校长，后会有期。"鄂绍琪扭过脸，看着窗外说:"我不希望再出现你找我解救的麻烦事! 快走!"杨子千一抱拳，转身对于荄叶和丁香说:"跟我走。"领头跑出屋门，转身向东墙跑去。

　　大门口四个歹人看到此景，不知所措，想冲进校园，那看门的壮汉死活不让，纠缠间见三人翻过了东墙头，这才回身绕过院墙跑上学校东边的路，向北朝奔跑的三人追去。前面杨子千带领两个女子拼命奔跑，两女子本身跑得慢，而丁香身材稍矮偏胖，更是拖累了大家。身后追赶的四人中，追风张疾步如飞，冲在最前面，离三人越来越近。杨子千让两女子跑在身前，稍稍偏头用眼睛余光探视身后的追风张。追风张边跑边喊:"共党分子你们跑不了啦! 给我站住!"杨子千猛地双手后扬，两把沙土撒向那厮脸面，只听"哎哟!"一声，追风张两手捂脸，缓步揉眼。原来杨子千跳墙落地时见脚下是细软的沙土，随手抓了两把，以备后用，不想真派上用场。他伸手拉住两女子手臂，奋力向前奔跑。后面歹徒亦发力追赶。于荄叶喘息道:"有……半里路了……那个女、女校长是……是不是骗……骗我们……"丁香则说:"放……放下我……你们快……"杨子千道:"别说话……憋着劲跑……"

　　话音乍落，忽闻身后一片嘈杂，几个歹徒惊叫起来。杨子千回头看一眼，呼一口气说:"我、我们脱……脱险了……"三人又朝前跑几步，停下来回身看，只见路边树丛里冲出十几个壮汉，村人装扮，却个个身手不凡，三四人舞弄一个歹人，转眼间将四个歹人捆绑结实，布袋套头。丁二娘在布袋里喊叫:"你们是什……什么人? 想……想干啥? 我们可……可是大刀会的……"一个看似抓捕头头，敲他脑袋一巴掌，说道:"老子是龙王帮的，大刀会怎么了? 你就是大炮会，老子照样抓你! 老实点儿，走!"一帮人押着四歹徒，转向南行，对杨子千三人毫不在意。

　　于荄叶惊讶道:"这、这就妥啦? 没……没事啦?"杨子千看她一眼:"妥啦……没事啦。"于荄叶瞪大眼说:"这个女、女校长……这么神奇?"杨子千笑笑说:"你以为呐，要、要港司令鲍一民……海军中将……论级别全威海卫没有高过他的……这个鄂校长是他相好的，你说她……能不神奇?"于荄叶恍然大悟:"这些都是她……调来的军人?"丁香道:"应当是吧……那个王营长……不是送信了吗?"杨子千笑道:"你们两个开眼界啦。"看看于荄叶又看看丁香，说，"跑这半里路饿了吧……走，接着回去吃面包。"于荄叶赶忙摆手道:"不去不去……再吃还不知……出啥幺蛾子。"三人边喘息边笑。

　　海军子弟学校那边，杨子千三人跳墙跑出后，鄂绍琪急忙搬个凳子放在北窗根下，女教师刘娜扶她站上去，张望后山动静。不多会儿工夫便影影绰绰看到四歹徒被众人抓捕，她高兴得玉手轻拍，说道:"好! 这王二虎干得漂亮!"弯腰下凳。刘娜小心扶她下来。鄂绍琪道:"走，出去看看。"两人出了校门，拐上东面路边。一会儿四个套着头的歹人被众人押解过来。那个抓捕头头认识鄂绍琪，刚要打招呼，鄂绍琪示意不要出声，招手让他来到跟前，低声说："干得好，我会提议王副司令给你们记功。回去告诉王副司令，我过一会儿去司令部。"那头头说声"好的"敬个军礼转身而去。鄂绍琪回身对刘娜说："你回去骑自行车，到街上给我叫辆黄包车。"刘娜应声而去。

不多会儿工夫，刘娜叫来一辆黄包车，鄂绍琪坐了回家，搽了香粉扑了腮红，仔细化好妆，挑了件收腰显胸的连衣裙穿上，照着镜子左看看右看看，方才挎上小包，一扭一扭地出去，坐车去基地队司令部。鲍夫人后面瞪她一眼，悄悄骂一声："骚狐狸精！"回屋拿镜子照自己的脸，叹口气，把镜子扔到床上。

鄂绍琪来到基地队司令部，下了车上台阶。这里是原北洋海军提督署，清朝海军司令部，提督丁汝昌办公的地方。丁汝昌乃一品武官，官衔比鲍一民还大，这海军衙门也修得气派。上了台阶来到朱红大门口，两个卫兵将她拦住。她正要说话，院子里噔噔噔快步走出基地队副司令王巾和。他笑着打招呼："哎哟哟鄂课长亲临鄙处有失远迎有失远迎！"两个卫兵赶忙敬礼。这衙门大门槛高有尺余，鄂绍琪穿着裙子不好迈过，王巾和赶忙伸手扶其手臂，两眼盯着她裙下露出的雪白大腿。

过了门槛，王巾和满面春风陪着鄂绍琪直走向对面的礼仪厅，这里原本是丁汝昌会见来此的王公大臣之处，现在成了基地队司令部会客室。室内摆了桌椅沙发茶几，大门两侧木棂窗户挂了百褶纱帘。王巾和扯鄂绍琪来到大门一侧，指着窗帘说："这个窗帘很神奇，从里边能看到外边，外边看不到里边。"

鄂绍琪看他一眼说："这我知道，此乃英国人留下的好东西，我们有次来办事，特意体验过。"稍顿又说，"王副司令进门就说这窗帘什么意思？"前面提到，王巾和曾当过鲍一民的警卫员，有股子二虎气，人称"王二虎"。他为人粗野残暴，生活糜烂，丝毫不懂海军专业，只因在马当战役救过鲍一民的命，而被连续提升，直到当上伪威海卫基地队司令部的少校副官。他是鲍一民的亲信，与鄂绍琪自是亲近，对这女子早就垂涎欲滴，若不是碍于鲍一民这层关系，早将这美人整得人仰马翻。当下看着近在咫尺的大美人，不由得色眼眯眯，舔嘴搓手。鄂绍琪瞟他一眼，微微笑道："王司令行事敏捷，指挥得力，鄂某多谢了。"

王巾和嘿嘿一笑："大美人……怎么谢？"鄂绍琪朱唇微启："你想怎么谢？"王巾和近前半步，盯着她的脸，脸色涨红："我、我想……"鄂绍琪小嘴一噘，瞅他一眼："你敢吗？"王巾和眼中充满欲火，两臂抬了抬，又放下。

鄂绍琪哼了一声轻轻一笑："我知道你们男人，你就先想着吧，别因小失大，因色惹祸，一切顺其情分。"王巾和咬着牙重重喘息。鄂绍琪又是一笑道："看你那没出息的样，等会儿有你美的。说正事，那几个玩意儿你怎么处置？"

王巾和道："大美人说怎么处置……"鄂绍琪娇嗔道："鄂课长，鄂校长。"王巾和忙改口："是，鄂课长说怎么处置就怎么处置，总不至于……"伸出手掌做了个杀的动作。鄂绍琪正色道:"就要这个不至于。"王巾和稍一愣,立马又说:"那行,只要鄂课长想办的,别说四个人,四十个人我也想法给办了。这四人我就以窃取要港机密罪执行枪决!"

鄂绍琪摇摇头:"不行,要是这么简单,我就不会让你安排人员身着便衣行事。"王巾和不解道:"那……你的意思……"鄂绍琪双臂抱胸,在王巾和跟前往返踱步,说道:"你要是明目张胆枪毙他们,首先李玉琨要知情,他作为基地队司令,你这个副司令总不能瞒着他;其二作为要港司令部,鲍司令要知情,鲍司令即使不会反对我的想法,可也得表面过得去。这么一来,事情整大了,知道的人多了,就难免出现差池。所以,趁这几天李司令抱病休养在家,你要秘密行事,派几个得力的,神不知鬼不觉,黑夜里送他们东海里喂鱼。"

王巾和心里咯噔一下,嗯嗯答应着,暗想这么漂亮的女人,竟然这般狠毒。鄂绍琪接着说,"你可能想不通你眼中的美人为什么如此凶狠,是因为他们曾经要祸害我。他们是大刀会成员,光天化日之下绑架我,要送给他们的荣爷淫乐,让我受尽屈辱伤害。说起来,当下乱世,一个女人要行走江湖,除非她老子是老虎,那她不需仰仗别人,昂首前行。除此而外,女人就是小鹿小羊,自己掌握不了自己,狮子老虎叫她去暖暖窝,她不敢不去,还得赔着笑脸;可是猴子野猪也想叫她暖暖窝,那岂不是极大的侮辱!我呸!"王巾和一愣:"你这意思……我是那猴子野猪?"鄂绍琪嗤嗤一笑:"你是王副司令,怎么会是猴子野猪,你也是老虎,不过眼下是二老虎……"

王巾和嘿嘿笑道:"有人叫我二虎,是打这来的,哈哈,二老虎,二老虎,好,好!二老虎保证,这事就按小羊说的办。"鄂绍琪送他个媚眼:"我快成老羊了。"敛起笑容又说,"那两个穿灰衫的必死,另外两个嘛与我无仇,可从轻处置。不过要是留两个活口,一定要叫他们觉得这事是土匪海盗干的。"王巾和点头:"那是,我吩咐手下自称龙王帮的。"这时外边传来王桂森跟卫兵打招呼的声音,王巾和赶忙坐回沙发,摆弄紫砂壶泡茶,作出一本正经的样子。

王桂森一进门,看看这男女二人,嘿嘿一笑说:"两位都在啊。我刚回学校,听刘娜老师说鄂校长要到这里来,就赶过来。"鄂绍琪问:"找我有什么事吗?"王桂森道:"就是刚才那事,你不是叫我来给王副司令送信吗?我告诉你一声送到了。"鄂绍琪苦笑一声:"哎呀我的王哥,你都怎么当上副营长又当上什么研究主任的?"王桂森一本正经地说:"还不多亏舅子哥鲍大司令……"

鄂绍琪无奈摆摆手:"服了你,倒是够诚实。你也不想想,人都抓了,信能没送到吗?"王桂森满脸执着地说:"我在练兵营听连城他们教练班长训学员说,事事有着落,件件有回音。"王巾和哈哈笑道:"好,王主任以身作则,率先垂范,不愧是守在鄂校长身边的人,赤足先登……"王桂森使劲眨着眼,对王巾和说:"王副司令这都说的啥话呀,还赤足先登,这上床睡觉啊?洗没洗脚啊……"

"行了行了,说正事。"鄂绍琪瞅两人一眼,"今天这事天知地知你们俩知我知，不得走漏风声。"王巾和一点头："那是。"王桂森一眨眼："必须。"鄂绍琪接着说："大刀会这些玩意儿，坏事做尽，不管什么样的下场，都是咎由自取自作自受自得其报，不值得同情。"王桂森眨着眼："你看这词儿整的。不过日本人对他们倒是……"鄂绍琪扭着眉，恨道："不管日本人怎么看待，大刀会惹了我，侮辱了我，就是我的死敌。"王桂森连连点头："那是那是。这事就按鄂校长说的办，需要我做什么尽管吩咐在所不辞。我先回去了，你们聊。"说完转身往外走。

鄂绍琪忙说："等等。"王桂森一愣，停下脚转回身。鄂绍琪说，"你赶紧回学校找刘娜，拿点银票，出岛去十三门楼挑七八个姑娘……"

王桂森一惊，两眼乱眨两手摆动："不不不、不行，谁受得了！我也不好这玩儿……再说叫我老婆知道了非叫他司令哥安排军医给我骟了不可。"王巾和仰头哈哈笑。鄂绍琪捂嘴嗤嗤笑，说道："你做梦啊，我出钱给你去嫖？我是叫你挑七八个姑娘带回来，交给王司令。"王桂森抬眼看王巾和，疑惑道："兄弟你、你能行？"

王巾和摆摆手："去去去去，鄂校长多会儿对我大方过？能让我开这大荤。她是要发发慈悲，让那几人撑死牡丹下，对吧鄂校长？"鄂绍琪抿嘴一笑："不愧是王副司令，好似钻我心里看了。"王巾和朝她睐睐眼说："要是我能钻进你体内，那可神哉。"

鄂绍琪朝王桂森一摆手："王主任快去吧，叫姑娘们套一件素色罩衣，别太花枝招展，影响船长开船，坐最后一班船，天色暗淡些进来。"王桂森皱着脸道："这、这事……我……我一个搞文化研究的……"鄂绍琪瞪眼瞅他："吃喝玩乐也是文化，属于你的研究范围。再说刚刚谁说的有什么事尽管吩咐在所不辞？"王桂森犹豫一下，无奈道："哎哎，我这就去办。"转身离去。

王桂森走后，王巾和又开始说些荤的花的，鄂绍琪正色道："现在大事没办，没心思听你撩骚。说说今晚怎么行动？"王巾和道："不就扔海里喂鱼吗？这有何难，我一准办成。我倒觉得这四个都喂鱼算了，留下活口总是麻烦。"鄂绍琪点点头："嗯，也有道理，那就按你的办。办事人一定要能干，还得可靠。"王巾和道："这你就放心，小丘子，丘队长，就刚刚带队去抓人、你让他捎口信给我的那个，他是司令部警卫队长，据说是全真教高手丘处机的后代，又是少林俗家弟子，武功高强，忠心耿耿，非常可靠，办事从未失手过。"

鄂绍琪点头："好。那就定下来，等十三门楼的姑娘一到，你王副司令劳苦功高，尽着你先挑一两个，剩下的分给那两个队长，让他们玩四五个钟头，管他够。这样差不多到了午夜，给四个人吃顿酒饭，然后就……"

王巾和高兴道："好好好，我的美人运筹帷幄，佩服佩服！"鄂绍琪盯他一眼："以后说话注意场合，有外人在场要规矩些。"王巾和猛地拉过她亲一口。鄂绍琪推他一把，瞪眼道："让老鲍头知道，要你脑袋。"王巾和嘿嘿傻笑着：

"真、真香、真美……放心吧,老头子的命是我给的,他无论如何不会要我命。"鄂绍琪哼一声说:"女人和别的事不一样,有的男人为了女人可以不要江山,你小心为是。"说完抬脚离去。

　　当天傍晚,最后一班船靠岸,天色已灰暗下来。王桂森带着花大钱雇来的八个姑娘登岛。熟识的船长打哈哈:"王营长,一下用得了这么多?匀匀吧。"十三门楼或别的青楼女子登岛并不稀罕,大多是日本人所为,可一次上岛这么多则有些稀罕。王桂森板着面孔说:"我能捞着用吗?这是军用物资。"说着话便有几人迎上来,看时却是身着便装的丘队长和他的手下。丘队长低声对王桂森说:"王主任辛苦,司令在旧库房那等着,我们直接带人过去便是。"王桂森答应着,一队人往旧库房而去。

　　七拐八转到了地方,是一幢青砖灰瓦的老房子,当年北洋海军存放物资之处,现在由基地队司令部管辖,仍用作仓库。整座老房子间了十几个屋,分别放置各类物资,但仅用了一多半,有五六个屋子空闲着。王巾和把抓来的四人关押在此,每人一间屋,门口两人持刀枪把守。他自己此时在一间最宽敞的屋内,墙上挂着马灯,靠墙角放着一张结实的矮床,他坐在床沿,看着丘队长带八个姑娘依次进屋,在他面前站好,朝丘队长摆摆手,丘队长转身出去,带上屋门。

　　王巾和迫不及待地起身,摘下马灯,来到八个姑娘面前,挨个照看面孔,摸捏身子,反复两遍,把其中两位扯出来,站在最里边。然后挂起马灯,两手叉腰对姑娘们说:"跟你们说一下,我们是绿林好汉,龙王帮的,简单说就是土匪。土匪做事,你们应当明白,要懂得土匪规矩。你们是从哪家青楼招来的,我们还会找上门,所以今天的事,你们只能做,不能说,否则小命难保!可明白?"女子们惊恐道:"明白。"王巾和接着说:"今天我们受人之托,插手一桩江湖纠纷。叫你们过来,用不着干别的,就是伺候男人。"手指着刚扯出来的两女子说,"你们两个先留下,其余六个三人一伙,伺候两个男人。你们要拿出浑身本事,四五个钟头之内不得歇气,直至榨干其精髓,迷乱其精神,方可收身。可明白?"六个女子答应:"明白。"王巾和暗中笑笑,朝门外叫一声:"来人。"丘队长推门进来。王巾和道:"该怎么做,我跟她们说好了,过后你要检查她们尽力没,尽力多的,另有奖赏,尽力少的要惩罚。"丘队长道:"是。"王巾和挥挥手:"赶紧带过去吧,两个灰衫的每人三个,这两个备用的待会儿也增援上去。"丘队长领六女子出去。

　　六个青楼女子被带到丁二娘和追风张门口,丘队长对她们说:"这两个人都戴了铁脚镣,拴在里边东北角,活动范围一丈之内,地上铺有干草和废旧篷布。屋里没有灯烛,要摸黑行事,如有急险之情,你们大声喊叫,外面有人进去解救。"女子答应着。丘队长便令守卒打开门,提着马灯,带三个女子进去。走到屋子中间,丘队长和女子停下来。昏暗灯光下,蓬头乱发的丁二娘坐在屋角,奇怪地打量进屋之人,特别是身姿妖娆的三个女子。丘队长说:"我们龙王帮老大怕你寂寞，特地找来三个美女子陪你消遣过夜，你就可着劲折腾吧，别出人命就行。"说完挥挥手，三女子扭着臀浪着腰，朝丁二娘走过去。丘队长则转身提灯而出。屋门关上，只听黑暗的屋里娇声浪语，淫笑连连，守卒都有些难为情。

丘队长又把另三个带给追风张。这追风张另有个江湖绰号"采花大盗"，他所到之处，第一要务便是寻觅女人，不管是青楼女子还是良家妇女，凡能得手的概不放过。作为威海卫最有名气的烟花地十三门楼，那是他最常光顾的地方。十三门楼最近新来个姑娘，因为长得太瘦，被嫖客称之玉米秆，追风张嫖过几回，而且就在上岛前还去嫖过，故而印象颇深。当下追风张灯影里一眼认出了玉米秆，心头一动，待丘队长提灯出屋，三个女子一齐靠上来时，他摸到玉米秆，一把将她抱在怀里，嘴唇贴近其耳，问她相关话语，玉米秆如实道来。追风张从话语当中推测到绑劫他们的当是刘公岛伪海军，至于绑劫的原因却琢磨不透。而眼下当务之急是赶紧派人出岛报告荣爷，或许还能保住小命。他稍作思忖，生出一计，咬着耳朵对玉米秆如此这般交代一通，并威胁她若不如此日后将她凌迟处死。玉米秆哪敢不从，依计行事，突然双手捧腹声称腹痛。追风张叫喊门外守卒。守卒提灯进来，见玉米秆痛苦状，问咋回事。玉米秆断断续续说年少落此疾，偶有腹痛，求医开特效药方，制成小丸，痛时服药丸即可止痛。今日匆匆来岛并未带药，腹痛若长殃及性命，要即刻出岛服药方可。守卒无措报告丘队长，丘队长请示王巾和。那王巾和云雨翻腾兴致正浓，哪有心思理这杂事，隔着屋门喊一句，送她出岛便是。于是两个守卒轮流背着玉米秆，赶到东疃，找了条夜行小舟送她出岛。

约莫过了两个钟头，王巾和兴尽，打发两个女子去那两个屋，相助先前姐妹，顿又风起云涌。再过两个钟头，天将午夜，王巾和瘫在矮床上歇过劲来，招呼丘队长进屋，吩咐将四厮人集于一屋，端上酒饭给他们吃。丘队长照办，将四人聚集一屋，酒菜伺候。一年轻守卒提灯站在旁边。喝过三口酒，追风张对守卒说，小兄弟，吃过这顿酒饭，估计就要见阎王爷了，我们四个兄弟想说个私下话，我还要讲讲刚才和那几个女子的美事，你这小小年纪听了不合适，还请门外守候如何？年轻守卒把马灯往地上一放说，我还懒得伺候呢！转身出去。

只剩四个人时，追风张叹口气，对两个手下说，对不起两位兄弟，鞍前马后跟了我俩这么多年，今天遭人暗算，或将性命不保，临终之前没有别的相赠，我兄弟二人这身灰衫是在碑口庙由老和尚开过光的，黄泉路上可遮风挡雨，还能祛除病邪，就赠予二位兄弟。说着解开自己灰衫衣扣，转眼见丁二娘愣愣地看自己，急忙伸手帮他解衣扣，口中说丁兄有所不舍我能理解，可这是给了兄弟又不是外人。边说边用手指掐掐丁二娘胳膊。丁二娘虽不明白其中深意，但想追风张一向诡计多端，必定是利己之事，于是哎哎应和着，脱下灰衫，一番推让灰衫穿到了两个手下身上，他两个则穿上对方的黑裈。原来追风张从玉米秆口中得知这些姑娘只分给他们两人，而且头头一口一个穿灰衫的，引起他警觉，于是想出换衣服的招数，或许能死里逃生。

也就半个钟头工夫，酒饭毕。因心中有事，追风张和丁二娘未多吃酒，以便应对局势。屋门猛地打开，呼啦啦进来十几个身着便装之人，提着灯盏拿着绳索，走到四人身旁，从地上拉起四人，给他们堵塞嘴巴，罩上黑头套，捆了手臂，然后去掉脚镣，押出屋去，直至海边。此时明月高挂，皎洁的月光泻向海岛，海面灰蒙蒙一片。

在东瞳村西，王巾和站在月光下，王桂森正在小声向他报告情况："……就是这样，鲍司令是接到林荣斋的电话，林荣斋接到岛外石川的电话，说是大刀会重要成员在刘公岛遭不明身份人绑架，有生命危险，请刘公岛军方立即派员搜查解救。"忽然压低声音说，"鲍司令派人把我叫去，态度并非急迫，说此事应该是海盗土匪干的，乃江湖争端，让我告诉你，由你全权处理此事，能解救几人就解救几人，别让海盗土匪趁夜逃窜。"王巾和一听这话意便知鄂绍琪已跟鲍一民通了气，低声一笑，尔后把站在不远处的丘队长叫过来，对他耳语几句。丘队长敬礼道："是！司令放心。"转身跑去。

那边不远处，海边泊着两条渔船，便衣兵士按丘队长命令，把两个穿灰衫的歹人捆绑结实，装进麻袋，抬上渔船。另两个黑衣歹人未及捆绑，远远看见打西边过来一队身影，打着火把，跑步而来。一个兵士头头故意在歹人跟前说："不好，可能是岛上部队出动了，快走！"几个兵士呼啦啦上船，摇船而去，把两个灰衫歹徒带到岛子以东深海，抛入海中。岸上两名黑衣歹徒被基地队司令部警卫队解救。第二日，得到情报的鄂绍琪大失所望，换了衣服的追风张和丁二娘两个仇敌竟然没死，被日军送到了岛外。

杨子千为八路军搞钢铁材料进刘公岛，结识了新人袁甲承和于云青，还拜师抗倭将领之后裔浪里黑条扈破浪学渔家厨艺；更有两次遇险，皆被他先前救过的女子鄂绍琪解难，情节曲折跌宕起伏，好在回回逢凶化吉，圆满完成收集钢铁材料的任务。这日他回到墩前村，王冰抱出一坛酒，放到跟前。杨子千愣了愣，说："啥意思？请客喝酒，也用不着抱这么大一坛出来。"王冰笑道："这酒可不是我请你，是你徒弟请你。"杨子千一瞪眼："我徒弟？我哪来的什么徒弟？我在刘公岛刚拜了个会做渔家饭的师父，怎么又出来个徒弟？"

王冰道："看来这一阵帮我党我军搞钢铁，把你忙活得昏了头脑，你忘了在行署公安局工作的那个王殿元，不是拜你为师，要学武艺吗？"杨子千摸摸头："哦哦是这小子，他还当真了。"王冰说："那可不，人家是真心拜你为师。他在行署那儿救了个落水孩子，这个家里是祖传酿酒名家，就给他几坛陈年好酒答谢，他推脱不过，留下两坛，一坛给在一起的领导和同事喝，这一坛专门留给你这个师父，前几天行署有过来公干的，特意捎过来。王殿元还捎话说，上级有工作调整，他可能年底前调回威海卫或文登县，到时好好跟你这个师父练武。"

杨子千听了一笑，说："这么说这酒可不能随便喝，我要喝了这坛酒，还真收他为徒了。"王冰说:"能不喝吗?人家真心实意拜你为师,你好意思推脱?你要是拉架子,这酒可就退回去了。"杨子千嘿嘿笑。王冰接着说,"这酒啊,捎来真是时候,正需要喝一场。"杨子千不解:"怎么说?"王冰扳着手指道:"这第一呢,你收了徒弟,要喝酒。这第二呢,前些时候你亲手干掉了商立旦这个祸害,还没来得及庆贺庆贺。这第三,这回你刘公岛一行立了大功劳,搞了那么多钢铁材料,不光为我党我军做了大贡献,连我们威海工委也受到上级表扬。你看看,这么多的好事,能不喝酒祝贺吗?还有……"

这时外面传来叽叽喳喳女子说话声,王冰笑着说,"于森、徐杰、叶子、丁香,要亲手做菜请你客感谢你,她们来了。"杨子千有些不解:"感谢我?她们为啥感谢我?"王冰道:"你在刘公岛救了叶子和丁香,她们可都是妇救会的人,两个会长代表妇救会,跟我说要请客答谢你。我说'那就在我家吧,正好他的徒弟捎来一坛好酒,你们每人带一个菜,表达心意就行。'"杨子千听罢笑起来,说道:"不就喝顿酒吗,整得这般复杂,啥也不说,喝!王殿元这徒弟我收了,等他回来,我把全部的本事传给他,多杀日本鬼子!"

四女子来到屋门外,徐杰叫一声:"杨兄弟在吗?"王冰和杨子千赶忙走到屋门口,王冰笑道:"在在,四位姐妹请进屋说话。"四女子进屋,于森对杨子千说:"感谢杨兄,刘公岛上救了我们两个姐妹。"杨子千笑道:"这算个啥,她们也是我的姐妹,我能看着叫歹人抓去?再说她们是跟我上的刘公岛,我更得负责。"王冰道:"杨兄说得对,天下受苦受难奋起斗争的姐妹,都是我们的姐妹,我们有保护的责任。"看一眼于茯叶和丁香,又对于森说,"你们妇救会的意思,我跟千秋兄说了,他答应你们的要求,喝酒!"于森一笑:"好。"

徐杰说道:"那好,我们每人带来两个菜,送到厨房了,猪鸡鹅鸭都齐备。叶子和丁香还特地跑到山上剪来松狗子蛹,那可是时令美味,喝酒佳肴。"

于茯叶摸摸手说:"俺的手叫松毛狗子蜇了,现在还有两个包。"徐杰笑道:"待会儿让你杨大哥多喝几杯酒,谢谢你。"于茯叶皱着眉:"这到底谁谢谁呀?"王冰说道:"今天这顿酒啊,又是感谢酒,又是收徒酒,又是庆贺酒,还是提前完成钢铁收集任务的胜利酒,这么多好事凑在一起,大家都得敞开喝。"于森笑一笑说:"好啊,我们四姐妹,徐姐酒量大,陪着二位兄长多喝点儿,我们三个小酒量,尽力而为。"大家言谈甚欢。

三十一

夜袭刘公岛

这一阵杨子千仍忙活着钢铁之事,虽然完成了任务,但上级说多多益善,王冰也说要把刘公岛的废旧钢铁都运出来,送给八路军制造枪炮,消灭侵略者。他几乎每天都要去一趟沟北村,看看运来的钢铁情况,有时逢扈破浪过来,一起卸了钢铁,到邻村酒肆吃杯酒,说说话;有时也随扈破浪去刘公岛,扈破浪边做菜边教他,然后吃喝一顿,扈破浪再找便船捎他出岛。

这日杨子千又要去沟北村,出墩前村拐上北去的小路,刚行不远,忽听身后有人喊:"站住。"杨子千一愣,回头看是于茯叶,拐个柳条篓子,站在路边不远处地堰沟里。杨子千转过身来,走近几步问:"叶子妹,你在这干啥?"于茯叶瞅一眼篓子说:"挖野菜呀。这么大个人在这,你没看见?"杨子千一笑道:"刚才倒是看到一个身影在地堰沟里,没想到是叶子妹。"于茯叶一噘嘴说:"就是没把我当回事,我这件褂子喝酒那天穿过,你还夸过说真好看,怎么就忘了。"杨子千仍笑着说:"那天喝多了,说的啥也忘了,抱歉啊。"转眼四下看看,又说,"就你一人啊,可得注意安全。"于茯叶说:"于森姐上火了,挖点苦菜给她吃败败火。大家都忙,没工夫,我就一人来了。再说,怕我一人不安全,你就陪我挖野菜呗。"杨子千说:"我得去沟北村,看看钢铁的事,没空陪叶子妹挖野菜。"于茯叶眼睛一转,又说:"那我陪你去沟北村,路上顺便挖野菜。"杨子千笑笑说:"我走路你都跟不上,怎么能挖野菜。你还是老老实实在这挖吧,挖够了早回家,做给你的于姐吃,早点儿给她败败火。"

于茯叶噘着嘴不言语了,过一会儿又说:"那你得答应我最后一件事。"杨子千看着她眼里转着泪花,嘿嘿笑道:"我知道叶子妹不会难为我,我就暂且答应吧,没有特殊情况,我会去做。"于茯叶说:"带我去电影院看电影。"杨子千一愣:"倒是听说电影院放电影之事,可哪有电影院啊?"于茯叶说:"你真不知道威海卫有电影院啊,于森姐有个亲戚是北竹岛的,村里有个李老板开了家电影院,就在南大桥那。"

原来,1936年,北竹岛村人李万英投资,在南大桥附近建起"华成影院",

开始放有声电影，此为威海有声电影之始。杨子千道："那成，等哪天合适，我请你们四姐妹去看电影。"于茯叶忙说："不，先请我自己看。"说过了脸色微红。杨子千愣了愣，一笑说："也好，先请叶子妹看，叶子妹觉得好看，再请她们看。"于茯叶顿时高兴起来，快步走到杨子千跟前，伸出小拇指，说："来吧，拉钩。"杨子千只得伸出小拇指，勾住于茯叶小拇指。于茯叶说："拉钩上吊，一百年不许变。"说完，抬眼看看杨子千，转身走向田地。

杨子千看到她眼神里异样的光芒，微微摇头，回身赶路。他早已察觉到于茯叶对自己感情的变化，自己对这个叶子妹也很喜欢，可想想如果任凭这种情感上升，势必会走上婚姻的地步，这是自己目前不可为之事。在牟平老家，妈妈也要给自己张罗媳妇，老婆孩子热炕头，安安生生过日子，他总是以种种理由搪塞，然后离开家跑回威海。他现在不想结婚，或者说不敢结婚，隐隐感到自己已和抗日连在一起，不可分割，成家立业多一份担忧，会分散自己干事之心。叶子对自己感情的升温，眼前来说是一种危险的信号，如不赶紧降温，那是对叶子不负责任。走一路想一路，杨子千决心立马行动。

过了几天，趁于茯叶有点儿闲暇，邀她一起去威海卫，在南大桥的华成影院看了场电影。这场电影名字叫《万世流芳》，是一部歌颂清朝钦差大臣林则徐与英帝国主义斗争的影片，由伪满电影演员本子香兰——即日本人李香兰主演。杨子千觉得奇怪，来影院看电影的大部分是穿着刘公岛海军训练营服装的青年官兵。

影片结束，走出影院，杨子千仔细观望着走出影院的伪海军，希望能看到连城或毕昆山，结果没看到这两人，却看到了小个子袁甲承，袁甲承也看到他，两人高兴地招着手走近。两人寒暄过了，袁甲承回身招呼一个站在不远处的士兵。那人走过来，看时二十多岁，身材魁梧，比一般青年显得老练。袁甲承对杨子千说："这是刚来受训的练兵李续武，跟我是老乡。"又对李续武说，"这位杨大哥，是连班长的好友。"杨子千和李续武相互抱拳施礼。杨子千问袁甲承："你们岛上的练兵，怎么都来看电影呢？"袁甲承回头看一眼，压低声音说："据传日本人要跟西方国家开战，要称霸世界，英国是重要对手之一。他们为了煽动对英国人的仇恨，授意上海这家电影制片厂和伪满电影制片厂联合摄制了华语影片《万世流芳》。罗世厚按照林荣斋的意图，命令练兵营官兵都要乘船来威海电影院看这部影片，就是为了激发练兵营对英帝国主义的仇恨。"杨子千哦哦应声。

袁甲承和李续武跟杨子千告别，小跑步跟着队伍走了。这个李续武何许人也，不光杨子千，连袁甲承也想不到，他竟是郑维屏手下的原便衣队长李洪臣，大半年前郑维屏兵败昆嵛山，被郑维屏留下隐藏，靠着机智灵活，混进刘公岛伪练兵营，为郑维屏东山再起作呼应。

袁甲承二人走后，杨子千对于茯叶说："叶子妹，难得进一趟城，我请你吃狗不理包子。"于茯叶高兴道："好啊，我最爱吃狗不理包子了。上回环翠楼唱歌那回，那么多人吃包子，还有连城大哥和戚家国他们在场，没好意思多吃，心下惦记了好几天，嘻嘻……今天杨大哥请我一人，我要多吃。"杨子千笑道："行，能吃多少吃多少。"

走一刻钟，来到狗不理包子铺。进了门，看到稀朗朗的几个人在吃包子。店小二快步迎迓过来，抱拳施礼，说道："不好意思二位，让您费腿脚了。今天包子已卖完。"杨子千一愣："咱这包子铺可不小啊，这刚到晌午，包子就卖完了？"店小二道："实不相瞒，这样的事本店实在少有。狗不理包子用料讲究，猪肉必须是当日宰杀的新鲜肉，而且用哪个部位的都不能差。今日常给我们供肉的摊主家中突有急事，未能供肉，掌柜的亲自跑了几家肉摊，只买到少许我们所需的肉，故而包子不足平日一半，所以……"杨子千有些扫兴，一摊手说："你看你看，这供肉的摊主哪天不能有事，偏偏今天。"于茯叶扯扯他胳膊，笑着说："杨哥没事的，以后有的是时间吃。"

两人出了店铺，杨子千四下看看，自语道："这再吃点儿啥？"于茯叶手指前方说："那边好像有家店铺，不知卖啥的。"杨子千打着眼罩细看一会儿，说道："是家抻面馆。要不咱去吃抻面？"于茯叶道："行啊，面条也挺好吃。"杨子千一笑："那好，今天就吃抻面，狗不理包子先欠着小妹。"于茯叶高兴地点点头："嗯。"杨子千开玩笑道："那我们快走，迟一步别再没面了，那我太没面子了。"两人说笑而去。

吃了抻面，两人顺路溜达。杨子千看路边不远处山坡上有个小亭子，抬手指了指说："叶子妹，我们到那亭子坐坐如何？"于茯叶爽快答应："行，听你的。"便朝亭子走去。

两人来到小木亭，见亭子略有破败，但也有人来的踪迹。杨子千拣个干净坐处，抬起胳膊用衣袖蹭蹭，让于茯叶坐下，自己在旁边随意坐了，说道："叶子妹，今天看电影可高兴？"于茯叶一笑说："高兴啊，电影好看，抻面好吃。以后……"杨子千问："以后什么？"于茯叶低了声音说："以后……我、我想常跟、跟你出来。"杨子千沉默一会儿，微微低下头，搓着两手，说道："叶子妹，你的心意，我懂。说实话，我打心底里喜欢你，可是……我们不能……"

于茯叶一下抬起头，瞪眼看着杨子千："为什么？是不是你有媳妇了？上次那个护身符是不是你媳妇绣的？你说实话，俺不怪你。"杨子千道："我不骗你，我没有媳妇，那个护身符是老娘让嫂子给绣的，保佑我平安。"于茯叶不解道："你没有媳妇？你这个大英雄看不上我这个小女子？"杨子千叹口气，抬眼看着于茯叶，说道："叶子妹，我对天发誓，今日对你说的话，如有半句虚谎，三天之内不得好……"于茯叶赶忙伸手挡住他的嘴："不能说那个字！"

杨子千淡淡一笑，点点头说："叶子妹，你是我见过的最俊最美最善良的姑娘，哪个男人娶了你，是一辈子的福气，当然也包括我。"杨子千正视着于茯叶，笑容收敛，接着说道，"我每回家一趟，娘都逼着我说媳妇，成家立业过日子，我都变着法地推脱过去。我不是不想当丈夫，不是不想当父亲，是时机未到。我十四岁闯关东，目睹并亲身感受了日本鬼子的凶狠残暴，他们把中国人视为奴隶，他们要统治中国人，骑在我们脖子上作威作福，我们岂能让他们得逞！当年在东北煤矿，看到日本监工用皮鞭棍棒殴打我的工友，工友因病体弱倒在地上，满脸的血印子，日本监工还不罢休，用大头鞋踢工友的脑袋，根本没把中国人当人看。我上前阻止日本监工的暴行，那厮又朝我挥起皮鞭棍棒，我忍无可忍，出手还击，不料失手打死了那鬼子，就跑回了家乡。从那时起，我心里埋下仇恨的种子，决心要与日本鬼子斗争到底，随时都准备着牺牲自己的生命。"他顿了顿又说，"所以，我暗自决定，不打败日本鬼子，我不会说媳妇，不会拖累他人。"

于莰叶说："相好不一定马上结婚，可以相互守候。"杨子千坚定道："有了这样的情义，心里就多一份特别的牵挂，多一份儿女情长英雄气短，这样会削弱我抗日的决心和力量，希望叶子妹能够理解。如果你愿意，我们可以兄妹相待，相互鼓励相互帮助，并肩战斗共同抗日。"于莰叶无语，缓缓低下头，泪水滴落衣襟。

那个李续武，这一场电影，看得他心事重重，钦差大臣林则徐如何与英国人争斗，看得稀里糊涂，心中却为一事牵挂。回程至码头乘船，一路上瞄来瞄去，看到罗世厚跷着二郎腿坐着黄包车，忽快忽慢，队前队后的吆三喝四，心下有了打算。罗世厚虽是练兵营副营长，但营长由司令部少将参谋长孟铁樵兼任，日常营队事务孟铁樵过问甚少，罗世厚便是实际掌权者。

快到码头时，看到罗世厚坐车从队后边过来，眼看到了身边，李续武突然两手捂着肚子出队列，蹲在地上，正好挡住黄包车的去路。行在他身后不远处的袁甲承见状也跑过来，弯腰问询。黄包车上的罗世厚一个惊愣，腰身前倾，看着蹲在地上的练兵不满道："怎么回事？哪队哪班的！"李续武费力站起身，捂着肚子，佝偻着腰身走近罗世厚身边，痛苦道："罗营长是……是我李、李续武……肚子突然痛……痛得厉害……"原来李续武虽然是新来的练兵，却心机老到，来到练兵营不几天就看出罗世厚既掌权又贪婪，于是投其所好，寻找机会给他送礼，得到罗世厚另眼相待。当罗世厚看到眼前之人是李续武，顿时换了口气，问道："咋的啦，吃啥喝啥啦？"李续武皱着眉："也没……吃啥……哎哟哎哟……我、我得上……上医院……哎哟……"罗世厚转着头看看。袁甲承敬个礼："报告营副！我陪他去医院！"罗世厚回道："快去吧，看好病早点回营！"说着起身下车，"坐这车去吧。"袁甲承急忙扶李续武上车，两人坐定，车夫掉转车头拉着就跑。

好在一路平坦，不多会儿来到医院。袁甲承付了车费，搀扶李续武下车，正要进医院，李续武说："等会儿再说，肚子不疼了。"袁甲承看他神态自如，完全不见刚才痛苦之状，甚是疑惑。李续武扯他一把，来到旁边无人处，四下瞄瞄，小声说："你身上的钱借我用用。"袁甲承莫名其妙，掏出两个银元，说道：

"你咋啦？你要干啥？"李续武接过钱，说道："嗯，我身上还有一些，够了。"袁甲承扯扯他胳膊，正色道："嫖赌抽，三大害，尤以赌抽为甚，乃无底深渊……"李续武一笑道："放心吧兄弟，这三样我都没沾。"拿起一枚银元，看着上边袁世凯的头像说，"袁大总统，我李续武要去干一桩正事，让你这重孙子放心。我俩是兄弟之交，我不会言而无信。"转头又对袁甲承说，"咱俩是兄弟，你不用猜疑我，兄长要去做的乃正经事，眼前不便与你细说，你也不得对外嚷嚷，不久你就会知道的。接下来你就满威海城转着玩吧，三四个钟头后码头见。"说罢双手抱拳，转身而去。袁甲承愣怔地看着他的背影。

李续武离开袁甲承，疾步赶到一家骡马店，租一匹快马，借了身便装，骑上了往南疾驰而去。他要做的的确是正事要事。原来今天电影开映前，他隐约听到前排两人说起郑维屏什么事，赶忙身躯前倾侧耳细听，听到说郑维屏好像在文登营什么地方。他心下一动，中间借着上厕所，来到影院大门口，递一支香烟，跟看门的套近乎，拉起郑维屏之事，那人也说郑维屏部在文登营，据说已跟日本人握手言和。李续武暗暗打定主意，力争今日就跟郑司令相见！

他一路扬鞭策马，没用上一个钟头，来到文登营，毫不费力打听到郑维屏部驻扎在营南村。到了驻地，哨兵不让入内。他央求哨兵通报郑司令，就说十八子臣求见。原来李续武干便衣队长时，为工作方便，曾用十八子臣隐名，只有郑维屏等要员知晓。一哨兵入报，顷刻，郑维屏快步而出，身后跟着王应心、刘玉栓等随行要员。李续武向郑维屏敬礼："报告司令，李洪臣拜见！"郑维屏上下左右打量一番，猛地拍拍他的肩，哈哈笑道："好啊好啊，老天有眼，在我郑某用人之际，送我大将回归！快快请进小李子！"

李续武跟王应心和刘玉栓寒暄过，几人一起回到司令部。李续武将自身现状跟郑维屏说了，又讲了刘公岛伪海军基地情况，请司令定夺后路。郑维屏沉吟一会儿说道："我原想迎接你归队，大家同心共力，重整旗鼓。听了你之所言，权衡利弊，觉得眼下你还是待在刘公岛更为好些。多多掌握鲍一民部之情报，多多结交军方要人，根据我之所需而为之。你立马返回威海卫，回到刘公岛，一定不要让人生疑，一如既往做你应做的事。日后我方若有要事，会派人进岛与你联络，暗号是'十八子臣'对'营南关耳'。"说罢取过三个茶杯，倒满三杯茶水，对李续武说，"今日无暇喝酒，郑某给你倒上三杯茶水，以茶代酒，你先喝下。待大事成时，我再设宴为你庆功！"李续武喝下茶水，谢过司令，按其指令返回威海卫，与袁甲承会合乘船进岛。

过了三五天，李续武刚刚上完训练课，有人相告大门口有个黄包车夫找他，讨要前几日欠下的车费。他觉得奇怪，自己未坐过黄包车，怎会欠下车费？一定是记错了。赶紧去门口看看。走出大门口，见路对面停着一辆黄包车，车夫戴一顶低檐帽，遮住眼睛。李续武走近问道："我是李续武，是你找我吗？"那人环顾左右，低声说道："可知营南关耳？"李续武一惊，四下瞧瞧，回道："当为十

三十一　夜袭刘公岛

八子臣。"原来是郑维屏刚刚安排下的内线。双方对上暗语,黄包车夫说:"我的车是六十四号,以后就叫我六十四号即可。先前的六十四号是我亲戚,我临时替他一阵,只为与你联络。营南关耳有话,近期打探岛上军火情况,由我传回。"李续武答应了,回兵营而去。

数月之间,并无要事。眼看本年将过,到了年底,却发生了一件震惊世界之大事,波及刘公岛。1941年12月7日,日本不宣而战,以强大的海空军兵力突袭了美国在太平洋地区的主要海空军基地珍珠港,使美国太平洋舰队遭到重创。8日,美、英对日宣战,太平洋战争爆发。日本帝国主义向来是高估自己,看低对手。其野心越来越大,侵略中国已招致重大损失,又侵略印度支那诸国和印尼、菲律宾,现在又和美英打起来。自感其经济衰竭,国力不支,兵源不足,士气不振,经常给士兵打气,除在日军中祈祷"武运长久"以外,还对伪军施以对策。

因战争之需,日军高官频频调整,林荣斋调他处任用,鄂绍琪也随他而去;新任刘公岛辅导官叫斋藤,亦为海军大佐。斋藤上任伊始,为鼓舞士气,突然提出要日伪全体官兵拜谒丁公祠。丁公即清朝北洋海军提督丁汝昌,他在1894年的中日甲午战争中,率领北洋海军爱国官兵英勇抗击日寇,予敌以重创,在威海卫刘公岛被日寇包围,仍镇定自若抗击日寇,虽日酋伊东佑亨以高官厚禄招降,丁汝昌毫不动摇,最后于提督府内服毒自尽。后人缅怀其忠心报国,在丁汝昌官邸修建了丁公祠以志之。斋藤首先率日军向丁公像行三鞠躬礼,接着伪官兵们依次而入拜谒。鲍一民、孟铁樵等伪军官员听说斋藤出场也不敢不来。

拜谒丁公之后,斋藤讲话,大意是,丁提督虽然在日清甲午战争中与皇军打仗,但他毕竟是一位爱国将领,我们都很敬佩他……现在太平洋战争已经爆发,为了大东亚圣战的胜利,为了太平洋战争的胜利,为了中日两国的共存共荣,我希望诸位要学习丁公的爱国之心和英勇作战精神,去反对我们的共同敌人美英等国。伪军官们听这番讲话,个个面红耳赤,羞愧地低头听着。伪兵们听了心里也不是滋味,但更多人是从这个反面教员的讲话中,受到了爱国主义教育和抗日教育。连城、毕昆山等一批爱国官兵,暗下决心,要效仿丁公英勇打击日寇!而李续武则收获巨大,由于刘公岛乃海防要地,鲍一民趁机要求日伪补充武器装备,此事被李续武摸得一清二楚,报给了郑维屏。郑维屏急令他出岛赶到营南村,共商大计。

便说李续武借故请假出岛,来到营南村,郑维屏正在主持秘密会议,内容即是要突袭刘公岛,抢夺一批武器弹药,加强部队装备。李续武到来,把会议带向火热。他将岛内情况详细作了介绍,与会者心下更加明了。郑维屏听罢众位言谈,定下行动大计,说道:"我们此次行动之最终目的,是要夺取刘公岛日伪武器,装备自己。可如果仅仅如此简单之思想,那就差矣。"刘玉栓眨巴着眼,不解道:"差……差矣?还请司令明言。"郑维屏起身,端着茶杯,面对墙上挂的军事地图，故作深沉，说道："自昆嵛山大意失足，被八路军偷袭，我部遭受重创，差一点江山不复。好在老天眷顾，留我不亡，与各位同心勠力，才有了如今境况。回想此番坎坷，罪魁祸首者，乃八路军也。我通观大局，得出至理，要想重整旗鼓，重树威风，只有与日伪和睦相处，除掉八路军，才是根本之所在。"

刘玉栓摸着头说："在下愚钝，司令所言怎么越听越糊涂？这到底是要偷袭日伪，还是与八路军拼命？"

郑维屏哼哼一笑，说："什么叫运筹帷幄，本司令就运给你们听听。眼下我军、日伪、八路军，就好似三国鼎立，三者之间错综复杂。我们想与日伪和睦，可还要抢他们的武器；我们想干掉八路军，可目前势力尚弱，难以成事。可我郑某人就想双赢，这就要靠计谋。"刘玉栓、王应心、李续武等人都瞪大眼看郑维屏。郑维屏愈发得意扬扬，奸笑一声说，"我们这次行动，要打着八路军的旗号。"

王应心叫一声："哇，司令足智多谋，一步好棋！这样既能偷袭刘公岛日伪军，得其武器装备我军，顺便嫁祸八路，让日本人去收拾他们，一举两得！司令同时用了暗度陈仓和借刀杀人二计，实乃军事奇才！"

郑维屏坐回会议桌前，一本正经道："简而言之，我们帮助日本人在崮头集重创共产党八路军，日本人才默许我们在营南村驻防，所以我们这次行动要打着共产党八路军的旗号，要做得干净利落，不能给日本人留下什么把柄，我们的目的就是既能把武器搞到手，又能再一次让日本人的钢刀砍向八路军，替咱们消灭八路军！"几人同时回应："明白！"随后研究起行动细节。

说话间过了元旦，进入1942年，离腊月的门槛越来越近，偷袭刘公岛行动愈加急迫。郑维屏请人观过天象，近日暂无大风，遂初定1月12日行动。1月10日，李续武接内线传讯，按郑维屏指令再次借故出岛，来到营南村，向郑维屏汇报岛内日伪军最新兵力部署、武器装备、地形地物等情况，并将绘制的简略地形图交与郑维屏。郑当即召集相关人员会议，研究确定了具体行动方案：一是抽调熟悉刘公岛及岛南岸地形、谙识水性的人员，与部分便衣队组成一支约七十人的夜袭队；二是成立进岛夜袭指挥部；三是征用十四只帆船及二十八名船夫；四是化装成八路军模样，进岛后要打着八路军五支队的旗号；五是出发地点为威海城子、沟北村；六是刘公岛登陆地点为刘公岛东海岸的东泓；七是时间确定为1月12日；八是书写标语要体现出八路军进岛；九是确定联络暗号。行动方案确定后，即任命王应心为指挥，李续武、刘玉栓为副指挥。

李续武于12日当天带联络暗号返回刘公岛，在岛里按计划要求行事。王应心和刘玉栓则在营南村具体组织行动。刘玉栓家住沟北村，熟悉这一带的地理人物，于11日带人回村，以八路军的名义向村长征船调人，共计在城子村、海埠村和沟北村征船十四只及船工二十八人，向他们交代了任务和注意事项。而行动总指挥郑维屏则在营南村召开进岛人员动员会，12日上午，进岛官兵及家属特地到文登营村北庙烧香祭拜,保佑夜袭队顺利平安,胜利归来。中午,郑维屏大摆宴席,为进岛官兵壮行。

及晚,夜袭队途经蒋家庄、张家山、南北虎口,抵达沟北村。晚八时,刘玉栓率沟北村两只船共载二十人作前哨,其余十二船随后跟行。夜约十一时,前两船抵达东泓登岸。此处乃岛子最东端,无岗哨警戒,又是从南岸至刘公岛最近登陆点。其时岛湾内停泊着伪海军"海祥"军舰和"同春"运输舰,因舰上规定夜间九点半后关停电机,故而没有探照灯照射海面任务,夜间看不到东泓方向船行。刘玉栓见无异常情况,遂以红绸包手电筒联络后续船队。船队全部靠岸,王应心即命尖刀班按预定路线向接头地点运动;安排十四人看守船只与船工,无论发生任何情况,都不准挪动船只。夜袭队员皆右上臂扎一白布为识别记号,头包黑布蒙面,沿海边大道由东向西,朝刘公岛西部奔袭。刘公岛上的日伪军,自以为岛子四周环水,海面有军舰警戒,岛外又为日军所占据,不会有渡海来犯之敌,官兵思想麻痹。就连日军辅导官值班,也主要是监视伪海军官兵行动,少有其他防范。由于天气寒冷,东疃站岗的日伪军躲在屋里,夜袭队悄悄地顺利通过该防区。

夜十二时许,行至伪海军威海基地队司令部时,作为内应的李续武制服了敌哨兵,夜袭队留下部分兵力包围司令部以防其生事。然后兵分两路,一路冲向伪练兵营,目标即设在此处的伪军枪库;另一路包围了日本海军辅导部。伪海军要港司令部晚上只有两名传达员和少数单身下级军官,夜袭队未予理睬。为避免打枪惊动海上军舰和全岛敌人,冲进伪练兵营的夜袭队,用大刀制服一些欲反抗的伪海军。一个值班的日军辅导员,听到有抗日部队来袭,仓皇逃出大门,夜袭队追赶不及,一枪将其打伤。夜袭队按预定方案,速战速决,不在岛上恋战,搞到武器后立即撤离,直返东泓,顺利乘船返回沟北海岸,天亮前全部回到营南驻地。

此次袭击战,缴获重机枪二挺、轻机枪三挺、步枪百余支、弹药一宗。击伤日军一人,砍伤伪军二十余人后死亡一人,夜袭队无一人伤亡。此战胜利,郑维屏兴奋不已,立即下令封锁消息,严守秘密;对所有进岛官兵人升一级。李续武功劳最著,升为连长,晋王应心少校军阶。为庆祝胜利,在营南村和中渠格村连唱三天大戏。

刘公岛上的袁甲承,完全蒙了。蹲在海边一块礁石上,望着大海,望着海的南岸,心里波涛汹涌。昨天傍晚,李续武找到他,叫他到小卖部有事。他毫不犹豫跟着去了。到了小卖部,他一愣,只见里间的小桌上摆了烧鸡、猪蹄、熏鱼、卤肠四道硬菜,还有一小坛白酒和一瓶张裕葡萄酒,他不解地望着李续武。李续武招呼他和于云青坐下,笑一笑说道:"兄弟我摊上一件大好事,心里头高兴,请几位好兄弟喝顿酒,托人从岛外买几样菜,凑付凑付。本想叫着连班长和毕班长,想想他俩累一天,各自回家休息,便未打扰。就咱兄弟三个喝吧。"说着拿过葡萄酒拔开瓶塞，往三个碗里倒，每碗倒了约三两。袁甲承问："啥大好事你说呀？"于云青也说："你先说给我俩听听高兴高兴。"李续武道："这事说来话长，耽误咱喝酒。这样，今天请于兄袁弟把酒言谈，就听我这个东道主的吧，咱先喝酒，慢慢吃菜，边吃边说。"端起酒碗又说，"大好事，讲究个开门红，咱先喝红的，再喝白的，来，三兄弟碰一个，干了这碗开门红酒，咱就开吃开说。"袁甲承和于云青端起酒碗，三人碰了一下，袁甲承说："好，既然是李兄有大好事要喝这酒，那就干了。"于云青也说："祝贺李兄，干了。"两人仰头一饮而尽。李续武把酒端至嘴边，刚要喝，突然左手捂着肚子，皱着眉头说："哎我这肚子，着了凉，下午痛过一会儿，怎么又……"袁甲承瞪眼看着他："你不会是像上回糊弄罗世厚那样……"李续武忙说："哪……哪会……这回真的……痛……二位兄弟吃菜，我……方便一下……去去就回，去……去去就回。"说着起身，小跑着出门去了。剩下两个人说着话，每人拣一块熏鱼嘴里嚼着，等李续武回来，听他大好事。谁知过了一袋烟工夫，李续武没回，两人突然头晕眼花，一个趴在桌上，一个趔倒地上，啥也不知睡上了。

第二天一大早醒来，两人睡在于云青床上，一骨碌爬起身，看看李续武并不在屋里，过去开门，外面锁上了。于云青从窗户跳出去，打开门。正迷糊间，听到练兵营院里传出异样的嘈杂声，后来得知李续武昨晚带八路军队伍突袭了刘公岛，抢去大批枪支弹药，砍伤二十多人，死一人。袁甲承前后想想明白了李续武的良苦用心，是怕混乱当中伤及两人，才出此下策，那酒里定是放了蒙汗药之类。再后来有人举报袁甲承与李续武日常关系密切，而且昨晚袁甲承不在兵营睡觉。罗世厚立即派人找到袁甲承，袁甲承说了昨晚喝酒之事，别的什么也不知。罗世厚不分青红皂白，拘禁了袁甲承和于云青，要审讯法办。连城得知这事，赶忙找到素日善交的要港司令部副官长王静之，说明情况，请求帮忙搭救二人。正巧王静之受命查处此事，便亲自问询二人来龙去脉，到小卖部查看现场。看到酒瓶里还有一点存留，便令人将葡萄酒拿到猪圈灌一猪喝下，不一会儿那猪摇摇晃晃倒下昏睡不醒。王静之便对罗世厚说他们两人是喝了李续武的蒙汗药酒昏睡不醒，要是一伙的早就一起逃跑了，怎敢还留在刘公岛不走？要求放了两人。罗世厚也没什么把柄，便将二人释放，但严令不得离开刘公岛。

眼下袁甲承坐在海滩礁石上，呆望着南方，心潮澎湃，暗自说道，李续武啊李续武，原来你早和八路军联系上了，既然是兄弟，咋不告诉我一声呢，我跟你一起干也罢！正想着，觉到身后有人，回头一看，是四个背枪兵士走过来。正诧异，来者说奉命跟随而来，近些时不得出岛不得随意走动，等事情查清再说。袁甲承无奈摇摇头，叹口气，心绪甚是烦乱。

郑维屏派兵夜袭刘公岛，顺利达到预想目的，但也捅了马蜂窝。不光刘公岛，就连岛外威海卫的日伪军也极为惊恐，派特务机关侦查此事，看看是八路军哪支部队所为。石川还与邵笠荣通了气，让他帮忙探查。上次鄂绍琪杀了大刀会二人，还差点杀了两个队长，邵笠荣气不打一处来，可是鄂绍琪有林荣斋和鲍一民两大靠山，谁也奈何不了她。这回发生这事惹得日本人动怒，若能查到事情真相，不光石川眼前讨到好处，还有可能牵扯到鲍一民内部的事，那就假公济私出口恶气。于是书密信一封，快马送交文登大刀会总头目刀爷桂茂，让他查探文登及荣成地域与偷袭刘公岛相关之线索；又安排追风张和丁二娘出马查探威海卫地域线索。追风张和丁二娘一合计，这么大一桩事，需要移舟动楫，定与沿海渔村有关联，而威海卫城区一带日本人控制严密，不会发生此等异事，刘公岛对面南海岸则应为事发地。于是二人各带一班喽啰，便装入村，有的挑担卖货，有的上门算卦，有的讨口吃喝，贼眉鼠眼巧舌如簧，探听那事。功夫不负有心人，果然寻到线索，上报给日本人。

　　日本宪兵队即刻出动，到沟北村绑走船主刘玉岫等五人，带回宪兵队部审讯。然而这五人早有防备，刹了口风，一口咬定不知是什么队伍，持枪强逼出船，他事概不知晓。可想刘玉岫乃刘玉栓兄长，自是不能出卖兄弟，另几人知道刘玉栓身为郑维屏手下干将，更是不敢得罪。追风张和丁二娘本想借此事在日本人面前讨个功劳，没想抓来这五人竟得不到有用口供，心下不爽，要重回沟北村，大张旗鼓抓人审讯。不料日本人却止其行动，责令放下此事，不得擅自而为。这两人直是丈二和尚摸不着头脑。

　　原来此中另有蹊跷。1月24日，郑维屏部石兆麟团补充连中尉连长带着八个士兵，到西杜梨花村催逼柴草，恰逢大刀会虎头刀、狼头刀两兄弟受刀爷之命，带二十余刀徒于附近查寻刘公岛一案线索。两兄弟闻知所遇武装小队乃郑维屏部下，想起界石大集受郑维屏部下武术教头毕云之辱，怒从心头起恶向胆边生，带众徒冲进西杜梨花村，突然袭击，砍死二人，余者生擒，缴获九条枪上交刀爷。刀爷桂茂为讨好日军，又将枪支献与文城日酋宫岐。宫岐见枪是新的，起了疑心，将枪号报给威海日军，发现这正是刘公岛被劫枪支。于是威海文登两地日军决定，进一步查实情况，对郑维屏部采取联合行动。故此，威海日军对抓捕的沟北村船主并不十分在意口供，而是命令文登方面，派人暗查自郑维屏部驻地到沟北村一路村庄，1月12日前后队伍过往情况。

　　刘公岛日伪军遭袭之事，一阵风传散开来。老百姓听说是八路军偷袭了日伪军，无不拍手称快。杨子千听说了自是高兴得很，跟王冰谈起来，王冰却说："此事真实情况如何，眼下还不好说。你想要真是八路军干这事，咱们党组织怎会一点不知道？八路军每次有行动，都会跟地方党组织以及地方武装有联络，极少独自行动，何况攻击刘公岛，更需要地方的配合。"

　　杨子千听着也觉得有道理，摸着头不解道："你说得在理，可偷袭刘公岛这么大的事，不是八路军，那、那会是谁？"王冰稍顿，微微一笑说："甭急，半个月后你会知道。"杨子千一愣："半个月后？"王冰点点头说："嗯，半个月后。我正想告诉你这件事，上级利用春节这段时间，选调各地相关人员进行抗战综合能力培训，我和于森同志要去参训，这几天就要出发。"

　　杨子千问："你春节后才能回来？大概时间是……"王冰道："得正月初八以后。原打算靠年根近些杀猪，这样明天就杀了，亲朋好友分点儿肉过年。我不在家，你也回老家好好过个年，带块肉回去给老母亲包顿饺子吃。"说着又从怀里掏出个小布包，递给杨子千，"这些钱你带着，回去再置办点年货，做件新衣。"杨子千连忙推托："不不，成天吃你的喝你的，没给你费用我心里本就过意不去，岂能再让你破费。"王冰正色道："咱俩可是一头磕出来的兄弟，说啥格外的话。再说这钱是你应得的，你帮着搞了那么多钢铁，上级同意给你奖励，你安心收下就是。"说着把钱硬塞进杨子千兜里。杨子千只好收下。

三十二

壮烈三姐妹

杨子千头一回在家过了个长年，过了正月初八，估计王冰培训结束，便告别老母，回到墩前村。然而令他万没想到，高高兴兴过个年，回来却遇到大悲之事，不啻五雷轰顶！先是于荻叶，在他离开的第二天被歹人所害；再是徐杰和丁香，在他回来的前一天为革命牺牲！

原来于荻叶三年前加入共产党，担任区妇救会副会长，与会长徐杰携手领导妇女工作。为组织发动群众参加抗日救国活动，她经常活动于盘石、崖西头、盘川夼、河西庄一带。西豆山村东有伪军岗楼，敌人封锁严密。为打开这一带局面，于荻叶自告奋勇，深入虎穴开展工作。进西豆山村，她首先找到联保主任梁树芬，向他宣传抗日救国道理，指出只有为人民立功才是光明出路。几经教育，梁树芬表示愿为我党做事。事隔几天，日伪军开始扫荡，于荻叶把两位地下党员连夜送到梁树芬家中，并对他讲："这两位同志要住在你家，鬼子来了，你就说他们是伙计，如果出了差错，可别怪我对你过不去！"梁树芬又惊又怕，只得从命。敌人扫荡过后，两位同志安全回到工作岗位。随后她利用梁树芬做了许多工作，打开了西豆山一带工作局面。于荻叶机智勇敢令人佩服，大白天越过孟家庄据点时，敌人说她是八路，她不慌不忙地说："你们真是被八路吓破了胆，八路都是夜里行动，大白天他们敢到这里来吗？"伪军听她讲得有道理，便把她放了过去。夏夜，她独自一人来到西豆山，在大街上教青年男女唱抗日歌曲。有人劝她说："若是被东山岗楼的鬼子听见，你要掉脑袋的。"她干脆地回答："我不怕掉脑袋，要是怕，我就不来了。"她到蒲湾村宣传时，站在台阶上滔滔不绝地讲着抗日救国道理，听众夸赞说这个女子真行！也有个别人骂她是疯子。她听后说道："有人说我是疯子，我愿当一个对革命、对人民有用的疯子。而有些人甘心做亡国奴，甘心给日本鬼子卖命，连疯子都不如，是被千百万人所唾弃的狗屎！"

她对革命工作的执着，受到共产党人和革命群众的支持和拥护，同时也被敌人视为眼中钉。就在杨子千回老家过年的第二天，于荻叶在盘川夼村宣传时被大刀会的人发现，报告了孟家庄伪据点。恰巧独耳狼铃木崎在此。原来他以熟悉岛外地理为由，要求出岛查找偷袭刘公岛的队伍，其实醉翁之意不在酒，想借机觅色盗花，于是又跑来桥头，住在孟家庄伪据点，让梁筠懿找漂亮花姑娘。梁筠懿正为此事犯愁，得报于荻叶之事，急忙派人前去劫色。第二天拂晓，于荻叶出村后即被跟踪。当她行至偏僻处，被歹徒拦住。于荻叶用尽全力与敌搏斗，终因体力不支身负重伤昏死过去。歹徒以为她已死，加之有村人早起搂草，便撒手离开。于荻叶从昏迷中醒来时，想到身上的文件，忍着剧痛，爬到一个土堆旁，磨破手指扒了个土坑，把文件包埋好。当同志们找到她时，她用尽最后一丝气力，断断续续说了句："文件……埋……土、土堆……"便永远闭上了眼睛。年轻漂亮的小叶子，芳年二十一岁，停止了花的绽放。

徐杰身为八区妇救会长，工作大胆泼辣，颇受群众拥护。其时桥头、孟家庄一带设有日伪岗楼，敌人经常到附近村庄残害百姓。为打击敌人的嚣张气焰，徐杰组织青妇队员张贴标语，散发传单，她还将传单包上石头，扔进敌据点。在其努力下，桥头区的村村庄庄、大街小巷经常能看到鼓动抗日、反对投降的标语。敌人对她恨之入骨，怕得要命，一心要除掉她。刚过大年，农历正月初四，徐杰和女干部丁香在报信村开完会，冒着刺骨寒风，星夜赶回墩前村。夜已深，两人来不及烧炕，和衣而眠，休息片刻。虽然土炕冰凉，但回想着区党委有关对敌斗争的指示，盘算着如何发动群众打击敌人，憧憬着赶走日本侵略者、人民翻身解放的未来，身心都觉得热乎乎的，就连睡觉嘴角都挂着微笑。然而两人没想到，由于汉奸告密，噩梦正悄悄降临。天蒙蒙亮，徐杰推醒了丁香。这些日子工作紧张，很少睡个安稳觉，多想好好睡一会儿，可任务在身不容松懈，硬撑着起来。两人穿戴好，来到院中，拉开门闩正欲开门外出，忽闻街上一片嘈杂。徐杰一惊，回头对丁香说："不好，我们可能被敌人包围了。"话音刚落，院门被几个汉奸踢开，十几个日伪军破门而入，将她们逮捕，押往孟家庄伪据点。

第二天，敌人对她进行审讯。伪军中队长梁筠懿亲自出马，先是以金钱诱惑，将两千元伪钞放在徐杰面前，假笑道："乡里乡亲的，低头不见抬头见，我不想让你受罪。只要你交出共产党员名单，我保你享尽荣华富贵。先收下这点小意思，立功以后大大有赏！"徐杰啪的一声将伪钞打散在地，手指梁筠懿道："谁稀罕你们的臭钱！告诉你，金钱富贵打动不了我的心，要杀要砍随你的便！"梁筠懿恼羞成怒，向外一摆手，进来四个刽子手，对她严刑逼供，鞭子抽、杠子压、灌辣椒水。徐杰被打得头破血流，昏死过去，敌人用冷水把她浇醒。梁筠懿暗想，酷刑定能让一个女子屈服。然而任凭敌人怎么折磨，徐杰宁死不屈。梁筠懿气急败坏地问："你为什么要跟共产党干？"徐杰反问道："你是中国人，为什么给日本鬼子当走狗？"梁筠懿气得吼叫："不交代我枪毙了你！"徐杰坚定地说："为了早日打败日本鬼子和你们这些走狗，我死而无悔！"软硬都敲不开徐杰的嘴，梁筠懿仍贼心不死。

第三天，初七集日，他又使出最后一招毒计，将徐杰押到桥头集，绑在戏台上示众。梁筠懿气势汹汹,走到徐杰面前说:"再给你一点时间,只要你交代谁是共产党,我立即放了你。不然,哼!"说着晃了晃手枪。徐杰早把生死置之度外,抓紧利用集日人多这大好时机,宣传抗日救国道理,揭露汉奸认贼作父卖国求荣的罪行,她大声疾呼:"兄弟姐妹们团结起来,把日本鬼子赶出中国!"戏台前,聚集的人越来越多。人们从这个勇敢的青年女子身上看到了共产党人钢铁般的意志,增强了同敌人斗争的勇气,徐杰也从人们眼睛里看到了愤怒和觉醒,呼喊声愈加高昂。敌人心慌了,赶忙驱散群众,把徐杰和丁香拉到桥头河滩枪杀。徐杰中弹倒地,挣扎着爬起身,朝敌人骂道:"走狗卖国贼!人民饶不了你们!打倒日本鬼子狗汉奸!"敌人又连开数枪,她壮烈牺牲,时年二十五岁。

就这样,在杨子千离开的这段时间,三位女杰牺牲,五籽花剧团的五花再凋落三朵,只剩于森独花一支。杨子千得知实情悲痛不已,发誓要为三姐妹报仇。他特地骑马跑到城里买了狗不理包子,还有纸、香,在三人坟前摆了包子焚了纸香。蹲在于荻叶坟前叨咕好久,说了上回看电影没吃上狗不理包子之事,今日请小妹吃饱。

翌日王冰和于森归来,自也是悲痛万分。于森哭得昏死过去,王冰也忍不住落泪。盘算一宿,第二天早起,杨子千只身出去,要杀几个日伪军为叶子三姐妹报仇。他的计划,是割下三个日伪军头颅,最好是鬼子头,祭祀三姐妹。半路上想,三年前与鬼子兵相遇相斗,是在凤林集,今日不妨还去凤林看看,摸摸情况再动手。

一路趱行,来到凤林,偌大一个村庄空空荡荡没见几人。行至当年林福摆摊剃头的地方,驻足观望,阳光暖暖地照在碎石墙根,微风掠过,石缝里几株枯草轻轻颤动。怔怔看着,眼前浮现出林福给自己抹上肥皂刮脸骗过日伪军追杀的情形,又浮现出沟于家西山刀匪窝里解救林福的情景,乃至联想到林福被日军的狼狗咬死在老树夼的壮烈场面,他咬咬牙,深深鞠了三躬,心里说:林兄,当年您在此救了我,也因此让我结识义兄王冰,走上了正确之路,由衷感谢您。您献身抗日,不畏日寇,被鬼子残杀,杨某今日出马,决心宰几个小鬼子,既要祭祀刚刚牺牲的三个姐妹,也为您出口怨气,报上一仇!愿林兄九泉之下保佑我马到成功!

礼毕,转身来到不远处当年徐杰夫妇开的羊汤馆,只见房屋尽显老态,屋顶瓦缝零散长着枯黄的猫尾巴草,正面大门紧闭,门额"梁氏桥头羊汤馆"招牌早已不见。门前地上遍落枯叶,偶有残枝夹杂,踩踏其上嘎巴作响。杨子千心潮翻腾,那日与鬼子兵搏杀之场面历历在目,王冰救他进入后院,与连城、丛树生等人相识,徐杰端来羊汤大饼与大家食用,后又送他一包大饼半路与日伪兵打斗派上用场……再想到徐杰的英勇就义,几欲落泪。深吸一口气,咬咬牙攥紧拳头,低声说道:"徐姐,我佩服您,佩服您的姐妹!您、丁香姐,还有叶子小妹,是了不起的巾帼英雄……我、我们没能保护住你们的生命,实在惭愧……话不多说，我定下心来，要割下三个鬼子头，祭祀三位姐妹英灵。或许我办不到，那我就以命相拼，杀几个算几个，即便命丧黄泉，去与你们相见，也在所不辞！我刚打听过了，这附近蒿泊就有鬼子据点，我这就过去，想法杀小鬼子！"说罢深深鞠三个躬，寻路往蒿泊而去。

这日恰逢阴历初十，蒿泊大集。杨子千在集上行走，心想或许碰到小鬼子，宰三两个鬼子并非难事，可这光天化日之下要割下鬼子头，可就有些难处。边走边想着，忽然旁边有人叫："这位兄弟！"杨子千不由得转头看，打个愣怔，原来是那年凤林集上卖油炸糕的汉子，此时仍支着油炸糕摊子，挑了个"油糕刘"布幡，夫妻两个卖油炸糕。

杨子千靠近跟前，看着油糕刘问："你认识我？"油糕刘道："怎个不认识？那年在凤林集，小鬼子欺负我，你和大伙一起替我不平，要不是旁边剃头匠扯着，你差点儿冲上来，我看在眼里。后来听说你在旁边羊汤馆与小鬼子干了一架，小鬼子耳朵都削掉了，却没有伤你一根毫毛，满集的人都夸你！"说着竖起大拇指。杨子千微微一笑："那算不了啥，小鬼子太欺负人。"油糕刘又问："我看你满集扫觅，在找人？"杨子千一顿，四下瞅瞅，低声问："集上有没有小鬼子？"

油糕刘愣一下，正要说话，来了两个主顾，买油炸糕，便示意妻子打理，扯杨子千衣袖来到摊子里边空闲地，那里摆了两个马扎，他让杨子千坐下，回身去油锅旁，手脚麻利地炸好半铁盆油糕，麻纸包了五六个，拿过来递给杨子千。杨子千接过，闻闻香喷喷的油炸糕，一笑说："三年前小鬼子搅得没吃上，这回吃上了。"一口咬半只，吸着气翻嚼着，连声夸道："好吃，好吃，不愧油糕刘这名号。"油糕刘微笑道："慢慢吃，别烫着，能吃多少尽管吃，我请客。"杨子千看他一眼，回之一笑。

油糕刘在另一个马扎坐下，挪近杨子千，压低声音说："找小鬼子干啥？要干架？"杨子千放慢咀嚼，朝外瞄了瞄，回道："差不多。你看见没？"油糕刘也四外看看，说："没看见小鬼子。不过集上有穿便衣的汉奸，说话办事得小心。"看杨子千一眼又说，"小鬼子二鬼子还有便衣汉奸很猖狂，你得注意安全。"

杨子千露出感激之情，说道："放心吧，我会稳妥行事。"油糕刘便说："蒿泊集很少看到日本鬼子，伪军倒是常见。"杨子千一愣："小鬼子老实了？不到集上撒野了？"油糕刘说："还真说不上咋回事，反正小鬼子很少见，偶尔碰上一回，有伪军陪着，好像是别处来的。"杨子千道："蒿泊就有鬼子据点，小鬼子不来集上骚扰？奇怪了。"

油糕刘起身帮妻子打发几个买家，顺便又包一包油炸糕，回身递给杨子千，坐下来说："据点里的事，我不清楚，你要真想了解，我倒有个关系。"杨子千忙问："什么关系？"油糕刘说："你记不记得那年凤林集鬼子伪军欺负我，章管的伪警里头有个年长的，叫邹化汀，凤林人，向着咱们说好话，那人不错，为了养家糊口稀里糊涂当了伪警。"杨子千眨巴眼想想，嗯了一声。油糕刘接着说，"现在都成了伪军，听说章不管去了盐滩据点还当了小队长，邹化汀就近在蒿泊据点干，去年开始还混了个小事务长，常到集上来买东西，一来二去熟识了，我常给他些好处，关系还算不错。我有个堂兄弟会做饭手艺，想谋个差事，我求邹化汀帮忙，还真成事，眼下就在据点里干大厨。要是想了解据点里的事，找到他那比我强得多。"

杨子千眼睛一亮，说道："这倒是个好主意。要是见到他，提起你来他会买账？"油糕刘说："那可不，我们本来就有来有往，我帮他谋了差事，更亲近了。只要说是油糕刘的朋友，他必会尽力相帮。"稍顿又说，"要不你在集上逛逛，等散集，我陪你去找他。"杨子千想想，说道："你忙吧，我自己想法找他去。"把手中剩下的两个油糕一股脑塞进嘴里，起身就走。油糕刘后边又包一大包油糕，叫喊着也没喊住，叹口气："哎，这是个正直好人，老天保佑他顺顺利利。"油糕刘回摊子忙活。

杨子千离开油糕刘，直奔柴草市。有了上回进序班庄商立旦兵营的经验，这回照旧操作，估计没大难处。他买了一担干柴，找根长树枝担了，打听着往据点而去。半道寻个没人处，怀里抽出锋利的尖刀，插进柴捆中，挑起柴直到据点门口。不想说半天好话，两个站岗的伪军就是不让进，说厨房的粮草都是邹事务长安排，没接到他的话，厨房也不会买这柴。杨子千忙说这柴正是邹事务长让送来的，许是他忘了告知二位。

正交涉间，一个伪军突然说："邹事务长出来了。"朝院里叫道，"邹事务长，有人送柴，说是你……"院里年长伪军道："稍等哈，我尿泡尿。"拱到茅厕里。一会儿出来，边系裤子边说，"谁呀？谁叫送柴啊？前天刚送来两担，才烧一小半。"来到门口。杨子千一看正是凤林集那年长伪警，说道："邹事务长我来送柴了。"邹化汀一愣："你、你……"杨子千忙说："邹事务长贵人多忘事，油糕刘不是说好过来送柴吗？"邹化汀眨巴着眼，挠挠耳朵，猛然说道："哦……哦哦，看我这脑子，真是忘了，挑进来吧。"又对站岗伪军说，"这不是要蒸饽饽嘛，得烧好柴，蒸得透暄才好吃。"伪军高兴道："快挑进去，这担好柴，蒸出的饽饽一准暄。"说着摆摆手，放杨子千进去。

快到厨房门口，邹化汀拦到杨子千前面，奔拉着脸说："别以为我真二糊了，你送柴怎么回事？跟油糕刘有啥干系？"杨子千一笑说："油糕刘是我好朋友，今天集上柴草多，卖不掉，我叫他帮忙处理，可他炸油糕也烧不了多少，没办法，让我来找邹事务长帮忙，就是这样。"邹化汀瞪瞪眼："真是这样？没瞎说？"杨子千咧咧嘴："真是这样。谁至于为一担柴编瞎话糊弄兵爷，那不是活腻啦？"伸手指指嘴说，"你看我嘴巴上是不还沾油，刚在他那吃了油炸糕。"邹化汀打量他一眼，咕哝道，"倒是有点儿面熟。走吧！"领至伙房门前，指着地上说，"先放这里，跟我进来。"杨子千随着进屋。

里边有个三十来岁男子正在忙活，看到邹化汀进来，忙说："邹事务长有么事？"邹化汀指指身后的杨子千说："你哥的朋友，送来一捆柴，放门外了，看你哥的面子收着吧，给个好价，你先垫付五角钱，过后给你。"男子应着。邹化汀转身出去。杨子千对男子说："你就是油糕刘的堂兄刘大厨吧？"刘大厨点点头。杨子千又说，"我跟油糕刘是好朋友，他叫我来找你。"刘大厨嗯嗯两声，翻出五角钱交给杨子千，说："我也帮不了什么，柴米油盐酱醋茶，凡是花钱的事，都归邹事务长管，他说给多少我就给多少，你别怪。"杨子千一笑："这就挺好，在集上顶多也卖这个价。"稍顿又说，"这里住多少官兵？够你忙活吧？"刘大厨动手切菜，回道："一个中队，三四十号人。我一个人做饭有点儿累，不过就图多挣点儿，硬顶着干吧。"杨子千又问："有多少鬼子兵？"

刘大厨张张嘴还未说出，门又开了，邹化汀一脚踏进来，瞅着杨子千问："你打听鬼子……皇、皇军干啥？找事啊？"杨子千笑笑，镇定地说："没啥事，就是好奇，不知鬼……啊皇军，吃饭跟咱中国人是不是一样。"邹化汀上下看看他，说道："拿钱了吗？赶紧走吧，你打听的这些话，要是被别人听见，哼，要绑了你。"杨子千道声谢，只得转身出去，心想出门想办法躲起来。

刚出门，就听里面刘大厨说："邹事务长，你说的明天队伍要去徐家疃剿匪，让我多准备饭，这到底得准备多少？"杨子千一怔，赶忙停住脚步，侧耳细听。里面邹化汀压低声音说："你小声点，这可是军事秘密！"稍顿又说，"我也说不准多少人吃，听说城里也来队伍，要把这些重要人物一锅端，你就可着劲地蒸饽饽，蒸包子，他们吃的话也方便。我回来就是告诉你，大概明早丑时……"声音低到听不清了。

杨子千耳朵靠到门上听，忽然里面有脚步声，急忙退后几步。邹化汀一开门看到杨子千，又惊又气，斥道："怎么还没走？你在干啥？"杨子千装作害怕的样子，指指柴捆说："我……我没干啥，我是想把柴捆给你搬到哪儿放着……"邹化汀瞪瞪眼，指向旁边小草棚："那你搬到那里去，放好了赶紧走，叫头头看见还得审你一顿。"杨子千答应着，把柴搬过去，顺手抽出刀放回怀里，离开据点。一路上回想邹化汀明早剿匪之语，觉得日伪军所言剿匪当与共产党相关，事情重大不能不管，向路人打探了徐家疃路途，快步而去。

约莫一个钟点，来到徐家疃。这是个靠山的村庄，百十来户人家。村中多树木，槐榆为主，此时节尚无绿叶，枝杈赤裸恣意生长，像凌空的筋骨，护卫着村庄。看着这样的村庄不由得想起屯钟家，两村多有相似，那年初春前去找寻王冰，乃威海卫特委成立在此开会，遇到站岗放哨的于荻叶和徐杰、丁香，还闹了一番小误会，岂想仅仅三载，三姐妹为抗日献出生命，心里不免泛起酸楚。

正行间，忽闻身后传来女子声音："前面这位，你停步。"杨子千回头看时，身后不知何时跟了三位女子，穿着棉衣，围巾包脸，难知模样年纪，恍惚当年的于荻叶三姐妹。三女子走近了，其中包绿围巾女子说："不好意思啊外人不能随便进村。"杨子千问道:"为啥?"女子说:"近期周边村庄有伤寒疾症,恐怕传染我村,所以没有特别要事,不是拜亲访友,不得进村。"杨子千暗想肯定有共产党人在此,三位女子正是岗哨,于是说道:"我有特别要事,前来拜亲访友。"女子追问:"你亲戚是哪家?姓甚名谁?"

时间紧迫,杨子千来不及掩饰,直接说道:"我的亲戚姓共……"三女子一听,颇为惊诧,迅疾散开围着杨子千。杨子千接着说,"快把我带到你们领导那里,我有要事报告。"绿围巾女子厉声问道:"你是什么人?如实说!"杨子千郑重道:"不必多问,我真的有紧急情况要报告,快带我去吧!"

女子上下打量他一番,摸出只小哨子,吹两声尖利哨音,不一会儿便有两位壮汉从胡同里跑来,问明情况,其中一人说:"若像你说的那样,得把你绑了……"杨子千伸出胳膊:"行行,快绑了去见领导。"两人掏出绳索捆绑起来。一人摸出他怀里的尖刀,说道:"带刀干啥?要行刺?"杨子千着急道:"行走乱世,防身而已。快带我去吧,别误了大事!"

两人对视一眼,年长男子说:"去吧。"说罢掏出个灰布袋子,套在杨子千头上,两人一边一个攥住胳膊,穿街入巷走去。也不知拐了多少弯,杨子千只觉得走迷宫一般,布袋套头看不见路,随他二人行走,约莫十多分钟,似乎进了一个院落。年长男子说:"你们在这等等。"松开杨子千胳膊,噔噔噔快步走去。

不一会儿好似陪人从屋里出来,说道:"就是这人,说要报告急事要情。"脚步声来到跟前,只听有人说:"你是什么人?报告什么事?"杨子千听这声音耳熟,说道:"不知是哪位领导,说话声好个耳熟。"来人听了他的话"嗯?"了一声,一把扯下头套,惊喜道:"杨兄弟!是你啊!"杨子千一看眼前这人却是刘锡荣,高兴得瞪大眼,咧嘴笑道:"是你啊刘兄!"年长男子看看杨子千看看刘锡荣,愣怔道:"刘主任你们……"刘锡荣笑着说:"这是我好兄弟,杀鬼子的好手,快快解了捆绑。"两人赶紧解开绳索,还回尖刀,年长男子说:"刘主任那我们回去了。"刘锡荣说:"回去吧,顺便叫你们毕队长过来。"两人应声而去。

杨子千问刘锡荣:"刘兄,听他们喊你刘主任?"刘锡荣微笑道:"嗯,办事处主任。"原来从去年底开始,刘锡荣既担任中共威海卫工委书记,还兼任威海卫行政办事处主任,抗日大队大队长兼教导员,身担四职。杨子千道:"那我也得称你主任了。"刘锡荣一笑:"你可别那么客气,喊我刘兄、老刘哪怕豆腐刘都行,听着亲近。"杨子千笑道:"那我还叫你刘兄顺嘴。"刘锡荣一拍他肩膀:"好。走吧,屋里说话。"

进了堂屋,靠里边墙根摆张破旧的小八仙桌,桌上有暖水瓶和几只陶瓷碗,桌边放着几把杌凳。刘锡荣让杨子千桌旁落座,倒一碗热水给他,坐下说道:"有点儿简陋,这里就是威海卫行政办事处,旁边几个屋有行政科和公安局,特工队住在前边不远。"杨子千看着刘锡荣:"这就是威海卫行政办事处?也太简陋。"刘锡荣一笑说："就这么简陋的办公条件，敌人也不让我们安生，我们的驻地转移频繁，邓南庄、泊子、榛子崖、北风口、沟王家、沟曲家、沟于家、彭家埠、朱埠、大山口、小山口、张家山、南小城……"杨子千伸手止住："停停停，快别数了，马上又得转移。"刘锡荣愣了一下："怎么说?"杨子千便把在蒿泊据点得到的消息说了。刘锡荣一下站起身说："你真是来报告紧急情报啊?"杨子千也站起身说道："那可不，我还以为敌人要来剿杀共产党的什么小组织，岂料是你领导的威海卫行政办事处，怪不得蒿泊据点要协同城里的敌人过来行凶。"

说话间，门口有人报告，刘锡荣说声快进来，杨子千一看是毕云，更是喜出望外。两人笑着相互拍了拍对方。刘锡荣把蒿泊据点敌人要联合城里日伪军围剿办事处之事说了，毕云一番惊异，看看杨子千，杨子千点点头："嗯，就是这样。"三人沉默一会儿，刘锡荣说："照杨兄弟所说，消息应当无误。现在粮食紧张，据点的敌人生活也好不到哪去，平日地瓜窝头能填饱肚子就算不错，这不年不节的蒸包子蒸饽饽，的确反常。"毕云道："刘主任分析得有道理。"刘锡荣稍一思考，说："宁可信其有不可信其无，何况我们驻此超过两月，已有些不安全，正好换换地方。"毕云"嗯"了一声。刘锡荣看着毕云接着说，"咱到旁边屋跟他们几个商量一下。"又对杨子千说，"杨兄弟喝口水稍等片刻，我们开个小会。"杨子千回声："你们忙吧。"两人出屋去。

不多会儿工夫，毕云回来，告诉杨子千，开会决定办事处马上搬离徐家疃，刘主任跟其他几位工委及办事处领导还在研究别的事。杨子千给他倒一碗水，两人坐下说话。当得知三位女子牺牲之事，毕云悲痛不已；又听杨子千要割三颗鬼子头祭祀女英雄，轻拍桌子说："好，咱俩一起干!"喝口水又说，"正好开会定下，办事处傍晚迁移别处，我领几人断后，查探敌人情况。咱们寻机杀鬼子。"杨子千高兴道："好啊，毕兄割鬼子头有经验，这样最好。"两人说话不提。

到了晚间，办事处所有人员迁离徐家疃，毕云带两个队员断后，和杨子千一起，埋伏在村外要道旁。此时节依然寒冷，夜间尤甚，四人特意穿了厚衣，还觉得冷。毕云将四人分作两组，藏身路边不远处草垛里，借着淡淡月光，监视着路上情况。杨子千和毕云藏身一处，低声交谈。杨子千得知刘锡荣对毕云非常器重，先是在抗日大队增设特务排，亦称特工队，任命毕云为队长；后来又调任威海卫一区即城市区区长兼区中队长，而且还亲自介绍毕云加入了中国共产党。毕云也不负众望，取得优异战绩，将一身的武功传授给队员，带领特工队和区中队与日伪军展开斗争，搅得敌人寝食不安。杨子千对毕云走上革命道路快速成长甚感高兴，连连鼓励。

两人说着话，不觉到了丑时。杨子千突然碰碰毕云的胳膊，小声说："有情况。"毕云朝路的远处看去，果然隐约看到有队伍过来，赶忙掏出手枪以作防备，两人做好隐蔽。及近，只见敌人队伍百余人，队前几人衣着若汉奸之形，紧随其后为大队伪军，最后为小队日军。队伍行进甚快，几无声息，只偶尔传出"跟上，跟上"低声督斥。

目睹敌人进了村，毕云悄声对杨子千说："这回你可立了大功，要不然不知我们会遭受多大损失。"杨子千回道："情报属实就好，没让我们的人白转移一场。"毕云说："敌人破坏猖獗，办事处还有一区队可谓居无定所，一年会转移几次，几乎没在哪个村待上半年。"杨子千"哦"了一声，又说："我们那事，今晚能不能下手。"毕云想想说："我推测敌人此番行动，目标就是要剿灭我办事处，组织相对严密，而且人多势众，我们不宜贸然动手，以免打草惊蛇。咱想想办法，要采取突然袭击之法杀敌于不备，方可成功。"

杨子千碰一下毕云胳膊："士别三日当刮目相看，你这能力大长啊，不愧为一区区长、区队队长。"毕云轻声道："是敌人逼着我们成长。"杨子千又说："我进过蒿泊据点，里面的刘大厨可以利用，还有那个邹事务长……"

毕云回道："先别打蒿泊据点的主意。"杨子千不解："为何？"毕云道："到眼下为止，日寇在威海卫境内设有二十五处据点，最早四处是1938年设立，其他都是1940年或1941年设立，这些据点驻的大多是伪军或伪警，像附近的蒿泊据点，只驻了伪军一个中队，北竹岛据点也是驻着伪军伪警，只有温泉汤和鹿道口两个据点驻有日军。温泉汤驻有日伪军和伪警百余人，鹿道口据点驻有日军一个小队和伪军、盐警百十号人。咱们不是想尽力割三个鬼子头吗？进城里难度大些，这两个据点难度比较小，鹿道口据点有我们的内线，而且那里的鬼子好像还没遭到我们袭击，思想放松，更为适合行动，所以……"

杨子千高兴得捣毕云一拳："真有你的，摸得这么清楚！"毕云道："别忘了我干过特工队长，这都是我的正常工作。怎么样，去鹿道口？"杨子千说："好，听你的。"四人钻出草垛，趁夜色往西而去。

天傍亮，四人来到羊亭区贝草夼村。羊亭之名颇具传奇，晋人伏琛所著《三齐略记》已有"杨庭"，相传那时有个杨姓家族庭院，故称"杨庭"。道光《文登县志》中，写到的是"羊亭集"，光绪《文登县志》标记为"羊亭"，从此开始"羊亭"这一称谓便固定下来。

来到村前，杨子千问毕云："地遥村僻，你咋知道这么多事？"毕云道："吾师收我之时，曾有一人从师学道，便是贝草夼的王师兄。王师兄长我二十余，天资聪慧，学识颇丰。师父原想将道长之位传于他，可他恋家心重，又逢他老母患病，无奈归乡，便由我接了师父衣钵。王师兄老母病故后，时常回天后宫探望，我也数次来贝草夼拜访师兄，这一带的风土人情都是听他所讲。"

杨子千"哦"了一声："是这样。"毕云接着说："王师兄是家中的老大，身下有几个妹妹，排行最小的老弟年纪与我俩相仿，图着拿点儿军饷背着王师兄加入了伪军，就在鹿道口据点。王师兄常常埋怨他干伪军，他有心退出，又恐日伪报复，只得硬挺着干，从不做伤害周围百姓之事。前一阵我到南边王家夼村有事，有空闲过来看看师兄，不巧正遇上他弟弟在家，师兄当着我的面教训弟弟，我也趁机宣传抗日救国道理，他弟弟当场表示愿为抗日效力，如若需要他会尽力相帮。"

说着话一行人来到王师兄家，天亦亮透，王师兄正在打扫院落，这是在天后宫养成的习惯，早起清扫庭院。王师兄将四人让进屋，做早饭大家吃过，按毕云的意思，央村邻前去鹿道口据点，只说兄长病重，叫弟弟回家一趟。弟弟果然请假回家，方知真相。毕云和杨子千从弟弟口中得知据点里日伪军情况，又了解到日军官兵每逢羊亭集日必会三三两两赶集之事，心中有了打算，两人一拍即合，如此这般定下大事。毕云派一队员回去，到办事处新驻地向刘锡荣汇报今晨敌人偷袭徐家疃情况，并说自己执行新任务，正常情况后天可完成，若有要事可随时派人来贝草夼找他。

布置妥当，毕云、杨子千还有另一队员，照师兄所言，到南边二三里路的炉上村，找到打铁炉匠，出了好价，央他打三把上好的七寸钢刀，刃要开得锋利，配牛皮刀鞘。尔后三人到羊亭村，四下里查看村落地形，大路小道。又到鹿道口，在村北小山上日伪军据点周围隐蔽侦察，掌握敌情。天将晚，返回贝草夼王师兄家中住宿。翌日再出，复看羊亭及鹿道口，又将羊亭周边山峦林木细细查勘。

三十三

营南惨案

忙过这天，便是农历正月十三，乃羊亭集日。毕云三人一早起来，收拾停当，吃过早饭便去羊亭大集。昨日傍晚从炉上村取回短刀，试过果然削铁如泥，锋利无比，每人一把携带。杨子千的短刀比起这把成色稍逊，便留给了王师兄，又从王师兄家找了三条布袋携之。

三人来到集上，先买三炷香，让店家包好，又买了麻绳，与香一起藏在预计撤退之路旁；然后来到集市中，找到半人多高的土戏台，上面有孩童追逐玩耍，三人装作歇息，随意坐在戏台边，抽着旱烟，眼睛扫视着集市。过去一个钟头，也未看到日本兵，只有三两个伪警走过。再过一会儿，时已近午，满集上人头攒动熙熙攘攘。

三人正有些心急，杨子千忽然伸手碰碰身边的毕云，嘴巴朝集上努了努。毕云顺势望去，只见打集市的西边过来小帮人，远处看不清面目，但浅黄色的军服一眼看出是日本兵。毕云朝两人点点头，继续盯着日本兵看。人群拥挤，行走缓慢。日本兵渐渐靠近，细看却是五人，这叫三人犯了难，若动手恐有闪失，若不动手错过此时还得等下个集日，今日十三，是徐杰与丁香头七祭日，恰还是于茯叶三七祭日，倘今天能行动得手最为适宜。三人正犯难，杨子千突然"咦？"了一声，看时那鬼子兵有了变化，前边两个日本兵仍前行，后边三个却停下，跟旁边的商贩比画着说话，商贩听不懂，日本兵着急起来斥责商贩，而人多吵闹前两个日本兵并不知情，依旧随着人群前行。杨子千说声："机不可失时不再来。"手一撑跳下地。毕云朝队员一摆头："行动！"三人迅疾朝日本兵靠过去。

三个日本兵正跟卖猪头肉的商贩耍横，忽然锋利的尖刀闪电般插进他们胸膛，三人腿一软跌倒在地。周边百姓吓得一哄而逃。三人哪敢迟疑，挥刀割下三个日本兵的头颅，装进布袋，各自提了往东北山区跑去。另两个日本兵发觉有异，欲回身时却被潮水般的人群冲击，一瘦小日本兵倒地被众人践踏，另一个被人群裹挟跑出好远方才停下，回身找到倒地同伴，见负伤难起，搀扶起来一瘸一拐回返，看到三个被割首的日本军，惊骇失措，不知所以，呆愣一会儿才哆哆嗦嗓鸣枪报警。此时三位好汉已跑出二三里路，顺着事先查探好的沟洼野道，径往东北方疾行。布袋里本就垫了木屑，加之此日天冷冰冻，故而未有血迹溢出。待日伪军赶到集市，大集已空，除了三具无头尸，再就是遍地的石头瓦块，遗弃杂物，间或跑掉的破鞋。尸体附近有掉落的猪头肉，满集却不见丢失的人头，更不见丝毫行刺者踪迹，日伪军便似发疯的野狗，在羊亭附近窜来窜去，一无所获。

毕云和杨子千提着鬼子头，带着香和麻绳，一路上山。此山乃里口山向南之延伸，虽没有里口山高大，但也是羊亭附近的高山。上到山顶，找准昨日选好的东南方平坦处，朝着三位女杰牺牲的方向燃起三炷香。望着袅袅上升的香烟，杨子千低声念道："徐杰姐、丁香姐、叶子小妹，我没能保护好你们，永远痛心愧疚……今日是徐杰姐、丁香姐头七祭日，是叶子小妹三七祭日，得毕云兄他们鼎力相助，砍下三颗鬼子头为你们祭祀，完成我心愿……愿你们九泉之下稍得慰藉，消消怨气……"毕云也说："三位姐妹正是我的榜样，毕某也加入了共产党，必将冲锋陷阵多杀日伪，不惜性命，死而后已……"

言罢礼毕，倒出三个鬼子头，堆在地上，祭祀女英雄。时过三刻，祭祀毕。按原筹划，为长我抗日意志，灭敌嚣张之气，他们将三个日本兵的头颅绑扎好，依旧布袋提了，绕道至鹿道口村附近，挂到烟威公路边大树上示众，以震慑日伪军。诸事做成，三人回返。

三人回到办事处新驻地，毕云和杨子千去向刘锡荣汇报。刘锡荣听罢说道："这事虽有些粗莽，但你们干得漂亮，灭敌之威风，长我之志气，为三位女英烈报仇！我对你们表示敬意。"稍顿又说，"正好杨老弟也在，上级给咱一个新任务。"毕云和杨子千异口同声说道："新任务？"刘锡荣点点头："嗯，跟我来。"领两人来到旁边屋子。

两人进屋一番惊喜，原来梁大胆在此。三兄弟寒暄过了，刘锡荣说："文登城的狗汉奸为虎作伥，领着鬼子到处欺压百姓，为非作歹。尤其外号'猴子'的鬼子翻译官，是汉奸头头，坏事做得不少，很是嚣张。上级信任我们，让我们派几位同志去教训教训这只'猴子'。我打算让毕云同志的特工队或梁学福同志的武工队来完成这个任务，你们师徒俩商量商量吧。"

毕云和梁大胆对视一眼，梁大胆说："我们一起。"毕云点点头："嗯，我们一起。"转眼看看杨子千。杨子千接口说："还有我。"刘锡荣看三人一眼，一笑说："你们三人，个顶个有本事，能凑在一起行动，那最好。"又看杨子千，"只是杨兄弟……"

杨子千道："报告大队长，我也是特工队的一员。"毕云说道："嗯，刚成立特工队时，杨兄弟也是其中一员，由于经常要协助王冰同志工作，决定他不需参加特工队日常活动，随同王冰同志便可。"

刘锡荣点点头，说道："那好，就你们仨了。"梁大胆问："用不用提这猴子翻译官脑袋回来？"刘锡荣道："上级的意思，这回先震慑他一下，不要他命，让他多为抗日做好事，若是继续作恶，必将惩处。"毕云道："明白。"三人便研究此行之计。

第二天早晨，文登的鬼子正在做早操，大街上忽然走着三个穿日本军官服的人，有敌兵投之狐疑的目光，当看到他们大摇大摆径直向翻译官住处走去，敌兵放松了警惕。此时猴子翻译官还和他老婆睡在暖和的被窝里，突然房门被踢开，二人惊醒，只见三个军人一下靠在炕前，翻译官半仰起头哇啦几句日语，他老婆则向枕头底下摸去。杨子千见机断喝一声，掏出尖刀指向其口鼻，顺势抢过枕头底下的手枪，指向翻译官，二人这才老实。毕云警告他们，日本鬼子必将失败，赶紧悬崖勒马，多为抗日做好事，如若继续作恶，特工队随时可提他脑袋。一番教训，猴子翻译官吓得连连称是，表明以后只是混口饭吃，绝不真心为鬼子出力，绝不参与祸害中国人。最后毕云掏出写好的保证书，让他签了字。猴子翻译官穿好衣服，陪送三人出了城门，三人安全回返。

在树林里找到各自衣服换好，谈论一番刚才的事，梁大胆一转话题说："刚才这事干得没过瘾，不如咱们接着再干一桩。"杨子千问："干啥？"梁大胆道："海埠邵家村有两个作恶多端的汉奸，上级有意将其除掉，我们何不一鼓作气去干掉他们。"杨子千随口应道："好啊，这就去干。反正昨天咱们也跟王冰兄弟见过面，他知道咱俩在一起，也不会担心我。"毕云道："嗯，前两天刘主任还说过这事。这样吧，咱们马上回办事处，把鬼子皮送回去，跟刘主任打声招呼。"梁大胆一挥手："快走吧。"三人快步往回赶。

当晚，三人来到海埠邵家村，先到村东头汉奸邵罘贡家，梁大胆率先破门进院，见了邵罘贡一个箭步冲上前，迎面一拳把他打昏在地，杨子千和毕云将其捆绑，拖至门外。随后又到村西活捉了邵肉乐。第二天，在文登县青口岚村西处决了这两个汉奸，为百姓除害，为死难的战友和乡亲们报了仇。

这日枪毙汉奸由威海卫公安局执行，毕云另有要事未能到场，杨子千和梁大胆目睹汉奸被行刑，心舒气爽。正欲回赶，听到身后喊："一家子留步。"两人回身，见是威海卫公安局政卫队政治指导员梁明亭，桥头区东洛后村人，与梁大胆厚交。梁大胆招招手说："今天这活儿咱公安局干得好。"

梁明亭走近，说："还是一家子干得漂亮，逮住这两个汉奸。"梁大胆瞪瞪眼说："小事一桩。"话题一转问道："手头有啥好活分点儿给咱武工队。"梁明亭笑笑，说："你呀，见了面就是要活儿。"转眼看看杨子千。梁大胆忙做介绍，梁明亭一愣，"呦，大名鼎鼎的杨千秋，早有耳闻，杀鬼子除汉奸一把好手，刘锡荣主任对你赞赏有加。"

杨子千忙道："过奖过奖。"梁明亭这才说："还真是有个好活儿，可是……"梁大胆急道："可是啥？给我了。"梁明亭一笑："活儿都给你武工队干了，我们公安局闲扯呀？"稍顿又说，"这样吧，这是个要紧活儿，时间仓促，不容有失，公安局和武工队联手干一个。"梁大胆高兴道："好啊，快说说啥活儿。"

梁明亭左右瞄瞄，见没有生人，压低声音说："这家伙应该都熟知，就是盐滩据点的伪军小队长章卓玉。"梁大胆和杨子千异口同声道："章不管？"梁明亭道："就是他。这小子认贼作父，投靠日本当汉奸，以人民为敌，残害共产党员和抗日群众，犯下累累罪行。他作恶一方，欺男霸女，这不刚刚看上一个姑娘，强行逼婚，女方无奈几欲自尽。她的一位亲戚在咱们大队，跟刘主任汇报了这事，刘主任便跟公安局商量除掉这个恶棍，一则救了这个姑娘，二则他是梁筠懿的干儿子可以震慑敌人，三则……"

梁大胆急道："行了不用多说，这个家伙早就该死！你说怎么干？"梁明亭道："据我们暗查得知，后天就是他大婚日，明天屯侯家集，他要到集上置办结婚物品，我们就在集上干了他。"梁大胆和杨子千点头应答。

第二日，梁明亭带一名政卫队员，和梁大胆、杨子千一起来到屯侯家集。在集上逛了一圈，没见到章不管，四人来到一个卖熟驴肉的小摊前，买一包驴肉吃起来。正吃着，赶集的人纷纷躲向两边，让出一条道，有二三十个伪军走过来，最前边穿便衣戴礼帽的正是章不管。卖驴肉的摊主小声说道："你们让让道，别得罪了章不管，他会随手扇嘴巴子。听说他明天要成亲，这是来搜刮东西。"说话间见众伪军在一个避风处站下，只有章不管带一贴身卫兵走向集市。章不管身佩匣子枪，卫兵身背大盖枪，在集上溜达。梁明亭留下政卫队员监视众伪军，三人跟上章不管，寻找下手机会。章不管走到一个柿子摊前，看到黄澄澄的柿子，便把围着买柿子的人轰开，弯腰挑拣柿子。梁明亭见机已至，跟梁大胆和杨子千使了眼色，三人一齐靠前。及近，梁明亭一个箭步蹿上去，迅疾掏出二八匣子，顶着章不管后脑勺扣动枪机，叭的一声，章不管一头栽倒在柿筐里。身后的杨子千掏出尖刀对准卫兵心窝，喝道："老老实实留你性命！"卫兵一时吓蒙，嘴里不停地央求："饶命，饶命……"梁大胆夺下他的大盖枪，梁明亭则卸下章不管的匣子枪，朝天叭叭开两枪，喊道："乡亲们快走！"轰地一下集市大乱。四人随着赶集的人流，带着缴获的枪支向南撤去。

杨子千数日之内连干几桩大事，心下稍觉安慰。回到墩前村，说与王冰听，王冰竖起拇指称赞。二人攀谈，王冰告诉杨子千偷袭刘公岛之事不是八路军干的，乃是郑维屏部所为，嫁祸共产党八路军。杨子千恍然大悟。正如所言，日军查清偷袭之事正是郑维屏部所为，遂下杀心。日军要剿灭郑维屏部队，暗下准备，严守秘密。直至3月25日，文登伪县长徐瑞卿安插在文城日军司令部当差的懂日语的内线，偶然听到宫岐与威海日军通电话，得知了惊天消息，立马报知徐瑞卿。徐瑞卿与郑维屏交情厚，当下派心腹往营南村。郑维屏得到消息异常惊恐，说道："担心之事还是发生了！"急忙下令部队于当晚冒雨向草庙子、黄山一带转移。26日黎明，威海与文城日伪军数百人，在大刀会引领下，包围了营南村，发现郑维屏部已转移，日伪军留下部分兵力清剿村庄，大部兵力寻踪追击郑维屏部。

　　清剿村庄的日军闯进农家，翻箱倒柜，将全村贵重财物洗劫一空。躲藏在陈桂序家里的五名年轻妇女，遭一群日军轮奸，一个十九岁姑娘被轮奸后，惨死于刺刀下。上午九时许，日军以开会为名，将村人驱赶至村东操场。一日本军官通过翻译说："东西全部烧了，人的统统不要啦！"在场的女人和孩子吓得哭作一团，有些老人跪求饶命。日本军官又叫翻译说："人的要，房子的不要。"日本军官一挥手，日本兵把汽油泼洒到房屋上，点上火。此时风大，风助火势，顿时大火连作一片，除村西北角几间房屋，余者全部被焚。日军折腾到天黑，用大车拉着所劫物资撤回文城。村人无家可归正要投亲奔友，刀爷桂茂带大刀会又将村子包围，不准一人离开。男女老少只得坐宿街头。

　　次日天刚亮，日军又回，先把未烧毁的房屋重新点着，又拉网式抓捕村人，见逃跑者当即开枪。村民陈金序在村东被一枪打死；陈宗杰之妻刚跑到村边，被日军用刺刀挑死。除个别村人逃出，余者一百二十余众又被赶到东操场。下午三时，日军将众村人押向场南沟边，村民陈周子不从，被日军刺死。村人发现日军已在周围架起三挺机枪，知道敌人要下毒手。村民陈宗生慢慢向壕沟边移动，意欲逃脱，被日本兵一刺刀捅到沟内，幸其棉衣较厚，没刺中要害，才免一死。此时日本军官挥手下令，三挺机枪同时扫射起来，百余村人应声倒下。日军仍不罢休，将未打死的村人与尸体一起掀进壕沟。陈英序妻子未死，日军揪其头发丢进沟里。一个四岁女孩趴在妈妈尸体上哭叫，日本兵抓起孩子两腿，劈成两半，丢进壕沟。日军又向沟里搬石头，填泥土，心比虎狼。

　　日薄西山时，日军撤出营南。幸免于难的村人哭嚎着奔回村子，寻找亲人，挖掘尸体。壕沟旁泥血淤积，尸体遍布，目不忍睹。哭声凄惨，耳不忍闻。陈世若之妻被挖出后，怀里还死死抱着未满周岁的孩婴。王秀华和王秀法姊妹俩守着无头的父亲和少腿的母亲，哭得死去活来。陈秀兰和于仁芬看到被残害的亲人，惊吓而死……日寇两次洗劫，杀人一百三十余人，其中营南村被杀村民一百一十九人。烧毁房屋千余间，全村房屋几为灰烬。其后又有五人因惊吓、悲愤和饥饿而亡。此即"营南惨案"也。

　　郑维屏率部仓皇西逃至草庙子及黄山一带，被日军追上。中午，日军将黄山包围，战斗异常激烈，郑部杨德峰所率特务营百余人几番冲杀未果，被敌重机枪扫射，死伤过半，剩下四十余人逃至韩家山一带；27日中午至初村，遭日军伏击，杨德峰等三十八人亡。而郑维屏率部先到黄山，后又到双角山和王家夼一带，当晚在韩家山村和几个小山庵住了一宿，清点队伍不足五百人；27日赶到米山新发庄再住一宿。28日下午，已改任便衣队长的王应心脱离郑维屏，擅自带领约二百人遁逃。郑维屏部下不足三百人，逃往文登翠峡口村。此时八路军五支二团三营驻扎昆嵛山北，营长鞠文仪、教导员王大伟得情报立即部署，率部直扑翠峡口村，黄昏时发起总攻，郑维屏部官兵大都投降，少数逃窜。郑维屏见大势已去,惊慌失措跑到街上,混在乱军中,一名八路军战士见到他,用枪指住,郑维屏谎称自己是秘书,交出手枪,乘机夹在人群中隐至胡同里,向村南王家产村逃去。

此战郑维屏部二百余人被俘,包括八大处长在内三十余人被击毙,缴获各类枪支三百余及郑维屏部所有军需物资。郑维屏在东海的"抗八联军"彻底覆灭。由于误传郑维屏被击毙,国民党山东省政府撤销其山东省第七行政区行政督察专员公署。其实他逃离翠峡口后,已是一无所有,就连他的国民党证、威海卫警察局长证和行政督察专员公署大印都丢掉了,为活命抢劫了一个讨饭老叟,顾不得酸臭呛鼻,剥下破衣烂衫套在身上,只身逃到桥头区某村一朋友家中隐藏。一周后去了烟台,后去莱阳,在赵保原驻地住一段时日,得知自己已被免职,无奈只得去了重庆国民党总部。

而另有一人,几乎与郑维屏同时东逃,便是曾干过郑维屏副官的刘玉栓,他曾在虎豹山战斗中用土炮轰击日军,曾担任偷袭刘公岛日伪军行动副指挥,郑维屏部被打散后,他回到村里,以打鱼为生,隐于舟海。

刘公岛发生偷袭事件后,日本人加强了安全防控,凫破浪偷运钢铁已是不易。杨子千为此颇是着急,这天他又来到沟北村,探听情况,顺便去老船东刘玉岫家一趟。刘老夫人见了他便流下泪,说起刘玉岫被日本人抓走,生死未卜,求他前往郑维屏驻地,告诉刘玉栓一声,设法搭救。杨子千二话没说,当即赶往营南村。恰巧这一天正是日军包围营南村,欲剿灭郑维屏部。杨子千来到村外,远远看到烟灰飞天,闻见哭喊连声,时不时还有枪声鸣响,揣摩事有不祥。正犹疑间,见一人猫腰顺着壕沟仓皇跑来。杨子千忙俯身一堆碎石砬子后,借着石砬子顶上一蓬灌木枯枝,小心探视那人。那人跑到近处,费力爬出壕沟,两手捂着腹部,蹲在地上喘息。

忽然自村头快步跑来一人,穿着深灰衣裤,打着绑腿,头包青巾,背负大刀,步履极是敏捷。少顷跑近,蹲着喘息的男子发现来者,慌忙起身欲逃。追赶之人喊道:"我知道你受了伤,你跑不掉!老老实实跟爷回去,皇军或饶你不死!"说着跳下壕沟,几下子爬上沟沿,唰地抽出大刀,指向踉踉跄跄跑了几步的男子叫道:"再跑一步,一刀劈了你!"欲逃跑男子吓得一哆嗦,回身朝持刀男子弯腰行礼,说道:"都是中国人,求、求兄弟放过我吧!我看出来,今天这日、日本鬼子是起了杀心,回去命、命就没了……求求兄弟放、放过我,日后必、必有重谢……"持刀男子哼了一声,说道:"你想害爷呀?我过来追你时,大日本皇军看到了,还朝我伸大拇指。我若放了你,皇军还不得毙了我?大刀会和大日本皇军是好朋友,刀爷亲率我们协助皇军剿灭郑维屏部残匪,我狼头刀不能对不起皇军,对不起刀爷!快快跟我回去,休得啰唆!"

杨子千听了这话心头一动,透过灌木枝隙,定睛细看,这厮正是那日在界石大集逞凶的大刀会小头目狼头刀,心底腾地蹿起火来。只听要逃离的男子又苦苦哀求："刚才被日本兵捅一刺刀，多亏穿、穿得厚，没被刺死，掉进壕沟里，偷偷跑出来……可、可我肚子还是被捅伤……痛、痛得很……不找郎中……恐怕也得死掉……我、我不想回去，求你高、高抬贵手……"狼头刀吼叫一声："爷的暴脾气你是不知！我数五个数，或者你人回去，或者爷提你头回去！一、二、三……"杨子千见情紧急，摸起一块拳头大的石头，忽地站起身，朝着那厮脑袋砸去，同时跃过石砬子飞扑上前。也是那厮该死，杨子千心存怒火，这一石头力道沉猛，稳稳砸中他太阳穴，狼头刀"哎呀"一声痛叫，扑通倒地，昏死过去。杨子千上前扶着男子便走。

行不远，来到一处小树林，二人停下。杨子千见那人比自己年长，便问道："这位大哥，你是营南村的吧？到底发生了什么事？"男子捂着肚子喘息道："我、我是营南村的，姓陈……郑维屏的部队驻俺村……前些日子，他们偷袭刘、刘公岛，抢了日本人的枪，事情败、败露，日本鬼子要、要灭了郑维屏的部队……昨天一大早，大、大刀会这些日本鬼子的走狗，带着几百个鬼子，包、包围了俺村，郑维屏提、提前得信跑了，鬼子就、就拿俺村撒气，烧……烧、烧光了房子，杀了好多人……昨晚日本鬼子撤、撤回文城，村里人本来可、可以跑掉，可大刀会硬是看着不让动，今天小鬼子又、又回村抓人杀、杀人，我被小鬼子捅、捅了一刀没、没死……"杨子千看看他腹部衣服已透出血来，忙又问："你现在怎么办？这伤口马上要治，这附近哪有郎中？"男子道："往前二里，是我姨村，村里有郎中，我、我过去就、就行……没事，死、死不了……"杨子千一听忙扶他赶往那村。

将男子送到其亲戚家安顿好，想想日本鬼子及其走狗大刀会之恶行，心下气愤不过，不由得返回壕沟边，正看到狼头刀苏醒过来爬起身，冲上去挥拳将他击倒，取过大刀将其砍死，方才离去。想想刘家人还盼着得知刘玉岫他们的下落，于是直接去了威海卫，费一番功夫打探到了，这五人已被押往青岛审问。回沟北村讲明情况，老妇人自是一顿落泪。

杨子千回墩前村见到王冰，气呼呼地要求消灭大刀会，说叶子和徐杰、丁香三姐妹，还有营南惨案，以及早先牺牲的林福、曹芳春，皆有大刀会恶迹，不灭之天理难容。王冰平静地点点头，说大刀会是秋后的蚂蚱，蹦跶不了几天，再未多说。其实此时，党组织也早感到大刀会之猖狂恶行已对抗日产生极大危害，因其主要盘踞在文荣威交界处的大水泊至天福山一带，且势力庞大不容小觑，故而三地党组织决定联合将其灭除。由于事情重大，以及上回洪水澜灭匪之失误，党组织要求此次行动严格保密，行动之前不得对外透露。王冰虽然信任义兄，可组织既有规定，也不便提前泄露风声。杨子千见王冰对消灭大刀会并不积极，有些着急，说道："大刀会作恶多端，罪该万死，今日不灭，还留他作恶不成？"王冰稍顿片刻，说道："你说得有理，可大刀会势力很大，据说刀爷手下有数千徒众，就连威海卫大刀会大部成员也都合聚于此，占了本区域总会匪人九成以上，虽然大多是受蒙蔽之村民百姓，真动起手来不堪一击，但毕竟还有少数死心塌地为刀爷卖命者，这股势力不可小觑，眼下不了解其内情，故而不宜轻举妄动。"言者无意，听者有心，杨子千暗暗定下一个主意，要独闯匪巢，探查大刀会内情，回头再跟王冰商量剿灭刀匪。

王冰这几日不停地四处开会，而且有些神秘，不跟杨子千多谈。杨子千也就不去打扰，寻个借口离开墩前村，自行其事。他怀揣那把羊亭集杀鬼子的尖刀，一路南行，途中遇到不少推车的挑担的，一打听今天恰逢大水泊集，于是随赶集的人来到集上。

集市上漫无目的逛了一圈，天已近午，腹中饥渴，在一处羊汤摊前驻足，点了大碗羊汤，两张单饼，小机凳上坐了，边吃边想着打探大刀会情况之计。刚吃几口，一匙羊汤将近嘴边，突然肩头被人拍了一掌，匙里羊汤洒出，淋了衣襟，心下不满，扭头看时吃了一惊，身后走过之人看那身形不是别个，分明是多时不见的小耗子！自打杨子千进刘公岛为八路军做收集废旧钢材之事，忙得顾不上小耗子，后来想起他却又寻找不到，暗想他许是身遇不测，心下郁闷不已，万不想却在这里遇上。正在惊愕间，小耗子回头朝他招招手，快步离去。杨子千赶紧起身追赶。

两人一前一后一路小跑出集市，前方有几堆草垛，小耗子闪身躲到其后。杨子千跟过来。两人一见面，杨子千朝小耗子轻擂一拳，小耗子哎哟一声叫道："你使那么大劲干吗？"杨子千扑哧一笑说："你小子还活着，我以为再也见不到你了。"小耗子摸着肩膀说："可不是，我差点儿见了阎王。"便把自己的事说起来。

原来前段时间，小耗子被几个大汉装进麻袋背上大山，一路上磕磕碰碰又憋又闷，没少遭罪。到了山中被倒出麻袋，半天缓过气来，方知是入了大刀会的老巢驾山。盘踞在驾山一带的大刀会正是文登大刀会总部驻地，人员众多，乃威荣文地域大刀会最大势力者，成千刀匪常驻驾山南的驾山窑等村，匪首刀爷桂茂等要匪则藏身驾山，时不时下山弄些吃喝日用，或协助日伪军祸害乡里。近些时日刀爷常为一事犯愁，大刀会人口益众，日常花销难以维系，方圆数十里可谓穷乡僻壤，百姓自身无以果腹，一遍遍地抢掠已是粒米难求，如何搞来钱财豢养手下众徒成了心头重负。某日有心腹献计曰，据传驾山乃秦始皇当年东巡行经之处，各地贡品众多不便携带，便在山中暂藏，以待日后起运。不料秦始皇归途驾崩，天下大变，此事便无人过问。民间有传言：驾山一个洞，抵得上全山东。说的就是此事。

刀爷桂茂听了心下大动，他也知道这个民间传说，可是真是假谁也说不准。眼下正是盼钱眼红的时候，宁信其有不信其无，于是召集数百喽啰漫山遍野寻找宝藏，寻了三日，宝藏未找到，却摔伤二三十人，死一人，还多吃了近千斤好粮，直让他一筹莫展。心腹又献计说，桥头有一奇人，身材矮小，却有探宝神功，曾探得古墓黄金一批，被八路军得去，何不弄来一试。刀爷觉得在理，于是派人将小耗子用麻袋背来。刀爷将锃亮的大刀架在他脖子上，让他在驾山寻宝，如若不从，身首两断。小耗子闻知刀匪的凶残，尤其是刀爷心狠手辣，暗想只有先答应下来，再想办法逃脱。

  在山上这段时间，每天至少四个刀匪看随着他，漫山寻宝。今天大水泊集日，小耗子编了瞎话，说要到集上吸吸人气，冲冲阳脉，以利寻宝。刀爷不知真假，又不敢耽误大事，便分拨八个刀匪随同盯防。到了集上，小耗子边溜达，边找寻脱身之机，没想看到了杨子千，口里不敢声张，偷偷老远儿盯梢。可是人太多，没多会儿不见了身影。小耗子正犯愁，忽然赶集人群剧烈骚动，看时有三个日本兵过来，身后跟随一队伪军，日本兵全然不顾用刺刀伤人，吓得百姓纷纷躲闪，场面混乱。小耗子见机一躬身钻进人缝，由于身材瘦小，灵巧前行，一会儿便找到羊汤摊上的杨子千，两人得以相见。

  杨子千听了小耗子讲述，高兴地扳着小耗子肩膀，说出自己要进山查探刀匪情形，要小耗子这般这般相帮。小耗子本打算脱身而去，听了杨子千这话，想想说："好，我带你上山。"杨子千看着他说："这次陪哥进山，或许会丢了命。"小耗子道："为灭掉刀匪，即便搭上这条贱命，我也认了。何况跟杨兄一起行事，生死无悔。"杨子千拍拍他肩膀说道："好兄弟！我们尽量活着回来。"两人商量一番，起身赶回集市，找到那八个急疯了的刀匪。小耗子说刚才人群里看到兄长，一着急追过去，费劲找到了；又说兄长是个樵夫，常在山林行走，熟悉山间诸事，可带他一同去驾山寻宝。刀匪见他没有逃跑反而带兄长回来，觉得他是真心探宝，便带两人一起回山。

三十四

剿灭大刀会

自大水泊北行不远，即驾山窑村，村在驾山南缓坡偏下位置，从驾山流下来的水，在村中形成一条常年涓涓不竭的小河，养育了一代代沿河百姓。驾山窑大多黄姓，乃明朝洪武年间由山西洪洞县大槐树迁至棘林，又于明永乐年间奉旨迁到即墨，明中期由即墨九里夼迁入文登驾山南坡驾山寺前。因村坐落于河东岸，古称河东。清初期，村中建窑烧陶，以地近驾山故名驾山窑。过驾山窑村，来到驾山脚下，但见山上松柏翠绿，景色俊美。据传秦始皇东巡于文登设台召文后，起驾向东去往成山头的途中驻跸此山，故称其为"驾山"。驾山方圆千顷，远看威武壮观，雄伟挺拔，貌似一座山，其实乃众峰合之。其主峰老崮顶，高百丈，很少有人登临，这从上山的道路便能看出，根本没有像样的路。东北坡的天福山有条极难行的小道，沟壑纵横，老树参天，山陡路险，常人难以上去。山南坡相对缓而长，却是到达主峰老崮顶最便捷的路线。

一行人沿山间小径亦步亦趋，时急时缓，来到驾山寺。驾山寺古名"清凉寺"，有元统三年重修记及明万历十七年重修碑记。元碑记曰："文登县治之东三十里，驾山之阳，旧有古刹，额曰清凉寺，左视浮峰，南瞰铁槎顶，北连正棋山，枕天门涧，右耸峰山，松杉郁茂，溪壑幽深，土腴泉甘，龙盘虎踞，岚光翠气，峙映沧溟，紫霭白云，旋腾霄汉。披松风而揽月鉴，登岩石而窥禅林。"与其他寺院不同，驾山寺不是建在山顶或大山之中，而是建在山前较为平坦处，且规模不大。此时寺里似乎住了不少人，但看身着衣裤可知并非出家者，想必是刀匪。有人朝这边看看，见是自己人，并未在意。

过了驾山寺，即要登驾山。寺的北面是天门涧，乃驾山南天门。天门涧两旁向前蔓延两座大山，宛若常年敞开的两扇大门。西面那座山从正面无法上去，东面那座山山势稍缓相对好走，但路太远。中间的天门涧峭壁直立，攀爬困难，一行人却选了这条登山之路。涧乃两山间之峡谷，天门即峡谷尽头的石壁。沿涧谷走到头，便是几乎垂直的绝壁，向上看冷石森然，巉岩嶙峋，两边山峰遮天蔽日，阴森可怖。路虽陡，仔细辨认还可看出登山人踏出的"之"字形痕迹。刀匪两人在前，六人在后，中间是小耗子和杨子千，艰难攀登。小耗子在前攀爬着，不时有碎石滚落，杨子千紧随其后，时不时托他一把。小路有时被高大的灌木覆盖，需从灌木底下钻过。手足并用爬了一袋烟工夫，他们爬上山顶，但见其上遍布着奇石怪松，有些高大松树被风吹倒，横七竖八歪倒在地，枝干已枯腐。

山顶时不时可见刀匪身影，有的练拳脚，有的耍刀枪。八个刀匪跟岗哨打过招呼，得知刀爷桂茂在老崮顶练功，便朝那处而去。天门涧与老崮顶山脊相连，不难行走，只是行走间感到脚下的山梁咕咚咕咚响。小耗子看杨子千心生好奇，小声告诉他，山里人说若掏开天门涧，山里面是空的。

一行人上了老崮顶，极目南眺，南海边九顶铁槎山群峰相连，清楚可见；西面的文登城乡星罗棋布，傲然耸立的昆嵛山似被拉近眼前；远望北面无垠的山势，正棋山遥相呼应；东面则见乡村尽收眼底。驾山山脉群峰亲密无间，山势各显雄姿。俯瞰天福山，宛如大海之波澜，这里曾是中共胶东特委活动的中心，被誉为"小苏区"，特委书记理琪同志隐藏在天福山下的沟于家村，领导胶东人民开展抗日救亡活动，亲自撰写了《告胶东同胞书》。1937年12月24日，理琪和胶东特委率领八十多名抗日骨干，在天福山上举行威震胶东的天福山起义，创建了胶东第一支人民武装——山东人民抗日救国军第三军，点燃了胶东人民武装抗日之烽火。

由驾山派生出的余脉，一直伸展到平川地带，行路必经山口，很多村庄选择在山口附近建村，有报信口、岳家口、碑鲁口、西字城口、小河口和五岔口。在这几个口中，报信口是古文登与威海的交通分界点，英租威海卫时期的文威分界线也划到这里，当年这里爆发了一场抗英斗争。1900年初，强租威海卫的英国军队在没有与中国地方当局协调好的情况下强行划界，沿途遭到威海人民强烈抵抗。5月5日划至报信口，附近千余群众手持铁锨、锄头、木棒、石头向以彭罗斯为首的十五名英军扑去，他们将英军围住，与之混打在一起，与端着洋枪的敌人展开殊死血战，敌人退缩至附近驻地，村民们仍穷追不舍，尽管颇多死伤但仍不退缩。事后英国人一直惊叹于中国人的勇气，一名英军副指挥布鲁斯在日记中写道："他们浑身充满一种一往无前的精神，不断地被击退，又不断地冲上来，有的人甚至已经身中数枪也仍在不停地冲锋。"

驾山因山体庞大，泉眼密布，衍生出不少河流，在众多大小河流中，送驾河声名最响，此名自与秦始皇有关。送驾河发自驾山，沿途群流汇集，终成大河，千百年来流淌不息，奔涌入海。自古名山僧侣多，驾山也不例外。此山寺院有四，西面的松山寺，北面的友松庵，东面的玉皇庙和南面的驾山寺。四座寺院呈十字对称分布，颇为规整，两佛两道和睦共处。四座寺院中，规模最大者莫过玉皇庙，清初大水泊人始建于主峰老崮顶，嘉庆元年易建于天福山，有大殿三间，为青砖黛瓦，高门大窗，供奉着玉皇大帝，天福山起义时理琪等领导人的指挥部即设于此。

杨子千正四下观望，小耗子拽他一下，回头看时，迎面过来个黝黑壮实的汉子，身背大刀，满脸杀气。刀匪个个毕恭毕敬，喊他刀爷，便知是刀爷桂茂。杨子千听这名字不下百遍，上回夜间打斗看不清真容，今日相见，感到确实不比常人，难怪能竖起大刀会旗帜，统领千百匪徒。刀爷听刀匪说过情况，盯着两人看一会儿，恶声恶气地问："真的是兄弟俩？"

小耗子忙说："不是亲兄弟胜似亲兄弟，我俩一起从热河逃难过来，结拜兄弟，生死与共，就是这样刀爷。"杨子千也说："对对，我们打内心里当亲兄弟。"刀爷嘿嘿干笑："我说呢一个武大郎一个那啥……小一号的武松。"周围刀匪哈哈笑。

刀爷让刀匪上前搜身，杨子千早把尖刀藏在了上天门涧路边的石缝里，自是搜不出啥来。刀爷便对小耗子说："好，你说让你哥来帮你，利于寻找财宝，刀爷我就信着你。可有一条，我这好吃好喝供养着，你哥俩一个月之内找不到财宝，当哥的就得下山去抢，一天一百块现大洋，要是连着三天完不成任务，你这当弟的就得脑瓜子落地！"小耗子吓一哆嗦。杨子千忙道："好、好的刀爷，我相信我这弟弟，他有这本事，从小就神神道道，都叫他'小半仙'。"小耗子嘿嘿一笑，偷偷瞪杨子千一眼。事情就这般定下。

接下来杨子千和小耗子便漫山逛游，刀爷分拨十个刀匪跟随看守。两人凑在一起指指点点假装研究地形地理，小耗子低声埋怨杨子千道："你找死啊，咱上哪去找财宝？一个月后你上哪一天抢一百块现大洋？"杨子千轻声一笑说："你就寻你的宝吧，别的不用你操心。"瞄瞄两边刀匪又悄声说，"你多领着往刀匪住的地方走，尤其刀爷的老窝。"小耗子答应着，心里有数了。

两天里，两人把山上刀匪情况摸个遍，至于山下驾山窑等村驻匪情况，小耗子早已知情。杨子千又偷偷授小耗子一计。小耗子便对刀匪说，藏宝之地心下影影绰绰有点儿眉目，接下来要找个最静谧之处搭棚宿住，以便山神托梦点拨。刀匪上报刀爷，刀爷自是应允。杨子千便让小耗子领至后山悬崖处，此处绝壁百丈，陡峭如劈，人迹罕至。小耗子让刀匪在悬崖边上搭起草棚，夜间宿住。原来杨子千那天去往大水泊集的路上，正好与几个卖山货的同行，这几人简直就是山里通，就近的驾山自不必说，就连稍远的昆嵛山、正棋山、伟德山、铁槎山等也都熟门熟路。杨子千特意打听上驾山之路，得知最常走的就是天门涧，最难走的则是后山绝壁，常人根本无法通行，采山人则绝壁有路，行的是一道斜挂的石缝，靠着好的臂力腿功，加之胆大心细，方可攀行。曾有人丧命此路，故平常百姓几无人敢试。这几日杨子千留心观察后山绝壁石缝，觉得下山并非太难之事，于是谋生出悬崖边搭棚下山之计。当日晚间，两人休憩于此。刀匪则在草棚对面另搭一草棚，住在里边监视二人。

夜半时分，月光正明，杨子千悄悄从草棚后边钻出，顺着绝壁石缝，小心翼翼爬下石壁，顺着谷底小溪，向东下行。行一个钟点，出了驾山，踏上南北官道,一路奔跑回到墩前村,叫醒王冰,将事情前后说过,尤其将山上刀爷率刀匪驻扎情形说个清楚,让王冰赶紧想法组织队伍攻打驾山,他回山上做内应。

王冰想想说:"事已至此,我就说开了,你独闯驾山侦察匪情,虽说是擅自行事,不守规矩,但也立了大功。近期威荣文三地我们的队伍正在筹备消灭盘踞于驾山一带的大刀会,原本就定在最近几天行动,驾山窑附近几个村子的驻匪不成问题,难就难在躲藏在驾山上的匪首桂茂不好对付,所以迟迟没有行动。如今有了你的情报,以及你可作为内应这样的便利,拿下驾山全歼刀匪不成问题。我陪你赶紧回驾山,免得刀匪发现你的秘密,伤害了小耗子,我也顺便熟悉一下路径,明天一早找刘锡荣同志研究方案,明晚会有人从绝壁石缝上去与你见面,带去行动命令。"杨子千高兴道:"那太好了,我马上回去。"说过话两人赶紧动身,王冰直把杨子千送到绝壁下,一再叮嘱小心慎重,仰视他模糊的身影攀上了崖顶,方才返回。

杨子千回到草棚里,半宿未眠的小耗子一颗心方才落地。杨子千与他耳语,说了情况,他高兴得悄声咧嘴笑。两人抓紧工夫眯一小会儿,天亮起身,刀匪见两人一切正常,放下心来。小耗子对刀匪小喽啰说,昨晚安静无声,睡梦中藏财宝之处地貌更加清晰,估计再有几日清静无扰,藏宝准确位置定会梦到。刀匪赶紧报给刀爷,桂茂煞是高兴,告诉刀匪近几天既要看紧二人,又不能打搅骚扰,尽一切努力找到财宝,我们的队伍马上壮大起来,你们几位都是有功之臣,会单独有赏。刀匪听了兴高采烈,对小耗子照顾甚是周到,就连打只野鸡,厨子也会按刀爷吩咐分小耗子一碗汤肉。小耗子则照杨子千所说,声称到天门涧寻找梦中景貌,杨子千趁机偷偷取回藏匿的尖刀,别在腰间。

当晚子时,绝壁下传来几声夜鸟啼鸣,杨子千知道自己人来了,赶紧做好迎接准备。不多时上来一人,朦胧中看出是梁大胆,三人高兴不已,无声相拥。梁大胆耳语二人,剿匪方案已定,今天天亮我军开始行动,挑选出的尖刀排二十人就在绝壁下待命。三人躺下歇息。时辰到了,梁大胆钻出草棚,擦着一根火柴,朝绝壁下晃动,随即听到下边传出夜鸟叫声。不到一袋烟工夫,尖刀排人员一个个攀爬而上,挤坐草棚中等待命令。四时许,天刚亮,山下南部突然响起枪声。梁大胆掏出手枪,低声说:"同志们,消灭刀匪的时刻到了,马上行动!"说罢带头冲出草棚。二十几人如出洞的猛虎,冲进对面的草棚,没待刀匪醒过神来,将其个个塞嘴捆绑,留下小耗子和一名战士看守,其他人由杨子千带路,摸向匪首桂茂住处。

天渐渐大亮,山下的枪声惊动了山上的刀匪,个个提刀而出,发现梁大胆和杨子千等人,呼啦围堵上来。梁大胆无奈朝天开一枪,叫道:"八路军大部队来剿灭你们这些反动分子,不怕死的上来,一枪一个,个个不留!"刀匪们见状吓得不敢动。杨子千喊道:"赶快放下屠刀立地成佛,晚了小命难保!"刀匪看着黑洞洞的枪口,个个放下大刀跪在地上。尖刀排留下四人看守,余者仍跟随杨子千前行。一路上不断留下人员看守被俘刀匪，及至匪首老巢，只剩下杨子千、梁大胆和两名战士。

冲进石洞，里面空无一人，杨子千说道："不好，老东西跑了！"大家赶紧撤出匪巢，四下搜查。杨子千看到前边树林里一个身影闪一下，抬手一指道："在那！"四人追过去。追到天门涧处，梁大胆见匪人躬身欲往下逃跑，挥手开枪，那厮中枪，跌下山去。

此时我方队伍已冲近天门涧，梁大胆挥手叫喊，杨子千则下山迎接队伍，领路上山，清剿山上残匪。我威荣文三地抗日武装在联防指挥部指挥王子明率领下，向大刀会驻地发起全面猛攻，击毙十几人，活捉二百多人，其余千计徒众溃散。此战，匪首刀爷桂茂被梁大胆击伤后被当地百姓打死，另一头目周同海也被击毙。是为5月5日。

驾山剿匪之战给文荣威地区大刀会以致命打击，但残存大刀会头头仍不死心，北京先天道总部委任邢沈元为文荣威先天道指导专员，企图恢复大刀会势力。同年6月21日，邢沈元带领威海大刀会残部二十余人到桥头南台，在桥头据点伪军一个小队协助下，强迫当地群众修筑南台据点。据点白天修，夜间就被群众拆掉，一直修了半个多月，才把据点的围墙修成。7月8日晚上，参加监修的伪军全部回桥头，南台据点只剩下二十几个大刀会成员。威海抗日大队趁机发起攻击，仅二十分钟便攻进据点，生擒七人，打死十余人。大刀会头子邢沈元和原二大队队长"丁二娘"均被击毙。至此，大刀会这股反动武装，在威海境内被全部消灭。

剿灭了大刀会，杨子千心下自是欢喜，然而小耗子要离开，又让他颇为失落。原来近些日子小耗子接连梦到了母亲，想想一家人葬身日寇炸弹下，自己逃难出来再未归家，心下愈发不安，下决心回家给母亲上坟烧纸。送走小耗子，杨子千心里五味杂陈，想找个知己之人说说话儿，王冰成天忙里忙外，常常见不着人影，毕云和梁大胆也都忙于各自工作，想想还是去刘公岛找连城和扈破浪他们。

这日他买了两只烧鸡坐船进岛，直接去找连城，想叫他一起去扈破浪家中小坐。可是连城的一番话，直惊得他双目圆睁，扈破浪已经死去月余！原来刘公岛内的日本兵独耳狼出岛探查夜袭刘公岛队伍之事，无意中得到消息，东疃的扈破浪有向八路军倒卖钢铁之嫌疑，回岛后当即报告斋藤，并要求亲自查办此事。他带两个日本兵找到扈破浪，要押解他到沟北村对质。扈破浪摇船载着三个鬼子兵去往对岸，船行至海中间，突然倾覆，扈破浪抱住两个日本兵沉海而亡，独耳狼紧抱船体最终得救。连城恐独耳狼日后祸害扈破浪家人，恰好当天丛树生来刘公岛公干，便将扈破浪老母、夫人范氏和儿女托付与他，随船带往龙须岛，找临近村庄安顿了。杨子千闻之既悲伤又安慰，多亏了连城和丛树生这些铁交的好友。连城又告诉他，不光扈破浪，开面包房的邵居同也被日本兵欺负，打伤，连城和毕昆山帮他，又央戚家国安排他去城里粮栈工作，最后听说去参加了革命，他喝醉酒曾说，英国人靠不住，日本人靠不住，国民党靠不住，只有共产党可信……杨子千听着，不觉想起王冰、刘锡荣这些共产党员，他们确实有着比常人优秀之处。

连城见杨子千心绪不佳，突然一转话题说："我们这里新来了个少尉区队长，中午可以邀他一坐。"杨子千叹口气说："这个官那个官，这个世道当官的有的是，有几个是为国为民着想的？话不投机，还不如不见。"

连城说道："要是话不投机，心不相近，我邀他做啥？"稍顿又说，"这个区队长叫郑道济，他和那些当官的不一样，是忧国忧民之人。他兼任轻武器射击课教官，经常利用给士兵上课的机会讲抗日战争的形势，宣传抗日。他提醒大家，要远看朝鲜，近看满洲，再看看我们现在的国土，大好河山，被敌人侵略得支离破碎，作为一个中国人，能不感到痛心吗？再看看我国的东三省，那里土地肥沃，物产丰富，是一个非常富饶的地方，可是我们的东北同胞，却吃不到粮食，吃的是橡子面，吃大米成了经济犯，这是亘古未有的罪名。种稻的若吃大米倒成了犯罪，这就是沦为殖民地的下场。他向士兵们讲述国家兴亡匹夫有责的道理，他鼓动青年人要为抗日救亡尽自己一份力量。他阐述中国必胜日本必败的道理，阐述日本是帝国主义是侵略者，挑起的战争是非正义的；中国是被侵略一方，中国的抗战是正义的，是一定能胜利的……他的讲课受到广大士兵欢迎，他也很受士兵拥戴……"

杨子千听着听着眼睛亮起来，说："看来这是个好官，是替老百姓说话之人，那就请来一坐，共抒胸怀。"连城笑道："那好，我再准备几个菜，中午小酌几杯。"

及至午间，在小卖部里间摆下了酒菜，杨子千、毕昆山和于云青说着话，等候连城。不多会儿工夫，门外传来说话声，门开时，连城领一人进来。看时这人身高体健仪表堂堂，身姿挺拔颇有军人之气。此人正是郑道济，烟台人，生于1908年，毕业于葫芦岛航警学校，受过严格的军事训练，毕业后在国民党海军第三舰队教导队任中尉队副。七七事变后国民党海军南撤，他没随队南下，留在胶东加入了国民党山东独立旅姜黎川部，在敌后进行游击战争。因看不惯姜部的官僚作风而离开，来到刘公岛加入汪伪海军，其目的不是卖身降日，而是寻找暂时存身之地，等待时机，施展抱负。

郑道济跟几人打过招呼，杨子千说道："郑队长是烟台人啊。"郑道济一愣："你……"杨子千一笑说："我眼睛好耳朵灵，你在门外说话我就听出来了。"郑道济拍拍杨子千肩膀，笑着说："好啊，小老乡，我也听出你了。我是西沙旺村的，你是……"杨子千回道："我是崮岬河村，烟台南边。"几人说笑着坐下。

郑道济端起酒盅说："看得出来，咱们几个人最能说到一起。今天又结识了小老乡，他乡遇乡音，实乃幸事。我们这些人，生逢乱世，遭受欺辱，为生存做一些忍气吞声之事，但，这只是暂时的，我们要记住自己是中国人，有一天要挺直腰杆，撑起我们的国家。来，干一杯！""干一杯！"大家异口同声，五个酒盅碰在一起。

杨子千去了刘公岛，有一人却来桥头找他，这人不是别个，正是城里的富公子戚家国。戚家国来找杨子千，是有一件心事想找他帮忙了却，原来戚家国看上了于森，暗恋许久，终还是按捺不住，要当面表白相爱之情。没找到杨子千，却碰到王冰，思来想去，还是把这话说了，请求王冰帮忙，促成两人相见一谈。王冰听了自是爽快答应，正好于森这日也在村里，便叫上了，三人一起来到老井羊汤馆，要了个雅座，点了菜肴，酒茶齐备，边吃边聊。两个男人把酒言欢，于森则以茶代酒。

喝过三杯，王冰借故离开，戚家国明白王冰用意，借着酒劲，直接向于森表明心意，并说于森若能嫁到戚家，便有享不尽的荣华富贵。于森静静地听完，微微一笑，说对戚公子的真诚表示感动，但现在不会考虑个人的事，听说你的名字是自己起的，是由于敬仰你们戚姓大英雄戚继光，就这一点便令我佩服，还有在环翠楼你挺身相助，非常感谢……可是佩服和感谢跟婚姻大事不能等同，我现在还不想成家，我有好多好多事要做，一个国家破了，还有什么心思成自己的小家？我想好了，国家不解放，我不会成婚成家……戚家国求婚不成自是失意，但于森的话令他更添敬佩之意。

转眼进入冬季，万物一片萧条。1942 年冬，日本侵略军对胶东抗日根据地进行"拉网合围"大扫荡。这一年敌后抗战正处最艰苦之时，日军对山东抗日根据地进行更加频繁的扫荡，尤以本次冬季大扫荡最为残酷。11 月 8 日，日军华北方面军司令官冈村宁次亲抵烟台召开作战会议，因当年已进行过两次大扫荡，所以决定发动"第三次鲁东作战"，目标是歼灭以山东纵队第五旅及第五支队为基干的胶东军区部队，恢复山东半岛治安，尤其确保青岛至烟台间的交通。冈村宁次是日寇驻华北方面军最高指挥官，以嗜血成性和阴险狡诈而臭名远扬。他亲临胶东，绝非偶然。

胶东半岛三面环海，一面沟通冀鲁平原，水陆交通便捷，物产富庶，自然条件得天独厚，战略位置十分重要。在日本法西斯所谓"大东亚圣战"的战略计划中，一直把胶东作为往来于海上与华北之间的重要通道和"以战养战"的补给基地之一。尤其是 1942 年日军在太平洋战场被迫转入战略防御后，中国大陆沿海地区战略地位日益提高，胶东半岛有数百里连片的海岸线，尤为日军统帅部所重视。随着胶东抗日游击战争的蓬勃开展，八路军在重新打开牙山中心根据地后，依靠牙山，稳步向东西两翼发展，巩固和扩大了昆嵛山、大泽山根据地，大大改变了胶东战略局势，使胶东半岛这把刺刀上到了枪身上。日寇赖以运送人员、军火以及其他物资的这一重要通道和补给基地，受到重大威胁。三、四月间，日伪军出动一万余人，在日军驻山东第十二军司令官土桥次郎中将指挥下，对胶东抗日根据地实施了春季大扫荡。5月间，日伪军又组织四千多人扫荡胶东。入秋以来，日伪军又分头扫荡胶东的东海、西海、北海、南海四个专区。

这次从日寇调兵遣将之多、动员范围之广和准备时间之长来判断，尤其冈村宁次秘密抵烟，预示着胶东抗日军民所面临的日寇冬季扫荡，将是空前规模和极端残酷的。日军此次大扫荡所使用的部队计有：驻青岛的内田银之助少将的独立混成第五旅团主力，驻济南的柳川悌中将的第五十九师团一部，驻张店的奥村半二少将的独立混成第六旅团一部，驻惠民的林芳太郎少将的独立混成第七旅团一部，共一万五千余人，配以二十六艘舰艇封锁半岛沿海，飞机十架协同作战。自11月19日开始，至12月29日结束，历时40天，分三个作战阶段，采用"拉网合围""分进合击"和"梳篦式"等战术，对胶东抗日根据地分区进行毁灭性大扫荡。战役的组织实施，仍由土桥次郎中将统一指挥，并设指挥所于青岛，一度前进到芝罘、牟平指挥战斗。

其时我胶东军区总兵力约一万四千人，其中包括县大队和区中队。11月上旬，胶东军区在海（阳）莱（阳）边区召开营以上干部会议，作了紧急反扫荡动员，研究部署反扫荡作战计划。根据以往反扫荡斗争经验，会议确定采取"保存有生力量，保卫根据地，分散活动，分区坚持"的作战方针，在胶东军区统一领导下，以烟（台）青（岛）路为界，将主力部队和地方武装分为两个指挥系统，烟青路以西有第十三、十四、十五团及西海、南海、北海三个军分区，归第五旅指挥；烟青路以东有第十六、十七团及抗大一分校胶东支校、军区直属队、东海军分区，由胶东军区直接指挥。同时，决定由胶东区公安局干部和警卫部队组成胶东区战时戒严指挥部，坚持在中心根据地进行反扫荡斗争。在东西两个指挥系统内，以团营或连为单位，划分地区，分散活动，避免大部队过分集中。总的意图是，军民齐动员，粉碎日军大扫荡。敌人要"拉网"，我们就"破网"。部队分散坚持，目标隐蔽，行动快捷，一个连，一个营，活动到哪里，就在哪里以部队为骨干，带领群众开展游击战，坚持根据地斗争，在周旋中消灭敌人。

牙山和马石山，是日军第一阶段作战的两个主要合击目标。牙山驻有胶东抗大，是培养干部的基地。马石山西侧的海（阳）莱（阳）边区，正西方向面对据点林立的烟青公路，西南方向是国民党暂编第十二师赵保原部的巢穴。日顽两军互相勾结，海莱边区成为敌我顽三方斗争的最前线。胶东军区的指挥机关，区党委、行政主任公署等党政机关和群众团体，也都常驻马石山的周边各村。11月17日，日军从青岛、高密出动六百多辆汽车，满载大量兵员和作战物资，沿烟青公路和烟潍公路，气势汹汹驶往莱阳、栖霞、福山等地。21日开始，猥集于这些地方的日伪军，分成无数小股，倾巢出动。驻牟平县水道之敌由东向西推进，其余之敌则从西、北分路向东、向南平推。国民党暂编第十二师赵保原部打起日军的"膏药旗"，从他的老窝莱阳玩底（后改称万第）向东北进击。从敌人的调遣中明显看出，其部署已对我栖（霞）牟（平）海（阳）莱（阳）边区的牙山、马石山为中心的抗日根据地构成了合围态势。

敌人第一阶段大扫荡开始了，疯狂的日伪军倚仗着人多武器好，分成多股，相互保持火力联系，实施多路分进合击，密集平推，对胶东抗日根据地像梳头篦发一样，不落一村一户，不漏一山一沟，进行搜索"梳篦"前进。为彻底搜索和"梳篦"，他们每天只行进二十多里，白天摇旗呐喊，步步进逼，无山不搜，无村不梳，烧草堆，挖地堰，清山洞，连荒庵寺庙也不漏过；夜间就宿营，沿合围圈每隔三五十步，便燃起一堆野火，由五六个或十来个士兵把守，稍有动静，便鸣枪示警，只要一处枪响，便四处一起开火；如果发现突围人群，便用机动部队围捕、追击。日伪军夸口说："只要进入合围圈的，天上飞的小鸟要挨三枪，地上跑的兔子要戳三刀。共产党、八路军插翅难逃。"在大扫荡的那些日子里，胶东大地日军所到之处，烧、杀、抢、奸，无所不用其极，手段之残酷令人目不忍睹。这种野兽般的疯狂行径，从缴获的赵保原特务团一个营长的日记中，可见一斑。他在日记中写道："两万之众，用蜘蛛网式之配备，大举扫荡全鲁东，每日二十里，所到之处席卷一空，妇女为之奸，壮丁为之捆，东西为之光……"这个营长的日记，成为日伪军野蛮行径的有力佐证。冈村宁次企图以他处心积虑所设计出来的这一空前毒辣残酷的新战术——拉网大扫荡，把中共胶东党政军领导机关消灭在火网之内。

然而我们的主力部队和党政首脑机关，却早在敌人行动开始之前，就灵活地跳出网外，到敌占区打击敌人。成千上万的老百姓也在当地党政组织和八路军的组织和掩护下，在敌人的拉网过程中纷纷突围出去。广大群众还积极投身到反扫荡中，各村普遍实行"坚壁清野"，以"三空"（搬空、藏空、躲空）对付敌人"三光"（抢光、杀光、烧光），他们大力支援八路军作战，当向导，递情报，送给养，挖地道，隐藏军用物资，护送伤病员，伺机打击敌人。

这些日子杨子千跟随王冰四下里做反扫荡工作，进村入户，组织群众坚壁清野。这天两人在石家河沿岸村庄开展工作，傍晚回返时，王冰犹豫一番，对杨子千说："杨兄，我们抗日、干革命，是带着极大风险的，随时都会丢了性命，但我们不会畏惧是吧。"杨子千一愣，扭头看他，问道："你这没头没脑的什么意思？"王冰叹口气，顿了顿，说道："刚得到消息，王殿元同志……牺牲了。"杨子千停住脚步，盯着王冰问："你说什么？哪个王殿元？"王冰低声说："就是你的徒弟，王殿元他……"杨子千突然伸手抓住王冰胸襟，吼道："你胡说！我的徒弟，我还没教他一招一式，他怎么会……"王冰慢慢扯开他的手，说道："我也不愿告诉你，可他真的牺牲了，在马石山，非常壮烈，非常了不起……"

原来，由于日军的围追烧杀，合围网快速向着半岛的中心推进、收缩。到11月23日傍晚，四面八方的敌人一齐集拢到胶东半岛的中心地带马石山四周，"网"即将在此收口了。牟平、海阳、栖霞等县群众数千人，还有部分地方干部、八路军的伤病员以及少数与大部队失去联系的战士被拉入"网"内。日军扑到马石山,才发现胶东军区和第五旅的主力部队已经转移,党政领导机关也不见踪影,眼见预定计划落空,便恼羞成怒,穷凶极恶,见人即抓、即杀,见房就烧。23日至24日,日军对被围在合围圈里的抗日军民大施淫威。在马石山东北方向的大院村南山,村民陈京普一家八口人和邻居一人藏身山洞,日军发现后即刻向洞里发射燃烧弹,八人被烧死,只有陈京普烧伤幸存。在金斗顶采石坑里,藏有我同胞六十多人,被日军杀死五十余,仅崖后一个村就有十八人被杀。东尚山村刘京发被日军抓住,向他要粮、要人,他坚定地回答:"不知道!"日军朝他胸部、腹部连刺数刀,事后经我部队抢救才幸免一死。沟刘家村民兵郑崇太,遇上搜山的日军,敌人朝他脖子砍一刀,他当即昏死过去。在东尚山村,日军抓住八路军一伤员后,在地上燃火一堆,两个敌兵分别抬着他的头、脚,烧燎其腹部和胸部,将他活活烧死。在西尚山村,日军把一个八路军战士按在烟囱上,在锅下烧火,将其活活呛死。招民庄村七十多岁的老人许德义,被日军用草苫卷起,从下部点上火,一直烧至头顶。在金斗顶采石坑外,日军将九名群众拴成一排,从前面对胸射击,当场死亡七人。在大龙口村,敌人抓到七十多岁的老人宫殿庆,把老人横架在锅台上用火烧烤,后又拉到村南河滩烧死。马石店乡南夼村姜谦习的妻子遭日军枪杀后,不满三岁的幼女还在母亲怀里吃奶,十二岁的长女和六岁的次女哭着喊着叫"妈妈回家"。日军连一个癫痫病人也不放过,下石硼村王丕成,在马石山前犯了癫痫病,被日军用石头活活砸死。日军奸污妇女、杀人取乐,手段之野蛮残忍,令人发指。下石硼村王维先的妻子已怀孕八个月,被抓住后,硬逼着她骑光腚毛驴,一路上摔下多次,敌人竟以此嬉戏。上石硼村十九岁的妇女干部王秀卿被日军抓住,任意凌辱后,用刺刀向她的前胸乱刺致死。下石硼村农民王元祥被日军抓住后,在他的头上挑了两刀,以试刀的利钝。西诸往村王振桂被日军抓住,先割掉他一只耳朵,又用刀砍死;王振贤被日军用木棒打昏后,又用绳子勒住脖子在地上乱拖……日寇之扫荡,马石山周围村庄遭到空前破坏,各村被烧房屋皆在半数以上,满目疮痍,惨不忍睹,所有房屋几乎没有一间完整的,到处是残垣断壁;街旁、院中的树木,被烧得光秃秃的,甚至连场院里的碌碡,都被烧得裂了纹。呼啸的寒风,裹着残余的灰烬漫空飞扬,散发着呛人的糊焦气息。23日夜,部分日军在下石硼村宿营,全村的禽畜被吃得精光,家具全遭破坏。各村被抢走和糟蹋的粮食无法统计。据幸存人讲,这次扫荡,村村遭劫,户户蒙难,马石山上尸骨遍野。日军仅在马石山周围就残杀抗日军民五百余人,制造了骇人听闻的"马石山惨案"。而正当数千名群众身陷绝境时,被围在"网"内的八路军指战员挺身而出,发起了救援父老乡亲的突围战。当时被围在马石山的八路军部队有胶东区公安局警卫连第三排、八路军山东军区第五旅第十三团三营七连二排六班、八路军胶东军区第十七团三营七连、第十七团的二营、第十六团的三个营、胶东军区东海军分区独立团二连一排等。另外还有牟海县独立营、第五旅第十三团一营二连、十四团二营、十七团一营、第五旅侦察连、第十七团一营、胶东军区后勤处警卫连、胶东军区兵工厂、胶东行署等零星的部队指战员。

为粉碎日军这次大扫荡，中共胶东区党委、行政主任公署和胶东军区决定，由胶东区公安局干部和警卫部队为主组成"胶东军区战时戒严指挥部"，在中心根据地组织和领导群众坚持反扫荡。指挥部下设三个小分队，公安局警卫连政治指导员王殿元和公安局三科科长唐慈带领警卫连第三排为一个小分队，他们的任务是在马石山南麓地区同群众一起坚持反扫荡，进行戒严，维持治安，防奸反特，保护群众，保卫根据地，当敌人进犯时，牵制敌人的兵力，伺机打击敌人。

王殿元带领战士执行任务，归队途中路过马石山，见几千群众被围进了敌人包围圈，其中大部分是妇女、儿童和老人，便决定留下来带领乡亲们突围。王殿元坚定地对大家说："各位父老乡亲们放心，我们是人民子弟兵，是共产党、毛主席教导出来的革命战士，生死和乡亲们在一起，我们一定把大家带出去！"夜色中，他们利用事前侦察好的路线，分几批带领上千群众先后冲出包围圈。天色将明时，战士们又返回来，准备把困在马石山前的乡亲们也救出去。当护送最后一批群众突围时被敌人发现，敌人的机枪、步枪一齐向突围的人群扫射。王殿元一看情势危急，果断命令全班战士牵制住敌人，把鬼子引到山上去。战士们将敌人的火力吸引过来后，边打边退，上了马石山主峰。在战士们的掩护下，群众大部分突出了敌人的包围圈，王殿元和九名战士却陷入重围，晨曦中的马石山主峰上，他们以压倒一切敌人的英雄气概，凭借有利地形，与数十倍于己的敌人拼杀五个多钟头，扛住了敌机的几番投弹轰炸，打退敌人一次又一次的冲锋。子弹打光，就用刺刀拼、石头砸，与敌人展开短兵相接的白刃战，打死了七八十个敌兵。战至最后，只剩下身负重伤的共产党员、班长王殿元和另外两名同样身负重伤的战士，以及最后两颗手榴弹。就在日军再一次冲上阵地时，王殿元用尽全力把一颗手榴弹扔向敌群，另一颗拉响后与冲到跟前的敌人同归于尽。战斗结束后，乡亲们来到烈士浴血奋战的主峰，找到了王殿元等十勇士的遗体，把他们安葬在山顶一棵平顶松附近，并为十勇士竖起纪念碑。王殿元和牺牲的战友们在群众中赢得了一个共同的光辉名字——马石山十勇士。

杨子千听完王殿元牺牲的壮烈事迹，感动不已，潸然泪下，嘴里喃喃念道："好徒弟，我的好徒弟。"王冰一路劝慰，返回家去。

三十五

擂台侠影

威海卫出了桩新奇事，卫城东门外大操场上，有人搭起了擂台比武。是谁如此洒脱，竟然不顾日寇扫荡之危，设擂比武？原来设擂者非是别个，正是那日本人。日寇驻华北方面军最高司令官冈村宁次，不仅是杀人狂魔，而且诡计多端，为达到既消灭中国敌对军队又征服中国百姓之目的，在大量集结兵力残酷扫荡之时，又授意成立"天皇精武团"，征集军内军外武术界高手，打出"天皇精武无敌手"之嚣张口号，协同扫荡在各地设擂。由于此时华北地域民众惶然，武林之人亦无心打擂，"天皇精武团"所到之处未遇高手抗衡，嚣张至极，耀武扬威。这次来到威海卫，精武团更没把这座小城放在眼里，因为威海一带曾被秦始皇称作"东天门"，有天边之说，故而精武团在"天皇精武无敌手"之外又挂了"华夏天边多病夫"条幅。

说话间在这东门外大操场擂台上，精武团成员正在展示身手，时不时朝台下轻蔑叫阵，却没人迎战。这日天气晴好，冬阳暖照，城里城外跑来观景者众。在靠近擂台的人丛中，有几个观者却不一般，那就是杨子千、毕云和梁大胆几个。原来杨子千得知日寇设擂之事，心下正因爱徒王殿元等遭日寇杀害而愤恨，当即找到毕云，要往威海卫登台打擂，教训日本人。毕云心下也有此意，只是有些身不由己，劝杨子千顾全大局莫要冲动。杨子千心意已定，执意要去打擂，纵使孤身一人也在所不辞。毕云担心生出意外，便说一起过去看看情形，又叫上梁大胆，让他带几个武工队员一同前往。王冰得知情况，也随后赶到。

只见擂台上靠后位置横排了十几人，皆黑衣装扮。正中坐着个牛魔王般的彪悍武士，两旁坐着一瘦一胖两个头领，余者尽都站立。彪悍武士身后高竖着一根木杆，顶端绑有一束彩色翎羽；台后右侧立着块一人高的巨石。杨子千低声道："好家伙，耍上气派了。还竖起大纛来。"梁大胆问："什么是大纛？"杨子千支吾两声，拿眼望毕云。毕云面色平静道："多为大将率军征战疆场所用，以指挥号令大军，壮气势，增威风。"

这时一个日本武士打扮之人走上台，弓着虾腰，朝台下喊道："诸位，刚才天皇武士的演练拳脚，打擂的马上开始。今天的天皇武士设擂第三日，也是最后一日。前两日天皇武士的未费吹灰之力击败所有打擂者，可见天皇武士武功之高。今日的来擂场之人众多，只为争睹天皇武士风采，下面我将天皇武士的作以引见。"转身抬手指向彪悍武士道，"正中这位是堂堂的'天皇绝武大师'龟田无二尊长。"又指其身旁两人道，"左为'真气王'寸藏当大武师；右为'铁臂拳王'山本野郎大武师。"转回身又叫嚷道，"余者包括本人的在内，皆为天皇武士。台下哪个想领教天皇武士武功的，尽管到台上的一试身手。"

话音刚落，台下跳上来个二十来岁壮实汉子，脱下薄袄搭在台边一棵古槐枯枝上，双手叉腰对那厮道："宁被雷打死不叫屁吓死，我来领教什么天皇武功。"那厮睨视一眼，朝台后撩撩手，自身退至一边。台后站着的武士走出一位，大摇大摆来到汉子跟前，趁对方不备突然当胸一记重拳。汉子本想双方当自报家门，岂料贼匪竟用偷袭之术，打了个措手不及，结结实实吃了这拳，身体踉踉跄跄后退数步，险些跌倒。他站稳脚步，羞辱难当，一声吼骂冲将上来，双拳抡得雨点也似击向武士。

台下的毕云见了轻轻摇首，知这汉子并非武林中人，只是有一副好身膀，看不过倭匪猖狂方才上台。好在那倭匪也非武功内行，面对密拳快脚亦无破解之招，只是连连避躲，被追得满台跑。那汉子占了上风，心下自是得意，戒备之心渐渐松了，破绽连连，虚处频露。倭匪瞅准一个时机，猛地闪躲矮身疾速出脚，扫向汉子下盘。汉子冷不防吃了这记扫地腿，收身不住飞身前扑，扑通跌趴在台上。倭匪赶上去出脚便踢，汉子一骨碌滚地躲开。贼人追着不放，台下即刻又蹿上一人，挡住贼匪。

新上来这人年纪跟先前那汉子相仿，只是身材较瘦，然其身手敏捷，一看便是练过武的。两人在台上你拳我脚打斗开来，不过四五个回合，那倭匪败下阵去，又一倭匪出阵接战。这汉子一连战胜两个倭匪，台下一片叫好声。战第三个时，体力明显不支，败下阵来。获胜倭匪双手叉腰，朝着台下哈哈笑道："你们的这些东亚病夫的，没想到今日倒有敢登台的，来呀，上来一个爷打一个，上来一双爷打一双！"

杨子千按捺不住要上台斗匪，刚一动身却被人扒了一把，身边的梁大胆抢先蹿上擂台。台上倭匪见梁大胆虽是身材高大但貌似农人，并未看在眼里，"呀！"的一声送出快拳，直击其脸面。梁大胆身体却未挪移，只是头脸后仰躲过来拳，同时出右掌切向倭匪肘部。但听"哎呀！"一声痛叫，倭匪后退数步，抱着胳膊龇牙咧嘴。原来人的肘部有要穴"曲池穴"，但凡被点中，轻则胳膊酸痛，重则麻木失灵。梁大胆从师父毕云处得知该穴之要，时有习练，此时以掌力切击匪人肘中，没想还真切中"曲池穴"。这匪抱着胳膊咝咝吸气，看梁大胆虎视眈眈的样子，有些怯意。

后场又一倭匪冲进场内，撩手让同伴退下，自己上前迎战。这匪人上场后很是小心，两眼紧盯梁大胆手势，身形躲闪迅捷，使得梁大胆难以近身。梁大胆三招五式被匪人躲闪过了尚且沉得住气，可使过十招拳脚仍碰不到对方身体，心下渐渐躁急起来。使出的招法也就草率随意，没了要领。而对手三十五六岁年纪，心气较为沉稳，且其性狡狯，避闪中察觉出这年少小子心气渐渐躁急，暗自得意，愈发现出精乖，逗发对方躁气。待过了十余招，梁大胆躁态显现时，匪人故意卖个破绽，引诱对方扑身击来，匪人则矮身避过拳臂，侧身蹿跃至梁大胆身后，双掌齐施，猛力击向其腰臀，身法甚为迅捷。梁大胆躁急之时击出一拳也是倾尽全力，倘是中的，匪人必将倒地无疑。不想这匪人甚是刁猾，非但躲过拳力，且还以"四两拨千斤"之功法背后施出劲掌。梁大胆内功尚未厚实，此时两股力道同聚身上，只觉洪大无比，哪里收得住腿脚，噔噔噔噔扑向台下。

眼看没头没脑跌下台去，台下嗖地蹿起一人，半空中挡了梁大胆一掌，卸了他的前冲之力。梁大胆得以平缓落地，那人则飞到台上。看时，上台之人正是杨子千。台上倭匪正为施计胜了梁大胆而暗自得意，上来的杨子千两眼带火，说声："你说爷是病夫，爷看你是死尸！接招！"拳掌开道腿脚并施，攻势强劲，直逼匪人。说来也巧，此倭匪是一位军人，前些天日军包围了一小股八路军，战至最后只剩下一位八路军战士，年纪与杨子千相仿，容貌也颇相似，他身中数弹，浑身是血，肠子流出一大截，却瞪着眼迎着刺刀走来，两眼喷着怒火。稍近时，他突然咬着牙疾冲而下，胸膛被刺刀扎进的同时，拉响最后一颗手榴弹。这倭匪当时就在小八路的对面，一切看得清清楚楚，若不是武功高强腾身跃出，便会和那两个同伴一样小命归西。当下倭匪看着杨子千眼前浮现那个八路战士，心生怵怯哪里提得起精神，偶有反击也是慌拳乱掌松散无力，被逼得满台退躲，狼狈不堪。

台后正中坐着的龟田无二，在他眼里，这愣头小子并没什么了不起，可自己手下却被他逼得满台避退，丢人现眼，令天皇武士的威风扫地。他越来越看不下眼，几番欲起身略施拳脚教训这愣头小子，又觉得自己跟这样一个无名小辈交手有失颜面。正在心急之时，那匪人已被击退至眼前不远处。龟田无二火气之下不由得用力"哼！"了一声。此声倘是常人发出，也未甚惊怪。可这龟田无二乃是功法深厚之人，这一声暗含功力，威震四下。就连台下的毕云也微微觉得一股震力迎面袭来。台上的杨子千一心进击匪人，冷不防被龟田无二的怒声惊震，躯体不由一颤。而那倭匪则直接惊跌于地。

杨子千伸手欲拽那匪人起来再打，不料一道黑影眼前闪过，击开他的手臂，地上那匪人慌忙爬逃去了。杨子千稍一愣神，黑影又朝他头脸击来，虽是疾速避闪，鼻尖仍被轻轻蹭擦。未待杨子千定神，黑影又闪向背侧，腰臀处即被击中。黑影击打之力虽轻，然其动作诡异，迅捷无伦，令杨子千难以招架，只得频频退躲。这一切台下毕云看在眼里，稍一思索，脱口叫道："虾蹦功！"台上蹦跳的黑影闻听喊叫，即刻收住身形，朝台下毕云抱拳道："高人，高人。"又对杨子千叫道,"天皇的精武横扫东亚,接招!"话音未落,拳脚又起,疾风闪电般扑向杨子千。毕云台下喊出"虾蹦功",是故意喊给杨子千听的。杨子千被他一言提醒,想起毕云曾给自己讲解"虾蹦功"功法要领。该功起源于海边渔人,乃模仿虾子蹦跳练就而成。练此功除要有极强体力,身体高矮胖瘦亦有所限,高不过五尺,重不过百斤,方才适合练功。"虾蹦功"讲究一个迅捷,拳脚快似闪电,身形变换如风,令人眼花缭乱。其拳脚击打力量虽轻,却能使人难以招架,在对方忙乱之中寻机击其要害,打败对手。此时杨子千听毕云喊叫,知道这厮用的是虾蹦功,心下明白该当如何防击。他用上毕云教他的以飘制快的功法,拳出七成,步敛三分,凝神聚气,深藏浅出,与那厮满台周旋。

双方战了十几回合,谁也奈何不了对手。或你进,或我退,或你来,或我往,只在台上转悠。转至台中偏后时,那厮突然发了邪般翻起跟头,而且越翻越快,令人眼花缭乱。杨子千料其将用绝招,凝神静气紧盯其变。果然那厮陡然蹦离地面,朝着杨子千头脸疾速袭来。杨子千忙蹲步矮身,同时两手上推,正中那厮,两股力道合一,那厮嗖地一下飞向台后。台下众人正要叫好,却见龟田无二身右的铁臂拳王山本野郎忽地起身,伸手接住那厮,就像抓了只要飞走的公鸡,稳稳放之地面。台下人个个张开嘴,却合不拢;台上杨子千也是心头一惊,知道这铁臂拳王并非浪得虚名。此时铁臂拳王山本野郎缓步上场,停在离杨子千五六尺远近处。杨子千自是觉其分量,运气凝神准备迎战。

山本野郎打量杨子千一眼,并未出手,缓缓道:"小孩子的,不值得铁臂拳爷的动手。"言罢转身走向台子右后边,来到那块一人来高的巨石前停下,稍作凝气调息,弯下腰来,左肩抵住巨石中间,两臂紧抱石身,口中发出"嗨!"的一声,巨石顿时离地,上了肩头,扛着走向台中。杨子千看着倒吸口冷气,估摸那巨石总有五六百斤,这厮竟能独自扛起,着实膂力过人。山本野郎扛着巨石稳稳走向场中,离杨子千一丈开外,猛又"嗨!"的一声,同时肩头前抖两臂发力,巨石忽地飞向杨子千。杨子千惊跳起身躲闪,巨石半空中一个翻滚,嗵的一声重重砸在台上,台面凹陷两寸有余,腾起数尺尘埃。

台下众人惊魂未定,却见尘埃飞散巨石上隐约露出字来。原来那巨石起先就镌好字的,只是背着台下无人知晓。山本野郎肩头抖抛巨石时,使之前后翻转,镌字便呈现于人。杨子千离那巨石也就四五尺远近,首先看得清楚,石上居然竖镌了"天皇武冠"四个大字。此时山本野郎大笑两声,狂嚣道:"我天皇豪杰的设擂,与尔等比武,是看得起你们。你们的就真把自己当成好汉?屁!都给我听个清楚,瞧个明白,天皇武功的,天下第一!"话音未落,突地飞身腾起,两手搭在巨石顶端,躯体横飞空中,双腿踢向杨子千。杨子千万没料他使出此招,情急之下已避身不及,慌忙出手挡护胸脸要害,双掌推向飞来的两脚。瞬间掌脚相击,杨子千但觉两臂麻痛,一道巨力撞进体内,身体立时弹出,落向台下人丛中。

台下人群惊乱。毕云、梁大胆上前接住杨子千，倒是无事。此刻山本野郎又在台上大笑起来，毕云早就怒火中烧，当下嗖地跳上擂台，指着山本野郎斥道："你这言而无信之徒！说好不跟小孩子动手，却又出尔反尔！"山本野郎一个愣怔，见这青年也就二十岁左右年纪，竟敢在此时跳上擂台，更又斗胆斥责他这武功高强之人，岂不是吃了豹子胆？他怒视着毕云，真想一拳将他打飞十丈开外，可又觉得台上台下众目睽睽，他一个武林高手跟一个小毛孩子较劲，实在有失颜面。便强忍火气，恶声恶语道："你这小崽子休要胡言乱语的，刚才我的说过，不值得跟小孩子的动手，我的就是没跟他动手。你是瞎眼了吗？没看见我的，是用脚踢飞他？哼！少跟我来这套。"毕云一听愈发气愤，朝他"呸"一口："强词夺理，无耻至极！"这一下可惹恼了山本野郎，微眍的大眼珠子瞪得溜圆，凸起的鹰钩鼻皱动着，右嘴角一抽一抽，突地"嗨！"的一叫，一拳砸在巨石边缘的石棱上，只听砰的一声砸下脚掌大的石块，飞向毕云的小腿。毕云惊跳躲过。不待毕云回过神来，山本野郎叫骂道："小崽子尝尝爷爷铁拳！"声到拳来，直击毕云脑门。

　　这一拳倘是击打上，毕云半拉脑瓜恐就没了。亏得毕云跟随八卦掌大师宫宝田修习过功法，已初具自护之能，危急之时身动快于心动。当他想到要躲避来拳时，头颈肩早已移位闪开，同时右掌斜上推打，击中山本野郎小臂处，顿觉得打在铁棒上一般，掌缘撞得疼痛。倘是其他小匪，毕云或会再用招法，搏而击之，可这山本野郎武功非凡，加之适才铁拳击石的威慑，毕云心生谨慎，躲过敌拳后跳开两步，探身架掌注视那厮。山本野郎原本丝毫未将这青年放在眼里，故而出手只是单拳简式，想这一拳也必将致其半死不活。孰知对手非但躲过重拳，还出掌击中其小臂，虽然力度尚欠，却也将自己拳路推偏，身体随冲力跟跄前趋，甚是狼狈。待稳住脚步，回转身来，见毕云已亮开迎战的架势，毫无怯退之意。顿时羞恼至极，气运周身，力发拳脚，猛地一招"饿虎擒羊"扑将过去。此番山本野郎对毕云已不再如前般小觑，威猛当中又加以小心，提防毕云生出新招羞辱自己。

　　果如其所料，毕云见他返身扑将过来，拳脚凌厉，气势汹汹，心想硬拼势必不成，须得以智对勇，首先力保不受伤损，尔后见机行事，击其要害。于是按照宫宝田所授"夜蝠出檐"之招，身子避开敌人拳锋，朝其右胁空当处闪溜。岂知山本野郎早有防备，右腿一个"虎尾横扫"式拦腰横劈。毕云慌忙又朝其左胁闪溜。山本野郎左手却已回拳易掌，斜挑而至。毕云惊慌失措，仰身后翻以脱危势。可是为时已晚，山本野郎左掌易爪一把抓住他的右腿，稍一发力将其身躯提离地面，发一声喊"去你娘的！"右拳呼啸而至。

　　这一拳无论打在毕云身体何处，不是个血窟窿也是一团肉酱，九死一残绝无全身。可令山本野郎万没想到，这一力道千钧的铁拳并未像他料想的那般击打得酣畅，拳锋所及绵绵软软，如帛似水，一拳的刚猛泄之不出，生生憋在了手脉当中。细看这拳打中之人并非左手提起的毕云,却是不知何时蹿过来的体瘦老者。毕云一看这老者不是别人,正是威震华夏的八卦掌宗师宫宝田,大惊,不由得叫了声:"宫……"宫宝田伸手示意止言,面容平静,运一道内力至右掌,缓缓推回山本野郎的拳臂,说道:"在下一介老叟,身躯多病,本不想多事,可这孩子也算我的徒儿,望大侠谅其年少,莫与计较。放了我徒儿下台,老叟愿奉陪大侠切磋武艺。"

前边说到,宫宝田是威海卫南边乳山县崖子镇青山村人,少年务工于京城,得八卦游身连环掌始祖董海川真传,光绪二十三年被召入宫,任护卫首领,加封四品带刀护卫,先后任慈禧太后和光绪皇帝近身侍卫,乃清廷最后一位大内总管。庚子年间八国联军侵华,宫宝田因护驾得力,获钦赐黄马褂;清廷覆灭后受张作霖之邀担任奉军武术教练,后张作霖被日本人炸死,他称病还乡,拜亲访友,教习武术,不再远游。此番又到威海卫东南乡屯钟家村好友钟寿海处游玩,数日前钟寿海觉得在乡下常受日伪骚扰,食物贫乏,便带他来城里,住在堂兄的茶馆里,每日品茶聊天,或出来逛逛威海卫老城,倒也自在。昨日钟寿海回屯钟家有事,需一两日方回,宫宝田听茶馆喝茶人说日本人打擂之事,便溜达到城东大操场,看到日本人张牙舞爪,心下气愤,按捺着气火回来。今日心中翻来覆去平静不下,便又来到擂台下,没想到遇上毕云和杨子千。

山本野郎愣怔怔看着宫宝田,看这外形瘦弱的老叟要跟自己切磋武艺,差点儿笑出来;可想到他卸自己拳力、推自己臂力,不由得心生寒意。看似绵软之掌却硬生生推回自己的铁拳,知这老叟不凡。又闻知这年轻人是其徒弟,想必老叟定会拼死相救,自己以一敌二实难占得便宜。便顺水推舟,左臂一抖,将毕云抛出五尺开外,说道:"我的向来不欺幼凌弱,是这小子自来找死的。"宫宝田回首瞧见毕云挺身站起,显是无碍,着其下了擂台。回头对山本野郎道:"多谢铁臂拳王大度,不与孩儿一般见识。"山本野郎鼻孔哼了一下,狂傲道:"跟我说好听的不要,你徒弟欠吃的拳头你替他吃了便是。我这铁拳痒着哩,你的尝尝铁拳功,看拳!"说着双拳轮施,直捣宫宝田上盘。宫宝田稍稍侧身,抬手拨开来拳。山本野郎拳力落空,回身再攻,又被拨开。

如此三番,宫宝田或左手或右手,解了对方三路拳攻,抱拳对山本野郎道:"老叟三招不还手,算是答谢未伤我徒之情。"山本野郎双目瞪起,道:"那好的,你的快快出手!"猛地跨前一步,疾出左拳击向宫宝田头脸。宫宝田急出右手抵住来拳,却感到来拳力道轻微,分明是一个虚招,赶忙左掌运力,以备偷袭。果然对手用了"以虚诱实,以实击虚"之招法,先攻的左拳仅用了三分力,随后突发的右拳则使足十分功力,直捣对方左胸,只图一拳了事。不想对手左掌已闪至胸前,迎拳弹出。拳掌相交之际,两人皆是一震,不由得各自后退。宫宝田退后两步,山本野郎则后退三四步远近。

山本野郎刚猛的拳力非但没发出,对方沉实的内力却倒逼进手臂,只觉右胳膊有些酸胀。而宫宝田尽管略占上风，但左掌亦被铁拳撞得痛麻。两人皆对敌手刮目相看。二人深喘一口气，几乎同时迈进两步，拉开架势再番战起。只是两人皆有了戒备，山本野郎不敢将铁拳功使老，宫宝田则更加慎微小心，各自担心露了破绽遭对方袭击。两人你来我往拆了数十招，山本野郎渐渐变得躁急，施拳出脚已不留收力。宫宝田看在眼里，心下暗自高兴，就故意卖个破绽，现出力疲神散之态。那厮果就上当，一招"飞龙过海"式，使尽全身之力出右拳猛击过来。宫宝田却不急躲闪，装出惶然之状，诱敌深入。那厮甚是得意，只觉这一拳是吃着肉了，毫无戒备之心，只管倾身放拳。眨眼间拳锋已蹭到鼻尖儿，陡然宫宝田使招"惊龟入水"，仰面沉身，拳风刮着脸皮嗖嗖而过，对方躯肢压面而来。紧跟一招"地躺蹬"，肩背着地两脚蹬天，正着那厮腹下，呼的一阵风响，躯体平飞而出，不偏不倚，脑瓜儿直冲台后坐着的真气王寸藏当的怀中飞去。旁边武士惊叫连声，寸藏当却似浑然不知，如处事外，一任山本野郎脑袋扎进怀里，他竟然坐姿未改，躯体四肢亦是丝毫未移，就好像蜻蜓小鸟撞进怀里一般。扶一把山本野郎起身，寸藏当缓缓站起，抬手拂了拂胸前的衣襟，朝宫宝田踱步过来。

  宫宝田看清这汉子模样，四十来岁年纪，中等偏高的瘦身材，腰板儿溜直，肩背微驼，脸型狭长鼻大眼小，满脸的粗糙灰暗，下巴上一把山羊短胡。虽说其貌不扬，可他刚才以胸腹抵挡山本野郎的凌空冲撞而能稳坐不惊，足见其内功之深厚非同一般。寸藏当在距宫宝田三步开外驻足，面容平静，双唇微启道："天皇真气王寸藏当，要收擂了。老人家的是立着的下去，还是躺着的下去？"看似气息平缓，宫宝田却感到一股无形之强力推向自己，像是面对八级大风站立一般。他预觉到今日打擂将颇是凶险，平心而论，自己的武功可谓上乘，然自己已是古稀之人，这寸藏当功法高超，更何况还有个天皇绝武大师没出场。但此番擂台比武，倭匪之用意就在于以武慑众，威吓中国百姓，倘其阴谋得逞，日后日本人将更横行霸道，肆无忌惮。故而须得与匪辈斗智斗勇，即使无法取胜，也切不能屈膝服输，灭了自家威风。

  他看出这寸藏当是个内功高手，而擅使内功之人最喜心静，心静则气畅，气畅则脉顺，心气脉三者合一乃内功修用之本；反之心不静则气不畅，气不畅则经脉乱，如此纵有十成内功至少损之二三。于是用起扰神之术，一本正经对寸藏当说道："寸大师是爽快人，老叟也不是量小之辈，有句忠言须得先行说与大师，免得动起手来有什么闪失……"寸藏当瞅他一眼，稍现得意道："倒还知晓自家分量，有啥要交代的后话赶紧说了的。"宫宝田道："寸大师想偏了。我是说大师这样的武林高手……这年寿……嗨，可惜呀。"说着摇头叹息。寸藏当一愣，随即怒道："胡言乱语！死到临头的，想咒我不是？"言间提掌当胸，就要动手。宫宝田忙道："稍安，稍安。大师勿躁，听老叟把话讲完，我只说一句话，寸大师觉得在理就动口，觉得无理便动手。"寸藏当不耐烦道："讲！"宫宝田正色道："寸大师尿尿会招蚂蚁。"

此言既出，台上台下一片惊愕。台上众匪更是骇怪不已，偏头转脑相互窃语。那寸藏当着实呆愣一下，稍稍扭头瞅一眼身后同伙，转过脸盯视着宫宝田，紧蹙眉头道："说的。"宫宝田心下稍安，接着说："尿本是污秽之物，不当在大庭广众论之。但这污秽之物对于眼下的寸大师来说，可是十分的重要。大师或许疑惑老叟是如何知道你尿尿会招蚂蚁，此事对常人来说自是难以明了，但老叟懂些医术，一搭眼就瞧出寸大师的症候，一是面色灰暗，一是腰直背驼。这两条足以断定大师尿尿招蚂蚁。"宫宝田稍一停顿，察探寸藏当颜色。寸藏当正听得云里雾里，似懂非懂，哪容他停下，催促道："说的，快说。"宫宝田心下再安一丝，接着说："人之体中有两条最为重要的脉络任脉和督脉，任脉属阴，督脉属阳。女子以任脉为重，而男儿则以督脉为要。任督二脉皆生自丹田，自会阴穴分走前后。督脉的主脉沿尾骨、脊椎直往上行，经鼻而止于口上唇齿相交之龈交穴。男儿背驼即是督脉不畅之症，督脉不畅必损肾气。而面色灰暗则是精漏之象，精漏即肾气遭损，精随尿下，尿中含精髓之物，故招引蚂蚁噬食。肾损精漏，就好似一口大锅底裂汁渗，倘不尽早修补，裂纹日重，直至汁液漏尽，人也就完矣。"寸藏当听得直瞪了眼儿，心气大落。宫宝田见机又道："寸大师也不必太忧心，老叟可给你开一剂'补中益气'的方子，补医相和，当有明效。再则即是不去医治，大不了性命一条，仅此而已，寸大师还在乎吗？"

宫宝田一会儿收，一会儿放，吊得寸藏当心神忽起忽落，内气散泄。宫宝田正为自己一计中的而稍喜，台后边坐着的天皇绝武大师龟田无二吼一声："休要听他的胡言乱语！"寸藏当一激灵，似梦中醒来，身子突地挺了挺，恶言道："爷爷便是死，也是死在你后头。接招！"挥掌照宫宝田头脸劈来。宫宝田心知寸藏当头几掌力重势猛，不宜硬接，便轻灵趋避。到第三掌时，已退至巨石跟前，宫宝田见掌拍来，闪身巨石后头。寸藏当自恃功力非凡，竟不去收掌，扑的一掌拍在石上。巨石后头的宫宝田但觉一股洪力透过石身震向自己，不觉后退两步。随后一幕令他大骇：那巨石中了寸藏当一掌，完好的石头竟然哗啦啦坍塌，顿时矮了一截。台下一阵惊叫。宫宝田脱口道："摧礁掌！"寸藏当"哼"了一声，道："你老头子的还知道点事儿。"

摧礁掌乃铁砂掌精练的至高境界，仅此一掌之功至少须苦练十年光阴，且练成之人不过百里出一。宫宝田此前仅是听说而已，没想到这匪人当中竟有这般高手。不想寸藏当这一掌却叫龟田无二颇为不满，斥道："你的只顾自己的痛快，毁了自家招牌！"寸藏当忙转身朝龟田无二拱手致歉："龟田君的莫怒，击碎一个石招牌，我会给天皇武士树起金招牌。今日凡敢上台打擂者，我的都叫他碎如此石，筋断骨渣！看谁敢在天皇武士面前的张狂。"说罢转向宫宝田提掌运力，再行攻击。

此时台上台下气氛紧张。台下之人都为宫宝田捏一把汗，台上的宫宝田更是明了眼前境况，自己若败在寸藏当手下，个人丢人现眼事小，贼匪耀武扬威欺凌百姓事大，故而无论如何也不能败给贼匪。如此想过，沉下心来，边避闪寸藏当攻击，边窥察之。这时与寸藏当一个近身，宫宝田察见他额头沁出汗珠，心下暗喜，知这匪人武功虽高，身体却含虚症，对他而言宜速战不宜久斗。另外，瞬间汗出也跟他心躁气浮有关，可见适才口舌分神之术业已收效，接下来延用久拖之法和口舌分神之术，乃是取胜的至佳招法。于是跳开一步，手指寸藏当额头叫道："冒油了。"寸藏当一怔，手背拭拭额头，见是汗水，怒道："天干气燥的出汗乃是常事，何言冒油？花言巧语。接招！"说着抡掌又攻。宫宝田再跳开一步道："冒油即是出汗，乃医道特用之说。汗出沁而淌，曰出汗；汗出冒而滚，曰冒油。出汗乃常事，冒油则非常事也。"寸藏当叫道："胡言乱语！"依旧猛攻。宫宝田仍然跳开一步，正色道："老叟向无诳语。医典中有'汗出如油'之说，就是人将死时，最后一点精髓冒出来，人马上就完了。这仍是肾精失漏之症……""胡说八道！"寸藏当狂怒起来，攻势如疯。

　　宫宝田察见寸藏当的招法已现凌乱，掌势也见松散，知他功力已减了几成，自己可寻机攻他。便瞅准一个空当，一掌击中寸藏当肩膀。寸藏当连续十几招都逼得宫宝田退躲避闪，对其猛然反击缺些防备，身体一个晃动，腿脚也现趔趄。而宫宝田发出一掌也是攒了力气，击中寸藏当身体却也把自个震了一下，心想这厮功力何等深厚，万万小觑不得。不容他多想，寸藏当被这一掌激起凶性，步步紧逼双掌轮施猛攻而至，举手投足皆暗藏杀机。宫宝田试着解了几招，仍觉力不从心，不敢鲁莽大意，只得以退为守以逸待劳，耗其筋骨气神，以待反击时机。寸藏当发出二三十掌，宫宝田左躲右闪，却仍不忘以口舌扰之，说道："你口喷臭气，乃六腑消化之功差池，阳气到不了……"

　　未待说完，寸藏当突地蹿起身来，大骂一声，双掌一齐击向宫宝田脸面。宫宝田脚步未移，腰身却幻然扭离原位，若斗蛇之状，只待寸藏当掌力落空，躯体扑近，突地双掌齐出，击其腰胁后侧，同时曲身回推，躯肢双力并发。寸藏当这一下确是屏足气力，只求一掌败之。没想宫宝田以"柔避之术"闪过力掌，且又双掌击中他腰胁后侧，自身冲力合之击推巨力，寸藏当躯体飞出一丈开外跌趴于地。

　　这时龟田无二站起身来，摆手示意寸藏当退后歇息，他要亲战宫宝田。这位天皇绝武大师原本并未想到要出场，坐在台上只为压阵而已，在他眼里，中国打擂者不会有胜过山本野郎和寸藏当的。龟田无二身高体壮，乱发长披，胡须蓬乱，黑圆脸，厚嘴唇，挑眉瞪眼，模样威恶。相比之下，宫宝田矮了半头，瘦了一圈，尤显势弱。龟田无二不管许多，一个"秃鹫振翅"架势，直扑宫宝田。宫宝田提左掌在胸，右手半掌半拳，自然而然，以静制动。龟田无二扑至眼前，左手收腰，右手以鹰爪式击向宫宝田面部。宫宝田一招"乌云遮月"，化解对方劲爪。龟田无二收右出左，左手半爪半掌疾击宫宝田腹间。宫宝田又使"泄洪滚石"招法，拨开对方力道。

龟田无二直使了二三十个招法，可谓招招劲猛，式式杀机，但凡一招奏效，对手难脱危境。然而宫宝田毕竟非等闲之辈，见招拆招，遇式解式，任凭那厮击斗得尘土纷飞，也未损之毫发。此时龟田无二突地收住拳脚，冲宫宝田道："你的老人家的武功大大的好，我的佩服，给你施礼了。"宫宝田和台下人皆吃一惊，有些懵头懵脑。

龟田无二双手抱拳，对宫宝田施礼，突然衣袖中飞出一物，形如鸽卵，直飞宫宝田面门。台下杨子千喊声"暗器！"宫宝田急忙躲避，那物却在他耳畔炸开，一团淡淡白烟罩住他头脑。一瞬间宫宝田头昏目眩，摇晃起来。龟田无二奸笑一声，挥拳击向宫宝田前胸。宫宝田勉强躲闪一下，还是被拳蹭到，跟跄几步倒地。台下毕云叫道："小鬼子使阴招，赶快救人！"几人一齐往台上蹿。台上的日本武士呼啦冲过来。梁大胆及武工队员掏出手枪逼住敌人，毕云和杨子千架起宫宝田便走。

三十六

血　书

梁大胆带数名武工队员断后掩护，杨子千背着宫宝田，王冰、毕云等人护拥着，紧步而行。行不远，一辆黄包车停在前侧，车上跳下一人，身着便服，头戴礼帽，遮住上半边脸面，对杨子千说一声："快让老先生上车！"杨子千听语声有些耳熟，问道："你是……戚……"那人一抬脸说道："赶快上车！"正是戚公子戚家国。几人顾不得多说，赶紧扶宫宝田上车，杨子千坐在一旁照料。戚家国朝车夫急声说道："歪脖树，快！"车夫应了声，拉起车飞奔而去。三拐两拐来到地场，一株歪脖老槐树下，停着一辆带篷马车，车把式手提马鞭，朝这边张望。大家七手八脚将宫宝田搬上马车，杨子千和王冰一边一个也坐上，戚家国对车把式吩咐几语，又跟车上人道了别，马车疾驰上路。

车过江家口，王冰吩咐车把式将车赶往孟家庄。及至广益堂药铺，林掌柜闻知情形，把诊号脉，极尽所能，告诉王冰说："宫大师乃内功高手，故其伤势比常人较为复杂。我可先行简单医治，但要根治而不留遗患，须请医术高者方可。"王冰便问请谁为好。林掌柜道："方圆百里，治跌打损伤，莫过夏院长。"林掌柜所言夏院长，乃孟家庄东五里观里西村的夏云超。夏云超生于书香之家，其父当过乡塾先生，任过村董，拥护共产党抗日救国主张，云超受其影响，胸怀医务救国之念，考入北平大学医务系。其时中共北平临时工委发起抗日救国运动，北平学生数千人，冲破国民党政府恐怖统治游行示威，夏云超胸怀一腔热血，加入浩浩荡荡的游行队伍，并与镇压学生的反动军警勇敢争斗。后来根据党的指示，北平学联决定将学生疏散到全国各地参加抗日救亡斗争，他与同学们一起来到济南，参加了平津流亡学生会。后因生活无保，历尽艰辛回到家乡，住在大哥夏岳五家中。夏岳五早年即在荣成县城开了"崇德药房"，与中共荣成支部负责人曹漫之、李耀文交往密切，并多次掩护二人脱险，为革命作出贡献。夏云超经大哥介绍，很快结识了曹李二人，并将自己及同学们参加抗日救亡之事汇报与二位。曹李非常赏识这位从高等学府回来的爱国学生，对其进行革命教育。夏云超思想觉悟不断提高，参加了中共城里支部创办的话剧社，四下里演出，宣传共产党抗日救国主张。随后任教，向学生传播爱国主义思想，参与油印传单张贴标语传递情报等革命活动。后来曹漫之李耀文率领乡校起义，与山东人民抗日救国军第三军会合，被编为三军第十一大队。在曹漫之推荐下，夏云超参加三军部队，成为军医。历经战火洗礼，夏云超加入了中国共产党，并凭借高超的医术，很快担任了后方医院院长等职务。如今他任纵队五旅旅部卫生处处长，在马石山一带活动。

为救治宫大师，杨子千力求前去请夏云超。林掌柜说当前形势去了不一定找得到，即便找到也不一定能够回来，我跟他有些交往，我写封信你带上，写明宫大师详细伤情，他即便不能回来，亦可依伤情提出医治建议。王冰亦无他策，雇了匹快马给杨子千骑上，即刻奔西南而去。

一路扬鞭策马，驰骋如飞。行将一个时辰，到乳山夏村。按照王冰所言，在夏村寻找一处名曰"回春堂"的药房，药房王掌柜，系我方人士，与我军后方医院时有往来，王冰在东海军分区司令部任参谋时，两人因故相识，只是王冰回威海后再未得见。没费多少工夫，打听到这药房，没想到却是残垣断壁，黑灰一片。向邻人打听，方知日伪军前来强征王掌柜出诊，王不从，被日军用刺刀捅死，放火烧了药房。杨子千闻情，心头再燃怒火。但眼下无暇管他事，赶紧设法找寻夏院长夏云超，乃为要也。思索一番想到，与医院关联者，各大药房皆有可能。于是打听几家大药房，可皆无人认识。不过一家大药房掌柜对他说，马石山北边有个马石店村，那里有家诊所，或能得知消息。

杨子千急忙赶去，打听到诊所，说起想找夏院长之事，果然有人问了详情，待听说找夏院长是为救治宫大师，那人一惊，急忙带他去相邻的青山村，原来这就是宫大师老家所在村庄。村里一位五旬长者，看了杨子千所带林掌柜书信，又问些情况，即刻带他去相距不远的上杨家村。他让杨子千在村头碾屋稍等，揣着林掌柜书信而去。

不多会儿工夫，过来两男一女，虽然身着便服，但杨子千一打眼便看出并非村人。那女子二十岁出头年纪，举止干练，面色忧郁，她问杨子千一些情况，知道并非歹人，便说了事情真相。原来她就是夏云超妻子，林掌柜与夏云超有交情，二人时有来往，林掌柜曾到黄县我军后方医院有事，夏云超领到家中吃过饭，是她亲自主厨。她说夏云超前几日已在马石山惨案中牺牲。原来如此，日军进行拉网式大扫荡，形势极为严峻，为保证部队伤员的安全，卫生处奉命在日寇扫荡之前，对已疏散在各地的伤病员进行一次大检查，夏云超风尘仆仆来到乳山县马石山一带村庄。工作将结束时，他抽空儿来到疏散在马石山以北上杨家村的妻子身旁，给刚出生的女儿取了名字，便匆匆返回。孰知他离开的第二日，与数千群众被日寇包围在马石山一带，为掩护群众突围而壮烈牺牲。杨子千闻讯甚感悲痛，一再安慰对方。夏云超妻子把一封写好的书信交给杨子千，让他去荣成县城崇德药房找夏云超的大哥夏岳五，一是告知夏云超牺牲之事，二是请大哥前去救治宫大师。

杨子千揣了书信,到马石山近处烧了黄表纸,祭奠爱徒王殿元以及夏云超等牺牲英烈,急急策马荣成县城,请名医夏岳五。夏岳五闻知小弟夏云超噩耗,顿时落泪,悲痛不已。又知宫大师被日寇暗算重伤,赶紧拾掇医药器具,随杨子千赶去救人。及至,宫宝田已神志清醒,对大家说着感激之言。夏岳五听林掌柜述说伤病,细细为其诊查,告知大家,宫大师受了日方毒气,头脑稍受损伤,胸部因击打也受内伤,眼下无性命之虞,需按时服药,静心休养。林掌柜当即按方配药煎制。这一年物价昂贵,发生粮荒,民众多以豆饼野菜为食。宫大师需增加饮食营养,王冰家中亦是粗茶淡饭,缺少细粮,便拿些钱让杨子千去城里购买五十斤小米、五十斤大米和一百斤小麦。

杨子千赶到城里,打听几家粮栈,根本买不到粮食,只一家仅能卖给小米半斤小麦三斤,还得排队等候,无奈之下想到找戚家国帮忙。来到戚家门口转悠,不长时间正遇戚家国出来。戚家国问了宫大师情况,得知要买些细粮补养,当即答应下来,但要等下午父亲出去开会了方可。杨子千高兴地说太好了,只要能买到细粮早点晚点不要紧。戚家国身无要事,便带杨子千四下逛逛。

两人边走边说话,戚家国说:"威海卫虽小,却曾经是国民政府的直辖城市,这大概是因为明朝皇帝在此设卫、清朝政府在此创立北洋海军、甲午战争以及英租威海卫的缘故。"讲着军政大事,又讲一家家老商铺,一条条老石街,不觉走到驻威日军司令部附近。

这里原本是管理公署办公楼,日军入侵威海卫,占据此楼为其司令部。楼的东端装有一个对外的大钟表,很是醒目。戚家国指着钟表说:"因为这个大钟表,老百姓称其'钟表楼子',本来是管理公署专员办公的地方。"杨子千"嗯"了一声。戚家国又说,"楼东端设一长廊,登阶连通专员办公房舍。楼西侧是老树夼河,南下入海。专员办公地后设公署伙房,在河边设有机压水井,用一长木杆压水经铁管输送至水柜内,为伙房专用。管理公署那时没有围墙和保卫设施,前后左右均有路可通行。由于大楼可以自由行走,我们这些孩子都喜欢到楼廊里寻捡大头针、曲别针,更愿到大楼东廊外看孙专员审判抽大烟的众烟鬼。"杨子千感兴趣地应一声:"是吗?怎么审?"戚家国一笑道:"审前,警察先将犯人按倒在走廊上打大板,然后再提至室内审讯。有一次一个年纪较大的人,被轻轻地按倒,并被轻轻打了几板,可是这人却用劲地叫唤。提起来后他偷看栏杆外的孩子们,孩子们不禁拍手大笑,他也难为情地笑了。等提至室内,大概被孙专员发现,指示再打,这一回警察真使了大劲,板声那么响,他却不再叫喊。这是我们那帮孩子最爱讲的事。"

戚家国笑几声,却又叹口气说,"自从日军占领了这里,此处就成了森严恐怖的地方,孩子时的欢乐,成为遥远的记忆。"杨子千接口道:"是啊,岂止是这座公署办公楼,整个威海卫,整个山东,整个中国,凡是被小鬼子侵占的地方，人们哪里还有欢乐。"戚家国点点头："杨兄说的是。"指指前边又说，"往前走就是原英国领事馆……"杨子千连忙摆手道："不过去了，那里给我留下了心痛记忆，差点儿成日本军犬的猎物。"戚家国点点头说："理解杨兄。"稍顿又道，"天快晌午了，我还请杨兄去吃狗不理吧。"杨子千犹豫一下，叹口气道："别去那里了，找家小店，垫垫肚子就行。"戚家国想想说："也好。走吧，有家小店，杨兄应该喜欢。"

两人来到城里关帝庙，一条小胡同拐进去不远，有家小门头的"桥头羊汤馆"，杨子千一看笑道："嗯，喝碗羊汤，我喜欢。"进了屋，掌柜的一看戚家国，热情地说道："戚公子来了，进里屋吧，老地场。"将二人引至一小屋。小屋靠窗，收拾得也还干净，一张小桌可对坐四人。戚家国点了熟切羊肉、炒羊肚、炒羊血、一盆羊杂汤、四张单饼，还有一壶地瓜老烧。杨子千道："戚公子太破费了，一人一碗羊杂汤，就着吃张饼就行。"戚家国道："如今乱世，说不上哪日会生变故。就说上回咱们一起吃饭的五姐妹，短短几年，就剩……一人……嗨，不去多说，今日与杨兄相见，怎也得整上几盅。"

说话间切好的熟羊肉端上来。掌柜说道："戚公子有口福，这一阵鬼子扫荡，老百姓养的羊都被扫了去，羊价高了不说，常常没货，这昨天刚弄一只羊，今天您就来了。"戚家国一笑："这鬼子扫荡，没想还牵连我喝羊汤，真是城门失火殃及池鱼。"掌柜不懂这话，应道："没听说失火，哪、哪个城门？"戚家国挥挥手："忙去吧，等有工夫跟你讲。"掌柜"哎哎"应着，退去。戚家国给杨子千掌上酒，两人喝起。

喝过三盅，戚家国说："杨兄，这样的小店，也就是近阶段我才过来，此前无论别人请我还是我请别人，都不可能来这样的小地方。你知道因为啥？"杨子千稍稍一想说："因为日本鬼子呗。"戚家国道："不，是因为于森。"杨子千一愣："于森？这、这……跟她有啥关系？"戚家国干了一盅酒，说道："我很喜欢于森，我知道我的家庭会成为我们的障碍，可我还是想追求她……"戚家国把他在桥头老井羊汤馆与于森相见之事说了，又道，"从桥头回来，我就茶饭不思，再好的馆子，也不想登门。在城里无目的闲转，一下看到这家桥头羊汤馆，忽地有了想喝羊汤的想法。从此三天二日就来喝羊汤，慢慢喝，慢慢想着那天和于森在一起喝羊汤的情形，心里……暖乎。"

杨子千听他说完，也干一盅酒，低声说："咱俩还真是有缘呐。我为啥不愿去狗不理吃饭，是因为小叶子。"于是把于荻叶和他之间的事说了，最后说道，"叶子妹爱吃狗不理包子，可那次我请她却没吃得上。她……牺牲了，我啥也不顾，骑马过来买了狗不理包子，让她在阴间能吃上……唉，生逢乱世，连命都不能自己把握，男女之情更是被世况左右。"

两人言语投机，一会儿就喝光一壶地瓜烧。戚家国还要上酒，杨子千不让，说过晌还有正事要办，酒多易误事。戚家国便随他，说等哪天两人有合适机会大喝一顿。杨子千答应了。两人吃喝过了，去车马店雇了马车，戚家国领杨子千到粮栈装了所需粮食。马车将行时，戚家国忽又叫住，回粮栈又装十斤小米，托付杨子千转交于森，工作忙碌时煮点小米粥垫垫肚子。杨子千感慨不已。

杨子千买粮回去，却得知宫大师要回乳山家中。大家一再劝留，宫宝田执意要走，说一则村人得知他受伤怕家人牵挂，二则家中有些跌打损伤良药可用。无奈只得随他。王冰找来一辆带篷马车，装上买回的粮食以及药物，由杨子千护送回乳山青山村。毕云因要带领区中队进行反扫荡工作，没工夫陪同前往，一再表示歉意，告诉宫大师等反扫荡过后会去登门拜望。宫宝田说道："好啊，那天擂台之上，情急之下，我跟倭匪说了你是我徒弟，回头想想，你也够这个资格。等我伤情好了，你到我处，我招齐几个门徒，行过礼仪，正式收你为徒。"毕云闻听大喜，当即给宫大师行叩拜之礼。

谁知此番一别，便是永诀，二人再无相见之日。由于毕云在城东大操场登台打擂，被汉奸认出是当年的小老道，报告了日伪军。日伪军特务暗查出毕云如今是共产党地方重要干部，刺杀过多名日军官兵，曾被日军通缉抓捕，于是威海日伪军密谋策划，借冈村宁次司令官扫荡胶东之机，组织全部兵力，从北向南进行拉网式扫荡，而其重点则是共产党活动频繁的东南乡一带，意图一举消灭共产党的部队和组织，抓捕毕云等共产党要人。杨子千护送宫宝田离去次日，威海日伪军扫荡开始，敌人倾巢出动，气势汹汹，抢掠大批财物和牲畜，数百名有共产党嫌疑的群众被抓到威海卫，遭受残酷折磨，乃至惨杀。为适应斗争形势，区中队化整为零，进行分散活动，伺机袭击敌人。毕云率领部分区中队员，活动于文登沟于家村和荣成邓南庄、荫子夼一带，被敌人包围在了夏埠村。面对数倍于己的凶恶敌人，毕云毫不畏缩，沉着指挥，与战士们并肩冲杀。在突破敌人的两道防线向第三道防线突围时，他腹部中弹，肠子外溢，藏于草丛中。敌人撤退后，被乡亲们救出，送到西板石村，终因伤势过重，于11月28日光荣牺牲。众人傍晚得知消息，甚是悲痛，于森和宋信兰、宋思兰姐妹连夜为毕云缝制新棉衣，王冰和杨子千为他穿上入殓。按他生前意愿，遗体安葬于沟于家北庙。

毕云的牺牲，让大家心碎肠断。尤未料到之事，由于汉奸告密，于森和五区妇救会会长宋信兰、墩前村妇救会委员宋思兰被日军抓到了威海宪兵队。第二天，新任日本宪兵队长星野、副队长大寺一郎提审于森。星野凶狠地问："你这个小姑娘的不老老实实在家，出来干什么的八路！"于森愤怒地答道："日军在中国横行霸道，连鸡狗都不得安宁，不把你们赶出去，中国人民就不能过安稳日子。我参加八路军，就是为了打日本鬼子！"星野道："好个厉害的小姑娘，我看你的嘴有多硬。"令宪兵拿起竹板，猛力抽打于森手心。手很快肿起来，于森咬紧牙关，怒视着敌人。星野得意地问："怎么样，滋味的不错吧！只要说出你们的头头是谁，我马上放了你。"于森轻蔑地说："我活着进来，就没想活着出去。要杀要砍随你的便。""打！"星野一声令下，几个宪兵抢起皮鞭，雨点般抽在于森身上。她被打得遍体鳞伤，昏倒在地。敌人用冷水把她泼醒，又逼她招供。于森双目紧闭，一声不吭。"灌辣椒水！"星野又下令。宪兵冲上来用绳子把于森绑于木板，灌辣椒水、石灰水，灌大了肚子又用脚在她身上猛踩，于森鼻口流血，但她仍不屈服。星野气急败坏，咆哮连连。大寺一郎请他坐下歇息，说声："星野君的息怒，让我来。"拿起一把铁锤，一把竹签，凶狠地瞅着于森说："十指连心，你的考虑一下吧！"于森慢慢睁开眼，轻蔑地瞥一下铁锤、竹签，冷冷地盯着大寺一郎说道："少废话，我……早就考虑好了。""钉！"大寺一郎朝宪兵号叫着。竹签对着于森的手指尖脚趾尖砸进去，鲜血不停地顺着指尖往下流，而敌人却连一声呻吟也没听到。

敌人折腾累了，把于森拖进牢房。宋信兰和宋思兰见于森被折磨得血肉模糊，不省人事，都泣不成声。宋信兰把自己的衣服撕碎，替于森擦拭血迹；宋思兰小心地为于森拔着刺进肉里的一条条竹丝。于森吃力地睁开眼睛，望着战友安慰说："要坚强些。我……不要紧，慢慢就会好的……咱们是为了穷人不受苦才来受刑的，心里……痛快，死而无怨！不管怎样，我们绝、绝不能出卖同志，要、要坚持和敌人……斗、斗争到底……"

晚间，迷迷糊糊中，于森眼前浮现出走上革命道路的情形。她的家是文登县大水泊镇西南台村，1937年7月日寇发动全面侵华战争，当年12月中共胶东特委在天福山发动武装起义，点燃了胶东抗日烽火。天福山距离西南台村十几里路，她的家乡成了胶东地区最早的八路军根据地。从那时起，八路军在家乡开展的抗日救亡宣传活动热火朝天，抗日救亡的道理家喻户晓，深入人心。翌年2月，村里来了一队八路军，其中有两位英姿飒爽的女八路，一位姓乔，一位姓刘。她们的到来，立刻吸引了村里的女青年。她和同伴几乎每天都要去找女八路攀谈，聆听关于抗日救国的革命道理。四五天后，两位女八路随部队开拔了，她和另外三位于氏姐妹也同时"失踪"——参加了八路军。那天晚上，月儿弯弯，星光闪闪。她走前母亲正犯心口痛的老病，她留下一封信，表示"尽忠不能尽孝，尽孝不能尽忠"的遗憾。母亲开始并不支持，但渐渐明白了道理，态度悄悄发生变化，她不再为"女儿跟人家跑了"感到丢人痛苦，相反，却为女儿当八路、自己成"抗属"而自豪。母亲不再催促父亲去找女儿，而是千方百计托人给女儿捎去衣物。她一针一线为女儿缝制结实的猪皮底布鞋、缝补袜子、改制衣服，常常一边飞针走线，一边暗自抹泪，仿佛每一针都扎在自己心头。八路军来往过路，只要被村里安排到家里吃派饭，她总是尽最大努力给他们做好吃的，就像见到了远方归来的游子。想着母亲的事，于森不由得记起孟郊的《游子吟》：慈母手中线，游子身上衣。临行密密缝，意恐迟迟归。谁言寸草心，报得三春晖。她想得很多很多，突然觉得自己十分亏欠母亲，泪水流了下来。

第二天，敌人为了便于监视，将她们三人分别关押。星野指使大寺一郎到狱室假惺惺地劝说于森："你的年纪轻轻，别拿生命的开玩笑，说出你们组织都有谁，我就保你回家的。""呸！"于森用尽全力啐了他一口。大寺一郎气得脸上青筋暴起，怒吼不止。此后敌人软硬兼施，接连折磨于森七天七夜。于森被捕后，党组织想尽办法营救她。于森得知这个消息非常感动，但她深知敌人看守严密，要救出去极其困难。为了不连累组织和同志，她咬破手指，在监狱的墙壁上写下"打倒日本帝国主义！中国共产党万岁！"鲜红血字，然后把衣服撕成布条，搓捻成绳，悬梁自尽，壮烈殉国。

　　于森被捕入狱，党组织想尽办法予以营救，皆未成功。无奈之下王冰和杨子千找到戚家国，说几个姐妹为抗日救国都已献出了年轻的生命，曹芳春、于茯叶、徐杰、丁香……现在于森也被捕入狱，希望戚公子能出手救她一命。戚家国听了心急如焚，可是人被抓进宪兵队，自己已是无能为力，想救她性命，唯有求父亲出手。他急急忙忙找到父亲，求他设法搭救于森一命。没承想戚仁亭痛骂戚家国不孝之子，不好好经商挣钱，反而和共产党勾搭在一起，想让他出手捞人，那是白日做梦！戚家国无言，心碎了，自己悄悄做着准备。他托人打听到于森壮烈牺牲，顿时泪流满面，带了纸钱到宪兵队近处焚烧了，然后驾驶汽车驶向码头，撞飞持枪阻拦的执勤日兵，冲进波涛汹涌的大海，顷刻没了形影。

　　是日晚，王冰出去参加党组织的活动，杨子千在院子里练功，忽然听到有人敲门。杨子千到门前问："是谁？"门外男子回道："海边亲戚。"这是一句暗语，是指东海区里来人。杨子千自是明白，赶紧开门，进来两个穿着百姓服装的男子，个头稍高的年长男子好像受了伤，走路一瘸一拐，年轻男子搀扶着他。年轻男子看杨子千一眼说道："王冰同志在哪？快叫他一声。"杨子千回道："他出去了，我这就去找。"边说边帮着搀扶年长男子到自己屋内，点着油灯，转身出去找王冰。

　　近阶段因为日寇扫荡之事，以及为几位同志牺牲处理后事，王冰白天和刘锡荣、章若明等区委领导开会、检查、布置反扫荡工作，晚上又得忙活敌工部及村里的事，忙得不可开交，食寝无时，杨子千跑了几个门方才找到。回到家一看来人惊叫了声："于专员怎么来啦？"原来1939年春于洲调任胶东东海地委委员兼民运部长；1940年7月始先后任东海区参议长，东海地委财委书记、群委书记；1941年5月，胶东区党委任于得水为军分区司令员兼任东海行署专员，于洲任东海专署副专员兼任东海各救会会长。由于他与王冰打交道较多，且墩前村落脚更为方便，故而每到威海卫一带有事多与王冰接洽。

　　于洲回王冰说："情况紧急，区委的同志都分头下到各地。由于美军的参战，日寇在太平洋战场被迫转入战略防御，巩固其侵占的我国大陆沿海地区的战略，日益受到日寇最高统帅部的重视。11月8日，日军华北方面最高司令官冈村宁次亲赴烟台，召开作战会议，决定发起第三次'鲁东作战'，目标是：'歼灭山东纵队第五旅及第五支队为基干的胶东军区共军，恢复山东半岛治安，尤其确保青岛烟台间的交通。'敌人来势汹汹，是入侵胶东以来最大的一次扫荡。东海区委根据胶东区委的要求,领导干部全都下到各区县,指导帮助做好'反扫荡'工作,力求把损失降到最小。"

王冰听了说道:"上级考虑得周到,不过威海卫这边动静还不大,许是大队鬼子还未到。"于洲点点头说:"正是如此。日寇此次扫荡,西海、南海、北海地区为第一段,合围牙山为第二段,扫荡昆嵛山及东南地区为第三段。鬼子采取拉网式扫荡,二三十人一股,股与股之间相距约一华里,白天逐步向中心压缩,夜间在路口放火,少数人看守,大部分敌人休息。根据西海南海地区反扫荡经验,我们的反制措施为:不向根据地集中,克服一切困难插入敌区。如陷入重围,则立即以排为单位,分散于敌结合部向外突围,于规定之集合点集结。"

王冰问:"西边三个区扫荡开始得早,那边情况如何?"

于洲叹口气说:"很惨烈,马石山惨案你们都该知道,我军民牺牲了数百人。"稍顿又说,"叫嚣'打遍胶东无敌手'的日军指挥官大岛恒一郎,是铁了心要消灭胶东八路军和抗日积极分子。我们的队伍为保护群众,保护自己,不断与敌周旋,几天几夜睡不好觉,极度疲劳。我们的一个炊事员肩上挑着炊具夜行军,站在河中睡着了,后面人以为是前方命令如此,队伍停下来,差点儿被敌人追上。走着睡、坐着睡、骑在马上睡、枪炮声中睡,都是极度疲劳状态下才会这样。"

旁边的年轻男子说道:"首长就是三天三夜没睡觉,太疲劳,刚才路上一不小心,摔到沟里崴了脚。"于洲朝他摆摆手说:"小马,一点小事不用多嘴。"小马一噘嘴:"还一点小事,你当时好一会儿疼得不敢动。"王冰急忙查看于洲受伤的脚,只见脚踝肿得老粗,忙要出门去请医生。于洲制止道:"黑灯瞎火的别让人家来回跑,我也是个半拉郎中,我知道就是扭了筋,弄点儿消肿止痛的药吃就行。"杨子千说:"我去抓药。"王冰说:"也好,我跟于专员汇报一下工作,辛苦杨兄跑一趟广益堂,林掌柜是咱的人,那里的药在这十里八乡最好。"于洲问:"挺远吗?"杨子千道:"不远,四五里路,道也好走。"小马说道:"我和这位大哥一起去。"于洲道:"也好,做个伴。"杨子千和小马便出了家门。

月光朦胧。一路上,两人说着话,杨子千知道小马才十六岁,是通信排战士,便问:"你这么小,上过战场吗?"小马道:"通信兵也要上战场,首长到哪,我们都会跟随。"杨子千说:"我是说上战场打仗。"小马回道:"一般不用参战,不过特殊情况,比如我军伤亡过大,与敌人殊死之战,我们通信员也会上阵。"稍顿,小马有些不好意思地说,"我参加过两次战斗,第一次,是我要求上前线锻炼,那次战斗还有一个任务,就是实战检验我们胶东兵工厂新制造的一种平射钢炮,只有一发炮弹,计划是给碉堡打上一个窟窿,部队再冲上去打。结果炮弹打上去没有爆炸,大炮还被震得翻了个身,部队没法冲锋,只好撤回来。第二次是跟随另一位首长打了一场大仗,战斗非常激烈,日军的机关枪疯狂扫射,掷弹筒、迫击炮弹不断在阵地炸响,火力极为凶猛。鬼子兵端着明晃晃的刺刀向阵地发起冲锋，日军上百骑兵沿山路冲来，数百伪军向无名高地进攻，炮火连天，硝烟滚滚……我们那支部队的刺刀、刺锥、大刀钢质好，刺杀技术也不逊于鬼子，而且一部分战士和干部入伍前在乡村里进过拳房，学会一些擒拿功夫，所以并不把这些东洋鬼子放在眼里，高喊着口号冲杀……经过一阵激烈的格斗，敌人留下上百具尸体，狼狈缩回村庄里去了。我方伤亡也很大，地方政府及后勤人员带来担架队运送伤员及烈士，医务人员则在阵地上抢救包扎。妇女们主动组织担架队运送伤员，帮伤员清理伤口，给伤员喂饭。老百姓还自发地把自己最重视、多年珍藏的一口口红寿棺材抬上阵地，流着泪清理烈士遗体，小心翼翼地把炸断的肢体安放进去。此时敌我双方几乎互不干扰，各干各的事，当到麦田里搜寻遗体时，竟而相互抬错的情况发生。直到半夜时分，鬼子才把经过四个钟头格斗留下的一百多具尸体和部分重伤未死者，都架在烈焰上焚烧，一时间尸臭遍及数里。鬼子在余烬中收拾完他们同类的骨殖，才于凌晨返防。那场战斗我打死了一个鬼子，不过按照命令没有冲锋，和另一位同志保护电台。"

杨子千听了说道："你们真是好样的！通信兵执行任务也有危险吧？"小马道："那可不，我差点儿没命。春天那回去南海区送情报，返回路上碰到日伪军追杀我们一股小部队，我也往山林里跑。跑到一片坟茔地时，右腿中弹，血流不止躺在草丛中，于是准备好手榴弹，一旦敌人搜索到跟前，就与敌人同归于尽。结果敌人没搜过来，追赶其他同志去了。过一会儿，从玉米秸丛里钻出一人，是我们的同志，他说胳膊受伤后，爬着藏在玉米秸丛里，敌人用刺刀向玉米秸丛捅了几下，没捅着。他受伤较轻，帮我简单处理伤口，背着我转移。后来在一个山沟里找到了医疗分所收容组，护士说敌人扫荡还没有结束，上级指示，伤员先安排到老百姓家里掩护起来，待情况允许时，再到医疗分所治疗。于是在护士的安排下，换上便衣，化装成一户农家的儿子，吃住在老百姓家，护士定时换药，进行治疗。老百姓为了我的安全，还在山沟的梯田上挖了个洞，一旦敌人来了，就转移到洞里躲藏。好在我是贯穿伤，养不多日子，便归队了。"杨子千问："贯穿伤不严重？"小马说："子弹要是穿过肌肉，伤口处理及时，没感染，这样的贯穿伤好得快，也不影响身体。如果子弹穿过腹腔，对脏器造成损伤，那就得手术治疗。"

两人说着话，不多会儿来到孟家庄"广益堂"药店，取了药回返。出了孟家庄，小马说："这就是孟家庄啊，怪不得那么多深宅大院。"杨子千不解道："你知道孟家庄？"小马说："小时候常听大人说：孟家庄大地主，骡马成群田万亩。"杨子千道："那你是威海人，怎么说话口音不像这边？"小马说："我很小的时候母亲去世，家里穷，我随大姐二姐跟着戏班子学唱戏，后来我们都参加了八路军，四面八方的人凑在一起，口音变得没家乡味了。"

杨子千一怔，停住脚步，微光中盯着小马，问道："你……你还有个姐姐吗？"小马回道："我们姐弟四个，家里还有个三姐，跟着父亲，这些年也不知怎样。"杨子千听着瞪大了眼,结结巴巴地说:"你、你们家住在老树夼?你、你父亲给……给英国人养马?"小马一下子愣住,后退半步,打量着杨子千,问道:"你、你怎么知道这些?"杨子千张了张嘴,突然转身往前走,说声:"跟我走。"

两人一前一后快步行至信河北村南,杨子千驻足,面北而立,对身边的小马低声说:"村北的小山,现在看不清,那是你三姐离世的地方,你鞠个躬吧。"小马推杨子千一把,怒道:"你胡说什么?"杨子千沉沉地说:"我没胡说,你父亲叫马春子,你大姐叫当子,二姐叫秋贵,三姐叫小辫儿,你叫锁子……"把马春子和小辫儿姑娘的事讲给小马听。

小马听着听着啜泣起来,咕咚一下跪倒在路边,朝着北方磕头,哭着说:"爹,儿子对不起您,小时常惹您生气……没能……孝敬您……保护您……下辈子还、还要做您的儿子……报答您……姐,你长我两岁,可小时候我老是欺负你……你总是……让着我……对不起呀姐……爹,姐,你们都是日本鬼子害死的,我和大姐二姐都参加了八路军,不过……二姐她……去年在战场上被鬼子包围,她、她宁死不降……拉响了手榴弹……炸死好几个小鬼子,她……她也壮烈……牺牲……我、我要请求首长上前线,和大姐一定多杀小鬼子,为爹和三姐……报仇!"

杨子千拉起小马,说道:"首长还等着用药,咱们抓紧回去。等哪天机会合适,我带你去他们坟前,给你父亲和姐姐上香烧纸。"小马起身,两人往回赶。杨子千又问起他大姐情况。小马说他们姐弟三人都在东海军区,二姐牺牲了,大姐在胶东军医医疗队学习,日寇扫荡前他还顺路看了大姐,不知现在怎样。

原来小马的大姐乳名叫当子,长小马六岁,参军后取名马保国,战友们平时还是叫她当子,近段时间在胶东军区医疗队学习。那天夜幕降临时,大队领导通知紧急集合,对学员们说:日本鬼子开始大扫荡,情况紧急,大家赶紧准备分散突围。当子她们女生队共八人,在小队长带领下,迅速向东奔跑。漆黑的夜晚伸手不见五指,只看到四外远处一堆堆火光,那是敌人的包围圈。姑娘们边跑边商量:不管怎样,下定决心向东海方向跑,即使牺牲也不改变方向!她们跑着,听到周围有机关枪响起,原是很多老百姓不了解敌情,奔向没有火光的黑暗处突围,结果中了敌人的诡计。姑娘们明白了,黑暗处有敌人重兵埋伏,而火光明亮的地方敌人并未重点设防。于是她们壮着胆子拼命向火光处突围,结果冲出了包围圈。天渐亮了,为摆脱敌人追赶,她们渡过十几条小河。河水没膝,寒气袭人,棉衣棉裤皆湿透结冰,跑起来磨破了皮肤。姑娘们顾不上疼痛,只是一个劲地跑,多亏二十岁左右年纪体力好,不知跑了多远,终于跑到文登县东南海边。往前是一望无际的盐滩,遍布着淤泥,一脚踩下去插到膝盖,淤泥下有许多碎贝壳,没走几步鞋被淤泥拔掉,碎贝壳把她们的脚和小腿割得伤痕累累,痛得扎心。当子摸摸腰间的手榴弹,想起妹妹,意志愈发坚定。她们这些年轻女战士毫无畏惧，大家手牵手往前走，决心生死在一起，绝不当日寇的俘虏。日军骑兵追到大盐滩边上，怕陷入淤泥，不敢追进盐滩。敌机在空中盘旋，向逃散的人群扫射，姑娘们和老百姓一起趴在盐滩的淤泥里，躲过一劫，最终逃出敌人的包围圈，重又回到八路军队伍中。

三十七

大扫荡

　　二人回到家，王冰已架好药吊子，备好松柴，顿即生火煎药。第二天早上起来，王冰找杨子千说："于专员这次过来是为部署反扫荡之事，本计划昨天从咱这里直接去荣成，没想路上腿脚受伤，耽搁下来。昨晚服了药，今早伤情略见好转，但还是不便行走，骑马目标又太大，有危险。他写了封信，想叫小马送往荣成，我就揽下来请杨兄代劳一趟，如何？"杨子千爽快道："这有啥，小事一桩。"

　　两人来到于洲住处，于洲将写给荣成县委书记的信交给他，说明到了荣成如何联系找人。又从怀中掏出一个信封，交给他说道："给荣成县委的信是第一要务，要尽快送到。这封信，既算公也算私，是我求北海专署专员孙瑞夫同志写的。"稍顿又说，"孙专员担任国民党威海卫政训处总干事时，与威海公立一中校长张宝山都是抗日派，两人志向一致，多有交往。后来孙专员加入了共产党，张宝山仍是国民党骨干，好在他一直力主抗日，故而两人私交尚可。如今张宝山在国民党青岛市政府任职，手中掌握医药资源，胶东军区许世友司令员得知他老家是荣成县，便让东海区设法跟他取得联系，做做工作，争取为八路军提供一些医药。我知道孙专员与张宝山的老关系，便求请书信一封，设法送给其父母再转他手中。张宝山是个孝子，父母不愿去青岛，他就时常回家探望父母。"

　　杨子千收好信，说道："于专员请放心，两封信一定送到。"出门见到小马，小马神情憔悴，对杨子千说："多谢杨大哥代劳，本当是我去送信。"杨子千一笑，拍拍他肩膀，说道："于专员有伤，还得你左右照料。这一带我比你更熟，去去就回。"又附在小马耳边说，"等我回来你若有时间，一同去你父亲坟头祭奠。"小马点点头，眼里闪着泪花。

　　杨子千一路趱行，按于洲指示赶至荣成县，找到县委工作地。经过数人交接，见到了县委书记于欧江。于书记年近四旬，留着分头，一副学者模样。的确，他虽出生农民家庭，但勤学苦读，学业优良，考入北平朝阳大学读书。大学读书期间接受马克思主义，1927年加入中国共产党。1929年秋回乡，先后任大水泊西庙高等小学及威海卫竹岛小学校长。1936年中共党员理琪来文登,于欧江找到党组织,并受命在大水泊一带活动。1937年,参与天福山起义组织发动工作;1938年6月任中共文登中心县委组织部长;1939年1月,兼任中共文登县委统战部、民运部、军事部部长;同年6月,东海特委委任其为中共海阳县委书记。1940年6月,他被选为文登县抗日民主政府第一任县长,兼任抗日大队大队长;是年8月调任中共荣成县委书记,政绩显著。1941年8月荣成县大队升级为荣成独立营,王子明为营长,县委书记于欧江兼任政委。

  杨子千见到于欧江,两人交谈几语,杨子千将于洲的书信交给他。于欧江打开信细阅,表情严肃。杨子千又掏出另一封信,说是于专员让送交张宝山家人,只知其家在荣成,不知具体地址,请于书记指点方向。于欧江说张宝山老家不在县委县政府驻地附近,具体在哪王子明营长应当知晓,让杨子千坐下稍等,王营长一会儿就到。

  杨子千坐下,工作人员端来一碗白开水给他。又有工作人员进来翻开本子向书记汇报工作:"……由于县委县政府措施得力,荣成全县农民参加生产的积极性空前高涨,男性农民普遍投入到劳动生产中,广大妇女也都竞相走入田间,仅上半年,全县解放区农民开荒达两千三百多亩,导河二十七条,长三百余里,修坝二千二百多里,使八千三百多亩河边地免遭水灾……"于欧江摆摆手说:"行了行了,有没有别的事?"工作人员翻开一页又说:"今年我县先后进口玉米三十八万多斤、豆饼和花生饼十五万多斤、面粉一百六十包、瓜干三千一百六十五斤、各种杂粮一万余斤,较好解决了群众吃饭问题……"于欧江又使劲摆摆手,说:"眼下不谈这些,反扫荡是我们当前唯一的工作。"工作人员点头答应着,退了出去。

  于欧江坐到杨子千对面椅子上,突然问道:"你认识于森吧?"杨子千愣愣地看着他,猛地站起来,看着于欧江说:"你、你是……"于欧江抬手示意他坐下,平静地说:"她是我妹妹,她的事……我知道了,她是个好党员,好干部,她做得对。"杨子千吃惊地瞪大了眼,嗫嚅道:"她……我……我们没、没能救出她……"于欧江轻轻摆手,叹口气说:"不用自责,你们做得很好。我是她的亲哥,她入狱的情报我也知晓,最想救她的自然是我,最有能力救她的恐怕也是我,但我知道如果救她,我们党会付出多么沉重的代价,小妹于森也想到这点,所以……所以她……她做得对,小妹了不起。"低下头,晃晃脑袋,抬起头时眼睛有些湿润。他接着说,"我和小妹虽然离得不远,可都忙于工作,很少见面。上一次我去大水泊有事,抽空儿去了一趟墩前村,正好她没外出,煮了一碗地瓜面条给我吃。她说起过王冰,还有你,都对她很有帮助,尤其说起你在环翠楼教训大刀会的小混混,救了她们几个姐妹,对你非常佩服,今天一见面我就猜出你就是那个杨千秋。"

  杨子千正要说话,门外进来一人。于欧江说声:"你可回来啦?"对杨子千做了介绍。来人正是荣成独立营营长王子明，曾任文荣威三县联防指挥部指挥，多次指挥抗日联防队伍重创日寇，而且消灭大刀会也是他做总指挥，杨子千对其早有耳闻。王子明同杨子千握手说："久闻大名，孤胆英雄，直捣大刀会心脏，为消灭大刀会立下大功。"杨子千一笑："不敢不敢，要不是王营长指挥大队围攻大刀会，我的命恐怕也丢了。"

　　于欧江把于洲的信递给王子明说："于专员本来要亲自过来传达反扫荡的指示，因脚受伤，留在墩前那边。"王子明边看信边说："于专员所说跟咱侦察的一致，扫荡烟青路以东根据地之前敌三千人到达文登大水泊一带，集结威海卫日伪军，向东南方向拉网扫荡，高村、黄山、石岛一带日伪军南北呼应，妄图摧毁我们的抗日武装。"

　　于欧江道："于专员总结了西海区和南海区突破敌人围剿的有效方法：敌人白天把广大地方武装和群众赶到一个区域后，夜间用火堆组成封锁网阻止我军民突围，以便在第二天继续缩小合击圈，最后逐渐歼灭我方武装和群众。而我们的地方武装创造的方法是，趁着黑夜在多少里范围内同时动作，用手榴弹炸灭火堆，强行突围，使敌人几天的拉网一下子被破坏，我军民冲出重围，粉碎敌人扫荡的企图。"王子明说："于专员的指示太及时，太重要，我们要立刻布置行动，今夜就要突围。"于欧江应道："对，只有今天晚上，明天就来不及了。"又把杨子千还要送信给张宝山家人之事说起。

　　王子明说："张宝山确系荣成人，不过他老家在荣成西南部，离这有二三十里路，我记得村子叫双石孙家。"稍顿又对杨子千说，"日寇扫荡近在眼前，你白天行动已是不便，这样，你就等晚上随我们一起突围，正好是双石孙家那个方向。"杨子千别无他策，只得听命。

　　到了傍晚，天空下起雪来，杨子千随独立营向南出发。这次突围行动由独立营营长王子明和副政委慕伯场指挥，二人分析研究敌情，决定部队行动。根据敌人的行动特点和当地日伪军据点分布情况及地形条件，决定将本县滕家集南面至文登县高村集东南一带，作为我军夜间突围地段。数日前，荣成县抗日根据地根据上级指示，便开始反扫荡准备工作。党政军机关进行精兵简政，各区队化整为零，武器掩埋，人员分散在群众中，各村的抗日群众把吃的用的埋藏起来，以空舍清野对付敌人的三光政策。县独立营对体弱病残人员做了精简疏散，让其回家当老百姓，身强力壮的留下坚持战斗。其时寒冬，部队每人仅有的一床三斤重的小棉被也减掉了，身上只有一身衣服、一双鞋，以及枪支子弹手榴弹等武器。独立营仅有的一门迫击炮也埋藏起来，营首长的马匹也减掉，和战士一起徒步行军打仗。有日伪特务侦探收集我军情报，为了不让其觉察我军行动，部队规定了行军纪律，夜行日宿，封锁消息，行军时路过指战员村庄，见了熟人不准说话，更不能回家看望亲人。荣成县南北长东西窄，三面环海，只有西面与文登县陆地相连。日伪军盘踞分布情况则是，文登县北部多南部少，荣成县则是南北沿海多，

三十七　大扫荡

中间少。故我方要生存,只有向文登方向突围。

夜行六七十里,队伍秘密到达滕家集南部高落山一带,这里靠近敌人封锁线。当日日军大队自西向东步步紧逼,企图把我军民赶到东海,他们到处搜山,围村庄,清山洞,步步缩小包围圈。夜幕降临时,敌人燃起堆堆篝火,敌阵出现很长一片火网带,沿包围圈设置了"多层梅花式"岗哨,哨位之间相隔二三十丈,每哨位两三日伪兵,燃起一堆大火,备用柴草一堆,不断向火堆添加柴草,火势极旺,形成一片毒蛇吐信,妖魔乱舞般的火网。从山顶望过去,自南海边到北海边,似一道火墙,把天空映得通红。

突围前,慕政委来到杨子千跟随的一连,传达战斗任务:"今晚行动,你们一连首先要在敌人封锁线上打开口子,掩护干部群众向外突围。能不能突围成功,就看你们一连能不能打开口子。一连是最能打胜仗的连队,相信你们一定能完成这项最重大最艰巨的任务!"经过战斗动员,指战员热血沸腾,整装出发。北风凛冽,大雪纷飞,部队快步疾行,不多会儿接近敌人封锁线,连队以排为单位分散隐蔽。连长带各排长继续向敌封锁线靠近,进一步摸清敌情,具体分配各排任务。在离封锁线约百丈处,可看清敌人情况,大部分敌人背着枪,围着火堆伸手烤火取暖,时不时毫无目的向外打枪,或虚张声势叫喊。日军喊话难以听懂,伪军则喊些"不要跑,看见了,不站住就开枪!"之类话语。其实敌人在火堆旁看向黑暗处,啥也看不见,不过给自己壮胆而已。

各排长领任务回来,做具体安排,各班以火堆为目标,消灭火堆周围之敌,摸到火堆十丈左右,一齐向火堆扔手榴弹,然后一排向南打,二排向北打。战士们依令而行,跟随班长悄无声息接近火堆,掏出手榴弹,弦环套于手,听到号令一齐投向火堆,只听轰隆隆爆炸声,火堆周围敌人顿时非死即伤,哇哇乱叫。敌人突遭猛烈打击,蒙头转向,胡乱放枪。我军借势猛打,消灭了计划中火堆之敌,掩护干部群众迅速外突。

天亮前,突离敌封锁线四五十里,过户山、宋家庄,在高村以西村庄宿营休息。天气寒冷,没有热炕没有被子,大家挤在一起防寒取暖。有的搞到一些铺草,便以铺草盖身,进入梦乡。第二天早起,每人吃到半个地瓜,算是早饭。连长告诉杨子千,连队傍晚要回返执行任务,双石孙家村就在宿营地正东八九里处,让他自己找寻过去。杨子千道过谢语,向东而行。

连队回返执行任务,原来是得到情报,日伪军将我方大量人员包围于崂山一带,摧残杀戮,情况危急,需赶回救援。荣成中部有山曰崂山,濒海而立,虽无青岛崂山声名卓著,在当地也是无人不知。1942年冬日寇大扫荡,让荣成崂山承受了血肉之痛。日寇对胶东实行大规模空前残酷的"年关拉网扫荡",其主要目标是中共建立的抗日根据地和抗日武装部队,妄图一举消灭抗日根据地的有生力量。敌人采取"拉网合围"战术,首先合围胶东抗日中心根据地马石山一带,残杀被围抗日军民五百余,制造了骇人听闻的"马石山惨案"。接着重兵向东,对昆嵛、文登、荣成一带进行梳篦式"铁壁合围"。日伪军严密封锁烟青公路，北起渤海，南至黄海，成一线向东平推，并以军舰六艘、汽艇二十艘分别在渤海黄海游弋封锁，空中有飞机盘旋轰炸，海陆空三军配合，妄图彻底围歼牙山、马石山突围东进的抗日部队和地方抗日力量。12月4日，日伪军进入荣成，西从文荣交界处，北从埠柳、成山卫，南从石岛，布成横阵，在海军空军的配合下，实行步步逼进、密集平推的"拉网扫荡"战略，向荣成中部崂山一带合围。对重点地区，日寇则采取"分进合击、铁壁合围"的作战策略。白天空中飞机低飞俯冲投弹扫射，地上日伪军麇集，搜索着每个山谷和村庄；晚上则将山口要道严密封锁，满山遍野燃起火堆，南北构成大火网，远望犹如一片火海。火海连着大海，敌人企图以此来阻止抗日军民突围，扬言"要把八路赶到东海里，一网打尽"。日寇实行残忍的烧光、杀光、抢光的"三光"政策，肆无忌惮蹂躏荣成河山，荣成人民遭受了空前之灾难。

一连官兵夜行六十里，于午夜时分到达崂山西北部北埠、中埠、南埠一带，只见各村周围燃烧着一堆堆篝火。有了昨夜突围的经验，这次每个班分成两个战斗小组，每组消灭一个火堆。从黑暗处利用有利地形隐蔽前进，靠近火堆时，先扔手榴弹，炸死炸伤火堆周围敌人，然后枪击活敌。一阵工夫几个村外火堆皆被消灭，一片漆黑。村里睡觉的敌人梦中惊醒，不敢向村外反扑追击，只在村里胡乱打枪。被围困的干部群众趁机外突，冲出封锁线，摆脱敌之围困。

然而仍有未救出的干部群众，被敌包围，惨遭杀害。北埠村未及逃出的共产党员陈培俊、董世农、董连芳、董元法、董传实，被敌人剥光衣服，强制他们跪于雪地，两个日军用棍棒和锹头轮番毒打，逼他们交出枪支弹药，但无一人屈服。村长董世农头部被敌人用木棒打破，鲜血染红雪地，但他坚贞不屈。敌寇将五人绑在马后，拖至三里外大迟家村，又施严刑拷打，仍一无所得，遂将五人枪杀。其中董连芳被子弹打中左胸，昏死过去，后被救活。另一路日伪军，6日上午合围并封锁了崂山南部东岛刘家村，将数百群众赶至三面环海的烟墩上。正值寒冬，北风呼号，大雪纷飞，波涛汹涌。下午三时许，日军在未找到共产党员和八路军后，便对赤手空拳的群众下毒手，三挺机枪一齐扫射，群众成批倒下。三面是海，陆地被封锁，有些群众跳到海里，凶残的敌人又对海面进行疯狂扫射，海水顿时被鲜血染红。村人刘青德隐蔽在海边陡崖下，日军发现后，用机枪对其扫射，因隐蔽位置较低，敌人射击多时未中，后海水上涨，刘无法在原处隐蔽，被敌机枪打中，倒在海水里，被海潮冲走。神道村高氏兄弟等三人逃进滩涂，日军用机枪扫射，子弹打得污泥飞溅，高氏哥哥腹部中弹，肠子破腹而出，当场死亡，其余二人腿部中弹致残。此一日东岛刘家村被杀害十二人，加之外地外村被围群众共有百余人被杀害。共产党员刘青先隐蔽石岩下，见敌人开枪疯狂扫射山坡上的群众，奋身跳起沿海岸向西南跑去，吸引了敌人枪弹，掩护了群众，他却献出生命。7日，日伪军又在崂山北部大水河村抓走青壮年七人，打死男青年五人，使这个十三户人家的小村几无男丁。

敌人血腥屠杀之时，还对抗日军民野蛮抓捕。日伪军侵入荣成境内，把马石山突围的抗日军民驱赶过来，没逃脱的被抓住，有的两人用绳索绑在一起，怀疑是八路或共产党员者则四人绑在一起连成一串。如此不断合围，不断抓人，至12月6日，将抓到的数千群众分别集中于烟墩耩、毕家屯、古塔三个村的野外雪地，周围架起机枪，燃起火堆。次日，又将众人押往县城东南的海崖村集结。一路上敌人驱赶群众，走慢者挨棍棒，走不动者挨刺刀，逃跑者挨枪子。有人因胃病发作无法行走，敌人用刺刀将其活活刺死；有十八九岁青年因逃跑被抓回，被敌人棍棒打死；行至县城南部沽河附近，遇见两人藏身玉米秸丛中，敌人便把玉米秸丛围住放火，将两人活活烧死。从崂山至海崖这段路上，因逃跑被敌人打死者十几人。敌人将数千群众集中于海崖村一片洼地进行分类：凡手掌无茧认为是共产党员或八路者，排成一行，身上画六角记号；可疑者排成一行，身上画疑问记号；青壮年则单独排列。其后敌人将画记号者及青壮年全部送至威海卫，不给吃饭喝水，每天审讯三次，认为是共产党员者吊打逼供，不少人被折磨致死。最后剩下三百余众，大都被带去东北，为日本侵略者开采煤矿当苦力，有些死在煤洞里。

日寇合围崂山一带时，除血腥屠杀和野蛮抓捕，还挨门挨户进行洗劫。整个崂山一带几乎家家遭抢劫，村村有遭屠杀的血迹。在敌之宿营地，火光冲天，昼夜不息，门窗家具几被烧光；没有逃出的妇女多遭奸污，有的甚至被轮奸后用刺刀刺死。抢去的东西，能带走的带走，带不走的烧光；粮食搜出喂牲口，鸡鸭鹅猪被杀吃，大牲畜或被宰杀，或被带走。在东滩郭家村，日伪军逼迫村民郭日成带路去挖埋藏的物资。郭日成拒不带路，敌人当众将其杀死，并破腹挑出肠子。柳家庄位于东海边，全村八十余户，东海地委、东海女子工学和崂山区的领导与胶东警卫营骑兵连等都曾在此隐蔽过，八路军和县抗日民主政府在此埋藏了不少军用物品。敌人扫荡进入柳家庄后，把全村及从西部驱赶抓来的群众，集中于村北空场，从人群中拖出刘玉山、刘义洪，逼供谁是村长，谁是八路，粮食物品藏在何处。二人誓死不说。敌人把他俩拖到河边灌凉水，用钳子拔掉其牙齿，往嘴里灌咸菜水，再用杠子压肚子，二人被日伪军折磨得奄奄一息，但始终没说出实情。晚上日伪军一边将群众逼上山地里刨埋藏的物资，一边将全村八十户村民的门窗家具全部烧光。一昼夜间，柳家庄被洗劫一空。日寇扫荡崂山，共残杀我干部群众及军工战士三百余人，抢走粮食六十多万斤，毁坏农具八千多件，烧毁门窗一万多副，损失大牲畜一千五百多头，宰杀家畜近四万只，损失其他物资折款十五余万元北海币。

这就是日寇胶东大扫荡中继马石山惨案后第二大骇人听闻之惨案——崂山惨案。

杨子千那日与独立营一连官兵分手后，径往东去。路经高村集，不小心走近了日军岗楼。日军扫荡期间,就像疯狗一般,见人就咬。岗楼上一个日本兵看见不远处的杨子千,就喊他停下。杨子千一听叽里呱啦是日本话,知道遇上日军,想想身上有送交张宝山的信件,不能落入敌人手中,就装聋作哑,不予理会,快步前行。日本兵愈发高声叫喊,而且夹杂着"站住""开枪"等中国话。杨子千看到前面不远处一条大沟,便快步奔过去。这时身后传来枪声,子弹打在身旁雪地上溅起团团飞屑。正要下大沟,突然右腿一抖,中了敌人枪弹,他就势身子一歪滚进沟里。

大沟里的雪比地面厚,杨子千并未跌伤,但右大腿流出血来,能感到热乎乎的,伴着疼痛。他忙把围巾解下,稍一犹豫,将伤处缚紧。这是昨天在荣成分手时,于欧江送给他的,说是妹妹于森生前亲手织就,围着暖和。杨子千推脱一番只好留下。此时他想要是于森在跟前必也会用围巾给他包扎伤处。想到于森,毅力倍增,忍着痛一瘸一拐往前跑,心想要是日本兵追来,就佯装摔倒,把信埋在雪中,然后诱敌近前与其拼命。跑一阵回头看看,日本兵并未追来,稍稍松一口气。转回身向前,空中又飘起雪花,没有太阳辨不准方向,便想前面遇到行人或村庄打听一下双石孙家村方位,咬着牙又往前走。北风大起来,没有了围巾,细碎的雪花扑到脸上,灌进脖子,左边腮颈冻得发麻。抬手搓搓脸,望一眼白茫茫的前方,继续前行。

行约一里路,又一条大沟横在眼前。若在平常,一跃跳下沟,十步八步便到对面。但眼下右腿负伤,大量流血,体力甚弱,站在沟边看看,见不远处有条堤坝连通两边,便走过去。到了跟前,见这堤坝顶面只有二尺来宽,两边深则四五尺,当是村人蓄水所用,眼下冬季缺水已干涸。没有别的路,小心走上去。行了十几步,左脚被雪下一块石头绊了,右脚又无力支撑,一下掉进深沟,头撞上冻硬的土堆,顿即昏迷。

待他醒来时,躺在暖和的土炕上。一位四十多岁的中年男人坐在旁边,左手端一只蓝花瓷碗,右手拿一羹匙,正小心翼翼地给他喂药。见他睁开眼,中年男人呵呵一笑,说道:"醒了,醒了,好,好,醒了。你这小子命挺大,流那么多血,还能活过来。"杨子千见这男人方脸宽额,慈眉善目,蓄一撮短胡,头戴瓜皮黑帽,有些乡村绅士模样,便小声问:"这……这是……什么地方?"未待中年男人回答,有个孩童声音说:"这里是乔家店,俺大哥把你背回来的。"杨子千扭头一看,炕沿上伸着四个小脑袋,三男一女,说话的是三个男孩中第二大的,七八岁的样子。最大的男孩,约莫十三四岁,留个小平头,伸手摸摸说话男孩脑袋说:"弟你别多嘴,听爹说。"中年男人又是呵呵一笑,说道:"三儿说得对,这个村叫乔家店,四十来户小村,都姓乔,我叫乔云鹏,是个铁匠。"指着炕前站着的孩子说,"这是我家孩子,都找先生起了大名,这三个儿郎,是二儿三儿四儿,二儿叫国华,三儿叫廷锦,四儿叫廷干;小闺女是我四女儿,叫国荣。"女孩插嘴说:"我九岁啦,妈说让我上学。"旁边叫廷锦的三儿抬头看着国荣说:"四姐,二哥说了别多嘴,听爹说。"躺着的杨子千露出一丝笑,小声说:"伯父真好……这么多孩子。"

这时门帘一挑进来个四十来岁女人,中等身材,瘦脸白肤,绾着发髻,身上围着围裙,腰腹微微隆起,两手端着个大瓷碗,看一眼杨子千说:"醒了就好,俺娘家爹给你看了伤,说是啥贯穿伤,伤口多亏扎了毛围巾,也没受冻,安心养几天就好了。"抬眼看着乔云鹏,说:"不好好喂药,尽说孩子弄么?这碗鲜粥碎了两个鸡蛋,喂完药粥也不烫了,趁热吃。看这小伙子饿得肚子都瘪瘪了。"乔云鹏伸手接过碗,说道:"说孩子咋的啦?我高兴啊。等你身上这个小九生下来,那更热闹。"女人瞅他一眼,又对杨子千笑笑说:"小伙子别见笑,你大伯这个人喜欢孩子,十个八个都不够。看模样你没我大儿郎年岁大,也当我一个孩子,安心养伤。"杨子千感激地点点头,小声说:"谢谢……伯母。"

女人把四个孩子叫出外间。四儿廷干说:"妈,我饿,想喝鲜粥。"女人说:"每人半碗,一晃天就黑了,晚上煮地瓜干吃。"三儿廷锦说:"妈,这鲜粥没鸡蛋。"女人说:"前几天住那个彩号叔叔,你爹杀了两只母鸡,鸡蛋太少,炕上这个大哥哥……"声音小得听不清。杨子千心头暖暖,知道遇上一个好人家。

乔云鹏边给杨子千喂药边说:"我大儿子叫廷东,一七年生人,二十五岁。你姓啥?多大了?"杨子千说:"伯父我姓杨……叫我小杨吧……碰巧……我跟您大儿子同龄。"乔云鹏又一笑说:"看来有缘啊。今早我大儿子出去打猎,没多会儿工夫把你背回来,说是在西沟满雪地寻兔踪,看到一行人的脚印,时不时有血迹,顺着脚印就找到你,摸摸你身上还热乎,就赶紧背回家来。儿子说,你肯定不是汉奸二鬼子,看你脚印是从高村方向来的,一准是高村据点鬼子打的。我们邻村就有人被高村据点鬼子开枪打死。再说你要是汉奸二鬼子,受了伤会跑到据点去包扎治疗,不会风天雪地往这边跑。"

杨子千喝下最后一口药,挣扎着要起身。乔云鹏说:"你要上茅房我背你去,受伤的右腿尽量不要动,静养好得快。我老丈人是个郎中,现在叫医生,邻村人,儿子把你背回家,就去请他姥爷过来。他检查一番,说救护及时,生命没问题;又看了伤,说很幸运是贯穿伤,子弹入口处没有感染,吃点药休养几天就好。他还有别的病号着急,留下药就走了。儿子看你也缓过气来,没危险了,就又拿着枪上山,打个野物给你补养。"杨子千说:"我是想起来……给您磕头。"

乔云鹏笑道:"用不着那么多礼数,我老乔家别的不说,救人帮人,讲仁讲义,这点儿不含糊,人在世上,谁没有个急难之时。"稍顿又说,"你躺着不舒服,我扶你起来坐着也成,吃饭也顺溜。"杨子千点点头一笑:"嗯,起来坐坐。"坐起身,乔云鹏要喂他吃粥,他接过大碗,说:"我别处没、没受伤,自己来吧。"慢慢吃一口,说:"真香,真鲜,伯母做的粥……真好吃。"把一大碗鲜粥吃了个干净,体力也渐渐恢复。他对乔云鹏说:"大伯,打听个事,双石孙家村……离这村有多远?"乔云鹏道:"在这南边四五里路。你想看双石吗?那两块石头平地生出，一丈多高，很奇特，等你伤好了我领你去看。"

杨子千微微一笑："不是看双石。"乔云鹏不解道："那你是……"杨子千沉默一会儿，深吸一口气，说："大伯，我感觉出来，您是个革命家庭……刚才伯母说的话我也听到了，你家里住过彩号，在老百姓家住的彩号，都是共产党、八路军……或抗日队伍的人……不瞒您说，我也是……给共产党做事，这回，要给党组织……送一封信，昨晚从荣成南面……高落山，突围鬼子扫荡封锁线，我随着队伍……跑到了高村西面什么村，本来今天上午……就能把信送到，谁知……差点儿没了命，弄成这样……"

乔云鹏一听说："小杨啊，听你这一说，我更放心了，不瞒你说，我家真是革命家庭，一家人都给共产党八路军干事。我家几代打铁，在这四外没有不知乔家红炉名号的，就连'一一四'暴动，我还给共产党造过枪。你给共产党送信，双石孙家离得近我熟得很，信得过大伯，我现在就给你送去，省得夜长梦多。"杨子千听了感动不已，谢语连声，掏出信交给乔大伯。乔云鹏当即下炕穿戴整齐，出门而去。

不到一个时辰，乔云鹏踏雪而归，告诉杨子千，信交给了张宝山家人，他家人说一定会转交到张宝山手中。杨子千再次道谢。不多时天近傍晚，长子廷东归来，左肩扛着土枪，右手提着一只猎获的野鸡。看过杨子千没大碍，甚是高兴，厢房墙上挂了野鸡，去毛开膛，收拾干净，交给妈下锅烹煮。乔云鹏则在炕上给杨子千伤口换药，二子国华帮忙打下手。解开绷带，乔云鹏说："忍着点小杨，盐水消毒挺痛，可对伤口有好处。"杨子千说："没事的大伯，受不了这点痛，还想打鬼子？"说话间盐水擦到伤口上，疼得钻心，杨子千咬着牙，脸上毫无变化。擦完伤口，撒上愈合创伤的药粉，换新绷带扎好。

晚上一家人吃的煮地瓜干，专门给杨子千烙了小麦玉米两合面饼，野鸡炖萝卜，盛一碗肉给杨子千，剩下半盆骨架萝卜汤一家老小食用。吃过饭，大家说说话，杨子千知道了伯母叫高甫顺，大女儿乔廷贤已出嫁，二女儿乔廷兰、三女儿乔廉芳都在妇救会做抗日工作。长子廷东则是抗日自卫队成员，近几天日寇扫荡，自卫队临时分散行动。一夜无话。

翌日清晨，天光尚暗。东面突然响起枪声，愈发紧密，间杂手榴弹爆炸声。不一会儿村头钟声响起，这是村里抗日组织的集合令。住西屋的二女儿廷兰、三女儿廉芳和住厢房的长子廷东，迅速穿好衣服跑出家门。一家人都惊醒，不知发生何事。天稍亮，乔云鹏出门打探消息，得知是八路军的部队跟日军交火，双方打得很激烈。枪声起起落落响了四五个钟头，上午十时许，逐渐稀疏。乔云鹏正要出门打听情况，突然两个女儿抬一副担架冲进家门，担架上躺着个穿八路军服装的重伤员。乔廷兰对发愣的父亲说："爹，战场受伤官兵太多，战地医疗小组简单处理伤口，安排分送可靠群众家中临时安置，医护人员会上门换药治伤的。"母亲为难道："咱家有个伤员，又送来个彩号……"三女儿乔廉芳着急道："妈快别多说了，彩号太多，我和二姐还得赶紧回去。"父亲缓过神来说道："不用多说，赶紧往家抬！"几人把伤员抬到炕上，杨子千坐着搭把手将伤员放好。两个女儿正要走，父亲又说："为了安全，你俩帮着一起把两位英雄隐蔽一下。"于是两位伤员一个藏到地瓜阁子上，一个藏到箱柜顶。遮蔽妥当，两个女儿方才离家。

刚过一个钟头，二儿子国华急慌慌往家跑，嘴里喊着："不好不好！鬼子进村了！"家里人一听顿时慌作一团。乔云鹏定了定神，对妻子说："眼下最重要的，就是不能让鬼子进家，进家就会有危险。"想了想突然说："你赶快弄些地瓜干放到磨上，我驾驴。"妻子明白了意思，挖两瓢地瓜干放到石磨上；又抓草炭灰抹了脸，也给小女儿用灰抹了脸，把四个孩子都关在里屋。乔云鹏牵来毛驴，驾起来拉磨，又铲来驴粪撒在磨道上。一切停当。

过一袋烟工夫，果真来了两个日本兵，端着刺刀问"八路的干活"，乔云鹏忙比画着说没有。两个日本兵想进屋，探头看看满地的驴粪，又缩回去。胶东东部农家大都在堂屋装了石磨，推磨时他人不便进出，若是驾了毛驴拉磨，则更加不便。夫妻俩正担心日本兵进屋，忽然院中鸡窝里下蛋的母鸡咯哒咯哒叫起来，两个日本兵转身看去。乔云鹏灵机一动，赶忙来到鸡窝前，伸手抓到两只母鸡，递给日本兵每人一只。两个日本兵年纪轻轻，看样子还不到二十岁，看到母鸡顿时笑了，一人一只提着离去。乔云鹏的心暂时放下。想想孩子们说日本贪心不足蛇吞象，发动太平洋战争，导致兵力不足，征兵年纪越来越小，看来正是如此。

不多会儿工夫，又来两个日本兵，乔云鹏比画着说刚来两个日本兵搜查过了。妻子则端出盛鸡蛋的小纸斗，里面只有十几个鸡蛋，两个日本兵装进兜里也走了。天光渐暗，又来两个日本兵，乔云鹏又比画说怎么怎么样，不料两个日本兵竟把他带走。妻子原以为带去一会儿就会回来，可一等不回二等不回，出门一打听，村里好多身体壮实的男人都被日军掳去，给他们搬运抢掠的东西。回到家，一家人听到这事，个个担心，晚饭吃不下，觉也睡不着。杨子千身体大有好转，家人帮他从箱子顶下来，得知大伯被日寇抓走，心下甚忧。半夜时分，突然院门响。二儿国华陪着妈出去开门，一看是爹回来了，惊喜万分。原来乔云鹏被日本兵抓走，半路上趁天黑跑掉了，逃过一劫。

第二天做饭成了愁事，两只母鸡和十几个鸡蛋被日本兵掠走，家人尚可粗粮充饥，可两个伤号需要补养。就剩两只母鸡，无奈又杀掉一只给二人煨汤。杨子千不吃，伯母说需要补养。乔云鹏说："现在你们两个伤号最重要，赶快养好身子，跟着共产党好好打鬼子，把鬼子赶跑。"稍顿又说，"中华不强受人欺。等我的小九出生了，就叫华强，让孩子们都为革命好好工作，建设强大的国家。"杨子千连连称是。一晃过去几天，那位八路军伤员已被转到后方医院。杨子千的伤情好得也特别快。这天他对乔云鹏说，明天想回去，免得那边担心，回去接着养伤，很快就会痊愈。乔云鹏见他言语真切，也很在理，回去条件好一些，对养伤也有好处，便答应了。

　　翌日乔云鹏套了带篷驴车，要送杨子千回墩前村。三儿廷锦非要跟着去，原来这几天他和二哥国华得空就缠着杨子千讲故事，已是难舍难分。妈妈不放心，大儿子廷东就说，让他去吧，路过山前庄村我跟队长说一声，我也一起去，亲自把杨兄弟送回。妈妈这才答应。临上车前，杨子千突然对乔云鹏说："大伯，是你们家救我一条命，你们对我也是父母一般，我爹早不在世，我想认您做干爹，不知您愿意不？"乔云鹏爽快应道："好啊，我虽说已有八个孩子，小九也快要出生，可我不嫌多，你这样的好孩子，我愿收做义子。"杨子千高兴得要下跪磕头，乔云鹏将他扶住，说等伤好以后，再跪也不迟，搀他上车。乔伯母又抱来自己的棉被，给杨子千盖上。驴车这才上路。

三十七　大扫荡

三十八

火烧据点

这是个晴日，12月上旬，出现少有的温暖。毛驴昨晚喂了好料，体力大增，拉着驴车毫不费劲。遇到陡坡时，乔云鹏和儿子廷东一边一个拽一把车子。车篷里，三儿廷锦缠着杨子千讲故事，时不时高兴得咯咯笑。行至山前庄村，驴车稍作停歇，廷东跑步去找抗日自卫队队长说明情况，回头赶起驴车又行。过了邹山，向北一路平缓，毛驴嘚嘚的蹄声显得轻快。廷东一会儿说"过了大水泊了"，一会儿说"过了北风口了"，一会儿说"过了方格窑了"。杨子千说道："哥你挺熟啊。"廷东回道："我们自卫队主要在邹山一带活动，山南活动多些，山北也来，这一带都熟。"

又行一段，驴车停下，乔云鹏朝路边一个用铁锨撅着粪篓拾粪的男子喊道："大兄弟，借个火。"拾粪男子没回声，端着烟袋靠过来。乔云鹏右手捏着烟袋左手拿着烟荷包装旱烟，迎前两步，接过对方递来的烟袋，对着火，深吸一口，说："谢谢啦大兄弟。这一阵叫鬼子闹的，牲畜少多了，拾粪也不好拾了。"对方应道："是啊。"乔云鹏又问："大水泊这边这一阵太平吗？"对方道："这两天还行，听说扫荡的大队鬼子往西撤了。前几天鬼子凶的时候，你这驴车还敢出来？早叫鬼子吃驴肉了。"

躺在车上的杨子千忽地撑起上身，叫声："刘队长！"拾粪男子打个愣怔，快步靠前，一看杨子千，吃惊道："杨……你、你还活着呀，都猜你叫鬼子扫荡了，牺牲了！"原来是刘锡荣。杨子千一笑："都到鬼门关了，叫我干爹一家救回来，这不，送我回墩前。"把乔云鹏和乔廷东父子介绍了。

乔廷东瞪眼瞅着刘锡荣，说："你……是不是刘、刘会长？"刘锡荣看着他说："咱俩在……在哪见过，眼熟。"乔廷东说："你干文登县各救会长时，在山前庄开会，你还夸我身体棒。"刘锡荣一下想起来，呵呵一笑："对，你是那个小乔，力气大，工作干得好。"

说着话，不远处又有个拾粪的走过来，杨子千一看是王冰，叫道："王兄！"刘锡荣把几人介绍了，王冰对乔氏父子感谢过，又说："今天我们有任务，不便长谈，还请乔伯把我义弟送回我家，改日再谢。"几人道别，驴车拉着杨子千去墩前村。

原来刘锡荣和王冰，真是在执行一个大任务。这次日寇大扫荡，动用了青岛、烟台、威海卫等地日军一万五千人、伪军五千人，规模空前，凶残无比，制造了"马石山惨案""崂山惨案"等，仅威海卫桥头区就有一百三十八人被杀害，五百九十八人被抓，对我党我军和人民群众造成很大损失。敌人趁机散布谣言，说八路军都被赶到东海喝海水去了，尤其日伪军把抓捕的大批群众押赴威海，还将抢劫的大量牲畜、物资及部分土枪土炮地雷等进行展出，以炫耀其战绩。如此造成城乡一片恐怖气氛，百姓情绪低沉，根据地人民怀疑八路军是否还能回来，甚至拒绝用北海币和抗日政府发放的粮票。鉴于此，东海区委决定捕捉有利战机，避实就虚出敌不意，对其薄弱环节实施突袭，打乱敌人扫荡阵脚，以鼓舞士气，提高广大军民反扫荡的信心。

东海军分区副司令员于得水与威海工委书记刘锡荣协商，首战拿下马井泊敌据点。此据点地处偏僻山区，与其他据点不易联络，驻守着伪军一个小队，且大股日伪军聚集荣成一带，威海卫兵力不多，此战须速战速决，打敌人个措手不及。为此于得水、刘锡荣、王冰等人，从不同方位，化装去马井泊敌据点侦察。得知该据点有三座碉堡，均有三丈五尺高，围墙高二丈五尺，须做好强攻准备。经周密侦察，几人赶回北风口，与广大指战员研究作战方案，由东海独立营担任主攻，威海大队兵分两路，一路阻击桥头增援之敌，另一路埋伏马夼一带，准备伏击温泉汤之日伪军。最后决定，主攻部队若半个钟头内攻占不下，则立即撤军。

当晚下起雪来，八时许，分住各处的指战员顶风冒雪，沿山路齐向马井泊进发。由于行动隐秘，鸡犬未扰，至东海独立营包围了敌据点，敌哨仍未发觉。九时许，于得水副司令下令攻击，先锋战士将梯子搭上据点围墙，迅疾翻过墙头，冲进据点院内。敌人发觉后，枪声及手榴弹爆炸声响彻夜空，我方战士边打边喊"缴枪不杀！""顽抗死路一条！"伪军小队长见我方火力凶猛，知是抗日武装主力部队，只得宣布缴枪投降。此战毙敌二人，俘虏四十余，缴获各类枪支三十余，用时正好半个钟头。

部队撤走时，三座炮楼燃起熊熊大火。于得水看着映红天空的火焰，高兴地对刘锡荣和王冰说："这把火烧得好！"刘锡荣道："对，不光是烧了敌人炮楼，更是烧向日寇的扫荡。"王冰接道："重新点燃了人民群众心中的抗日之火。"

天明后，桥头、温泉一带群众欣喜万分，奔走相告：共产党还在！八路军还在！我们的队伍是神兵天将！由于我各地军民英勇顽强，反击扫荡，迫使日伪军不得不于12月13日"反转西进"。此时苏德战争传来消息，在斯大林格勒大会战中，苏联红军消灭了希特勒军队的主力，数十万苏联红军开始大反攻。12月下旬，日寇对胶东的"大扫荡"也以失败而告终，来到烟台的冈村宁次不知何时跑得无影无踪。我抗日军民粉碎了日寇在胶东规模最大、时间最长的冬季大扫荡。

杨子千回到墩前村，孟家庄广益堂林掌柜给他用最好的疗伤药，腿伤很快痊愈。这天他练完功碰到王冰，见其愁眉不展，便问为何。王冰说，由于我们队伍不断扩大，有些必要的物资跟不上，很多人还只能使用大刀和长矛，影响战斗力。杨子千听了想想说，他干爹乔云鹏有着传统造枪手艺，"一一四"暴动时我党还找他造过枪。王冰很高兴，说跟刘锡荣汇报一下。后经刘锡荣同意，决定先由杨子千去定制几只散砂火枪试用。杨子千买好两包桃酥、两瓶白干，带上造枪的一点儿经费，刚要走，梁大胆找来，想让他帮忙去威海卫城里动员戚仁亭。杨子千左右为难。王冰说那我去乔家店跑一趟，反正乔伯也见过面，我会把你这个干儿子的心意带到。杨子千说，告诉我干爹，等有空闲我去看他。

王冰去了乔家店，找到乔伯，说明来意。乔云鹏毫不犹豫答应下来，他说家里几个孩子全都参加革命，自己也不能落后，造枪的钱不要，不过造枪需要上好的钢铁，自己手头不多。王冰答应帮着搞钢铁材料。乔云鹏又吞吞吐吐提出，二儿子想参军，可是才十三岁，人家不要，不知能否帮忙通融通融。王冰说积极参加革命是好事，我帮你跟荣成大队说一说。

杨子千跟梁大胆来到城里，施计诱出戚仁亭，让他认清形势，弃暗投明，多为抗日民主政府做事，尤其在军需物资方面多多提供便利。戚仁亭自从儿子自杀身亡，深受打击，时时反思自己之所为，有所悔悟，此时面对二人，表示愿为抗日政府出力。任务完成顺利，梁大胆心下高兴，要请杨子千吃顿便饭。杨子千想想说，那就去喝碗羊汤吧，领至关帝庙的"桥头羊汤馆"。两人喝着羊汤，杨子千说起戚家国，说戚仁亭若早些醒悟，别那么亲日反共，就不会逼死了自己的亲儿子。梁大胆也深有感触。两人说着戚家国，不由得说到了于森，又说到于茯叶、徐杰、丁香，还有毕云，越说越不是滋味，一碗羊汤没喝完，就结账离去。

这一年当中，杨子千失去了徒弟和多位好友，心痛不已。最亲近的好友，只剩王冰、梁大胆还有连城他们几人。他去刘公岛更多了，不光连城、毕昆山，现在又多了郑道济这个不错的老乡大哥，几人言语颇为投机。梁大胆有空闲，两人也时不时相聚说说话。一转眼过了阳历年，1月，中共威海卫工作委员会改为中共威海县委员会，刘锡荣任书记。由于屡立战功，梁学福于1943年春，调城区中队任副中队长。及6月底，乳山来人找到杨子千，说宫大师因打擂被日本人暗害，终未治愈，于6月27日在青山村驾鹤西去，终年七十有二。临终前书信一封，让交给威海卫之毕云或杨千秋。杨子千打开信封，见信纸上写了四句小诗：炸死张大帅，我亦遭暗害，日本侵略者，欠无数血债。杨子千看完，知宫大师心意，要牢记日寇的血海深仇，切不可忘。他攥紧了拳头。

过了几天，王冰找到杨子千，交给他一份封好的文件，说自己着急赶往东海区委，让他把文件送给刘锡荣。杨子千按照王冰所说，来到南子城，找到威海抗日大队。刘锡荣正在开会，杨子千便在院子里大树下等待。不多时会散，屋里走出几人，其中一人让他瞪大了眼。迎前几步两人走近了，双方惊喜不已，杨子千叫道："小宋老师！"对方叫他："小杨哥！"两双手紧紧握在一起。刘锡荣一乐，对杨子千说："什么小宋老师，这是军分区给大队新派来的副政委宋奇光同志。"原来正是杨子千到处寻找的宋奇光。杨子千到抗战话剧社找他时，他已调任荣成县大队教导员，一年后调到东海军分区任职，前几天刚调来威海大队任副政委。

刘锡荣又指着一位二十岁出头的男子说："杨老弟顺便认识一下，这位是我们的副大队长江海同志。"江海主动过来握手说道："你是杨千秋兄长，我见过你，那次我去王冰部长家，你正在练武，王部长介绍过你，我非常敬佩，只是没好意思打扰你。"江海是黄县人，1921年出生，1938年入党，1939年参加八路军，1943年2月调任威海县大队副大队长。杨子千把王冰托付的材料交给刘锡荣，刘锡荣打开看了看，笑着说："好，又争取过来一个，这个王部长挺能干。"抬头对三人说，"走，屋里坐，喝杯水。"三人跟他进屋。

杨子千跟宋奇光谈得亲密，刘锡荣就说："你们两个老友相聚，以后慢慢聊，今天说说别的。"指着杨子千和江海，说道，"你两个都与'武'字相关，一个是武功，一个是武器，以后可以联手做事。"原来江海虽然年轻，打仗却喜欢动脑子，好钻研，善于使用新型武器。去年东海独立团攻打张孟岛敌据点，江海的连队被敌人发现隐蔽位置，敌人使用掷弹筒发射炮弹，砰的一声，半空中一道火光在高处爆炸，打得屋顶瓦片乱飞。敌人打了七发炮弹都没击中目标。后来江海率部攻下敌营，缴获一具小掷弹筒。俘虏的掷弹筒射手告诉他如何发射。江海对此很感兴趣，通过摸索掌握了发射技术，知道敌发射手不会使用标尺，所以打不中目标。在后来的战斗中，江海使用掷弹筒狠狠打击敌人，取得很好效果。另外江海还善于使用炸药和地雷，炸得敌人闻风丧胆。

四人刚说一会儿，通信员送来情报，县大队要出发。杨子千与三人作别而去。

第二日，江海和宋奇光找到杨子千。江海对杨子千说："刘大队长昨天说，咱们二武要联手做事，这几天我和奇光正研究如何教训一下夏亓洪，想邀你一起参加。"杨子千道："教训夏亓洪？需要我怎么干？"江海说："前些日子，他的手下蹿到我根据地捉村干部，强行威逼给他送粮，这是明目张胆向我们挑衅，不教训教训他，他就会蹬鼻子上脸，更加嚣张。"宋奇光说："我和江队长的意思，教训夏亓洪有两种办法，一是发挥江队长的武器优势，用地雷炸他；二是发挥你武功的优势，教训夏亓洪或他的手下。"杨子千道："行，需要我我就上，没说的。"江海想想说："要不这样，我正好在研究改进地雷的用法，咱先用地雷炸，试试效果。如果夏亓洪还不收敛，就以你为主收拾他。"杨子千和宋奇光赞同。

马井泊据点年前被我军攻克并烧毁，但第三天驻孟家庄的伪军中队长梁筠懿，派小队长夏亓洪带领伪军去马井泊重建，将围墙加高，碉堡增至四座。据点重建后,伪军小队扩编为中队,夏亓洪任副中队长。眼下有四个大碉堡,周围有高墙,外有壕沟,架设了铁丝网。据点所占据的山头南北短东西长,据点东头,修了一个很大的操场,伪军每天按时出操训练,看起来挺正规,有点儿气派。对付这帮伪军,宜用绊雷杀伤之。

于是江海和宋奇光带一个班,杨子千也同去,由两个战士警戒,在伪军出操训练的路上埋好地雷。第二天他们来到一个高地,想观察绊雷的杀伤效果,没想到地雷被敌人发现并挖走,三人甚是恼火。敌人还放话,埋地雷无效,再埋还是没收。

这天杨子千来找江海,问是否以武力教训夏亓洪,却见江海在摆弄老鼠卡子,甚觉奇怪。原来上次绊雷失败,江海苦思冥想,这天厨房要买老鼠卡子夹老鼠,他突发奇想,何不用老鼠卡子引爆地雷炸敌?老鼠卡子合起来是半圆形,张开后呈圆形,钢丝夹拉力很大,完全能拉响地雷。经多次试验,终得成功,须将老鼠卡子固定在地面,将翻动的一面固定一个拉绳圈,将地雷拉火线头装一小钩子,量准距离埋好地雷,做好伪装,最后将雷线挂钩小心连到老鼠卡子挂圈上即可。

到马井泊布置好新式地雷,第二天三人来到隐蔽处,等着敌人挨炸。过了八点,炮楼门开,走出四个伪军,接着伪军中队官兵出门。四个伪军发现地雷报告队长后上前挖雷,只听轰的一声巨响,四个伪军成了死鬼。几个上来抢救的伪军又将另一地雷弄响,所有伪军四处逃命。这次教训后敌人老实许多,嚣张气焰顿失,还将原先抢走的三颗地雷送了回来。

新式地雷旗开得胜,江海决定扩大战果,让日寇尝尝滋味。威海的日军每逢集日,就伙同伪军到蒿泊抢掠,伪军进蒿泊大集强抢民财,日军则占领蒿泊西北高地警戒。高地上修了个简易重机枪工事,还有几个散兵坑。江海几人按照马井泊炸敌经验,将两个地雷埋在重机枪工事地点,一个埋在散兵坑。上午十时许,抢掠的伪军进了蒿泊大集,日军依旧登上高地警戒,当即引爆两处老鼠卡子雷,炸翻日军一片,仓皇逃回威海。

桥头南二里许,有南台村,隶属荣成三区,筑有敌据点,驻一伪军中队,时有日伪军汽车往来。江海便把地雷用在这里,让敌人吃尽苦头,最怕公路上埋地雷。抓住敌人此弱点,我方经常挖几个坑,真的假的,假的真的,弄得敌人心惊胆战。无奈,南台据点伪军担负起护路任务。抗日大队觉得这是打击敌人的好机会,找到一靠近公路的农家,派一个排深夜悄悄进入,连夜在临公路的墙上修好射击孔,从这里射击,简直就是面对面打击敌人。

天亮时,一切准备停当,只待打击敌人。这时房东过来说:"你们打完一走,鬼子和汉奸定来搜查,一看八路是在我家打的,我们两个大人三个小孩别想活下一口。你们把我们两口子绑起来吧,堵上嘴,吊在梁上,绑得越紧越好,堵得越严越好;把三个孩子扔到炕上,叫他们老老实实别吭声。"话说得有道理,可把他们吊在梁上大家于心不忍，颇是为难。房东着急道，"快点儿吧，时间来不及了！既然为了打击敌人，我们吃点苦怕啥，来，快动手！"见他说得坚决，只好如此这般。此时敌人已近，战士们个个紧握钢枪，圆睁双目，怒视着敌人。敌人大摇大摆走进火力圈，突然枪声大作，紧接着一排手榴弹投向敌人，霎时烟尘一片，敌人还没弄清怎么回事，就被我军火力压在那里。战斗很快结束，敌人大部当了俘虏。撤走时看看吊在梁上的大人和炕上三个孩子，大家感动得无言以对。

是年秋，梁大胆在偷袭伪警察所长时脚部受重伤。杨子千前来探望，却又得知一噩耗：刘青山在兵工厂拆卸炸弹被炸身亡！两人悲伤不已。梁大胆养伤期间得到情报，孟家庄据点伪军中队副许忄心明及护兵在威海卫后营受训。为进一步了解威海敌情，部队决定活捉敌人。此时的梁大胆尽管伤未痊愈，仍坚定地向领导请战，终被批准。12月9日，他与一名战友在拂晓前赶到江家口村东头，安排好警戒。梁大胆扮作搂草的，战友则扮作拾粪的，两人一前一后来到黑石村北公路上。八时许，许忄心明的护兵骑自行车过来，梁大胆将护兵摁倒在地，不料被其挣脱，梁大胆开枪击中其肩膀。此时，南台据点伪军队长佟海山和两个护兵恰巧路过此地，向梁大胆和队友开了数枪，脚部受伤的梁大胆向敌人投出一颗手榴弹，被护兵踢到了路边爆炸。最后在敌人扫射中，梁大胆中弹牺牲。

梁大胆的牺牲，杨子千已是欲哭无泪，只剩怒火满腔。他想得最多的是消灭敌人，而且要大量消灭敌人。思来想去，找到宋奇光和江海，提出夜袭刘公岛，把日本鬼子全干掉，连郑维屏都能成功偷袭刘公岛，我们的队伍更是不在话下。宋奇光和江海说服他，说我们的队伍是受党的领导，要服从大局，任何行动都要听从上级安排，此事重大不可轻举妄动。

杨子千心中气火难消，他想到刘公岛伪海军，于是上岛找到连城，鼓动连城组织一帮好兄弟，把刘公岛的鬼子全干掉，然后把队伍拉出刘公岛，参加八路军，正儿八经征战日寇。连城听了一愣，拍拍杨子千肩膀，并未多语。背地里找到郑道济，故意将杨子千的话学给他听。郑道济微微一笑，说："我这小老乡敢有这么大的想法，也是个人才。"连城见他这般言语，心下有了底，又说道："前几天你提议成立武术班，你这小老乡武功了得，可以请来做教练。"郑道济一愣，笑道："连兄也有一番好身手，他比你还高？"连城道："我那点儿花拳绣腿岂能跟杨兄比，真动起武来，我这样的三五个也不是对手。"郑道济高兴道："那好，下回小老乡再来，让他比画两下，若真像你说的有那本事，就请他当教练。"

及至3月中，杨子千又来刘公岛，连城让他展示拳脚功夫。郑道济看了甚是欢喜，说道："果如所言，教练非杨老弟莫属。"于是杨子千成为伪海军练兵营武术班兼职教练，每周两次进岛教授武功，既能与几位老乡好友相聚，还能得一点酬劳。杨子千又对郑道济说杀掉鬼子武装起义，郑道济严肃地说，你就不怕我抓了你交给日本人法办。杨子千说你不会，我看得出咱是一样的人，都是真正的中国人。郑道济咬咬牙，抬眼望向远方的大海，自言自语道："今年乃特殊之年，五十年前的耻辱，令我煎熬。或许也正是我志向起飞之时。"杨子千似乎听出点儿意思，心下顿时激动。

回到墩前村，家里人告诉他，抗日大队有人来过，说等他回来马上去南子城。杨子千赶到时，抗日大队正在集合，江海作动员讲话。宋奇光告诉他，大队要去攻打南台据点，消灭佟海山，想带他一起去，希望让他亲眼看到佟海山的灭亡，为梁大胆报仇雪恨。原来上次袭击南台据点出动之敌，不但俘虏大批伪军，还活捉了作恶多端的伪军中队长梁本善，将其公审处决。日伪军随后补足兵力，并调佟海山任中队长。佟海山系津冀之人，乃国民党正规军出身，军事素养高，据说枪法极准，有百步穿杨之功，调来之前在荣成成山一带驻防。杨子千闻此，自是必去不可。当夜，抗日大队突袭南台据点，成功炸毁敌炮楼。可惜佟海山逃脱。溃逃的日伪军跑到桥头孟家庄据点，伪军中队长梁筠懿立即向威海日军司令部报告，威海日军则报告青岛日军总指挥部。次日青岛日军派飞机轰炸南台，所幸我方早有防备，五百余村人躲进一条山沟，无一伤亡。

过些时日，杨子千听到消息，佟海山去了威海卫西边十里的田村，带领一股伪军修筑碉堡，赶紧找到江海和宋奇光，要求追剿此匪。江海派人侦察得知，日伪军强征大批附近村人，在田村西南山修筑据点，佟海山亦在此处。经商量，决定袭击日伪军，解散村人，剿灭佟海山。据情报了解到，这股伪军在此监修碉堡，日军时来检查，伪军对日军十分惧怕。据此，化装成日军去突袭这股伪军，为妙招，于是做起准备。可原缴获的几套日本军装放在伙房不慎失火，烧得又是窟窿又是洞，衣领也烧没了，无法再用。手头除了几顶日兵钢盔，再没别的可用。要做一面日本旗，没有白布就找了条床单，在上面贴个用红纸剪的圆心。有人又提出，日本小队出动，前面总有个背军用鸽子笼的，于是又安排人背鸽子笼。虽然装束不像日本人，可只要能混到近前，敌人也就来不及了。杨子千要求参加行动队，大家带着准备好的物品，往田村而去。及近，大家找隐蔽处一番装扮，马马虎虎成了一队"日军"。

刚行几步，杨子千突然发现旁边不远处有两个身形在树林里一晃，伏在巨石后边似要开枪，赶紧低声叫大家伏到一侧沟中。他顺沟弯腰跑去，绕至巨石后方，看到正有两人端枪瞄向我方隐蔽之处。杨子千悄悄靠近，突然凌空蹿起，扑向二人，张开两手拍向其脑后。一人顿即昏迷，另一人却极是灵敏，闻到风声头脑一偏躲过力掌，手中枪支却被打落。那人噌地一下跳起来，拉起架势与杨子千对打。杨子千没料到遇上一个武功了得之人，为了速战速决，别耽误正事，赶忙用上宫宝田大师所授的太极功，将对手摁倒地上。大家一齐冲过来，解了二人腰带将其捆绑。

有侦察员认出与杨子千对打之人，叫王应心，乃国民党原郑维屏部下。原来正是这人。王应心身体健壮，会武功，原在西北军韩复榘部下，他是郑维屏的亲威，郑维屏任威海卫公安局长时，王应心任巡官。日军侵入威海卫，郑维屏起初拉队伍抗日时，王应心参加，并担任郑维屏的卫队卫士，参加了抗战初期郑维屏的抗日活动。后任郑维屏部便衣队队长，追随郑维屏参加了反共活动。郑部偷袭刘公岛伪海军时，王应心担任总指挥，出色完成了偷袭任务。后来此事被日本人侦知，日伪军将郑部打散，郑部逃至文登翠峡口，被八路军东海指挥部歼灭。此战后，王应心带五十余人投奔赵保原，被收编为暂编十二师特务第二大队，其为大队长。9月，带三十余人驻扎威海卫田村、钦村一带。王应心既反共，又与日本人为敌，他眼下所率队伍主要矛头指向日军。

　　杨子千并不知晓王应心杀害过共产党人，只知他是夜袭刘公岛的总指挥，对他多了一份佩服之意；又得知他刚才以为是遇上日军小队意欲偷袭，便对他说："念你还有抗日之心，且饶你一条狗命，若是行凶于百姓，必诛无疑！"于是留下一人看押，大家继续上路。

　　太阳升到半空，靠近敌据点。由于敌哨兵逆光看过来，难以看清来者，只看到假的膏药旗。此时杨子千背着鸽笼走在前面，不断朝敌人高喊："皇军来了，不要发生误会！"佟海山一听皇军来了，慌忙披上大衣率队出迎。然而他在南台据点死里逃生，已成惊弓之鸟，一眼看出来者并非日军，转身就跑。杨子千蹿上去抓住他的大衣喊道："哪里逃！给我兄弟抵命！"那厮竟然挣脱掉大衣，跳下深沟，兔子一般朝西逃去。我方打了几枪未中，遗憾留其活命。剩下十几个伪军，不是负伤，就是当了俘虏，乖乖交出十几条枪。被敌人强征的数百村人和数十辆大车一哄而散，各自返去。

　　此战除佟海山逃脱，还有一憾：归途发现王应心逃走了！原来王应心武功高强，施计偷偷解脱双手捆绑，反将我方战士放倒捆绑，好在没出手伤害。不过此后再未听他祸害抗日人士，而时不时倒传出他的抗日事迹。1944年3月某日，他获悉驻威海卫日军小队长与谷翻译骑摩托车从市里去田村，便决定设计杀掉这小队长。于是带一卫兵，埋伏在寨子村北路边小卖部处，当日军小队长和谷翻译回返行至此地，王应心手拎一瓶酒和一包点心，向日军小队长打招呼，请他下来喝酒。日军小队长见有人请客，便停下车，王应心和卫兵拔出手枪连连射击，日军小队长和谷翻译当场毙命。此次袭击，是在紧邻城里日伪统治森严的敌占区，光天化日之下的行动，使日本侵略者胆战心惊，人民群众深受鼓舞。是月29日，王应心部十余人住在阮家寺。有人报告一队日军向这边开来，王应心意欲给予打击。伪村长告诉他日军只是路过，劝他躲避一下。王应心不听，带领卫兵冲出村外应战。在大白果树东与日军相遇，双方展开枪战，打伤日军一人。王应心也中弹负伤，但仍坚持战斗，射击日军。然而日军人多火力凶猛，最后王应心身中数弹身亡。阮家寺群众念其为抗日而死，买了上好棺材，将其安葬。

　　时为1944年，恰为中日甲午战争五十周年。大寺一郎从宪兵队调入刘公岛日军辅导部，任上尉辅导官，由于毒打连城手下练兵，引起民愤。斋藤把大寺一郎叫到屋里喝茶，开导他如何对付中国人。又讲他爷爷大寺安纯将军战死在威海白马河，早想去将军故亡之地祭祀，可是只打听到有什么五猪河、母猪河，没有白马河。前几天基地队司令李玉琨找到王木芳，打听到梁筠懿，才得知白马河原来就是石家河，河东有白马村，故而亦称之白马河。

第二天斋藤带大寺一郎赶往东南乡，王木芳亲陪，先到摩天岭祭奠大寺安纯，然后来到桥头。站在白马河边，斋藤叹口气说："我的爷爷曾是大寺安纯将军之部下，对将军的非常佩服。他们的一起在白马河跟清军作战，打败清军后又攻占摩天岭，将军就是在拿下摩天岭后牺牲的，这是甲午战争中我们最大的遗憾。"

大寺一郎哼了一声，用日语凶狠地说："这就是我对中国人非常愤恨的理由！"梁筠懿跟在两人身后，不懂大寺一郎说的啥，插话道："这个地方我的大大的熟悉，我是本土人，我的三爷当过清军，曾在白马河打过仗……"话音未落，大寺一郎回身打他一巴掌。梁筠懿愣怔了一会儿，自觉失语，忙又说道："这个三爷坏、坏得很……好、好吃懒做与我爷爷有、有仇……"

斋藤朝梁筠懿摆摆手，又转头对王木芳说："我们大日本帝国，向来所向披靡，五十年前，我的爷爷参加了甲午之战，大败清军，扬我国威，我记住了威海、桥头、白马河，我的一定要来看看。"王木芳点头哈腰道："是、是的是的，日本皇军大、大大的厉害。"斋藤对着白马河哈哈笑起来。

俗话说没有不透风的墙。日本鬼子头头来到桥头，消息被王冰得到，告诉了杨子千。杨子千正满腔的怒火没处发泄，坚决要干掉斋藤和大寺一郎，尤其大寺一郎，是害死于森的刽子手，岂能留之任其横行。近几日刘锡荣外出开会了，无法商量，王冰想想也可行，敌人在明我们在暗，找准机会一枪崩了就是。于是跟杨子千商量对策。杨子千化装成卖水果的，在孟家庄据点大门外吆喝。据点里，已成我方内线的宋小宝，听梁筠懿说要请斋藤喝老井羊汤，佯装出来买水果，偷偷将消息告诉了杨子千。杨子千赶紧到桥头集，报告等在那里的王冰。时间紧迫，来不及其他行动，两人埋伏在老井羊汤馆对面十丈开外的草垛后，不远是一片树林，便于撤离。

两人注视着羊汤馆，不多会儿工夫，升任孟家庄据点中队副的许屺明，带小队伪军前来督办羊汤，许屺明说："老井啊我喝你羊汤无数，今天这羊汤你可得拿出看家本事，斋藤大佐喝得满意了就好，要是喝得不满意，梁队长砸了你的馆子那是轻的！"井掌柜听了这话，口头应答，心里却另谋打算。

梁筠懿干桥头村村长时，属地痞恶霸，到老井羊汤馆吃小油饼一次能吃十来个，有一次饿了吃掉二十多斤，撑得不能动，却从不给钱，井掌柜对其甚为反感。一次梁筠懿想安排自家人干教师，晚上有人贴无头帖子揭其歹事，梁筠懿认为是井掌柜干的，当上中队长后授意桥头据点小队长许屺明，寻机杀害井掌柜。许屺明贪着老井的羊汤油饼远近无双，一直拖着没有下手。井掌柜有个闺女，曾被梁筠懿手下抓到据点，交给日本兵糟蹋了。闺女羞辱难当，喝下加了老鼠药的羊汤自尽。井掌柜一直憋恨在心。这一次天赐报仇良机，岂能错过。于是他在羊汤里下了老鼠药，就是女儿自尽用过的那药，要毒死这些侵略者和狗汉奸。

他计划得很好，甚至想到毒死敌人的情形，心里有些激动，脸上闪过笑意。岂知一直盯随左右的许尒明察觉有异，羊汤要上桌时让井掌柜先尝几口。井掌柜以不礼貌为由推拒。此又引起王木芳怀疑，非逼着井掌柜先喝。眼看事情败露，井掌柜嘴里应付着："好好，我喝，我喝，汤盆放桌上我就喝。"端着汤盆径往斋藤跟前走。斋藤警觉正要起身，井掌柜突然连盆带汤砸向其头脸，抽出杀羊刀猛扑上去，噗地扎进斋藤肚子。旁边的大寺一郎迅疾拔军刀捅透了井掌柜身体，吼道："你的共产党！"井掌柜顿时口吐鲜血，说道："我想……想当共产党……还、还不是……我就是个……普通中国人……我的先祖就、就是明朝兵勇，与、与倭寇为敌……"一口血喷在大寺一郎脸上。王木芳和梁筠懿同时开枪打死井掌柜，几人急慌慌用椅子抬斋藤出来。

王冰和杨子千见状开枪，打死一名日军，打伤王木芳。有个日本兵端着机枪朝王冰和杨子千扫射，打得二人抬不起头。此时旁边墙后突然蹿出小耗子，大喊一声："小鬼子耗子爷咬死你！"开机枪的日本兵惊得转头，小耗子扑上去紧紧搂住其脖子，张口狠咬。日本兵丢下机枪，双拳击打小耗子。小耗子毫不放松，使出浑身之力，竟咬断了日本兵的要害处，血液喷溅而出，斜高数尺，日本兵轰然倒地。旁边日伪军怕误伤日本兵转来转去不敢下手，直到日本兵倒地死去方才开枪打死了小耗子。敌众我寡，王冰和杨子千只得趁乱撤退。斋藤重伤，日伪军也不敢耽搁，胡乱放一阵枪，守护斋藤逃回孟家庄据点包住伤口，尔后乘车急驰往威海卫。

王冰和杨子千跑到黑石村西山坡，眼看着日伪军的汽车驶回威海，心里遗憾。杨子千突然问："那是小耗子吗？他啥时回来了？"王冰低声说道："是他。今天他救了咱俩，要不是他抱住日军机枪手，我俩难以全身而退。"稍顿又说，"前几天他从热河回来，还带了点儿当地特产给咱，去过墩前，可巧那几天咱俩都不在家，留下东西他就走了。我还打算这两天找找他，唉……"杨子千悲声道："我的耗子兄弟，你的十一花被日本兵害死，你说要亲口咬死小鬼子，今天……你做到了……我的好兄弟……"两人商量着如何避开日伪军，为小耗子收尸下葬，却不知井掌柜也死在店里。

数日后，由王冰出资，井掌柜家人给井掌柜下葬时，把小耗子也葬在旁边。王冰和杨子千到二人坟前烧香焚纸，祭奠英灵。王冰对着坟茔说道："两位兄弟值得梁某敬仰。若有一日为抗日献身，春万死而无悔。"杨子千也言表抗日之志，并提及小耗子曾答应马春子，与小辫子夫妻名义之事。王冰想想说，小耗子、马春子都是好样的，虽然长得瘦小，却都敢跟日本鬼子拼命，了不起！等过段时间，稍有空闲，商量一下是否重新安葬他们几人。杨子千赞同。

半个月后，王冰接受新的任务。此时抗日战争进入了战略反攻阶段，为分化瓦解敌人，县委决定趁日本人过"樱花节"之机，对日军开展政治攻势。4月19日，王冰根据上级指示要到威海城里执行任务。杨子千见他身体欠佳，与之同往。临行前，已是荣成抗日区队通信员的乔国华来威海送信，顺便看看杨子千和王冰。杨子千问了干爹干妈的情况，还记得小九应该一岁多了。乔国华说父母安好，小九也健康活泼，他的名字就叫华强。杨子千甚为高兴，说过几天抽时间去看望二老。

谁知当日黄昏时分，二人在威海城南被众敌包围，由于敌我力量悬殊，王冰被捕，不久被敌人押往青岛杀害。而杨子千为掩护王冰身负重伤，命悬一线，被党组织救出，送到荣成县城"一把刀"夏岳五处救治。前边说过崇德药房的创办人之一夏岳五是荣成西医第一人，抗日战争中，崇德药房成为当时胶东抗日活动的联络点，多次掩护救治八路军伤病员，与中共荣成党的负责人曹漫之、李耀文交往密切，并多次掩护他们脱险，为革命作出贡献。杨子千曾来请他为宫宝田疗伤，二人相识。杨子千医治期间曾遇谷牧、李耀文，接受了共产主义教育。

三十九

伪海军起义

  刘公岛上，日寇和伪海军上层军官对士兵的剥削压迫与欺凌奴役，激起了广大士兵的仇恨。士兵们从被骗进刘公岛那一天起，就心怀不满，生活之困苦以及备受欺压，便更加气愤，背地里都在思忖如何逃出这个"水牢"。从明朝倭寇入侵，到甲午战争日本侵略中国，再到九一八事变和七七事变，中国人民对日寇有着不共戴天之仇恨，加上郑道济、连城、毕昆山等人不断灌输爱国思想，抗日的烈火在大部分士兵心底燃烧。日伪军官不关心士兵温饱，不把士兵当人看，官兵矛盾日益加深。日伪军官觉得刘公岛四面环海，被骗进岛的士兵插翅也难逃，却未想到会遭灭顶之灾。

  7月，身体初愈的杨子千进岛看望武术班，并与郑道济、连城、毕昆山道别，眼前要回老家养伤，他毫不避讳直抒胸怀，说了只有组织练兵兄弟们武装暴动，举起抗日大旗，才是光明出路。他专门对郑道济说："我近时身况不支，难以帮忙兄长，恕我直言，兄长若成就大事，须与连城、毕昆山二位兄弟结义，攥紧一个拳头。"郑道济郑重点头应答。恰好刘公岛有船去龙须岛，杨子千托郑道济相帮，顺便搭船去了龙须岛，见到丛树生。两人在小饭店吃饭，杨子千说了共产党八路军的好处，直截了当劝丛树生要把握时机反正，投入共产党怀抱。丛树生欣然同意，并挽留杨子千在近处友人家中暂住，一为养伤，二为多多相见商谈大事。杨子千想想眼下自己这个样子，回老家会让老母操心，不如再养上一阵子，伤势好一些了再回去，便答应下了。丛树生领他去看望了崀破浪的家人，家中只有范氏和老母，还有小女，儿子已参加了八路军，走上了抗日之路。杨子千心下甚是欣喜。

  刘公岛武装暴动的导火索，是从鲍一民求雨引发的。是年威海大旱，庄稼枯萎，又逢农历闰四月，春长难熬，百姓生活极是困难。鲍一民平时不顾百姓疾苦，这次忽然提出要为民求雨，明眼人一看便知是玩收买人心的把戏。多年断了香火的龙王庙，赶快派人收拾一下，不知从哪找来个老道应付差事。民间传说，农历五月十三日是关老爷磨刀的日子，是求雨的好时刻。鲍一民就定在阳历7月

3日、农历正是五月十三日在龙王庙求雨,并从威海卫请了京戏班子,在龙王庙前的戏楼上演唱京戏,由云燕铭主演全部《玉堂春》。鲍一民为了扩大其影响,邀请威海卫伪专员耿迪熙、伪治安军司令徐瑞卿、伪商会会长孙心田等伪军官员进岛看戏。他下令所有看戏的士兵都要穿新军服,装装门面,练兵营的班长们却带头全穿着破旧衣装,设法丢他脸。求雨祈祷仪式结束,伪军官和太太小姐们都坐在龙王庙南大厅内,既不晒又凉爽,惬意地欣赏京戏。而士兵们端坐舞台前的露天处,个个被晒得汗流浃背头昏脑涨,哪还有心思看戏。时间稍长,士兵身上汗味蒸发出来,令太太小姐们大为扫兴。鲍一民老婆骂道:"臭当兵的!这个酸臭味呦!"士兵们听了都很生气。

事有巧合,正在演戏中,一片乌云遮住当空,接着就雷声轰鸣下起雨来。鲍一民面带骄色,认为是他虔诚求雨感动了上苍,降下了甘露而洋洋自得。其实这不过是夏季常见的雷阵雨。下一会儿,雨过天晴。下雨时士兵们不许动,个个被淋得像落汤鸡;天晴后,烈日又把士兵们蒸得汗气冲天。士兵们早就不想看戏,但又走不了,坐在那里全身不舒服,再加上鲍一民老婆辱骂,激起士兵的不满,不免有些骚乱,甚至有为台上苏三的唱段叫好,会场秩序有些乱了,妨碍了太太小姐们看戏,也丢了鲍一民的颜面。鲍一民老婆已气得撒泼骂街:"臭当兵的,沾光看戏还不老老实实地看!"鲍二小姐因为满头黄发,外号"杂毛",也跟着骂声不绝。士兵们个个气炸了肺,这戏干脆谁也别看了,台上苏三唱一句,台下士兵就喊"好!"以集体起哄表示反抗。伪基地司令部副长王巾和想维持会场秩序,但已维持不住,就这样在骚乱中结束了求雨表演。鲍一民由洋洋得意变得极为扫兴。威海卫的伪军官们看得出鲍一民的尴尬,恭维几句纷纷告退。

这次求雨事件,连城极为愤慨,他反复思忖,这个气再也不能忍受。他在练兵营士兵宿舍门旁,看着大雨,回想着看戏遭受辱骂的情景,考虑着今后的出路,一下想到杨子千所说武装暴动的话,觉得更有道理。这时郑道济走来,两人站在门旁一同看雨,议论着昨天求雨时发生的事。郑道济虽是军官,却很同情士兵的遭遇,很看不惯鲍家太太小姐作威作福目中无人的德行。连城见郑道济站在当兵的立场讲话,且流露出对敌伪的不满,便试探着提出,能不能像杨兄弟说的那样,把队伍拉出去,不在这里受窝囊气。

郑道济沉思一会儿说:"我也在考虑这个问题,把队伍拉出刘公岛,这是一件非同小可的事,须从长计议,须有周密的计划。"稍顿又说,"我看只要能联合一批志同道合的弟兄,拉队伍的事能干成。"两人分析刘公岛、威海卫的敌伪力量部署情况,认为想集体离开刘公岛,只有发动武装暴动这一条路,不然的话是不可能把队伍拉出去的。

两人初步有意武装暴动,并且具体研究细节,又谈到联络人之事。郑道济问连城能联络谁一起干。连城说:"我可联络毕昆山,他和我一起从烟台出来当兵,又是在一个班,相处得很好,情同手足,可以说是至交。我和他谈这事,他很可能参加。即使是不想干,也绝不会出卖我们。"于是两人决定分头联络人。

7月5日下午,连城、毕昆山在东疃自家门口相逢,两人是一墙相隔的邻居,两家常有来往。这次连城叫毕昆山在家门口的一棵老槐树下闲聊。连城先提出最近对刘公岛有什么看法,又提到对求雨事件的看法。毕昆山对求雨之事至今怒火未消,一听连城提及,气得要命,恨不得干掉那些喝兵血的伪军官和作威作福辱骂士兵的臭婆娘。连城看他对敌伪充满仇恨,便直言提出想拉队伍干掉日本鬼子和汉奸,反出刘公岛,敢不敢干?毕昆山说我怎么不敢干?杀鬼子除汉奸我坚决干!连城便提到他和郑道济有武装暴动之考虑,并说这是一件很机密很危险的事,暂时不能对任何人讲。

第二天傍晚,在练兵营大门外海边的小石码头上,连城领毕昆山与郑道济见面。本来大家经常见面,可这次相见意义不同,是要商量武装暴动消灭日伪的大事。

银盘般的满月斜挂天上,远方的日岛像英勇的水兵,潜伏在海里只露出头部,警惕地注视着大海。海浪轻拍着石码头,发出柔和的哗哗声。晚风徐徐吹来,使人感到凉爽舒适。然而坐在码头上的三人心情颇不平静,炽热的民族仇恨之火在燃烧。郑道济讲了正面战场中央军已开始反攻的形势,小日本的日子不长啦,吾辈青年人决不能当亡国奴,要杀敌报国,为抗战尽一分力量,等等。连城也谈到了对形势的看法,他说:"近来过往威海的日本舰上,有不少十六七岁的小鬼子,这说明日本的兵源不足;日本鬼子拆走丁提督府门口的两门大炮,说明他们资源枯竭,钢铁不足;伪军官们不断地将岛上的财物托'海祥'军舰南运,这是为他们将来逃跑时留后路。这一切说明敌人的形势不妙,我们也要选择一条路,在这个孤岛上,只有武装暴动是唯一的出路。"

三人接着具体研究组织武装暴动问题。郑道济说:"我们在从事着一件抗日救国的大事,干系重大非同小可。咱们三人在刘公岛上都有家,老连的父母兄弟妹妹妻子女儿一大家,老毕有老母和弟弟,我虽无长辈但家口也不少。一旦事情暴露,就会遭到灭门之祸。所以这件事要特别保密,不能随便对他人讲。而且要谨慎行事,倘若谁不幸被捕,要有为抗日而英勇牺牲的精神,要有为朋友两肋插刀的骨气。"稍顿又说,"小老乡杨千秋很有预见,他提醒我,我们三人要效仿古人桃园三结义,虽然不能同年同月同日生,可为了抗日,为了救国,但愿同年同月同日死。我们三人取古人义气相交之意,组成'三义团',成为领导武装暴动的核心,一切重大问题都要经过'三义团'研究决定。以后发展进来的人,都作为外围组织受核心组的领导。"连城、毕昆山都同意此提议,并推选郑道济为暴动领导人。随后又研究了可联络的对象和如何团结练兵、对练兵进行抗日思想教育等问题。

自此之后,三人便照此操作,至10月,在郑道济物色并发展了崔大伟、于书等人之后,用领导干部会议取代核心组会议,"三义团"已名存实亡。

1944年8月末的一个早晨,威海卫通往桥头的官道上,一辆篷式马车轻快地行驶着,嘚嘚的马蹄声传向山野。路两边的山峦依旧草木芃芃,浮着白雾,但早晚已透出秋凉。车篷内坐着个衣着普通但干干净净、头戴一顶低檐遮阳草帽的年轻人,左手臂缠着绷带,右腿蜷曲着,右手边放一支拐杖。他就是杨子千,在龙须岛被丛树生留住一段时间,伤情又有好转,决定回家养伤。本打算再去一趟刘公岛,看看连城他们,可进岛突然变得困难,日伪军管起进岛船只,逐人搜查问询,想想身体不便,只得放弃。

　　马车行驶到一个长长的缓坡,车轮转得更快起来。杨子千向前探头问:"老师傅,到哪了?"年约五旬的车把式侧过脸回道:"回杨先生,已到江家口,再行五里到孟家庄。"杨子千"哦"了一声,稍顿又问,"今天是几号?是不是桥头集日?"车把式回道:"今天阳历八月三十,阴历七月十二,二七正是桥头集日。"杨子千说道:"那好,我这位故去的好友,我们拜过关公,属兄弟之情。想想带来的供品有些欠缺,走到桥头集,再买一些带上。"车把式应道:"好嘞。"甩甩马鞭又说,"杨先生真是个大义之人,身体伤成这样,还要行几十里路,祭祀一位结拜兄弟。"杨子千叹一口气,眼睛有些湿润,慢慢说道:"我这位兄弟,可不一般,他是为抗日而牺牲,他是了不起的抗日英雄……"

　　两人一应一答说着话,不觉靠近孟家庄。拐一个弯,车把式突然"吁吁——"喊着放慢马车,自言自语道:"孟家庄发生了什么事?这么多人?"杨子千探头一看,只见孟家庄的伪军据点一带,周边布满各式人等,群众装束者居多,还可看到军人。杨子千说:"咱们停停车吧。"车把式停下马车。杨子千又说,"不是杨某怕事,只是眼前我这个样子,实在没能力……我还要去祭奠我的兄弟,不想生出是非,麻烦老师傅前去打探一下,可否通行。"车把式答应着,拉好刹车,下车而去。

　　不到一袋烟工夫,车把式一路小跑而归,未到车前就高兴地喊道:"好事!好事!好事啊杨先生!孟家庄据点被八路军包围了,伪军已投降!"杨子千一听惊喜不已,爬出车篷,就要下地。车把式急忙上前一把扶住,说道:"你别着急下车,尽量少走路,你的腿还没好利索。那边都是好人,不用担心。咱们是绕过去还是……"杨子千道:"赶车过去看看!这样的大好事得看看,也好告诉我兄弟一声。我曾被梁筠懿抓到威海的日本宪兵队,一只脚都踏进了鬼门关。桥头一带的百姓,有多少受到他们的欺凌,数也数不清!更有徐杰和丁香这样大批的优秀儿女被他们杀害,我、我……我今天能有这样的机遇亲眼见到这些日寇的帮凶得到应有惩罚,真是老天有眼!走,我们过去!"

　　车把式赶起马车,靠过去,在一棵大树下停了下来。有武装人员维持秩序,不让群众靠据点太近,以免发生危险。原来8月26日拂晓,威海独立营营长江海,率领二连从柴里村南公路奔袭孟家庄日伪军据点,途中正遇孟家庄伪军向威海撤退,独立营当即给予迎头痛击,俘获几名伪军家属和粮食等物资,伪军主力蹿回据点，独立营于当日下午三时将据点包围。为给伪军造成这是东海军分区主力来攻打据点的假象，迫其及早投降，江海营长指挥机枪班在据点附近的山冈上进行扫射，以迷惑敌人。据点内的伪军听到机枪声，果真认为是八路军正规部队来了，不敢轻举妄动。这时各救会、敌工部和八区的干部也来到孟家庄，协助独立营对伪军展开政治攻势。他们发动周边村庄的民兵、青救会、农救会及妇救会的会员千余人，占领了据点外的山冈，置敌于重重包围之中。又封锁了据点外的水井，切断水源，掐敌于断水断炊之困境。至晚，独立营向据点发出通牒，令其停止射击，放下武器，立即投诚。大多数伪军得知消息后立即停火，也有个别顽固不化分子不愿投诚，仍放冷枪。江海亲自击毙击伤伪军各一人，伪军方才老实。27日下午起，双方停火。独立营围而不打，利用伪军家属向据点内喊话，并将群众送来慰问部队的食品，拿出一部分投进据点，以解伪军饥渴。对此义举，伪军开始有了行动，在内线带动下，向据点外扔子弹，以表投诚之意。继而江海亲自向伪军副中队长许尐明喊话，讲明形势，交代政策，指出只有投诚才是唯一出路。傍晚，许尐明表示愿意谈判。28日，威海独立营代表江海，孟家庄伪军据点代表许尐明，在据点南不远处的"烟花馆"谈判，初步达成五项协议：一是凡投诚官兵一概不杀。二是保证伪军家属的生命财产安全。三是投诚官兵愿留者收愿去者遣，发给遣散费和路条。四是孟家庄据点所有枪支弹药、军用物资必须全部交出。五是实属伪军官兵的私有财物不予没收。许尐明回据点后，又提出需要中间人具保。29日，独立营二连连长邹立俊、伪军代表许尐明，与地方绅士梁慕增、梁慕周，又进行谈判，达成正式协议，三方在协议上签字。至此，孟家庄伪军投诚谈判宣告成功。

此时此刻，杨子千和众多附近村庄的父老乡亲聚集在据点周围，就是要看看这些平日趾高气扬欺压百姓的二狗子的下场。尤其是遭受了累累血案的盘川夼村民，几乎老少妇孺全部到场，瞪大眼等待这复仇的时刻！杨子千往前挤了挤，能看到据点大门更清晰些，想亲眼看看梁筠懿投降的丑态。这时身边有人说话："听说梁筠懿逃跑了？"另一人说："可不，听到八路军攻下了蒿泊据点、竹岛据点、吐羊口据点，自觉末日来临，拾掇金银财宝换了百姓衣服逃跑了，现在不知在威海还是在青岛。还听说小瘦猫缠着跟他走，被他一枪崩了。"又有人骂道："这只老狐狸！就他欠下的血债最多，要是抓住非枪毙不可！"杨子千听了心下有些失落。

而此时据点内，伪军副中队长许尐明集合据点全体伪军在操练场训话，宣读了和平谈判协议书，下令架枪卸装，打开据点大门，准备投诚。据点外江海营长手持喊话筒，发出受降命令，独立营二连进入据点，接收武器枪支，办理遣散手续。伪军大部分遣散，只有六人加入八路军，其中就有成为内线的宋小宝，他的妹妹宋子文已是妇救会骨干，为他走向光明道路付出颇多努力。据点当即被抗日组织数千人围上，进行强制拆除，场面甚为壮观。

杨子千有心上前跟江海打声招呼，又觉得江海忙碌不便添乱，自己身体状况也是不便。看着垂头丧气走出据点的遣散伪军，看着轰轰烈烈拆除据点的场面，他内心翻腾不已，不由自主地说道："王冰兄、岳东兄、王斋兄、学福兄、徐杰、于森、丁香、叶子各位姐妹，日本鬼子就要灭亡了！他们的走狗，孟家庄据点的伪军今天投降了！你们的鲜血没有白流，你们都是共产党的优秀儿女，为国家为人民不惜献出自己年轻的生命，你们是最伟大的！九泉之下得知今天这个消息，相信你们一定会感到欣慰！我现在要去给义弟王冰祭奠，由于腿脚不灵便，不能给每一位都祭奠，请谅解！我今天买了不少香纸，待会儿再去桥头集多买些供品，让王冰兄弟分给大家。"说完一番话，杨子千转回身，还要急着赶到墩前村给王冰祭奠。

刚走两步，就听身后有人说："是杨先生吧？"杨子千一愣，觉得话语耳熟，回头一看，旁边小土堆上蹲着个盲人，仔细一看，吃了一惊，原来是曾在大水泊集上搭救过的唱革命歌曲的彭润芝先生！杨子千激动地说："彭先生，没想到是您……"彭润芝一笑："我一个瞎子，看不到什么，蹲在这里听听声音，我听到了我们胜利的欢呼声，我真高兴！"说着拄拐杖要起身，杨子千赶忙搀扶，一起来到马车旁。

彭润芝说为瓦解孟家庄据点伪军，他进据点好几次，借说唱的名义教育伪军要走正路，不要给日本人卖命，还被梁筠懿毒打一顿，踢出据点大门。今天得知八路军包围孟家庄据点的消息，特地赶来感受这个胜利。杨子千也把自己的近况跟彭润芝说了，请求大师指点将来的道路。彭润芝想了想说道："我是个瞎子，可我心里亮堂着。日伪军欺负我，用各种歪教邪道欺负我，只有共产党是全心全意为穷苦百姓，你现在啥也别想，回老家去安心养伤，养好身体参加共产党的队伍，好好跟着共产党干！"

杨子千兴奋道："彭先生一语道破我的心思，我的眼前一片光明，我的信念更加坚定！今天我办完要办的事，马上回牟平老家，养好伤参加共产党，参加八路军，像我并肩战斗过的兄弟姐妹那样，为了国家和人民，不惜牺牲性命！"彭润芝伸手搂抱着杨子千，连连点头，嘴里说着"好好好"，凹陷的眼窝滚下了泪珠。

杨子千来到桥头集，整个大集没几个人，大都去孟家庄参加拆除伪军据点了。他找到一个水果摊，一妇女在看守，听说杨子千要买水果祭祀英烈，当即挑了最好的给杨子千，声称祭祀英烈不要钱。杨子千撂下钱就走。马车赶到墩前村，寻着王冰墓地，车把式帮着搬供品，搀扶杨子千到墓地前，摆好供品，回到车上等候。

杨子千看到墓碑上的"梁春万烈士之墓"字样，眼泪潸然而下，痛哭一番。点上香烛，烧着黄表纸，对着袅袅的青烟，杨子千哽咽道："我的好兄弟，哥来看看你……六年来，我们在一起战斗……我们的兄弟姐妹……在一起战斗……可是你们都……离我先去……王冰兄、毕云兄、岳东兄、王斋兄、学福兄、徐杰、于森、丁香、叶子、曹芳春等各位姐妹，还有戚家国、扈破浪、小耗子、六朵儿……最短的朋友宋干卿才……结识了一个月，还有我的好徒弟王殿元我还没……教他一招一式……就都离我而去……我曾经那么多的兄弟……朋友……都倒在了抗日反日的战场，只剩下我一人……苟且偷生……我向兄弟发誓，也请兄弟转告所有牺牲的朋友，我杨子千，即日起回牟平老家养伤，伤好之日就是我重返战场之日，我要参加八路军，加入共产党，拿起刀枪冲向日寇，冲向所有敌人，不惜生命，死而无悔！"

一阵清风掠过，旁边松林的松针发出沙沙的响声，像是王冰和众多英烈送他的掌声。

8月间，刘公岛上，郑、连、毕多次开会研究武装暴动具体事宜；到9月间，暴动的骨干力量逐渐增强，又发展了刘国璋、李仁德等人。这时参加暴动组织的有郑道济、连城、毕昆山、李仁德、刘国璋、王文翰、崔大伟、于书、于云青。经研究决定，以郑、连、毕、李、刘、王、崔七人为暴动的领导骨干，郑、连、毕仍是核心领导成员。大家又分别联络和团结了一些人，大都是知己朋友或结义弟兄，另外还有业余武术班十余人。被联络的人虽不太了解具体的暴动部署，但要举行武装暴动杀掉日寇汉奸反出刘公岛，这个总的行动计划是知道的。

关于武装暴动的计划，经过多次研究修订，到9月间已基本制定好：举行全岛性的武装暴动，以练兵营的九期练兵为暴动的主力；要把刘公岛上的伪华北海军要港司令部、日本海军辅导部、伪威海卫基地司令部等一切军事单位统统解决；把包括"海祥"军舰、"同春"运输舰等一切军用舰船都缴获到手；要把刘公岛所有武器、辎重都缴获到手；对日寇要全部彻底消灭，对那些民愤极大的伪官们，拟定了一个除奸名单，其中包括鲍一民、孟铁樵、罗世厚等人。

关于暴动部队的去向问题，由于与外界隔绝、消息闭塞，很多人不了解山东半岛的抗战形势，提不出具体意见。郑道济的意见是："暴动成功后，把部队拉到牟平县的山区，烟、威都有敌伪重兵驻扎，牟平是个薄弱环节，能站稳脚跟。"郑又说，"我们有这么多的人，又有武器弹药，到牟平占据一个地盘，只要打起抗日旗号，老百姓会拥护我们，粮食是不成问题的。我们等待中央军的反攻、收编。"大家都认为他说的去向、打算基本可行。

到了11月3日，是日本天长节，即日本天皇裕仁的生日，日军全部集中在辅导部内会餐。他们痛饮狂欢，唱歌吼叫忘乎所以，不少人喝得酩酊大醉。郑道济认为这是聚歼敌人的好机会，在起义领导骨干分别回家的情况下，他派崔大伟临时通知开会，研究攻打辅导部。郑道济急于求成，又怕夜长梦多，故而提出这个歼敌方案。经大家冷静分析研究，认为仓促投入战斗不妥，否定了郑道济的提议。决议推迟两天，定于11月5日举行武装暴动。从3日到5日虽只两天时间，但这两个昼夜，对每个暴动成员来说，却很难熬，焦心地盼望杀敌雪恨的日子早些到来。

到了 5 日这天，天气晴朗，海上轻浪，因为是星期天，日伪军官休假可去威海卫玩。上午七时半，连城、毕昆山先到码头，装着看热闹的样子，查看出岛敌伪人数。日军都穿着整洁的军服，背着十四式手枪，照例先登上交通艇；随后是伪军官及其家属上船，有伪基地司令李玉琨上校，基地队副长王巾和少校，要港司令部军需课长周尔康中校等校尉官十余人。下午开船前，二人又到码头查看情况，只出去伪军官数人，没有日军出岛。敌酉斋藤大佐和鲍一民中将、孟铁樵少将都未出去，他们是要歼灭的重要人物。情况查探清楚，按原计划行动。刘国璋率几名武术班的人到伪军官办公室取下所有战刀，被值日军官郭奋起看到，问刘国璋拿战刀干什么？刘说弟兄们想拿刀照个相。不待郭同意否，拿着刀都走了，引起郭奋起的怀疑。

下午一点半，武装暴动骨干及练兵们都集合在练兵营第二兵舍内，听郑道济讲话。郑道济站在床板上，神情严肃沉着，讲话简短干脆，他说："弟兄们！中央军快打到威海了（实际上是八路军在威海南竹岛打了一次伏击战），我们中国人决不当亡国奴，决不听敌人摆布！我们再也不受鬼子汉奸的欺压了，我们要拿起武器，消灭日本鬼子和汉奸，为我们的父老兄弟报仇！我们要杀出刘公岛，岛外有队伍接应我们，出去打鬼子！弟兄们都是爱国的热血青年，愿意打鬼子的弟兄们勇敢地站出来……"在郑道济讲话时，连城、毕昆山、李仁德、刘国璋等人都站在第二兵舍两头的门内，神态很严肃，兵舍内气氛紧张肃静。郑道济的讲话颇具鼓动性和号召力，加之有平时抗日教育的思想基础，各班培养的骨干及武术班的人都纷纷表示愿意杀鬼子，站了出来。这时郭奋起走进来，一看这么多人在此集合，个个杀气腾腾，问："你们这是想干什么？"马上被李仁德、刘国璋架出去，下了手枪，关押在乒乓室内。参加暴动的人不分哪个班，按原先计划，成立了几个突击队，迅速打开武器库，练兵们一拥而上，用教练枪武装起来，冲向各个攻击点。

担负攻击日本辅导部的毕昆山、刘国璋率领刘秉义、桑世伟、石涌、许心、张玉亭、张树和、冯醒雄七名勇士手持步枪大刀出练兵北营门，迅速冲向日本辅导部。在辅导部站岗的郭小嘎，见毕昆山带领一伙人手持武器，满脸杀气地冲来，不知发生了什么事，正疑惑间，毕昆山走近对他说，我们暴动了，消灭日本鬼子，再也不当亡国奴，你要愿意打鬼子，就跟我们一起干。郭小嘎当即表示愿意打鬼子。他有一支步枪五发子弹，参加了冲击辅导部的行列。日本辅导部二楼，有两挺捷克式轻机枪，平时就架在窗口，这个窗口居高临下，能封锁通往辅导部的大路和大门口。攻击辅导部的毕昆山、刘国璋等人，最担心的是在接近辅导部时，被楼上的敌人发现封锁去路。两人走在前头，带领众勇士冲过辅导部大门，楼上的机枪并无声响，他们箭一般地冲进辅导部大楼。毕昆山、刘国璋进楼之后先奔向值班室，未见值班日兵。这时石涌冲上楼去，发现有一日本兵在楼上，原来正是值班的日本兵，看到有队伍冲进来，日本兵跑出值班室，蹿上二楼，准备用机枪扫射，未想到勇士们上楼这样快。石涌朝日本兵打了一枪未中，毕昆山听到楼上枪响，迅速冲到楼上，鬼子慌张地从楼侧小楼梯蹿到楼下，意欲到值班室打电话向威海报警，正逢刘国璋。刘国璋怒睁豹眼，持刀堵住日本兵，只见他手起刀落，从日本兵的左肩砍到肋下，鬼子一头栽倒在走廊里。勇士们搜查了所有房间，再未发现鬼子，原来鬼子都出去玩了。突击队缴获了十几支日本手枪和两挺轻机枪，毕昆山命刘秉义、许心速将机枪送回练兵营指挥所，攻击辅导部的勇士们都用长短枪武装起来。

毕昆山站在二楼，看到远处的栈桥上有三个日军正在钓鱼，听到枪声后，扔下鱼竿就往辅导部跑。他分析敌人回辅导部，肯定要抄最近的路，经煤炭仓库的小夹道，穿过洗衣棚返回，于是留人把守辅导部，与石涌、张玉亭等人迅速跑到练兵营的洗衣棚，把步枪平放在洗衣池上，瞄准小夹道。三个日军果然跑步进入小夹道，毕昆山喊了声："打！"一枪一个命中两个，第三个扭头往回跑，未被击中。中弹的两个日军趔趄着向后退了几步，栽倒在海边，但还未死。毕昆山冲上去一看，其中一个正是独耳狼，躺在地上抽搐。毕昆山气恨交加，招呼人帮忙抬来石条，叫一声："叶子小妹，扈破浪兄长，给你们报仇了！"砰的一声，砸烂了独耳狼的脑袋。另一个鬼子也被处死。至此，日寇辅导部被占领。刘国璋命钟桂臣到麻井子砍断海底电缆，破坏辅导部的总机，并去电报局破坏收发报机，断绝与岛外的联系。伪华北海军要港司令部紧挨着日寇辅导部，中间只隔一条小路，星期日除一名传达员外，空无一人，地面也没有什么武器，故未列入攻击计划。

连城、崔大伟二人率领袁甲承等几名勇士，沿海边大路迅速向伪基地队司令部奔去。该部位于丁提督衙门，拥有一个中队兵力，是岛上兵力最多的军事单位。连城腰中暗藏手枪，一个人走在前面，佯作无事溜达的样子，来到伪基地队司令部。门岗认识连城，主动打招呼："连班长来啦！"并给连城敬礼。连城大摇大摆进了大门，直奔后院禁闭室。在禁闭室站岗的也认识连城。连城对他说，你到旁边看看点，我和弟兄们说句话。岗哨走开，连城打开门对禁闭室里的人喊道："咱们暴动了，弟兄们快到各兵舍去抢枪！"被关押的兵士个个像出笼的猛虎，冲向各个兵舍去抢枪，迅速武装起来，连岗哨也加入了暴动行列。连城率众勇士迅速冲向大门口的值班室，用手枪指住值日军官伪少尉丁尔为，喊道："不准动！谁动打死谁！"缴了丁尔为的手枪。这时崔大伟来到基地队司令部，缴了门岗的枪，也冲进来。丁尔为见冲进来的人个个满脸杀气，不知何事，及至反应过来，瞅空子跳出窗外企图逃跑，被崔大伟一枪击中腹部，倒于血泊中。

基地队司令部当官的都放了假，当兵的有的放假，有的溜号出去，剩下少数人在兵舍里睡觉，也都吓醒了，听说是练兵营造反了，消灭日本鬼子和汉奸，顾虑顿消。日本辅导部和基地队司令部两处枪响之后，在刘公岛上放假的伪基地队司令部的士兵纷纷跑回，大门口站满人，打听出了什么事，人头攒动议论纷纭。这时连城站在大门口的高阶上喊道："弟兄们听着，我们暴动是要杀鬼子，除汉奸，结束这个受压迫的日子，再也不当亡国奴了。现在岛外有部队接应我们，我们要把队伍拉出去参加抗日，不愿当亡国奴的弟兄们，不要有什么顾虑，跟我们一起走吧！有志抗日救国的弟兄们，快到练兵营集合！"众士兵听了松口气，他们都是受压迫的士兵，早想逃出"水牢"，苦于找不到机会，现在听了连城的话，纷纷跟着到练兵营去。

　　第三路郑道济率柯柏华众勇士向练兵营出发，出西大门迅速奔向西炮台派遣队。该派遣队有两个班兵力，拥有两门小舰炮，宿舍是在炮阵地下面一个拱形的窑洞里。这里无人站岗，土炕上有二人在睡觉。郑道济等人进去无人发觉，他叫人把枪架上的枪统统取走，基本上就解决了。山上炮阵地有哨兵放哨，郑道济带着人上去对哨兵讲，为了杀鬼子灭汉奸，我们武装暴动了，准备把队伍拉出刘公岛打鬼子，再不当亡国奴，愿意打鬼子的就跟我们走。哨兵赞成打鬼子，很痛快地跟着郑道济等人到练兵营。至此，西炮台派遣队解决了。郑道济由西炮台返回练兵营时，一进西大门，正遇见练兵刘振国手持一支训练枪挡住罗世厚，不准他进入。罗世厚挥舞着手仗发着淫威硬是想进，二人正僵持时，郑道济一枪将"罗阎王"罗世厚击毙。按原定行动计划，在各路突击队完成了第一步任务后，接着执行第二步任务：连城解决了伪基地队司令部后回到练兵营指挥所，辅佐郑道济全面指挥事宜。毕昆山负责缴获了"同春"运输舰。崔大伟解决了东疃派遣队。李仁德带人解决了旗顶山炮台和西疃派遣队。刘公岛各部解决战斗后，郑道济与连城又在研究全歼回岛的鬼子和汉奸。

四十

征 程

　　日薄西山，绛红的晚霞映得威海港湾绚丽灿烂。那些在威海玩够了的日本鬼子，还有伪军官和他们的太太小姐们，兴高采烈地提着大包小包吃的用的，登上交通艇"日生利"号，向刘公岛栈桥驶来。站在"同春"舰上的毕昆山，看到"日生利"准时驶出威海港，知悉敌伪未生疑，迅速报告了指挥部。暴动勇士们将已扯下的伪海军旗重又升起，把躺在海边沙滩上的日寇尸体拖到隐蔽处藏好，把给交通艇带缆的人布置好，练兵营门口布置了信号兵和门卫，一切都恢复到以往状态。连城命令刘春生将拉水的汽车开到栈桥附近，他带领李恩芝及四十多名勇士埋伏在水车之后，两挺轻机枪交叉瞄准栈桥。

　　五点半刚过，交通艇"日生利"徐徐靠上栈桥东侧一个梯口。装扮给"日生利"带缆的崔大伟、刘秉义、张树和、许传礼、张玉亭、冯醒雄等十几人，个个腰里暗藏手枪，站在栈桥上注视着敌人的行动。回岛的日军有七八个，都是上士中士，日军和伪军官丝毫未发觉岛上有何异样。照例，日军先上栈桥，依次是伪军官按军阶高低的顺序上栈桥，上得栈桥的每个日军身后都紧跟着一个暴动勇士。伪基地队司令李玉琨，伪副长王巾和，伪军需课长周尔康也都上了栈桥，他们的身旁都有暴动的勇士跟随。

　　眼看要消灭的对象都上来了，连城举枪向日军打了一枪，发出战斗信号。随即跟在鬼子身旁的勇士们纷纷举枪射击，一时枪声大作，日军个个应声倒地。有日军扭头看一眼撒腿就跑，有的边跑边掏枪意欲顽抗。隐藏在水车后的勇士们冲出来，在栈桥上展开白刃战。大寺一郎被枪击中仍挣扎着跳下栈桥，企图逃命，连城眼疾手快，开枪打去，说道："你爷爷大寺安纯甲午战争侵略中国而毙命，你也休想逃脱！"海水泛起一团血色，万恶的侵略者逃脱不了灭亡的命运。

　　警卫员出身的王巾和较为警觉，听到枪声大喊一声"卧倒！"自己随即卧倒，从腰里掏出手枪，被崔大伟一枪毙命。伪军需课长周尔康也被张树和击毙。一霎时，楼桥上倒了一大片。伪司令李玉琨因平时民愤不大，勇士们未有除掉他之意，将他押往练兵营士兵食堂休息。其基地队部分老兵，因无暇对他们讲很多道理和情况，都暂时收容在练兵营士兵食堂里，等待郑道济对他们讲话。本想动员他们一起出岛打鬼子，可李玉琨认为在日本人鼻子底下造反绝对不能成功，暗下对基地队士兵们说："别跟练兵营的班长们胡闹，在日本人鼻子底下造反是不能成功的。基地队的人都给我回去，一切由我担着。"并通过几个老兵向基地队的士兵们串连，企图反暴动。此情况被于书察觉，迅速报告指挥部。郑道济念及李玉琨年岁较大，平日对弟兄们尚可，除奸名单上没有他的名字，准备放他回家，不要在士兵中鼓动反暴动，让崔大伟、张玉亭等人把他送回。崔、张等人护着李玉琨沿提督府西路走着，两人边走边想，我们要暴动，杀鬼子除汉奸，李玉琨要反暴动，这不是继续为虎作伥吗？出于义愤，半路将李玉琨击毙。除斋藤、鲍一民、孟铁樵藏匿何处不知下落，李玉琨乃暴动击毙的最高伪首领。

……

至晚，暴动成功的勇士们，将旗顶山两门炮的炮栓卸下，把西炮台的两门炮拆卸下来，运上了"同春"舰；又将其他军用物资装上"同春"舰后，把一部分家属接上舰。连城叮嘱袁甲承组织人员保护家属安全，一些民愤不大的伪军佐和下级军官，因不愿再为日伪当走卒，也带着家属一起上船。所有暴动部队，连同海员等五百余人，分乘"同春""日生利""东海"及"23"号内火艇，于当夜十二时，胜利驶离刘公岛，向威海港北口驶去。为避开敌机的追击轰炸，暴动部队在威海以西双林前登陆。

此时郑道济在思考一个问题：部队拉出来了，走向抗日是不二选择，可这一大帮人，目前并非每个人都是积极抗日分子，要尽快统一思想，凝聚力量，团结一心杜绝分裂，这样队伍才能站住脚生下根，不断发展壮大。他想到一起出来的伪副官长王静之中校，他现在是这几百人中官职最大威望最高之人；另外还有袁甲承，凭他皇孙的身份，也会对一些思想老旧之人起到归附的暗示作用。于是在一个隐蔽的小山坳，他命令队伍停下，站在一个土冈上，对大家说："各位兄弟，大家齐心协力杀了鬼子逃出刘公岛，今后的道路无疑就是抗日，我想这是大家都会认可的。至于我们是独立去干，还是投靠某抗日力量，还待商榷，总之会选择一条正确之路。眼下要做的是，尽快确立一个领导之人，带领大家前进。"略停一下，走下来把王静之扶上土冈，向大家介绍说，"王副官长，大家都认识，他是我的老师，我的老上司。在海军里，是位资历深、威望高、深孚众望的官长。今天我把他请出来，就是要请他做我们的领导人，我们要拥护王副官长领导我们抗日。现在，欢迎王副官长给我们训话。"

王静之从外表看是个文质彬彬的胖老头，年近五十，山东黄县人，他白净面皮，说话慢条斯理，过去因为他很少接近当兵的，大家对他不了解，就连连城、毕昆山对他也不甚知之。他站在土冈上沉思一会儿，轻轻咳嗽两声，说："钦业（郑道济）领导弟兄们杀敌暴动获得了成功，实为英雄壮举。参加暴动的弟兄们，不愧为中华民族的铁血男儿，兄弟深为敬佩。钦业推荐兄弟出来领导抗日，兄弟才疏学浅、阅历不多、经验贫乏，实不敢担此重任。目前队伍刚刚拉上大陆，群龙无首不行。兄弟愚见还是请郑队长领导为好。"此外，还讲了些战争形势，小日本不长了，等等，对士气很是鼓舞。

连城、毕昆山等也表示支持郑道济领导队伍，无人提出反对。郑道济就说："大家信任我，那我就暂且以代，等队伍走上正轨，另行定夺。"扫视大家一眼又说，"其实我们队伍里，藏龙卧虎，我们将来会大有作为。很多人认识我们平日的小兄弟袁甲承，他的身份可能大家不知，他是推翻清王朝的功臣袁世凯大总统的四世嫡孙，也是我们这次抗日杀敌的积极参与者。"下面出现低声的议论，群情有所振奋。郑道济趁机号令人马，稍事准备，入夜即向酒馆、牟平方向进发。

而在此时，起义部队的消息已被八路军东海军分区获悉，并派文西独立营于7日拂晓前占据了通往牟平的必经之路双林前村附近高地，派员与起义部队联络。郑道济对此突发之情不知如何应对，忙跟连城商量。连城的家乡荣成县朱家圈村早已是抗日根据地，家中很多亲属也都参加了八路军，他本人对八路军坚决抗日早有耳闻，于是极力支持郑道济与八路军接触。最终郑道济经过八路军的积极争取，双方谈判成功，起义部队参加了八路军，向抗日根据地开进，踏上了革命的征途。

暴动部队进入根据地后，沿途受到群众的热烈欢迎。每经一村，都有群众列队欢迎，挥舞红纸黄纸小三角旗，高呼着："热烈欢迎伪海军弟兄们光荣反正！""热烈欢迎伪海军弟兄们参加八路军！""八路军万岁！"等口号。沿途墙上已看到《胶东大众报》发出的号外：威海刘公岛伪汪海军华北要港司令部六百余名全部反正，携带钢炮三门机枪五挺，现已与我部队取得联络。

11月10日起义部队到达文西县阮东村，在此驻防。向东南五里路就是林村，那是东海军分区的驻地。11日下午，东海军分区首长刘涌司令员、仲曦东政委，宴请暴动的领导成员和骨干。刘司令员和仲政委赞扬了暴动勇士们英勇杀敌的行为，说五十年前的甲午战争日寇攻占刘公岛，北洋海军全军覆没，成为中国人永远压在心头的耻辱；今天你们痛斩日本侵略者，英勇起义，扬眉吐气，为中国人争了一口气！你们是抗日功臣，是中华民族的好男儿！对你们参加八路军表示热烈的欢迎！新老同志频频举杯，共庆胜利，气氛极为热烈。

数日后部队西移，驻大宋家村至北长岚村一带，在这里换装。当穿上崭新的灰色棉军服时，顿时感到一股暖流涌遍全身。回想往日在刘公岛从不穿一丝棉花，再加上吃不饱，到了冬季，饥寒交迫，委实难熬。现在冻饿的滋味一扫而光，部队着装整齐，吃得饱穿得暖，精神焕发情绪高涨。大家学的第一支歌是《我们需要共产党》。歌词是：

阴湿的地方需要太阳，

苦难的中国需要共产党，
太阳照耀着万物生长，
共产党壮大民族才能解放。

11月中旬，山东军区授予刘公岛暴动部队的番号为"山东胶东军区海军支队"，我们党有了第一支以海军命名的部队。22日晚在文西县铺集召开命名大会，东海军分区首长宣读了命令并致祝词，连城代表暴动部队致答词。郑道济被任命为支队长，代表支队全体指战员在大会上庄严宣誓，表达了全体指战员的决心和心愿。月末，海军支队离开东海军分区，奉命向胶东军区靠拢。

刘公岛暴动后五天，龙须岛派遣队六十七人携带机枪两挺、步枪六十余支，又起义参加了八路军。海军支队到达牙山附近大石疃不久，龙须岛的弟兄们也来到了。两支杀敌反正的部队在抗日民主根据地会师，旧友相逢，分外高兴，热烈握手拥抱，兴奋得流出热泪。过去是患难与共的弟兄，如今是共同站在共产党旗帜下的革命同志，都为能走上革命道路开始了新生而庆幸。

胶东军区驻在大石疃南八里路的埠西头村，海军支队到达大石疃，受到军区首长许世友司令员、林浩政委、吴克华副司令员、贾若瑜参谋长、欧阳文副主任的热烈欢迎。在大石疃召开了隆重的欢迎大会，军区首长讲了话，除对暴动部队参加八路军表示欢迎外，并勉励今后要努力学习军事和政治，学习人民军队的光荣传统，成为一支能战斗的部队。

用"秋后的蚂蚱"来形容1945年的侵华日军，再形象不过。其实，进入1944年以后，抗日战争进入战略反攻阶段，这一点就已显现出来：1944年，共产党领导的敌后军民在华北、华中、华南地区，对日伪军普遍发起局部反攻。同年，山东抗日根据地也积极发起局部反攻，先后组织了春季攻势、夏季攻势和秋季攻势。在秋季攻势中，我抗日武装于8月30日收复了文登城，随后乘胜追击，相继拔掉汪疃、北店子、吐羊口、鹿道口等日伪军据点。9月初，文登全境解放，极大地振奋了我抗日军民的士气。在秋季攻势结束后，我抗日武装继续向日伪军发起强大攻势。10月8日晚，威海独立营、公安局特工队等武装，在后峰西村对国民党威海卫警保第二大队和伪军第二大队进行打击，缴获长短枪七十多支。11月22日晚，威海独立营等武装摸进蒿泊村伪军营房，与敌人展开肉搏战。这场战斗，伪军中队长以下一百五十余人无一漏网，其中被毙、伤三十余人，我抗日武装缴获轻机枪、步枪、手枪共百余支。经过1944年一年的反攻，我抗日武装攻克多个日伪军据点，沉重地打击了日本侵略军。至年底，威海卫的日伪军被迫龟缩到威海卫城及其周边少数几个孤立的据点。而当历史的车轮驶进1945年时，我抗日武装越发壮大，激战接连告捷，一个个振奋人心的消息不断传来。日本侵略者只能躲在几个据点里苟延残喘。7月5日，威海卫抗日武装攻克了南大桥据点。同月，伪军田村据点也被拔除。

而此时的宋奇光，已于1945年1月代理中共威海县委书记，兼任独立营政委。江海也已升任威海独立营营长，率领威海抗日武装大刀阔斧诛灭日伪。8月1日夜，东海军分区独立团、威海独立营等抗日武装，相继向长峰据点、北竹岛据点发起攻击。长峰据点的战斗率先结束，伪军一个中队全部缴械。在围攻北竹岛伪军据点的战斗中，威海独立营政委宋奇光腹部受伤，仍坚持战斗。激战中，一战士把点燃的炸药桶送上碉堡，碉堡顿时土崩瓦解，不少日伪军被炸死炸伤。余下的伪军放弃了抵抗，全部放下武器。日伪军设在威海卫城外的据点全部被拔除，为我抗日武装解放威海卫扫清了障碍。2日，得知我抗日武装成功拔掉长峰、北竹岛据点，老百姓们欢欣鼓舞，用各种方式慰问我抗日武装，他们看到了胜利的曙光，都知道日本鬼子离投降越来越近，威海卫就快要解放了。

在这场正义战胜邪恶的战争中，威海百姓全力支援我抗日武装。仅自1945年7月起，威海就有五百多名民兵参加了战斗。其中，二百多人除了运送粮草外，还守卫皂埠和竹岛两个海口；三百多人修筑工事，挖战壕，在百余里沿海地带埋地雷。各村抗日自卫团还分段保护公路和电线，并组织担架六百余副。这一切，为我抗日军民收复威海卫打下坚实基础。

1945年8月9日，毛泽东主席发表了《对日寇的最后一战》的声明，指出："最后战胜日本侵略者及其走狗的时间已经到来了。"随后，朱德总司令发出命令，要求八路军、新四军迅速向敌据点挺进，接受日军投降，"如果敌人拒绝投降，坚决消灭之。"根据毛泽东主席的声明和朱德总司令的命令，按照中共山东分局和胶东军区的部署，东海军分区兵分两路对日伪军展开了全面反攻。西路部队由司令员刘涌、副司令员于得水、地委书记梁辑卿率领，指挥东海军分区独立团和文西、牟平等县独立营攻打烟台；东路部队由参谋长张怀忠、政治部主任张少虹和东海地区专员于洲率领，指挥东海军分区特务连、东海独立大队，威海、文东独立营及威海青年中队，负责收复威海卫。

为打好收复威海卫这一仗，东路参战部队必须于8月13日晚之前到达威海的宋家洼、长峰、戚家庄、竹岛一线集结待命。各参战部队积极性高，于13日凌晨就陆续到达指定位置。张怀忠连夜召开参战部队负责人会议，传达上级的作战决策，威海独立营营长江海介绍了日伪军兵力部署情况。我抗日武装确定的作战方针是迫降和强攻并用，以强攻为主。从当时的敌情来看，固守威海卫的日伪军并没有投降的迹象。鉴于此，作战指挥部要求各参战部队做好强攻威海卫的一切准备。13日下午，作战指挥部向前移至宅库村，以便于更好地指挥战斗。

8月14日，日本政府照会美、英、苏、中四国政府，宣布接受《波茨坦公告》。然而，退守威海卫的日伪军并没有放下武器，仍在顽抗。当天上午，日军飞机还对我参战部队进行狂轰滥炸。下午，张怀忠主持召开紧急军事会议，决定实施强攻威海卫的战斗部署。是夜，我参战部队从南、西两路同时出击，先头部队很快占领了威海卫城西的奈古山和城南的塔山、金线顶。为迫使敌人早日投降,作战指挥部连夜派人将胶东军区司令员许世友、政委林浩签署的"限日伪军二十四小时以内向我投降"的通牒送交威海卫城里的日伪军。

8月15日,日本天皇正式宣布日本无条件投降。在我参战部队强大的军事和政治攻势下,日伪军尽管惶惶不安,但并不甘心失败,竟使出新的花招。当天,敌方派一名医生出城"调停",妄图拖延我方攻城时间。识破敌人的诡计,15日下午,作战指挥部派员与威海卫城里的伪专员进行谈判,敦促他们尽早投降,不要拖延时间。敌人确实没有丝毫诚意。我方谈判人员意识到这一点,于16日凌晨返回作战指挥部汇报。获悉日伪军拒绝投降的消息,作战指挥部随即命令参战部队向前推进,准备强攻,以给日伪军最后的痛击。

16日下午三时,我军侦知敌人欲从海上逃跑。指挥部立即命令威海独立营直扑码头,截敌退路。独立团五连抢占日海军司令部和北大营;威海青年中队则乘胜控制环翠楼和发电厂。当日下午,参战部队占领威海卫城区,日伪军逃至刘公岛。下午五时许,我军完全占领伪威海卫专员公署办公大楼,城区敌军全部肃清。接着,举行了庄严的入城式。入城武装部队威武雄壮,纪律严明,秋毫无犯。威海卫城里的百姓都来到街头,夹道热烈欢迎我抗日武装,他们的脸上洋溢着灿烂的笑容。16日晚,东海军分区政委仲曦东到威海主持召开军事会议,认为:日军虽已逃往刘公岛,但部队仍要提高警惕,随时准备打退敌人的反扑。为此,部队连夜抢修工事,做好一切战斗准备。

17日晨,威海卫工商界头面人物孙心田等出面,欢迎我军入城,祝贺我军解放威海卫。仲曦东政委根据中共胶东区委和胶东军区的指示精神,向他们阐明了我党的各项城市政策。入城部队还发布公告,出榜安民,得到全城人民衷心拥护。当天下午,威海市政府成立,由胶东公署管理,于洲任市长。同时成立威海市卫戍司令部,加强军事防卫。威海市政府设立了清查处理敌伪财产委员会和救济委员会,负责没收汉奸财产和救济城市贫民工作。此时曾有"铁交通"之称的梁国为升任市公安局长,着手清查处理伪组织与伪属人员,把罪大恶极的汉奸特务看管起来,严厉打击敌人的破坏活动,保障人民安居乐业。19日上午10时许,三艘日舰驶近威海卫市区,炮击金线顶、环翠楼等处,一个钟头后返回刘公岛。晚九时许,日舰再次驶近威海卫市区,炮轰石码头一带阵地,企图用炮火掩护十多艘汽艇拖着满载伪军的帆船强行登陆。我守备部队早已严阵以待,向敌人发起猛烈反击,激战四时将敌击退,20日凌晨日舰慌忙逃回刘公岛。23日,刘公岛的日伪军乘船逃往青岛,威海独立营随即占领了刘公岛。至此,威海卫光复。

威海卫成为日本帝国主义宣布投降后,中国共产党领导下的抗日武装在全国解放的第一座城市。

获知威海卫解放的消息,山东军区司令员兼政委罗荣桓、副政委黎玉、政治部主任萧华非常高兴,特发布嘉奖令,嘉奖解放威海卫的全体官兵:谨向参与解放威海卫的前线指战员致以崇高的敬意，并以威海卫的光荣称号授予首先攻入该城的兵团。

威海，一座英雄的城市。在抗日战争中，威海地区共有一万四千多人参加了八路军，先后有近六千名英雄儿女为民族解放事业献出了宝贵生命。

杨子千回家一年后，养好伤的他作为家乡的民兵，参加了攻打牟平城的战斗。打下牟平城，自觉身体已完全恢复无恙，下定了参加八路军的决心。这时他已被母亲所逼结婚成家，媳妇叫许万亮，母亲分家分给他二亩薄地，一头小黑驴，要他安安生生过日子。他的心里在流泪，想想牺牲的那些兄弟姐妹，不去参军打敌人怎会安安生生？可是看看年迈的老娘又有所不舍。

晚上走进老娘的东屋，老娘在灯下缝补旧袄，看着老娘满头白发，心里一阵酸楚。老娘问他怎么还不睡，他岔开话题说："娘，今年咱的庄稼长得好，收了秋，让媳妇给娘缝件新袄。"老娘看着他笑笑："老了，穿什么新衣服？旧衣烂衫有穿的就行。"杨子千执拗道："娘，你一定要做。""哎。"老娘开心地笑了，"快去睡吧。"

杨子千回到西屋，媳妇已铺好炕。杨子千坐到炕头，掏出烟袋吧嗒吧嗒抽起烟。"咱的小黑驴，晚上得添草。"他像是自言自语，又像是对媳妇说。媳妇扑哧一笑说："你好像今天才知道。"杨子千没回应，脱衣，躺下，又说："秋庄稼长得不赖，收了秋，你扯身新衣服吧，给咱娘做件新袄。""知道了。"媳妇吹灭灯，使劲往男人身边靠……

第二天天不亮，杨子千就起身，上山给黑驴打了满满一筐草。又把院子扫净，水缸挑满。媳妇笑着问他："你今天怎么这么勤快？"杨子千也装出坦然的神态，笑笑说："今天民兵有行动，我得去。"媳妇问："远不远？"杨子千道："不远，十来里地。"媳妇一听赶紧抱柴做饭。老娘叮嘱媳妇，掺上点儿白面。吃过饭，杨子千放下碗筷，把屋里屋外细细扫视一遍，跟家人告别，赶往村公所，跟着农救会长出了村。

中午时媳妇得知男人参军去了，忙和婆婆打听着追赶。婆媳俩赶到王从村，村里人说队伍已经开走，说是到县城边的雷神庙集合。婆媳俩连夜赶回村，第二天早晨天麻麻亮，两人便赶到雷神庙。雷神庙里挤满了人，四四方方一个大四合院，坐着一支支队伍。婆媳俩从门口往里张望，媳妇突然指着一处说："娘，他在那！"只见一棵老柏树下，一支队伍正坐在地上，听一个穿黄军装挎匣子枪的军官讲话。队伍里有人看到婆媳俩，转过头来看，媳妇知道他们在看自己，把身子躲到婆婆身后。挎匣子枪的人看到婆媳俩，朝队伍说："这是谁的家属？是不是来拖后腿的？"杨子千回头一看，是媳妇和老娘，连忙起身报告，离开队伍跑过来。老娘指着他鼻子骂："你小子，翅膀硬了，不管娘了！"

杨子千赔个笑脸："娘，都是我不好，本来想和你们直说，又怕……"媳妇扯着婆婆的胳膊，哗哗流泪。"娘，我和你们直说了吧，当兵的心思我早就有了，前些年在威海，杂牌队伍太多，我不敢下定决心参军。这几年我看透了，八路军是真正的好队伍，是咱穷人的队伍。娘，其实我从离开威海卫回来养伤那时起，就坚定了参加共产党八路军的决心，在威海卫这段时间，我感受到共产党八路军的伟大，我的好友王冰、毕云、梁大胆等好多人，全是共产党队伍的人，他们给我做了榜样。"娘和媳妇都不吭声，一个劲抹泪。杨子千接着说，"娘，俺当兵后决不给你丢脸，你老尽等着好消息吧！娘，儿子给你敬礼。"杨子千强带着笑给娘敬礼。娘咧咧嘴没笑出来。杨子千看一眼媳妇，说道："照顾好咱娘。"转身跑回队伍。

杨子千参加的队伍叫胶东军区海军支队，就是刘公岛和龙须岛起义的伪海军，被八路军整编的队伍，驻扎在莱西县水头沟村。杨子千他们赶到这里时，村里村外一片喜庆。几百名新兵分拨坐在空地上，老百姓给他们送来吃的用的，气氛甚为融洽感人。有的队伍在唱着《海军支队队歌》：

  我们是中国未来的新海军，新海军
  我们要担负起海上的使命
  每个人都沸腾着民族解放的热血
  每个人都发出了抗日救国的呼声
  打倒那日本军阀与法西斯的暴政
  不再受无道军阀与铁蹄下的欺凌
  永在中国共产党的领导下
  流到最后一滴血
  勇猛向前征，勇猛向前征
  中国未来的制海权
  全仰仗了我们
  我们要担负起海上的命运
  我们是中国未来的新海军，新海军
  ……

  杨子千看着这场面，听着歌声，简直入了迷。突然有人过来拍拍他的肩膀，转头一看惊喜万分："连城兄！"两人紧紧抱在一起。忽地连城推开他，指着他身后说："你看谁来了？"杨子千转回头，只见郑道济、毕昆山、丛树生、崔大伟、袁甲承、于云青等人笑着朝他走来，他大喊一声："我也来啦！"张开双臂冲过去……

  1945年10月，海军支队在水头沟扩编为两个大队，一个警卫中队。10月末奉命向东北战场挺进，在黄县的龙口港分乘帆船渡海。此时的部队改番号为辽东人民自卫军第四纵队第二支队，从此不再用海军支队番号。

　　登上帆船，杨子千对着东南方说，娘，等全国解放了再回来看望娘，我要好好跟着共产党干，干出个样来！又说干爹别见怪，阴差阳错没能去拜谢干爹，等全国解放了去给干爹好好磕头。他又念叨了好多人，王冰、毕云、梁大胆、林福、岳东、王斋、刘青山、宋干卿、王殿元、徐杰、于森、丁香、叶子、曹芳春、宫大师、井掌柜、戚家国、扈破浪、小耗子、马春子、六朵儿……

　　船开了，数以百计的船帆顺风鼓起，向着北方启航。海水哗哗地响，海潮携着海浪，从远方涌来，又涌向远方。

　　杨子千随部队渡海北上，剿灭以人民为敌的反动顽匪，驰骋于辽阔的林海雪原……

2020 年 7 月初稿完成于威海
2020 年 8 月至 12 月修改

后 记

创作这部小说始自一次偶然。我在刘公岛管委做宣传工作时，得到一条线索，刘公岛的伪海军起义部队竟然和著名侦察英雄杨子荣有关联，于是专程赶到杨子荣的老家牟平，在县政协等单位查找与杨子荣相关的资料。一大包资料复印件带回来，其中最令我惊喜的，是《林海雪原》作者曲波先生手写的一份证明材料，提到杨子荣除了从小闯关东，挖过煤、拉过纤，干过苦活累活，还在荣成石岛港和威海卫几个港口干过装卸工，由于他刚直不阿抱打不平的性格，没少跟渔霸地痞争斗；而在威海卫期间，正是日寇入侵、黑恶横行的年代，在与日伪军的周旋中，得到了威海卫早期共产党人的帮助，开始有组织地与日伪顽匪作斗争。曲波当年一直是杨子荣所在部队的领导，从杨子荣参军时就熟识，两人是胶东老乡，杨子荣参军后表现又那么突出，故而他对杨子荣自然是非常了解。翻看着大量有关杨子荣的资料尤其是作家曲波的证明材料，十分生动感人，心里萌生出要创作一部小说的念头。其后，在工作和生活中，我开始注意收集挖掘与杨子荣相关或可能相关的史料和故事线索，为创作做准备。

后来我到了威海市文联工作，又因工作需要从威海市文联调到经济技术开发区工委宣传部。开发区这片土地正是当年抗战的热土，威海早期的党组织诞生并战斗在这里，大量的抗战英雄人物生于斯逝于斯。杨子荣的历史所指及传说故事也主要在这个区域。我的工作仍然是在文化宣传领域，寻找挖掘史料和故事更加便捷，我曾组织一支十人的团队，对全区三镇三办150多个村居进行"拉网梳篦"式文化挖掘收集，得到各种有价值的资料100余万字，为开发区留下珍贵的历史文化资料，同时为创作打下了良好的基础。

　　当时区管委办了一份《经区报》，由我负责文化副刊的稿件，我想了想，觉得是时候动笔创作杨子荣的故事了，边创作边连载，既能丰富报纸的版面，又能创作出有意义的作品。于是，取名《林海雪原前传》的长篇小说得以连载面世，这就是《海潮》的雏形。小说的连载，在当地引起很大反响，不少了解本土抗战故事乃至亲身经历过那段战争岁月的老人找到我，主动讲故事给我听，他们对革命英雄人物的崇敬和热爱，给我的创作增添了力量。有一位抗战烈士，参加党组织活动被捕，敌人把他捆绑到小河边，说只要供出党组织就可放了他，他坚决不说，刽子手便砍掉了他的头颅，鲜血染红了小河水。如今其八十多岁的女儿一直想找到父亲的牺牲地，我通过深入走访，找到了当年还是孩子的亲睹烈士牺牲场面的一位耄耋老人，确认了烈士牺牲地，这位八旬女儿来到父亲牺牲的地方，摆上供品，跪地号啕大哭，场面催人泪下。像这样的烈士、这样的英雄事迹，我了解得太多，基本上都写在书中。后来恰逢省里征集新中国成立70周年和建党100周年文学原创作品，我将此上报，翌年获批，《林海雪原前传》入选"山东省庆祝建党100周年重大文学创作选题"，为全省入选的三部长篇小说之一，这更增加了我的责任感、使命感。

　　文学创作，尤其是长篇小说创作，是一件很吃苦的事，几十万字要在大脑里反复筛选打磨再通过手指传送出来，是要全身心投入，而且为了思路不受干扰，尽量选在晚上创作。对于我，三十多年的创作已经习惯了夜战，五十岁之前通宵打字也是常事，如今年岁渐长，不敢过分劳顿，但创作的激情仍使得我难以在凌晨两三点钟前停歇。除了创作激情，还有精神动力，那便是那些为了抗战胜利打败侵略者的共产党人和革命英雄，他们抛头颅洒热血的拼命精神，令我深深感动和敬佩。尤其那些已长眠80载的抗战英雄，我创作的时候情不自禁为他们落泪，他们牺牲时大多二三十岁，乃人生最为灿烂的年华，像"五朵花"徐杰、于森、丁香、于荻叶、曹芳春，五个可爱的姑娘，为党为国牺牲时最大的25岁、最小的才20岁，她们面对敌人的屠刀和枪口表现出的大义凛然和铮铮铁骨，令吾辈由衷崇仰！写这些英雄的时候，我的心和他们相通，我的血和他们交融，我要倾尽情感和精力，让这些英雄复活！

复活了，我心中的英雄，杨子千、王冰、毕云、梁大胆、林福、岳东、王斋、刘青山、宋干卿、王殿元、徐杰、于森、丁香、叶子、曹芳春、宫大师、井掌柜、扈破浪、小耗子、马春子……你们为正义而不惜生命，你们的气概令世人动容，你们活在人民的心中。

复活了，共产党坚定抗战的历史，让人们再次体会到没有共产党就没有新中国的伟大真理。

怀着崇仰、怀着敬重、怀着责任，我用心用力完成了全书的创作，意犹未尽但也了却了一段心愿。出版社编辑建议改书名为《海潮》，我欣然赞同，想想书中或曲折、或激昂、或落寞、或壮阔的生活和战斗画面，多像奔涌不息的海潮！

《海潮》，是抗战岁月的追忆与镌刻，定格了英雄的伟大与荣光。

…………

感谢中国作协张炜副主席对我的鞭策和帮助！

感谢中国音协戚建波副主席、著名作家梁晓声先生、著名导演宋业明先生、著名编剧张继先生对我的无私支持！

感谢长江文艺出版社为本书付出的辛苦努力！

感谢领导同事、亲朋好友一直的真情关爱！

我将踏着《海潮》，扯满风帆，驶向远方。

2021 年 7 月 7 日
于威海古槐阁